黄永玉

作品

无愁河的浪荡汉子

八 年 ｜ 下

黄永玉————

著

作家出版社

序子到陈先生家还书，爬上梯子把书放还原处，簿子上划了还书日期。换了个书柜又爬上梯子，见到几个厚本子酱色封面的精装书，郑振铎编的《文学大纲》。

这个郑振铎还真是个人物，做了这么多好事，跟鲁迅这类人都有来往。多大了？胡子多长？白还是黑？

这么多的插图，我的天！一国又一国，按他指引的路子，一本本嗅着闻着找到这些书，还真成为神仙了！怕也是一辈子的工夫了吧？唉！当然，还要一大批懂美文、德文、法文、西班牙文的能人把它们翻译出来才行。

抗战时期，好多有学问的人和我们一样都安不下心，杂志报纸上看到他们万里跋涉，带着一家老小流离失所，这种事越想越不好想，都是那狗日的日本强盗害的。

"序子，你坐在梯子上想什么？"陈先生几时进的书房都没听见。

"我找到一部书。"序子说。

"什么书？"

"《文学大纲》。"

"《鲁迅全集》看完了？"

"唔！"序子说，"这种书跟字典一样，不是只翻一回的事。

有点子集的味道。我看，这老头不简单，陈先生，你见过他吗？"

"见过。"陈先生说。

序子幸好抓住梯子，要不然就掉下来了，"呀！你！"

"我听过他演讲，没跟他谈过话。"陈先生说。

"那也不简单！郑振铎呢？"

"见郑振铎比较容易，没有平白无故地找过他。"陈先生说。

"那是。我也是。平白无故找人家干什么？"

吴先生进屋来了。

"你看你！"她对陈先生说，"怎么让他站在梯子上跟你说话？"又对序子说："都下午了，一起喝茶吧！"

序子抱了五本厚厚的《文学大纲》下了梯子，在借书簿填了书名、日期和名字，包好书，提着来到客厅坐下。

"我觉得你们家收藏的书，头脑都比较新。"序子说。

"啊？这样吗？"陈先生说，"我以前小时候跟你一样读过不少孔孟诸子，后来都忘了。"

"那怎么可能会忘呢？会不会你当时的先生不怎么样吧？"序子问。

"很可能像你讲的那样。——我们那时候的先生没有你的先生那么开通。"陈先生说。

"嗯，一旦做了先生，要开通就比较不容易。像鲁迅，我就觉得他是难得地开通。"序子感叹。

"哎！你是几时觉得鲁迅开通的？"陈先生问。

"就是最近这一个多月，实际上是骑快马溜了一场，全集看完才觉得；以前也看过他零碎的本子，东一本、西一本地看，认为他

『唔！』序子说，『这种书跟字典一样，不是只翻一回的事。有点子集的味道。我看，这老头不简单，陈先生，你见过他吗？』

『见过。』陈先生说。

序子幸好抓住梯子，要不然就掉下来了，『呀！你！』

怎麼让他站在梯子上跟你说话

是个喜欢骂人的老头，出语刻薄，脾气刁钻，不好相处；最近才看出他也是个玩性很重的人。我过去把办事情和讲道理分得太开，他有本事把这两样东西自自然然融在一起，这学问比较难。人爽朗、干脆，做朋友看起来靠得住。"序子说，"论文章，也是一流，做到这种火候不容易，紧要的一个意思，顺口就出来了，要我来说，不晓得要费多少口舌。不信我取书来翻两页给你看看。"序子奔书房取来《鲁迅全集》第一册，"哪，这里：'人说，讽刺和冷嘲只隔一层纸，我以为有趣和肉麻也一样。孩子对父母撒娇可以看得有趣，若是成人，便未免有些不顺眼。'[1]又比如：'日报馆是我到南京后两三个星期了结的。被一群士兵们捣毁。子英在乡下，没有事；德清适值在城里，大腿上被刺了一尖刀。他大怒了。自然，这是很有些痛的，怪他不得。他大怒之后，脱下衣服，照了一张照片，以显示一寸来宽的刀伤，并且做一篇文章叙述情形，向各处分送，宣传军政府的横暴。我想，这种照片现在是大约未必还有人收藏着了，尺寸太小，刀伤缩小到几乎等于无，如果不加说明，看见的人一定以为是带些疯气的风流人物的裸体照片，倘遇见孙传芳大帅，还怕要被禁止的。'[2]

"这段文章一点不带笑声，把一场荒唐烦嚣的时代，军管空气和知识分子相互切磋关系，勾摹得活灵活现。不只是文字里手的功力，还看得到老手的控制本领……我长大以后有钱一定要买一部《鲁迅全集》随身带着……"

1 　《朝花夕拾·后记》。
2 　《范爱农》。

德清适值在城里，大腿上被刺了一尖刀。他大怒了。自然，这是很有些痛的，怪他不得。他大怒之后，脱下衣服，照了一张照片，以显示一寸来宽的刀伤，并且做一篇文章叙述情形，向各处分送，宣传军政府的横暴。

序子说到这里，没想到王淮和王清河两位进来了。

陈先生和吴先生连忙站起来招呼，笑着说："欢迎！欢迎！我们正在听张序子谈鲁迅！请坐，请坐！"

"喔！喔！了不得，好福气，让我们赶上了。"河伯这家伙出语阴险。王淮没出声，都坐下了。

"跟陈先生在谈我第一次读鲁迅的心得。刚摸到边边，越读越有兴头，越读越难，比方那些《古小说钩沉》《嵇康集》《中国小说史略》《小说旧闻钞》《汉文学史纲要》，好像都是我的指路牌，好要紧、好要紧。有的涉及提出的纲目我还摸不透，不管怎么样，反正我找到门路好投奔了。另外他惹的那一长串人事纠纷，北京的、上海的，我不想管，也弄不清楚，过几年再说。

"他有时的白话文，用魏晋六朝手法排比，初看不觉得怎么样。泡昏了别人的文章之后，再回头来读他的鲁文，像是猛然喝了一口绿酽茶，头脑登时峭峻十分，一下子感觉自己眉清目秀起来……"

听了这话，四个大人好笑。序子继续说："他书读得多，学问大，用词显得清新讲究，有时候简直让我惊讶。有时候又觉得他老人家行文喘气之处，又有点日本味道。（这是我看他弟弟翻译过来的日本文章产生的感觉。）大概是去过日本的缘故。我甚至有时候发现他老人家文章里头有写得不顺的句子。"

"不会吧？"河伯说。

"真的，这没什么了不起。老人家讲话带两声咳嗽一样。讲这类事情我当然要慎重。我来回读了好几遍。这算不得什么，当然算不得什么。我只是想讲再伟大了不起的先生走路也免不了让小石头子绊两下。你不要摇头。"序子急忙地翻了几页，"听！《藤野先生》末后第三段：'我离开仙台之后，就多年没有照过相，又因为状况也无聊，说起来无非使他失望，便连信也怕敢写了。'末后第二段：'但不知怎地，我总还时时记起他，在我所认为我师的之中，他是最使我感激……'不可以稍微改顺一点吗？我这么看又不是对老人家不敬。总觉得老人家晓得了也会说可以改改的。"

"你看你记性那么好，怎么一句台词排了两个月上台就忘了呢？你讲你多怪？"河伯又算起老账来。

"我想我大概是不怕鲁迅老头而觉得前辈子欠了你点什么东西的缘故吧！"序子笑嘻嘻地对着河伯说。

王淮说话了："我和王清河兄是有事来的。上头有命令要战地服务团去泉州住几个月，弄一些演出。泉州是我们的老窝，要带些新戏去，《原野》是一个，《家》是一个，还有几个独幕戏，觉得仍然不够，还得再排起码两个大戏。我们两个考虑了一下，不知道《北京人》行不行？还差一个，拿不定主意。另外一件大事要来请求你们二位，淑琼大姐大半个人已经算战地服务团的了，《原野》和《家》都少不了她，这一出去又是三几个月，把你们的家弄得很不安宁，真是十分之对不住——"

啸高先生指着吴先生说："她喜欢，她巴不得出去。孩子都会自理，还有我和阿姨照顾，不要紧的。我也为自己的剧团忙得开心。你们对她太优待了，其实是很不好意思的。"转头对吴先生说："吴少校是不是？"

吴先生笑着问几时走。

"大概还有个把月吧！"王淮说。

"陈先生也帮忙出点主意，看最近有什么新戏？"河伯说。

"好，好，让我好好想一想。最近桂林、重庆那边没有寄新剧本来，新杂志上只见到演出的消息。我以前在上海跟许幸之先生排过一出《阿Q正传》，二位可以顺带回去看看。"

吴先生忽然叫序子莫动。大家奇怪起来。她盯住他，"头偏过去一点，不，多了，过来一点点。就这样。明天一大早你来，我给你画一张油画头像。"

陈先生叫起来："看！看！演戏，画画，这一趟你们带她出去，老毛病全让你们弄醒了！"

吴先生跟着笑，"可不是？我艺专回来，油画箱就没动过，颜料怕不干了！手艺回不回得来还很难说。"

"好啦！等几天我们看杰作。"

于是吴先生关照序子，明天照老样子不要换衣服，不要梳头，就原来那个样。不要忘了！

回到团部，序子告诉了几个人。都说他运气好。

甘培芳说："这吴先生讲虽那么讲，其实是客气话，我看你还是上理发馆理一理好。你看你头发那么乱，那么脏……"

"你们这类人，没什么好上理发馆的！理不理都是一样。"陈馨懒洋洋地扫几个人一眼。

"你们都不明白吴先生的意思。好比一坨长满绿鲜苔的上水石盆景，你把它洗涮得光溜溜的还有什么看头？"颜渊深说。

序子奈何不得，"你说你，好好一个意思，经你嘴巴一沤，喷出来就变成一种带臭的味道，跟永春酸笋一样。"

"究竟还是应该承认永春酸笋它鲜味十足是不是？"颜渊深说。

"唉，要是吴先生也给我画一张油画像多好！"陈馨说。

"你以为你是永春臭酸笋？"颜渊深说。

"你说你多坏？你再说！看我不拿鞋底板抽你，你个小矮鬼干！"陈馨像要动手的样子。

大家笑起来，说"小矮鬼干"这名字起得好！可以常用。

吴先生在厅里早架好了画架，见序子进来就说："幸好，颜料还能用，多调点油就是。你看，'里弗朗'牌子的。老古董了。不晓得这一打仗，那个厂炸没炸掉。你就这么坐好。打轮廓，我们可以讲话。别太呆，讲话能让面部有光闪。伦勃朗说过的。好多老画家都不清楚这一点。你知不知道伦勃朗？"

"知道一点点，荷兰人，穷，傲。"序子说。

"这次我不用他的调子，太阴郁。你是个年轻人，我要用点印象派的快乐色彩。你只要不动，轻松点。累就说一声，我们可以休息喝茶吃点心。"吴先生自己笑起来，"你不知道，我钉的这个画布原来是准备给啸高的爹画像的，没想画框一钉上布他就死了……"

序子头发竖了一下，吴先生大概没有发觉。

"你看，好多年就这样过去了。——我这样讲你不在意吧？"吴先生问。

"呵呵！"序子干笑一声。

"你说令尊是个画画的，他画油画吗？"吴先生问。

"他画通草画，等于是国画。"序子答。

"啊！通草画，我见过通草画，厦门也有这门画家。南洋人很喜欢通草画。花鸟蝴蝶，贴在纸上装在镜框里，很讲究的一种雅致艺术。"吴先生说。

「这次我不用他的调子，太阴郁。

你是个年轻人，我要用点印象派的快

乐色彩。你只要不动，轻松点。累就

说一声，我们可以休息喝茶吃点心。」

"我们那地方风气不同。这东西只有大户人家和当官的欣赏，又都是熟人，换不了钱，只当作应酬来往的东西。过日子还要另做打算。——本来家父是要到上海从事国画行当的，那里有很多画家同学，没想到一抗战，理想变成血腥屠场，历史就是另种写法了。"序子说。

"你的头可以稍微低一点点，哎！对了，这样好——令堂也在家乡吗？"

"还有一个祖母和四个弟弟。我最大，为了减轻负担，所以把我撒到外头世界上来。家母也是办教育的，家父在外头日子混得很不容易，全靠家母照顾一屋老小。"

"唉！那可就苦了！"吴先生说。

"活下来是靠意志支持的。在苦里往往不知道'苦'，照《佛经》上说，众生只忙着'度'。"序子说。

……

"吴先生，你有事吗？要不要休息一下？"

"序子，你过来，看看我勾的这个稿子。"

序子走到画架这边，画布上的笔墨纵横来去潇洒极了，光是这稿子就像得不得了。用不着画，就这么挂上墙都行。

"吴先生，你比例是怎么算的，这么准确？"序子问。

"我写生的习惯，在你脸上四方八面不停地找三角关系，轻轻拉线，然后重重地肯定下来。——你坐回去，让我继续画下去。序子，你还没有说你怎么画起画来的。"

"我呀！先想好一个意思，使尽了吃奶力气把一个人、两个人或一群人画出来。我不知道世界上有照着人画的办法，我很注意那些漫画家的活动，报纸、杂志和画报上只要他们一有东西发表，我马上就剪贴起来，一笔一笔照着学。给我最早启蒙的是那一批漫画家的作品。张乐平、张光宇、叶浅予、陆志庠、丁聪、廖冰兄、梁白波……这些人。他们画手、脚、眼神、动态都让我佩服得不得了。

"我刻木刻有三个门路：一是外国文学作品的插图，二是中国民间木刻——门神、灶王爷之类，三是中国老木刻家野夫、李桦、陈烟桥、宋秉恒、新波、荒烟、朱鸣冈、西厓、梁永泰这些人的作品。谈到一些诗人的短诗，我也试着作些插图。我喜欢文学，我感觉旁征博引不单是作文的门径，对画画也十分有用。刻木刻要细心，铲底子好费力，要用很多时间；也锻炼了我的耐心，磨炼了脾气。

"做木刻好辛苦，我又那么生疏，又那么喜欢它。"

"怪不得你小小年纪手掌那么大，满是青筋。"吴先生说。

"我才刻了不到四年。手掌大怕是从小练拳抓石锁弄的。再刻几十年，就看得出手掌是不是刻木刻变大的。"序子说，"到时候请你看！"

"唉！那时候不晓得我埋在哪里了。"吴先生说。

序子听了这话站起来又慢慢坐回去。"吴先生，你们是好人有好报。古人说的'仁者寿'是摸得着的事。你们两位对战地服务团那么好！连你本人都借给我们，跟我们去巡回演出。我自己呢，和你两位也非亲非故，那么多的书让我借，让我看，书房钥匙都交给我……"序子说。

"这，这，这，你也想想，我也在多谢你们。要是你们不来仙游，我们一家四口，摩得、理得上学，剩下我和啸高留在家里，一书房书，天井两株老梅花，后院几十棵老龙眼树，从上海带回一脑子新鲜文化空气，加上抗战，往哪里去？怎么过日子？幸好你们来了，带活我们的空气。还有你，世界上竟有你这种人，一天到晚捧着一大摞书本来来去去，出出进进，唱着跳着。看着你，我们都高兴。要不是你来，我会重新打开这口油画箱吗？不是你叫醒我，我会为你画像吗？我也在想，有朝一日你们走了我们怎么办？我很早就想你们会走的事，想起来就心跳。"吴先生有些伤感。

"李后主说'自是人生长恨水长东'，我是在悲欢离合中泡大的，脑壳都'铁'了，所以不大想前想后。"序子说。

"啊！对了，宾菲在涵江有一天告诉我，说你说我是一棵洒满阳光的高高的白杨树，我好高兴，有这个事吗？你怎么会想到我是一棵白杨树的？"

"我心底的这种白杨树不多，就那么三两棵。"序子说。

"序子呀！我已经清楚三两棵里头有一棵是我，其他两棵能不能讲来听听？"

"唉，这些事好赘。

"第一棵白杨树是我三岁时候的保姆王伯。好多年前，国民党有一天杀共产党，我爹妈跑脱了。王伯怕国民党连共产党的儿子也要杀，便背着我逃到山里头她屋里住了快两年，直到太平了我爹妈回来把我交还给他们。

"那两年时间，她给了我一辈子受用不尽的人生本领。

"另外一个名叫洪金匋，是你们莆田人。我集美的女同学。我不喜欢课堂功课，留了五次级，大家都觉得我没有意思，只有她劝我不要泄气，看重我。所以我离开集美后一直跟她有书信来往。忧喜都讲给她听……"序子说。

"你恋爱了？"吴先生问。

"不是。她是结了婚才上学的学姐。她的先生在县政府做事。我在闽南一带流浪，她总是一直写信鼓励和安慰我。那时候我真像那个汉朝万里走江城的无家张俭，只有她一个人在精神上收留我……"序子说。

"喔！你这种树我愿意做，很荣幸，多谢！——我还想问你，你们战地服务团那么多好看女孩子，有没有你看得上的？有没有人家看上你的？"

"我哪有空想这些事？不要看书了？不要刻木刻了？"

"看你这种意思是害怕谈恋爱了？"

"怕？有什么好怕？我张序子本人就是由两位不怕恋爱的先行者精工制造出来的。'爱'这个东西，嘀咕多了就会变味。

"脊椎动物的爱，严格限制在春秋二季，不到时候不爱，过了时候也不爱。只有灵长类——猴子和人随时可以爱，说什么时候行动就什么时候行动。有人把这举动称作'发情'，我比较赞成这种论点，诚实而生动。

"问题是如果上帝规定罗密欧和朱丽叶这类天下情圣代表们，只准在春秋二季发情的话，那么莎士比亚、汤显祖、关汉卿……大帮混戏的人物就非饿死在戏园子外头不可。所以培根在那篇短短的《谈爱情》头一句就说'舞台比人生更多地受惠于爱情'。[1]所以是个矛盾。

"我家乡隔壁不远的地方就是四川。那地方的人物智慧一流，

1　《培根随笔》第十。蒲隆译。

莎士比亚，汤显祖怕饿死在戏园子外头不了

问题是如果上帝规定罗密欧和朱丽叶这类天下情圣代表们，只准在春秋二季发情的话，那么莎士比亚、汤显祖、关汉卿……大帮混戏的人物就非饿死在戏园子外头不可。

老百姓坐在板凳上歪半边嘴巴，五秒钟就能剔剥出一个所谓的爱情真理：落雨天，没得事，闷屋里生个把娃儿玩玩。

"事实不就是这样吗？我不太喜欢把爱情弄得天花乱坠、神乎其神，犯得着这么大的精神和体力耗损吗？要是罗密欧有幸领会那几句四川哥儿闲话的精神，还死他干吗？"

（前几天看手机，一位青年女子当街呼来一部出租汽车，人不上车，掀开底衣朝向司机说："给你一个惊喜！！！"

套一句上世纪"大跃进"时期流行的口号：人有多大胆，地有多高产。

一个青年女子究竟祭起什么法宝让那位素昧平生的出租汽车司机"惊喜"呢？恕我引用一段博学的周越然先生十年前的文章："Brest，乳头也，乳房也，女子胸前突出之圆状物，性柔软，内含乳汁，为婴儿食料……"[1]

司机看了那劳什子就一定会"惊喜"？我看未必。她也不打听打听，堂堂一位大城市终日专门逡巡街道、耳听六面、眼观八方的出租汽车司机，他的机警、他的智慧是什么成色？你惹得起他？你可能"惊喜"得起一位将军，要"惊喜"得起一个出租汽车司机却难！

我看到这张撩起上衣让司机"惊喜"的少女背影模糊的照片时忍不住大笑起来。有朋自远方来，我提起这件事，又大笑一次。

为什么我会笑成那样子？大概是替那位出租汽车老兄想多了一点吧！

当然也因为那位大胆的女孩子。你想嘛！这样的女孩子如果在

1　《万象》2008年第八、九期合刊，《蛮人借妻》，言言斋侠文，六三十九，说乳。

街上每天站这么一百二百，目的都是免费地让人"惊喜"的话，那么，娱乐界多年开发的那些美学观念"胸围""翘臀""小腹""走光""乳沟"还往哪儿卖钱去？

这有点像二〇〇一年纽约的"9·11"事件：两座高耸云霄的贸易大厦被两架突如其来的客机先后穿裆而过轰为平丘，从而启发人类一页新的战争概念一样。

话是这么讲，我看那女孩未必有那么大的宏图；说到底，起一点稀释作用的可能性还是有的，让那些流行通衢和舞台的东西别那么浓稠化不开。）

第三天上午画好了。

对着画，跟吴先生一起看。

序子摇头感叹："吴先生，你画得真好！真像！这形体，这肤色，这头发，这神气……"

吴先生说："你不懂，你比我好，你长大就明白。"

序子听了一震，小小退后一步。

"有些是天分问题，有些是学艺问题，有些是勤奋问题。我这两手任谁一学就会，你有的我永远不会。我这不是算命，是讲真话。我不是奉承你，我奉承你干什么？我说你长大会知道。对艺术要真诚，你有，我办不到。我不是不想，只是告诉你我这一生办不到。"吴先生说得很开心。

"我什么都缺，吴先生，你不知道我心里好着急。我要是有你这本事就好了。"序子说。

"你要清楚这一点，世界上、地球上，所有最好的东西，建筑、雕塑、绘画、运河、长城、金字塔……最好最好的东西都是人做的。人的天分是一种权利，个个一样，一是看选择，一是看挣扎，一是看运气。行行出状元指的就是天分的发挥。你才是什么都不缺咧！你就是缺长大！"吴先生说。"所以我和啸高都认为你是个特别的人。一个调皮到这种程度的人又那么乖，那么勤奋：说你精力旺盛又用得是地方。"吴先生说。

"不是地方！不是地方！毫无可是之处！"序子对自己很不满意。"你把我画得那么好，我能有这么老实吗？"序子说。

"哈！这点你倒是说对了，我应该加点别的东西。"吴先生说，"来不及了！当初为什么没想到，你看，这就是我的问题。"

序子起身告辞要回去了，吴先生说："画你先别拿走。我还要一个人坐下来仔细想想，哪里再动动，再让啸高回来时看看。快到中午了，你等我洗洗手，一起上街吃点东西再回去好不好？"

序子说"好"，一个人对着画看。"美术美术，看样子不光说美，美里头还应该说点东西，光说东西不美也不行；不过也不一定。有的美是无须说明东西的。我这他妈的学问点到这里为止，再也过不去了……"

序子到前院看狗。

没有人。

老妹看见序子，摇着尾巴过来，五只小狗跟在后面。老妹回身一只只照料，打着回旋，告诉序子："看，我这群儿女。"

门帘子打开，关师母过来："你的老妹和她的孩子，长得好大了。放我这里养吧！别回司令部了。那里没我这里方便。"

"这么多，它们都要长大，到时候你怎么得了？"序子说。

关师母说："那些演员都定了，一个人包一只，你都没见过那么亲热。"

序子见老妹也稳当把这里当家了，心想自己听说很快又要走，没有直接答允关师母的话，只说了一句："看这么麻烦你们！"紧紧抱了一下老妹，站起来，"我这里还有事，过几天再来看它们。总之是太麻烦你们各位。我走了，谢谢！"

关师母笑着说："你可没亲眼见，老关可真把老妹当女。"

吴先生在等他。

"我还忘记讲，有天我跟啸高谈你，说你听人讲话的神气很有意思，这张画怕就是受到啸高讲话的影响，画你的那点专注。"

两个人从剧场后门出来。

"你可以稍微走慢一点，不好让我老跟在你后边。这方面的事你想过没有？以后你跟女孩子来往，把她甩在后边，那局面是很难堪的。"

"嗯！对！是你讲的那样，我记住了。"序子说。

走到街头，在一家本地点心摊子前停下来。吴先生问序子："你吃过'甜春饼'吗？"

"没吃过。"序子答。

这春饼跟春天吃的那种包韭菜、虎蒂、豆干丝、笋丝、肉丝的咸春饼不一样，它是甜的。芝麻、杠糖、核桃碎、花生碎和一些甜脆杂物包成一个卷，完全另种口味。这东西在街上随包随吃。站在摊子边，哪路人都这么办，本地局长科长也这么办，唯独吃这东西不计较地位生疏。

两人正准备张口细嚼摊主递来的春饼，正好街上一队本地兵丁经过。装备寒碜，属于乡县级水平。进入大街之时领队的偏要伸展一下军威，于是高叫一声："牺、牲、已、到、最、后、关、头！唱！"

于是队伍陡然齐声开起腔来。虽然各唱各的调，步法却特别地整齐。弄得两边铺子做生意的睁大眼睛，停住了交易。

吴先生和序子也急忙背过身去，满嘴腮含着的春饼一动不动，生怕稍一呼吸呛进气管。直到队伍走远，调匀牙床功能，慢慢把口中存留起码三分钟的春饼细嚼送进食道，一切办妥之后，两个人这才仰天大笑起来。

整条街市也无处不笑，好不容易恢复了正常买卖元气。

"长这么大头回遇到这场面！"两人离开摊子，吴先生说。

"这么严肃认真的队伍路过，当然不能笑，后果谁担得起？"序子说。

"其实唱好一个歌并不难嘛！请个人好好教一教……"吴先生说，"免得在街上弄成这么不好意思。"

序子说："话可不能那样讲，唱好一个歌，在你当然不难，你读过书，受过好的训练。个个都像你吗？抓来的壮丁，左脚右脚都分不清，好不容易教熟歌词，已经不简单了，哪里还分得清1234567？你听听他们的排长、连长怎么唱的？营长怎么唱的？一个样！眼前只能要求把步伐走齐，记紧歌词，起一个2字调，4字调大家跟着唱下去就是。我在泉州也听过这类的歌，也发生了不少奇怪的同情心。我家乡兵多，自小听惯这种唱法。好久听一次，也觉得好笑。好笑是因为把这些歪调唱成正经。歪对歪，谁也懒得笑他。"

说着说着就进了一家街坊小店，看样子跟吴先生熟，序子也熟，两人正准备张口细嚼摊主递来的春饼，正好街上一队本地兵丁经过。装备寒碜，属于乡县级水平。进入大街之时领队的偏要伸展一下军威，于是高叫一声：「牺、牲、已、到、最、后、关、头！唱！」

犠牲已到最后关头，唱：

就是常来吃蛏汤的这家。老头子跟吴先生说了几句仙游话，她就笑起来对序子说："你也是他的老主顾，一进店就专叫蛏汤。"

序子因此也跟老头子笑着打起招呼来。

这回序子还是吃蛏汤。吴先生叫的是一盘炒面。她告诉序子："这店不起眼，有这条街时，它就是第一家，永远就是这个样子。我小时坐的长板凳就是现在的长板凳，我见过老板的爷爷、爸爸，看，他也老了。"

"他有店号吗？有招牌吗？"

"有，叫'一川'，什么意思我不知道，只记得烂红烂红地挂在那儿的，那钩钩也锈蚀了……"吴先生说。

"要是是我的铺子，再破的我也要挂，修都不修，亮这点老气。"序子说。

炒面送到，跟着蛏汤也送到，各吃各的。吴先生问序子笑什么。

"我笑我自己。每次自己一个人或是带几个人来，我总是叫蛏汤。看起来满满一大碗，边吃蛏肉边喝汤，鲜得十分夸张，上头浮着一层魔幻之极的霓彩，每回我都要介绍给人看，人听腻了，甚至提醒我说：'今天怎么没说霓彩？'我一进门，老板根本不用问我点什么……"

"你有时也可以点碗螺蛳换换口味。"吴先生说。

"不换！螺蛳怎能跟蛏比？螺蛳根本煮不成汤。"序子说，"那肉……唉！"

王淮半夜让隔壁张序子吵醒了。

怎么一回事？抖，抖，抖，抖，抖个没完，墙壁都震了。

掌着煤油灯撞开门，见张序子只盖着一张薄军毯，垫一张布床单，几本书作枕头，吃了一惊："你想死了！你怎么这种睡法？你睡觉的东西哪里去了？！"王淮嚷起来。

张序子光脚站在地上，一声不出，像个被逮住的小偷。

"问你呀！快，快，快，赶紧带着衣服！睡到我脚那头去。有账明天再说！你个狗东西，不冻死才怪！"

天一亮，两个人起来穿好衣服。

"你说吧！"

"送给耳氏了！"序子说。

"你送他干什么？"王淮问。

"江西那地方远，一个哑巴哥！"序子说。

王淮笑起来，"你呀你，'泥菩萨过河'，你这段时间怎么过的？怎么昨晚上才抖？"

"我没想一下子变天，冷得这么快！"序子说到这里，好几个人进屋了，"昨晚出什么事？"

"哈！你问他。先到他屋里看看！"王淮指着序子说。

大家去了回来问序子："你睡觉行头呢？"

"福州就送人了。"王淮说。

"张序子呀张序子！你还真不简单，你熬了几天才抖！"

"我还以为有人筛糠'打摆子'。"

"就那么一直挺到天亮？"

"哪里？要不我拉他过来睡在脚底下，他还有人样？起码不肺炎也咳个半死。你们看他，居然好人一个。"王淮说。

序子见进来那么多看热闹的，不高兴了，"滚！滚！令伯呕埋掌着煤油灯撞开门，见张序子只盖着一张薄军毯，垫一张布床单，几本书作枕头，吃了一惊：

『你想死了？！你怎么这种睡法？你睡觉的东西哪里去了？！』王淮嚷起来。

张序子光脚站在地上，一声不出，像个被逮住的小偷。

你被子哪裡去了？

喜！[1]这么高兴！"

王淮叫住宋成月："几个没戏排的上午陪序子去采办行头，先告诉潘副官一声，预支下个月一点薪水给他，就讲我讲的。"

"我不太想要这几个人陪我上街，中午起码吃掉我半床被子。颜渊深一个人就行了。"序子说。

"哈！颜渊深今天正好拉肚子发烧躺在床上。"

"有我！我们陪。买这么多东西，一个人搬不了的。"陈馨说，"我们还可以帮张序子挑选花色。"

"狼来了！"宋成月对着陈馨大叫。

最后决定陈馨、宋成月、张序子三个人出发。至于"们"，那就省了。

成月带路进熟铺子，陈馨挑选货品，推敲价钱，很快买齐了东西，成月评议为"灭门的公道便宜"。

三个人背着东西居然来到高街庆丰楼前，序子心中发麻，晓得大事不好，这一登楼，起码整床被子完了。陈馨入座的那个架势，让序子想起当年泉中好友吴长庚的气派。人家那时候是真正的酒店少东家，你陈馨只算个难得跟人上楼的普通食客，丝毫不把序子、成月放在眼里，居然自己点起菜来。

伙计笑脸在侧，陈馨点个菜，序子心里扑腾一跳，点两个菜，心里扑腾又跳一下，点到三个菜一个汤的时候，序子的心不跳了。

"今天我十七岁生日，别怕，我请客！"陈馨说，"张序子，宋成月，看看菜牌子，想吃什么自己点！"

---

1 你爹又没死！

"够了，够了。"序子和宋成月好不容易缓和过来，想象力和趣味都还没有跟上。这时候假若有人建议把他两个阉成太监怕都没法反抗。

时局形势变幻就这么常捉弄人。

陈馨今天拉开的这个架势，摆的这个谱简直仪态万方，令人耳目一新。吃进肚内的精美菜肴就不待言了，席间陈馨还发话，问他们两个想要件什么礼物，回去路上好顺便买了。

成月想一想说："我来条上海爱美牌腰皮带吧！"

"你呢？"陈馨问序子。

"谢谢！我没有什么好要的。"序子说。

陈馨认真地看他一眼。

三个人吃完中饭背着这批臃肿庞大的东西下楼，经过瑞福祥百货店，成月真选了根贵皮带缠在腰上，说了声多谢，三个人静静回到团部。

一回团部就热闹了。那批女的假仁假义说是帮序子铺床，其实是想一探究竟他买了什么稀奇东西。连拆带看，真的也就把床铺好了，并且回身嫌视一眼序子脏相，替眼前这批新卧具马上的沦落惋惜。

陈馨只介绍帮序子挑选被子枕头质料花色的经过，居然丝毫不提上庆丰楼生日宴会请客的事。这原是可以大兴一下耳目的，她不！

天下女性都各有一套跟经院哲学差不多的逆反神秘天分，一种凝重的爱娇傲岸，在社会活动和自然界中非常耐看。其数学公式则是：神秘≠神秘质。

"蝉噪林愈静"，哄闹一阵之后，人都散了。

序子一个人躺在这床新局面上。新布的气味很香，常令人生发思古之悠情。朱雀南门内杨洗玉家布店柜台上常有这味。她是妈的学生，外地读书回来至今，该做婆了？

潘副官那边预支五块钱，自己荷包的五块钱，被窝、枕头、卧单、棉垫共七块三，不能算贵，要是庆丰楼那三菜一汤和三碗面挂在自己账上，那就贵得很了。

原来心里还厌烦这鬼丫头一齐上高街的。幸好！幸好！她是全战地服务团唯一让家里按月寄零用钱来的人，好像住宿生一样。她爸常有信给王清河，只有他一个人说女儿在这里比上学堂还好。感谢，感谢！这妈个傻爹！

想到这里忽然刹住！颜渊深在发烧，说是拉肚子。这医拉肚子的特效药学问很大，为什么大家不来问我？哪！北方的红山楂果切片，放瓦片上火中焙成焦干煎服，可医顽固肚泻。如果多日便秘，还是这个生山楂切片，煎服，马上畅通。正反都是它！

到颜渊深房一推门，黑暗得像旧社会。一股臭气扑鼻而来。原先住三个人的房间两个人都跑了；不晓得是两个人跑了之前发生的这臭气还是跑了之后这臭气才发生。总之一个字："臭！"两个字："极臭！"

床上蜷伏着的这个人当然是颜渊深，他名字渊而深的含义加强了不幸的气氛。还有陈馨给他封的外号"小矮鬼干"。明明床上有一个人，却像一张卷着小被褥的空床。

"渊深！你不用醒过来，你躺着，我看你来了。"

床上某地方"噏"了一声。

序子看床台上漱口杯那半缸凉开水，又摇摇热水壶空荡荡的，便提到水灶那头打满回来，关照颜渊深："要开窗了，要扫地了。"开了窗，扫了地，一看床底下那两口大痰盂，一个敞口，一个盖盖，大小便都拉在里头，满满的不倒，这他妈要不病也难！给端到厕所倒了洗了。拿固本消毒肥皂洗完手，关完窗，回到颜渊深床前。

"你有力气上医院吗？"序子问他。

"刚上了回来。"

"说你什么病？"

"痢疾 ASA。"

"ASA 是什么？"

"没说，药包上有。"

"有也算个屁！"

"是！"

"我上药铺给你买'焦山楂'，一服就好。"

"好就好！"

"有人看你吗？"

"有，看了就跑。他们排戏也忙。"

"这么臭，能不跑吗？女的呢？"

"一个也没来，大概是怕我请她们吃屎！"

"哎！你狗日刻薄，她们是女的，怎么这样说？你这间房比厕所臭十倍也不止。气氛非常不正，男的都不愿来何况女的？不仅仅臭，你这个臭让人闻起来还有点让人羞耻。"序子说。

"臭和羞耻根本没有关系！"

"你没读过这方面的书，我不跟你争。我现在就帮你上药铺去买焦山楂。你少出去，免得遭人嫌！"

序子走出渊深房间遇到人，都皱了皱鼻子；好像在提醒序子，世界上不光只有狗皱鼻子。

"操！"

药铺的人说，这几天买焦山楂的人多。序子听了想："怪啊！是哪样吃货让仙游县不顺遂了？"

回到团部，取了颜渊深的大搪瓷漱口缸把焦山楂熬了。颜渊深一喝，下午泻就止住，脸上显出点人气，到序子房里来坐，算是多谢照料。序子赶忙拉他坐回椅子上："我这是干净新床单，过几天等你底盘修好再坐。"

吴先生来研究剧目，把序子的画像也带来了。先靠在排练厅桌子边墙上。轰动起来。

有人说比照片还像。

有人说生动。

有人说比序子真人漂亮。

河伯侧身对序子悄悄说："把墙上那张撤下来，你这张上去如何？"

序子听了要张口咬他。

序子见几个女的聚在画像面前指手画脚，便过去告诉她们，这是油画，还没有干，手指头碰不得。幸好讲了。

大家一致通过仍然是曹禺先生的东西《雷雨》和《日出》。

《雷雨》，王清河的周朴园，吴淑琼的繁漪，导演王淮。

《日出》，蔡宾菲的陈白露，王淮的潘月亭，导演王清河。

世界上的剧团好像有个讲究，外国剧团到一定火候就要演演莎士比亚的《哈姆雷特》《罗密欧与朱丽叶》；中国就演曹禺的《日出》《雷雨》。

（我是讲上世纪的三四十年代。现在不敢说。）

序子也就开始动脑筋设计这两个海报招贴。他开始读剧本。这两个剧本又的确好看，精神全放在里头去了。

通知下来了，一个星期后出发去泉州。

序子没感觉是件大事，招贴广告到时候上墙就是。眼前几件小事：看狗、还书、写信给泉州几方面的狗蛋们。心里重重的是洛阳桥的蔡良，虾姑死了之后听说他爹身体不怎么好，一个小孩管这个大铺子，怎照拂？先通知一声，我们人多，只是过路，不要麻烦了。

鸟枪留房内，只带小左轮挂在腰间。木刻板和工具不带，书不带。只带写生夹和水彩盒。

剧务组那帮人带了演剧行头一走，团部显得空荡荡子。序子到迎薰路去还书顺便看看老妹和她的儿女。吴先生在家打点行李，看到序子很是高兴。序子交还钥匙，吴先生说："这书房就像是你的，最近以来，我们哪里还有时间翻书？放你那里是一样的，反正你回来还要看。"序子便把钥匙放回书桌上说："回来归回来，到时候要看再来借。"说完便到关先生那里看狗。关先生一见序子便说："你看，老妹的儿女全让我们演员分了，喜欢得什么似的，都带回家里去了。你不把老妹带走吧？"

"带不走了，到泉州忙，没空照顾她，在你这里最合适，难得你喜欢她。"

"喜欢！喜欢得很，那就说定给我们了！"关先生敞开喉咙笑，"老妹呀老妹！今天起你姓关了！"

老妹这狗，主人换多了，不太当一回事。看样子这里陪她玩的人多，序子留她在这里很放心。

狗最识得人间冷暖，也最忍得委屈。

回到后屋，吴先生说："你帮我找王淮说说，这次去泉州，不要给我派轿子好不好？"

"不坐轿子，你怎么去？"序子问。

"你怎么去，我就怎么去。"吴先生说，"你想想，大家都走路，我一个人坐轿子，难堪不难堪？"

序子说："喔！你是怕难堪才不想坐轿子。我给你讲件事。我家乡周围农村都有赶集的活动，轮流着不同日子，不同地点，大家都到那里去买卖东西。农产品、牲畜、手工艺、四季果品、生熟食物、陶瓷铜铁工具器皿。小孩子也到那里去，碰见亲戚长辈趁机混点东西吃吃。的确是非常热闹好玩，来往走几十里路根本算不得一回事。

"卖牛羊的赶着牛羊去，卖马的骑着马去，卖鸡鸭的放在笼子里挑着去。只有卖猪的比较麻烦，猪走得慢，最容易耽搁时辰，尤其怕半路上太阳晒多了发猪瘟；几十里路，原先一只大肥猪到地变成大瘦猪。所以送猪赶集都是两个人抬着去的。

"这和让你坐轿子上泉州完全是一个意义。

"对于猪，为了赶时间，怕减膘少斤两卖不出好价钱；而你呢，怕你赶这段长路累了身体，到泉州演不好戏。都是用坐轿子的方法来解决这个时空矛盾。

"猪不懂事，它享受了眼前舒服的现实。要是早知道后果并不美妙，它一定会大喊大叫去争取活下来的权利的。你不同，眼前觉得坐轿子难堪并不等于你以前没坐过轿子或以后不再坐轿子，只是由于一个人坐着轿子夹在你喜欢的熟人当中一起赶路觉得不好意思。要是我，也会跟你一样觉得不好意思。

"不过你那个体质看起来对付不了这段长路的。过枫亭，走惠安，过洛阳桥，好远好远的。算了吧！坐吧！这些不坐的理由你我都不好开口……"序子一口气说了这些话。

吴先生坐在床沿苦着脸听，"要你去讲你又不肯，一下子猪一下子我，把人都弄糊涂了。"

"吴先生你不要见怪，看今天天气这么好，信口拿赶集抬猪的事做比喻可能不太切题。我还有一个辛亥革命时期我家乡一个姓滕老头坐轿的故事，这故事比卖猪赶集切题得多……"

吴先生赶忙站起来说："序子，我不听了，你快回去整理行李吧！刚才讲的猪的笑话千万不要再说出去，让人听到，我可就没脸上街了……"

序子一脸的惶惑，"不会吧？有这么严重？这哪里算得上笑话？……"

战地服务团开拔了。

坐轿的不只吴先生一个人，还有罗干事的夫人大绿扁脸白聪和张一明老头。白聪和张一明坐轿从来认为天经地义地当然，不像吴淑琼先生毫无必要地有愧于心。

你不要以为黄金潭没上过学就一点幽默感都没有。其实他生性内秀而精于默会再加上朗然的是非倾向，旅途中顺手来两笔"即兴"是很见功力的。

他跟轿夫的关系很好，或许事先早已打好招呼，只要有红白喜事队伍经过，就暗中使轿子夹进去紧紧跟上一段路程，像是红白喜事里的一分子，随着中乐还是西乐的节拍缓缓地一一往前迈步。张先生和那位白聪女士坐在轿中，下不能下，喊不能喊，心中着急却无可奈何，更没想到自己的慌乱情绪反而成为别人旅途解闷的欣赏节目。（吴先生的轿子早到前头去了！）真是太不幸了。

黄金潭做这类事娱乐性很强，神色自若并且一点不笑。

轿子里的着急还很有个讲究。你可以大声地喊叫，声震碧落都不要紧，身子可得保持平衡稳定。因为偶一疏忽闪动，就会影响把你抬在空间的两个人肩膀的平衡，然后你们这三位同命爷们就会一起跌入还没起名字的万丈深渊里去。

天下有数不清的后悔都不是真后悔。真后悔是绝对没有机会后悔的那种后悔。

从惠安出发经洛阳桥直奔泉州这部分前后散散的队伍，又是宾菲这一帮女将裹挟着几个小家伙漫步混在一起的，有说有笑没有什么顾忌，甚至看见路边的厕所便把手边的提包交给小家伙说："拿着！我去解个手。"好像家里的亲弟弟一样，毫不见外。要是夹个大点的男人在旁边，便不会这样说。

想到什么谈什么。快到洛阳的时候序子便说："我已经有信给泰昌顺的蔡良了，这次是调防，来来往往的过路，不要准备招待我们了。打过招呼，希望这次在他门口不要再碰见他。"

宾菲问："你写信给他啦？"

序子说："嗯！"

"你都通知他了，那还不准备？"宾菲嚷起来，"我们打赌，敢不敢？"

序子点了点头说："糟！怕会是你讲的这样。"

来到洛阳桥街上，老远就看到泰昌顺大店门口当街横站着几个人向序子这边招呼，正是蔡良和他爹一群伙计们。走近一看，原来蔡良手上还横着一根棍子，表示不让人通过的决心。

被阻住的这一伙人起码有二十七八个，从王淮算起到小矮鬼干颜渊深。不习惯握手和拥抱的便乱捏乱掐。女的连忙躲开了。要是虾姑在就不用躲，唉！那又是另一番景象了。

"不行！无论如何不行！不让走！旅馆安排好了，喝酒的、不喝酒的都不准走！"转身对伙计大声交代，"送阿谷里阿，秀吉格娃活弩耸笑！"[1]

嗓门跟涨潮的涛声混在一起，好热闹。

一个渔民押一个团员扛着行李走了，留序子陪着王淮、王清河、钱大猷、张一明坐着喝茶兼做联络员。

王清河问王淮："这怎么一回事？"

"不管它！紧张了两个月，借半天歇一歇也好！"王淮说。

王清河问序子："你晓得吗？"

序子说："不太复杂吧！我们以前有一伙人，跟蔡良少老板亲兄弟一样。"

"这和我们战地服务团有什么关系？"王清河问。

"因为我嘛！"序子说。

大家听到笑了。是这么一回事。

---

1 送到阿舅鲤湖（即蔡良舅舅开的鲤湖旅社），少一个我跟你算账！

"要他们花多少钱！"王淮说，"这一回合？"

"不会的，刚上岸的鱼，家里现成的酒，还有那一帮本地老陪客，一年好多回，常常的事。"序子说。

到鲤湖安排房间的人回来了，围拢过来抢茶喝。

陈馨对序子伸了伸舌头，"院子里头摆了六七张大桌子，像过年。"

进来好些个年纪大的老百姓，王淮赶紧站起来让座，请过来"呷代"[1]。那些人脸嫩，怕生人，都一边弯腰，一边赔笑挤到树底下几张条凳那头坐下了。

人说："开席还早，太阳还没入海。"

蔡伯进院子大声嚷着："早就早点！酒可以喝长些嘛！莫管太阳啰！各位坐下好讲话！"老板话刚落完，酒席像舞台换景一下子就摆妥了。

第一桌——蔡老板、王淮、王清河、钱大猷、张一明、罗乐生、庄敬贤和这个关键小人物张序子坐在蔡伯旁边。

其他桌都是自然坐。

讲自然坐其实也并不怎么自然。好多本地人夹在战地服务团这些脸皮厚的人当中，好不容易驳乱夹一筷子菜，喝一口子酒，还搭不上一句整话。连广东人所谓的"鸡同鸭讲"的水平都不够，有什么办法？

这不幸群里的孤独啊！

蔡老板蔡伯举起大酒杯要讲话了。那一脸青胡子连一根杂毛都

1　喝茶。

没有。

"上回战地服务团经过洛阳，我碰巧去涵江没碰上，没机会招待，'紧派色！'[1]这次见面很高兴。张序子跟我儿蔡良兄弟骨肉，他们这伙青年都是正派学生。我一家三口，我，我妹阿虾，我儿蔡良管这单生意。我没想我妹她前年过世了，犯病的时候还一个个叫过这些'筋那浪'[2]名字……"

蔡伯讲到这里，狠狠喝了一口酒。放下酒杯，两手撑住桌子咽咽流起泪来。王淮伸手拍拍他手背。

王清河见这情势，赶紧站起来，"蔡老板，你先吃口菜，慢慢讲。我倒是想问问，我们战地服务团这个张序子怎么会跟少东家兄弟称呼了？"

"他们几个筋那浪曾经一起在德化瓷场共同学艺，度过艰苦时辰。"蔡老板说。

序子说："那时候我学校出来是真的没有地方谋生，蔡良根本犯不着出来跟我们混，他只是好奇贪玩，想探求世界之究竟。陶瓷方面得到点知识也未尝不可，很是随和，也很能吃苦的，一切处之泰然。我根本不清楚他的底细。我们那时候，谁管谁的底细？"

蔡良在另一张桌子说："序子最是个懂道理的读书人，我姑临死不闭眼，念着几个筋那浪的名字，张序子泉州连夜几十里，天亮赶到洛阳我姑床前，抓住我姑的手叫她。我姑看见我和序子站在面前才慢慢闭了眼睛，那手还是热的。"

1 很不好意思！
2 小孩。

几个战地服务团的成年人都会心地发动起来向各处敬酒、干杯，千扯万扯，不要把今晚上的酒宴变了性质。敬贤叔弯腰走到成月那边，叫他赶快到鲤湖旅社把手风琴背来。

有人问蔡老板，为什么这鱼叫"放屁鲭"。

蔡老板说："鱼名字不是天生的，都是人取的，不是所有的鲭都能放屁，只有青黑色的鲭越煮肚子越胀，上席时候筷子一碰才那么大声长长一鸣，这种鱼也难得捕到，好几年没见了。"

序子也是头一回听到，觉得稀罕，联想到"拉尿虾"和水箱里两尺多长蚌螺软体类名叫"象拔"的东西，明明是在暗示它外形像似雄象的生殖器这么起的名字。那怎么吃？或是大家糊里糊涂刚才已经吃过了也未可知。反正海里捞上来的东西都千奇百怪，谁也惹不起，以小心为是。

至于河豚这类东西早就晓得它是满足人类恐惧虚荣心故弄玄虚的食物。没什么意思。眼前倒是想知道能发出八百伏电压，把牛和鳄鱼震得半死的电鳗，它的肉好不好吃？

一个本地中年人说："长这么大没见过震死牛的鳗鱼，也没机会呀！牛几时下过海呀？既然这样说，发现电力的科学家怎会是富兰克林呀？电鳗早就用上了。"此人酒喝多，意思扯到别处去了。

没想到蔡老板安排了一圈丝竹南曲朋友热闹起来。自己嚷着要进去唱一段，儿子蔡良赶紧上前劝阻："阿爸，算了！不要唱，太难听。派色[1]……派色！……"

蔡老板多喝了几杯，犟犟配了几嗓子，自己听听也觉得实在不

1　不好意思。

成调，熟人哄笑着把他架回了席上，这才由几位熟手认真从容坐稳地吟唱起来：

> ……光景一时新，待相同随喜终是女儿身。献钗头金凤朵，盛纳盒锦犀文。也知妹子无他敬，如是观音着我闻。我将为信，去讲座陈。管教他灵山会里直着个有缘人。（《南柯梦》）

王淮说："好听，迷人！"

序子对南曲感应迟钝，进不去，不是不好，是自己还不够格领会。

完了之后，庄敬贤叔上场，手风琴拉开一段序曲，唱了首黄友棣的《淡淡的三月天》。轻快光亮，也有点小小伤感，把大家吸引住了。然后站起来介绍《流亡三部曲》。

"我一生最喜欢的歌。有一天我死了，也会死在这歌里。我不是东三省人，我没去过东三省，我唱起这三段歌，每一寸土都是我的块肉……"

音乐升起，月到中天。庄敬贤一个人嘶哑的嗓子。

漫长的大地的哀号——

> ……
>
> 爹娘呀！爹娘呀！
>
> 什么时候？才能欢聚在一堂？

"歌"完了。

"听"没有完。静穆在延续无尽的凄怆。

忽然大家醒过来，热烈鼓掌。

庄叔满脸眼泪起立，微笑，鞠躬致谢。

回鲤湖旅社路上，大队人散散地走着，月光偏西，脚步清晰，各自说着话。

宾菲搭着序子肩膀轻轻问他："我死了，你能赶几十里路来看我不？"

"你在哪里？我在哪里啊？"序子说。

"不管！"宾菲手掐着序子肩膀。

"那个时候你儿孙满堂，真会留一口气等我？"序子说。

走在旁边的人也笑起来。

唉！人生百年，多少麻烦事在做，多少恩情在还，少年时的那点珍贵操守，你还真相信能找得回来？

宋朝词人章良能《小重山》那词写得好，下阕：

往事莫沉吟，身闲时序好，且登临。旧游无处不堪寻，无寻处，唯有少年心。

回到鲤湖旅社，上得楼来见客厅大圆茶桌十分可喜，挂灯又亮，舍不得马上回房休息，叫来岩茶大家围着喝将起来。

钱大猷是浙江上虞人，指着王清河的鼻子说："你们闽南人最大的毛病就是好客。张三李四认识的、不认识的，三秒钟就请坐泡茶，两分钟设席摆酒，认真得不得了。好夸张！"

回鲤湖旅社路上，大队人散散地走着，

月光偏西，脚步清晰，各自说着话。

宾菲搭着序子肩膀轻轻问他：『我死了，

你能赶几十里路来看我不？』

我死了，你也能走几十里来看我不？

"半点钟点蜡烛磕头拜把兄弟！"杨肇说。

王清河问："讲完了没有？"

"讲完了。你以为不是这样吗？所以总是好客、好客，上当、让人占便宜，没完没了！"钱大猷说。

"你等着人多谢才交朋友？你朋友少是因为怕上当？怕打嗝所以不吃饭，怕放屁所以不买炮仗，怕尿床所以不开水龙头。你那个几秒几分钟的分析举例是个空炮。我们闽南人爱朋友没你想的那么可爱天真。比方，我跟你同事两三年，摆过酒？拜过把兄弟了？岂！"

"痴情是有的。"序子说。

"痴情是因为有人负义！"河伯说，"我承认我们闽南人多情，遇到好人好事容易倾心相向，甚至苦苦追求奔赴一世。比如你们那个虾姑。年纪轻轻苦等那个薄情负义'过番'无影无踪的丈夫，一天，一月，一年，十年，二十年……及至遇到你们这一帮年轻人，对你们产生母性的疼爱、想念，及至死后也难闭上眼睛……"

王淮说："这应该就是善良的闽南人多情的历史源头。闽南人的多情，是离别锻炼出来的。

"一种远离祖土、开拓的历史情愫、爱情创伤的抚慰和修补、被遗忘的坚贞的等待……千百年积攒下来的这种美丽、忧伤、温暖、宽怀、体谅积淀而成的风俗，怕就是好客的心理基础。"

"六朝梁代的范云有首诗，好像是替闽南的妇女写的一样：

> 春风柳线长，
> 送郎上河梁。
> 未尽樽前酒，

妾泪已千行。

不愁书难寄，

但恐鬓将霜。

望怀白首约，

江上早归航。"

序子说，"我很小家里大人教我读这首诗的时候，心里就很替那位可怜人流泪；现在长大一点又产生了一种不敢对人——尤其是对虾姑说出口的话：万一她的年轻丈夫也是位不幸者呢？天涯海角出了意外，一封信都来不及写，身边没一个搭口信回唐山的人……"

（几十年来我见过许多流落他乡绝望人的眼神，以后让我慢慢写来。）

郑贻宽接着提了个问题，为什么坐海轮船到南洋的中国人叫华侨，没听说往东北、往新疆那边出去的中国人叫华侨？

其他人就说，也不一定没有。往东北、新疆那边出去的人少，叫这个叫那个都还没有叫定。坐海船出去的都是一伙伙、一串串的，名气就叫出来了。往东往西一样，其实应该都叫华侨。顺口和不顺口而已。南洋华侨、美国华侨甚至叫得细一点旧金山华侨、金山伯、印尼华侨、马来亚华侨、牛车水华侨……

俄罗斯华侨、印度华侨、苏联华侨、土耳其华侨、埃及华侨、伊拉克华侨，听起来就比较不习惯。

一个人说这和起旱、走水路或者有点关系。

另一个说一个是唐三藏的旱路，一个是郑和的水路。

又一个说：哈！一个和尚，一个太监，两个无牵无挂的历史华侨老祖宗，哪能在海外留下传宗接代的汗马功劳呢？

越说越糊昏了。

想想明天还有几十里路要走，大家洗脸刷牙睡觉去吧！

一大早醒来，序子洗漱完毕到旅社门口看了一看，背后罩着雾的那座小山就是虾姑的墓地，序子上去过的。这回来不及了。远远地对虾姑说："别恨你那个可怜的丈夫，虾姑呀虾姑，我为什么早没有这么想？或许他也是早已遭到不幸的人。别怨他了！"

送别的早餐非常丰富，让人舍不得离开桌子。舍不得也要舍得，就离开了。又是握手，拥抱，乱抓乱捏。蔡老板一大伙人送到洛阳桥头，直到双方眼见小到芝麻为止。

序子跟蔡良也没什么说的："见到他们，叫他们有空来洛阳玩。"蔡良本人，看样子是走不脱了。命定非做大老板不可，为什么他会难过悲观？

一大伙人那么散散地走，不讲点是是非非是不行的。尤其是走在这条心旷神怡的伟大历史名桥上，左拥右抱着大海，上边是太阳加蓝天白云，强而不冷的彪风把穿在身上的夹大衣、风衣吹起来，凛凛然感觉到自己是个电影明星。

薛钟华、罗乐生、钱大猷、陈哲华那几个演小生的，一到名胜地方就会不约而同地发这种神经，做一些异于常人的动作，说话口气也都显得不大一样，要走好长一段路才缓得过来。

蔡宾菲这帮女的还是跟序子四个小男人一起。人熟，讲什么话都不用回避绕弯。

宾菲叫序子："过来，我问你，你那个虾姑漂亮吗？"

"你是想，要我把她跟你们比是不是？根本是两回事。"序子

東 ← → 西

？

一个和尚一个太监，哪能做海外传宗接代工作

又一个说：哈！一个和尚，一个太监，两个无牵无挂的历史华侨老祖宗，哪能在海外留下传宗接代的汗马功劳呢？

说，"那怎么比？"

"那好多人说她漂亮？"宾菲问。

"'漂亮'两个字怎么包得住她？她长得处处是地方。她跟男人一样'赶海'，扛百斤重的鱼，全身和头发常常泡在海水里，晒早晨的太阳，抓酒瓶喝酒，吃很多饭，喝大碗鱼汤，光身子穿硬油布衣裤，拉得起几百斤重帆……风暴看多了，眉毛浓黑，两只眼睛精亮；波浪中颠簸惯了，鼻子稳当沉着；原谅了二十年对她负义的男人，嘴巴十分严峻；头发渔网线那么粗，脚趾紧紧抓得住船舷，双手像两把大钳子。一年三百六十五天，要不是迎风浪便是晒太阳，脸颊天然红通通，省下好多胭脂钱……身材高大，黄昏收工回家，大门洞一站，晚霞全让她遮挡了……"序子说。

"是的，天底下是还有比漂亮更漂亮的东西的。"宾菲说。

"唉！我没有这福气，就算跟她待半天都好！"陈馨说。

序子说："我看是。我好长好长一段时间为你设想，什么先生、什么学问对你最迫切？真没想到你自己说得这样好。唉！要是虾姑在世，跟她做徒弟也罢！比战地服务团有益得多！你就缺虾姑那种派头。"

"去、去、去、去！我要你帮我设想干什么？我请了你吗？"陈馨不大晓得好歹。

成月说："凭良心，我真有个好建议，不如让张序子做媒，把泰昌顺少老板蔡良介绍给我们陈馨算了。你们想，泰昌顺这么大的鱼行家业现在就他们父子俩经营，最得力的虾姑又去世了。累不累啊你说？我们陈馨，要才有才，要貌有貌，朝气蓬勃，头脑精明，生动活泼，做少老板娘最是合适，大家看怎么样？"

大家怪声叫好！

陈馨听得开心以为在讲别人，跟着拍了一阵掌，原来是讲自己，便抢过序子的手杖追着成月要打。

宋成月忙着在桥上跑。"你做了老板娘，我们大家都有鱼吃。牺牲自己，帮大家做了好事！"宋成月一边逃跑一边嚷。

别说陈馨这丫头跑得也不慢，成月差点挨了一棍子，洛阳桥快跑到头了。

"……叫你妈、叫你姐、叫你妹去泰昌顺做少老板娘，叫你爹、叫你哥去做亲家去做舅老倌！……"陈馨隔着好十几米追不动了，坐在栏杆边石墩子上骂宋成月。宋成月还在说："这机会难得，迟早你会后悔，哭都哭不回来！"

后头的人也赶上了，大家又嘻嘻哈哈一起走，不再提刚才的瓜葛。把另外一些新闻又开起篇来：

"信不信都是由你，报纸上这么登的究竟还是事实。"甘培芳说。

"哪！第一，有没有这份报纸还是个问题，你这个人就时常端报纸出来吓人；第二，报纸上有没有这段新闻也是个问题，你哪年哪月看的报？什么报？你说——"颜渊深逼他，"这几天，几时见你手里捏过报纸？"

"我讲过最近看报纸了吗？以前看过的报纸都不算了吗？"甘培芳说。

"你自己想想看，两边成群的喜鹊打架，成百、上千，即使上万都可以理解；在闽浙两省交界地段打架，漫长的战线、死伤累累，这不是见鬼吗？喜鹊怎么分辨得出省不省界？它们是阎锡山、冯玉祥吗？"颜渊深说。

"所以好多事情都是这样，原来发生了也不奇怪，比如喜鹊打架；为了耸人听闻，加了点意义，加了人为意识，好意就扭了。今年'七七'，永安开纪念大会，入伍壮丁当场纷纷写血书向蒋委员长致敬。何必呢？壮丁会写字吗？不跑就可以了，还血书？"成月说。

齐扬和陈可问序子："你怎么不搭腔？"

"我不大看报。"序子说。

经过右首坡太上老君石像座前。

一个闽南水土哺养大的外省孩子，每次流浪经过老人家面前，笑眯眯的照应啊，心里总有些话想讲讲……

"序子，你在想什么？"宾菲问。

"中国好多石雕裸露天底下，风雨侵蚀，都漫芜了。唯独这老人家丝毫无损，你看，宋朝到现在多少年？"序子说。

"他原是这里的石头，就地雕的。"宾菲说。

"你怎么晓得？"序子问。

"听老人家说的。咦？你看出什么道理了？"宾菲问。

"我不管走到哪里，想到他老人家的笑容就勇气百倍。它是座没签作者名字的伟大艺术品。一千多年了。

"他的衣领、衣褶、衣摆、袖口，所有线条衣纹的安排，都在表达老人家的慈和安详（法力无边）上下功夫。胡须像几股活泼山泉从岩上流淌。长寿的耳朵、耳翼上端居然弯垂下来，这是全世界唯一特别快乐、最有创造性的耳朵。

"一位坐在路边等了你一千多年的老人家，有好多话要对你们这些过路的讲……"序子发挥起来。

队伍就这么零零散散、时聚时合地到了泉州东门。人齐了,王淮领着队伍进城。没想到不右转弯进司令部大门,而是直走到标准钟左拐上中山路,一百多米二百米不到左拐进入一个场地,原来是社会服务处。所谓社会服务处其实是家公务员旅社,有关系有面子的才住得进。没想到这下子全包了。好多客房之外后头仍然有间会议厅,移走桌椅,就是排演场。

社会服务处门面也不小,外头用竖砖砌就的广场起码有两个篮球场大,周围还有些小门面的公家房子。拐来拐去西北边还有怪场院。我这么说的原因是以后一些人还要搬到那边去住。眼前没去过,说不清那地方什么样子。

(连这地方名字都记不起来,老朋友都不在了,问谁去?)

伙食不错。听说社会服务处的大厨房大师傅、二师傅都是戏迷,讲起战地服务团的掌故一套一套的,小伙计跟在后头也不敢不是戏迷。这是大家能吃得那么好的原因。黄金潭对他们许过愿,哪一天戏里缺"群众",还争取想办法跟上头说说让他们"上去"。

估计年初先上《原野》,个把月之后《雷雨》排得差不多了再上《雷雨》。《日出》看样子还要往后挪挪。

团里放三天假,泉州本地人可以回家,其他人自由。爱干吗干吗。

人希在石狮,长庚莫名其妙跟人上永安去了。吴先生在沙县,国重也不知去处。眼前就靠傅斗、傅升两兄弟来往了。到浮桥涌金里,两兄弟以为是做梦,抱住序子不放,紧摇紧摇,差点把早饭摇出来了。傅斗说:"你长高起码两寸,在街上我就不敢认了。你周游列国；看我们，闭在这里一动不动。"

序子说："你们这类人讲话，口气一个样，蔡良洛阳桥也这么讲，做大老板羡慕讨饭的。不太有意思。哎！伯父、伯母都好吗？"

"还真是忍不住不告诉你，我们这位老人家今年生意还真做得活泼顺手，年终没到已经开始得意了，是过去没见过的。过年如何办这个，过年如何办那个，已经开始去筹备计划了，到时候望你一定来。——咦？你腰皮带挂了什么？枪吗？怎么那么小的枪？"

序子退出五颗子弹取下来交给两兄弟。

"这么小的枪，太有意思了，从来没见过。还有没有？帮我们弄不弄得到一把？"

"别瞎扯！老百姓玩枪？"序子挂回腰皮带上。三个人笑起来。这时候老伯进屋了。

序子迎上去招呼。老伯也这么说序子长高了，足见序子是真的长高了。

老伯果然味道十足，满面春风。序子乘势来了两句："没想到一年多不见，伯伯越活越年轻，是什么补药吃的吧？"

"哈哈哈哈，补药，好个补药，船上岸上，就这个补药！——啊！对了！今年我漳州运来一船水仙，精挑细选，起码是十二头的，斗儿你给我叫他们搬十箱过来，等下叫车子送到序子那个叫什么团体里去。礼轻不要见外，高高兴兴大家一齐养水仙过年。"

序子没想到这么大动静，赶紧多谢："那我代表全团的朋友多谢老伯了。大家一定想不到地高兴。"

吃完午饭，序子就跟水仙一齐告辞回去了。

回到团部，只王淮几个外地人在场。序子把水仙花的经过讲了，就等大家回来。

序子一个人在房里做些招贴设计稿子。十箱水仙依墙垒得高高的，显得很有点什么派头。

三天后，人都回来齐了。四个人把水仙搬到排演厅，知道是那么好的水仙，没有一个不来的。一个人领一头回去了。两夫妻的当然领两头。领两头的还不甘心，硬挤过来亲自挑选。四个人当然不让。不让就会吵，一吵就要动手。序子拨开众人，冷冷走过去，双手护着水仙箱子，垂目笑了一笑。事情就这样过去了。看官心里明白我讲的是谁。

一个团体，一个单位，总少不了有这么一对或一两位这类喜欢"与人斗其乐无穷"的人，总以为周围的人或全世界的人都对不起他，占了他的便宜。

分完水仙，没想到还剩下一箱多，两夫妻又过来了："剩这么多，怎么办？"

序子问他两位："要是我说，不怎么办，你们怎么办？"

两个人看看阵势，走了。

潘副官和黄金潭上街找了件浅口木盆回来，把剩下的水仙全养在里头，由黄金潭、阿哇两人警戒守护莫让人换了偷了，白天晚上抬出抬进，同样是水仙，单单这一大木盆水仙引来众人的欢喜：

看这叶子这么矮这么肥！看这满盆的花苞，都像是机器做出来的！

等开花那天我们再来。

《原野》广告上的仇虎是仙游的老稿子，画起来十分顺手，五天工夫就上墙了。果然也是引来很多看热闹的。

宾菲看见序子说："你自己去照照镜子，脏得什么样子？"

序子正色地说："你看看金潭和阿哇，他们半天在梯子上，颜色糨糊满身都是……"

成月和培芳嚷起来："你没看见自己。他们两个加起来也没你厉害，你喝了颜料糨糊是不是？弄成这副样子。"

"快去澡堂子洗个澡，理个发，后天就演出了，总还得见人！"宾菲说。

"好！明天再说。"序子说。

"什么明天？"宾菲大叫，"马上！"

序子怔了一下，见宾菲那眼神，"我去房间把这身衣服脱了再说。"拔腿走了。

换了衣服出来。

"什么呀！你们还站在这里？"

培芳、成月、渊深也跟着说："都是为你好！"

"哎呀！你看你们烦不烦？好，好，好！"走出弄子口。

渊深指着街对面，标准钟过来几家那间小理发铺："那间可以，只一个老头，不要等，价钱也便宜。"

序子懒洋洋过了街。

（那时候过街和今天过街不同。泉州中山路这条街二十米宽总有。没有斑马线，你爱怎么走就怎么走。抽烟的站在马路当中点烟，甚至点烟斗都行，没有警察管教，当然谈不上生命危险。坐三轮车、骑脚踏车的人没有今天的胆子大，吵起架来，大家都是帮挨撞的。纵使撞这么三两下一时也死不了；不像今天的汽车撞人，十个九个半没救，甚至撞得连渣都不剩。）

理发店墨黑，有人进门才开电灯。

"向米逃？"[1]

"培吉逃"[2]

"帅唔？"[3]

"帅！"[4]

于是老头从架子上取下一瓶东西在序子头上倒了不少，放回瓶子，两只老爪子开始在头上挠将起来。老头开始问序子："努系操乐浪？"[5]

"屙蓝浪。"[6]序子回答。

"秧撞赖稳船揪？"[7]

问到这里，警报响了。序子要起来，老头说："唔勉斥笑伊！"[8]

序子挣脱他的手说："不行！我要进防空壕！"

"你看你一脑壳肥皂！"老头哈哈大笑。

序子已经逃回原来的弄子口，他看到那儿有个防空洞。不少人正往那里跑。刚钻进洞，就听到飞机声，接着就是五声炸弹响。第三声像是天坍下来，震得心肺外冒，全身都麻了。

—

1　什么头？
2　飞机头。
3　洗不洗？
4　洗！
5　你是哪里人？
6　湖南人。
7　怎么来我们泉州？
8　带粗话的"不用理会它！"。

序子已经逃回原来的弄子口，他看到那儿有个防空洞。不少人正往那里跑。刚钻进洞，就听到飞机声，接着就是五声炸弹响。第三声像是天坍下来，震得心肺外冒，全身都麻了。

五个炸弹

防空洞顶上落下的土，平均每人头上起码分得五斤。

安静了半个多钟头，人才敢爬出洞来，一看，那理发店和左右三四间店门没有了。周围蒸腾着土腥气，还冒着烟。

团内十几个人隔马路对着理发店空幻处观望。序子赶紧走到他们后面站着。开始没人出声，后来有人说："我亲眼看他过马路的……"

宾菲在发抖。陈馨开始大哭。几个狗蛋跟着也哭起来。陈哲华回头看见序子，大叫一声："你怎么在这里？"

宾菲回头看见序子差点昏死。大家跟序子抱成一团。王淮这么一个大男人，哭得也像个泪人。

大家过马路理发铺看了一下。

那张椅子还在，像是想从土里钻出来。其他东西都不见了，镜子、脸盆、肥皂瓶……

郑贻宽轻轻拉一拉序子衣服，指了指坍倒的墙角上那一片血迹旁边问序子："你看，贴在墙上的是肚子还是肠子？"

序子没有说话。心想："命，要不是这样的他，就是那样的我……"

吴先生听见序子的事吓病了。

团内十几个人隔马路对着
理发店空幻处观望。序子赶紧
走到他们后面站着。开始没人
出声，后来有人说：「我亲眼
看他过马路的……」

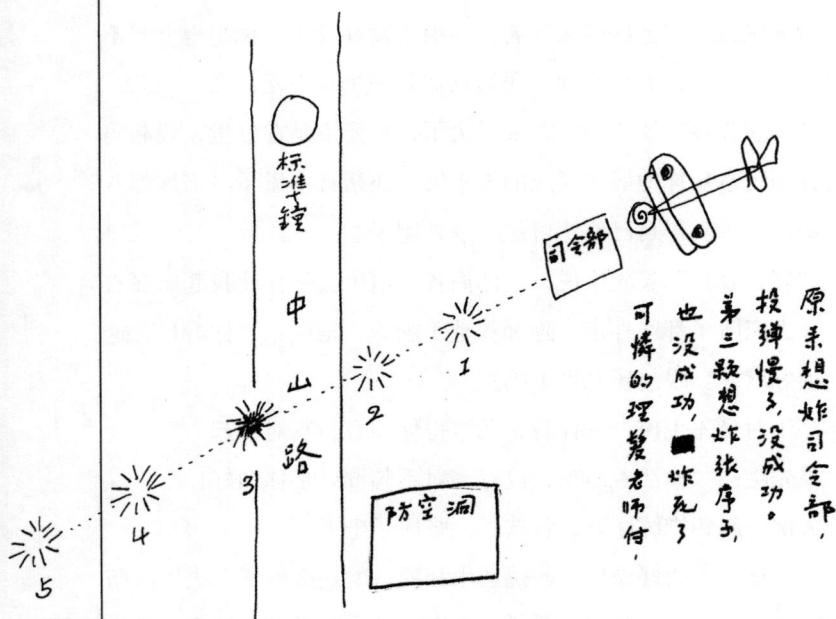

标准钟

中山路

司令部

防空洞

1

2

3

4

5

原来想炸司令部，
投弹慢了，没成功。
第三颗想炸张序子，
也没成功，■炸死了
可怜的理发老师付，

大伙回到社会服务处，序子赶到吴先生房里，见她躺在床上，"你看，没有事，什么这个、那个，都没有事，不是好好的吗？不担心了，不担心了！"

　　吴先生拉住序子左手，一会儿换了右手，一会儿又换回左手，"我想都不敢想。可把我吓死了！好好的一个活人一下子没有了。你看看，我瘫在床上，我起不来了……"

　　颜渊深说："他好端端活着，一根头发都没少，你犯得上起不来吗？……也怪，五个炸弹，居然只炸死一个剃头匠，真……"

　　"你想你该挨揍不该？"成月火了，"要不是在这里，我起码要给你两巴掌！你他妈还嫌死的人不够，还帮日本鬼子可惜炸弹？"

　　渊深一听觉得自己罪不可恕，往外跑了。

　　"好，好！"吴先生说，"你们各位请出去吧！让我起床穿衣吧！"大家听了都往外走。陈馨劝她多躺躺，她说："你看！我这毛病说好就好！眼前还躺得下吗？"

　　序子对吴先生说："你看，我惹得你担心，真对不起。"

　　吴先生："你活着回来，没有谁对不起谁。是你命好！"

　　大伙一起到排练厅来，各选了一张椅子坐下。

　　"命这个东西好怪！自己挑选生和死，就这么一下。去不去防空洞？去？还是不去？去，活了；不去，肠子肚子贴在墙上。那血，那肠子肚子，可能是老师傅的，也可能是张序子的，就那么一闪决定。老师傅一个钟头之前死了。你张序子几时死？哪个都算不出。"贻宽说。

"是我劝张序子去理发的，他要是这回没进防空洞，我这一辈子要想得开就难了。我亲眼见他进理发店的。炸弹一炸，我跑出来一看，理发店炸掉了，我差点死过去。没想到这鬼家伙从防空洞钻出来，站在我后面，吓得我差点死第二回。"宾菲说。

陈馨坐在序子旁边说："张序子这样子，一点也不像要死的样子。我不信他这鬼东西会死！"

"生和死连接得太快，让人感情来不及安排。"清河说。

"前两年我就说过，中山路晚上搭棚席卖'蚵阿煎'，一两里路灯火辉煌也不见来炸一炸，好像事先打过招呼，现在想想，还真是冒险！"序子说。

"生死其实一样！"黄金潭说，"张序子今天来讲，捡回一条命。我真心诚意想请客，炸弹里头捡回一个活人算是办喜事。我没有钱，你们里头哪几个愿意拿点钱出来的交给我，我来办，晚上加菜加酒，你们看怎么样？"

几个人听了觉得好，另外几个人听了更觉得特别好，都拿出钱来，一块两块、三块五块的，还真像那么一回事。黄金潭高高兴兴把钱拿走了。

黄金潭带回厨房的全是海味。有鱼，不贵，全属味美的怪鱼。这类奇形怪状、各种颜色东西正经人家难得理它；高级餐馆玻璃柜里也只是养着引人注意讨人喜欢，少见人有吃一吃的打算。何况又是不游水的。金潭图个便宜加上好奇的喜欢，都搜罗来了。还有

张序子一点不像要死心样子

陈馨坐在序子旁边说：『张序子这样子，一点也不像要死的样子。我不信他这鬼东西会死！』

十来种螺蚌、七八种螃蟹，几张桌子上一摆，让人感觉到像在参观黄金潭举办的首饰展览，眼睛都炫花了。金潭得意的落脚点就在这里，好不容易找到张序子重生的这个借口。

这场面果然惹得大家十分感动和开心，连黄金潭刚才提出来张序子炸弹中重生和后来一些人说的凤凰涅槃的意义都忽略了，一味之投身在筷子和酒杯活动的热潮中。

厨房大小师傅和众伙计得益于黄金潭在张序子身上重新煽起一场艺术热潮的鼓舞，也觉得累这么一整天很是值得。

前几页文章里提到过了，说黄金潭这个人若是有两笔文化的话，一定会是个挑得起来的人物。他不单会出主意，胆子还坚硬如铁。一个人把自己卖去当壮丁而能逃得出来已经算是难能了，还弄得十几个老烟枪和赌棍高高兴兴跟他走进常备壮丁队。

他自觉在战地服务团当勤务兵是一种"从良"的神圣行动了，也享受到一种大家认同的文化高雅之快乐。凡有念头从此都顺着良知这方面转动，处处想到一种很广义的"大家"。这个"大家"里有他一份。他很知足、本分。他从来少笑，快乐时不用笑来表示，要是偶然间让人指出他闪过一笑，他就骂："娘×！你以为我不是妈生的！"

他晓得阿哇蠢，他说蠢点好，不伤人。苦来了能忍，不像有些人想不开。

有个赵龙，大家喊他"灶笼"，汤总干事的时候没做几天让"滚"了。偷戏台上的茶壶、布景片子上的布卖钱，偷看女团员洗澡……黄金潭怪赵龙："女人洗澡有什么看头？"怪他爹妈，该给他早"撮摩"[1]。回头转过来又怪赵龙："你迟早要生儿养女的，传出去面子哪里搁？"

"我亲眼见他孝妈，给妈洗脸喂饭。还见他街上打发穷人。有善心的人不该做这类丑事的。我信他在这里做个把两个月会收心改掉这毛病的。可惜这不是学堂，不是容人之所，留不了你。你其实办起事来很细心耐烦的，劲又大，好重东西都抬得起。你看你走了之后，我跟阿哇两个人搬景片子都缺力气。也可惜你，你在外头再混上半年一年就消溶了，找不到影子了，让日子吞嚼了。"

"其实，有时候我觉得以前的老规矩也坏不到哪里去。犯点点不算大的法，打打手板或打打屁股就算了。痛一下，羞耻一下。在自己熟人跟前仅是失点面子。不赶出门，给条正经活路。像你赵龙、我、阿哇这些人从小哪学过求饶爱脸面的规矩？等到懂了也来不及让人原谅了。你要我们那时候不偷点弄点怎么活？……"

金潭趁大家杯盘交错热闹时候做了些如上的自问自答游戏。

张序子对于黄金潭做人做事这方面很是欣赏；黄金潭也感觉得到大家的信任十足快乐。文化和博识有时候紧紧连在一块，有时又各自打单称王。这要看是什么年月，什么人。

大伙让金潭掀起的这场玩意儿一直闹到半夜，都舍不得散。

肚饱眼馋。完完全全贪心之人性表现。

这讲的是大家各位。张序子个人的，锣鼓才刚刚开场。他明白今晚上这档子事若是世界少了他就弄不成。怎么说他是很重要的主角，很重要而实际上又不怎么重要，所以他就把功夫全花在吃杂鱼

1　讨媳妇。

及螺蛳和蚌壳身上。

上溯几年前张序子学堂读书年代，自然科学——动植物课的分数是比较高的。原因有二：一、他从小就喜欢排在眼前山间海里活生生的东西。二、教动物课的林泗水先生、教植物课的汪养仁先生为人长相都十分可爱，嗓音清顺温和，让人好受之极。

摆在序子面前大大小小琳琅满目的螺蚌和鱼类品种实际上已超过序子的趣味和知识范围，几几乎不奇怪不上桌来的计有：红焖的小宽纹虎鲨、清炖团扇鳐、清焖尖头银鱼、鳅鱼清汤、干煸青鳞、烤箭头鱼、蘸盐"皮匠刀"、炸翻车鲀、鲜烤蜂蜜鱿鱼仔、鬼脸蟹、淡菜、蛤仔、文蛤、钉螺、蛏汤、蝤蛑、蟏仔……这一下张序子深深陷进海洋生物学大辞典里，眼睛筷子够得着的东西，尤其摆在眼前那一大盘苦螺……

他初生牛犊不怕虎，他一点也不晓得苦螺是寒物的厉害，味道虽然鲜脆，本地人吃这么三两粒就懂得停口，张序子居然一口气把面前蘸着芥末姜醋蒜辣的这盘警世尤物全兜拉瓜子卷进肚里。当时大家都在忙着各奔前程，无暇存善心顾得上对序子做规劝。眼看张序子一步步地往下沉沦……

席终人散，上半夜无事，下半夜张序子忙起来了。肚子隆起如十月怀胎，如洪波涌起，披上夹衣急忙赶到厕所。幸好！幸好！底裤是松紧带的，音响是大了一点，幸好众人皆睡我独醒，没有一个惊动。回到房里，刚要钻进被窝，不行，肚子又拱起来，连忙揣上草纸又往厕所疾走，完事之后从容细想，明显是席上哪盘东西出的问题，今晚看形势怕不是一两个来回可以罢手，草纸够不够？体质顶不顶得顺？天亮若果还停不下来，人会不会笑？哪几个人笑？哪

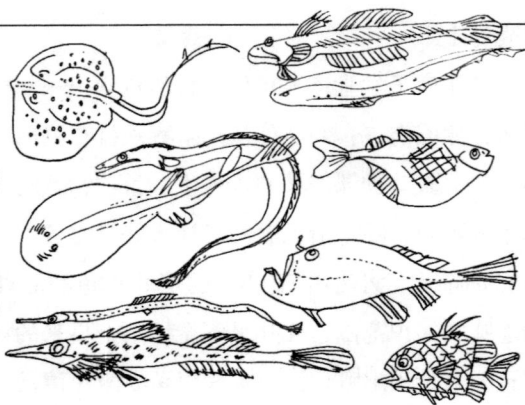

超过序子知识范围

摆在序子面前大大

小小琳琅满目的螺蚌和鱼

类品种实际上已超过序子

的趣味和知识范围，几几

乎不奇怪不上桌来的计有：

红焖的小宽纹虎鲨、清炖

团扇鳐、清焖尖头银鱼、

鳅鱼清汤、干煸青膛、烤

箭头鱼、蘸盐「皮匠刀」、

炸翻车鲀、鲜烤蜂蜜鱿鱼仔、

鬼脸蟹、淡菜、蛤仔、文蛤、

钉螺、蛏汤、蟛蜞、蟛仔……

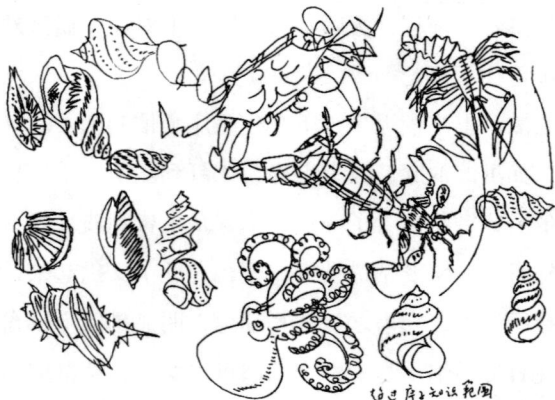

超过序子知识范围

个先笑？梳理精神整顿底裤，披上夹衣打开厕所门栅子；不行！肚肠末端还有一部分晃动，眼前还得重新坐回去。坐就坐，一坐下果然发现此坐不虚，肠子疏朗了一些，横顺就耐心多坐会吧！这时候有人过来推门了：

"耶？谁这么赶早呀？"序子不吭声。

这人进了女厕所，很快完事走了。

聪明，果断，有急才。他知道这时候女众大多在用床底下痰盂，半夜三更不上厕所的。

序子打了个喷嚏，肩上的夹衣明显不够了。起不起来？不起来也不是个办法，果然又来了人："咦唏！谁呀谁呀？"还叩了两下门，也机智地进了女厕所。

这人的动静比较大，应该也是昨晚上的回应（他吃没吃苦螺？）响动性质。

趁混乱光景序子匆忙披着夹衣往回就跑，进得房来还在心跳，"这不是个事，明天要渊深上药房买焦山楂。拖下去怕熬不住，来势狠了一点。"刚想到这里，肚子又动起来了。阵势比前头稍稍弱了一些，不过这玩意儿弱不弱都是一回事，还是赶紧坐回去为好。把那件薄毛衣穿上了，再取出厚厚一卷草纸。

"带不带书？"不带！

坐定之后，肚子小小绞动了七八次，人敲了五六次门，骂的都是同样的话。城内城外周围的鸡叫了，眼看天慢慢亮起来，这时候进女厕所的男人挨骂了。也有人叫屈。甚至怀疑男厕里头坐着的人一声不响是不是死了。

这才让大家认出是张序子，而且一致认为张序子整晚跑厕所的坐定之后，肚子小小绞动了七八次，人敲了五六次门，骂的都是同样的话。城内城外周围的鸡叫了，眼看天慢慢亮起来，这时候进女厕所的男人挨骂了。也有人叫屈。甚至怀疑男厕里头坐着的人一声不响是不是死了。

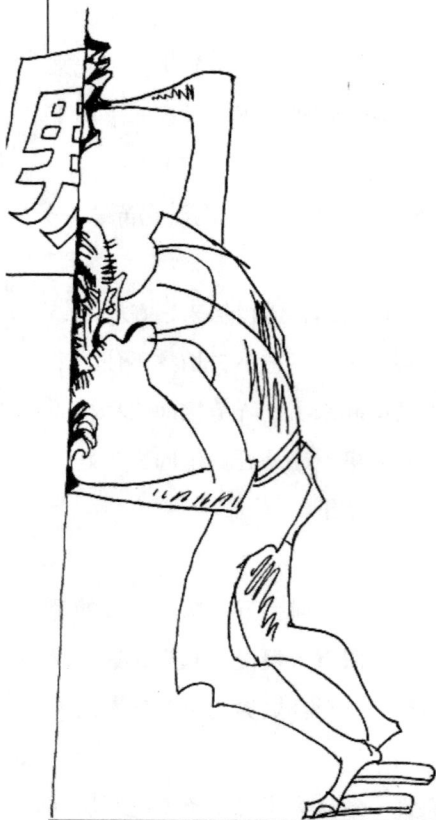

裤头乜不脱也一乜？

行动有什么意义。

当然话是这么讲，可张序子至今还在住房和厕所之间来回奔忙，有人建议他干脆在厕所设张床——

"谁？谁？"张序子有气了。

"我！我！你以为我害你吗？"陈馨嚷。

渊深不单去了中药铺，还熬好焦山楂汤药送到序子面前，引得陈馨说："咭！咭！咭！几时捡来的这个矮子干崽好孝顺！"

渊深在小心喂序子药，没有回嘴。喂完药，放下碗，正正经经问陈馨："你刚才说要人在厕所设张床是不？"

"是呀！"陈馨说。

"单人还是双人的？"渊深问。

"当然单人的！"陈馨说。

"单人的？你不陪张序子了呀？"渊深说完撒腿就跑，陈馨追。

到下午，序子的病就止住了，躺在床上听人说话。

不少泉州本地人，王清河、陈烈、颜渊深、蔡宾菲、陈馨、傅芳丽、薛钟华……平时都喜欢序子，加上这一病，都聚在他房里，有什么吹什么，顺便喝他的茶。没有人当他是外地人。算不算本地人？粗看不是回事，要紧时候分别就很大。这得益于语言相通、习俗接近，加上性情随和。眼神到处，都能默会。

陈馨说："我妈要我回去过圣诞节。"

薛钟华说："回去什么？要过大家一齐过。"

"军队里头，不兴过洋圣诞节的。"陈烈说，"传出去，变成笑话！"

"圣诞节玩不出什么花样，顶多来个穿红衣戴红帽的白胡子圣诞老人给小孩子送点玩意儿，吃吃火鸡而已，不像我们中国过年弄得这么扎实丰富。"河伯说。

"听说蒋委员长和他家的母委员长是过圣诞节的。"渊深说。

"那不是军队规矩，是耶稣教的规矩。他们信教的。军队里不通行这玩意儿。"陈真说，"这个委员长还可以，自己信，不强迫命令别个信！"

"你们看，是先有圣诞老人还是先有耶稣？"芳丽问。

"当然先有耶稣，后有圣诞老人。西历的纪元年号就是从耶稣生日那天算起的，那是在西汉末年建平三年时期的事。所以耶稣也可以算是汉朝时的人。圣诞老人是公元三百多年之后才从土耳其那头传过来的，晚多了！"河伯说。

"晚好多？"黄金潭问。

"刚才不是讲晚三百多年吗？"河伯说。

"算中国账是几时？"芳丽问。

"东晋的大书法家王羲之跟他差不多大。王的年龄有两种说法，一个是公元三〇三到三六一、一个是三二一到三七九，算来算去都是五十八岁。所以王参加兰亭活动，同一个人也有两种年龄，一是五十岁参加，一是三十二岁参加。

"圣诞老人和王羲之都是纪元三百年左右的人，那是无怀疑的了。

"交朋友、谈爱情常常念祷一句话：不能同年同日生，但愿同年同日死。

"事情就那么奇怪而奇怪。

"大书法家王羲之在浙江绍兴热火朝天搞他的兰亭雅集曲水

流觞时候，可惜天那一头的圣诞老人正停止了宝贵的呼吸，享年五十三岁。西历是公元三五三年，中国是永和九年。"河伯说。

"如果古时候的交通像我们今天这么方便的话，随便坐只轮船，不管圣诞老人还是王羲之，两三个月就可以见面了。讲不定这个历史上有名的兰亭雅集群贤毕至之中还有个圣诞老人的名字。"颜渊深说。

"王羲之不懂英文，和圣诞老人有什么玩头？"陈馨问。

"你怎么晓得王羲之不懂英文？"颜渊深问。

"圣诞老人只管过节送东西，不一定讲话，有笑容就行！"河伯说。

"天主堂、福音堂的洋人都要讲国语，要不然白来中国了。"薛钟华说。

"唔！这话我信。"黄金潭说，"不过那么老远，他来干什么？"

"不都是讲得很清楚来传教的吗？像我们庙里老和尚传佛教一样，找好多善男信女信它。不过看起来他们比我们庙里的和尚有钱，没看过他们找人化过缘。他们也有派，天主教派、耶稣教派，和我们的少林派、昆仑派、武当派一样，大概就是这种意思。"渊深说。

"有人讲他们也帮帝国主义做探子。"何有说。

"做探子的事古往今来总是有的。"成月说。

"日本就最多，站到你面前，不讲话简直就分不清自己还是他，开仗时候培养汉奸带路，井里头下毒，飞机白天来的时候照镜子晚上打手电做暗号，军队里探消息画地图。"郑盛杰说。

"天主堂、福音堂不晓得有没有干这种事的？"

"不打仗就犯不上有。打起仗来爷娘不认！"何有说。

如果古时候的交通像我们今天这么方便的话，随便坐只轮船，不管圣诞老人还是王羲之，两三个月就可以见面了。讲不定这个历史上有名的兰亭雅集群贤毕至之中还有个圣诞老人的名字。

蘭亭雅集（圖像版）

"我以前时常见一些知识分子和他们来往，嘴巴还谝几句英文，他妈看了还真难忍！"渊深说。

"你这是少见多怪！人家可能是教会里头办事的来谈事，也可能是学堂先生来交流学问，也可能是用功求学子弟来要求帮忙。洋人里头有不少的专门家，办事、跟人研究学问这类来往总是少不了。你看见只是几回，没看见的怕还要多。"河伯说。

"就这样巴结想混到外国去吧！"渊深说。

"也可能！完全可能！或许那传教士正想这样帮忙也讲不定！你说，人家这么求上进有什么不好？"河伯说，"序子，你怎么看你自己？"

序子想了一想，说："我对于我不懂英文并不难过。我也不再有学英文的打算。若是将来有机会到外国去看一看或看两看也都没什么不好。我在学校英文不及格也并非为不去外国下的决心。我那时还没有这个那个看法。我懒洋洋，我清楚自己真要学没什么学不会的。非不能为，实不为也。我并非为了爱国才是中国人，我本来就是中国人。

"吃奶不用人教，爱国也不要人教。

"教人爱国好比成年人示范表演吃奶，难度大，效果滑稽，用心可疑。

"仙游县党部那个书记就是那么一个蠢蛋！他以为世界上真有一种爱国的专家。

"爱国有点像挨强盗绑票的心情，千方百计都要逃回自己家来。想自己的父母兄弟姊妹，院子那几棵树，墙根那几棵草，甚至跟自己吵过架的邻居……

"不光是自由。

"我没空打听自己以后有没有把握，有没有出息。要画画，要刻木刻，要读书，我还什么都在开始，忙死了。像你河伯那样有学问、有兴趣多爽朗，多痛快！你记性怎么这么好？你怎么攒积的？你的学问连脾气都包括进去了。我也不晓得我这一辈子二十岁、三十岁、四十岁、五十岁、六十岁、七十岁、八十岁、九十岁……哪年哪月才不想你……好了，我不讲了，肚子也不痛了。不过我还得上趟厕所，以后再刷牙、洗脸，再这个，再那个，再什么什么……"

大事化小，小事化无，张序子精神不死肉体也不死，安抚会开过，散会！

序子厕所回来，屋子里还剩几个人，序子说："咦？怎么还不走？游手好闲之徒们！"

"庆祝你魂兮归来！"成月说。

"不排戏呀？"序子问。

"我们哪有戏？河伯他们在赶《雷雨》。"陈馨说。

"想想看，死活就只隔一层纸，差一点就看不到你了。你想'一念之差'四个字多准！"成月说。

"这事你们还准备讲多久？今年年底讲不讲得完？"序子问。

"写不写信赶紧报你湖南屋里爹妈？"渊深问。

"是不是嫌我爹妈命长？"序子问。

"我可没有这个意思！"渊深说。

"还'意思'？"序子说。

成月问大家，要不要上街去看看热闹？圣诞节快到了，好多店铺卖圣诞东西，连丈多高的枞树都卖，还真是有点莫名其妙，什么是圣诞都不一定懂……

哎！做生意用不着那么多常识的。他有他自己的套路。

"过节好，什么节都好，中国的、外国的，一年四季弄出点新鲜事有什么不好？也用不着个个都懂，其实我看也未必个个都懂。"陈馨说。

"说得也是。懂也是过节，不懂也是过节。"成月说。

"我家年年都过圣诞，没一个信教的，不都是图个好玩还图什么？"陈馨说。

"这也要家里有两个子钱。饭都吃不饱，圣诞圣诞！就'剩'了个'蛋'，玩不起来的。"渊深说。

"我姑丈余致力跟我姑妈两口子都信教，还是个泉州公理会的什么什么理事……两口子最喜欢看我们的戏，也是把圣诞节很当回事的人。前几天还问我，请不请得动你们到家里过圣诞，吃火鸡？"刘随问。

"光听这名字就值得去一趟。"序子说。

"什么意思？"陈馨问。

"'余致力国民革命凡四十年，其目的在求中国之自由平等，积四十年之经验，深知欲达到此目的，必须唤起民众及联合世界上以平等待我之民族，共同奋斗……'他是做什么的？"序子问。

"做纸生意，进出口。"刘随答。

"取这个了不起的名字，我还以为是个吃党饭的党棍。"序子笑起来。

刘随说："不懂得'总理遗嘱'头三个字怎么安在自己脑壳上。我姑丈人倒是挺随和有趣的——去不去？去几个人？我好转告我姑妈准备。"

芳丽和宾菲举手："我！"

"我！"渊深举手。

"我！"成月举手。

"我！"陈馨举手。

"咦？你不跟爹妈过圣诞了？"序子问。

"哪里热闹我跟哪里。"陈馨说，"你呢？"

"我听我肚子，它好，我就去！我还有个主意，余先生家里吃完圣诞餐快半夜了，找个教堂看热闹。"

"到时候跟我！"宾菲说。

"我看人数差不多了，别再加人！"成月手指头点了几点。

大家懂事，都很同意。

"序子，回去悄悄跟王先生报一声，也跟河伯报一声，算是请假，免得到时候见不到人，大惊小怪。"宾菲说。序子点了头说："早打招呼好。"

序子一回团部，马上设计了几幅《家》和《雷雨》广告的小稿子拿去和王淮讨论，又拿去跟河伯研究，都说好，说可以，定了。马上刷成大家伙上了墙。

顺便把该讲的也就讲了。

"噢！"王淮说，"上人家家里做客，那么多人，要注意礼貌。想想看，带点什么礼物见面呢？"

"不在乎的，是个有钱人家。"序子说。

"礼貌不分贫富。太好了！不是说他们喜欢看我们的戏吗？带几张《雷雨》和《家》的戏票，顺便祝贺新年怎么样？"王淮说。

"行！羊毛出在羊身上，精彩！"序子说。

"买一个贺圣诞的漂亮信封装上。你看，哪个代表送这份礼物呢？成月太高，不行；你嫩皮嫩肉，不行；陈馨蹦蹦跳跳，不行；渊深矮子一个，不行；刘随是他们自己人，不行；我看就宾菲吧！文雅、庄重……"王淮说。

"喂！喂！你刚才说我那四个字怎么回事？"序子问。

"什么四个字？"王淮诧异。

"我什么时候'嫩皮嫩肉'了？吓！你居然说我'嫩皮嫩肉'？"序子歪着头问。

"喔！喔！这可以商量！等以后有空，我们一起探讨用哪四个字更确切。比如'老成练达'之类，或者你自己想想哪四个字合适？想好了告诉我……"王淮说。

序子没理走了，出来找几个人一起去河伯房。

河伯一听见有人请吃圣诞餐很高兴，后来明白没有他的份，便大喊大叫："你们哪，没有良心啦！那么好的机会都不给我留一份啦！忘恩负义啦！把我河伯不放眼里呀！把河伯不当河伯啦！"后来又冷静下来问："请客的是个什么人？"

"听说是卖纸的。"序子说。

"洋纸？土纸？"河伯问。

"南洋、旧金山那边回来的。"序子说。

"洋纸，老番客，怪不得喜欢请客。看看他有没有书柜子，书柜子里头是些什么书？多还是少？喜欢谈的什么话？记清楚，回来一五一十告诉我。你说刘随他姑丈喜欢看话剧，应该是个有意思的人。"河伯说。

"讲是这么讲，没亲眼见过。"序子说。

"这算不了什么。吃回来有好听的再说。就这样吧！再见啦！过圣诞节去吧！吃火鸡去吧！让我们在家'呷含至卖'[1]吧！"河伯说。

"问那个人，为什么不请我？吖！吖！吖！"

大家都习惯河伯这种软牢骚，背后称他"臭嘴"，不理他，只算是给他打过招呼了。

他不是头头，不是团长，连团副都不是（这里没有团副），只是导演。导演只负责管理演戏的角色，薪水多一些，真"人"是管不着的。

河伯比较特别。他是大家的精神亲戚，哥哥、叔叔这类性质的东西。不向他打招呼心里不好过。

其实，真要他去他也未必去。——一个下巴长着点青胡子根的大男人让一群青年带去人家家里做客……

"带见面礼了吗？"

"带了。"

"什么啊？"

"戏票。"

"哪个想出来的？"

"王淮。"

"好，亏他！"

1 吃白薯粥。

圣诞节当天下午五点半准时来到余家门口。

中等讲究的两层西式楼。门左右柱子上安着铜铸电灯笼。脚底下三层花岗岩台阶。厚木头大门钉有狮头门环。

刘随敲门不动门环，只用手指头按了几下门边一颗小按钮。

听得见门里头有人笑着嚷着开门来了。

门开了，一位三十来岁和气的女主人把客人迎进客厅。客人转身差点碰倒正缠着他妈大腿的男孩子，这男孩顶多五六岁。

刘随介绍姑妈和大家认识，指着小男孩，"表弟，余喝喝！"

姑妈围着围裙，忙着从厨房端茶过来，客人刚好坐定，楼梯上下来一位戴眼镜四十左右男士，背上趴着一个男孩。

"我姑丈。"刘随说。

"你姑丈有两个孩子？"陈馨低着嗓子问。

"不，就是刚才那个'喝喝'。"刘随说。

"这家伙飞檐走壁！"序子轻轻说。

被孩子骑在肩上、抓着头发的姑丈过来了，"欢迎！欢迎！请坐请坐！"

刘随介绍了一个个客人的名字之后，宾菲客气地递上圣诞信封：

"请余先生和夫人元旦看戏，元旦开始，我们连续有两个戏的演出，一个《雷雨》，一个《家》……"

没想到余喝喝从背后一把将信封抢了过去。

余先生又一把抢回来，嘴巴不停地关照孩子："等一下，等一下，别忙，别忙，爸爸看了再给你！"双手举得高高地打开信封观看，开心之极。

孩子则跳在地板上打滚。妈妈听到赶紧把孩子抱进屋后厨房，

这孩子搂着她的腿

门开了，一位三十来岁和气的女主人把客人迎进客厅。客人转身差点碰倒正缠着他妈大腿的男孩子，这男孩顶多五六岁。

关上厨房门，众人还听得见哭声。

"太好了！太好了！我们夫妇一直欣赏贵团所有的演出，后来听说贵团搬到仙游去了，心里很是遗憾，哈，哈，现在又见面，怎么能不高兴呢？无论怎么说，总要多谢刘随给我们带来这个幸运关系。我年轻时候随家父在加州谋生，后来就读圣地亚哥大学，学的虽然是商业会计，心里总离不开自己中国的文化兴趣，在学校也参加过一些文艺活动，有中国人的地方，大多总摆不脱义卖、化装、舞蹈这类简单形式……有机会只能找些过期杂志报纸解决文化饥渴。你们各位是很难想象我们当时的文化恐慌心情的。——啊！请喝茶——你看，顾了说话……"

余先生于是匆忙起身，笑着前后房间来回奔跑，看意思是决心要把泉州所有点心都搬到久仰的客人眼前来。

"各位请先用些茶点，看样子晚餐还需要一些时候，各位朋友务必不要客气，我还要进厨房帮内人打点下手。"说完，进后面厨房去了。

环顾四周，有书柜，有书，外国书多，大多商业会计之类，可以肯定这书柜主人比书柜有趣味得多。

这时候，小魔王余喝喝出来了。

刘随仗着自己是他表哥喊了一声："喝喝！你到我这边来，我有话和你说。"又换了个嗓子对大家说："一般地说，他比较听我的。"

没这个事！余喝喝对表哥理都不理，径自走到糕点那边。

"真命天子"这四个字发生在他身上最合适不过。他根本不需要搭理别人。甚至别人搭理他也嫌烦躁。有时候心血来潮，开心时候又必须有人即时回应，怠慢的惩罚起码是让你半天鸡犬不宁。

在这里，父母亲子关系会变成阶级关系、主奴关系。天晓得这位肆虐的小小统治者、混世魔王会是这一对慈祥善良的奴隶父母亲胎所生。这位横行霸道的主子暴行下不近情理的日子中，奴隶父母居然当成美不胜收的天伦之乐。

眼前，这位真命天子有意把权力和影响力延伸到客人们身上来。这帮客人来头究竟也非善类，演戏出身的几几乎个个都是通透人生的专家，什么没有见过的人至少也啃过几十部剧本。

余喝喝在桌面近二十盘点心上，每盘挑一块各咬一口扔在桌面，并像麻将牌和了一阵，本想引起周围注意，后来觉得反应不大也不怎么有趣，顺口便骂起泉州粗话来，把点心抓在手上四面八方走动塞给人吃，不见有人理会，索性扔在客人身上，让陈馨，接着是宾菲、芳丽的头发、衣裙都粘满油糖膏浆，几人正要发作，余致力先生出来了。

"哎呀哎呀，宝贝！姐姐们会自己拿，不用宝贝动手招待客人。你看，把姐姐衣服都弄脏了。"

"我这孩子天生好客，就喜欢家里有客人来。看！他那好玩调皮逗人的样子。他的嘴巴，他的牙，像不像他妈、我的太太？"

余先生既然对芳丽这么询问，芳丽只好用台词腔调回答两句："真的！真想不到，怎么会那样像？他真是十分可爱！"

余先生接着问宾菲："你看，他的眼睛，他的皮肤，像不像我？"

宾菲认真地走近比了一比："哎呀！你不说我还不注意，一个模子扣出来的！怎么那么巧？"

"不是巧，是遗传！"余先生纠正宾菲，接着说，"他的头发，他的耳朵——"眼睛看着渊深，"跟他姨妈一个样子。"

渊深说："喔！喔！我没见过他姨妈，我相信你的话。他姨妈一定也是又可爱又迷人。"

"唉！"余先生发感想："在国外结婚多年，就想生个儿子，上医院、进研究所、找生理专家，办法用尽也生不出。不料一回国就得了个儿子，你想，祖国对于我家多么重要？祖国对我余家有多大的恩德！"

这时候，余太太又在厨房招呼余先生了，余先生向大家笑笑摆手做个莫奈何的嘴脸回厨房去了。

喝喝走近渊深那里和他周旋，不知怎样忽然在渊深身上吐了一泡口水，没想到渊深居然也回他一泡。他骂了一句："噻令亮！"（极粗的闽南话），渊深也骂他一句"干令劳牧！"（也是极粗的闽南话）。众目睽睽之下，他冷冷地转移到成月这边来。

"你找我做什么？我一点也不喜欢你，你动！你动动看！我马上给你一巴掌。你看你！你不要和我来这一套！你以为我把你当小孩呀？你根本就不是小孩！你是大人变的！你难看极了！"成月狠着眼睛说。

喝喝只好走到序子这边。序子斜摊在椅子上看他，喝喝知道眼前已身陷敌阵无法脱身。真命天子变成孤家寡人，他慢慢挨近序子。

"你怎么样了？"序子问他。他明白序子正等着他。

他张大眼睛，摇摇头，看着序子，双手垂敛下来。

（喝喝！你还在泉州吗？算起来今年你该快八十了，日子好快！还记得那一年那次圣诞节的事吗？那天为什么你忽然停下来找我了？）

余致力先生出来满脸笑容对大家说："各位注意，我们人手不够，请大家来厨房帮忙端菜到餐厅好吗？"

餐厅布置得好辉煌，亏得这两位贤夫妇。大家完全放弃刚才跟他们儿子那场残酷的战斗情绪，规规矩矩列队端着餐饮用具和佳肴进入席位。

居然有一只庞大无比的火鸡。这么大的一只火鸡是怎么弄熟的？听说肚子里头还塞满好吃的东西。余太太劳苦功高，余太太真伟大。这么大的场面绝对不是一天半天弄得出来。安排席位坐定之后，眼看如此丰盛的筵席，大家私忖刚才对他儿子的做法是不是有点过火了？不见得过火，怎么会是过火呢？要是他儿子经常跟一些这样的人来往，就不至于感情泛滥得这样不可收拾了。

眼前，这个混世魔王居然贴着他妈一声不响坐下来。一张长桌子，父亲坐桌头，母亲坐桌尾，客人坐两边，又是电灯，又是蜡烛。横七竖八，金银交错，实在很有个样子派头。

桌子上陈列着三类东西。一类是一眼看得出可以进口的东西；一种光是好看、进不得口的东西；一种是眼前还闹不清可以进口还是不可以进口的东西。明智的办法是慢两拍或三拍，看看弄过这类事情的人先动手，自己再机灵地学着来。

余致力先生两口子也是事先就考虑过的，不弄百分之百那种纯粹西餐。不单客人起落麻烦，自己餐前餐后收放餐具也受不了。所以在刀叉之外又加上筷子。

不用说，宾菲的家庭出身和刘随是经历过这场面的。渊深、成月、芳丽、陈馨则谈不上。序子呢？看过不少讲究饮食的外国翻译小说，真碰怕也未必碰过。事实就是如此。幸好请客的主人不是洋人，进退调理得宜，根本就不会出现难为情和尴尬的余地。

事先宾菲和序子已给大家打过招呼，动手之前有个餐前祈祷仪式要特别小心注意。果然果然，幸好！幸好！

面包之外还有白米饭。

更出大家意料的是余致力先生的夫人。那么快乐、那么开通、那么宽怀，只看见她来来回回劝大家喝这个，吃那个："这是火腿、奶油、蘑菇汤。你尝尝看，味道怎么样？"

"烤羊肉，加州的口味，带点蒜的焦香，吃得习不习惯？"

"我好久没自己调沙拉酱了，你尝尝我们泉州的生菜、胡萝卜、黄瓜、芹菜秆，美国哪里也找不到这么脆、这么嫩的……好多朋友以后都信了。"

接着是高潮来到，余致力先生和夫人加上刘随，三个人轰轰烈烈托来一个两尺宽的大银盘，上头一只热气腾腾、胀鼓鼓、冒着暴烈热气的火鸡出场。

三个人像唱歌似的野吼着把火鸡安顿在餐桌中心。余致力先生在客人面前的酒杯里倒满红酒，劝人说："看这火鸡面上，你不喝也得喝点吧？"

夫人笑哈哈像个童话里的快乐屠夫举起她那把亮晃晃的"明斯克"切肉刀说："看呀！我来了！嚯嚯嚯！嚯！"

她顺着火鸡脖子根往下一切，啵的一声像气球爆开了！满屋登时弥漫起火鸡物理学果肉香的微粒子来。

"请各位端起盘子顺序往这边走！"余先生发出号令，于是一个个客人像讨饭乞丐伸着盘子晃悠悠虔诚地走过来。

余夫人切下一块或一坨火鸡肉，又顺手铲一大勺火鸡肚里的宝藏——（其中包括栗子、油炸面包碎、胡萝卜、芹菜、玉桂果、百里香、香菇、鸡肝、鸡胗、洋葱、鸡高汤、高粱粒、胡椒、盐……）。

刘随主动要了一段脖子，也给。

序子分得一个鸡腿，他嫌太大怕吃不完，要了一块胸肉。后来觉得好吃，眼瞧着鸡腿给了成月，很是后悔。

另一个鸡腿给了喝喝，众人担心他怎么吃得完。

余先生要了鸡头和鸡翅，笑着说是有头有尾。

余夫人自己捡剩下的鸡零碎吃。东一坨，西一块，众人心里过意不去。实际上，天下做菜的大师傅原来就吃不下什么东西。

对众人来讲，那么大一块火鸡肉用筷子是夹不住的，这才懂得刀和叉尚有不少可取之处，觉得洋人过日子其实也不至于蠢到无可救药地步。

大家光顾着吃火鸡，把好多讲究的本地菜肴都错过了。永春老鸡酸笋汤、香菇牛肉片、红烧猪蹄髈、清蒸石斑鱼……你看，你看，面包没人碰，连白饭都不吃了。

以前见电影上洋人用餐除喝酒之外还爱喝水，以为他们菜做得咸，要拿水冲冲。现在吃了火鸡也想喝水，才明白不是咸，是味道太鲜、太浓；浓、鲜也要拿水冲冲，有它的道理。一边吃菜一边喝水，算不得失礼。

团里的老家伙没有来，省了好多失面子的事。他们爱喝酒，喝多了还要闹，还要大声打嗝，还要抽烟，还要讲浑话得罪人。为什么人一老就容易丧失格局？事后登门道歉不如事先莫来。这都是吃完饭该散不散而随便想起的。想到这里，听见余先生站起来请大家回客厅喝茶。果然觉得这时候喝茶最好，大家很快就来到客厅。

说"大家"其实并不是"大家"，宾菲、芳丽、陈馨、刘随，都没有过来。他们一点暗号都不打地留在餐厅帮余夫人收拾碗盘残局了。这很让先到客厅来的少数人显得人格低下，有被出卖而说不出口的味道。序子、渊深、成月，觉醒得太迟，很被动，情绪动摇之间，余先生说："厨房太小，容不下那么多人，帮忙的人够了，不要去了！"短短三两句话让人下了台阶。不过，心里头终究还是有点不好过。怎么说也是这帮女孩懂事。惭愧！惭愧之后，坐下喝茶。

只听得余夫人不停地向她们多谢道歉："客人还要帮忙洗碗抹桌扫地。你看，头发都乱了，衣服都打湿了，两手满是油腻，真是多谢，真是对不起。这里有香皂，赶快洗洗。哪，哪，毛巾，毛巾擦擦。这里有梳子，赶紧梳梳，你看你们这么体贴人，这么懂事，天下难找的客人……"

做完厨房那边的事，余夫人陪这帮人过来会师，说是要告辞了。

"多谢余先生，多谢余夫人，过几天欢迎二位去看演出。"

"有机会欢迎你们再来，没有好东西招待你们，对不起。"

"再见！再见！"

"再见！再见！"

"几点了？"大家走在去礼拜堂的路上。

宾菲看看表说："还早，才九点多。"

"怎么这么远？"渊深问。

"这才刚走几步？"宾菲答。

"那余先生怎么生了个这种混蛋儿子？"渊深另外找了个话题。

"你以为人家生儿子是为你预备的？"成月说。

"为我预备的也不该这么让人讨厌！"渊深说。

"我怎么觉得那孩子长得像你。"芳丽说。

"大口吃人家东西，出门说人家儿子坏话！"宾菲说。

"哎！哎！你到底怎么走啊？"渊深说，"以后你要是也生这类型号的儿子就别想我上你家来！有火鸡吃我也不来！我现在想问你的是，这半夜三更你准备带我们上哪里去？"

"你出什么事了？"成月问。

"他把余家那小瓶子醋喝完了，那外国醋是酒做的。"刘随说。序子听了觉得有趣，《镜花缘》早就提过酒和醋的关系。

拐出房屋区，往北走进一条浓密的树林夹道，有彩灯。路两边连延不断的靠椅。有人坐在那里谈天，影子幢幢，不清面目。路尽头是座小小礼拜堂，远远坐在那里像座梦影子。

白天，那礼拜堂应是白色的，白石头做的，半夜时候看不到白了。黑森林衬托出蓝灰灰尖尖的轮廓，哥特式五颜六色窗子透出宝石光亮。礼拜堂顶上应该有个十字架，这时候看不到，想得到。

门口小小广场上都是人，穿着讲究衣服。他们进不去了。他们不是头一次来，年年都晓得来晚了进不去！还要来，偏要来。大家挤在广场上谈话，好像多年见一次那么久别重逢。来这里就为了享受今晚上特别的这一"站"。

宾菲把序子这帮人带到礼拜堂门口，里头像火炉子那么亮堂，让人睁不开眼，进去就不用想了……

都在轻言细语，都在微笑。老派和新派男女杂糅其间（不完全都是教徒），都在领受这特殊的文化浸润与薄薄镀一层温馨的光彩。

做礼拜的礼拜堂

白天，那礼拜堂应是白色的，白石头做的，半夜时候看不到白了。黑森林衬托出蓝灰灰尖尖的轮廓，哥特式五颜六色窗子透出宝石光亮。礼拜堂顶上应该有个十字架，这时候看不到，想得到。

时间到了，里头蠢动一阵安静下来。外头也都肃然起敬。

风琴响了，里外众人跟着唱起来。

满天星斗的蓝夜，衬底的黑森林和唱歌的礼拜堂，里头的、外头的人，信徒和非信徒，亮丽非凡的光……

歌，最容易把陌生变成稔熟，把第一次的声音变成一辈子的声音。

没有人背叛儿时的摇篮曲。

"平安夜"是人一生的摇篮曲。

宾菲一帮人静静选择了两张露天靠椅挤着坐下。这时候再没有人说要回去了。双眼都朝着唱歌的礼拜堂眺望。他们不明白唱完了歌还做什么。其实已经开始做了。神父在讲道，一个人的声音居然大到这种程度，传到外头来字字清楚。不要紧，听不太明白也无妨，意思到了就行。他正在唱吟。

《胜利之歌》，《诗篇》第六十八篇，大卫的诗歌：

> 愿上帝兴起，使他的仇敌四散，
> 叫那恨他的人从他面前逃跑。
> 他们被驱逐，如烟被风吹散；
> 恶人见上帝之面而消灭，如蜡被火熔化。
> 唯有义人必然欢喜，
> 在上帝面前高兴快乐。

《诗篇》第七十二篇，所罗门的诗：

因为，穷乏人呼求的时候，他要搭救；

没有人帮助的困苦人，他也要搭救。

他要怜恤贫寒和穷乏的人，

拯救穷苦人的性命。

他要救赎他们脱离欺压和强暴；

他们的血在他眼中看为宝贵。

　　"日本侵略军的不义，中国之抗战一定胜利！"

　　……

　　唱歌，风琴伴奏，辉煌的阵势之中散会，人众蜂拥而出。宾菲带领大家起立回家。

　　"这么远，这么小一个礼拜堂，凭什么大家愿意来？"成月问。

　　"可能是大家喜欢的，这些永远的规矩和程式，像我们的佛教、道教。"序子说。

　　"我们少了他们那些长年累月有趣的凝聚，比如说，有风琴，有一齐唱歌，煞有介事，俨乎其然。"宾菲说，"我爸妈结婚，就是在这里办的喜事。很热闹！"

　　渊深问："当时你不在场，怎么晓得的？"

　　"我讲！你让人讨厌的地方就在这里。你爹、你妈，你爷、你婆以前的事你都不在场，他们的事，你一点都不晓得？——你怎么这么让人讨厌？你是故意招人讨厌！你没事找事……"成月骂他。

　　"你的意思是，我最好不说话？"渊深问。

　　"你看你那个样！怎么你现在才明白？对这个世界你想贡献什么？"成月说。

"我不说话，对你有什么好？"渊深问。

"清吉！"成月答。

序子说："我对于教堂唱歌的仪式好尊敬，它古到什么程度倒是不太清楚。"

"应该可以讲有宗教就有它了吧！"宾菲说。

"听说当年中世纪，法国教堂圣歌三部合唱内容各唱各的。男声部居然唱黄色内容。"序子说。

宾菲说："怕不会这样！这传说不可靠！"

"我倒希望它是真的，也没什么可靠不可靠的问题。你想，法国人嘛！哪样事情搞不出？何况是中世纪？"渊深说，"那时候宗教正急着'拉伙'，不搞点玩意儿人家怎么肯来？"

"可惜颜渊深你那时候不在中世纪。"陈馨说。

"要是那时候你也在那就好啰！"渊深说完想跑。他动不动就想跑。

……

回到团本部，各自休歇，一宿无话。

三号演出《雷雨》。七号演《家》。

剧场门口广告一贴，本身就是一场大风景。不讲了。

轰轰烈烈，卖票的、买票的、要票的；高兴的、讨好的、骂娘的，只要耳朵愿意听，只要沉得住气。听下去很有意思。

事先把傅升、傅斗的爹招呼好，再就是余致力夫妇。不晓得他两位使用了什么定身法余喝喝没有跟来！也有人说外国规矩不带孩子参加社交场合。看戏算社交吗？这类事听说有专门人研究，碰到可以问问。

在我们家乡带不带孩子没人注意，无须讲理由的。上人家吃喜酒，席间给孩子"把尿"什么的，谁管谁啊？

（近年国人旅游，常出这类纠纷。习惯是旧社会的，脾气是"文革"的。相互砥砺，迟早总有醒悟的一天。）

人希带了几个朋友从石狮赶来看戏，态度十分诚恳。他们觉得《雷雨》水平高，周朴园、繁漪、侍萍和鲁贵、四凤功力都相当齐整。其中两位朋友是行家，在大地方见过世面，各写了一篇评论。《雷雨》因里头几个人看了舒服，说演出告一段落之后请他们过来坐坐。序子估计形势，吃一顿饭大概也在所不惜。

第三天，渊深发现敌情！

第八排位置上居然有个戴眼镜留长头发二十多光景男人，端着一本《雷雨》手指头一句一句对着查验。怎么样？找麻烦，挑刺？赶紧汇报给王淮。

"这有什么了不起呢？一个不白花钱看戏的人，比起别人认真了一点而已，难得的观众，宝贵！"王淮说。

"万一不怀好意呢？"渊深问。

"不怀好意？什么不怀好意？扔个手榴弹？不至于。抓住一句念拐的台词，大声嚷起来？不敢！要退票？好办，散场再说。你没规定入场不准带剧本吧？有？没有。没有就不该说人不怀好意。"

"反正我得盯住他！"渊深说。

"盯一盯也好，调查社会各种反响。今晚就派你专办这件事！"王淮说。

第八排位置上居然有个戴眼镜留长头发二十
多光景男人，端着一本《雷雨》手指头一句一句
对着查验。怎么样？找麻烦，挑刺？赶紧汇报给
王淮。

第八排位置有个戴眼镜的

"要是发现他存心不良，赶快通知我，一齐想办法揍他一顿。"甘培芳也有点同仇敌忾。

"你去不去？"渊深问序子。

"我平生最怕打架！"序子说。

渊深在右首边第八排尽头靠墙站着，不知从哪里讨来根香烟含在嘴角耍邪劲，时不时瞟那狗日的一眼。那家伙果然狠毒，一味之盯在剧本上不计其解。

直到繁漪最后"啊"了一声狂喊跑出："他……他……"

周朴园也"他……他……"两声跟着跑下。

鲁妈站起来走了两步，倒在台中间。（照例不演那个"尾声"。）

闭幕。亮灯。观众不顾台上演员笑眯眯向大家谢幕抢着各自回家。残忍！扫兴！没礼貌！

那家伙在走廊让渊深截住了。

"怎么，还带着剧本！"渊深说。

那家伙没想到面前贴着个生人。

"嗯，嗯，啊？嗬、嗬、嗬，是呀，是呀！"那人仿佛突然受到夸奖，来不及也不晓得从哪里多谢才好。

"你那个剧本，对出点什么味道来没有？"渊深问。

"啊！兄弟呀！听我几个朋友说，战地服务团有几个好手，台词对白了不得，我还不信。这回我可服了。我原来不太看得起我们闽南自己的话剧水平的，真遗憾，《雷雨》是最后一场，来不及了。我妈是个话剧迷，没有把我妈带来真是可惜。她总是笑我国语讲得像外国人，我天分差，怎么学也学不好，没办法，总找机会学一点。后天我一定带我妈来看《家》，希望运气好，明天能挤得到票。"

那人说。

"你要几张？我可以帮你。"渊深说。

那人打量了他一番说："你？我一辈子规规矩矩办事，不喜欢别人开玩笑的。"

渊深笑起来，"你当我是卖黄鱼票的，对吧？你身边带现钱没有？现在就带你到票务处去。"

找到陈列，卖了四张票给他。

"人和人来往还真不可以像编故事那样曲里拐弯，若是个个都以为自己是福尔摩斯，你让我们这个可爱的地球怎么转？"

颜渊深在自己教育自己。

见到王淮，问怎么样？

"不怎么样，很正常的一个人，他在练习国语。我还帮他买了四张《家》的票。他妈也爱看戏。可能一家都爱。"

甘培芳说："可笑！"

渊深皱着鼻子问他："你几时明白的？"

大凡一个剧团几天以来一直演出一个剧目的时候，不只是累，而且"木"。对剧团来说，"废寝忘食"四个字还真准得残忍。就是那么一回事。睡不像个睡，吃不像个吃，一味之"混"在戏上。走廊相遇，谁是谁都不管，更别谈打招呼了。丈夫老婆共一个房里、一张床上，还以为是在角色对角色。

戏演完，几天才缓得过来，才有点人气。

他们一辈子活在被制略中，活在别人的个性之中，活在被不情愿的角色重压和屈辱之中。他们终生奔赴的目的是"怎么努力才不像自己"。

一个老演员临终对人说："看我他妈的从里到外这一身伤！！！"（纪念我的一个老演员朋友。）

《家》的演出惊动了全团老小的经络，几乎个个都出了场，除了序子之外。没人有胆子敢建议让序子再上一次台。所以他乐得清闲。他有空交朋结友做一个体面主人。有时候吹点不伤大体的牛。他本分，不贪赃枉法。傅升、傅斗和他们爹的票，余致力先生夫妇的票都是合礼合法、师出有名的。当然，这些体面和客人看上瘾多要了几场票的责任，序子也义不容辞地担当了，并且还在他们两方席前安排了两壶家底子茶。团里背后有人甚至说他懂事，眼光放得远。另外张人希和那几位朋友都晓得序子每个月手头就那么几块钱，看戏不惊动他，总是看完戏才找他，交流观感。

有时候到茶居喝茶。

也并不一定回回都谈戏，一般不谈戏照常理还比较多；都晓得序子是在台上砸的锅，老谈老谈面子上过不去。（其实序子根本就不在乎。）至于谈起来，戏方面的"方面"，序子的舌底就未尝生不出几朵莲花。这一回，倒真是没人谈戏。

坐下来有人问："序子，你不刻木刻的时候，为什么不画点画？"

"没什么好画。"序子说，"画完广告、招贴，想不出画什么了。"

"咦？怎么回事？你不是画过观音、财神吗？"人问。

"是啊！还画过'送子娘娘'哩！这有什么意思？"

"找一些另外的题目呢？"人问。

"你说吧！"序子说。

"比如，一句诗意，一段偈语，或是一则古典逸事。不是早就有人画过吗？我看你动起手来并不困难。"人说。

"仙游李耕老头画得精彩。不过这要读好多古书。"序子说。

"就用你读过的。"人说。

"少。"序子说。

"不少了。"人说，"你要是真动手，我们还帮你贡献主意。"

"有什么用？画这些？"

"送我们呀！题上字，盖上图章，写上某某兄。——嗬！你不要笑，我讲的是正经事。——你还可以卖钱。"人说。

"我不敢！"序子笑了。

"哎呀！脸皮厚都是练出来的。"人说。

"……晓不晓你们湖南有个会作诗的八指头陀？"另一个人问。

"晓得。他跟我们湖南另外一个名人杨度很熟。我家里有本《八指头陀诗文集》是他写的序。家父和朋友很喜欢谈他。"序子说。

"八指头陀有句登岳阳楼名诗《洞庭波送一僧来》，你知不知道？"人问。

"知道。"序子说。

"你觉得画不画得出来？"那人问。

"要画还是画得出来。过去没有从这方面想。"

"来吧！"那人说。

"好嘛！"序子说。

（正正式式地画所谓的人物国画，算是从这张开始。上书：

"洞庭波送一僧来。八指头陀诗意。吉祉兄指教，弟张序子作，年、月、日"）

「晓得。他跟我们湖南另外一个名人杨度很熟。我家里有本《八指头陀诗文集》是他写的序。家父和朋友很喜欢谈他。」序子说。

「八指头陀有句登岳阳楼名诗《洞庭波送一僧来》，你知不知道？」人问。

洞庭波送一僧来

有人又说："我们泉州这地方历史悠久，人文昌盛，古迹名胜特别多，其实你到处写点生，把泉州画下来，很可能是个有价值的工作。"有人说。

"我没试过。"序子说。

"没试过？真的？我不信！"那人说。

"你想吧！在集美、在安溪我刻过一点点风景木刻，写生只属于打草稿的步骤，根本没想到写生也算是一件正经事。"序子说。

"算！算！怎么不算？外国好多名画家写生了一辈子。"那人说。

"那是油画！"序子说。

"那你画你的国画写生啦！"那人说，"你过日子让名词、概念牵着鼻子跑？"

（除人希兄外，那几位朋友不是弄艺术的，多少年后都渺茫了。序子把这些话当耳边风。又多少多少年之后才兜回这些道理来，可惜的是人老了，一切都来不及了……）

序子并不太佩服自己，只是相信自己。他只把自己比喻为蜗牛或乌龟这类角色，慢慢地一步一步地往前走，碰到困难或危险，脖子缩起来就是。风险过了再往前爬。

有的人非常佩服自己，只是不太相信自己。看客要有耐心等待和鼓励他成为一个大家伙，有朝一日展翅冲天而去。

那些朋友提起著名的泉州古迹，时时萦回在序子脑际。既然让人点化了，就免不了跃跃欲试。不过难啊！面对着那些动人风景，根本不晓得从哪里下手才是。

念过美专和没念过美专的人差别就在这里。

那么复杂的远近都对付得井井有条，要什么有什么，不要什么序子并不太佩服自己，只是相信自己。他只把自己比喻为蜗牛或乌龟这类角色，慢慢地一步一步地往前走，碰到困难或危险，脖子缩起来就是。风险过了再往前爬。

就没有什么，又清楚又好看，真是神乎其技之极点！

比如说出泉州不远去惠安洛阳那条路上，要从一条全是石牌坊漫长的甬道穿过。有多少数目的牌坊呢？为什么全挤在一起呢？自哪个朝代到哪个朝代呢？曲曲折折，爬满叫不出名字的藤萝花朵，各显出自己的颜色和光亮，每天从牌坊下经过的千万旅人不欣赏、不有沐浴之感、不感动是不可能的……

（鄙人今年已经九十三岁，平生有两张写生的愿望至今没有实现。一是这逶迤灿烂的泉州牌坊；一是罗马梵蒂冈、米开朗基罗设计的那一圈回廊围着的广场。来得及吗？来不及了，也可能还来得及，唉！怕是来不及了……

总之，看样子我微笑的幻念眼前大概不会熄灭落空，希望有幸在神灵荫庇之下完成这两幅写生。也请我的读者耐烦等待我把这两幅考卷带回来，印成画片送给各位。

《追忆逝水年华》里写："当他要往前走，走在八十四岁崎岖难行的巅峰上，他非颤抖得像一片树叶不可……"

我哪里会落得德·盖尔芒特那样？不至于吧！）

《家》演完，命令下来休息三天。三天后男的搬家到以前提到过的广场偏角那座空院子去。

大家到那地方看了一下。这算什么建筑呀？

没给人一点想象力，不晓得怎么盖起来的；边施工边设计吧？想一处盖一处；既无章法，也失格局。让人啼笑皆非的东南角居然有个很占地方、非同一般讲究的花坛，长着狗狗毛、蒲公英、颠茄和几乎颠覆全世界的"离离原上草"；像位脾气很大，家道中落而四处求职无望的破落户大少爷，高不成、低不就地杵在那里。

（我至今还闹不清楚，破落户大少爷走到街上为什么大家看了都恨？一个家的破落跟他本人和祖上有多大关系？

几几乎丧失了所有的美学价值。包括我的情绪在内。花这么多笔墨说到它也就是对它的诅咒。如果是块空坪子，夏天可以纳凉，可以练拳，可以排戏走个小场子。几十年过去，现在想起它还讨厌。）

幸好，给这院子带来希望的是中间一棵大龙眼树。

序子和渊深、成月、培芳跟好多大人的床位安排在西南角楼上，楼下是剧务组几个人跟黄金潭、阿哇。东北角大房间是王淮、王清河跟几个嗓门大的人。摊开的卧具也颇为体面。来个把团体参观的话也拿得出手。

冷热水、盥洗处挨着序子这边楼下。再过去是厕所。厕所为什么盖得这么大？为一连人屁股服务也有剩。

楼上窗户通明，空气新鲜，晚上有月亮时可以"床前明月光"。

一声"吃饭"大家又回到社会服务处。

女帮仍留在社会服务处。照应方便一点，大家理解。罗乐生和大绿脸两口子也住那里，这属于无可奈何，大家也理解。

河伯累了那么多天，序子看他这几天缓过来一点，河伯说："我有事找你！"

"什么事？"

"我老师想见你。"他说。

"你也有老师？"序子问。

"全世界的儿子都有爸，全世界的爸都做过儿子。我就没有老师了？”河伯说。

“你向他学什么？”序子问。

“文学。”河伯说。

“几时的事？尊姓大名？”序子问。

“古时候的事。名叫蔡嘉禾。”河伯答。

“他怎么想起找我？”序子问。

“久仰大名！”河伯说。

“不去！你吓死我了！”序子站起来要走，让河伯抓住。

“你的那些老朋友人希他们都认得他。听我们讲起你这个怪人，就喜欢起你来了，要我们把你带去。好几个月以前的事了。他难得喜欢一个人的。这位老人家你一见面就明白，你也会喜欢他。”河伯说。

“多邀几个人去吧！”序子说。

“不，他只见你一个。”河伯说，“多了讨骂。”

“那，几时？”序子问，“你先去约个时间。”

“不用约的，这边哼一声，那边就知道了。”河伯说。

“这么神？”序子笑起来，“我告诉你，还别说，你这些狗屁话有时我还真信！”

第二天上午河伯带序子没出东门往北稍微拐了两拐，到了。

老头长得潇洒，没有一点难看的地方，穿着一件旧到不知道原来什么颜色的西装上衣。

“我还怕你们来不及吃午饭。”他说，“序子呀！欢迎你的光临。”

“谢谢老师。”序子弯一弯腰。

蔡先生对河伯说："你让金潭送那么多菜料来，剩我一个人怎么吃得完？"

序子听了这话，耳朵、眼睛、嘴巴一闪。

这屋很旧，旧到有钱也舍不得修。是古时候硬木头所盖，讲起话来回声很重。厢房、堂屋、高门槛、大窗户，跟蔡先生自由自在的神气、他的修为融为一体，像是祖屋。

一问果然。

（世上祖屋的堂皇和孤寒都各有自己的庄重。这跟学问修养类似。房客租房子住，不管来头多大，多高的谱，说到底仍然只是房客的名分。论学问，是另一回事，和租房子一点关系都没有。硬扯在一起，就显得委琐和别有用心。）

"蔡先生，你这屋租给人住过吗？"序子问。

"没有。从来不租！我喜欢这点荒漠！"蔡先生说。

"不荒，像国画留的空白。"序子说，"我太喜欢这地方了！"

蔡先生说："你喜欢就留给你，我没儿没女，真的，留给你！"

河伯说："你留不住他的。他是只'失魂鸟'！"

"我知道这孩子。我没见你就认识你。你怪！听说前些日子在标准钟差点炸死！你九条命，你在十二生肖之外，你属猫的，你死不了。"蔡先生一个人在堂屋厨房来回，不喜欢别个参与，一边忙着说话。"我很想有你这么一个孩子在身边，我晓得留不住你，我的行当跟你相差比较远，帮不了你长大……"蔡先生说。

"蔡先生，我没有你讲的那么好！日子久了你就明白，我浮，学问不是太持重。请你允许我常来听你讲话，要做什么事我帮你做点……"序子说，"我怎么一眼就觉得这是块好所在。"

"有缘！"河伯说。

"是有缘。"蔡先生说。

吃饭！蔡先生一手炒出菜来，摆了一桌。

"你喝酒吗？"蔡先生问。

"一点点也不喝。"序子说。

"我也一点点不喝，让他一个人喝。"蔡先生给河伯倒酒，河伯把酒瓶接过来自己倒，放在自己面前不交回去。喝完一杯又一杯。

"序子，你以后打算怎么样？"蔡先生问。

"做个刻木刻的。"序子回答。

"刻木刻不容易啊！晓得吗？"蔡先生问。

"晓得！"序子说。

"你木刻刻得那么少，怎么能有以后呢？"蔡先生问。

"我以后多刻一点。"序子说。

"木刻要多刻人，刻人过日子，刻中国人过日子。"蔡先生说。

序子停住筷子，"我人刻得很少，我不会画人。"

"哎？这话不对，你会剪影，剪哪个像哪个，怎么能讲不会画人？你可以讲，没有想到刻木刻应该多刻人吧？"蔡先生说。

"可能是。"序子说。

"不是'可能是'，是'简直是'。"蔡先生哈哈笑起来，"你想，大千世界都是人创造的，不刻人多可惜！这世界多有意思！"

"把有意思变成木刻好难！"序子说。

"你这种人不该挑容易的做啊！"蔡先生说，"我才是真正不会画画的人。不过我懂画；我会吹画画的牛皮。你晓得这几年我做过什么事吗？我做过政工人员。在武汉三厅郭沫若那里打过一段短工；到过长沙，在九战区薛岳那里打过一段短工；到过江西上饶，在三战区顾祝同那里打过一段短工，认识好多画家和木刻家……"

听得序子屏住呼吸，傻了。他大旱之望云霓，他闭上眼睛等待蔡先生给他来一场淋透全身的瓢泼大雨。

"我来往最多的就是木刻家和漫画家，哪！"蔡先生屈着手指头，"陈烟桥、李桦、野夫、万湜斯、黄新波、赖少其、刘砚、张光宇、叶浅予、胡考、丁聪、盛特伟、廖冰兄、陆志庠、张仃、高龙生、汪子美、黄尧、张正序、叶冈、麦非……黄鹤楼大壁画、漫画宣传队、木刻协会，浩浩荡荡几百人，看他们工作，跟他们聊天，和他们行军……大家都年轻，几年过去了，眼前，有的还有书信来往，李桦、野夫有！新波有，万湜斯有，叶冈有，张乐平最不爱写信也有过一封。大家一忙，四处奔波，信就少了。以后你来，我再一件件把跟他们交往的趣事讲给你听……哎，李桦在长沙九战区，你可以把木刻寄给他看看，我有他的地址，你告诉他认识我就行，怎么样？"

序子急了，"眼下我什么都没有，怎么办？"

"不怎么办。等你有了新的木刻再寄不迟。他待人非常诚恳，以后通信来往多了你就明白。听说你喜欢读书，这是从艺的根源。当然，不读书的画家满街都是，我也没有时间和机会跟他们接近，劝他们学你；何况你眼前也拿不出多少让他们学你的本钱。你离天亮还早，有好多路要跋涉。动不动就要为人师表的人千万不要结交，有害无益。"

序子说："我初中文凭都没有，要不然去考考美专倒是不坏。"

"不！人各有志。美专不是你这种人上的。你好好一个活蹦蹦的人上美专干什么？"蔡先生说，"刻木刻的、画漫画的有几个人上过美专？他们对抗战贡献多大！"

"我想，进美专学些本事，刻木刻不是更好吗？"序子说。

蔡先生笑起来，"等你美专毕业，抗战都胜利了。"

序子也笑，"即使我上不了美专，抗战也一定胜利。"

"讲到美专，倒让我想起一对活宝兄弟来。一个叫梁鼎铭，一个叫梁又铭，（轻着嗓子说）那可是一对如假包换的国民党御用画家，十十足足的党棍。在日本或是哪一国学过油画。这两个人近年来好像在一个中国空军杂志上画插图，别的事就不清楚了。在我的印象里，全国美术界——美专的负责人和教授，油画界、国画界，以及木刻界、漫画界，没听说有人跟他来往过，报上也不见他们活动的新闻消息。

"南京国画馆之类的机构好像收藏过一些民国的历史画文物，其中就有他们两兄弟的油画。抗战了，这批东西也当作国宝跟着搬来搬去，先运武汉，后运重庆，很当作一回事。

"其中的一幅《五卅惨案》油画就是我要讲的。

"这画很大，大约三米乘二米左右。画的是日本军队残杀中国人民的状况。用意好、主题也明白清楚。不过这幅这样意思的画却弄得人哭不是，笑也不是。

"一堆死人，全是女的，裸体，冰肌玉骨各显姿态地躺在地上像是在舒舒服服打瞌睡。

"梁某人画这幅画的时候，雇过不少的女模特写生，大概是越画越忘乎所以，心恍神移，把这个惨绝人寰的场面画成了波斯贵族的色情后宫，各种色彩，肉体的质感，素描关系这些神乎其神的讲究，早把惨案的庄严的主题一脚踢到九霄云外去了。

"你会问，那些国民党元老哪里去了？怎么不来看看？不来管管？你不明白，我不是吓你，那时候的人一听到'艺术'，尤其是听到'油画'，都会自动矮半截的，表示自己的欣赏水平很有两下。"

蔡老头问河伯："你们团里头那么多女孩子对他怎么样？"

"你问他。"河伯对序子说，"问你呀！"

"我？"序子茫然，"很普通的事嘛！难得跟那么多女孩子天天在一起，很好的。以前没有过。我在集美有个女同学对我也很好，离开集美我们至今还一直有信来往，给我打气，很好的，真是很好的。女孩子跟男孩子不一样。跟男孩子来往，像教科书，本本差不多；跟女孩子来往像小说诗歌，本本不一样，给你惊喜。我喜欢的女孩子没一个是《红楼梦》里头的。我幸好没有活着的姐姐妹妹，都早死了。幸好！幸好！要不然我听到她们长大在家乡受苦，我会杀回去的！弟弟们是男人，熬得过苦，没有忌讳，怎么都活得下去。姐妹不同，世界对她们天生地不公道。你不晓得我们那地方做女孩子的苦法，一旦嫁进山里，连'停船暂借问，或恐是同乡'的机会都没有。天底下，就她一个孤零零的人，老虎都不忍心吃她……

"你会问，山里头她不是有个家吗？是的，是的，公婆丈夫？儿女？不要谈了，这些问题，我两个人换个位置，你也不懂。山里头事情三言两句难论。"

僵住了。

河伯说："喝口茶……你刚才不是讲跟男孩子来往像教科书，跟女孩子来往像小说诗歌？后头你走题了！"

天下最可怕的是孤独

「你不晓得我们那地方做女孩子的苦法，一旦嫁进山里，连「停船暂借问，或恐是同乡」的机会都没有。天底下，就她一个孤零零的人，老虎都不忍心吃她……」

"我有个嫁到山里的亲堂妹，高中毕业的高才生，一个人孤零零嫁送到山里，死在山里，就那样下场。"序子说，"到了那里，有文化，有回响趣味，有辨别力，更惨，天下最可怕的境界就是孤独……"

老头没出声。

"这些话，以前没听你讲过。"河伯说。

蔡先生指着序子对河伯说："我们之间距离好大！好凄厉！被辜负，被出卖，被屈辱，身不由己，前生前世的冤家……"

"……冯梦龙的杜十娘，高则诚的赵五娘，莫泊桑的《羊脂球》，霍桑的《红字》，会填词写诗的李清照，坐冤枉牢的严蕊。苦得清寒，空灵，像绝句，像日本俳句……"序子说。

"你读过俳句？"蔡先生问。

"是的，就那么几句，'和我一起来玩吧！没娘的小雀儿呀！'高寿如先生是家父儿时的同学，日本留学回来的，教算术、常识，也给我们三年级讲俳句。我们调皮背后学着作——

"'日你妈太阳！出得这么早！'

"'新嫁娘在花轿里偷笑！'"

蔡先生哈哈大笑，"你的这种俳句用中文写、中文读可以，在日本会让人笑痛肚子。人家很讲规矩的，就那么点，七、五三句，只有日本文、日本腔和日本耳朵才有完美的感觉和境界。翻成汉文减了不少口味，跟唐诗翻成英文一样。俳句这东西，周作人那老家伙可算翻译得不错……"

"我对有的东西只是喜欢，论通是不通的。"序子说。

"'喜欢'比'通'要紧。喜欢了，通就容易；不喜欢，通了白通。比方说'附庸风雅'是挖苦人的意思，其实犯不着这样对待人；不先附庸，怎学得到风雅？'附庸'两个字其实就是贴着学的意思嘛！"蔡先生说。

"日本俳句难不难我还论不上。我只觉得那三两句漂亮的闪念很有嚼头，很有分量，比如：

"'笠边苍蝇先我飞进庙门去了！'

"'穷和尚手里捏着几粒豆子，不知炒了好还是煮了好？'

"变成中国四句头的五言、七言绝句，味道怕没这么足了。

"不过有时候我读一些东西会联想到俳句味道的，东坡的《临江仙》那两句：'敲门都不应，倚杖听江声。'

（全词：夜饮东坡醒复醉，归来仿佛三更。家童鼻息已雷鸣，敲门都不应，倚杖听江声。长恨此身非我有，何时忘却营营？夜阑风静縠纹平。小舟从此逝，江海寄余生。）

"俳句'古池塘，青蛙扑的一声响'。不知道怎么让我联想到王衍的《醉妆词》。

"'者边走，那边走，只是寻花柳。那边走，者边走，莫厌金杯酒。'

"一个静，一个噪，都这么可爱。"序子说。

"这'筋那浪'怪，刻木刻可惜了，是不是？"河伯对蔡先生说。

"不刻木刻，你叫他吃什么？不光是要下苦功刻木刻，还要远远飞走！"蔡先生说。

"刚才你不是说要把这房屋传给他？那怎么办？"河伯逗弄老师。

"唉！是呀！可以立个字据，你千山万水，哪年哪月回来，这俳句「古池塘，青蛙笃的一声响。」不知道怎么让我联想到王衍的《醉妆词》。

「者边走，那边走，只是寻花柳。

那边走，者边走，莫厌金杯酒。」

古池塘，青蛙笃的一声响

所在都是你的。"蔡先生说。

"蔡先生，我心里有这房子了，永远地有了。多谢先生，多谢你们闽南人的处处大方。我天涯海角都忘不了，哪年哪月都忘不了。"序子说。

"先生问你团里的女孩子刚才你岔开了。"河伯说。

"是的，我想到命苦的妹，这分量太重……"序子说，"我们团像一个家，想到我们都会长大，都会有朝一日各奔东西，心跳得厉害。像一群雁鹅就好了，要飞大家飞在一起，要停大家停在一起，一生一世永远这个样子。"序子说，"唉！不做失群孤雁的愿望是不可能的。"

"有没有想过？日子再长下去，人老大了，在团里找个妻子？要找，找哪一个？"河伯问。

"我从来没有这么想过。我不喜欢这么想。我不喜欢把好好一个可爱的人变成妻子。"序子说。

"永远？"河伯那一对眼睛瞧着他。

"唉！我哪里晓得？"序子说。

"试想想！宾菲怎么样？"河伯问。

"哪个宾菲？"蔡先生问。

"蔡舒班那女。"河伯答。

"哦？标致的小家伙长大了？"蔡先生。

"是。——说吧！"河伯问序子。

"全团里头，我最愿意跟她在一起又不敢跟她在一起。她没有一样不好，她的头和头发、眼睛、鼻子、嘴巴、身材、嗓音、她读的书、她的快乐、幽默感、气味、教养脾气，如果是一张画的话，那肯定就是一笔不能动、不能改的画。她美得很从容，自己不慌，别人也不慌，她已经有未婚夫陈逊了，这算不了什么问题，如果我有胆子爱她的话，打架和道德都不在话下。

"她做了我妻子，不到一个月我就会逃得自己也找不到自己。我精神和物质上都养不起她。

"比我大四岁算什么？大十四也不在乎。我觉得就眼前这样最好，没有爱情的开端，没有结婚的下场。"

"你以为她一定要嫁给你？"河伯说。

"怎么会呢？之所以我才这么讲哟！"序子松了一口长气说。

"她真就那么好？"蔡先生问。

"没见过你不清楚！"序子答。

"她小时我见过。"蔡先生说。

"小时候，那算什么？"序子说。

"好，好，到陈馨了。"河伯说。

序子叹口气说："最缠人怕就数她了。人真是鲜艳（前两天手机上墨西哥一座火山爆发，喷火还加闪电，就像她），走在街上谁见了都会回头多看几眼。她不怕人看，全身上足发条，自然洒脱，街上一边走一边团着人，不晓得哪里找这么多话说。她时时刻刻像一只刚出壳的小绒鸭歪头端详你。谁都不忍心对她粗鲁。看样子她对我有好感，我小心招架，慢慢调理，免她失望。吴娟也曾说我们是天生一对，这不行！会伤害她。不敢想象我们会成为一对天真无邪生儿养女的儿童佳偶……你看，我一手汗。"

"你刚才说的那个吴娟是谁？"蔡先生问。

河伯手指头晃了两晃："就是以前我讲过的战地服务团那位临

时的吴女士嘛！"

蔡先生"喔"了一声接着说："我相信你仍然喜欢你那个陈那个什么……"

"陈馨。"序子说，"的确是这样，好单纯漂亮的女孩子，我真祝福有朝一日她能找到个好人家走完平安幸福一生，不像我那样流离颠沛……"

蔡先生微微笑起来，"唉！张序子呀张序子，你一走，把这口漂亮的闽南话白白浪费了。"

河伯也说："是呀！我也真舍不得序子离开闽南，设想让序子安心住下来，让陈馨的爹妈招为入赘女婿，丈人家有的是钱，陈馨又那么活泼可爱，张序子是个有希望的年轻木刻家，佳偶天成。我算是为故乡拉住一位外来人才，要晓得，这不是随手可遇的，比找三百斤种猪难多了……"

"人说找不到好种猪的人，有时就亲自代劳？"序子一脸认真的态度。

听了这话，河伯干咳了两声。

蔡先生指着河伯，哈哈大笑，"你看你遭罪了吧！"

"我为你好，你骂我'堪的戈'[1]。"河伯酒喝多了点，舌头有点大，"还有好多女孩子，让他说，说，说。崇淦、芳丽、齐扬、小刘随……"

金潭来了，和序子一齐收拾碗筷残羹酒盏，不让蔡先生动手。新泡一壶茶，让老人家慢慢喝着，与老学生交流醒醉之趣。

1　牵猪哥，配种的男人。

「让陈馨的爹妈招为入赘女婿，丈人家有的是钱，陈馨又那么活泼可爱，张序子是个有希望的年轻木刻家，佳偶天成。我算是为故乡拉住一位外来人才，要晓得，这不是随手可遇的，比找三百斤种猪难多了……」

比找三百斤種猪難多了

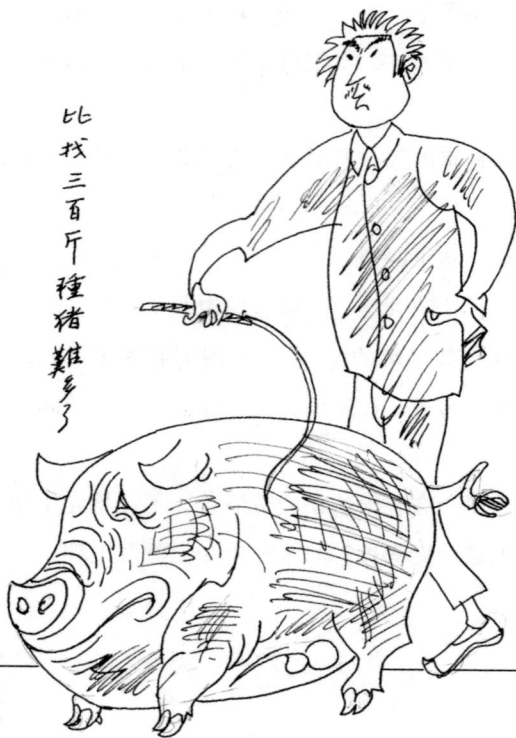

第二天一大清早河伯轻轻问序子："昨晚我们怎么回来的？"

"金潭找了两部三轮，我招呼你坐一部，金潭一个人坐一部。"序子说。

"钱呢？"河伯问。

"金潭付了，两部七角六，等下你还给他就是；总不至于要我出吧？"

碰见陈馨，一脸的高兴像刚出的太阳。问嘿、嘿、嘿，昨天下午哪里去了？序子说跟河伯去蔡先生家。谁是蔡先生？河伯以前的先生；你们找他做什么？

找他做什么？和你有什么关系？

没有关系不能问吗？

问吧！

不是问了吗？

哦！给人做媒。

你们见鬼给人做媒？

见不见鬼也是媒。

成了吗？

那怎样能成？

为什么不能成？

那丫头太烂污了，一塌糊涂！

你怎么晓得人家一塌糊涂？

我不晓得哪个晓得？

颜渊深过来说两件事：

等下开会，布置去石狮演出。

涂山街诗竹巷泉州妇女会有个盆景展览，去不去？

会上王淮交代大家，剧务组明天动身，其他大队人马星期五出发，星期五就是大后天。一个月演两个戏，《雷雨》《原野》。每戏三场，然后转安海，再一个月转来。

向吴淑琼先生多谢致敬，大仁大勇不回仙游过年。

诗竹巷在哪里？金潭晓得。

"在连理巷左拐。"

"你怎么晓得？"

"泉州没有我不晓得的！大街小巷讨过饭。连狗都认得我。"

七个男男女女到了妇女会。初一进门是块坪子，两个篮球场大的局面。搭上架子摆满各式盆栽、假山石、金鱼缸、时花异草。轰轰隆隆只见男人来回欣赏品评，间或也有个把妇女穿插其间。坪子北边一大座郁沉讲究的老房子，门楣上横着白漆底五个擘窠大颜字"泉州妇女会"。

在中国，没听说哪个城市没有"妇女会"。要不然，每年的三八妇女节怎么庆祝？

那天一到，南京的宋美龄就必须在会上公开露脸；全国各大小城市的小宋美龄也要在会上公开露脸，发表她们的笑容照片，提醒各界男士注意，老娘在此，女权不容侵犯！

脾气再坏再暴躁的男人起码三八节这天不敢打老婆。

讲的这些三八节意义，和妇女会有关的只是因为盆景展览会借了妇女会的这块场地。

盆景展览会西南角另外特辟了一个个人盆景展览，是妇女会中唯一的男性职员、七十六岁的秘书主任陈硕翁的八十件别开生面的那天一到，南京的宋美龄就必须在会上公开露脸；全国各大小城市的小宋美龄也要在会上公开露脸，发表她们的笑容照片，提醒各界男士注意，老娘在此，女权不容侵犯！

三八這天絕對不打老婆

盆栽精品。

原先大家的这个盆景展览会已经是非常精彩了，让人深深领会到泉州远古文化传统底蕴的强盛十分不简单。现代泉州人在这个优秀基础上又做了狠狠的发挥，手艺精确，眼光独到，把自然界的山石拿捏、打扮得如斯驯服听话，简直是非神仙手笔不能办到！

序子的艺术知识十分有限，连循一起步的开始资格都谈不上。仍然让陈先生掀开的这个新题目吓住了。

这位老人家把历来国画家画山石的皴法（细细算来起码近百），跟自己历年跋山涉水一块块搜集到的岩石标本，居然堆垛出一座座叫得出名字的国画盆景。元代王蒙的《春山读书图》、五代荆浩的《匡庐图》，画上山石的皴法就是盆景中石头地质学的结构。

其实以前古人也都有过归纳，可惜没能找到实物应照。《石涛画语录》（皴法章）、《绘事微言》之类，米芾米点皴，巨然墨块皴，王蒙解索皴……都颇见趣味。

想起一个人。如果陈先生当时认识明朝的徐霞客，拜托他办这件事的话，不知道会省下多少双草鞋？提醒多少人画事的懵懂？

颜渊深奇怪了，"一大堆一盆盆石头条、石头片，怎么就让你傻在这里了？"

"我要是大总统，我要是蒋委员长，就会给这位陈老先生一块文化勋章。"序子说。

"是不是这批东西看起来不怎么样，其实很有价值，怎么让你看出来了？"渊深问。

"他千辛万苦搜罗来国画皴法的根据，不是一天两天的事。泉州太小，看不到它们的价值，我只是佩服陈先生的眼光和修养。在

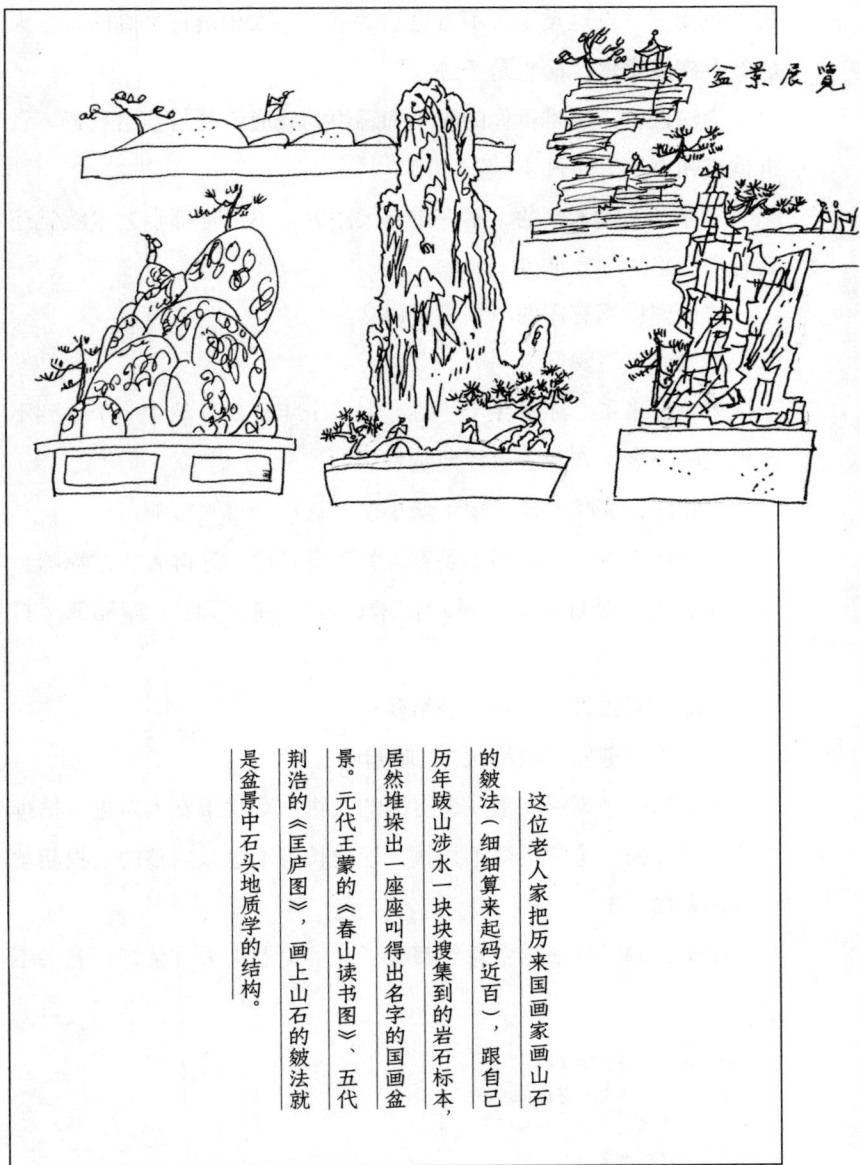

盆景展览

这位老人家把历来国画家画山石的皴法（细细算来起码近百），跟自己历年跋山涉水一块块搜集到的岩石标本，居然堆垛出一座座叫得出名字的国画盆景。元代王蒙的《春山读书图》、五代荆浩的《匡庐图》，画上山石的皴法就是盆景中石头地质学的结构。

集美我读过一点这类半古不古论画的书，不太相信它是真的，今天居然看到真家伙，简直是圣迹。"

崇淦说："也难得你的眼光和感悟，我应该写封信给我爸，告诉他泉州有这么一件事。"

"序子是刻木刻的，不一定有大用处；不过你那点艺术嗅觉还真有点意思。"宾菲说。

"研究质感有用的。"序子说。

"或许。"宾菲说。

老头过来了。序子吓了一跳，七八个年轻女人丛中一个皱到不能再皱的小老头在忽沉忽浮地走着。

笑眯眯，那嗓子像一扇干燥小窗子让风刮得嘎嘎响。

"帮我看看，前面是不是有人？"见到序子这群人，"啊哈！还真是有人。令俚帮浪，系端信米达吉？[1] 筋那浪、摩筋那辛打爪水！[2]"

渊深轻轻告诉序子："哦给秋！[3]"

"幸米浪港港娃瓦哦给秋？[4] 哈哈哈！"

（说的应是高甲戏里一个有趣的人物。喜欢跟女人亲近，情理上还说得过去，伦常道德不越轨，让他长着不怎么齐整的五根胡须的有趣人物。）

序子、渊深这帮男女青年都笑了，赞美老头子耳朵好。老头不

1 你这帮人是做什么事情的？
2 少年郎、女孩儿都生得这么漂亮！
3 五支须，意思是喜欢贴女人的人。
4 什么人在说我五支须？

单不生气，还挥手招他们进屋喝茶。

"岂呷苷！岂呷苷！" [1]

大家跟着进大堂，有一圈喝茶的矮桌椅。

（以下用普通话）

"你们叫我'哦给秋'，一个'妇女会'十二个妇女只有我一个男的，当然就是'哦给秋'。《红楼梦》的贾宝玉也是'哦给秋'。他是小'哦给秋'，我是老'哦给秋'。喂！让我问一声，你们做什么的？"

"我们是战地服务团的。"宾菲说。

"怪不得，怪不得长得这么齐整。你们不看花而专门认真看我的石头，我就很是生疑，想不出什么道理……"陈老先生说。

"我粗粗看过几本'画论'，你每座盆景都用皴法作标题，我们稍微知道点'皴法'的意思，你老人家为这门学问费了那么大的辛苦，这是越想越有意义的事。我们的脚都走不开了！"序子说。

"喔嗬！了不得，原来如此，你哪条街的？我头盘听泉州人讲这句话！"老先生蹦起又坐下。

"他是湖南人，冒牌泉州货。"渊深说。

"喔！喔！难怪！你的专行是什么？"老先生问。

"我不够格谈专行，在团里画点海报招贴，写点标语口号。"序子难为情，"我在学木刻，好几年了，不大长进。"

"真难为你们这帮青年欣赏老朽这点东西。唉！有一两个知音就足够养老了。"老先生说。

1　去喝茶！去喝茶！

"这些心血珍品是在泉州，若放在重庆、成都、昆明、桂林，不晓得会掀起多大波澜。抗战胜利了，送到北平、南京、上海、杭州，又不晓得会有多大震动。先生，我虽然知识有限，倒是能看得到它们的分量。"序子说，"先生的工作真是曲高和寡啊！"序子动了感情，触发的基础可能来自故乡山水和父老的闲谈珠玑。甚至胆大地认为：这位聪明了得的老人家从小在这里耽误太久了，早应该展开翅膀远远地飞出去。你们的价值都在闪光，你们储存了太多历史的聪明啊！

"先生，先生，闽南可真是出产文化大块的地方。可惜我们工作流动性太大，失掉时常请教的机会，真是万分可惜。"

"年轻人懂得多谢很了不起。我们年轻时候胆小，娱乐品类稀少，贫家孩子只好读书。书也没几本，借来借去，书本架桥，互砌友谊，显得文人十分相重。那时来回只那么几个朋友，交通不便，见闻稀少，遇到点点学问知识就紧紧抱住不放。你看你们今天好阔气，不用求，文化会纷纷爬过来奉承你。"老先生说。

"你讲的会爬过来的是什么东西？"甘培芳问。

"杂志、报纸、无线电啦！坐着躺着听都无所谓。那时我们对学问的态度是正襟危坐，很是认真。人是容易懈怠的动物，年轻人，千万不要在文化上轻浮啊！

"我这个男子汉半辈子在妇女会里办事，不让人笑话就可以了。原来的老朋友死得精光，只剩下我一个人。我若死了，连谈我的人都找不到。人一死，世界上大道理、小道理最后也变成个没道理。你否了菩提，你否了明镜和尘埃，一提它们不也就承认了它们名实的存在吗？悲苦欢喜也是这样的玩笑。

"你们听过黄仲则这个人吗？"老先生问。

"听过一点。"宾菲答应。

"他是个多情苦种，一首短诗我喜欢：

> 别无相赠言，
> 沉吟背灯立。
> 半晌不抬头，
> 罗衣泪沾湿。

"读出来算是赠给你们。其实偌大一个人生，别就别了，有什么好哭？

"嗯哼！咳，咳，你们眼睛聪明，看得透我没能力招呼午餐。原谅了吧！屋内家小太多，嗷嗷之极，惭愧惭愧。

"我们连理巷右首边生韩庙有个好故事，不累不妨进去走走。再见再见！"

妇女会出来，宾菲问序子："你觉得这老头怎样？"

"太隆重了。你们泉州的精彩人物挖不完！"序子说，"那么寂寞的专注，真不是个小事。"

成月问："去不去生韩庙？啊！就在这里。"

进庙门一看，规模不小，长满杂草，看得出花岗岩地面的整齐。还有月池。两边榕树已经连在一起。有两重殿，一是韩琦殿，后是韩母殿。

北宋景德年间，河南人韩国华在这里当知府，没生儿女，心里着急。一天榕树开花，状若红棉。老婆叫丫头连理送去给老爷报喜，老爷看了红棉花又看了丫头连理，都觉得好看，收连理做了小老婆。不久大了肚子，大老婆怀恨，趁老爷出门办公时候把连理赶出衙门。连理来到城隍庙，在一块大石头上生下个儿子，十分伤心，不想活了，扯下一块裙子写下血书包着儿子放在庙里，自己走到河边去跳水，被一个老尼姑救起，在铜佛寺、七里庵和罗溪庙里做尼姑。

老爷回来不见连理，派管家韩福去找，经过城隍庙听见婴儿哭声，见到婴儿和血书，以为连理死了，藏起血书，抱婴儿回府交差。

婴儿取名韩琦，长大中了状元，回家路上在小庙避雨，尼姑连理认得老管家，老管家拿出血书，母子相认。韩琦后来当了宰相，谥忠献，封魏国公。后人纪念他，把城隍庙改建为"生韩古庙"，纪念连理，把巷子称作连理巷。都是真事。长故事短说，写在这里。

众人出来，各人心里都在打算午饭问题。宾菲领大家走进菜市场，买了面、蚝、蛤、蛏和猪肉、菜蔬。陈馨问她："这些生东西怎么吃？"宾菲不说一句话，直带大家绕老司令部外墙来到自己家门口。掏腰底钥匙把门开了，叫两声："爸！爸！我回来了！"

里头果然有个老头答应："喔！"

宾菲把各人在客厅安顿好，泡了茶。一位穿长衫、黑头发唇上小胡子清俊老头夹着几本书来到大家面前。

大家起立，老头说了句："别客气，请坐。"径自走了。

宾菲说："他有事出去，我妈和姨上外婆家，我弟下午或者回来或者不回来。陈馨、陈可跟我进厨房。桌上、柜子里的书和东西不能动。"

"那你弄点东西让我们看看！"渊深说。

宾菲没有话。

"比如棋……"

"我家没有这些东西！"宾菲说。

"那怎么办？"成月问。

"不怎么办！好好坐着等吃面！"宾菲说完走了。

大家轻轻站起来踮脚四处走动，柜子里好多线装和洋装书，讲究的小文玩，历史照片，雪茄烟盒，烟斗。墙上一张规规矩矩镜框装着的褪色的英文老世界地图。

序子心里活动："……当然，讲不准翻一定不可翻。其实，如果上宾菲自己闺房楼上看看可能比这里有意思。看起来这是另外一种读书人的家，跟往常见的不一样。"

正在这么想的时候，听见有人在用钥匙开门，霍的一声先进来两只大狗。狗没料到客厅有人，吓了一跳，听到厨房有熟人声音，便往那头跑去。这边进来的是个漂亮年轻人，也"哇"的一声，没想到屋里这么多人，"你们？"

宾菲跟狗一齐出来，介绍大家："这是我弟乐菲——这是我团里的。"

大家微笑点头致意。两只狗在各人身上闻闻，"唔唔"低声嗷着表示莫名其妙。

宾菲又转身往厨房走："我回去那边没有做完。"

（这话听来不通，当事人通。）

"我在青年会做事。"

大家明白，青年会不是三青团。

"这狗……"序子手指着。

乐菲说："它们乖，大是大，不咬人的，长毛圣伯纳名叫'霍弟'，短毛诺威纳名叫'赫诺'，都三岁多了，走在街上，连小狗都不碰。"

乐菲从裤袋里掏出两块小干粮递给序子："喂它，摸摸它的头，从鼻子前摸上去。哪！对了。一般不懂狗的人先摸脑后，它看不见，觉得唐突，就会咬人……看它们眼睛眯起来了，不紧张了，是不是？"

"我舅舅是打猎的，养好多狗，都是本地狗，非常勇猛！"序子说。

"行家打猎都养本地狗，天生适应当地水土，比洋狗不知强多少去了！"乐菲说。

"你打猎？"序子问。

"不！我不打猎，从来没打过；我的狗不是猎狗，身体重，山上走几步就会累得趴下——我打猎的场面都没经历过，我也没摸过枪，我看到枪就紧张。"乐菲说。

"他打过，他有枪，他打过很多斑鸠，他的狗是街上捡来的小杂种，根本算不上猎狗……"渊深指着序子鼻子补充。

"你想表示什么呀！颜先生？"序子问渊深。

厨房宾菲在叫，听不清说什么。

"ADi Be quick, help me to bring the noodles to the dinning room！"宾菲喊。

"OK！"乐菲答应，马上起身。

序子对大家说："宾菲叫她弟帮她端面到餐厅，我们自己去吧！"

既然都去，各人端自己一碗，事情就简单多了。围着餐桌大家认真吃将起来。

「它们乖，大是大，不咬人的，长毛圣伯纳名叫「霍弟」，短毛诺威纳名叫「赫诺」，都三岁多了，走在街上，连小狗都不碰。」

这是我弟弟紫薇

这么好吃的海鲜汤面，这么大一海碗，原先以为一定把秀气文雅的女孩们吓住了。放进女性肚子里无论哪块所在，都很容易引起道德上的误解。

吃完这碗面，个个从容自若，什么事也没有发生。

懂事的男人们很快收拾了餐厅现场并把食具洗涤干净归入碗柜。各人回客厅坐好。

宾菲带女孩们上楼去了。乐菲跟狗回自己房里。

渊深问："这下子我们做什么？"

"为什么女孩们就那么懂得协调彼此的关系呢？她们精通排解寂寞，连上厕所也成群结帮；你见过我们男人呼朋唤友上厕所吗？"成月说。

"这不是社会学问题，是动物学问题。远古时候母性活动特点。我没有看过这方面的书，只是估计。"序子说。

"你，或许是对的。"渊深说，"宾菲弟弟进房做什么？"

"真好笑，他的家，爱进哪里进哪里。"成月说。

"你，或许是对的。"渊深说，"宾菲带几个女的上楼干什么？让我们在这里久等？"

"不耐烦？你上楼问问。"成月说。

"可能在讲故事，要是长篇故事那就麻烦了……"渊深讲到这里，宾菲那群人下楼了。

陈馨见他们坐在那里，"你们这些人走到哪里赖在哪里，吃了人家东西还不想走，看看几点钟了？"

"哈哈！"序子笑。

"还笑？"陈馨说，"都起身吧！"

大伙走到门口过道，序子要跟乐菲打个招呼，宾菲说："免客气，我叫一声就行。"于是拉开喉咙，敲敲乐菲房门，"Di, We are leaving！"

"OK，See you！"弟弟在屋里答应，狗也跟着吼了两声。

宾菲对大家说："他来朋友也这样的。"

嗬！出得门来都三点多了。

渊深指着宾菲问大家："她几时学英文的？"

没人搭腔。

回到社会服务处，序子跟王淮把陈硕翁先生的皴石盆栽艺术详详细细地讲了，王淮深深感动，问陈先生多大了。序子说："听说七十六。"

"唉！你看……"王淮摇摇头。

吃晚饭，序子看到那帮女将毫不减口，猛攻饭菜，很是惊讶佩服。吃完饭，金潭另外摊了两张茶桌子，说是后天上石狮了，大家多坐坐，聊点这个那个。没看盆栽的人不少，听说这么热闹有意思，也都想坐下来听听。

盆栽展览意思是有意思，讲起来很不好讲，就像听三民主义演讲一样；看不到，摸不着，你讲得越认真越难叫人相信。这不是听戏文故事。盆栽展览最缺的就是悲欢离合。

倒是没想到连理巷生韩庙的韩琦帮了大忙。前头文章所提不过只是简之又简的故事提纲。序子跟成月商量一番，由他另开这个题目说话："没想到盆栽展览会场，妇女会过去不远是北宋景德年间魏国公韩琦宰相庙。他妈生他的凄惨故事若编成戏文，三天三夜也唱不完。今天渊深在那里看得很认真，是不是麻烦他把这个故事讲给大家听听？趁今晚这个机会。"

渊深正坐在一张偏座里怀才不遇，猛然听到有人点他名字，平时抢着讲话都很少机会，假谦虚的客套话用不着了，一声开场的咳嗽也省了，放开嗓子宣讲起来。

没有人看表，没有人嫌故事长，所有人的耳朵直跟着渊深嘴巴跑。抽泣、心跳、战栗，生怕故事讲完。连一起看盆栽、参观韩琦庙那几个人也失魂落魄让故事迷得不停喘气。看渊深这手功夫真是让人磨没了。

故事讲完，众人跟着走了好几里路才醒转来，直称赞渊深口才好，会讲。女的用报纸给他扇扇子；都什么时候了还扇扇子？看样子，大家没有散场的意思。才九点多十点左右……

"怎么办？还有哪位？没长的来几个短的也行！"郑贻宽嚷着。

"好！我来几个短的吧！"序子说。

"一个人失眠，床底下伸一只手说：'安眠药，要哦？'

"晚上照镜子，里头有个老太婆对你笑。

"电灯熄了，摸电门，摸到一只冷手。

"熄了灯，躺进被窝，闭了眼睛，听到床边有个人打喷嚏。"

"张序子！你见鬼了，讲这些鬼话，你叫我们怎么回去？叫我们这一晚上怎么过？"

这群女的嚷起来。

"不怕！回去多喝开水。"颜渊深说。

陈馨说："我才不怕咧！崇姐，要不，今晚我到你房里陪你？"

到了石狮。靠海边一条长街，房子乱乱的，连着一些小街。人

安眠药，要哦？？

「一个人失眠，床底下伸一只手说：

「安眠药，要哦？」

「晚上照镜子，里头有个老太婆对你笑。

「电灯熄了，摸电门，摸到一只冷手。

「熄了灯，躺进被窝，闭了眼睛，听

到床边有个人打喷嚏。」

说有点像南洋，序子没去过南洋，不好比。

和甘培芳去看蔡荃大姐，听说她从仙游回家了。是在仙游吴娟大姐当时介绍的。说她读很多书，人庄重，果然是这样。她家里人多，老老小小都很和气，走廊外头摆了好多方方的竹子木头笼子，养了很多法国蜗牛，喂青菜和蛋壳，有大有小，小的手指头那么小，大的鹅蛋那么大，慢慢地爬着。据说是拿来吃的。在外国是极贵的东西。首先喂这类东西不吵人、不烦人，我心里是赞成的。

她请两个人吃饭，就三个人坐小矮桌子吃。别的家里人在另外地方吃，是一种客气。小圆桌上有芥菜汤、咸鸭蛋、芹菜炒猪肉片，有"窝碱姆"[1]，一只红烧比目鱼。白米饭。

（吃了一辈子饭，八十年后还记得这些汤菜，一点不漏，算是有点怪。）

留了四张《雷雨》《原野》的票，再见！

（听说石狮今天变成一座专做服装的大城市，啊呀呀！怎么回事？）

看书，看契诃夫，看司汤达，昏昏沉沉。该画的、该写的都做尽了。那些人在演出，在忙，帮忙也插不上手，人家还嫌你夹在里头碍事。原应该带木刻家伙来，没带，没带就心里负疚过日子。

这地方不觉得有什么特别。两座老百姓大户人家的石头房子，大到把我们所有的人连带演出器材装进去还有宽裕。开门不远就是海，海涨不到这里来，白天晚上都听见涛声。太阳呀！云呀！风呀！雾呀！雨呀！塞满星星的天和只剩下一个月亮的天呀！普普通

---

1 芋头做的豆乳。

通，不当一回事。（联想到七八岁的时候，跟父亲和他的朋友到南华山玩，半夜三更才下山回家，好宽的松林坡，不陡，满天一个大月亮，人累得模模糊糊，眼看这月色跟松林融成一块紫紫的、亮闪闪的、比真风景还好看的玻璃片。那时候还不懂夜晚看东西瞳孔放大的道理。这难得忘记的特别印象不清楚算不算美。几十年后想到它，恨不得马上扑回去。沈表叔说过，"美，有时候让人伤心"；也有的美，要长大了才懂。）

序子有时候自我惭愧。大家忘命地忙，排戏，要死要活地背台词，抬布景，"只有我像个、只、枚、条、粒……寄生虫！"想不像都不行，处处插不上手，事实摆在眼前。排解不掉的惶惑。有时候甚至把看书都认为是一种遁世行为，跟借酒浇愁一样庸俗。

前些日子跟王淮谈起，他文不对题地说："你晓得你自己的，你一点都不懒，谈不上寄生虫不寄生虫。——人有时候会东想西想，把自己搞得一无是处，颠三倒四。很可能是因为你在长大，懂吗？自己在推敲自己……"

今天，又是这样，都上剧场排戏，剩序子一个人。潮刚涨，好几个年轻人在远处海滩上嬉戏。啊？怎么光屁股？为什么不穿裤子？这些人小不了序子一两岁，有的还比序子大。

不太好批评的，这是人家的地方。

闽南海边人就是这样，热归热，冷归冷，下水就下水，祖宗八代和海就是这样不分彼此的。

序子想："我行不行？不行也要行。试试！"脱了长裤，掩上门，走到那堆人里头去。

没有一个人认识，所有的人都上下打量他。

他冷得半死，紧紧咬住牙根，做点微笑向他们表示好感，往深处走，蹲下腿，只露出头。哎，暖和多了。

一个人问他："努赖惝向米？"[1]

"剃逃！"[2]序子答。

听了这话，大家指着他大笑起来。

一个好心人说国语告诉他："我们在大便！"说完又笑。

序子也只好跟着大笑，不笑怎么收场？一边笑一边往岸上跑，赶回宿舍，脱下底裤，拿干毛巾遍擦全身，以防感冒和肺炎。没想到成月和颜渊深回来了，"嗬！嗬！嗬！远远看到你跟那帮光屁股孩子玩，你哪来那种兴致？"

序子不说话，只顾自己穿上衣服，顺手抓上一本书，床上一躺倒头便看。

下午，全团都在流传序子跟本地孩子光屁股海里游玩的新闻。幸好真正原因没有公开，要不然让人笑得非死人不可。

最聪明的河伯只猜到"童心未泯"的程度。那么冷的天气要多大的理由和勇气才下得了水？都晓得序子的脾气和耐力，二者不可得兼。成月和渊深躲得远远的。

序子难为情的极限在女孩子那一边。

宾菲打趣地问他："你怎么啦？"

"我怎么啦？我怎么啦？"序子睁大眼睛。

宾菲晓得这时候惹不起他，走了。

---

1 你来做什么？
2 玩。

我们立大使

没有一个人认识，所有的人都上下打量他。

他冷得半死，紧紧咬住牙根，做点微笑向他们表示好感，往深处走，蹲下腿，只露出头。哎，暖和多了。

序子到了石狮，人希从泉州赶转来，他认为石狮是他的情感基地。他不止一次地向序子介绍他的情感基地，听起来，闽南几乎无处不是他的基地。

他是个老土。一位母亲和一屋书跟一只胖猫"西门庆"之外，没听见有别的产业和产业关系；比如说南洋侨汇啦，祖上遗产啦，哪位当大官的亲戚啦之类。更不敢说他手边有多少现金。他的现金都存在银行，写多少文章，报馆就会从银行提多少给他。不写，报馆就会把现金妥妥存在保险库，不动分毫。

他刻图章。序子从事美术事业用的第一颗图章就是他的大作。（几十年直到去世才停手）石料奉送，好像家里有座寿山石矿一般。

他画得一手好国画，小写意。送朋友，参加展览会以外，不见别的响动。人家劝他也应该这个那个一下，他懦怯地笑笑说："我天生胆小。"

世界上美男子总是容易惹事，要不是闹风流新闻便是手脚肮脏让熟朋友担心，日子难得安静。人希是众望所归的美男子，音嗓醇厚，行动优雅。他几时娶进门的大嫂？几时生的儿女？很久很久才让朋友知道。

（人希是菩萨派下凡尘照顾老朋友的圣人。直到老朋友死得一个不剩时再一个个把老朋友送进坟场，"文化大革命"之后自己才选了个好日子静悄悄地闭上眼睛。他是个党外人士，没有得罪人的机会，也可能是个民主党派，"文革"受到冲击不大甚至没有，所以才提着肝胆在热火朝天之际赶来北京看我。

老朋友死得全断了根，有的问题和老知识必须和老朋友讨论商量才清楚的，没有了。好凄惨！）

人希一见到序子，牵手便走说："我好多朋友等着见你。走！"

街不宽，拐几个弯就进入居民区。

这房子相当派头。大门上铜钉闪亮，衬托两个面盆大的狮子门环。玄关辉煌，拐进院子，四周二层楼回廊。中间下陷一级石头天井摆满花草。坐北朝南大堂正面挂着幅难得一见的六尺见方漳绒大"福"字，红底黑字，鲜艳非凡。人希提醒序子："注意，那家伙在常识以外。"序子答："你说得是！"

两人左拐进入客厅，哄然一声："客人来了！"

人希上前介绍："屋主人龚捷，我们这帮朋友的三最。最'讴镭'[1]；最有劲，大学拳击冠军；学历最漂亮，美国斯坦福大学文学硕士。诗人，他是南安溪尾人，三代前才搬到石狮来。"顺手横扫其他人说："他们也都是外头搬进来的。古时候石狮是个野渔村，没有人愿来的。哪！这位是林东诚，我的小学同班，现在石狮的警察局长，等下我们吃的'春饼'就是他带来的，让我们阿嫂昨晚忙了一夜。真是多谢，东诚回家要传达清楚我们的诚恳谢意。哎咳！这位是许瑞亭，中医、画家。这位中医医术特别，熟人找他看病，从来没有看好过，生人害病，出钱就诊，见到钱，看一个好一个。所以他门口的招牌上写'生仁堂'三字最是传神，十足讨好生人，厌恶熟人的真心话。"人希介绍到这里，许瑞亭打断他的话插嘴说："熟人不收钱是事实，人希看病不单不收钱，回回还要我请吃饭，随手抢我画室的笔墨和宣纸，抢不到就诽谤我的医德，我正在写状纸告他。还顺便忠告张序子仁弟，跟他来往要特别小心钱包。"

___

1　有钱。

人希完全不动声色地接着介绍："孙树模，书法家，又是鱼行的少老板，今天大家吃的珍贵海鲜都是他提供的。蔡了然也是我小学时同班同学，是启明中学老国文教员，一辈子敬业崇德，博览群书，很少和外界接触来往，每次我来石狮，一定拉他出来呼吸新鲜空气……"

人希的所谓这种介绍，实际上是在活跃一个场合的开场白，很有点吓人。对张序子来讲，反而产生了惶惑与错愕："把我当回事，究竟是怎么啦？"

人希转身说："他们欣赏你，比我的兴趣还大，信不信？"

序子摇头，摇头，不敢当，"我有什么让你们兴趣不兴趣的？"

"从阁下入集美进学起，我们就不断从友人处得听你的神言妙行。初中三年念到二年级不算奇怪，奇在三年中居然留了五次级；仍不奇，奇在你神色自若与常人无异。

"后去了德化，入读德化师范，作文《读书救国论》引起学校当局注意，由邹姓校长召开师生大会亲自宣读，我们很快得到传抄，既不像异党论调，也不类邪教传说，读后笑得死去活来。一个十四五岁'筋那郎'，口袋空空，独自背起个小包袱在我们闽南四处浪游，访友探幽，自得其乐，当地这类少年，还真找不到几个像你的。"没想到许瑞亭医生对序子这么认真。

"我喜欢你的剪影，我在我朋友家里见过，像得不得了。"蔡了然说。

"我也喜欢！我还想问你，学木刻难不难？"龚捷认真地问，"听说你有幅木刻在省里画报上发表了，可惜我没有机会看到。"

序子只好回答一句："很幼稚，值不得看！"

"剧场墙上你画的那个仇虎头像很震动人，拿起大笔爬在梯子上这么地画，很不容易。"龚捷说。

"画惯了，算不得什么……"序子说。

"呵呵！可不能这样说！用笔起落，我可了解其中甘苦！"孙树模说。

啊！来茶了，喝茶喝茶，啊，这茶不简单，请，请，大家请！

序子静静地品，果然，这茶真是难得，他喜欢这样用大茶杯喝，耐不得用小杯子，没有时间，犯不着把时间费在这上头。

龚捷愿意听他讲话。

"我家乡山里头的人喝茶的茶缸子比这还大，有时候用碗。茶好，水烹得及时，用什么没关系的。"序子说。

"你家是湖南哪里？"

"朱雀。在省的西边山里。"

"那里出茶吗？"

"自己喝是有的。赶集时候能遇上一两斤铺块布在地上卖的好茶。都是自己家里茶叶树上摘的。大多数人喝的是只要是茶的茶。都忙，都穷，早出晚归，没心思讲究。"序子说。

"生活就是这样的，我知道。我也在想，抗战胜利之后到你们那边走走，神往好多年了。那水，那水边的石头，石头上的鸟。我的头脑让沈从文引导过，那种静、这种静和另一些静，它们的距离，它们神会于朝夕……"龚捷这人有意思。序子问他出过什么集子没有。他摇摇头。

管家过来招呼用餐。

大家起身鱼贯进入餐厅。

餐厅四周挂着外国带回来的风景照印刷品，旧金山大桥、黄石公园、纽约时报广场、亚利桑那的大峡谷、西部牛仔骑马之类，年深日久都掉色了。

三张大圆桌。一张设席，其余两张空着。天下的餐厅一个样，忍得住热闹，受得了冷落。茶余酒后人生大题目。

主人龚捷坐主位，左是人希，右是瑞亭。序子坐人希隔壁，了然坐瑞亭隔壁。东诚坐正下首面对龚捷，下首隔壁是树模。这样算坐齐了。很疏朗。

两种杯子，一高一矮，高的倒果子酒，矮的倒英国威士忌。除了序子，看起来没有人讨厌酒。

喝起来了。经常在一起，规矩少。好像斗鸡，一放下场子就啄，用不着打招呼。

桌上六盘凉菜，来个预热。话头先从外面社会慢慢拢到桌面上来，然后计较杯数和虚恍数据。这时上来了鲍鱼，今天的鲍鱼个头不大，是熟人，不用刀叉，筷子夹得住，满足了数量，大家称合适；接着是虾，是鱼，是乌鱼蛋汤。倒酒，第二场开始，红烧猪脚，炒肝尖，炒腰花，清炖猪肚，红烧大肥肠。倒酒，再倒，再倒。喝、喝、干、干……

然后打噎。上洗手间。抽烟。

撤席。换杯、盘、碗、匙、筷子。重新坐回原位。

上十二大盘。豆芽菜盘、韭菜盘、竹笋丝盘、豆腐干丝盘、银鱼盘、虎蒂盘、猪肉丝盘、花生碎盘（不用整花生粒，也不用花生粉）、芝麻盘、大白葱盘、蟹黄盘、炒鸡蛋盘。

九小盘。椒盐盘、白糖盘、虾酱碟、辣椒油碟、芥末碟、杠糖盘、红辣椒丝碟、青辣椒丝碟、蒜蓉碟。

春饼四笼，每笼五十双。为什么说五十双？它是两页一片。食客取来看似薄薄一片，手指轻轻揭开却是两页。怎么做成那么巧的两页，为什么必须两页连成一片？写书的一点也不明白。也没有机会向人仔细请教，更不可能亲眼见人做过，就只好说到这里为止了。

揭下来的另一页可送给手脚慢的旁边人。你把自己这一页平铺在眼前的白盘子上，先夹一些虎蒂在春饼中间铺匀，它是春饼的灵魂，香味没有任何东西能够代替。然后放其他你爱放的东西。吃春饼有一个秘诀，不可能把你所爱一股脑包在一个春饼里；要有计划着一个包这种，第二个包那种，一个一个慢慢吃。

一页春饼皮容量有限。包卷它的方式与包饺子大不相同。饺子皮馅要绝对清楚分明不可混揉。春饼馅可以稍微平铺于皮上，皮馅一齐包卷，稍加紧压无妨。不注意这点，你手里捏着的将是一个令你手忙脚乱的散花枕头，难以收拾。

不要奇怪我的循循善诱，世界上有不少生活小事情好多七八十、八九十老头子至今不会，比方上厕所用手纸擦屁股的基本动作、比如刷牙齿漱口的基本动作，表现得难以想象地幼稚可笑。一讲就清楚的事，三两句话就清楚的问题一拖就是一辈子。当然，吃春饼是件小事，也不是人人、天天都吃春饼。

这场筵席吃得够狠的了，看样子除主人龚捷和张序子之外，没有人跨得过餐厅的那道门槛。幸好主人早做准备，一个个被安顿在舒服的躺椅上。

小小的一个石狮镇，序子闭着眼睛也走得回住处。多谢了主人之后，一个人在月色中如鱼一般无声无息地游回住处。

序子是被房门嘎嘎作响弄醒的。

三个人并排站在床前像是在追悼亡友："对不住你，我们不该说你跟那几个光屁股小孩在海里玩。"

"我在海里玩怎么了啦？你亲眼看见我了吗？"序子问。

"没有，只看见你站在房里拿干毛巾擦背。"渊深说。

"告诉你们，我真的下海想跟他们玩。我差点让冷风灭了，幸好赶紧蹲进海水里。我原是想试试自己的抵抗力的，后来晓得不行，我是不自量力。他们从小在海里惯了，跟我不一样。"序子说。

"他们认得你？"成月问。

"当然不认得。"序子说。

"跟你说话了？"成月问。

"说了！"序子答。

"说什么？"渊深问。

"问我下海做什么，我说下来'剃逃'，他们就哈哈大笑。我问笑什么？他们说：'我们在大便。'我一听就蹦起来赶紧上岸。"序子起床穿衣服。三个人听了大笑。

"你没有光屁股？"甘培芳问。

序子指指床架子上晾的那条底裤，"哪！还没干！——穿不穿底裤有什么区别？"序子问他们："老子光屁股又怎么样？你们管得着？"

三个人认真研究起来："人家是穿着底裤的……"

序子火了，"你他妈现在又公道了！都是你们引起的，看哪天老子不在大庭广众面前把你们裤子都剥了不可？你等着，你三个狗日的，把一条底裤闹成这么大事！唯恐天下不乱！——唔！要打架？

一齐上，来吧！"

三个人夺门走了。

遇到人希，问起海里大便的事，他说："这是年轻人调皮淘气玩意儿，不是传统规矩。旧时候公共厕所少而脏，年轻人结伴上山下海大便是常事，觉得好玩。我也做过不止十次八次。后来公共厕所兴起，大家有了归宿，就少兴这种玩法了。"

提到春饼会，序子觉得太隆重。人希告诉他算不了什么，几几乎一辈子在一起的人，你打我闹，不这样，日子就抖不开。说是为你，也是现成找的题目。你不来，我们照搞。

"你跟那个姓许的医生，玩笑开大了！"序子说。

"他呀！小学一年级就同班，这点小玩笑算什么？我自小一个人，没有兄弟姐妹，他父母把我当己出那么恩亲。你不知道，跟他开的玩笑简直可以上书。别看他那么矮相，品行却是颇为高大。泉州到石狮，好多穷人都叫得出许瑞亭这个名字。家里有百十亩田产，子弟在南洋开酱园作坊，容得下他在家乡行医做好事。余下时间就作画写字。也唱南曲，当然，这是他不太自知的败笔。由于没有良师指导，唱得粪虫入耳那么难听，他却摇身摆尾，很自以为好。朋友知他性情厚道，不忍心认真批评规劝。

"他讨老婆结婚、办喜事，我们开的那次玩笑却是世上少见。一点不伤大雅，不留遗憾。

"他老婆胡顺英也是我们中学同班，我们几个人的行动计划跟她事先打好招呼。她家在标准钟路西，瑞亭家在涂门街，相距三里多一点，算不得远。三月二十四办喜事那天大清早，两头都张灯结彩，喜气洋洋，热闹非凡。两家早有来往，省了不少无谓客气，很是轻松自然。"（以下记录人希口气。）

这边新娘上了花轿，嫁妆台盒的丰富热闹，引来赶早市买菜众人趁势前来随喜，想捡得点吉祥运气。洋鼓洋号齐鸣，鞭炮震天直拐中山大马路，浩浩荡荡开向涂门街。

光天化日之下，这个进行之中又响又红的队伍忽然消失在众目睽睽的大街之中。

吓坏了来回报道消息的快马喜童。

这是事先几个人计划好的。全部队伍开进一个名叫"铜锣巷"的大巷子里，偃兵息鼓，一声不响，抽烟喝水休息。

那边快马报信，大叫"不好"，说："新娘队伍刹那间在街上不见了。"

这还了得！男家正欢欢喜喜准备迎接。马上派人顺路一直搜索到标准钟西街胡顺英娘家，居然连影子都不见。不只是一个人，一个新娘，连整个又响又亮的队伍都不见，真是天下奇闻。几十个人哭丧着脸回到新郎家里报告这可怕的不幸消息。

有人建议赶快报官，迟了不好！

有人建议不报官而是想办法找有关线人联系，以免变成凶杀不幸。有人说：对！

正是全家和全部客人哀哀欲绝之际，忽听得抑扬悦耳音乐之声及鞭炮闹热由远而来，接着是毫毛未损的送亲队伍和花轿来到门口。司仪整衣出场，按照老板眼叫出仪令，新郎背着新娘踩过什么、跳过什么、拜过什么，该做的都做了，进入洞房。这动静比闹新房毒多了。

在场没有一个人打听："到底怎么回事？"

光天化日之下，这个进行之中又响又红的队伍忽然消失在众目睽睽的大街之中。

吓坏了来回报道消息的快马喜童。

躲进铜锣巷

也有人没头没脑地问人："你信不信？"

"信什么？"

"不管信什么？"

"那我信！"

世界上好多事都是如此，当人家问你信不信的时候，你最好说信；起码你可以让问你的人开心。尤其是人家办喜事的时候。

第二个要讲的是龚捷。前头介绍过他的话不再重讲。他是个外洋留学回来的硕士。硕士、博士和不是硕士、博士的大学毕业生有何区别，我不知道，也看不出来。这跟人肚子里头长蛔虫、线虫，还是绦虫甚至是食道里头卡了只蚂蟥难以区别一样，以后的光景如何也犯不上你去操心。他是诗人，这就比较容易引起共鸣。我记得我确确实实填过入会表，交过会费，收据还保存在抽屉里。诗人比较容易做，还稍微有点传染性质，老婆、孩子常常被传染成诗人的。你一天写一百首诗是诗人，你一百天写一首诗也是诗人。诗作好了，甚至藏在柜子里头用不着给人看，安全成这种样子。我也特别喜欢别人称我作诗人；这比别人称我作政治家、大力士实际。底下要讲的是龚捷大力士名气高扬的经过。

他从外国回来第一年就盖好了这座房子，里头还有间设备齐全的健身房。很多青年人都喜欢到这里来参观新鲜光景。甚至还有人前来向他请教锻炼身体的基本动作。

他一点不小气地给几个青年人讲解，手臂上这一对鹅蛋大的鼓包是怎么练出来的？两块大胸肌、六块大腹肌又是怎么练出来的？要是有兴趣，每天早上可以到他这里来一齐锻炼，不要客气。于是那些年轻人很受感动，都说他是好人，听了他的话。日子久了，果然都练出了很好的身段。

　　也有轻浮的年轻人，贪图新鲜，受不了诚实的训练和辛苦，没过几天便都不来了。不来也罢，倒是闲手闲脚四处说了些反话，慢慢流传开来。

　　石狮街上有四个爱好拳脚的闲汉，看多了几部武侠电影，内心发痒，也想在本地弄出点气候来，便学着电影里的派头，请本地书法家写了三个大字招牌"腾龙社"悬在门额，预备了几副石杠、石锁摆在后院墙根，引来一些年轻孩子和他们慢慢建立起师徒关系来。

　　四个人从未拜过师父，更谈不上受过拳脚正式训练，只就手把身边几本现成武侠小说套路反复背熟几段，做了几套电影上描下来的侠客衣服穿在身上，鼓起肚皮，露出胸毛，请照相馆拍下十几张劈、踹、架、掏面露凶光的相片，装上镜框分挂在祖师爷张三丰周围墙上。香烛一点正式跪拜起来。

　　街上一旦亮出局面，不免就要权衡周边相同势力。听到郊外某院有个国外回来龚姓本地居民也在招收门徒的消息，很引起了"腾龙社"四个人的注意。派出探子报告说："外国回来的，是个有钱人，没有硬后台，别怕！别怕！"

　　"那就好了，大家应该去会一会。"

　　四位师父领了十个徒弟前去敲门。

　　这门好大。抓住大门环才敲得响。

　　门房在凸镜里看见来的是"江湖好汉"，不敢开门，忙去报告主人龚捷。龚捷来到院子，叫工人把几条大狗锁了。自己走去开门。进来的这十几个人还真没见过这么文雅漂亮的主人。

　　"请问各位，有什么贵干？"

"嗯哼！看看！"老大说。

"看看？看看好，看看好，贵客光临，难得之至，我们先喝杯茶，谈谈再看吧！"龚捷叫工人赶快泡茶来。

这个大院子石头平台上有四座露天花岗岩圆桌子，十六座石头圆凳，月亮天好跟朋友在这里赏月喝茶。

工人送来四套茶具各摆在四张桌子上。

龚捷大叫："不好，不好！茶具都搬过来，让我们坐近一点聊天喝茶！"告诉那十个跟师父来的徒弟："你们十位去帮我搬那些石头凳子，我去搬桌子！"说完一个人把两座石桌子一座一座抱过来了，"你看，这样集中在一起，谈话就方便多了！"自己先坐下，指点工人把每个茶杯倒满。

"请坐，请坐呀！有话坐下来谈呀！"

那十个徒弟和四个师父一动不动，像石头一样站在桌边。

几个工人弯腰不停地在旁边大笑，好像早知道会有这出戏看。

"嗯！嗯！你龚先生放我们回去好不好？"大师父说。

"什么呀！请讲大声一点。不喝茶啦？"龚捷说。

"我大师兄他讲，请你放我们回去。"二师父说。

"不看看啦，各位？"龚捷问。

客人们摇头，舌头堵住嘴巴，说不出话。

还是工人开门放他们走了。

后来有人打听"腾龙社"在哪条街。

有人回答："没听说有这间铺子。"

底下要讲的是警察局长林东诚。

「你们十位去帮我搬那些石头凳子，我去搬桌子！」说完一个人把两座石桌子一座一座抱过来了，「你看，这样集中在一起，谈话就方便多了！」

不好不好，茶具都搬过来。

林东诚小时候叫"阿索"。

前头讲了春饼是他们家阿嫂做的，没有点到那十二大盘和九小盘也是他们家提供的。做好，用油纸一包包包妥，小瓶小罐装好，放在两口布提袋里，东诚骑公家的脚踏车带到龚捷家来。熟人都很担心东诚公家那部脚踏车半路出事，大家都用过，晓得后轮少了几根辐条，走到半路扭了怎么办？刹车和铃子都有问题，铃子谈不上铃子，铃子盖早没有了。石狮镇不光是警察局的脚踏车铃子没有盖，大部分老百姓脚踏车铃子都没有盖，盖到哪里去了？上警察局报案，报一次笑一次，又不是杀人放火，是不是？

东诚平安到达，十二大盘和九小盘送进厨房，向大师傅交妥，一身闷汗。在屋檐底下一边喘气一边喝茶，谁谁递了支烟给他，点了。

熟人看他这副相，问他："论你阁下这仪表、相貌，这脾气、修养，怎么会弄来个石狮乡镇警察局长？"

"是啊！是啊！我自己也纳闷，明明我妈生我之前梦的是五爪金龙入怀嘛！"

人说："是不是跟袁世凯妈做的梦调错了，你本来应该在北平当皇帝的。"

东诚跳起来说："不！不！袁世凯那皇帝还是让他自己当好，我这个石狮镇警察局长当得合适！"

他随身有两个警丁，拨开了，一个去照料鳏寡孤独，一个去调理夫妻打架。远处地方出事，警丁想随身跟着护卫一下。他说："我车快如风，你两个怎么跟得上？"好笑的是，总有机会看他扛着破残脚踏车回来。

"你一天到晚，优哉游哉，怎么对付海陆那么两摊子大事？"

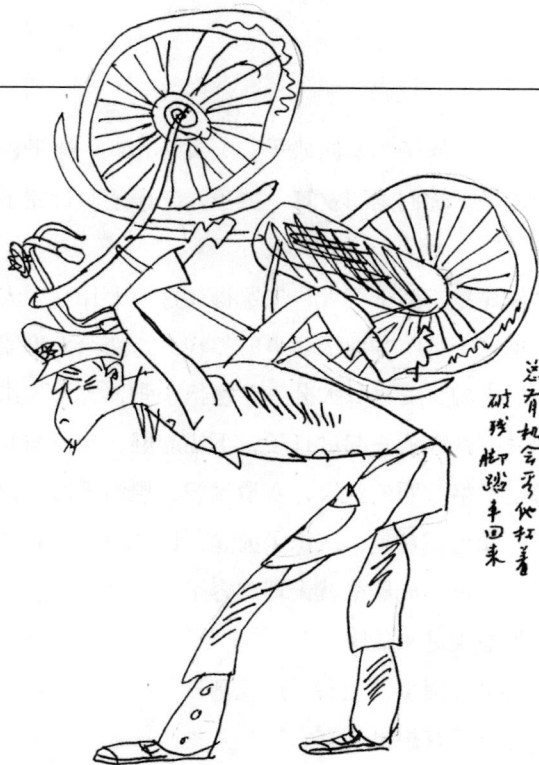

总有机会看他扛着破残脚踏车回来

远处地方出事，警丁想随身跟着护卫一下。他说："我车快如风，你两个怎么跟得上？"好笑的是，总有机会看他扛着破残脚踏车回来。

人问。

"不是两摊子，是四摊子。上头来人算一摊子，这里好人和坏人算两摊子，你们老朋友算一摊子。三摊子对付完了我就找你们这一摊子。"

"你局里不到十个人，怎罩得住这一大片？"人问。

"罩它干吗？本地干坏事的年轻人，交给大渔船上的'大公'管教。厉害的交厉害'大公'。篷帆一张，大海一出，十天半月，三月两月，跟大伙一起过日子，下锚起网，生死与共，风雨同舟。周围都是经络分明的壮汉，耍滑没门，想溜无路，只有老老实实学过日子，懂得了自重，认识了前途，回到岸上还有红利可分。这么来回几次，再不成器也就天理难容了。"

"外地混进来的呢？"

"简单！锁了往上头一送就是！"

"你有没有想过升官？"

"想过。"

"怎么想？"

"我的根在石狮，我老两口无儿无女，一对根都拔起来栽到别块土上去，能活多久都不晓得。四十多五十的人像军队一样，连副升连长，连长升营长，再往上还能升多久？升它做什么？加几块钱的事。在石狮，我身边好多钱买不到的情，每天街上见到好多老小亲熟的脸，我到生地方哪里找去？我早想好了，不升便罢！一升就辞。"

"辞了，哪有饭吃？"

"哈！你忘了，今天我们干什么来的？有春饼这个靠山呀！"

"言重了。你还有那么多朋友！"

"朋友可以交往，不方便告穷的。到时候我会跟老伴安排过一种从从容容小小意思的日子。"

"有没有想过，当局长危险？"

"吃饭也危险，前几天听说有人梗死了。"

"说完了没有？"

"你让我说的。"

说孙树模。

孙树模几代人卖鱼。他泉中毕业之后也卖鱼，喜欢结交书法家，有空时候就写字。写完字，把人希给他刻的图章盖上，很有个派势。

让人想不到的是，在泉中跟劳作先生顺手捡到一份手艺，"拓鱼"，就是把一张耐扯的高丽纸蒙在鱼身上贴紧，再轻轻用墨色拓下来。他是卖鱼的，大鱼、怪鱼见过许多，又懂名称习性；每拓得一幅便用工整的小楷把鱼的特性写在上头，盖了章，落了款，压在一张大桌子板底下。时间一长，没想到积攒了大小两百多张，心里头一股暖流通向全身。通向全身之后，也闹不明白算个什么道理，又不停继续往下弄……

自从龚捷家春饼会之后大家更融洽了，默契了访问关系，这一天，人希带序子去拜会书法家孙树模。

跟洛阳桥蔡良家的鱼铺子"泰昌顺"卖的鱼干行销全国不一样，孙树模这铺子卖的全是活蹦乱跳的鲜货。四间铺面一字排开四行大木盆，木盆直径约莫一米，高六七寸，各种海产浮游其间，甚至还有跃出盆外又捡回去的。几个店伙在旁随时照看。买鱼、看鱼的人几乎各占一半，生意非常兴旺。

横楣四个大字："天源鱼行"。白底黑字，李北海架势，很显气派。四个字老板孙树模写不出，他宗黄自元。

老板把人希、序子迎进后屋书房。不错，什么都有，书桌、书柜，书柜里还有书。书桌不错，略两米长的厚木，大漆髹过，作画写字都很方便。笔筒、笔架齐全，砚台也显来历。

"请坐，请坐。"主人很客气。

三个人分别坐了。

伙计送上茶来。大茶壶茶杯都很讲究，刚喝下第一口，平时不怎么动不动就笑的序子差点笑出声来，味道竟然跟鱿鱼汤味道一样不差分毫。（后来人希告诉他，本来就是鱿鱼汤）

小时候爷爷教训过："上人家里做客要心存敬意，不可高居傲念，自我浅薄。"马上调整了一下心态，端正起来。

树模老板问序子："府上以前是做什么事情的？"

序子连忙回答说："我父母以前都是从事小学教育的。祖上三百多年来也一直是设私塾为小孩子做开蒙教育。"

"喔，喔，家学渊源得很了。"树模老板说。

"不敢当，不敢当，一个穷书生家世。"序子说。

树模老板搬出几沓碑帖让客人欣赏，人希翻得很认真，还问东问西，听起来树模老板也回答得不俗。

接下来树模老板搬出很少示人的一厚沓鱼类拓片放在桌面，这一下把人希和序子镇住了，让鱼行老板想象不到。

一张又一张，人希双手发抖翻这些拓片："你做这些事情，怎么我一点都不知道呢？"

接下来树模老板
搬出很少示人的一厚
沓鱼类拓片放在桌面，
这一下把人希和序子
镇住了，让鱼行老板
想象不到。

逍遥游

北冥有鱼
其名曰鲲
鲲之大不
知其几千
里也化而
为鸟其名
曰鹏鹏之
背不知其
几千里也
怒而飞其
翼若垂天
之云是鸟
也海运则
将徙于南
冥南冥者
天池也

"哎呀，哎呀！雕虫小技我怎敢拿得出手？"

人希袒开胸脯，手指着树模老板说："树模呀，树模，你，你，你白练了一辈子书法，你晓不晓得这一手功夫比起书法，走到不知道好远的前头去了。你怎么背着人来呀？了不得，我得为你出点力气，让所有人都来欣赏你的艺术！我得马上着手，先在泉州搞起来，了不得，真了不得！"

"喂！喂！你要清楚，这办法不是我发明的，钓鱼界早就兴这门手艺了，还是我那位老师从外国学回来的……"树模有些着急，怕人希乱了分寸。

"你怕什么？这又不是偷盗文物！我们把一个精彩的手艺发展起来。你开的是鱼行，你的资源源源不断，你鱼的知识取之不尽，你的书法跟你的拓片互相辉映，公开在大众面前。只有你有这个本钱，特别得很，为什么怕？你怕什么？"

树模说："我是讲这时候，抗战……怕不太有人看。"

"你放心，有我。眼前我只要帮你多刻一批图章……不过租赁会场贵，会场用度杂费、开幕招待费，我出不起，你要自己出，明白不？"

"当然！这点如果想不到，我可是个大混蛋了！"树模转了个身说，"我，我怎么到现在还不、不太相信真能变成一件事，真就这么简单？太突然了。"

"你做这件事到现在，多少年了？要是现在才开始做第一张，哪年哪月做得完？你说你简单吗？"人希问他。

序子心里在想，哪间庙里墙上见到这么写过："善恶开端，始于闪念。"

天上忽然掉下个大陨石，不知如何是好。

"在这里吃晚饭吧？"树模问。

"本来不想，现在当然。"人希哈哈大笑。

"要不要找些人来？"树模问。

"我看算了吧！好多事情要慢慢细想，静一点好。还要开始考虑为你动手刻图章，两百多幅拓片，不能只用三四个图章。太寒酸。"

树模问："我做什么？"

"你？做不了什么，你等我回来。"

序子很欣赏人希这么快促成一件大事，也难以想象从现在开始他会忙成什么样子！

"你听我讲，泉州那帮文化界朋友，开个会，大家帮出主意，出力气，请他们找展览会场、编辑特刊、报纸上吹牛皮，找工作人员挂画、拆画，日夜值班看场子、验票卖票、休息室管茶水，请个响当当的后台老板撑场面，演讲、剪彩，要有个懂事的总管来管这些事。当然，我最合适做这个工作，我太忙，我指挥那个总管算了。

"明天我就回泉州，马上邀一位裱画师傅到石狮先动起来。泉州那边大小事情确定以后，我马上赶回来陪裱画师傅，一边帮你刻那批图章。你看如何？"

树模老板说：

"都这么妥当，那还如何什么？"

人希、序子各回营盘休息。明天人希到泉州就忙了！

序子一晚上的梦都在赞美人希。看他穿着彩衣在天上飞来飞去，还唱着歌，哪来的这么善的兴致？当然，泉州那帮朋友也穿着各种颜色的衣服在那边天上等他，又一齐盘旋飞舞，这帮泉州人真让人仰止，让人驻马流连。

人希回到泉州，马上召集他那帮老伙计，庄启、贺努、黄怡君……在老总部洛克咖啡店开紧急会议。别人还没明白他自己先兴奋起来。黄怡君说他："你讲国语做什么呀？"

"哦！是的。（底下当然是闽南话。）

"你们听没听过石狮有个鱼老板孙树模？喜欢弄点书法文玩的人？"众人摇头。"没想到他在鱼身上做出这么大的动作。照拓碑的办法，几年来一个人静静拓出两百多张大小不同鱼的拓片就很了不起。他本人是个卖鱼的，精通鱼的不同性质特点，每张拓片上都乘势抖了一下自己的书法。鱼相不同张幅格局也不同，让人肃然起敬。就想起给他搞个展览会。"

贺努说："你讲话我当然信，不过这人晓不晓要花多少钱？舍得不？"

"讲过了，他懂。祖上几代卖鱼的，四间门面的店，出这点钱算不得什么。"人希说，"现在首先要找间挂得下两百多张拓片的展览场，再谈底下的——"

"商会那地方行不行？"庄启说。

"散！不集中，在市场旁边，不好管。"怡君说。

"泉中搬到乡下，城里那么大的校舍，去问问，原来那大礼堂……"贺努说。

"不行，我晓得，满地草，光收拾的力气够得上开五六个展览会，人也没想到会上那里看展览会……"人希说。

"县党部隔壁三青团大礼堂我看可以，又新又亮，又在城里—— 一天打鱼，九十九天晒网的地方……我看不错。叫人去问问！"

问了之后回来说："可以！"

"喔？可以。底下还怎么说？"

"三青团干事长曹日忠愿意当主办人。"

"听听！跟这些狗日的打交道就是这样的，真是日他祖宗！"人希站起来，恶从胆边生。

"先别急，让我想想，"怡君说，"找个镇得住他的人。又要三青团那座大礼堂，又不让他插手我们这个展览会……我问问我们社长（泉州××报社社长，几十年过去，报社名字、社长名字都忘记了，不敢乱写，实在对不起。），愿不愿出面当这个展览会办人。答应了，这个曹日忠就不好开口；他爹以前是我们社长的部下，跟了好多年……"

一问，答允了。社长直接打电话给曹日忠，称赞他大方借人地方开展览，难得！关照他展览开幕之前，别忘记送两个大花篮去，"我是展览会的主办人！"

于是展览会的请帖上、招贴上、大海报上，都标明××报社社长×××的名字。曹日忠哪里还敢出声？

人希还分配几个人的工作，管新闻报道的，管总务的，管有关方面熟人联络的……都安排好了又回到石狮。一连几天坐在裱画师傅另一头刻起图章来，还交代序子向王淮请了假，把请帖封面和招贴也设计了，大广告也画了，只等一起带回泉州。

序子也夸赞人希对付三青团干事长曹日忠那两手高招，人希明明白白告诉他，是黄怡君的手艺，自己脑子不会有黄怡君活泼通达。

鱼拓片裱得规矩认真，师傅听到讲他做得好，也都十分高兴。地方宽大，越来越顺手，一个月不到，事情也都做完了。

　　人希、树模、序子和裱画师傅一齐回到泉州。

　　第二天，全部人马进驻三青团会场，眼看一幅幅作品挂起来了。各界送来的花篮罗列周围。

　　树模由不得自己不能不佩服自己；日子和情绪也起了变化，自己的世界之外原来还有这么大一个世界。

　　人希建议他自己写一幅展览会招牌。他要人希帮着想想，人希又要序子帮着想想。序子想好了，大字横写三个："鱼乐图"。底下横写稍小八个字："孙树模鱼拓艺术展"。人希说好。树模写完之后序子用厚红纸摹了剪下来贴在洒金墨底板上，悬挂在大门楣上，很是夺目大方。

　　开幕式门外还放了炮仗，来宾鱼贯进入会场分别入座。主席台列坐的有主办者××报社社长×××先生、艺术家本人孙树模先生、画家张人希先生、三青团干事长曹日忠先生。

　　司仪黄怡君先生宣布××报社社长×××先生致贺词，×××先生是位长得很体面的绅士，年纪在五十多岁，言谈清婉，很见学识功底。

　　"各位女士、各位先生、各位朋友，非常感谢孙树模先生邀请鄙人来参观那么别开生面的艺术展览会。这个展览会规模之大、内容之丰富、艺术之精湛很令本人惊讶佩服。而相对与之配合的书法说明更起到珠璧的高妙关系，这个别致的展览在我们泉州出现应该是一种初创吧？'鱼拓'艺术在国外经常为钓鱼者当作成绩的纪念而采用的技术。由于我们中华民族数千年的文化底蕴，由于我们二千余年来碑拓艺术的深厚积累，加上我们这位艺术家对于鱼类研究的渊博知识及优秀的书法修养，这次的展览赋予了鱼拓艺术难以估量的新的生命和世界意义，对祖国独一无二的文化贡献。

"我向孙树模先生贺喜！"

大家鼓掌。人希的那群熟人觉得×××先生不愧是一位学养深厚、目光远大的学者，他看出这个展览会的端倪，归纳得也很准确，很是了得！

那位曹日忠坐在椅子上，屁股左右搓磨，心绪不定了，以为下一个马上轮到他了，前脚掌踮着地开始面带微笑——

司仪黄怡君宣布："下面，我们请孙树模先生介绍鱼拓艺术的创作经验，大家欢迎！"一片掌声，大家真的愿意听，好学点东西。

孙树模满脸通红，手里捏着一沓稿子，颤抖着走上讲台，开始出汗，想从裤子口袋找那条预备好的手绢，左边没有，右边也没有，唉："哎！哎！各位来宾……"

说是给木刻家李桦先生写一封信，的确是一个很好的意思。鲁迅老头在一封信还是在一篇文章里说过，他是中国眼前最好的木刻家！又说到另一个木刻家赖少其不怎么好；序子看到一幅赖少其的木刻，还是很有味道的。大概是一个人喜欢了梅兰芳就不怎么喜欢程砚秋了那种意思。

　　序子这种举例子也都不算是怎么高明。鲁迅老头另外一些文章里好像是连梅兰芳都不喜欢的。他老人家不喜欢梅兰芳，并不等于原来喜欢梅兰芳的人读了他老人家的文章从此就不喜欢梅兰芳了。鲁迅要龙呐[1]一下梅兰芳看起来并不容易，响动也不大。

　　序子是慢慢地、一步步地佩服起鲁迅来，又是紧紧地喜欢着梅兰芳。在序子脑筋里，这两件东西一点冲突都没有。

　　鲁迅的"中国新兴木刻之父"，"之父"称赞李桦，文章里写得明明白白，而序子每每看到李桦的木刻又的确刻得和众家不同，序子心里就竖着一棵又高又大的闪光的白杨树，印象不易磨灭。眼前这位伟人又生活在自己故乡九战区薛岳那里的长沙，听说还是上校，这可不是开玩笑的事。

　　嘉禾先生说写信时候只要提到他名字就不显唐突了。"写吧！"

1　古语糊涂的意思。湖南话里却是纠缠的意思了，有时也可认为是找麻烦。

问题是没有什么话好写。比如说，前几年刻的那幅登在《大众木刻》上的《下场》，板子没有了，把《大众木刻》上的作品扯下来又舍不得，照张相太贵，空口说话等于没说。总而言之是你说你是刻木刻的，又端不出真凭实据……赶快刻一张新东西又不晓得刻什么好。

光写仰慕佩服的话迹近讨好拍马屁，显得卑鄙。李桦一看就明白这小子不是好人。

把这个意思告诉王淮，王淮一惊："你怎么认识李桦的？他是个大木刻家你知道吗？"

"我不认识他，蔡嘉禾先生说可以介绍，向他讨教。"

"你拿什么向他讨教？"

"我就是这个意思。眼前什么东西也拿不出来。"

"快呀！这时候还不赶紧刻一张呀！"

"我这不就是找你想办法嘛！出个什么好主意！"

"嗯！等我想一想，你自己也抓紧去想一想！我们马上要出发上安海了。那边人等得好急。"

石狮到安海一路上，序子跟大人走在一起。少了个张序子，原来那帮男女不习惯了，陈馨和渊深大嚷："张序子！怎么一回事？跟他们大人走在一起？"

"谈事，说完就回来！"序子说。

其实也谈不出什么事。跟着王淮、河伯、钱大猷、陈烈、薛钟华这些人。

"要不，你可以先刻张风景。"

"闽南一带风景还是很有些看头的。"

"记得不知是哪个写过一句'君知否南国'，可以做题目。"薛钟华说。

"是不是有点酸？"序子问。

"看怎么看。做歌、做画题算不得酸。"钱大猷说，"不过，光一路的龙舌兰、仙人掌和老远的海、天、云，要说它就是南国，好像还差不少东西……"

王淮说："这要看画画的本人意思。画画原来就是加法和减法的艺术，缺的补一点，多的削一点。魏源两句话很有意思：'绝无图画处，别有好江山。'这才是位艺术的大通人。一点看头都没有的地方，你能够剔剥出妙理，几几乎是艺术的最高法则和境界。任何艺术家的写生都只能是'借题发挥'的过程，亮的是个人才智。"

序子听完王淮这段话，回头走了没多少步，薛钟华对他喊道："想起来了，'君知否南国'是田汉的！"

序子回到这一堆人里。

宾菲问他跟那些人谈什么。

"刻木刻的事。"序子说。

"你刻你自己的木刻，他们又不刻木刻，你问他们刻木刻，真是无聊。"陈馨说。

"我只是不清楚眼前刻什么好。"序子说。

"刻什么木刻你都不清楚，你还刻什么木刻？"陈馨说。

"所以我急呀！"序子说。

"你那个道理倒过来了。"宾菲说，"想取自己一根肋骨变个夏娃！"

"唉！不是这个意思！我是要写信给一个木刻老前辈请教，手头拿不出东西；拿不出东西话就说不抻抖。是个鲁迅都说他木刻刻得好的人。他现在在长沙九战区薛岳那里，是个上校——"

"这还可以理解，算不得幼稚！"渊深说。

"跟那些大人走这么长一段路，问出点道理来没有？"成月问。

"有，有，他们说可以刻一幅风景，题目都想好了，叫作'君知否南国'。"序子缓和了一点。

"你不感觉到肉麻吗？"陈馨问序子。看法跟序子一样。

"调理得好就不肉麻。"宾菲说，"你把南方的环境都弄准了，加上南方人的生活，再加上抗战的意义，甚至是一幅很有分量的作品。"

序子对宾菲歪着脑壳说："你看我这副尊容，哪年哪月才做得出你讲的分量？"

"谦虚和胆小根本是两回事。一、我从来没见你胆小过；二、你要谦虚本钱也不多。你只是有恒心，这就很要紧。一点一点做下去，时间问题而已。"宾菲说。

"唉！时间……"序子。

"你'唉'什么？宾菲讲得一点也不错，我们闽南，你又不是不熟，要真想不出，还有我嘛！帮你想，帮你出主意。主意满地都是，信手捡，你那个长沙九战区李什么老头，看到你新刻的木刻，一定喜欢，信不信？"陈馨说。

渊深插嘴问序子："序子，你看陈馨这狗屁话对不对？"

序子说："都属好心，就是动手难。"

陈馨吹得得意，把渊深的无礼都饶了。

沿海岸边一路上所踩的地面都是花岗岩做的老底子。

"洛阳桥的材料、雄踞闽南所有庙宇、祠堂的惠安千百年雕刻手艺都是花岗岩，实际上，人走在后天形成的珊瑚、贝壳和矽化物的覆盖物上头。难怪一路上只看得到萧疏的相思树、金合欢、银合欢、仙人掌和龙舌兰。真正的森林要追到安溪、永春、德化那边去了。"序子把这点感想说给大家听。

宾菲说："这是对的。地球形成的时候又是火又是水，根本分不出哪里是陆地。后来地球开始自我造山的时候，花了很长很长时间。早一点变出的石头，不混合别的东西，像花岗岩、片麻岩这一类岩头，叫作'原生岩'；以后时间混了别的成分的岩头叫作'次生岩'，再以后更杂种一点的混合体统统称作'过渡岩'。就像我们现在脚底下踩着的由珊瑚、贝壳各种化石凝成的地面。有的也很坚硬，统统泛称叫'石头'，真正名副其实可以称为石头的应该就是花岗岩。所以后来有人挨骂'花岗岩脑袋'，指的就是它那点'纯粹'。"

"你哪里混来的这些知识？"渊深问她。

"我妈就是学这个的。"宾菲说。

"学石头这方面的东西有什么出息？糟蹋一个活生生的好人！"渊深说。

"别这样讲，要不是抗战，用处可大了！"宾菲叹了口气。

"智者问得巧，蠢人问得笨。大学里头开的课程能没有用处？"成月怒渊深。

"问一问怎么啦？"渊深嚷起来。

"扰人，懂不懂？"成月说。

『地球形成的时候又是火又是水，根本分不出哪里是陆地。后来地球开始自我造山的时候，花了很长很长时间。早一点变出的石头，不混合别的东西，像花岗岩、片麻岩这一类岩头，叫作「原生岩」；以后时间混了别的成分的岩头叫作「次生岩」，再以后更杂种一点的混合体统统称作「过渡岩」』。

又是水，又是火

"'高山流水'，有的高山就流不出水，除非下雨天。花岗岩这类山就是这样子，根本存不下水的。中国西南一带贵州、湖南西部、广西喀斯特地区石灰质的山才能跟水发生关系，长出茂盛的植物。清朝那个画家石涛先生就很懂这个道理。其实当画家的有空稍微看一点地质学就好了，不深的，很有味道。很多科学家写文章，较之有的文学家写的还通顺，还好看，还讲究；比如达尔文和莱伊尔、中国的翁文灏和李四光……"宾菲说。

　　"你讲的这些东西写一篇在报上登登，对一些人会有好处。"序子说。

　　"不见得！可能还会生气。"宾菲说，"讲常识最容易让人丧失自尊心……"

　　"不至于吧？"序子问。

　　"这话是我妈以前讲的。好多朋友都说对。"宾菲说着说着，看见序子背囊后头鼓起一个包，"喂！序子，你放个什么在背囊里？"

　　序子转半个身子也想看个究竟："啊！足球。"

　　"足球？你几时好这个足球的？"宾菲问。

　　"不是。我安海有个同学，上次在他家里玩足球的时候，把好好一个足球弄到阴井里头去了，说好赔他一个，这次带来。"序子说。

　　"在哪里弄的？"成月问。

　　"石狮。"

　　"好多钱？"

　　"'裴新'的两块七，'大陆'四块，我要了个'裴新'的二块五。"序子说。

　　"一起打球，怎么还要你赔？"渊深问。

「我安海有个同学，上次在他家里玩足球的时候，把好好一个足球弄到阴井里头去了，说好赔他一个，这次带来。」

"他们大方，说算了。我也大方，说下次买一个来。我根本没想到真有下一次。"序子说。

"你去看你那个同学，我跟你一起去玩玩好不好？"陈馨问。

"不好！"序子说。

"为什么不好？"陈馨问。

"我那同学万一把这印象传到学校去，以为你是我的这个那个，那就要我的命了！"序子说。

陈馨皱着浓眉头，凑近序子，起火地问："什么这个那个？这个那个又怎么样？煮了你？吃了你？绿豆大的胆！"

渊深接下来说："我行，我西瓜大的胆！跟我走，我的同学欢迎你。"

宾菲抓住陈馨："别追，算了！天天这样追你追得完？"转头对序子说："我们一起去，你敢吗？"

"喔嗬！那是另一种性质了，人家会喜欢的。到安海之后，过一两天，我先去拜会一下，打个招呼。见见他们家的伯父伯母。他还有个姐姐以前是我同班。他们家在街上还开了家大西饼铺，边做边卖……"

"好大？"成月问。

"不小。"序子答。

"不小是好大？"渊深问。

"两个门面，店铺里头很深。"序子说。

"我认为大家在街上西饼铺和他们家人会面比较好。"渊深说。

"家里人都住在后街另外大院子里，街上的铺子是铺子；家人不上铺子里来的。"序子说。

成月对序子说："你不明白渊深的苦心，到街上饼铺会面顺便好吃人家西饼。"

"这样想法无聊！"序子说。

"你以为我为自己呀？我是为大家增加点乐趣而已。"渊深说。

"我认为你他妈那点'而已'很苟且！"序子说。

到了安海，按照泉州那边打好的招呼住在后街一座两层楼的大旅舍里。大房四个人住，小房两个人住。有间楼上大房让叽叽喳喳八个女孩住。序子还是一个人一间房，东西多。格局和派头比石狮那边足。有茶房川流服务。也许是因为对于剧团的好奇产生了亲近也说不定，的确很好。

吃完饭，宾菲找序子坐在后院石头上。

"你对陈馨过分了。我不相信你不清楚她在对你好。不要以为她总是乐呵呵，大大咧咧，其实她的教养不亚于你。刚才她对我哭了。不反击你是不想失你的面子。你太冷。为什么？"

"我不敢和她好。我晓得她可爱，我怕伤了她。如果我们两个好了是只有现在，没有将来的。你知道我在泉州不会久留。我和她不是一路货，她挨不了我将来要挨的苦。我也晓得这种好姑娘世上少见。唉！怕作践了她。她应该住在平平安安的房子里，四周是花园，白天有太阳，晚上有月亮星星。我不忍心她没有。她应该笑眯眯地找到未来。"

"稍微温暖一点。"宾菲说。

"不行的。一滴温暖就是一粒火花，一桶汽油摆在对面。"序子说。

"唉！"宾菲叹了口气站起来，"的确是像你讲的那样，人生就是这样没有办法，摸不透，讲不明……唔，那我问你，你心里想过我的问题没有？"

"想过。比陈馨重。"序子说。

"真的？讲讲看。"

"不想讲，这有什么好讲？"序子开步走，"一辈子不会讲！"

第二天，几个人跟序子上街送足球。

铺子没开店，关着门板。到家里敲门，开门的是蔡伯伯。见这么多人，愕了一下，认出了序子，哈哈一笑说："两姐弟上安溪去了，刚走没两个月。"

序子告诉蔡伯伯，他们是战地服务团，来安海演出，过几天送票来，请蔡伯看戏。这皮球留给元明，以前说好的，元明回来自然明白。这一些人是服务团的同事。讲完鞠躬告辞。

走在路上，成月埋怨渊深："你刚才怎么不顺便问一声西饼店怎么不开门？"

渊深没有接腔。

"街上应该有一家'白燕社'。"序子说。

"卖什么的？"甘培芳问。

"我也不清楚卖什么。《木刻通讯录》上印的有'福建泉州安海白燕社'，应该算是跟刻木刻有点关系的吧！负责人叫史其敏，很可能是个木刻家。这几条街算不得大，试找找！"序子说。

"找什么？这不就是！"渊深指着头顶上的招牌。

"安海白燕社"，小字"美术摄影"。原来是家照相馆。橱窗里斜搁着个小镜框，上头印着"中国东南木刻协会安海通讯处"。看！果然和木刻有关。

啊哈！真没想到！缘分就是缘分，哪能这么巧？

序子让大家在门口等他，一个人走进摄影室。

里头没有开灯。

"弩拆信米浪？"[1] 有人问。

"哇拆喜岂米，喜闲姓。"[2] 序子说。

"偶信米达吉？"[3] 那人问。

"哇野细懒摸卡斜位位淫，来款吓喜先姓。"[4] 序子说。

"喔！喔！哇就细！"[5] 那人说完，"歪杯港歪。"[6] 把序子带出店来，站在门口。

站在门口，站在门口就站在门口。

史先生长得挺秀气。

"嗯，请问东南木刻协会在安海最近有什么活动吗？"序子问。

史先生摇头。

"嗯，请问史先生最近有刻什么木刻吗？"序子问。

摇头。

……

回团路上，谁都不清楚到底怎么一回事。

郑贻宽坐在旅店大门口石阶上翻一大堆报纸。见人来指着报上便说："林主席死了！"

"哪个林主席？"

1 你找什么人？
2 我找史其敏，史先生。
3 有什么事情？
4 我也是东南木刻协会会员，来看下史先生。
5 我就是。
6 请外边讲话。

主席死了！哪个林主席～？

郑贻宽坐在旅店大门口石阶上翻一大堆报纸。见人来指着报上便说：『林主席死了！』

"中国有几个林主席？林森嘛！"

啊，啊，啊！

"你们看，这算不算大事？"

"牌子是硬的！样子和气，留一把长长白胡子。"

"武昌起义立过功劳，是个反共的重要角色。黄花岗七十二烈士墓是他经营的。"

"有人说应该是八十九烈士之墓。"

宾菲捏住报纸叫起来："啊呀！拉赫玛尼诺夫去世了！这可不是个小事！啊？啊？死在美国加利福尼亚州家里，七十岁，唉！唉！太可惜了，他可是当今最最宝贵的作曲家和钢琴家，唉！太可惜了，我要马上想办法告诉我弟。"

"嘿！人在泉州一定早晓得了。还要你报？"渊深说。

"他从来不看报的。也是。唔！对了，他可以听收音机。"宾菲说。

"你讲的那个拉赫玛尼诺夫是不是就是那个——'达多的达底、嗒、达；底嘀达……多的达多夺，达的多夺……'那个？"序子问。

"就是那个，就是那个，你怎么记得这曲子的？"宾菲问。

"在集美听曾雨音先生讲过，听过那片子连他的样子我都记得，剃平头的。"序子说。

"转泉州，我让我弟讲他给你听，我弟是个拉赫玛尼诺夫迷，他会放唱片给你听。"宾菲说，"你喜欢拉赫玛尼诺夫就等于喜欢他，就认你为知己。"

"唔？"序子睁大眼睛。

"真的！神得很！"宾菲说完，精神还在为拉赫玛尼诺夫叹息……

"哈，哈，哈，看这张这里，"贻宽叫起来，"哪！哪！我正在着急主席位置，哪个够胆子顶上来？你看这里当上了！"

"哪个？"

"还能有哪个？蒋委员长呗！"贻宽说，"说是'当选'的……还有还有，看这里，日本海军大将山本五十六坐飞机，在所罗门群岛上空让美国飞机打下来了！这个人可不是开玩笑的，重要得了不得。"

排练厅好热闹，都在吃荔枝，进门这些人也拥进去。

宾菲和序子远处挑两张椅子坐了看热闹。

有人叫他们，没去。

陈馨大约剥了一颗，口里还动，笑着过来跟宾菲坐在一起。

"老远就看到那堆荔枝又大又扁，你还吃？"宾菲说陈馨。

"好坏都试试，尝新嘛！耶？你个'屙蓝浪'也装内行挑口不吃？"

"陈馨，你过来，我跟你上上课。"序子顺手捡了张废纸画起来，"你看，这就是你和他们吃的品种，是今年最早下树的东西，粉红皮壳，外形微扁，味道寡淡。肉薄核大，最是没有吃头。第二种是今年还没上市的，你应该常见，外形浑圆，内核大小没个准头，产量算是最多的，吃起来也还可以。以上两种晒荔枝干和做罐头糖水最为合宜。第三种画的是下树晚，个子小，浑圆，有个陀螺尖底，皮壳颜色沉着深厚，绝对的'就忽'[1]，这才叫作荔枝的上上品。你看，对不对？"

"听你这口气好像准备写一本新《荔枝谱》是不是？"陈馨问。

"什么新不新？原来泉州有老《荔枝谱》？"序子歪着脑袋说。

"你简直让我高兴死了，原来你也有不知道的事呀张序子！我的天！你过来，我跟你上上课！"陈馨手舞足蹈宣讲，"宋朝时候我们闽南出了个大人物蔡襄，你晓不晓得？写了部大大地有名而我们当今的大画家张序子一点也不知道的书，名叫《荔枝谱》。我们女孩子小时候常常被大人叫去啃第七篇《荔枝三十二品》：

"一陈紫，二江绿大，三方家红，四游家紫，五小陈紫，六宋公荔枝，七蓝家红，八周家红，九何家红，十法石白，十一绿核，十二圆丁香，十三虎皮者，十四牛心者，十五玳瑁红，十六硫黄，十七朱柿，十八蒲桃荔枝，十九蚶壳，二十龙牙者，二十一水荔枝，二十二蜜荔枝，二十三丁香荔枝，二十四大丁香，二十五双髻小荔枝，二十六真珠，二十七十八娘荔枝，二十八将军荔枝，二十九钗头，三十粉红者，三十一中元红，三十二火山。

"我家后面花园也有棵老荔枝树，大水桶那么粗，年年结几百斤荔枝。颗粒小，不晓得是不是你张序子讲的那第三种，非常好吃，现在还没有下树。我爸认为她是三十二品中的第十八品的蒲桃，我妈硬说她是二十二品的蜜荔枝。年年吵，至今名字定不下来。你几时有空回泉州帮我们定定！"

张序子坐着不动，神魂飘荡，听陈馨背完这一大段不三不四的

1　小核。

荔枝有三种！

"宋朝时候我们闽南出了个大大人物蔡襄，你晓不晓得？写了部大大地有名而我们当今的大画家张序子一点也不知道的书，名叫《荔枝谱》。"

荔枝名目，韵脚都没有，文不像文，诗不像诗的东西，看样子还真像是老百姓口中搜集到的真家伙。出自蔡襄手下，刻成了集子，由一个啥事不懂的小娇娥喷薄出来。三十二品摊在面前，大兵压境，让这个老着脸皮给泉州人上荔枝课的"屙蓝"小子情何以堪？

箭在弦上，河伯斜眼（慧眼）发现了序子的处境。

"嘿，嘿，嘿，序子，序子，这算不了什么！我年轻时候在你们长沙吹牛皮吃辣椒也吃过大苦头。一个人千万不要在别人的家乡拿人家的特产耍雄，正所谓鲁班门前耍斧头，你看，这个小丫头算个什么鲁班？你总结的荔枝眼前三个实际一点也不错，难道还有第四个？没有的。

"你念过《庄子》，《秋水》篇那个对北海若吹牛的黄河之神就名叫'河伯'，你们叫了我那么多年的'河伯'我一点都不抗议，原因就在于我时刻拿这个名称自省，提醒自己。

"《荔枝谱》写宋朝时期的荔枝品种三十二，其实到了明、清的版本已经增加到九十多品，叠床架屋，虚虚实实，也就难得有人去认真研究了。我告诉你，我这一辈子读书求学也只是个'存疑派'，是一个并不完全相信书的人。

"《荔枝谱》以后有好多翻刻本，有不少人生趣味的见解诗文夹在里头都可以找来看看，挺好玩的。"

序子专注地听进去了。

序子在床上睡不着。

原来好好的，舒舒服服地扯着微笑的长气，正准备进入软绵绵的蒙眬之乡，忽然右脚肚子轻轻痒了一下，跟着，后背胛、左胳肢窝、后脑勺、脑顶心、右手臂、大腿缝居然痒成了一条线。序子只好打起精神全身蜷在被窝里，左右手臂手指四处搜索痒点，正式地摸、挠、搔、爬起来。

序子非常清楚，这不是跳蚤蚊虻下口的侵略性质，而只是一种由里及外的快感引发。

痒和痛的区别大有讲头。

痛是一种危险的前奏，流血或死亡随侍在侧。

痒不然。痒只是皮肤在开玩笑，绝不会构成杀戮后果。大不了只算是个难分难舍的腻友冤家。比如香港脚、掏耳朵、打喷嚏、癞痢头之类。空寂之时你将庆幸有这样一个朝夕共处的、难舍难分的体己伴侣。

（对于痒，以上只是一个小焉哉的说法。大了，怕吓得你缩不回舌头。含蓄点说："生物之始，由痒激发。"在伊甸园由毒蛇递给夏娃的苹果里，含有百分之百的"痒素"。这点圣书上不可能提起，达尔文没有想过，弗洛伊德当然无从知晓。如果有人问我："那你怎么知晓？"我就会回答："我当然知晓，我不知晓，怎能写出这部书来？"

上帝造人并不像后人办事处处讲求那么多意义，他本身就是意义的终极。他造万物、造人，只在一时的兴趣，就像我们明末那位画家八大山人，顺手来那么潇洒几笔"写意"而芬芳流传万世一样。不过也不尽然，创造出的世界那么繁杂，难免遗留一些如"四王"那么臃肿的废笔污染创作关系。这是后话，不讲它了。

人的创造既是上帝的兴趣所在，兴之所至，不免投入更多的关注，圈圈点点，左一下右一下，既灿烂了仪容，更丰富了内涵。

一、让他唱好听的歌。

二、让他不单会使用工具，还会演奏乐器。

要谅解恩格斯的时代没有今天那么小，飞机和摄像都还不太发达，没有办法清楚除人之外，好多动物都能使用工具；好多白长毛蓝眼波斯猫不一定都是聋子，我家咪咪就不是聋子。

三、让他会画画、写诗。体会吹牛的快乐和不幸。

四、吃荤之外还懂得吃素。打猎和栽种。

五、白天忙完还会晚上休息。

休息期间，耳朵不休息，让它醒着，一有响动，马上起身反抗或逃命。

为了打发休息时间的漫长无聊，还弄出一种叫作梦的东西让他解闷。搞得天花乱坠比白天过真日子还好玩，还荒唐；因为是假的！梦醒了，可以毫无关系，毫不负责。

做梦本质的快乐正如狄德罗那篇《拉摩的侄儿》文章第四段开头所说"没有比他自己更不像他自己的了"。

感谢上帝！阿门。

一个人睡觉东想西想是常事，睡不睡得着也各有理由，一句话，天下只有劳人的睡眠最令人佩服尊敬。天下睡不着觉的人，你们听过安徒生《豌豆公主》的故事吗？

有两个女孩子都说自己是真公主。

"怎么办？"聪明大臣在她们床上垫着十二（？）层床褥子，底下放了一粒豌豆。其中一位睡不着了，这公主还能是假的吗？

今天，男男女女的真公主到处都是。

序子不是想扮豌豆公主，他陷在不怎么喜欢自己的情绪之中。

他无梦可做，他正在全身挠痒，好像一个不幸的国王听到边境到处出事的消息，正忙着派兵围剿镇压。

第二天大清早，序子一跃而起，折叠好被窝，打水洗脸梳头，刷牙漱口，用的是三星牌牙膏，气味提神醒脑，满肺新鲜空气。早餐路上，渊深见他气宇轩昂，轻轻问他，是不是路上捡到钱。序子停步下来说："你这一辈子能不能想点正经事情？"

"开玩笑你还当真？"他说。

"我就是指的你从早到晚脑子里总是开玩笑。邪！"

"我是好意。"他说。

"好意也邪！"序子说。

"那你让我问你一声，行不行？"他说。

"问吧！"序子说。

"今天你打算做什么事？"他问。

"上街买木刻板。"序子答。

"怕不怕我跟你去？"问。

"你看你，好好一句话，总要这么拧着说。去，不就去了？早饭过后我上完茅房就走。"序子关照。

序子上茅房，渊深等在门口刚想哼歌，第一句没到一半，序子就出来了。

"你是'大'还是'小'？"渊深问。

"当然'大'！"序子说。

"这么快？比鸡拉得还快！"渊深说。

两人来到街上，渊深晓得一家刻字铺在街尾。站在门口等开门。

招牌很旧，上刻"醒斋"二字，像是仓颉当年留下来的。整条街灰灰的，海涛远远在响，时间还早。

"等不等？"渊深问。

"不等到哪里去？还是等一等好。"序子说。

"安海这地方我熟，我外公外婆是安平桥那边水头人。我小时候我妈时常带我回娘家，我二姨三姨都嫁在安海，有时各家住这么半月十天。都过番去了。寄钱转来盖漂亮的洋房，花砖地，屋里人不懂住，都拿来喂猪当猪圈；也说不上可惜，到时候，人回来水管子冲冲，和新的一样。

"哎！我们做什么来的？我怎么忘记问你想好了刻什么没有？'君知否南国'？你还舍不得这个题目？我觉得抗战这时候用这个阴阳怪气题目总不伦不类……"

序子说："老实告诉你，我的看法和你一样，世界上又不是只有这一个题目，不过是说，可以往这方面多想想，有大仗火，各路人马如何热烈参加抗战！比如投军啦，运粮草啦！我们亲眼看到、碰到的事。"

"报纸画报照片都登了。照相照的，有时间有地点，你讲，信你的木刻还是信报上的照片？你最好还是刻一些和照片不一样的东西。"渊深说。

讲到这里，一个穿长袍子瘦瘦的年轻人走过来拿钥匙开门。回头问他们站在这里干什么。

渊深、序子两人帮他接过铺板叠靠在墙边，一边回答。"我们想弄块梨木板。"渊深说。

"弄木头你们找木材铺去。我这里不卖木头。"那人说完，看看他们俩，又说，"你们要梨木？要梨木做什么？"

"刻木刻。"渊深说。

"刻木刻？"那人听说刻木刻兴趣来了，"你会刻木刻？"

"不是我，是他。"渊深指序子。

"是他，你抢着讲话干什么？"那人说。

渊深还想开口，序子说："这人话多，你一眼就看出来了。我算不得刻木刻的，自学几年还摸不到门径，慢慢在试着。最近有一件事须要赶紧刻一张木刻来应付，眼前找不到梨木板，只好来麻烦你了。"

"怕没有你们想要的大板子，我这里是个刻字铺。"那人说。

"一本三十二开大小就行。"序子说。

"喔！三十二开！我以为你们要好大的。三十二开？比三十二开大点的怕也有，我给你们找找看，你们等着。"他从里屋走出来，"有有有，是木头，我找人剖剖，几天内就给你们。你们要几块？"

"不多，有三两块就很多谢了！"

"那好！"

"注意！不要带疤的，更不准抬高物价，听见吗？"渊深说。

"这事情是我和你的买卖吗？"那人说。

"你口口声声'你们，你们'，怎么没有我？"渊深说。

"你个'矮子'颜渊深，你怎么到安海来了？"那人紧紧抱住颜渊深不放。

颜渊深挣脱这人，不想认他，"干什么？干什么？嬉皮笑脸！动手动脚！"

"我是福祥，赵福祥，我们'养正'四年级同学。"那人说。

渊深龇着牙对赵福祥说："赵福祥？你是赵福祥？你怎么能算是赵福祥？我们分手也不过才十年八年，你怎么一下子会长成这么难看？你吃错什么药了？你叫人听听那副嗓子，那张脸、那口牙……"转身对序子说："你信不信？他说他是我同学。"

序子假仁假义应付："难得！难得！"

两个被请进窄窄铺子里喝茶。

"你怎么变刻字匠了？"渊深问。

"祖传的，幸好有这刻字铺，加上我右腿有一点点瘸，没拉去当壮丁。不做刻字匠做什么？（这家伙穷凶极恶，像我十几年前同学的声音，颜渊深再仔细端详一下他的脸，果然是他。口气脾气一点不改，也算难得。）我常在画报上看到木刻，很喜欢，你提起木刻，我怎么能够不开心？"福祥说。

"刻过？"序子问。

"嗯。描《红楼梦》插图刻过半张不到，太不像'木刻'了，放手了。"

"刀子是不一样的。"序子说。

"还要会画画，我画画的本事很差，心有余而力不足，连木刻刀子我也没有见过。"

"下次取板子的时候，带木刻刀给你看看。"渊深说。

"你？"福祥问。

"他！"渊深说。

告辞了。

走在路上，渊深说："你看，就这么巧，上天派赵福祥下凡来帮我们。"

"你还可以说，好人总得到上天照顾。"序子说。

"也不是所有好人都照顾，只照顾你，不照顾我。"渊深说。

"迟早你会得到照顾。"序子说。

"问题是，到眼前刻什么东西你都没拿定主意，究竟算不算得个刻木刻的人？"渊深说。

"哈、哈、哈，'吾将处乎材与不材之间'是也！"序子自顾自地走着。

"你准备给他多少钱？"渊深问。

"他不可能要我们多的，到时候再说。"序子说，"你不能处处都花心思，放心不下。日子总过不端正。"

"到时候敲竹杠你就晓得厉害了。早就该讲清楚！"渊深说。

"买木板又不是'指腹为婚'，你他妈，对老同学都怀鬼胎，真该挨揍！"

说到这里，迎面来了一大帮人。

"哪里去的？"序子问。

一声看电影，就嘟嚷开了，都说：不值！一点也不好看！没意思到了极点！看不懂！算不得电影！全是英文，解说员也讲得糊里糊涂。看得头昏脑涨，想吐！

到底是什么电影惹那么多讨厌？好久才弄明白是美国体育片拳击比赛。

眼看这群打了败仗的懊丧队伍回团远去的背影，序子叹了口气，"对于拳击运动，世上竟有一群这么王八蛋水平。"转身便往回跑，觉得这场电影是为他一个人预备的……

"你，你，你不想吃中午饭了？"颜渊深追着他的脚步问。

"你想吃你吃！"序子说。

如果有人把序子当作堂吉诃德的话，颜渊深便是跟在后头的桑丘，堂吉诃德从来不担心桑丘会跑丢。

到了电影院售票处。

序子对窗子洞说："两张！"

给了钱，接过票，序子说："看，两张才一角钱！"

离开场还有一个多钟头。

"怎么办？"序子问。

"我哪晓得怎么办？"渊深说。

"你哪会不晓得？你是人肚子里的蛔虫！"

到电影院对面的一家小菜馆。

两人坐下，老伙计过来问吃什么。

"将就一点，等看电影的，来碗'扁食'[1]吧！"序子说。

"嗯，我呀！"渊深说，"简单一点，来一盘蚝油牛肉片炒面算了。"

伙计走了，序子咬牙切齿轻声地说："你还'简单一点算了'！你晓不晓那一盘面要好多钱？"

"陪你出来买木板，你能不带钱吗？"渊深说。

中饭吃完，馄饨二角，炒面五角五分，序子一声不响地数完票子给伙计，顾自往电影院走。渊深跟在后头发牢骚："……我怀疑那面里的蚝油不是蚝油，拿虾酱来顶……"

"渊深！我求你少讲两句好不好？"序子说。

---

1 馄饨。

"那不行！我不能让你白花冤枉钱！"渊深说。

"行了，行了，多谢好意！"序子说。

时候到了，进电影院。

这场电影大约看过的人报了信，果然人少。全院空旷旷子，满地南瓜子壳和吐的痰（那时候地上吐点痰正如庄子《秋水篇》所云"子不见夫唾者乎？喷则大者如珠，小者如雾，杂而下者不可胜数也"，两千多年前的老传统风习，顶多权威人家加个痰盂而已，改不掉的。），还有小孩子来回奔跑，都是属于天伦之乐意义范围，受到社会呵护的。

一个人上台，拿着细竹竿，站在银幕边上，叫作"宣示员"。

"宣示员"手捏洋铁皮喇叭对不多的观众呼叫，开口所讲据说是国语：

"各位乡亲阿白、阿紧、阿兄、阿呷；各位襟那浪同扎莫襟哪！里们喝！禁拿立哇给胎细款给细美国番那叫作（BOXING）'波神'扒拳头给电影和胎细款。扒到弩细哇活只到闹血闹满面不肯罢手甘休。扒虽怜恩准扒，规矩倒系特别顶针，贝曰贝，嫂曰嫂，论金亲两，各有卡鳖。细把斤必须跟细把斤扒，叫作重量卡。农把斤必须跟农把斤扒，叫作中量级。贵炸斤跟贵炸斤扒，分别叫作轻量级和羽量级，重量相当，欣禁功夫，欣呕公道输庠。

"比赛进行市准，严禁攻击私处，卡踢、肘拐、头撞、牙咬各重唤规行为动作。

"赛场昏炸，炸立，炸俄三幢。每场俄昏幢。

"呕裁判做主，救扒就扒，救定就定。

"西、滑签了腥西状，腥细公家负责。

"映呕紧揣镭，输耶呕，镭冇映抓揣就细。

"现在，电影奎西！"

序子轻轻问渊深："你听懂他讲什么？"

"他讲国语，你应该听得懂！"渊深说。

电影太旧，不停地晃着大小麻点，很费眼神。果然是美国出品，称作"纪录片"的那种。出产期写明一九三七。

序子宰相肚量，不在乎新旧，如观古画，旨在精微；没想得到从未有过的欢欣与惊愕。

头场搏斗，一位金刚怒目的巨型黑人，转身一个连击拳就把一位白色巨人放倒在地起不来。幸好各人都戴着拳套。没想到那位白勇士如此不堪之至。

原来定好是十二回合的，才第一回合的两分半钟就坍了，遗憾！

二场是法国人打美国人，相去不远的力量对攻，一拳到脸，汗水喷起如爆炸，电影科学创造的慢动作给人智慧启发的快乐真值得多谢。彼此的一拳又一拳的来去，进攻和回避的技巧，挨拳之后面部刹那的反应。序子试图回忆当年打架挨拳的感受，如此，那就相当地难看了……以后有机会干架，特别要提防挨揍时候的表情，以免千秋万世留下磨灭不掉的笑柄。

法国人那一下侧身低头旋退半步挥拳的动作非常漂亮，仿佛听到美国人挨拳的"嘭"的一声，像《马赛曲》那么解气好听！

就那么一场一场看下去，可以说是没有一场不精彩，甚至有一场是拳手双双同时倒下，让裁判弄得不知如何是好，站在场中如一孤儿。

每当休息两分半钟的时候，各人回到对角线的角落坐下，马上就有两三个助手围了拢来，搬上凳子让勇士坐下，给养伤治疗的，喝水、搓揉骨头，弄条布块两手抓着无济于事地来回当扇子扇，弄来一包软东西在他脑壳上来回抚弄（后来才知道是冰颗粒），正常人绝对经不起这突然而来的严寒小环境的，正如红烙铁袭身受不了同样道理。

受伤的人大多在额头眉毛边沿裂开一个大口子，是对手脑门撞的。幸好是外国人，额头深，眼睛离额头老远老远，撞不正眼泡。东方人眼球甚至鼓在额头前面，要是也挨这么一下，肯定不瞎也爆，逃不掉的。

序子这几十分钟一直处在兴奋点上，见坐在隔壁的颜渊深张开大口靠在椅背上呼呼，十分怜惜这可怜愚蠢的容貌，轻轻捅醒了他。

"嗬！完了哇！"他一下站起又坐回去，"啊，还有。啊！婆娘在打婆娘，了不得！"精神来了，"怎么外国还允许婆娘打婆娘？哎呀！比男人打男人还狠！哎，还真是越看越好看！——嗯，这怕是从小训练惯了的，嘴打歪了，满脸血还不在乎。在泉州中山路我也见过婆娘打架，只是扭在一起一把一把扯头发，大嚷大叫。没这么认真狠毒的。你看，嗯！这一下，嗯！又一下，腮帮子这一拳算是用得好。她们的衣服也都是最牢靠的，算是穿得少了。要不然忘乎所以地几下子把衣裤扯破了，露出些什么地方，可就天下大乱了。"

序子说："你就是希望有这么一天！"

"不，不，我绝对没有这个想法！我只是担心。"

"希望！"

"担心！"

"天底下没有人像你这样担心！就你！你从来就那么邪！"序

「啊，还有。啊！婆娘在打婆娘，了不得！」精神来了，『怎么外国还允许婆娘打婆娘？哎呀！比男人打男人还狠！哎，还真是越看越好看！」

啊，婆娘打婆娘。

子说。

"我原先没打算来，是你买票请我的！"渊深说。

前后观众嘘他们了，才停止争吵。

电影演完，序子埋怨渊深打扰好多看头。站起身来伸伸懒腰，觉得这场电影太有价值，渊深认为跟他一样看法的人不多，或许没有。

走在路上，渊深说："这也只是在外国，婆娘一个比一个凶，中国少有。"

"少有？你没见过而已。"序子说，"《水浒传》里起码挑得出一打！"

"书上写的作不得准。你自己想想，如果你讨了这种老婆怎么过日子？"渊深问。

"怎么是我？你试试讲你自己——"序子说。

颜渊深来劲了，做了几回深呼吸，慢慢进入幻境："我想，要是我讨了这种老婆，很难讲会有什么好下场。先讲睡觉。一个两百多斤重的人，我受不受得了先不论，原来的那张床首先受不了。要做新床，材料用的都必须硬木柱子。多长？多宽？多高？还要了解她原来是种什么睡法。知道她怎么睡，然后才能决定我怎么睡。还要考虑给她多留点翻身余地；翻身过程中节骨眼当口，我在哪里？我最安全的措施应首先有所设计安排。

"照眼前初步估计，一个妇女的体魄若超出了正常限度，打呼噜的鼾声必定与其成为正比。这指的是正常状况；如果她的嘴巴、鼻子生理结构与平常人稍有不同的话，那呼噜声的大小和奇异表达规模就很难估计，开平方或开立方也不为过。这方面如何预防？"

渊深问。

"夫妻之间打呼噜的矛盾可用十个字来形容：'不打不知道，一打吓一跳！'这哪里能够预防？你想吧！跟女朋友初次见面，你总不至于劈头第一句话就问她'睡觉打不打呼噜'吧？以后的来往不到结婚也绝对想不起去问一声打不打呼噜问题的！打不打呼噜不是问出来的，是在一种特定的时间、特定地点，'说时慢、那时快'中体现出来的。（正所谓'实践出真知'。）"序子说，"遇到这种不幸只有两个办法，一忍，二逃，有没有第三个办法？没有。"

（有关打呼噜的故事，老夫前些文章中说过不少。）

渊深问："要不要继续来下去？"

"来吧！"序子说。

"这只是简简单单稍微提到的一些过日子小事，当然，接下来还有更多的小事，比如欧美妇女庞大身躯浓烈的'怀膜'问题。（实际上是自然科学中精彩的研究项目，如指纹一般细腻的特殊信息，狗就靠这信息辨别上万的记忆和生熟关系。）在我和我这位初婚的夫人中，无疑是一个很大的压力。尤其是晚上同一张被窝之中的时候，我像怀中婴儿般泡在她浓厚膜气里几几乎断气。一夜中我从她手臂中挣扎浮出被窝伸出头来做深呼吸几十次。十天半月，这味道也就习惯了。自己亚洲人的气味反而有点认生起来。

"说到吃，这最是我的负担。她每天要喝起码十瓶啤酒，她打手势告诉我，不是不喝白酒，她是怕喝醉酒乱了性子打坏我，世界上再也找不到第二个像我那么好的男人。

"最费力气的是我每天做最好吃的闽南菜，改变她吃面包牛排的习惯。开初她发脾气，摔盘打碗，后来觉得闽南菜的确比西餐好

『尤其是晚上同一张被窝之中的时候，我像怀中婴儿般泡在她浓厚臊气里几几乎断气。一夜中我从她手臂中挣扎浮出被窝伸出头来做深呼吸几十次。十天半月，这味道也就习惯了。自己亚洲人的气味反而有点认生起来。』

洞房花烛夜
泡王她浓厚的臊气裡几乎断气

吃得多；我不单省了好多力气，也省了好大笔钱。

"我们如胶似漆地过着体面日子，走在街上人家见我老婆是个洋婆子都产生敬意。她非常听我的话，地方上来了个无恶不作的外省大流氓名叫张序子的，她遇见他，二话不说上前两个耳巴，从此张序子这个大流氓就杳无音讯，不知道改好了还是让狗吃了……"

张序子说："渊深呀渊深，你怎么不去写文章投稿呢？你口若悬河，文思畅达，这么精彩的想象力，真把你埋没了。我这是跟你讲正经话，写文章不是会不会而是敢不敢，你讲，像你这种嘴巴和脑子，一天来十个故事还费力吗？世界上大文学家不都是这样出来的吗？"

"还听不听？"渊深问。

"怎么？还没有完？"序子问。

"这才说到哪里啊！正大光明昂然挺立于太阳之下，有妇之夫之十八岁青年颜渊深在此，来日方长，洋荤正炽，怎忍心叫停？哈哈哈！"

序子这两天把两张大戏报广告画好上了墙，跟河伯到他朋友家里吃了顿饭，给那人家老小男女剪了五张影，受到神仙般招呼。回来没事在屋里随手捡了本书看，林琴南自己写的小说《劫外桃花》。相当可以。颜渊深在门口晃了两三回，没有理他，于是伸头进来找了句话跟序子说："梨木板没有做好！"

"唔。"序子作了简略的答应，其实心里骂他，"狗日的，没做好犯得着讲吗？"经这么一搅，书看不下去了。书看不下去了之后怎么办？把书轻轻放在椅背后小架子上，远远地盯着这本民国六年的《中华杂志》，只有安海这地方才捡得到这类古书了，不容易。猛然一震，开始弄木刻呀！干什么等木板来了之后才考虑呢？是，是，很有点莫名其妙，谁教你这样办事情的？

管什么君不君知否南国？刻张纯粹南国有什么不好？题目就叫作《南国》也没什么不可以。南国，有椰子树、龙舌兰、仙人掌，有相思树、合欢树、凤凰花、斗篷，斗篷还连着飘摇裙边的惠安挑担子妇女，一个、两个、三个、四个，一个小分队在动……有海，有云，天上有海鸥。搜集材料去呀！动起来呀，坐在屋里孵蛋哪？

渊深像颗子弹很早就瞄准在门口，"你想做什么？"

序子善言相告："我去搜集木刻素材，一个人去比较集中，这次你就不要一起走了。"

"不说话也不行吗？"渊深问。

"你让我这回一个人，好吗？"序子说。

"你走你的！我走我的！"渊深说，"路是中国的，又不是你的！"

"狗日的，好话不听，老子拳头等着你！"序子火了。心里好笑，"一个人就这样不会一个人过日子到这种程度，也真算是太特别了。"又想，"他怎么长大的？"又想，"就像是老人家对不听话的子女说的：'儿呀儿，你这么一天到晚黏到我，有朝一日我死了你怎么办？'"又想，"也可能因为懒，跟着我，自己不费神。这也不对呀！你看他讲到讨洋婆子拳手做老婆，不是搞得天花乱坠，五颜六色，让人听得耳朵流油吗？唉！是啦！他寂寞，在团内他只信我一个，恐怕就只能这样以为了。

"实际上他应该自我开发，不能把生涯寄托在别人土地上。那么高的天分，终日游于嘻嘻，太可惜了。得想点什么法子，不然太辜负他的真诚了。有机会跟人希说说。"

走在街上几次回头都没见渊深跟着，这回是真的了。

郊外画了椰树、合欢树、广榔树、龙舌兰、仙人掌和一条海边曲折小山坡道路。在街上一家斗篷店画了斗篷。认真地记下海岸边石头结构。画了死的和停的海鸥。

回到旅馆，渊深和几个人坐在石头边上吃花生。

"哪里去了？"宾菲问。

"郊外画了点刻木刻的稿子材料。"

"弄好了？"宾菲问。

"嗯！"

"看看行吗？"郑贻宽问。

序子把速写本递给大家，"没有什么行不行的！"

"粗的粗，细的细……"陈馨说。

"粗的是规模，细的是局部。"序子说。

"这样就能刻木刻啦？"陈馨问。

"还要小心设计，早还早呢！"序子说。

"比刻人像难？"宾菲问。

"各有各的难。"序子说。

颜渊深懒洋洋说："听我讲一句话，行不行？"

"又出什么怪文章了？"序子问。

"你那些木刻板子做好了！"渊深说。

序子跳起来，"狗东西，你故意拖到现在才讲，你完全是故意的，是不是？走吧！怎么还不走？"

"你想走到哪里去？"

"取板子呀！"

"我不去！"

"你不去？为什么不去？"

"去干什么？板子在我房里。"

渊深在前，序子心跳地跟着，还有几个好事的走在后头。

居然是三块二十四开的梨木板子，刨得精光锃亮。序子忘记了周围所有的人，抚摸着细看这三块板子，然后问："你给他钱了？"

"我哪里有钱给？"

"那他几时来拿钱？"

"他说不要钱，他说送给你，他说喜欢你是个刻木刻的。他把板子送到这里亲口这样说的。"渊深说。

成月加了一句："你忘记说，木头老板要收他做干儿子！"

序子抱着木板转了一个身，"那不行，走吧！"他叫颜渊深。

"现在你要我走了？你不拳头等着我了？"颜渊深说，"这回我不走，你要不要又是拳头等着我？呀？呀？"

"你看你这个人烦不烦？你总是把正经事和开玩笑混在一起。"序子拉起坐着的颜渊深，"把板子带着，他不要钱我当然不要板子，走吧！"

几个人自自然然也像是起身要跟着走。序子阻着他们，"算了算了！今晚演出，还不赶紧背台词去？"

甘培芳、成月和陈馨没有戏，当然跟着。

几个人就上了街，远远看到醒斋刻字铺的店门是开的，赵福祥在低着脑壳刻字。

赵福祥看来了这么多人心里有些生分，加上序子再三再四要付木板钱，又抱歉店铺太小进不了那么多人，又看到里头夹着特别的年轻女子。序子硬着头皮问价钱，赵福祥硬着头皮一钱不要。你来我往之中，没有任何一方能把理由说得通透，浓郁的情分僵在再也搞不清的天地玄黄之中。推推搡搡了几分钟，受惠之方暧昧地多谢说："哎呀！哎呀！这怎么好意思？太说不过去，嗯！嗯！那以后多联系吧！多联系，多联系，谢谢！谢谢！"

居高临下贪便宜，"联系"个屁！三天就把人家忘记了。人生就时常以这样方式或类似角度去攫取弱者好处的。

对攫取者，判断他有愧与否完全没有必要。

赵福祥他图个什么？他的心意山长水远，斗量不尽。

多少代又多少代满怀好意和善良愿望囿于远乡的艺术青年们又何尝不是如此？

走在路上序子一直不好过，对不起赵福祥，愧对他的诚恳。

颜渊深说："不要介意，他是我老同学。"

序子对他说："像你这样过日子，好打发！"

现实面前，并不好打发，有人温和地征求序子意见，到哪里吃中饭好。

看样子那三块梨木板子钱要吃在大家肚子里了。

"讲老实话，我不太赞成吃掉那三块板子钱！"陈馨说。

"这方面的事好像不是归你管的。"成月说。

"钱跟钱张张一个样，人心偏偏个个不一样；你说你的，我说我的，你急什么？"陈馨说。

颜渊深抢着说："陈小姐这三两句好！智慧，光明！佩服！不过我仍然赞成大家眼前讨论一下吃什么好的问题。"

"好!"序子说,"各位慢慢讨论,我先走了!"

没想到宾菲、陈馨、甘培芳、陈可也一起跟着走了。

序子回到团里,有三天两夜除吃饭、上厕所之外不跟人说话,来去疾疾风,不会眼神。当然不是病,病人走不得这么快,熟人晓得他在刻木刻。

除了没有鸡汤喝之外,这动静几乎跟女子坐月子差不多。前几天看到培根的一句话:"有些称赞比咒骂还恶毒。"[1] 心里腾地一跳,"不至于吧?这要看对什么人了。对刚孵出小鸡的称赞,它惹过谁了?还有我和我这张木刻;我还没有刻完嘛!谁要是不喜欢我也不敢怪谁。我晓得我的作品幼稚,我晓得幼稚状态下的作品往往发生不自觉的快乐,我没有让人看到我的快乐,那意思就是说我的快乐并不满溢,没达到惹人生气的程度。唉!世界上竟然有培根说的这句吓人的话,那笑里居然藏着刀子!幸好幸好,我们团里眼前还没有发现这类性质的人,都那么好,那么天真烂漫、本性盎然,还有陈先生、吴先生、蔡嘉禾先生,心里想到的人都让我觉得可靠。培根指的这类人,是一种一天到晚算计别人的人,他一身都是恨,恨不得全世界的人都死光只留下他一个人……"

序子刻木刻画画的时候,如果旁边没站着人,他就常常东想西想。笑,笑得眼泪、口水都流出来。父亲带他晚上在院坝铺了张竹凉席乘凉讲那个吴百想的人。吴百想还是吴百响就闹不清楚了。是

---

1 培根《论称赞》。

爷爷那时的同辈：

吴百响住在老营哨金家园那头，父亲是个乡约保董（什么叫作乡约保董？至今混沌的还不清楚），所以算是有点地位，喊一声总有个把答应的人。不说他父亲单讲吴百响，他从小就有一种特别天分，善于做调解天地万物纠纷工作。讲起来还真难以让人相信。开始时候人家还以为碰巧，后来越做越真，人就服了。他妈生他的时候没有过神仙托梦，更没有哪山哪洞遇到和尚道士收其为徒的经历，他一辈子脚步没出过朱雀城界，麻阳、松桃在什么地界都不晓得，一直在北门城内外老营哨一带、河边上长大。人人都熟。

朱雀城常常来戏班子。天气一暖和，城里城外都有闹热。泸溪、麻阳长河高腔戏班子来得最勤。时间一长，吴百响跟泸溪班子里一个小徒弟龙允变成好朋友。龙允是个孤儿，专门侍候班子旦角"水仙花"过日子的。"水仙花"牌气坏，动不动就拳打脚踢，龙允和百响同年才八岁，端尿盆都不够力气，天天挨打得鼻青脸肿，满脑壳包。

百响去找"水仙花"讲理。"水仙花"问他是"哪里滚来的狗日小杂种"。

百响告诉他："从此以后，你天天上台都要出事。不想出事，哪天改恶从善了就报我一声。金家园老营哨一带，人人都认得我，问一声就行！"

"水仙花"起身要踢他两脚，百响走得快，没踢着。

泸溪戏班子和辰溪戏班子都在较劲，各见高妙。辰溪是须生强，泸溪是旦角强。泸溪旦角看的就是"水仙花"。

辰溪班子在城里西门口陈家祠堂演出。泸溪班子在南门外三王庙各演半个月。

没想到头三天，"水仙花"上台，场场垮裤子。明明裤子绑得紧绷绷的，到了剧情高潮关头，裤子就应声落下。消息传开，调皮老百姓为了看"水仙花"垮裤子还专门赶到三王庙来了。

幸好"水仙花"和梅兰芳一样都是男的，男的也不行；起码有一半看戏的是女的呀！票子生意虽然看着上涨，很多人都是为了赌"水仙花"垮不垮裤子而来。

对于裤子，班主想尽了一切办法都搞不清原因，只有"水仙花"一人心里明白。

戏班子是非常相信神秘规矩的。他心里开始求饶。

这边一动，那边就应，百响驾到。

"我从此把龙允当亲儿对待，如有变心，七孔流血。"

百响只应了一声："好！"

走了。

赌"水仙花"垮裤子的人不再赢钱。规规矩矩各守观点看戏。

箭道子高家一只狗娘生了五只狗崽，狗娘在街上让奔马踩死了，高师爷好着急，找百响想办法，百响讲眼下找狗娘难，借我家"来喜"去吧！高师爷一看"来喜"是只狗公："这怎么行？你絮毛¹了！"百响说："马上买个猪肚子炖了喂它！"

"来喜"当天下午奶就胀了，困在地上让五只狗崽吃奶。百响关照高师爷："一个月还我。冇准把我'来喜'饿瘦了，听到吗？"眼看"来喜"那样子，也真以为自己是妈了。

——

1　开玩笑。

「水仙花」上台，天天垮裤子。

没想到头三天，「水仙花」上台，场场垮裤子。明明裤子绑得紧绷绷的，到了剧情高潮关头，裤子就应声落下。消息传开，调皮老百姓为了看「水仙花」垮裤子还专门赶到三王庙来了。

「来喜」当天下午奶就胀了，困在地上让五只狗崽吃奶。百响关照高师爷：「一个月还我。右准把我「来喜」饿瘦了，听到吗？」眼看「来喜」那样子，也真以为自己是妈了。

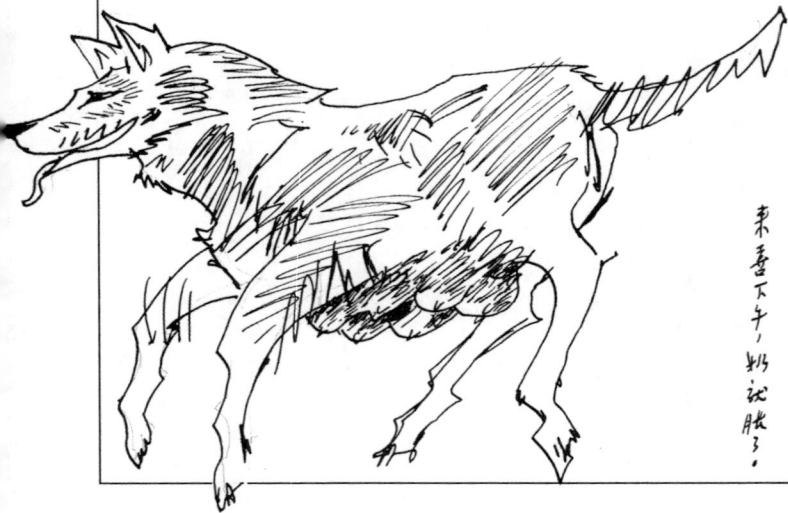

来喜下午，奶·就胀了。

几十年来，受惠人家死的死、老的老，该多谢讲他好话的人也都稀少得很了。

朝阳巷满家，认得吗？就是上北京考北洋大学和京师大学男的叫满白柏、女的叫满玉脂那两兄妹。

两兄妹转来朱雀好不风光！学问大，为人又和气，省里几次调两兄妹上去当官都不答应，只愿意不声不响在自己家里小亭小院里快乐读书。这是大家都晓得的。

只是一样，全城熟人都懒得跟他兄妹来往。为的是见面要称那当哥的一声"伯伯"（白柏），大家不甘心。小孩子和青年还可以，平辈和老人家怎么行？

做哥的委屈地说："名字嘛！算哪样哒？我一生下来我爷爷、我爹就叫我'白柏'了。"

人就说："你爹、你爷爷大方，我们不行！我们小气！"

这类小事按下不讲了。

白柏三十岁讲了干城邓家二小姐结了婚，生了五男二女，七子团圆，很是幸福美满。唯独玉脂小姐二十、三十、四十、五十、六十、七十、快八十都没考虑过结婚办喜事问题。难得的是她老人家又这么长寿，世上少见近八十的黄花闺女。

你看她眼不花，耳不聋，银铃似的嗓子，脸上长年累月桃花般颜色，步履轻盈，套《诗经》一句，简直是"剧于十五女"。妙就妙在她一辈子就在研究注释《诗经》。

百响是白柏兄妹多年老朋友。百响叫当哥的"老白"，大家舒舒服服不存芥蒂地来往很有个年头了。

"你看怎么办？"白柏问百响，"我那个妹。"

"你六十年前问这句话多好！她都八十了！"百响说。

"不到八十，我犯得着问你吗？"白柏说。

"今天问也不迟。叫她结婚吧！"百响说。

"呀？结婚？开玩笑！跟哪个呀？"白柏说。

"男人满街都是，西门坡、陡山喇、骚英冲，两汉河、鸦拉营、沙湾、篁子坪，正街上哪里都有！"百响说。

话音未了，玉脂妹破门而入大声嚷道："哥！本老妹要出嫁了，明天下常德办嫁妆，叫你那个账房吴瑞森跟我走一趟。"

吓得白柏一屁股坐在楼板上。

"和哪个？和哪个？"

"和哪个？你还不晓得和哪个？"玉脂问。

百响嗳嗳嚅嚅，不太好意思地对白柏说："她，她的意思是说和我。"

这对老童男童女的喜事可就算办足了。几几乎半城朱雀人都前来贺喜。新郎比新娘只少了两岁，倒是恩爱非凡，早晚路过朝阳巷的人，都听得到弹琴吟诗的声音。当然，美中不足、遗憾的事也不能说没有，两年后做新娘的玉脂姑娘不幸小产一次，差点做妈的机会失掉了，很让一些好心妇女为她难过，唏嘘不止，纷纷结伴前来安慰："来日方长，来日方长！"

百响入赘的生活可谓幸福美满，虽然他讨厌"入赘"这两个字含义的庸俗不堪。他依然每天想方设法为人去做好事，排解忧烦。夫人玉脂也很欣赏夫君的坦荡风格，奋笔写了套对联叫人裱了挂在墙上：

但得夕阳无限好，

何须惆怅近黄昏。

（我写这么一些和木刻一点关系也没有的闲话，是怕你们等待刻完一幅木刻产生不耐情绪。让你们听一点乐子高兴解闷。

刻木刻过程是一种玩刀子的手艺，很精细的重活。注意力集中，容不得丝毫凡尘闪念。这么一来，老婆、孩子和朋友都顾不上了。因此也常常得罪朋友。他来了，他进了门，好心好意怕打扰我，轻轻走到我背后叫了一声"喂！"，我太集中，我一点没想到他会来这么一手，我吓得蹦起来，手中刀子掉在地上，木板上戳了个不该有的小道，我回身大骂："你他妈、你见鬼了？"

朋友很委屈，又觉得真的骚扰了我，对不起。我也觉得我太鲁莽，想解释那时的反应是动物性反应而不是人的反应。我还想多讲一点谢罪的话一时想不到词；两个人对面坐在沙发上，该说的说完了，其实原该说的话还没开始。

"我走了！"

"好，你走了！"

送走了这个老朋友，回身一看，沙发边留下一个大纸提袋。

他是为送今年的春茶来的。

脾气再暴，漫以为让他刻十年八年木刻就会慢慢缓过来了，哪来这么轻松的事？只是刚才这种意外你怎么解释，我的天，这不光是脾气问题！该改的是你那个好心朋友！

"以后进人家门，声音大点！"

这算毛病吗？

不过我有好多毛病都因为喜欢木刻改过来了。

比如粗心。粗心就是不耐烦，刻起木刻来，你一不耐烦，一粗心，马上就会毁荡你的大半个家业。好不容易刻到一半的画面马上变成一块废物。偶然的一刀疏忽，几天来的构思，流的汗水顷刻间化为乌有。你烦躁了，你累了还硬刻干什么？你赶急干什么？你不会放下刀子到屋子外头走走，晒晒太阳散散心，让脑子清醒清醒？

这讲的是技术上的毛病。还有构思上的毛病。

也就是说太快地把一个设想定下来了，马上画稿子，马上誊到木板上去，马上就动手刻制，刻到一半，发现某个场面、某个人物安排根本就不是这么一回事，再搞下去绝对是个错误，悬崖勒马，重新来过。

这种教训经验一辈子也不止十次八次。想想看，这等于古战场上挨刀枪，今战场上挨炮轰一样，死剩半条命。空耗一个多月光阴，还有木板钱、喘气钱，好心痛。你别以为流血心痛一下子就改过来了，是一辈子的历程啊！

那时候木板子贵到几乎一个月薪水的四分之一，你随便玩得起那么大的价钱吗？所以站在木板面前你就会念你们的"本生经"，修心忍性地老实起来。

我这是讲我一辈子的体会，不是讲请求你们宽容的这个少年时代。我那时怎么有资格跟人论道，吃奶的经验是上不得台盘的。）

木刻总算刻出来了。从右到左的两行椰子树，间夹着龙舌兰和仙人掌，一行肩挑粮食的惠安妇女走在路上。天空飞着几只海鸥，正面看得到海，题名叫：《南方》。

"君知否！"是它，"君不知"也是它，改"国"为"方"，局面小点容易概括。

刻完是大清早，拓印出来挂在铁丝上，早饭过后引大家进房看，没有人说不好。

没有人说不好，不等于大家都说好。

有人说惠安女们不能全用剪影，光天化日之下要有光。你说对不对？对。对就改。序子在妇女每人身上轻轻加了十几刀，果然生动起来。

椰子树上的椰子应该结得多一些，名叫"南方"，南方味道应该足些，你说对不对？对。加椰子上去，来不及了。

仙人掌刺太多，要少些。狗屁！不理。

几个人上前帮忙拓印。裁纸的裁纸，滚油墨的滚油墨，忙得热心又开心。序子蜷进被窝里，他不怕吵，呼呼大睡。三天两夜了。

下午序子醒过来，拿了两张《南方》拓片，按规矩用铅笔写上：《南方》——福祥吾兄惠存——弟张序子，三十二年刻于安海。用张旧报纸把两张拓片卷了插进挎包角，顺手也把那盒木刻刀放进挎包里。

问宾菲："还去不去看过的那个刻字铺？"

宾菲点头。序子又问陈馨："你呢？"她也点头。

原来那几个不点头也去，于是老人马就都去了。

福祥没想到又来那么多人，算是熟了。铺子小进不了那么多人，只好一些人在外，一些人在里站着。拓片和木刻刀都放在小柜台上。打开拓片，福祥见到标题《南方》的木刻拓片，上头又写着他的名字，喜得话都说不出来，"噢，噢"地叫着。看了又看，然后小心收进了柜台里头。

再看刀。一把一把地看，又摸摸刃口，一个人嘀咕怎么仿造的问题，描下六把刀的图样说："我试着做几把看看，难的是三角刀里头那道槽，不容易弄尖锐，淬火也难，我试试，我试试。"

序子问福祥："眼前关两个钟头店门行不行？"

福祥说："自己的店，爱关就关，两天都行。"

序子说："那好，我们请你去喝茶。"

"我请，我请！"福祥说。

"哪能你请？你看，我们那么多人，张序子说请就是张序子请，还客气什么？"颜渊深说。

"你们等等，我上去取点东西送你们。"

提了一个小口袋下来，"浮石，洗脚磨脚底皮最好，一个人一块，以前海边捡的。我们安海出这东西。"

看起来不怎样，想想倒的确有用。女的开始还无可奈何的样子，后来都安静下来。

茶馆叫"同乐园"，喝茶吃土点心的。

大伙选了楼上一张桌子坐了。栏杆外越过几层屋顶和小树林就是海，海波娓娓，阳光温和，茶客们都轻言细语，跟这和煦的下午很是协调。真没想到有这么个好地方，早知道让王淮跟河伯一起来多好！要是大清早来怕还要好。

茶真清香，喝一口再看看远远的潮汐，莫名其妙地感动。

序子问福祥："我有个同学叫蔡元明，你认识吗？"

"认识，是我小学同学，家中叫他'久久'，我们也这么叫；他还有个姐姐，家里叫他'妮呀'……"

"她是我集美同班，叫'雪雪'。后来我留级了，才跟后来的元明同班。前些日子我在他们家里住过。"

"是了，是了，那就是这样的了。唉！好多年没见他们从刻字铺门口经过了，大概在外头的时间长了吧！"福祥说。

别人喝茶吃东西，序子和福祥开始谈刻木刻的步骤。福祥从长衫里头荷包掏出个小本本，又从胸前侧扣边取下一支钢笔说："让我边听边记好不好！"

最后，连用什么油墨都讲了。

"那种誊写蜡纸钢板的油印机油墨绝对不能用，印出来边上一片黄。起码要找石印局的石印油墨才行。"

"我记住了，你放心！"福祥说。

序子指着茶楼的屋檐、栏杆、屋顶，荔枝龙眼和广榔、椰子树，和远处的海滩、天上的云……"你都可以用钢笔描下来，加上些浓淡，多画十张八张，凑成幅完整稿子，把它细细地刻出来，一定会是张很有意思的木刻。"

福祥笑着说："是这样，是这样，我这就要试试。开始我会觉得难，这是不怕的。我会这么一直做下去。我们一定不要失掉联络。我会一直做给你看。"他觉得大家已经有一根血管连着了。

"会不会耽误你刻字生意？"序子问。

"可能还会更好。互相长进！"福祥说，"没想到这一辈子还会碰到你们！"慢慢站起身来到另外张空桌子那边整理刚才写下的记录去了。

这楼盖得结实，到冬天窗子一关，什么风也不怕。眼前又那么空敞，这老板还真设想得好。一辈子不见得会变成个大财主，可一定是个十足快乐胸怀的人。

"你看我了！"宾菲告诉序子。

"也看我。"陈馨说。

"唔。"序子说，"把你们两个跟海、屋顶、茶楼一起看真好，不会再有第二次了……"

"我总觉得你有时候像猫。"宾菲说。

"猫怎么啦？"陈馨问。

"你问猫去！"宾菲说。

"每每我得到一个什么的时候，首先难过的是我会失落它。"序子说。

"那等于说还不如没有那东西好！"渊深说。

"有过，到底比没有好。"序子说。

成月对序子说："平常你很实际，怎么飘摇起来？"

宾菲说："他是月亮，另一半你永远看不到。"

渊深指着福祥叫起来："你看，你看，把主客晾在那边了。"

"他自己说到那边整理笔记去的。喝茶又不是吃席。"陈馨说。

福祥过来。大家问他看过最近的演出没有。他说没有。问他为什么不看，没送票给你是不是？他说送票也不看，从来不喜欢看。

颜渊深问他："那你跟我们做朋友，喝茶？"

他说："你拉我上台试试！我是跟你们交流木刻学问，他张序子也不是什么演戏的。"

"那我呢？我是个真正演戏的。"渊深说。

"你那卵相哪算个演戏的？你只是一个矮子同学，你不矮，我还认不出你来咧！"

"啊哈！"大家齐声叫好！

"我平生最不喜欢的是无中生有或小题大做。'戏'就是无中生有；万有引力，苹果从树上掉下来就是'小题大做'。如果不是苹果而是日本狗日的炸弹，看你牛顿还万不万有引力？我姑丈在永安师范当教授，听说是个'美学家'，我从小长大看到他变老，没见过他画过一个圆圈，凭什么他能是个'美学家'呢？他回安海时想问问，一直没这个胆子。他那事对谁有用呢？开的丹方医好过谁呢？幸好碰到颜渊深这个矮鬼儿带张序子来找梨木板，我放弃追究姑丈的美学问题而跟张序子求学木刻艺术了，这一刀一板摆在眼前，光天化日，清清楚楚，有头有尾的事我比较信服。愿意就这个步伐做下去。"赵福祥摇头摆尾扯出了这么一大篇，也不多谢一声眼前这帮宽宏大量的听众。

看看宾菲手上的表都五点多了，众人跟赵福祥再了见，序子结了账，不算心疼，回到旅馆。

"哪里去了？"王清河、河伯问。

序子一五一十讲了给河伯听。河伯觉得好听，又转告给王淮，都说那茶馆有意思，得空去看看。

于是序子把木刻《南方》请河伯和王淮看了。

王淮看了说："不痛不痒，还过得去。题目《南方》，比《南国》好。"

河伯看了说："王淮太严。这木刻不只过得去，还很可以。"

序子不清楚，"过得去"和"还很可以"中间有什么区别？

李桦先生：

得泉州蔡嘉禾先生介绍鼓励，要我写信给你。有点唐突，请原谅。

我名张序子，湖南朱雀人，是个福建厦门集美学校初中未毕业的肄业生。民国二十七年在校期间得美术先生朱成淦的启发参加了浙江金华野夫、金边孙先生主持的东南木刻协会成为会员，自学木刻迄今。

说是自学，其实做得很少。

我工作的团体是个以演话剧为主的战地服务团，我不会演剧，只担任画招贴、写美术字的工作。忙起来很忙，杂凑一起的纷乱，东奔西走的流动，难得集聚时间刻成一幅木刻；正像古人的感慨，辜负了匣中宝剑的心情，很是不安。

遍读了鲁迅老头对你木刻作品的介绍，又常在报章杂志上欣赏你的木刻作品，很让我佩服感动。你和别人不同的地方是一种特殊响亮的豪气和木刻精确的本领。对抗战好有用啊！

我不是在讨你的好。只是向你说出我对你的认识，水平如你嫌少，我没有了；你嫌多我收回。

寄上的拙作《南方》是为了让你了解我而赶刻出来的东西。着急间真想不出刻什么好。在福建，看不见暴烈的战火。同事

寄上的拙作《南方》是为了让你了解我而赶刻出来的东西。着急间真想不出刻什么好。在福建，看不见暴烈的战火。

们帮我出主意，好像办喜事为我操心一样。这里有好几个困难：一、筹题，也就是思想刻什么？二、我画画水平的幼稚。即使想好了也不一定画得出来。三、木刻的修养很不够，各种刀法表现得涩塞困难。

总之是词不达意。多角度的不行。

你是广东人，那里有很多高明的木刻家，刘仑、黄新波、赖少其、荒烟、梁永泰……没想到你会在我的家乡湖南工作。传说你是个上校，上校和木刻家有什么关系我一点也不知道。有人说上校和将军差不多，我认为不对。我的常识："将""校"是分得很清楚的界限，"将"是"将军"，"校"再怎么叫也不可称作"将军"；就好比"教授"和"讲师"的区别一样，"讲师"不可以称"教授"；"副教授"和"准将"可以称"教授"和"将军"。我听说你是"上校"已经很开心了。"上校"是端端正正带兵的"团长"，很不简单了；领章上是两条杠三颗星。你在九战区，九战区是薛岳当司令长官的，他也是广东人，你是不是同乡关系让他一下子把你兜了去的？你们广东人最念老乡情谊。我们湘军也是如此这般，一个县、一条街、一个村的同乡为个战役一齐冒着炮火冲锋陷阵、同生共死。

你是上校，腰皮带上挂不挂手枪？什么牌的？你喜不喜欢玩枪？我眼前身边就有两支，一支只有五颗子弹挂在腰间的小左轮，一支打猎的土火枪。我从小跟枪关系近，有好多和枪在一起的机会。去年在南安诗山池塘拿三号驳壳打三条鱼，中了两条，两斤多重一条。手提机关枪没试过，步枪也打得少，不过上得战场，一枪一个问题不大，我手劲不错，腰、肩、脚、眼睛都行。

你用的什么擦枪油？我劝你千万不要用汉阳造梅花牌，里外一擦，可就倒大霉了，一股刚从厕坑捡上来的熏臭；以后的二号梅花牌枪油也不可用，虽不臭，却使枪身发黄。有一种英国皇家金锁牌枪油，可找来试试，靳蓝一色清亮，擦了与刚出厂新枪无异。

发觉以上所写有关枪油的话不一定对你有用。或许你根本没有摸过枪，你是个文官。不过有的文官也喜欢腰间挂把枪的。如果你真的不喜欢枪，或许你喜欢而你的上头不发给你，那我的话就算是白说了。

你在九战区长官部薛岳那里，到底他让你干的什么事？一天到晚要你刻木刻还是他根本不清楚你的木刻在中国的斤两把你当作个普通上校天天为他"立正""稍息"？那可就太糟蹋圣贤了。

听说薛岳是个很能打仗的人，又听说这个薛岳还是个有时候不怎么听最高上头的那个人的话的人，这就不能不令我有时候产生一种佩服之情。反过来说，既然他有如此傲岸的禀赋，如果你也采用同样个性对待他，他会不会枪毙你？

眼前大家中国人都泡在两个大苦里。一个是日本鬼的侵略；一个是带头的只顾自己逃跑，装模作样鼓励老百姓从容受苦或勇敢赴死。记得一本书上说过："正义很少会像它自称的那样正义。"

想想看，整个大时代在将就一个人的浅薄幼稚。长此下去，这个仗怎么能赢？

你二十四年刻的《怒吼吧，中国！》，时刻在震动我的肺腑。

这样的作品想得好也刻得好，它代表全中国老百姓的命运。它不是一个人的叫喊。我连学也不知往哪先下手。

我天天看到好多老百姓受苦，日子一长就麻木了；这好无耻！我怒吼不出！不是苟且偷生，是不懂，是不会，是没有办法。老话叫作孤掌难鸣。你鸣也要有人敢听，不然就会变成"异党"。

我有几个同学就是"异党"，跑掉了，到延安去了。

你不要告诉别人，我有时也想去延安。不过不太清楚到了延安以后干什么。去延安怎么走法？要多少钱？眼前手边这么点钱走不了好远的。我有个小时候的干爹，一个远房叔叔，一个同街坊老乡，两个小学同学，三个中学同学，一个小学老师在那里。在那里的哪里？干什么事？我一点都不知道。找到了，我认他，他不认我怎么办？要紧的是延安这么出名的大地方，多一个我和少一个我什么水圈圈都没有；反而加了一张吃饭嘴巴，而我的饭量说来又十分惭愧地大。

说到吃饭，不免让我想问一问你，你在我们湖南长沙过日子，吃不吃辣椒？就我见闻所及，你们广东人是怕死吃辣椒的（吹牛者除外）。一看到桌上有辣椒炒的菜，便大叫大嚷："以嚇！以嚇！"（热气，热气！意思就是火气大！火气大！）

那怎么办？你习惯了吗？

就我所知，湖南人对于外省客人不吃辣椒丝毫没有同情心，也不打算做点补救工作。

听说你是一个人在湖南。你有家吗？有先生娘吗？你单身一个人怎么过日子？估计你官当到上校这个份儿上，身边会有就我所知，湖南人对于外省客人不吃辣椒丝毫没有同情心，也不打算做点补救工作。

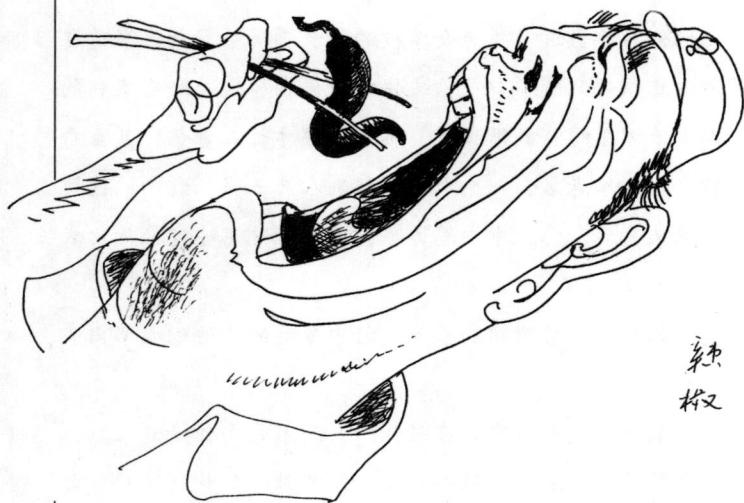

辣椒

个勤务兵的；不过勤务兵通常做不来什么好菜饭。也可能你吃大厨房，那勤务兵再傻，帮你打份饭回来这个简单事情还是做得到的。又想到你已经是上校了，虽然不是带兵的团长，没有机会吃空额，薪水也足以过稳当日子的。

我比较熟悉地方军而不熟悉中央军。

我家乡几几乎全部湘西地方武装都是既拿中央薪水又胆大包天地抗衡中央过日子的，这让老百姓很是佩服，快快活活了三十多年。一直到我们那个头头中了奸计被请出了湘西为止。

你要是没有去过朱雀城，我劝你暂时不要去；等我有朝一日回去再说。如果你硬要去你就去；碰到有人欺负，碰到麻烦，你就说认识我爸爸张幼麟、妈妈柳惠，他们都会马上停手。我对你讲这番话一点也不吹牛和轻率，都是实情，你要信我。无论好人坏人都做过他们两位的学生，我们那地方的人都尊师重道。（他俩各都当过多年男女学校的校长。）尽管两位眼前在不同地方正饿得只剩半口气，文化的威风在当地是一直不朽的。

闽南地方军吃空额很正常，不吃空额才让人奇怪，甚至自感孤独。地方军点名，一个人可以替别人应五声"到"，这说法既荒唐又真实。你在中央军办事，中央军吃不吃空额你比我清楚。

老百姓总是在被践踏的荒唐生活中觉醒的。他们喊不出声，心里明白。

看起来我写这封信像是在跟你聊天而不是向你请教木刻，这不是我原来的意思，也很不礼貌，请原谅。你收到这封信之后不再回我的信，我就明白你对我的人和信十分讨厌反感，我是个知趣的人，以后不会再骚扰你。

这封信我带回泉州请嘉禾先生先过过目是个好办法。

祝你

身体健康。

回信也请嘉禾先生转交比较妥当。

张序子敬上于福建泉州石狮镇

年　月　日

战地服务团在石狮演出结束后回到泉州。序子第二天要求河伯带他去看蔡嘉禾先生。河伯说，真巧，我正想去。两个人就去了。

蔡先生没想到他两个来，"简直是'君回翔兮以下'啊！年纪一大，不是想这个便是想那个。今早晨喜鹊叫，我就晓得有事，果然你们来了。"

"喜鹊是我们家喂的。"河伯说。

"家家都养喜鹊，人生就乏味了。"蔡先生说，"怎么办？家里没预备东西，上菜馆吧！吃完了再转来呷茶畅谈？"

三个人出门拐不到三个弯，走进一座"晚鲜楼"。上楼，楼小，还算清雅。

序子说："这楼名难得。"

"多谢，我多年前起的。当时忽然想起王建一首诗的头两句'盆里盛野泉，晚鲜幽更好'。不相干的意思放在这里，倒得个有趣。"

河伯对序子说："常有人请先生起招牌的。"

"混点酒钱，也顺便弄些宋江浔阳楼的畅怀。"

伙计们跟蔡先生熟，晓得他的脾气，茶水照应妥了轻步下得

『家家都养喜鹊，人生就乏味了。』蔡先生说，『怎么办？家里没预备东西，上菜馆吧！吃完了再转来呷茶畅谈？』

家家都養喜鵲，
人生就乏味了。

222

楼去。

序子从荷包里取出写给李桦先生那封信给蔡先生。这封信长，蔡先生来回看了几遍，面部表情风云变幻，最后哈哈大笑起来，"别怕！别怕！这信若是李桦看了生气，叫他退还给我，算是写给我的。改个名字我来保存。你这孩子怪！这信我喜欢。以后我们通信，就按这个方式办！"

老板听到楼上蔡先生大笑，以为出了什么事，吓得快步赶上楼来。

"……正好，茶喝过了，点菜吧！有蟹吃蟹，冇蟹吃虾，加一大盘牛肉片豆豉炒面。来个汤，什么汤好？你说，好！由你，酸辣汤就酸辣汤，上快点。酒，你问他，我不管！"

老板跟河伯嘀咕几句，下楼去了。

蔡先生转身过来继续对序子唠叨："……我喜欢你，我不能跟你说'相见恨晚'，再早，你还没有出世。对不对？

"我看你过日子从容不迫，轻松自在，照佛家说是前世所修，自己这么会料理自己，真是难得。不出意外，我对你的未来可以说是非常放心。

"唉！做一个人一辈子的确需要好多必然条件和不少偶然条件。人把偶然条件叫作'命数'，命有好坏，命运不济之人，即使中了头奖彩票也会让楼上掉下来的窗子砸死。我奇怪你运气怎么好到连一个忌讳你的人都没有？

"忌讳最是阻碍世界进步，是人类文明无法逃避的社会癌症。古代甚至还有人利用人类忌讳之心的弱点让其互相残杀（'二桃杀三士'故事和意大利尼罗王故事）。聪明的坏懒人背后只有一个魔鬼帮他，那就是忌讳。也只有忌讳这个魔鬼让坏懒人看到跟智慧和勤奋取得平衡的希望。"

"先生，先生，你讲慢点，世上懒人还分好坏？"河伯笑着问。

"不，不，我没有讲'好'懒，只是讲'懒'和'坏懒'。'好逸恶劳'没有出息而已，算不得坏懒。坏懒害起人来是非常积极的。"蔡先生说。

"懒，不光是懒于行动，还懒于思想。好好一个人，我真为他可惜。"序子说。

"看样子序子发现目标了，讲讲看，谁？"河伯问。

序子脸红低了一下头，摇摇，"唉！不好讲的。"

河伯说："我晓得你不讲出来的是谁。"

序子看了看河伯说："唉！河伯，算了。"

"序子，要是泉州像当年唐宋热闹时代，怕就留得住你了。其实，我仍然相信你醉心泉州的文化沉淀的。我们今天仍留下好多奇怪可爱的文化老人的。"蔡先生说。

"是这样的。"序子答应。

"你见过？"蔡先生问。

"见过不少。"河伯替他回答。

"浮桥那边搭房子在榕树上的七十岁老头魏万流先生你见过？"蔡先生问。

序子惊讶地睁大眼睛，摇头。

"当然你是见不着的。我想见他也不容易。他只研究魏晋南北朝几个人，写的东西又不让人看，等于什么也没研究。为人和气就是不见人；和气不和气岂不一样？——听清河说你爱读杂书；我最

『浮桥那边搭房子在榕树上的七十岁老头魏万流先生你见过？』蔡先生问。

序子惊讶地睁大眼睛，摇头。

喜欢和人谈杂书。其实，世界上读书人究竟也不过读专书和读杂书的两类。不专门研究学问的，你教他不读杂书读什么？泉州女孩子你已经说过了，你还喜欢泉州什么？"

"我还没胆子说喜欢。知道得太少……"序子说。

"他画过几张盖东西塔的草稿。"河伯说。

蔡先生开颜问序子："你怎么画的？怎么想起来画这些东西？"

序子说："在集美图书馆看到一本美国介绍盖金字塔的厚画册，里头大部分是工程设想，花了不少心血的。我联想到泉州东西塔，工程这么大，怕也是用盖金字塔的步骤一层层盖起来的，就画了几张好玩的稿子来印证一下。我没有机会找得到东西塔的工程资料，只翻过日本人出版的、介绍东西塔石刻艺术两本大画册，也算是受到鼓励和启发。"

张序子讲一句，蔡先生"喔"一声，像是很喜欢听的神气："你试讲讲看！"

序子说："挖个大圆坑，打好一层层结实的石头基础。到得地面，砌上事先计划好雕刻好的石头，一层层往上砌，砌多少层，周围的土堆得多高，变成一座大土山把塔埋在里头。塔越高，土山坡度越斜，让运输工程石料的得到方便。直到塔顶工程全部结束，再运掉泥土露出巍峨的双塔。那泥巴铺成五里长今天还在的涂山街。这办法跟我看到那本埃及金字塔画册的建造原理差不多。也有一部分知识是听泉州老人家说的。"

"讲得好！一二十句话把东西二塔盖出来了。我从小也是听老人家这么说的。没有汽车，没有大吊车，没有起重机的时代，只好是这么相信了。后来我比你稍微大点的时候在英国读了一些书之后，对原来的知识开始产生一些怀疑：埃及金字塔跟家乡东西塔是不是同一个方法盖起来的有一个完全不同的说法。

"公元前五世纪——相当我们的春秋时代，一位希腊历史学家希罗多德在他的一本名叫《历史》的书上说过盖金字塔头头尾尾有趣而严密的故事，初听起来几乎让人卷翻耳朵。

"他说金字塔是自上往下盖的。搬运那些宝贵的石头，用的是短木头做成的杠杆。先运到高头，再一块一块往下吊放。先上，后下，最后才是底座的全面完成。（埃及那里可能少泥巴，沙子多，堆不成坡的缘故吧？）

"石料来自亚拉伯山中，拉到尼罗河船上，再运到埃及利比亚那边。修筑这条运石头的道路一点也不比修金字塔简单。

"东西塔的石料以及加工成艺术品再从惠安运到泉州也不是件轻而易举的事。神圣的意义却是深刻得多。

"一件事情有两个亮点不是坏事，让人多产生一点'为什么'不好吗？……"

蔡先生讲到这里，食货上楼。眼前原来既有螃蟹又有虾……三个人的话少起来。因为中午，河伯对酒据说不想认真，只喝了半斤。蔡先生和序子两个人搀扶他回到家里。

蔡先生安排坐定之后又忙着烧水泡茶。河伯就着长硬木椅睡着了。

"你先坐着喝茶，小心他摔下来。我也写个信给李桦，搭你信封一起寄。"说完进书房去了。

河伯腰里压着本厚书，抽出一看，原来是本《佛学大辞典》，佛学那么深，当然该有部大辞典。翻了几页，看到"通检目次"：

一画、一一页，以下凡页字均从省。

二画，二三、七五、八六、九七、十八、入人——力乃了刀十一二。

不晓得搞些什么，一直翻到三六二页才见到精彩地方。"手印"——一双手做了四十个手势，画得清楚生动，名称都是佛家语，像隔着几百里远的一种有趣的深奥。非常容易让人背熟了不懂装懂地吓人。可惜手边没有纸笔墨砚，时间也不够，要不然认真临下来再去向高明僧人请教，会是一种了不起的领会。自己觉得仿佛有点认真起来……这不早不迟时刻，蔡先生的信写好了，递给序子要他看看：

> 桦弟：多时不见，时在念中。我乐于介绍这位湖南木刻自学青年朋友和你认识，如何如何？看他给你的信可得到透彻了解。
>
> 我回故乡二年，一事不做而百思萦身，知我如弟者当能会意。不赘，顺问艺安，嘉禾于泉州，年　月　日。

"他是一九〇七年生，你是一九二四年生，比你大十七岁；我是光绪十六年生的，照西历算是一八九〇年，刚巧大李桦十七岁，比你大两个十七岁，你看多巧？我今年五十一岁，是你年纪的三倍，他是你年纪的两倍。"

序子心里想："这老头的算术怎么这么好？"

"你以为我算术好是不是？刚才写信，费了大半时间做这个算术。我们这类人，最吃亏都是算术不好，加减乘除颠三倒四……"

蔡先生说。

"就这境界，我已经把你当神仙了。"序子说。

"哈！"蔡先生接应一声。

序子也"哈"了一声。

"底下怎么办？"蔡先生问。

序子沉吟半刻说："这时候送他回团，太阳底下、三轮车上当街游走很不好看，我也扶不住他。我先回去，晚一点叫黄金潭来接他。正好乘这时候我去把信发了。"

"要航空挂号。"蔡先生说。

"当然，有航空就航空。"

"喔，慢走。你看院子里这几棵龙眼都熟了，不如爬上去摘些带回去请大家吃。"蔡先生说。

"啊！你不说我差点忘记了。我房门口就是一棵老'乖赛'龙眼树[1]。要真熟，可就是巧了。幸亏得你提醒。"序子鞠躬再见，蔡先生送到门外，笑眯眯的……

到就近邮局发了信，坐上一部单人三轮回团。走到半路，想起蔡先生和他的龙眼树，未尝不是自己年纪大了想让序子上树摘一些下来吃个新鲜，"我怎么就这么粗心？你看，多难以补救的自作聪明，多粗暴简单的自作聪明，可恶之极！混蛋之至！"扇了自己一记耳光。

三轮车夫回望了一下。

晚上，黄金潭接河伯回来，带了满满一篮子龙眼，说是蔡先生

---

1 鸡屎龙眼是种好品质的龙眼。

让摘的，让大家抢着吃了。

序子暗暗心痛。

院子里这棵老"乖赛"龙眼的确很熟了。大家忙成根本想不起它？早上醒在床上，荡漾在熟透的香气里，才发觉应该吃它。王淮叫金潭通知全团所有人马到这个偏院集合，说是开个龙眼会，同时宣布一些事情。

先叫人地上铺了天幕，几个搞布景的壮汉把龙眼都打了下来。掸干净天幕收好，大家又帮忙扫清了地，搬来各类凳椅坐定，一边吃龙眼一边听王淮讲什么话。

王淮讲话大家不讨厌，他没事不随便讲话的，挑要紧的讲，讲完就算。不像柯远芬副司令！"这个，这个，嗯，这个这个……"搞不清他用意何在。不过，也还可以，也不算长，"精神讲话"都不长，升旗过后就那么一点时间，长不到哪里去。怕就怕司令部上面来的客人，那类客人把请不请他讲话当作尊不尊敬他的标准，这就让人受罪了。那一讲起码半天。站着讲、站着听，动弹不得。有尿也憋着。听说那个蒋委员长更是厉害，嗓子尖，十足家乡特产。虽有抑扬顿挫，却是土腔土调。"这个，这个……"占了讲话一半内容，真是十足悲剧。

（几十年后我跟几个朋友到日本做客，时逢大平首相当选，晚上在电视上看他嘴巴不停发出"吓诺，吓诺"的声音，问陪同的日本翻译朋友："你们首相出了什么事？"他告诉我："没什么！就跟你们中国人演讲说'这个，这个'一样。"我还不清楚除中、日两国人有这个毛病之外，英、美、法、德那些国家的人有这个毛病时如何表达？

外国人的口吃我是听过的。唱歌口吃，我说我听过，大多朋友不信。纪念周唱国民党党歌："三民主义，吾党所宗，以建民国，以进大同……"大家唱到"同"字的时候，他一个人还在那边"三、三、三"个没完。这故事是不是以前写过？忘记了，如有，请包涵。

莫里哀《情仇》戏第八出最末段，米达佛拉士特说："这恰像古代的一位哲学家说的：'你说话，人家才了解你。'不让我说话，人家怎能了解我呢？在我看来，如果我失了说话的权利，我宁愿失了人性，变了禽兽还好些……"

看，这说得多好！

一、让人了解，必须经过说话。

说完话之后人家才能了解说话的人是聪明人，是傻瓜，是自以为是的人，或混蛋，或小丑。

二、让不让讲话，是人和禽兽的区别。

三、人管讲，禽兽管听。人兽混讲，岂不乱了！

四、讲话人在台下，听话人在台上，从未有过。

……）

王淮这两三个月来只招大家讲这回话，内容简单明了：

一、几个月的巡回演出成绩不错，当地老百姓喜欢看，称赞。票卖得不少。

二、上头要我们回去了。放三天假，该做什么各人去做什么，第四天动身回仙游。

三、吴淑琼先生这段时候陪我们一齐辛劳，这是大家一致的心情。没有说的。无限地感谢。

完了。大家还有没有话讲？有就讲，没有，散会。

看似没有，散会以后百话齐鸣。

单讲序子。

这一走不知哪年哪月见面？找那么多人告别，这还了得？来得及吗？

给安海"醒斋"刻字铺的赵福祥一信告诉他，以后的下落会随时有信，放心；又联系张人希那帮老兄见面。突如其来的消息如何告诉嘉禾先生，请河伯考虑。

存浮桥涌金里十二号傅升、傅斗兄弟家那批东西拿不拿走？拿！

洛阳桥泰昌顺蔡良那边万一外出怎么办？先写个信去。

唉！唉！没想到事情来得那么急。

歪头瞟一眼墙上那面大镜子，看会不会像伍子胥，一夜工夫头发就白了？

上浮桥涌金里找傅家兄弟。

两兄弟说那帮朋友散得厉害，一时叫不拢。算了吧！由我们两个转告吧！序子整理好自己一大箱木刻板和书籍准备带走，三个人紧紧抱在一起，真正流了起码大半碗眼泪。

所有的事，想得到的一下都办了，反而像失业游手好闲人摊着双手。广场边见吴先生，以为她听到回仙游会高兴，没想她双手搭在序子肩上难过起来。

"为什么啊，吴先生？"序子问。

"我们快不在一起了！"吴先生说。

……

洛克咖啡馆。久违了。

没想到张人希神力无边，一下子把人就找齐了。

庄启、贺努、黄怡君、张人希四个人像百年前早就坐在那里，从来没人惊动过的样子。把离别情绪弄得很那么一回事。

"我要走了。"序子说，坐进个空位子。

"是的，"黄怡君说，"这盘像真的了。"

"我怎么也感觉像真的？"庄启说。

贺努说："预感是一种人的天分，我早不想、迟不想，昨晚上就一直想到你。奇不奇怪？"

"熟人常年一起，吃吃喝喝，咖啡红茶，口水唠叨，总没个什么正经样子；一旦离别，不管怎么调皮的人，都要找几句书上东西念出来。什么缘故？"人希问。

"真诚。"怡君说。

"那也要看是哪类人。高渐离和荆轲唱易水寒；婊子对嫖客只能说：'若是忘记我，天雷劈你！'"贺努说。

……

那边伙计已预备好纸墨笔砚。

"来吧！给序子留点什么东西。"人希说。

贺努说："我给序子写两句吧！"卷起袖子，提笔在一张茶色笺纸上写"此去一为别，星斗满长天"十个字。下面落了款。

怡君问："谁的？"

"我的。昨晚不晓得怎么心血来潮，莫名其妙凑出来的。"贺努说。

"不错！要是还有前两句就更有意思了。"怡君说。

"你来什么？"人希问怡君。

"我弄不出这类句子，写两行白话可以吗？"他战战兢兢地在

此去一为别，星斗满长天

贺努说：『我给序子写两句吧！』卷起袖子，提笔在一张茶色笺纸上写『此去一为别，星斗满长天』十个字。下面落了款。

一张淡蓝笺纸上写出:"你要装傻,才能让骗子畅所欲言。"

毛笔字不太好,句子却是令人喜欢。

"你呢?"人希问庄启。

"我?"庄启对自己不太有把握,"我唱个歌行不行?"

"这算什么?还不如问:咳一声嗽行不行?这是唱歌的时候吗?嗤!"大家的意思。

"那我写一段闲话吧。"庄启慢悠悠在一张浅绿笺纸上写下这么几句:

> 浪费泉水,必遭干渴。
>
> 糟蹋金钱,必遭贫穷。
>
> 轻视友谊,必遭孤独。
>
> 残害生灵,必断子绝孙。

几个人围着细细读来,"你看,蛮有意思的嘛!还说不行?"

轮到人希,举起三个小锦盒,"哪!我连夜刻了三颗图章。"说完双手奉给序子,"我们都表示了,你怎么办?"

序子说:"画画来不及了,剪影吧!"

大家完全没想到,都说好。

一个接一个往下剪,比往日剪得都大,贴在白纸上,签名,盖章,都说传神。

各人把纪念品放在现成的大牛皮纸信封里,人希的图章放进挎包。怡君请的客。下得楼来,问去哪里晚饭,有人说"可意楼"不错。又有人说:"好是好,主人不在,菜可能炒得轻率,还是'老刺桐'人熟，上'老刺桐'吧！"

一进门，原来老小伙计都熟。笑声把这帮人轰上了楼坐定。楼面不大倒是曲折讲究，窗子好看加上亮丽的桌椅。

茶水过后吃饭，菜肴还是熟悉的那些。[唉！序子闽南几年生活，吃什么好好歹歹读者老兄弟姐妹都看烦了，再往下重复当然让人厌恶，自己腻味，所以今天只上了一大盘多加蟹黄的"蚵呀煎"和一些随口小菜。让读者也省点眼力。

以前曾经稍微提到过的"荔枝酒"还要再写一写。

我虽然是个一辈子不沾酒、抿一口啤酒就面红耳赤的人，却是对它王母娘娘似的尊敬。几千斤荔枝才炼得出百十斤神液的这种消息，阁下你一辈子大概也没听过几回。

荔枝酒之妙就妙在它不太像酒。为李白式的长街游徙之徒们所忽略，所冷落，所不把它当回事；直到成为一种偏鄙的传说、一种酒中的"狗不理"，才便宜了我们这些伴酒终生而不善饮酒的广大业余酒人。

各位如果驾往闽南旅游，务必耐烦、诚意、虚心地怀着求仙访贤的精神找瓶这种妙物尝尝。你一辈子都会多谢我。

不过要特别提防市场流行掺放化学香料五颜六色的冒牌荔枝假酒。真正的荔枝酒纯粹土法酿制，香味郁沉，是一种浓稠之极、几几乎倒不出瓶口的稀罕之物。

这酒眼下大概只能在老砖铺就长满青苔的深巷小酒楼中探访得到了。要忍住性子向面带慈祥的七十以上的老头子轻言细语打听。（问酒的对象越老越好。）运气好，老人家或许会给你指明一条出路，何处找得到这种恩物。

我当时毫不费力，不知是凭天分还是凭运气老板送了这么一小瓶，随着兴致跟大家喝了起来。

事后我不省人事，朋友们还以为是让他们酒阵熏的，万分抱歉把我送回住处。

这番醉酒，让我多少年后在江西结婚第二天早上，新娘妻子告诉我身上有荔枝香味。你看！］

看样子，大家行李收拾好了，泉州人都回家打招呼。外地人无所谓，坐在板凳上东拉西扯等到时候出发。有的人约着街上闲逛，该买的早就买了，其实街上铺子就那几样天天看到的东西，引不起人的新鲜，口袋里也没有多少让人放肆的钱。

序子那几个人也提不起什么劲。这边是泉州，那边是仙游，两头闭眼也摸得着的地方。一群倦鸟归林的情绪而已。没有想象力。人不累，杵在那里像等判决。

河伯看嘉禾先生回来，"嘉禾先生说：'序子不来也好，我年纪大，经不起这种离别。'"

这话说完，又沉寂了。

还是老办法，行头先行。几个大汉押行头队伍。行头当然要押，半路上挑行李的跑了是经常事。虽说是没抢没偷，脚力钱都不要，半路上你甩下这副担子，前不巴村，后不巴店，临时请哪个来挑？所以说，这还算是个要紧事情，不可马虎。许塘、陈烈、任天明、金潭这些人就专干这种事。这种事脾气恶任意行强不行，笑脸相迎被以为是软弱好欺侮也不行，态度表情都要运用合适得当，算是一种团里经常切磋的学问修养。实行起来也是很紧张辛苦的。

这两年我只没见轿夫开过小差。很简单，轿杠坐架是他自己的，怎舍得跑？

出发这天队伍过洛阳桥，只见到泰昌顺的蔡老伯笑哈哈对序子说："蔡良跟他姨妈到同安'讲亲'去了（见未来的岳父岳母）。哎呀！哎呀！真对不起……（序子朱雀家乡称这行动作'显郎'。）去了七八天，你给他的信还没有看到。你看，你看……"

蔡伯伯的慌乱和真诚让人感动。

序子说："向蔡伯伯贺喜，向蔡良贺喜，我们团是奉命赶回仙游，就这里多谢了，不打扰了！可惜虾姑不在了，要不然她会多高兴……告辞了！告辞了！"鞠躬再加个军礼。序子一路望着埋虾姑的那座远远的山影。大家晓得他在动感情，跟在他后面半步，不打扰他。

人生就是这样，悲欢离合贴得很紧。

走了两三里地，眼看序子缓过来了。

"我们唱个歌好不好？"刘崇淦说，"轻一点唱，不要惊动后面的。《游击军歌》—— 一、二、三唱！"

于是大家唱起来：

"三个五个，一群两群，在平原上，在高山顶，我们是游击队的弟兄，化整为零，化零为整，不怕敌人的机械兵。夺他的粮草大家用，抢他的军火要他命。我们老百姓，三个五个千万群，干上一两年，把强盗们都肃清……"

没想到后头那批大人听到前头唱歌也跟到唱起来，声音大，拍子强烈带着整齐步伐赶上来了。于是，一路上开了个行动歌咏会。来回赶路的老百姓都停下脚步，放下担子欣赏。

唱完歌，大家便走在一起了。

"知道歌谁作的吗？"王淮问。

有人说不知道。

"冼星海。歌词呢？"王淮问。

"不知道。"有人回答。

"先珂。"王淮说。

"先珂是谁？"渊深问。

"我还不清楚。这歌词写得实在好。那句'干上一两年'后来改成'坚持持久战'是对的；歌是抗战开始不久作的，抗日战争一两年怎么打得完。"王淮说。

"道理这么说。论唱，还是'干上一两年'顺口，'坚持持久战'放在歌里人不大听得懂。唱习惯了，一下怕改不过来。"序子说，"我也觉得这歌词写得好，比如：'夺他的粮草大家用，抢他的军火要他命！'又家常，又实际！又气派！好歌好词配在一起真难。"

宋成月说："歌和词配在一起就像讨老婆'父母之命，媒妁之言'是一种；自由恋爱是一种；张冠李戴是一种；还有……"

王淮笑弯了腰。

罗乐生骂成月："侮辱音乐，不是东西！"

河伯劝他别生气，"宋成月只是开玩笑，说音乐有趣现象，没指谁、谁、谁……"

成月不高兴了，"我晓得你是靠音乐棒棒吓人的，我不靠音乐吃饭；你没有那根棒棒，什么饭都吃不到。"

罗乐生指着成月鼻子："你告诉我，你懂什么？"

成月笑起来，"我？别的什么都不懂，就懂你！

"你恨全世界，连音乐都恨。其实，音乐你懂得非常有限。就算音乐牛皮也没听你吹过多少！一个没有趣到了极点的人。"顺手指着哼歌的陈馨问，"她刚才唱的是什么歌？说说看！"

罗乐生马上回答："跟《何日君再来》一样的上海下流歌：《秋水伊人》！"

成月按住要蹦起来的陈馨说："'下流歌'？你不简单哪！我问你，知不知道世界上除你之外，中国还有一个音乐家叫作黄自？"

"这怎么不知道？当然知道！"乐生回答。

"作《何日君再来》，作《秋水伊人》，两首'下流歌'的作者都是他的得意门生，你知道不知道？"成月问。

"你活见鬼！"罗乐生骂。

"是你活见鬼。《何日君再来》下流歌（《何日君再来》这曲子后来还有许多委屈，恕不赘述）和《飘零的落花》和《长城谣》的作者名叫刘雪庵；《秋水伊人》下流歌的曲和词跟《游击队歌》[1]的作者名叫贺绿汀，你清楚吗？"成月问。

罗乐生不响了。

"好！那两个下流作曲者问过了，再问你个'上流'问题，《党歌》的作曲者是哪个？"

乐生板起脸孔说："以前记得，后来忘记了！"

"他名叫程懋筠，外国留过学的男高音。你看你多'下流'！亏你还是个国民党，又是个弄音乐的，连《党歌》作者名字都不清楚。"成月宣泄得好得意。

1　即《我们都是神枪手》。

（渊深悄悄问他怎晓得乐生是国民党，成月说，政训处档案册里有他名字。）

……

大伙一起互相听着脚步走了五六里。老少的队伍又拉开了。有的人在回味刚才的音乐吵闹，罗乐生在消化刚才吞下的苦果，成月在得意清点战绩……

序子一个人哼着谁也没听过的曲子。

春已归来，

春已归来，

灼灼桃花朵朵开，

春已归来，春已归来，

万紫千红一齐开。

花园里面蝴蝶飞，飞去又飞回，

飞到花园去采蜜，多么有趣味。

春风春风吹吹，

原来桃花开啦！

李花开啦！

又美又香、又美又香，

喂！

桃花姐姐，

让我们，

唱歌、唱歌！

……

宾菲赶上前几步问他："唱这些干吗？好幼稚！"

"是的，幼稚。"序子接着又唱另一首。

　　　春深如海，

　　　春山如黛，

　　　春水绿如苔，

　　　白云，

　　　快飞开，

　　　让那红球，现出来，

　　　变成一个光明的，

　　　美丽的，

　　　世界。

　　　风，小心一点吹，

　　　不要把花吹坏，

　　　原来，桃花正开，

　　　李花也正开，

　　　园里园外，

　　　万紫千红一齐开，

　　　桃花红，红艳艳，多光彩。

　　　李花白，白皑皑，

　　　谁也不能采。

　　　蜂飞来，

　　　蝶飞来将花儿采，

　　　常常惹动诗人爱，

那么，

更开怀！

"哈哈！你还唱！还唱！都是些什么呀！"宾菲问。

"歌！"序子答。

"当然是歌，我还不晓得是歌？问你，这么怪腔怪调，哪来的？"宾菲问。

"小时候的。"序子说。

"美吗？你说！"宾菲问。

"'美'和'亲'不一样。"序子说，"你不打扰，我还要唱下去。它紧紧在我心窝里，跟教歌的先生、教室、窗子、窗子外面的太阳、雨和树连在一起。把所有的'幼稚'抛得老远！

"跟摇篮里听的声音一样，有时连意义都没有……"

"嗯！——是的。"宾菲想了一想，静下来了，问，"将来你长大了，想到我们，有歌吗？"

"会有的吧！"序子说。

惠安住了一晚，老地方、老调调，没什么好兴致。

躺在铺上，序子想，半个中国庙里的石头柱子龙呀凤的，栏杆、大桥小桥、大碑、牌坊都是惠安人雕的。——朝朝代代，有的是高手，都没有人认真提到它，多谢它。好像战场上打仗的马一样。让那些白吃饭的史官忘记了。也不是忘记，他们文化修养里本来就没有这份学问。恨！恨！恨！

（汪曾祺四十年代写的那个旋木活的"戴车匠"，就常给自己儿子旋些比别人精彩的玩意儿，让儿子在街上玩得很骄傲。没听说惠安本地有一幢或一组让外头人见了佩服、自己人觉得自豪的石头建筑。

意大利佛罗伦萨大街、但丁家隔壁的那座教堂里头，有一幢顶多五米见方的大理石雕佛盒，精致得跟手表差不多，细得像是呵一气都会弄破的程度。是搬石头就地刻的？还是哪里刻好天晓得怎么运来的？我每看一回都骄傲一回，觉得我们人类这个东西真了不起！）

千百年来惠安人的石雕艺术总是"为他人做嫁衣裳"，好了别人。真是十分让人觉得不公！

惠安到枫亭的时间还早，住的这地方和以前不一样，有点怪。石头和砖头砌的房子，外头刷了石灰，有大有小，潮潮的，零零落落分布一二十间。机关不像个机关，营房不像营房，学校不像学校，空在这里好像专等过路无聊人来住。住也没个好住相，只有周围一大圈高树差可人意。外头的小路是竖砖砌的，很费了一些心思和钱。

树上不少杂鸟和白鹭鸶，天上当然也来回飞着几只这类雀儿。

没见过如此落寞的地方，相信晚上鬼都不愿来。

几个人东南西北窜了一圈，大房子里有张三成新的乒乓桌子支在那里还没倒。四五把球拍搁在墙根椅子上，一吹好多灰尘，挑起了大家打一打的兴趣。没有网，没有网不要紧，找六块砖，三块两边一放，中间搁根棍子就行，搭四块手帕在棍上更好。

没有球。没有球什么都谈不上了。有人不甘心便上街找，几下工夫居然在街上南纸店买来了两粒完全可能是光绪年间的古董球。好了！打吧！

不是吹，没有人是序子对手。所以大家对序子产生了反感，骂他霸占了一半别人打球的机会。只好让贤。伸手不见五指才散伙。

问序子几时练得如此的浑身解数。他毫不谦虚地一一道来，说得十分引人入胜。他的确是从商务印书馆出售中间有十二个小圆洞的拍子打起的。（容国团、庄则栋、刘国梁这些孩子们不知听说过这种拍子没有？）

打过乒乓球加上走了几十里路，大伙一直睡到鸡叫完了才醒。潘副官不知使了什么神力，大清早让人煮了两大锅"牛肉米线"让大家吃了赶路。一路像坐滑梯那么轻松回到仙游。

有人明明一齐到了还不承认，硬说自己不信迷信。谁迷信了？你说这种人！

王淮、王清河、陈烈、黄金潭四个人陪吴先生回家，说见到了啸高先生。

回家了，好不容易舒了一口大气。序子在房里摸摸这个，弄弄那个，觉得自己一个人住这么一间房还真算是有点意思。

出房门信步走到许塘他们几个人住的房间，任天明刚从街上家里回来，听到外头传说柯副司令要调回重庆去了，底下由哪个接手还不晓得。

怎么司令部自己里头反而不知道？不是司令部不知道，是我们不知道。偷看司令部人来人往的表情，和往常一样，找不到一点愁容。也许是，事情是有的，柯副司令和他们非亲非故，无切身利害，犯不上人人脸上发生变化。

跟战地服务团有没有关系，序子还没思索。渊深、培芳这些人大概也不知道。成月原来是政训处的人，他可能知道，便去找成月，见他一个人坐在门口台阶上，一问，果然知道。所以一个人坐在这里不好过。

"怎么一回事？"序子问。

"柯副司令奉调回重庆军委会委员长身边，一个原先侍从室的施觉民来当副司令。战地服务团是柯副司令办起来的，他一走，底下接手的施觉民不晓得喜不喜这个战地服务团。不喜欢，咱众兄弟姊妹就各奔前程了……"成月说。

"怕不至于吧！"序子吞吞吐吐地说。

"你讲的'怕不至于'是什么意思？你听到点别的什么了？"成月问。

序子摇头，"我是想，人对人总不该这样……"

"喔！你这个听天由命的货……"成月说。

吃晚饭时序子看出王淮脸色不对；河伯也只装半碗饭。"是有事了。"序子想。

上灯时候，黄金潭逐房通知："七点钟大家到排练厅，王淮团长有话讲。"

序子一听，心里头凉了一半。

培芳、渊深过来问什么事，序子没搭腔。

"林森老头子刚走，哪个接下手了？"渊深问。

序子没理。

王淮这么对大家讲：

"重庆上头调柯副司令回去了，战地服务团是他创立的，他舍不得大家，明天早饭后在这里有一个训话，希望大家不要迟到。散会！"

散会之后大家没有散会，想讨论点什么又找不到题目。看王淮那神气有点沉重，再不识趣的这时候也不会上前找骂挨。还是各自散开了；也不完全散，渊深、甘培芳、成月、序子这几个人便到左首坡上林子里坐下来。

　　"唉！"

　　"唉！"

　　各人都"唉"了一声。

　　序子对成月说："你还听到什么？"

　　"我实在就只知道那一点点。"成月说，"不是都告诉你了嘛！"

　　"我还没听到。"渊深说。

　　"你听不听到有什么所谓？"序子嫌渊深搅浑水。又问成月："你看，明天柯司令会不会提战地服务团？总不会甩下不管吧？"

　　"走都走了，怎么管？"成月说。

　　渊深跳起来，"呀？要散啦？"

　　培芳说："不散？来个后娘日子也好过不到哪里去！"

　　"啊？真散啦！"渊深还是不太相信。

　　排练厅鸦雀无声，柯司令的皮鞋"格！格"响进来，全体起立，坐下。

　　"今天，这个、这个，这个今天，兄弟奉、这个、这个委座命令，调这个、这个，调回重庆。兄弟这个、这个跟这个、这个战地服务团，这个朝夕，这个朝夕、这个相处，已经这个，这个，这个好这个，好几年。我们这个，这个，这个战地服务团，为了这个，这个宣传这个，这个这个这个嗯抗战，这个这个奔走各地这个风餐、这个、这个露宿，很是辛这个，这个辛苦。这个兄弟，这个，嗯，这个这个兄弟很是，很是这个，这个敬佩和这个、这个感激。这个，这个几天之后就要这个、这个和大家这个这个分别，几这个这个年来共这个患难共这个这个血汗的宝贵的这个这个日子，这个这个兄弟是，这个这个不会这个忘记的。兄弟这个这个身体这个这个离开了这个闽南，而这个这个精神还会这个时刻这个这个想到闽南。想到这个、这个我们这个这个战地这个嗯，这个战地服务团的这个这个兄弟这个这个兄弟姊妹们！这个这个一生这个一生的这个纪念。

　　"兄弟、兄弟嗯，这个离开之后，兄弟会为这个这个各位会这个、这个有些这个这个安排，请这个各位这个这个放心。这个这个我们一定这个坚信这个抗战这个这个必胜，这个这个这个建这个建国这个必成。我这个这个，这个、这个完了。"

　　敬礼，礼毕，转身走了。

　　战地服务团就这个，这个，这个，这个就这么这个了。

　　王淮送出拱门，敬礼，他只顾大步走路没有回头。

　　（几十年来我一直想着他的样子，的确是难以描画的。个子短小，身体结实，皮肤发青色亮光，腮帮有蓝色须根底子，额上两道浓眉，鹰隼的眼光，从来不见笑容。腮帮子前后都看得见。出门一直是服装整齐。这种人初看以为是戏台上的，习惯了才觉得是真人。估计他本人从不认为自己在装模作样。模子扣出来的人当然一板一眼。我一辈子没机会见到德国真纳粹，大概就是这个样子。）

　　柯副司令一走，战地服务团这帮人马就像隔墙一窝蜂房响起来。

　　突然，也并不怎么突然，大家都明白这一天迟早总会到来。

　　散了，终归是要散的。

「兄弟、兄弟嗯，这个离
开之后，兄弟会为这个这个
会这个、这个、这个有些这个这个这个
请这个、这个这个这个各位这个各位
请这个我们这个这个这个放心。这个
这个这个一定这个坚信这个抗战
这个这个必胜，这个这个这个建
这个建国这个必成。我这个这个，
这个、这个完了。」

今天，这个，这个、这个……

仍然是不情愿，舍不得，身不由己。原来在一窝的拥挤、争夺、口角、小心计……忽然觉醒原来是一种永远不再回来的甜蜜。惶惶然，各自在寻找一个僻静的角落后悔，睁大眼睛，听自己心跳。

接到通知：

每人发三个月薪俸。

三天以内离队，清场。

听说柯副司令已经走了。

领完薪水，头一天就走了一大半人，成月笑他们没心没肺。跟河伯敬贤叔紧紧拉手拥抱说再见。跟男女老少们握手、招手说再见。现场很复杂，写在这里很简略。潘副官跟大家结完账也匆匆忙忙走了，好像老婆在医院难产那么着急。

第二天大清早，陈馨到序子屋里，面对面站着，"怎么办？"

"什么怎么办？"序子问。

"我不想和你分开！"陈馨说，"你到哪里去？跟我一起回泉州！"

"陈馨啦陈馨，我晓得你人好，也多谢你对我好，你一点也不懂我。你是好人家女儿，我有很多毛病、习惯、脾气和贫困会耽误你，拖累你。我从来一直都认你是好女子，一点不好都没有。为你好，我才不敢和你亲近。你冷静想想，是不是那样？我们今天分开，你虽然会难过几天、十几天、一个月、一年；以后你一定会遇到比我合适得多的人。不要哭，你冷静地想想……"

她一点也不怕人看见，一路号啕出门，下了台阶跟那些女伴、行李、挑夫一起，靠在花影壁那头，一边哭一边对着序子的大窗子看。宾菲了解这事头尾，劝了她一阵，又上来和序子说话："你看你弄得她那么样，下去送送她吧！你看她是在等你几句好话啊！"

序子说："好话讲过了，我怎么能再下去？一去，下场《长亭送别》戏，就更难演了，算了吧！"

宾菲想了一想说："也是——好，就这样吧！——我们呢？我们怎么办？也再见了吧！抱一抱吧！——记得多写点信给我！"序子点头，闻着她的头发味。

（和宾菲就这样永别了。老大之后打听过她，一点消息都没有，我给她和陈馨刻的木刻像，以后有人见过吗？）

人差不多都走空了，来到大房间，见钱大猷一个人在整理书籍，"序子，我们要再见了，个个人都亲近你，冷落我，你也清楚。我晓得大家不理我的原因，我孤僻、骄傲、冷，这毛病改不了，没有办法。个个都送东西给你留念，我没东西送，送你个劝告吧！你刻木刻、画画、剪影、弄音乐，听说还写诗；不是不好，是杂，分散时间和精力。听我的话，少弄点别的，专攻木刻，集中力气搞三年，包你弄得出名堂。我看得透你这个人，你能行！"

序子和钱大猷来往极少，关系稀薄，忽然诚恳地说出这番话，让序子觉得很难得。珍贵的忠告出自特别人的口中，就特别记得住。

金潭等在门口，悄悄告诉序子："王淮叫你把身边东西交我带到迎薰路陈先生家里去，他在那边等你。"

颜渊深对金潭说："把我的也带去好不好？"

"王淮没叫你！"金潭说。

"或者是他忘了！"渊深说。

序子对金潭说："带吧！他没地方去。"

渊深不三不四的样子跟金潭搬行李走了。这还是真话，没有了战地服务团，你叫他上哪里去？他会无所适从，会呼吸不顺甚至半路断气。别看他在团里蹦蹦跳跳，一秒钟一个快乐主意，若果环境一变，什么都不是了，最多像只孤苦伶仃被人抛弃在垃圾箱、湿漉漉的小瘦狗……

他这种人本性聪慧，心好。他满足依傍一种强大温存的环境过日子，跟母体和胎儿的关系一样，经不起动荡、变化。

他天生一副引诱别人欺侮的形象：习惯把别人对他的侮慢和失礼转换成幽默感取悦大家，他认为生活中，平安和快乐最好。

序子不欣赏他自损取得生活平衡的办法。有时沉默，有时出头帮他一把。

眼看如今渊深惶恐了。序子的心情只是不用"惶恐"那两个字而已。王淮怎么打算并不清楚，王淮的胸怀是明白的，所以渊深托金潭拉走行李他并不反对。他想，到时候再说。

序子舍不得这个大家永不再来的地方，拿着他那根棍子各处走了一趟。渊深问他想干什么。

"多看几眼，有朝一日梦魂回来好认得路！"

下台阶时遇见成月上台阶。他说："送培芳那帮人去了。哎！你们怎么打算？"

"我们？眼前还不知道，要到陈先生家见到王淮才明白。"

"王淮在陈家？我以为他走了。太好了！我先把行李搬回家就去看他，你们先走！"

到了迎薰路，见到陈先生和吴先生，见到王淮，还见到刘崇淦，序子问她："福州人都走了，你怎么一个人留下来？"

吴先生帮她解释："她有要紧事办！"

王淮问序子："你干吗一个人最后走？是舍不得那地方啰！"

"是的，我一间间房都看了……"

"他还说：'多看几眼，梦魂回来，好认得路。'"

王淮这才发现颜渊深，"噫？你怎么没走？"

"我没地方走。"渊深说。

"那怎么办？"王淮问。

"跟你！"渊深说。

"跟我？我跟哪个？"说完哈哈大笑，"哎！哎！好！好！跟我就跟我吧！"

序子告诉王淮，"好多布幕、天幕堆在排练厅，没人理，好可惜！"

"不会的，有潘副官管。"王淮说。

"潘副官，柯副司令前脚一走，他后脚就溜了。"颜渊深说。

"不要紧的，还有他们的潘副官主任。"王淮说。

"也调走了！"黄金潭插嘴。

吴先生笑起来，"怎么走的都姓潘？"

金潭跟王淮很紧张轻轻说起话来。大家都听得见："那么好，赶紧跟阿哇去看一看，了解一下，清一清，扔在那里太可惜了……"

金潭和阿哇匆忙走了。两人刚走，宋成月提了一箱子酒进屋，"王先生，我真以为你走了，见不到了，幸好我还有运气见到你，太好了，这一箱'玉露春'是我爸爸多年留下的，给你带走半路上喝……"

"我哪能带着酒赶路，让人笑话了。你自己留着家里喝吧！"王淮站起来正色说。

"哈，哈，哈！留下来，留下来！我说留下来就留下来，世界上的事就那么巧，省下办喜事买酒的钱，多谢你宋成月，你是这场喜事第一个送礼的，多谢多谢！我代收了！代收了！"吴先生鼓劲把这箱酒提到大桌子上。

听了这话大家反而诧异起来，什么喜事啊？谁和谁啊？两位先生的儿子都还小嘛！高兴得那么横七竖八？

"你们家哪个办喜事啊？我怎么不太信啊！"成月是本地人，懂得风俗习惯，也有这个胆子问。什么布置都没有，看不出办喜事的气氛。

没想到这时候河伯、陈烈跟关先生从前门折进来了。

这让序子大吃一惊。"河伯你不是走了吗？怎么又回来了？要知道没走，省了我流的好多眼泪。"

"我这个做媒人的怎么能走？'走得新郎走不了媒人'嘛！"河伯说。

陈烈这个老实人也在跟着某个阴谋发笑了。

接着关先生的儿子关迎祥（顶盖）带着几个饭馆伙计推着一大张圆桌面，扛着底下的架子抬着盛碗、盘、杯、碟、匙、筷的大笼屉进来了，登时张罗铺摊，热闹得开始有个样子。

只有三个人序子、渊深、成月不敢往这边想。事实上三个人又只能非往这边想不可："王淮讨刘崇淦做老婆。"

在战地服务团，王淮说声要讨哪个做老婆不行？又是团长，学问又大，人品又好，在团里办喜事，有的是布景行头和人马，要多热闹有多热闹，犯得着散伙之后躲着来吗？

是要躲着来的。大家学王淮那么公开，堂堂一个战地服务团岂不变成婚姻交易所了吗？置部队的"军风纪"于何在？谁料得到后果会怎么样？

连结婚证书都用不着到文具店去买（那时候不用向政府报告取得同不同意。），也俗！由陈先生用淡红绸子拿毛笔写了一个实打实的祝贺信，大家签名，注上时间、地点。铁打的证明。又风雅，又省事，又有力，又狡猾，又便于携带，又牢靠。

（唉！当年街上来来往往的人和现在一样多，谁热心管你结没结婚？只有旅馆、客栈半夜军队警察查房，这东西还或许起点作用。）

酒席筵前，三个年轻人一齐调转口风讨好。说有朝一日如果能够结婚的话，也要采用这种密谋办法。

王淮、刘崇淦真沉得住气，有说有笑，和往常无丝毫异样，好像结婚的是别人。

（解放前上海一首流行歌曲《特别快车》，连歌者是谁都记得，现在忘了。

"盛会喜筵开，宾朋齐来，红男绿女，好不开怀。贤主人殷殷介绍，这位某先生，英豪慷慨，这位某女士，博学多才，两人一见着，亲爱。要坐在一排。情话早就念熟，背书一样地背了出来，不出五分钟外，大有可观，当场出彩。结婚戒指无须买，交换着就向手指尖上戴戴。啊！特别快，哎，哎，哎，哎，哎，哎！"

以前，一听这歌就好笑，一对活宝在露丑现眼，现在年纪大了细细想来，他二位哪点得罪你了？惹你了？他俩一见钟情跟你有什么相干？他五分钟、十分钟、十天半月何时定情你管得着吗？又不是窖藏老酒讲究年份！那时候时兴这样，抓住点小病小痒就来这么

酒席筵前，三个年轻人一齐调转口风讨好。

说有朝一日如果能够结婚的话，也要采用这种密谋办法。

三个年轻人一音调转口锋讨好

256

一下。

不过结婚这类喜事，人一辈子都会碰到至少一次机会，倒是谈爱情成功和失败的故事被人写得多。中外古今都是如此。

结婚那么有意思的事为什么文学家们、民俗学家们就注意得少呢？全世界结婚办喜事的花样要是编汇出来，出成书，起码比莎士比亚先生们的爱情故事本子要厚得多。我小时躲在隔壁，偷听父执辈讲述家乡一个名叫"勾坳"小山村结婚办喜事，新郎接新娘的程式，真是一辈子没听过第二个这么特别的，脸红得我从星期二直到星期五。以后编委有兴趣，我可免费奉送。）

喜筵半夜才结束，参加人员共十五人。计有：

新郎：王淮

新娘：刘崇淦

媒人：王清河

筹办人：陈啸高

筹办人夫人：吴淑琼

贺客：关瑞亭

　　　关迎祥（顶盖）

　　　陈烈

　　　张序子

　　　颜渊深

　　　宋成月

　　　黄金潭

　　　吴阿华（阿哇）

列席：陈摩得

陈理得

幸好厅堂大，容得下十三大二小稳稳地坐在大圆桌边。陈先生跟高街庆丰楼老板熟，菜肴按喜庆老规矩安排得很周整，连红包小费一揽子不到十二块钱。王淮让金潭料理清楚了。

这下子，客人们再三祝贺之后真的告辞了。河伯对序子说："序子呀！序子，你这回亲眼看见河伯真的走了。后会有期啊！"

序子着急地说："麻烦你想办法赶紧转告蔡嘉禾先生，李桦先生有信给我就请他老人家转。我随时会向老人家报告行踪。"

"我会的！"河伯就这样走了。

伙计们熟练地收拾干净残局，大厅像没骚扰过一样。

屋里剩下陈先生夫妇、王淮夫妇、序子、渊深、金潭和阿哇。

吴先生向王淮夫妇说："两位今天累坏了！"

王淮说了好几声多谢之后对陈先生说："金潭、阿哇两个人把没人要的布幕都拉到前院关先生那边了。你看，你这个蒲仙剧团正用得着，留给你了。"

陈先生跳起来连说："不行！不行！这怎么行？我怎么惹得起这种关系？你走了，还有以后的司令部呀！"

"那太暴殄天物了！你不要……"王淮说。

"我怎么可以要？你仔细想想……"陈先生说。

王淮想不出更好的主意，"……说得也是。——那你两位休息去吧！我再和金潭他们商量商量。"

陈先生夫妇回卧室去了，叫来金潭、阿哇两个。

只听得金潭笑起来，"这点东西算什么？放心交给我们就是！马上拉走。"他屈着手指头说："今晚上，明天一天，后天一天，大后天你等我们回来。"也不讲上哪里，只听见关先生前院响起他们拉车的声音。

摩得、理得的卧室成了临时洞房。两兄弟跟爸妈挤在一个房间。顶盖给序子、渊深找来两张竹床在厅上打开铺盖将就睡下。满满的一天到此结束。

一大早，关师母熬了一大锅番薯粥让顶盖端过来，炸花生、芋盐、芥菜盐、咸萝卜丝、炸黄豆、腌姜片，六碟小菜。（这六碟小菜是我夹硬回忆出来的。希望准确，却不一定准确了……）

两个小孩赛跑似的喝完稀饭上学去了。

陈先生问起王淮的打算。

王淮说已跟福清那头的许指挥官联络了，他是柯的旧人，那边有几个剧团，先在那里待待再说。

"那好！"陈先生说。

这时候本地人宋成月来了。走近桌子，说是用过早餐却又盛了碗稀饭陪大家喝，认真听人讲话。

"你刚才讲你吃过早饭的？"渊深问他。

"是的，这红番薯我好久没吃了，叫板栗薯。"成月说。

"昨晚大家都睡得好吗？"吴先生问。

"不大好，睡不着，好像孟尝君过关等食客学'鸡人'报晓的心情……"渊深说。

"现在的地步，你还有自以为是孟尝君的心情？"成月问。

"他什么时候都有好心情！"序子说，"眼前你也难说自己什么地步的地步的话。"

崇淦对吴先生说："吴先生，你看没看到陈馨和序子分别的那场戏？"

"看没看到，我晓得序子是个好孩子。"吴先生看了看序子。

"序子，你真对不起她！"崇淦说。

序子放下汤匙说："她真可爱，换一个另外的我，就跟她走了！"

"你看你！"崇淦狠狠说一句。

陈先生问是怎么一回事？

"她爱他，他也爱她。"渊深说。

"后来呢？"陈先生问。

"没有后来。"成月说。

"我几次对她表示好感，她理都不理我！"渊深说。

"这或许就是后来。"成月说。

除序子外，大家笑起来。

吴先生对陈先生说："这女孩你见过的，可惜你没注意……"

吃完早饭，陈先生问王淮想到哪里走走。

"几年来太紧张，就近松弛松弛，不哪里走了。"王淮说，"你请便。"

"书房有些书，序子熟，可带你随便翻翻。外头有些杂事，我出去一下。"说完走了。

王淮见这么多书十分意外，又是难得的好书。先浏览一遍，再一柜柜细看，小心抽出几本坐下细读。

序子关照他："记得拿出来的书，看过之后放回原处，不要乱了！"

王淮听到这话，回头看看序子，认真点了头。

序子又说："你爱待多久就待多久，不要管我，我去给你提茶壶来。小便还是院子老地方。中饭有人会叫。"

不久，序子提来一大壶茶和一个茶杯放在茶桌上，不则声走了。

吴先生和崇淦正要上菜市场买菜，问序子去不去。序子说和渊深、成月有事，不去了。

看她们走远了，渊深问序子有什么事。序子生气了，"我要不这么说怎么说？"

"她们走了，那现在让你们说，可以了吧！"渊深说。

序子问成月："战地服务团散了，你还回不回政训处？"

"我回去干什么？请我我都不去！我爸爸的朋友答应帮我在《闽中日报》找个事，你放心好了！"成月说。

"要是靠得住，那就好了！"序子说，"最好做个记者。"

"社长也可以。"渊深说。

序子说先到前院关先生那边看看"老妹"和她的儿子们吧！

一问，都没有了。小狗都送了演员们。"老妹"两个月前上街没有回来。

"找呀！"序子急了。

"怎么不找？顶盖满城跑了大半个月，影子都没有，想是外地人抱走了。"关师母说。

"为'老妹'，她几天吃不下饭，像画报讲的洋婆子一样。"关先生说。

"哎呀！算是一种缘分，师母犯不上不吃饭，一只狗的事情。"序子说。

"听到你在前屋，我都不好意思见你。"关师母说。

"你老人家不好这样讲，我是晚辈，给你添这么大麻烦，才是对不住你呢！"序子说。

关师母要去泡茶，序子说还有事要办，顺便三个人也就从大门走了。

出得大门到了街上，渊深问他们两个："你看，关师母是不是真看过画报？"

"颜渊深啦颜渊深，我不清楚你到底是故意装傻还是故意装小？还是找骂挨！还是欠打？眼看大家明明都在不好过的时候，你偏偏总要在里头找点乐趣——喔，对不起，我忘记我们马上就要分别。算了，当我什么也没有说……"成月拍拍渊深肩膀。

"小事情，不要再往底下想。我倒是在考虑另外一件要紧事，几个人在陈、吴先生家又吃又喝，昨晚那笔喜酒虽然是王先生自己出的钱，那以后几天早、午、晚的伙食费有什么理由要摊在陈、吴两先生身上？不能架空陈、吴两位的慷慨而占他们的实际便宜。凭什么？疏忽可以原谅，故意就天理难容。"

"对了，幸亏序子想到。还有你这个来打零嘴的也应考虑在内。怎么算？怎么交代，如果他们两位客气我们怎么对付？幸好菩萨保佑我们都得了三个月遣散费，对付得了这份人情。"渊深说，"你看，又是他们上街买菜，崇淦这个傻大姐也不是个细心人……"

看看他们走到街上汽水店，进去坐了，叫来三瓶沙士水。

序子先说："我估计今天中午晚上的东西他们都买了，一宿无话。明天早上开始一直到我们离开仙游，全部伙食由我们三个人包办。行不行？好，既然说行，成月中饭后把铺盖搬过来，方便行动，行不行？好，行。

　　"底下研究我们三个人的能力。

　　"成月会不会做菜我不清楚，你懂仙游人情世故，你会仙游话，你熟市场行情。你做买菜司令，兼调度伙食的参谋长。同意不同意？好，同意，就这么定下来。

　　"时间才三四天，难得大家相聚一场，十分宝贵，菜肴方面不妨稍微讲究一点。我建议每天晚上弄一个主菜，其他搭配简单小菜，随兴而来都行，无须讨论。赞不赞成？好，赞成。

　　"现在讨论四个晚上主菜吃什么？"

　　"红烧鱼。"成月说。

　　"谁做？"序子问。

　　"当然是我。"成月说。

　　大家赞成。

　　"炖猪肚。"渊深建议。

　　"谁做？"序子问。

　　没人搭腔。

　　"渊深，你提议怎么自己不做？"序子问。

　　"你没讲谁提议就要谁做。"渊深说。

　　"对，对，对！"序子说。

　　"我做吧！"成月说。大家赞成。

　　"我做个湖南鸭子吧！"序子说完。大家赞成。

　　"三个了，第四个做什么？"序子问。

　　"炖猪脚，先说好，我不会做。"渊深说。

　　成月说："我做可以，你给我打下手！"

渊深点头。四个大菜决定了。煮饭、熬粥谁来？

渊深说他来。

成月问他："你以前做过几次饭？"

"从未做过！"渊深答。

成月抽了一口冷气说："做饭这方面幸好你诚实，没做过就老实说没做过。我告诉你，做饭熬粥一点马虎的余地都没有，一坏就坏到底。还是我来吧！"

"那，那我管什么？"

"你算个英国那种不管部部长吧！"序子说。

"负责什么的？"渊深问。

"什么都管！"序子说。

"管烧火、劈柴、抬水、洗碗和一些打杂事情。"成月说。

"就这个呀？有没有叫起来稍微好听点的职务？"渊深忧郁地问。

"有！怎么没有？等下中饭时刻，你要代表我们全体宣布一个重要措施，明早七时起，全面接管陈家厨房一切行政事务，直至本队伍离开为止。不容反对！咬字要清楚爽朗，态度注意庄重肃穆，不由分说。你做得到吗？"序子问。

"怎么做不到？你忘记我这几年是干什么的？"渊深挺起了胸脯。

吃午饭时在大众饭桌面前颜渊深宣布的这场"厨房政变"，的确让陈、吴两位先生束手就擒，含笑投降。

凭它四天来苦雨连绵，迎薰路这家人家一点也没少快乐情趣，当然外人更不知道这是一场喜庆的余韵。

三个年轻人的英勇行为让所有在场的人都感到自豪。（如果猪肚子洗得再干净一点，猪脚上的毛拔得再光溜点那就十全十美了。）

最后的这个夜晚半夜有人敲门，黄金潭和阿哇全身滴水进来了，告诉王淮："走了三个县。"

"都解决了？"王淮问。

金潭说："嗯！"

三个人重新进厨房弄东西给两个人吃。陈先生坐旁边陪他们，"这些人走了，你两个到哪里去？"

两个人摇头。

"我剧团缺人，你两个留下来帮我好不好？"陈先生问。

两个人点头。

最后的这个夜晚半夜有

人敲门，黄金潭和阿哇全身滴

水进来了，告诉王淮：「走了

三个县。」

黄金潭阿哇两人滴着水回来

好大一笔钱，四百七十四块！

渊深说："这下好了！"

"好什么？你晓得他两个跑了好多个县？日日夜夜费好多手脚拆掉天幕上的字、花纹？日晒雨淋赶路，偷鸡摸狗，做强盗的样子……"王淮说。

金潭、阿哇两个人吃过饭，冲完澡，换了身干净衣服，王淮叫他们过来："哪，你们真辛苦了，四百七十四块钱来得不容易，我这样做你们看好不好？你两个把零头分了，七十四块，一个人得三十七块；其余四百块钱我请陈、吴两位先生转到圣路加医院去，那里有个美国救济穷人的机关，比较可靠。"

那两个瞪着眼睛，举起捏钞票的手，不想要这三十七块钱。

王淮轻轻对他们说："我们走了，你们在陈先生这里过日子，新环境还要钱用的，留着吧！"

两个人便嗡嗡哭起来。

序子叫金潭到一边说："找三个挑夫挑行李。给崇淦找顶滑竿，走这么远的路辛苦。"

一大早来了滑竿和挑夫，价钱讲好。王淮吃了一惊，事后又多谢序子体贴周到。

吃过早餐，吴先生一家、陈先生和孩子、成月，站在大门口跟四个人挥泪告别。吴先生躺在床上起不来。

崇淦上了滑竿，序子背上那根土猎枪，渊深空手，王淮拿着序子那根柳棍子上路了。走的是老路。崇淦一个人坐在滑竿上忽前忽后。其余一大二小三个人原以为理不出什么话头的，不料越走越高兴，反而话多起来。颜渊深认为："人生走长路谈话最长学问，孔夫子之所以成为孔夫子，是因为周游列国时一路上带着对谈的学生。一万六千多字的《论语》，大都是学生半路上轮流记下来的。

"普通一个人单独赶路也长学问。他可以有很多机会跟自己冷静说话，洗刷清理自己的五脏六腑。

"惯常牵马赶驴的人会有兴趣告诉你他们和它们之间交谈的经验。

"马、驴、骡子这类牲畜在大路上跟人混久了，会发现它不单有幽默感，还有幸灾乐祸之心。

"路这东西绝对不可轻视。它像保定军校、黄埔军校一样为人类培养好多俊杰。"

序子问王淮："你干吗不笑？"

"一点也不好笑！他讲他的，就这么一直讲下去，顺着这些道理，有系统整理出来，说不定还真能是本有趣的大书。一种见识，爬梳进去，坚持下来日子长了，迟早弄得出东西的。"王淮说。

"鲁迅说：'路是人走出来的。'"渊深说。

"'路漫漫其修远兮'，两千多年前屈原就说得很好听了。'我走遍漫漫的天涯路'，近人戴望舒这句诗也不错。《诗经》三百零八篇，野外采这个那个路就走得非常多（坐车子不算），那些场面，那些感想，那些情意，就够他一辈子啃了。

崇凎一个人坐耤子

崇凎上了滑竿，序子背上那根土猎枪，渊深空手，王淮拿着序子那根柳棍子上路了。走的是老路。崇凎一个人坐在滑竿上忽前忽后。其余一大二小三个人原以为理不出什么话头的，不料越走越高兴，反而话多起来。

马、驴、骡子这类牲畜在大路上跟人混久了，会发现它不单有幽默感，还有幸灾乐祸之心。

马驴骡跟人混久了
惊奇幸灾乐祸

"'遵大路兮，掺执子之袪兮，无我恶兮，不寁故也。遵大路兮，掺执子之手兮，无我丑兮，不寁好也。'[1]'在大路边，拉着你的袖口，拉着你的手，别嫌我老啊！别嫌我丑啊！'古时候这些大路边发生的事，好断肠！好伤心！那些妇女好苦！"序子在自我陶醉。

　　王淮真的笑起来，"渊深呀渊深！我给你找的这个跟班不错吧！你看，人躲在屋子里出不来学问吧！还是在大路上好！嗯？渊深！你在想什么呀？跟你讲话没反应！"

　　"喔！是。我想别的事。我只听见你两个的声音，没注意内容。其实这两三年，大家一路上的谈话够多了，还真的像学堂读书温习功课，一页一页翻着看，很有点价值。"渊深说。

　　"渊深这个人，要是他认真坐下来读一些书就好了，相信这辈子能写出些东西的。灵活的脑子不用用就可惜了。喂！你听见我讲什么？"序子问。

　　渊深说："你那些话意思不大，不足听！我正在想对不住黄金潭和阿哇的事。讲老实话，我一直看不起他们两个。这类人！讨过饭，偷过东西，挖过坟，卖过壮丁。王先生放心把那么大的事交他们办？几天来晚上睡觉听到屋顶雨点一直睡不着，想着他们两个，万一卖完这批值钱东西，把钱拐跑了怎么办？没料我的恶念承不住他们善行。看着他俩淋着一身雨伸手举着那四百多块钱，我简直没有脸想起跟他们共过几年事，不配站在他们面前。我在想，人和人，狗屁的级别关系算个什么东西？价值何在？有时候都想死。不是惭愧的问题，是另外的想不通的问题。"

1　《诗经·郑风·遵大路》。

"他两个没有我们复杂，他们的活法跟我们不一样，我们也谈不上认他们作老师，学也无从学起。他们也根本不懂得如何教我们。他们是一种不自觉的菩萨。"王淮说，"人规定的那些道德都配不上他们！"

"我和你的看法一样，归纳得没有你好。这东西很神圣。当时你要他们负责卖那些东西，我承认心里也打过鼓。这就看得出判断的功力。虽然我早就欣赏阿哇和金潭，不过角度低。我习惯他们，我过去的日子和这种人近。"序子说。

王淮对两个人说："不容易，终究我们的看法是一致的。"

渊深突然问王淮："王先生，问你一件事。"

"问吧！"王淮说。

"怎么一点响动都没有，刘崇淦就嫁给你了？我这种人居然一点迹象都看不到？你几时开始的？这类勾当总免不了眉来眼去、搂搂抱抱、卿卿我我一番；不要说别人没发现，连我这火眼金睛都被你瞒了！"渊深问。

"是这么一回事。"王淮笑眯眯地说，"精彩吧？"

"是，我也纳闷，有点违反操作规程，不合情理。"序子说。

"首先要她愿意喜欢我，然后我才敢喜欢她。"王淮说。

"然后呢？"渊深问，"用什么方式彼此之间得到音讯？都今天了，你还吞吞吐吐！"

"我是团长，不能带头搞这个事。"王淮说。

"嗯，底下呢？"渊深问。

"我写信给她爹，先问她爹喜不喜欢我，喜欢了；再由她爹问她本人喜不喜欢我，喜欢了；她本人转告她爹，再由她爹转告我。

她爹是个通达的画家，我们三个人把这番书信来往当作非常有趣的文化活动，两个人谈恋爱中间夹着一个快乐的父亲，其中又带着秘密性质，你两个想想看，我得意不得意？等抗战胜利那天，把这信找齐，印出来大家看看，那才有意思咧！"

"这事听起来像做梦一样。"序子说。

"其实以后你也可以参考这么做。"渊深对序子说。

"我犯得着吗？光天化日之下，没来由弄几片阴影干吗？"序子说，"女朋友好找，这般有趣的岳父大人你哪里找去？"

"天底下做老丈人的，脾气都恶！"渊深说。

"你这样讲，那就未必了。"序子说。

"怎么未必？宋庆龄的爹，连国父孙中山都敢骂！"渊深说。

"哎！"序子说，"你还真信！猛人对猛人耍点矫情而已。也有些动物学性质的原始保护现象，这类事情千变万化，定不出什么体统名分的。"序子说。

到华亭的时候，轿夫和挑夫们停下来休息，抽烟，吃喝随身带着的饮食。

崇淦一拐一拐选了家饭铺坐在桌子边等三个人近来。

渊深问她："你根本就没走路，脚怎么拐了？"

"坐滑竿坐的！"崇淦说。

序子觉得有道理。世界上有的是睡觉睡累了、吃东西吃伤了、读书读傻了、当官当腻了的人。

喝了茶，点几个菜把饭吃完。崇淦说："不想坐滑竿了。谁愿坐谁坐！"

"真的呀？"渊深蹦起来。

天底下老丈人都恶

『我犯得着吗？光天化日之下，没来由弄几片阴影干吗？』序子说，『女朋友好找，这般有趣的岳父大人你哪里找去？』

274

"你瞧你副贱相！哪里像个男人？"序子大笑。

"我是开玩笑。你以为我真想坐呀？"渊深说。

序子摸着腰边的小左轮，"你不真？我一枪把自己崩了！"

王淮哈哈大笑，"听我讲！听我讲！现在我们是在演《西游记》，崇淦是唐僧，我是沙和尚，渊深是猪八戒，序子是一天到晚盯住猪八戒的孙悟空。"

渊深一个人笑着走到前头去了。

队伍按原序列上了路。

"到莆田住哪里？"渊深问。

王淮说："放心，陈先生打电话关照好了，住老地方，那边有安排。朋友都等着我们，连轿子、挑夫都帮我们定了。"

"太好了！"渊深说，"要是方便，多留两天，我们还可以到涵江玩玩。"

崇淦哼哼哈哈，看起来也有这个意思。王淮说："前头还有好多大事悬在心上，算了吧，赶路要紧。"

序子听到有人想去涵江，心里腾地一跳："幸好！幸好！王先生这个好人搭了腔，救我一驾。这时候，我怎么可能还往涵江去？去了，我还有勇气拔得出来吗？那棵娑罗树，那曲《芬兰颂》，那一家人，那一伙热肠老哥儿们……'断肠莫提涵江路，留待白发见春君。'[1]诗句很是凄凉。"

王淮问："序子，什么事难过了？"

序子挺了挺胸脯，"不会吧！"

---

1 汉简《春君幸毋相忘》。

「听我讲！听我讲！现在我们是在演《西游记》，崇淦是唐僧，我是沙和尚，渊深是猪八戒，序子是一天到晚盯住猪八戒的孙悟空。」

我们去演西游记

春君幸毋相忘

断肠莫提涵江路，留待白发见春君。

"听河伯说，在涵江好像有件什么事惊动了你？"王淮问。

"王先生，别说'惊动'啊！是我让涵江的真诚差点淹没了，我没有勇气再游回去。"序子说。

"唉！孩子，你真不像我们这个世界的！"王淮说。

"不！王先生，我努力想让这个世界认我啊！"序子说。

"你看，天快夜了，那边星星都亮了。"崇淦坐在滑竿上说。

序子笑起来，"记不起哪个诗人说，星星在列阵迎接月亮……"

"你常常自己瞎编出一些屁话赖在古人或名人身上！"渊深说。

"你以为我本事那么大，意境要来就来？"序子说。

崇淦说："序子你也不要说，渊深和你比，他应该早明白跟你差好大一截。"

"是呀！是呀！你看序子跟在你滑竿跟前就像你个亲舅子一样，我当然和他差好大一截；你看你，拜堂才不过三天，别人家新娘子哪来这副厚脸皮，青天白日坐在滑竿上四处逛荡？"渊深偏头朝着刘崇淦这么一说，轿夫挑夫都笑起来。渊深更来劲了，"人家新娘子坐在花轿里，哭都来不及。你看你，坐滑竿上还那么得意非凡，嘻嘻哈哈，太没有个新娘样子，全世界找不到第二个……"

刘崇淦急了，"你等着，小矮子干，看我到地不把你耳朵揪下来！"

"不可能的！城里那么多生熟朋友，你没机会动手的！"渊深说。

进了城，果然社会服务处门口站满了人，都拥上前来握手，接应，为新娘新郎还真的布置了新房，序子、渊深一人一间单房。王淮交代序子把轿夫、挑夫都安排定了之后，各人洗漱完毕，都被招待到大堂一桌喜筵面前，算是补贺王、刘二位的婚礼。四人心里明白，全亏得啸高、淑琼两位先生的细心嘱咐。

多情热闹的一晚就那样过去了。

第二天一大早，送行的主人和轿夫、挑夫都先来了，在大堂坐着、蹲着静静地等候。序子醒得早，赶忙过来招呼，心想，一大伙人眼前就剩下这一家四口老老小小而且就他能做点杂务了，便自动把担子挑起来，跟那位姓什么的管事接上了头，代表王先生多谢盛情款待，得他的照应跟挑夫、轿夫也连接清楚。这时候，那三位该醒的也醒了，做出一副早就醒来十分精神气魄向各位道早安和多谢关照。然后共用早餐。

"昨晚睡得好不好？"主人问。

"很好很好！多谢多谢！"客人回答。

话虽多余，却是真诚的好意。

（如果换一种写法，便会是这样：

"昨晚上睡得好吗？"主人问。

"这可是你当着大家问我的。你竟然还敢问我睡得好不好？床板这么硬，床架子呷呷响到天亮，满是臭虫，你自己看，这里，这里，咬得我浑身是包。门窗又关得死死的，让我差点闷死……"客人说。

"吓！吓！真是对不起，没想到！真是对不起！"主人说。

"怎么没想到？没想到你邀请我来干吗？你是存心坑我，有意侮辱我。你自己想想，昨晚那些酒菜是什么垃圾？算得上是给人吃的吗？喂狗都不如，顶得我肚子到天亮还痛。"客人说。

"真是对不起，我全家都是尽了心的。菜是我老婆做的，过后我会批评她。"主人说。

"嗯，是的，这种老婆是应该好好管管的！"客人问，"说吧！这次如何赔偿对我的伤害和损失？"

主人说："我们几年不见，心里十分想念，所以才邀请老兄光临舍下，事先没考虑赔偿的事。"

"给你五分钟时间考虑！"客人说。

五分钟后，主人一刀把客人宰了。）

（菩萨保佑，唯愿大家没招待过这种客人。）

（开玩笑，别当真。瞎编的故事。）

再见！再见！大家热烈地告别。

崇淦上了滑竿，王淮关照这天路长，步子稍微快点，到渔溪吃中饭。大家姑妄应了一声。你想吧，崇淦坐在滑竿上，快慢由不得她，是轿夫的事；一个是他自己，自己和自己打招呼，其实完全用不着说出口来。剩下的只有序子和颜渊深两个人。眼前听他发号施令的只剩这两个人。轿夫和挑夫不是牲口，动不动鞭子谈不上，他们爱走多快就多快，说等于没说。全部的事实真相是，王淮一路上应该听轿夫的。他发出的声音只是一种做领导微妙的个人抒情。部下走在半路上无聊时候可以细细品味其中深刻含意。

渊深故意朗声叫序子："王先生刚才讲叫大家走快点，你就走快点。"

两个人赶到滑竿前头二十步远。渊深问序子："讲讲看，以前你听过王先生这口气吗？"

"什么意思？"序子不解。

"不着边际的命令。"渊深说。

"那倒没有。"序子说。

"这刻当儿为什么有了？"渊深问。

序子火了，"你好无聊，搅这些问题做什么？"

"不就是无聊嘛！"渊深说，"你猜猜看。"

序子嫌烦，"我猜不出！"

"一、他怕到晚了，两口子不方便找旅馆房间。二、住公家房，他怕下班找不到人。"渊深说。

序子见渊深那副自以为足智多谋的神气，笑了。

渊深又说："王先生眼下是个有家室的人，多一层心事，跟以前是不一样的。你看，他会不会半路上把咱们甩了？"

"我们之间根本不存在甩不甩的关系。几时有权利了？几时有义务了？几时签合同了？我只是觉得多跟他一天算一天，舍不得离开他……"序子说。

"我也是！"渊深说。

"那你对他还那么多狗屁心思？"序子问。

"对，对，我凡心重，我杂……"

"你至少自己要有点打算，不好把王先生当作过日子的靠山，要不然以后就苦了。"序子说。

……

"讲讲看，这一回我们跟他到福清，他有没有点把握和计划……"渊深问。

"应该有一点吧！也可能为了照顾我们增加了负担……原来他会轻松一些的……"序子说。

"我看是。"渊深说。

渔溪这地方好多树。矮树后头一层一层没顶的高树。还听得见水声，要不是瀑布便是河滩。眼前和心里头都觉得好。

小小一条街，十六七、十七八女孩子特别多，快动作端盘递碗，轻言细语，绿荫下来去，别地方见不到。

"这汤粉条味道真鲜！"王淮说。

"我们水好！"那女孩子高兴地回答，"石头磨磨出的米浆细。"

"我一辈子光吃这碗粉都行。"渊深说。

序子看了看他。付款赶路。

果然天黑才到的福清县城，轿夫按照王淮告诉的地址敲两扇大门，开门的是个比兵稍微大些的官，热情地说："我一直等在门口，算准你们这时候该到了。"

原来是个大院，空空一座西式二层楼房。带四个人上楼安排住房下得楼来。序子跟轿夫挑夫算清了账，送他们走了。那小军官告诉大家，他姓房，少尉副官。

"陈团长交代，明早上来跟各位见面。厨房老头大师傅姓魏，叫他老魏就行。他马上送晚饭出来。我下班回家，明早上再见。这房屋由老魏管，请放心。"举手敬一个礼出门下台阶走了，老远听到他跟老魏说话，接着是关大门轰隆几声。

魏老头是位北方大汉，笑哈哈的人，胡子拉碴，围着围裙，满身面粉，见到王淮敬了个军礼，"请各位将就用点，一个人的活，干啥都来不及！"

热腾腾四大碗海鲜拉面，我的天！前辈子哪里修的？四个人像洗热水澡似的热烈大吃起来。

"我厨房还有事，吃完搁着，等下我会来收。慢慢用。"转身回后头厨房，顺手把顶上大灯开了。

全屋亮堂堂罩着四个人。

王淮、崇淦的住房布置得特别之好，看出来是事先关照过的。序子和渊深的房就在对面，一人一间，用不着打开行李，一身的肮脏睡进这雪白被窝里，不显得惭愧简直丧尽天良。连翻一个身都觉得对不起人。

根本不清楚到底是怎么一回事。有没有让人弄错了？这派头原来接待的应该是蒋委员长的侄儿。

一大早赶快醒过来，居然还看见洗脸设备和两个水龙头。旋了一下，流出好多黄水，知道是以前留下来的讲究设备。自己带了盥洗家伙下楼进厨房找老魏师傅要了洗脸水办完事，顺便去一趟厕所。

渊深偷偷向序子表示了同样的惊讶。两个人商量一下，中午过后天气暖和点的时候找地方把身体好好洗刷一下。

趁老魏师傅布置早餐之际四个人下台阶在院子四围走走，没想到给吓了一大跳。几间空屋堆满榴弹炮筒。当然是日本军队撤走时留下来的。四个人还真没有见过。一尺多高，起码五英寸直径，底火完整，炮筒中间有的还留着雷管，序子进屋搬出两个让崇淦看，把其他两个人也吓得叫起来。其实有什么好怕的？不敲不碰能有什么动静？弹头、火药都没有，空壳子一个……好笑。

老魏碰巧看到了大叫："别动！快放回去！"

什么事？

老魏连忙招手"惹不得！惹不得！"说半个月前指挥部的人带来几个孩子进院子参观，也是搬了几个炮筒出来，触动里头的雷管，把两个孩子的手掌炸掉了。

一尺多高，起码五英寸直径，底火完整，炮筒中间有的还留着雷管，序子进屋搬出两个让崇淦看，把其他两个人也吓得叫起来。

空唇堆滿的浑炮筒

崇淦退了好几步指着序子，"你看，你看！"

序子笑起来，原来还想取两个出来用钢锯锯短点做笔筒，没料还真埋伏了个大危险。真炸掉这双手，可就根本谈不上未来了。什么刻木刻、画画、写文章……

陈重团长进来了，大家过去跟他握手，很漂亮的一位帅哥，上校！

"欢迎！欢迎！请进屋早餐，边吃边谈。"五个人坐定，"淮兄，沙县一别有五年了吧！没想刚接到命令接手指挥部不到一周，你看，我又有幸欢迎你了，真是意外高兴。首先要祝贺你二位新婚大喜，当然要另外定时间设宴贺喜，——这二位老弟是？"

王淮介绍："是一起从事文艺的年轻同事，张序子，颜渊深，一齐出来看看。"

"强将之下无弱兵，欢迎，欢迎。"指指早餐，"请，请随意。"自己便吃起来。顺手又谈些，"许指挥官走前，特别交代，要认真安排几位生活。"

"哪里想到他也调走了。"王淮说。

"……远芬司令调重庆了！

"珍吾司令身体好吧？

"听说委座侍从室施觉民调仙游？

"东南方面恐怕还有些大调动……

"原指挥部有个文艺演出团体，我自己团的那个剧团比较完整，在乡下东张地方，有空你都要去帮我看看。应该有不少你以前的部下。这地方原是日本一个小野联队长什么什么东西住的，没多久撤走了，空在这里放弹药，好些日子没人管，蛮讲究的地方，最近拨给我的指挥部。我家眷还在连城没有过来，你们先住几天再说。"

"接你电话我还不清楚有这个好地方，来得还真有点冒失！"
王淮说。

"哎呀！老熟人了还这么客气？我去办事。楼上有电话可随时
找我。你也等我电话为你贺喜。零碎事叫小房副官办，他在这里值
班。"说完走了。

四个人坐下来笑笑，叹了口轻松的气。

王淮问序子，这一路上花了好多钱？

序子说："你们的轿夫钱，我们的挑夫钱，一路上大家合起来
的茶水、饭钱，一共是十二块七毛六。扣除我们的挑夫钱伙食钱之
外，你们……"

"哎呀！什么你们我们，分得那么清做什么？钱是你垫的，我
这里给你十三块就是。"王淮从口袋掏出皮夹子数钱给他，带崇淦
上楼去了。

剩下两个人坐在藤椅上。

"你是不是还准备向我要钱？"渊深问。

序子不理这话，另外起了个话头："你看陈重，他比我们王先
生大几岁？"

"大不了好多，顶多四五岁。"

"又说王先生是他四五年前老朋友，熟归熟，领章变化距离倒
是越来越大。"序子说。

"这你就没有我懂了。一个军人除打仗之外，还要找机会不停
炒'回锅'肉，无休无止在老关系、老上司面前混亲热。黄埔军校、
中央军校、陆军士官学校、中央训练团、陆大、军事研究院、庐山

训练团……处处有你，时刻在上司眼皮底下滚动，让他离不开你，动不动就想起你，让他感觉因为有了你他过日子才显得饱满。你光是一个人尽忠职守，谁看到了？谁认为了？直到有朝一日他把你看成是他的'人'为止。

"我对王先生这方面的修养毫无指望，他一点阶梯层次的头脑都没有，不明白为上司摇旗是一种寻求完美归宿的重大措施。眼看这陈重领章上从两杠三星一转眼变成纯金板板一颗星在人前闪光。"渊深说，"你自己想想！"

"是不是你认为一个人要领章上起变化必须不停地炒'回锅'肉？做到上司认为你是他的'人'为止？"序子问。

"你不信？那我刚才所有对你的苦心教育都白费了。"渊深说。

"我问你，你自己信不信？"序子说。

"我当然不信，我若信了，还跟到你们这帮人在这里鬼混过日子讲废话？"渊深说。

"渊深呀渊深！要是有人说你不是天才，你不要信；要是有人说你不是混账东西，你也不要信！"序子小便去了。

序子厕所出来，扣着裤纽问渊深："饭后，听你继续在这里论道还是我们另外找个出路？"

"比如说……"渊深问。

"陈重不是说东张乡下那个剧团有我们熟人，你怎么一点不好奇，不感动？不动脑子去看看他们？"序子问。

"我总要事先晓得是哪个在那里我才感动。比方万一是那个挨你揍过流口水的罗乐生；错了，我的感动哪个赔？感动和上当只隔一层纸；买了跑江湖的膏药哪还能退？你要是不傻，不感动，你会买吗？"渊深说。

"你可以说你不好奇，不感动，犯不上放这么长屁！"序子说。

"我情愿坐着放屁，也不跟你走几十里冤枉路。"渊深说。

序子说："这话也对，横顺我们四个人的事，等王先生下楼来再说。"

"你不要动不动就王先生、王先生，人家是洞房花烛夜，度蜜月期间，你插在中间做什么？——喂！有件事还要跟你商量，崇淦嫁给了王先生，她升级了，今后我们要不要改变称呼？"渊深问。

"你最有主意，你看称什么好？"序子问。

"我不信你没主意！你这人总是先有了主意再给我下套。"渊深说。

"你看你阴不阴险？题目是你出的，我连想都还来不及想，反过来就是一口！"序子说，"你说不说？"

"好，好，'师母'怎么样？"渊深问。

"你叫她，她要肯答应才行！"序子说，"不妨试试！"

"'大嫂'俗吧？'师娘'，不堪；'崇淦婶'叫不出口；'大姐'等于没变；你怎么不吭气？你心里在笑，是不是？"渊深指着序子鼻子。

序子大笑，"我能不笑吗？好好的，天天见面的一个人，忽然改了称呼，你他妈不是在讨骂吗？"序子说。

王先生两口子下楼来了，问："你们两个人在楼底下商量什么？"

"大事！"序子说。指着渊深对崇淦说："这家伙从今天开始对你改了称呼，有几个叫法由你挑选：'师母''大嫂''师娘''崇淦婶''大姐'。"

崇淦靠着楼梯栏杆破口大笑："你两个见鬼了！"

你倒还真没想到，陈指挥官来电话说："午饭不用等我。"请四位今晚上参加指挥部食堂聚餐。东张剧团和指挥部剧团全体人员都来。

"你看，我们上午的话都白讲了。"序子对渊深说。

"你们上午搞什么阴谋？"崇淦问。

渊深说："来的比希望的还好！"

叫是叫大食堂，其实样子还很有点不简单。不晓得是从哪里找来的德国爹和中国妈生的工程师设计的？很像画报上见到过的德国慕尼黑荷格里腾饭店派头，高高的拱顶，左右一长排矮厚大窗，结实地板，好像还听说威廉皇帝对这建筑说过句话："我不喜欢人说不喜欢"——

世界上是常有大人物哼一两声东西学者就会作出庄严历史评论记入史册的。

普通人初进这楼就生欢喜心。它厚实，温暖，开阔，想笑，想久久地待下去。

好闻的香气，让肚肠顿生幻想的响声，远远从厨房那头传来。

工程师设计了厚实的桌椅，客人坐下来都觉得自我可爱、乖、懂礼、安静。

王淮四个人先在矮椅矮桌那头茶桌坐下。有罩白衣的女孩端热茶具过来，一一斟茶后走了。

序子歪身对王淮说："气氛足！"

"说点什么新鲜的。"渊深说。

王淮往椅背一靠问："叶向高花园去过吗？"

"哪里？"序子问。

"就在城里。"王答。

"城里开花园想必就那么一回事！"

"可你就一辈子没见过花园这种开法！"王淮说。

"好吗？"渊深问。

"岂止好！"王淮说到这里，来人了。

猜猜头一个走的是谁？

庄敬贤！

序子和渊深扑过去大喊："庄叔！庄叔！怎么是你？"

"不是我是谁呀？"庄叔也大喊起来，过去与王淮、崇淦，大家抱在一起。

没想到后头一个漂亮女人跟崇淦和王淮也拥抱起来，大着嗓子叫些听不明白的老话。松了手，这才由敬贤叔介绍一团所有人员跟这四个人认识。

崇淦帮序子和渊深介绍那女人说："哪，我们战地服务两位小才情，张序子、颜渊深。"转手介绍："张阿姨，张白玲。"

那女人跳起来，"怎么阿姨？叫姐，叫白玲！"

于是叫白玲姐。

"别客气，我跟你们王淮在沙县是老同事。"白玲说。

"你看，还不是姨？"崇淦说。

"你叫我姨倒是应该的，在连城是我考的你。是不是？你说？"

白玲问。

崇淦笑答："当然！谁说不是了？"崇淦对两个人说："白玲姐录取我的！你看，多少年过去了！"

白玲又转过身来介绍导演陈津汉，小生演员刘罗亭，和其他一大帮人，算是东张帮。

跟陈重进门的是指挥部剧团一帮，四个人不熟，两伙人熟，都一一介绍了，领导人姓陈，和气文雅，是个党务政工人员。

熟和熟坐一起，生的也插进来。

序子跟庄叔说："这楼真气派，难见！"

"听说是德国人设计的！"庄叔说。

序子猛然站起来对王淮嚷："王先生！如何？"

大家奇怪怎么一回事？

王淮指着序子说："他刚才对我们吹，认定这房子是德国爹中国妈生的儿子设计的。有慕尼黑味……"

有人问序子去过德国？

序子说："惭愧！只去过德化。"

灯亮了，晚饭开始。陈重说话：

"今天请大家那么远赶来吃饭有两层意思。一、欢迎我的老朋友戏剧前辈王淮和另外三位同行来充实我们抗战文化工作，我代表闽海指挥部表示欢迎。"大家鼓掌。"二、王淮、刘崇淦两位新婚，我们今天在这里补庆喜酒。"大家又狂鼓手掌。

庄敬贤和张白玲听到这消息站起来像一对傻葫芦。

庄敬贤说："战地服务团分手那天，怎么一点动静都没有？"

"不急，吃完饭我当作节目说给大家听！"渊深说。

又是鼓掌。

"……我的话完了，我代表大家向两位贺喜。"陈重向左右两边新婚夫妇敬酒，之后又向大家敬酒，于是这个来那个去。懂事的擎着理由到处敬酒，不懂事的也硬着头皮到处敬酒，乘机博乱混肚子酒喝。

这时候就有人建议搞点节目。头一个想上来表演绳子方面魔术的让房副官制止了，"今晚这场合最好是搞点响动热热闹闹，你一根小细绳绕来弄去，只是打发自己。意思不大。算了！"

一个人上来附在房副官耳朵边讲悄悄话，房副官皱着眉头听了好一阵子，烦了："你想讲什么呀？大声说嘛！"

"我想给大家讲个笑话。"那人说。

"你？"房副官问。

那人认真点头。

"好笑吗？"房副官问。

那人重重点两下头。

房副官说："我两个到那头角落边试试？"

那人说好。到了角落，房副官说："开始吧！"

"一个女人门口买蔬菜，脱下金手镯挂在卖菜的秤砣上，便宜得了好多菜。"那人说。

"完了？"房副官问。

那人："完了！"

"还有吗？"房副官问。

"还有几个。"那人答。

"都一样好笑？"房副官问。

"嗯！"那人说。

"算了吧！"房副官说。

那人没再出声，回到自己座位。

这边，庄敬贤拉开手风琴，张白玲唱《饮酒歌》。本钱足，真会唱！大家拍掌，再唱《举杯高歌救国军》。大家掌鼓疯了。微笑，鞠躬多谢，归座。庄敬贤放开自己美丽的破嗓子唱了一首外国歌，手风琴拉得贴心贴肺，不管懂与不懂，外行内行，都深受感动，好久才想起鼓掌。庄叔满脸皱纹聚注眉头抱着手风琴向王淮、崇淦祝贺，向大家致敬，归座。

颜渊深蹦上了台。别看这家伙个子小，身段动作从来风流潇洒，谈吐从容大方珠圆玉润："王淮是我们的团长，实际上是我的先生。刘崇淦是我的同事，现在一下子变成我的先生娘，文明的语言称为师母。

"敬贤叔丝毫不要奇怪，在团里一点看不出他们两个有结婚的意思，不只是你，我和张序子在他俩身边一直跟到陈啸高先生家里，直到他俩自己宣布之前，像我们眼鼻嗅觉如此灵敏的人都被蒙在鼓里。

"几年来大家生活在一个团体，朝夕相处，男女之间眉来眼去的事情总是容易让人发现的吧！不奇怪！一点都不奇怪！没有。没有的原因不是鼓不鼓励的问题；奇怪的是居然从不见人踩线。没有莺莺，没有红娘，更谈不上张生。

"我也不相信真有人为了党国，为了抗战建国的伟大目标不结婚，不生儿女。进行抗战和领导抗战和为抗战受苦受难的所有的人家里都有起码一两个孩子甚至七八个孩子。

"义勇的分上不在于谈不谈恋爱，结不结婚，生不生儿女。不生才怪咧！

"结婚要打招呼这是一定的。

"彼此相爱是动物天性，猫要叫春，狗要互相闻尾巴绕圈，鸟儿要飞腾回环，连海里头罩着几百斤硬壳的傻乌龟也懂得追逐讨好。

"我家以前养过一只七彩公鹦鹉，见人就叫：'我爱你！我爱你！'那明显是句靠不住的空话。要是我们给它身边安排一只母鹦鹉，叫不叫'我爱你'就变成毫不相干的事；小鹦鹉蛋早出来了。

"前不几天在仙游王淮先生举办结婚的酒筵上，他自己的交代把我狠狠地吓了一跳，他说他跟崇淦从来没谈过一句恋爱。他爱崇淦是经过她爹办理的。

"他写信给她爹（她爹在福州，是位画家），介绍了自己，并讲明他爱他女儿，他女儿还不清楚；请麻烦写信去问问她，愿不愿爱他，嫁给他。

"他自己是领导，是团长，为了纪律，不方便问。

"那个爹收到信，看仔细了，照着王淮的意思写信给崇淦。崇淦懂事，照规矩回信给爹：'有这个事，的确也喜欢王淮，愿意嫁给他。'

"她爹就回信给王淮，肯定了这件大事。

"来来回回都靠写信，怕有一年多了。不是两个人写情书，而是三个人写情书。

"想想看，世界上竟然有这么好的老丈人！

"我提议各位举杯，祝福天下老丈人都这么宽宏大量，放下敌对情绪，团结起来，迎接美好明天。

"祝福我的老长官新婚幸福快乐，早生贵子！"

颜渊深话刚讲完，便有人打听崇淦家还有没有姐妹、福州通信地址。

感想蜂起。

"这种好家庭、好教养少有。"

"这种丈人难找！"

"从来没听说过！"

"无从学起！"

"也要有这种女婿呀！"

"总而言之，配合得宜耳耳！"

"平常讨老婆，没这场回环！"

"这老头长什么样子？"

"看女儿派头，爹属于清雅系统。"

"有这种爹，做儿女的前世修得。"

……

"叶向高花园"其实不如称作"老叶家""叶向高家""叶尚书家"好。说"花园"，侮慢了；这叶家不像讲究花事人家。

厅堂、厢房、天井，楼上下各居停处规模算不得大，中产人家局面而已。数百年来能保持庄穆郁沉气派应得力于后世的诚笃子孙。

绕回廊十余折自左首小侧门出，放眼二亩余四邻挤剩的后墙地方，栗栗然几十棵耸天珍贵树木各自有教养地生长周围。山石上下起伏，精致石纹隐约前后左右。石桥、小亭如诗文逗点，点缀于恰

『叶向高花园』其实不如称作『老叶家』『叶向高家』『叶尚书家』好。说『花园』，侮慢了；这叶家不像讲究花事人家。

当句读处供游人观览休憩。

石下碧潭一渊，湜湜其沚，水底泉眼子不停冒着水泡泡。几个女娃娃正闹着拿长柄小竹勺就岸边掬饮，且提了小水桶准备打回家去供老人家煮茶；叶家人远远看着微笑不加忤涉，难忍心骚扰幼小情趣。

有福的福清老百姓没事时都常到这里坐坐，看书、遛鸟，或携带儿孙观赏树顶白鹭和潭底游鱼。

叶老先生贴着这股活水玩得那么局促本分，令人羡慕。他老人家知不知道？这点有限快乐已经遗爱后人几百年了。

（叶向高，明，福清人，万历进士，累官礼部尚书，东阁大学士，独秉国政，忠勤自励……那时候的人都说他是个好官。）

崇淦见序子回来，"哎呀，哎呀！你到哪儿去了？搬家了，大家都等你！你哪里去了？"

序子好笑，"语言重复是因为头脑简单。——渊深呢？王先生呢？"

"王淮开会，渊深找你去了。你到哪里去了？问你呀！"崇淦追序子上楼。

序子收拾行李，"搬哪里？"

"听说指挥部剧团那边。你到哪里去了？"崇淦问。

"叶向高花园。"序子答。

"一个人去做什么？"崇淦问。

"作文！"序子答。

"无缘无故作什么文？"崇淦问。

"去都去了，还说没缘故？"序子说。

"听说那地方很小，就几棵枯藤老树，几处小石头山，一处水淌淌，一两座小亭小桥……坐没坐处，站没站处。当作个风景，硬挤在大街上老百姓屋缝缝里凑热闹。"崇淦说。

"说得好！几句话就把一座名胜毁了。"序子笑起来，"幸好你光是动口……"

楼下听到楼上说话，"你个混蛋总算回来了，让我找了你半个福清城，你滚到哪里去了？"渊深上得楼来，"看！看！我这身汗。晚饭后上来人搬行李。"

"不看我在捆吗？"序子说。

"他说他在叶向高花园写作文。"崇淦说。

"我去了呀！"渊深问，"你几时走的？"

"我一直在亭子脚头桌子边写东西。哪里都没走。"序子说。

"你也该嚷一两声嘛！"渊深说。

"我疯了？无缘无故嚷什么？"序子说。

"作什么狗屁大文，拿出来审阅审阅！"渊深说。

序子不理，提起捆好的行李下楼去了。

快晚饭的时候，王淮和金板板陈重一齐回来了。

魏师傅好像得到通知今晚上是个送客席，吃货弄得特别严重，四菜中间加了钵炖水鱼。还有酒。酒这个东西五个人都不太亲近，给摆得远远的，都认真对付吃饭。陈重和王淮边吃边论。

"……你眼前先在两边走走看看，不提这个那个。他们心里明白，合并是迟早的事。那边住处都安排好了，住下来再说。我指挥部和这里头意思一样，大家也都等着看变化……要不，我拨房副官留在你身边怎么样？"

"不要客气，这点事我应付得了。房副官我见他也忙得够可以了，算了算了。"

陈指挥官吃完饭走了。四个人坐不多一会，多谢了魏师傅。房副官叫来四部双人三轮车，自己搭渊深坐了，连人带行李运到指挥部直属剧团。

门口政训处副主任陈什么（到底陈什么至今想不出他的名字），带剧团全部人马迎接，敬军礼，进团部。

这团部是个中式楼房大院。上楼，王淮夫妇行李进专房，序子和渊深合住一房，挺宽敞，不错、不错，可以、可以，当作是上头来的架势。

在楼中央客厅大家围坐寒暄，陈副主任说："住下再说，自己人就不讲客气了，有事明天详谈……"介绍四个人之后（其实那场饭局已经认识，他自己那天没去）他回家了。他是本地人，他想家。家里人在等他。留下的二十多个生人，有一句没一句地接不上话，也散了。

第二天清早在楼下早餐，稀饭、花生、芋头、豆乳、咸鱼……餐毕，就现成位置交谈起来，原来都是福州、福清、长乐、连江；再远远不过罗源那边的人，讲话差不多一个调调，一脸微笑地好意看着你，像意大利人一样，比画着生动的手势。他们是——

陈敬球、魏绰、钟何、张照明、薛守仁、顾一水、赵鉴、郑久光、徐可意（女）、朱洁（女）、匡丽丽（女）、何珊（女）……导演跟陈副主任上个月干过一大架，名叫向诚夫，带老婆苏蒂娜走了，是团里仅有的北方人，还正排着《蜕变》这出戏，你看，这一走，好像钟摆都不动了。陈主任大声在大厅嚷了两天"没关系，没影响，没什么了不起"之后，还真有了影响有了关系有点了不起。弄得全团人等着看热闹。幸好，王淮来了……

王淮来是来，可不是来参办丧事的。他只用耳朵听，用头点头，冉起嘴巴微笑。跟着的三个人也乖巧学样，不动声色。那个陈副主任探不出王淮什么水头只在楼上楼下晃荡打哈哈。

过了几天，陈副主任见到王淮说："上头交代下来再在团内办个集体入党仪式。"

王淮说："好呀！几时嘛？"

"就这几天。你关照其他三位做些准备。"陈副主任说。

"哈！怕不行吧，上头没有'下文'下来，我们还不属于这里正式编制啦！"王淮说。

"喔，喔，对，对，是这么一回事。那就在下一届有机会的时候再参加吧！"副主任说。

序子对于当时参不参加集体入党的问题还不太懂得怎样深刻的厌恶；只是觉得把正经事情做滑稽了、把滑稽事情做正经了都一样耐不得，可惜了时间，也浪费了关注。既然王淮对那个副主任把道理讲得那么明白，起码有段时间清静了，有时间擦擦随身带着的小左轮和火枪了。

房副官进屋见序子正擦的那支小左轮很是惊讶，"还是英国的。你哪儿弄的？"

序子讲明了经过，房副官说："我也有支特别的枪，下午拿给你看。清朝的。"

"清朝的？那还叫枪？是不是跟我这支火枪差不多？"

"好多了，打子弹的。"

"没听说清朝有打子弹的枪。"

"也是英国的，钢火手工可是很不一样。"房副官说。

序子既然听见有枪，整个下午便坐不住了。

早说个定时就好，你来个"下午"，吃晚饭之前都是"下午"，让人难耐。

幸好三点零五分房副官就来了，看样子也算个"乐人"，喜秧秧子。居然还弄了个布套子包着。

打开居然让人眼睛一亮。顺荷包又抖出十颗铜壳子子弹来。

"放你这里玩吧!

"你晓不晓底火配方？盐酸钾、雄黄各五。我这里原有五颗装好的，过两天我带家伙来和你一起把剩下五颗装了。玩这东西要细心!"

枪筒里头亮得像镜子，没有来福线。枪身唰唰冒蓝光，一眼就明白是工厂出的东西。

左手按一颗扣子，枪管与枪托自然折成九十度让人进子弹，反手一扳，恢复了原来枪样。

撸子跟保险紧紧相连，移开保险才能响枪。

子弹比一般步枪子弹粗。至于粗成什么样子？把身边熟悉的东西作比喻都不合适。手指头、脚指头、啤酒瓶盖、枫酒精盒……大概二点五公分直径粗细吧！我真心并不想举这类科学数据，我走遍舍下各处察看生活用品，最后才检验了这个布软尺，心里头做了个准确回忆。最少最少花了我十分钟。我不是存心浪费读者时间，不信各位随便找找身边二点五公分粗细的东西试试（大家公认熟悉的东西才算），找不到的！算是个有趣的游戏吧！

我觉得有时候找一个合适的譬喻真难。走到绝路才拉数据出来救驾。

像周作人先生说的："吾友废名，貌若螳螂。"

那样形神兼备的八个字真够得上神仙笔墨。

王淮找渊深、序子说："这两天他们开集体入党会，你们待在这里没什么意思，到'东张'去看看庄敬贤叔叔他们吧！听说一路上不远，三十多里地，走几步就到，那边可能比较有意思。"

"好呀！几时走好？"两个人问。

"爱几时走就几时走。"王淮说。

第二天大早两个人就走了。

序子肩膀上挂着房副官这根据说叫作"明通"枪的枪，渊深背着序子上着火药实弹的土猎枪。路是南北向的傍海山路，虽然曲折，倒是通顺。穿过一阵阵的密林，山坡里出来又进去。渊深问序子，那一路叫着的是什么鸟。

"鹧鸪。"序子答。

"什么意思？"渊深问。

"你看是什么意思？"序子也问。

"我哪里懂什么意思？"渊深说。

"它怎么叫的？"序子问。

"乍以凉，单单。"渊深学着叫。

"它用福清话告诉你：'十二两，整整！'"序子说。

"你信它的话？"渊深问。

"差不多它们都在十二两左右。我打过。"序子说。

"你讲,这是不是有点惨? 自己把自己斤两告诉猎人。"渊深说。

"人编出来的话,无须这么认真。"序子说。

"习惯了就觉得有趣了,是不是? 人真他妈的!"

"你打只下来让我看看。"渊深说。

"这家伙最不好打,掩在矮树楂子里,它看到你,你看不见它。"

"唉! 唉! 你叫干吗呢,不叫不就没有事了吗?"渊深感叹。

"它跟你不一样,它非叫不可,它要繁殖,要谈恋爱,要招引老婆!"序子说。

"路是这样走法的。右首边是山,左首边老远是海,两个人傍山走,也就是沿着大山脉脚底下的小山脉走。听说右首南北山脉上跟日本强盗狠狠干过一仗。赢了。就是前两年不远的事。

"山,现在静下来了,像什么事都没发生过。

"在长江坐船,你想过千多年前是官渡之战和赤壁之战的战场吗? 喊声震天,火烧连营,死那么多人,血泡红的波浪上漂浮死尸……现在好长、好大、好重的仗火也只能写在静悄悄的历史书里头,不用功、不喜欢书的人甚至还看不到。"

"'喊声震天'这四个字,我觉得在船上水面打仗是用得上的。在陆地大石上吹几嗓子冲锋号,惊天动地枪炮声之外,喊杀声的意义显得小了,怕也未必会有。你想吧! 我向你瞄准开枪还通知你吗? 冲锋肉搏那么专注的生死动作,哪个还舍得气力喊杀? ……"渊深说。

"我没上过战场,觉得你这话还是有点道理。"序子说。

"这经验怕都是电影、编剧、话剧导演提供的。"渊深说。

序子笑起来,"你这话让他们听见了,怕不找你算账!"

"哎呀! 很方便嘛! 回去有空问问陈重团长,战场真正的干仗到底怎么回事不就清楚了？"渊深接着说，"古时候没枪没炮，冲锋陷阵的时候怕还得要嗓子喊！"

序子说："不是说有擂鼓助威的事吗！"

渊深说："唔！"

序子也："唔！"

"我见蒋委员长黄埔军校对学员训话用了电喇叭的照片，你晓不晓得，曹操对八十三万下江南人马训起话来用什么机器？"渊深问。

"不可能用训话的方式吧！他可以采取师、旅、团、营、连、排、班逐级下达的办法吧！大阵势或许用烽火或旗语！"

"烽火和旗语是通讯方式，你搅混了！"渊深说。

"对！"序子答应。

"张序子我问你，怎么每逢你称赞我'对'的时候，我心里总会'腾'地一跳？"渊深问。

"那是你以为我为人阴毒！"序子说。

"我可绝对没这么以为。"渊深说。

"那你以为我什么？"序子问。

"退一万步说，顶多只是个混蛋而已！"渊深说完想跑。

……

下了坡，眼前一块一二十里宽的盆地，路顺右首边下去，左首是大片湖畦和田地。不少高树穿插其间。绕了个几里路大弯进入一个村庄。

序子按房副官顺手画的地图很清楚找到那座大屋。（几十年把地名、屋名都忘了，对不起。）结构讲究的民居。门口一大块几亩地的晒谷子石坪。

前几天见过的人都在，还多了不少人。大家亲热地把这两个人迎进大堂。中饭大家已经吃过了，问做碗面吃行不行。那还有不行的？大伙围着看两个人吃面，一边问事情。

"王淮两口子为什么不一起来？"

"仙游那边还有人吗？"

"司令部哪个接手？"

就在这时，没想到的一个人过来了。

"记得我吗？"以前政训处的一个少校，易衡。现在领章上是两颗星了。

"哈！"序子站起来，"记得。"

"世界真小啊！是不是？我们又见面了。你看，我房里还挂着你给我剪的影。"易衡说。

"是他剪的呀？"人就嚷起来。

易衡又指着渊深对大家说："这两个伙计从我们认识起，没见分开过。"又转身对两个人说："怎么？一齐上我们这儿来算啰！"

"我们不正等着下文吗？"渊深说。

敬贤叔这时候一个个介绍了："哪！导演陈津汉，指导员罗林，老大姐张白玲，小丫头费丽，还有这个小丫头周玉蟾，老哥们萧剑青、刘罗亭、多蒙、程寿福、程寿高、顾了尘、郭凯、魏喜，还有——"放大了嗓子，"王西洲！秦沙！还有……他们都到哪里去了？"

有人说："不在就不在，回头一介绍不都认识了！"

大伙散了，敬贤叔叫魏喜带序子和渊深看房子安床，跟另外两人同一间房。完事之后在庄叔房里喝茶。陈津汉、张白玲、罗林都在，白玲从自己房里拿来一个大扁盒给序子，"正好送你这盒水彩颜料。"

陈津汉问她哪里来的。她说在福州自己屋内捡的。日本人撤退扔下来没带走。

打开一看，颜料是颜料，一小瓶一小瓶的，不太像是画水彩的。或者是也说不定，有点怀疑。

罗林认得日文，仔细看了里头说明，原来是画衣服的颜料，溶解于水，画在衣服上，熨斗一烫，永远不掉色。

白玲大叫起来，"幸好我没糟蹋送人，我马上买白纺绸做件旗袍你给画点什么，我演出穿出来看我吓不吓死人！全世界少有。费丽！费丽！走！走！上街，上东张！马上，你们坐，我一下就回！"

在门口晃了两下，木拖板换上皮鞋，真的和费丽走了。

罗林对陈津汉说："你看你这个张白玲，一团火的性子，看你将来对不对付得了？"

看起来陈津汉摇头嬉笑得很满意。

津汉问序子演过什么戏。

渊深插嘴："算了！演哪个戏砸哪个，没导演敢要！"

序子说："是这么回事，我天生上场慌。一句台词也忘。"

"那你干什么？"罗林问。

"打杂。"序子说，"写标语，画海报，做效果，有时也帮忙拉幕。——我在学木刻，是东南木刻协会的会员。"

"难得。"罗林说。

"什么？"序子问。

"他说你难得！"津汉说。

外头有热闹声。

原来是两个年轻妇女赶一两百只鸭子回来。

庄叔告诉序子："那两个年轻妇女是上海方面的人，是我们屋主讨回来的媳妇。丈夫长年一直在上海，放她们在这里。那么年轻！看起来真有点糟蹋圣贤！跟白玲上街那个费丽，也是同样性质让人带回来的。不过她自小有严格京剧训练，和那两位房主媳妇命运有些不同，解数比较简单。

"幸好我们租了她们房子住，成天听我们唱歌，看我们排戏；这些活动打发了她们不少的清寒寂寞。看她们长得那么年轻好看，可惜文化不高，只会讲上海浦东话，要不然早就变我们队员了。"

"看！"渊深叹口气，"'天涯何处无芳草'。嗬！嗬！"

序子说："日子长了，以后怎么办？很可能、很可能……唉！世上最惨无过于觉醒过来无路可逃……"

津汉笑起来："序子呀序子！渊深一口气咬定你不会演戏，我倒觉得将来你或许有希望是个编剧。编剧要有一种'预感情节'的天分；编剧不该是一个麻木的'情圣'。"

"我从小见过太多死人，这不是好事；有时候看人太'冷'。"序子说，"要是真写戏，没有人喜欢看'冷'戏的。"

渊深跳起来："冷？你还冷？我一天到晚听你煽风点火，烫得我耳朵起泡！"

"傻！那是冻疮！"序子说。

大家都笑起来。

罗林说："听！白玲回来了，比鸭子还响。"

一阵飞沙走石，白玲带费丽进屋，"看！张序子，我多扯了两尺让你做试验。"举起手上的肉和鸡，"我觉得你是湖南人，今晚我做两个菜给你接风。吃完饭我马上动手剪裁，明早看你开工。怎么样？办事有个办事的样子，你说对不对？"说完把衣料放在桌子上，提了还叫着的鸡和蔬菜进厨房去了。

费丽没跟白玲进厨房，她可能累，或者想跟新鲜人一起聊聊，喝口水。看起来她好脾气，声音温柔，文雅，讲起话来，手势、节奏和眼神还带着京剧动作，差上台，就会给整场演出带来不协调的困难。

不过这女孩看样子都得大家疼爱。可能陈津汉正在花大力气调教她，把这根本不是问题的大问题，从京剧板眼扳回到话剧板眼上来。

厨房热闹得很，只听见张白玲女高音的声音，她果真在唱外国歌，顺着锅铲热炒的拍子。这场所好像是她的，说实在话，这一团演剧队她还真以为是她的，是她的领地，她的憩息之所。她是老大姐，是漂亮王，是所有演过或没演过的剧本当然的女主角。她出手大方，脾气宽厚，高扬的眉毛让人敬服。何况剧团所有的疑难杂症她一听就明，懂得处方调解。大家称她"快活观音"。眼前她正跟陈津汉谈恋爱，不存在成不成的问题，只看几时办喜酒请客。

吃饭，由众人即时架起四张大圆桌面，吃完撤，已成惯例。剧团有的是料理舞台布景的壮汉，无须厨房六十多岁的大师傅费神。

这次白玲添炒的两个大菜，一盘酸姜辣子鸡块，一盘回锅肉，都放在主桌。

主桌坐的有易衡副主任，导演陈津汉，罗林、庄敬贤、刘罗亭、张序子和颜渊深，叫白玲过来不来，她坐定女桌不理。

见加了菜，其他桌子的人都过来夹，一进口就哇哇大叫："辣死人，这哪叫菜？"

白玲说："我这是炒给明天给我画衣服的湖南人吃的。吃不下，不要糟蹋了！"

其实易衡也试了一下，微微笑地放下筷子；罗林可以，陈津汉不可以，庄叔可以，颜渊深不可以，刘罗亭可以。序子心里盘旋，这两个菜来头不小，功力不浅。

大肥鸡片是斜刀片出来的，热锅凉油耐心调炒之后起锅放于灶头；酸姜、红辣椒大油猛火爆炒之间即时投鸡片混炒起锅上桌。吃的是一阵热辣单纯。

回锅肉更是了不起，新鲜原肉不按俗例下水煮熟候凉切片，而是隔水蒸熟候凉切片，更不晓得短时间内她从哪里找得来四川郫县辣酱。郫县辣酱和浏阳豆豉加上猪油渣几几乎是回锅肉的灵魂。更要紧的是在人背后偷偷放上一小匙甜糯米酒，葱、姜、蒜、花椒下得即时，再加上热锅铲那五七下来回，灶下火焰喷薄之间，烘托出张白玲这一辈子的爽辣风神。

张白玲举着筷子朗声喊着："我欣赏这个老弟，我们一见如故，神灵注定！我这个老姐认你了！"

序子站起来朝她那边点了个头。

吃完饭，大师傅收捡完碗筷，众壮汉扛走了圆桌面，白玲叫大家等着："我洗完澡就来！"

不一会众女孩簇拥白玲出来，"哪，哪，这小块让张序子做试验的。你们看，做件长旗袍还是短旗袍好？"

"当然长的好，可以多画点画在上面。"

"我看是。"

"我看也是。"

"张序子，你说呢？"

"听白玲的吧！"序子说。

几个人开始给白玲量身材，一个人管记。有些高兴的吵闹，然后定下尺寸，开始动剪刀了。

有人问序子："不是说叫你随便画点'实验'吗？"

序子迟疑，"好好的布，随便画了可惜。"

"那倒是，你给隔壁小女孩子画件围裙不就行了，那多好！"有人说。

大家也说好。

这样一下子就分成两伙人。一伙人认真在帮白玲剪旗袍；另一伙给隔壁小女孩剪围裙让序子画画。没想到津汉拿出全套设备，水盂呀，调色盘呀，大小毛笔和羊毛排笔俱备（连颜料宣纸都有），端出来让序子用。这下热闹了，邻居几位女主人也过来凑场合，惊讶这个男孩这么有本事？

"我见鬼花掉这个月那些钱！"一个女孩说，"要不然我也买块纺绸多好！"

"在这里，你打算留几天？"

"你去了还转来吗？"

"这颜料还能画几件衣服？"

"颜料是张姐的，又不是公家的。"

女的说完，男的说话了："嘿！嘿！张序子也不是公家的！"

这时张序子把围裙底下垫了张旧报纸，开始用神画那件围裙，两只金鱼围着一个"福"字，裙边底一排飞着的小鸟。各种颜料都用上了，好看得大家叫不出声来。序子画完叫人拿电熨斗来烫一下。白玲举起围裙呵呵叫："了不得，了不得，我怎么舍得送人？对，对，赶紧打盆水来洗洗看。"

水打来一洗，果然一点色也不褪，拧干再熨了一次，颜色更加鲜艳。女孩子们和邻居那两个年轻女人抢过去转身进屋拿衣车车了。一下子工夫送回来交还白玲，白玲说："开玩笑的。当然是你们小宝的。"

白玲俨乎其然地把剪裁好的旗袍衣料平铺在方桌上，中间端正地铺了层报纸，四围压上了四条陈津汉御用的铜镇尺，神气庄重地镇压住闲人的喧闹："好好！序子开始画画，大家请安静！"

这么一交代，果然鸦雀无声，眼看序子专注地屏气运笔，大约二十多分钟。

人说："三枝荷叶托着三朵荷花飞起来了！"

白玲高兴地嚷："背后，背后写字！"

"不能写字，像背块喊冤告示。画两只鸟吧！"序子说。

"那签名呢？"

"右腰边上写个小小名字，画颗小红图章。"序子说。

序子笔一放下，白玲和费丽各人双手平举着画好的衣服到隔壁去了。成帮女孩子跟得一个不留。

这一去，时间稍微久了点。

"这身衣服一穿，上福州演王艳华放心了。"萧剑青说。

"王艳华是谁？"序子问。

"你没读过陈铨的《野玫瑰》？我们正排得紧张。"顾了尘说。

"好吗？"序子问庄叔。

"好，不敢说，特别！"庄叔说。

"怎么特别法？"序子问。

"汉奸当主角。还要我演。"庄叔说。

"那你不拒绝？"序子问。

"这是戏啊！"庄叔说，"桂林、重庆也都有人在争论，在不以为然；我有剧本，今晚上你随便翻翻。"

"不！"序子说。

"为什么不？"庄叔问，"情节故事不错。"

"我不是讲'故事'，是讲'起意'；为抗战而贪污，为抗战而嫖妓，为抗战而叛国当汉奸……包糖衣的猪粪球一个！"序子笑。

"好！"罗林说，"写文章寄桂林报纸准登第一版：题目就用《包糖衣的猪粪球》。气死那个写戏的陈铨。"

"我乱说的，我剧本都没看过。"序子说。

"所以我要你看剧本嘛！"庄叔说。

"看了，我更不敢写！"序子往回缩。

白玲把白旗袍穿出来了，真漂亮得炸人眼睛。

第二天吃过早饭，易衡对序子、渊深说："我今天上福清开会，你两个在我这里多玩几天，等我回来。"

"好，那么请你转告一下王淮先生，若有要紧事，务必打电话来。"序子说。

易衡说"好"，带勤务兵魏喜走了。

渊深指着走远的魏喜背影问序子："他那根驳壳是一号还是二号？"

"大凡走远路，带的都是一号，实际。碰到事情真能够顶用，

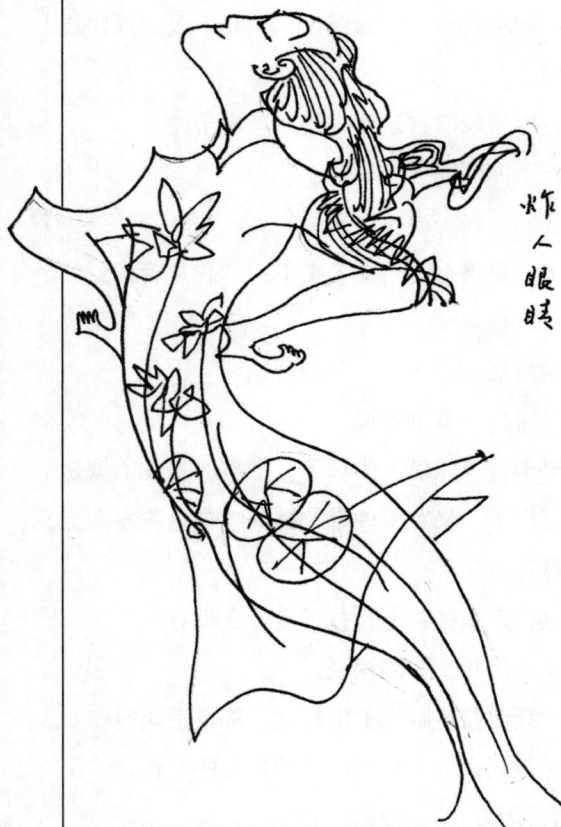

白玲把白旗袍穿出来了，
真漂亮得炸人眼睛。

炸人眼睛

所以你在部队看到的一号都显得老。过手的人多，各处棱角都磨融了，要玩，当然是三号，方便、轻巧、细手工，比头号左轮漂亮，最难看莫过于头号左轮，抽出来长长的像马鸡巴。"序子说。

两个人坐在大门石门槛上，远望一片无边田亩，老远老远想象中才是海。云一簇一簇从海上来；一下影子，一下太阳。

人在大堂排戏，看样子差不多了，轻着嗓门在走场子，斟酌些细节。

"我喜欢这种比较小规模场合。"渊深说，"我不太耐得住战地服务团的大吼大叫规模。"

"现在你才这么讲，原来没听你这样讲过。"序子说。

"你想是什么原因？"渊深问。

"你的原因怎么问我？"序子说。

那个叫萧剑青的过来，也挤在石门槛上坐下："我是管舞台装置的。"

"看样子像。"渊深搭话。

"怎么像？简直就是嘛！"萧剑青说。

他嗓子清亮，是个男中音。深额，尖鼻子，带鬈的头发不像是烫出来的。已经有点外国样子，又穿了件带拉链的咖啡色麂皮夹克，一双花软底皮鞋，功夫算是做足了。

"你两个一人一根枪，来东张路上，打了点什么没有？"

"没有。只听得一路鹧鸪叫。"渊深说。

"这东西是不好打。我前些年跟人上山打过，都空手而回；看样子该有些路数门道。"萧剑青低头指指序子腰带上的左轮，"是公家的还是你的？我看看行吗？"

序子取出退了子弹交给他。

"没见过这么小的，太有意思了，怎么弄来的？"他问。

"仙游司令部修械处的人废铜烂铁捡来卖给我的。"序子说。

"哪里，一点也不显废，太好玩了！"交还给序子。

序子装回了子弹，放进皮枪套。

今天星期六，看样子上午走完场子下午没事了。张白玲大声嚷着："画家画家！这颜料你还不收起来？"

"放你那里算了，下次我还来，等她们有钱买了料子好帮她们画。"序子说。

这话引起了欢呼："你看人家！你看人家什么派头？——多谢你张序子，你可一定来！"

寿福、寿高两兄弟着急地过来打听："男人可不可穿你画的衣服？"

"可以！可以！你两个赶紧去扯两丈衣料等着。"好事之徒鼓励他两兄弟。

"画画的不是你，你要什么大方？"两个人明白了。

"你钓不钓鱼的？"多蒙问。

"少。不耐烦，花时间等，坐着无聊，怕晒，蚂蚁爬身上，蚊子咬耳朵。"序子说。

"等下我们去钓一盘好不好？"多蒙问。

"你说你这人讨不讨嫌？都对你讲了那么多不喜欢了……"郭凯说，"序子，你帮我剪个影好不好？我去找纸。"

这一剪，那就很少人落空没有剪着的了。连隔壁的两位漂亮上海媳妇都沾了光。

渊深坐在旁边暗笑，"还不如去钓鱼好！"

津汉找序子屋里坐，白玲泡了茶，几个人跟着进来。

"我几年来写过一些关于话剧的短文章，报上剪下来也有几十篇，出版社的朋友答应为我出本书，书名想好了，叫作《爝火集》，'日月出矣，而爝火不息'的意思，你给我画个封面怎么样？"津汉问。

"我喜欢做这类事。让我做几张试试看，做完了你挑就是。不好再画。做这份事难在'想'，'画'好办。我明天回去之后就动手，下次来就带给你了。"

渊深奇怪序子，怎么商没商量，说走就走？

白玲也说："耶？怎么说走就走？"

"心里不踏实，我在等几封信。我怕那些信没有着落。"转过头来对渊深说，"和你商量了不也是这个样子？要不然你留下来？"

下午架起乒乓桌子，狠狠打了一圈，刘罗亭是这里第一把手，毫无希望地、绝对地败在序子手下。一边捡球一边嘴里轻轻念叨："奇怪！奇怪……"

看热闹的也觉得奇怪。刘罗亭是全团唯一的男主角小生。

第二天早上吃过早饭仍然还是大清早。全团人马站在大门口和序子、渊深告别，直到两个人远远走进雾里……

序子问渊深："这次我们走山路好不好？"

"你怎么认得路？"渊深问。

序子站住了指左首，"那边是海，海在东，是不是？"

渊深跟手指望过去说："是！"

"好！朝天躺下。已经晓得左边有海的地方是东对不对？那么记住一个口诀：'头北、脚南、左东、右西。'这道三十多里的小山脉是道南北向的山脉，眼前我们是脚南往头北的方向走。"序子开步走。

"你哪里学来这一套？"渊深问。

"我家乡赶山的老狗都懂！"序子说。

"喔！你跟老狗学的。"渊深说。

"再犟嘴，我甩下你不管了！"序子说。

"不怕咧！'头北、脚南、左东、右西。'"渊深说。

"这山名叫石竹山，前两年跟日本强盗就是在这三十里小山脉岭头上狠狠干了一仗，'保卫大福清'口号就是从这里喊出来的。那一仗，杀得日本狗强盗片甲不留。"

山谷不深。谷底杂木林和松柏经过两年前的炮火，年轻的树冠又重新顺着坡层长上来了。岭上好多矮松柏群带领一路的短草丛起伏着遥遥远去。

渊深忽然发现路下坡处有颗白色东西。

"看！序子，那是什么？"

"是什么？"序子话没说完，急忙往前扑去。

两人喘着气，跪在一颗雪白的人头骨面前。

那么白，日晒雨淋，白天黑夜暴露于长天之下。你那么孤独，你是哪方人士？哪个部队的？救护队怎么把你忘了？让你一个人留在这里？几年了，两年？三年？你身体骨架子到哪里去了？

序子站起来，卸下身上的背挂枪支。双手发抖地捧起这雪白的骨颅，送进一座大岩石下的夹缝深处：

"什么意外把你遗忘了？替天下人向你道歉，我们两个人到老到死也不会忘记你。你再不会日晒雨淋了。原谅我们不能陪你，我们还要赶路，我们向你告别，向你敬礼。"

　　两个人大声号啕了起码半里路。

　　海风从东边吹来，高起两个年轻人的无边迷茫。

不再日晒
雨淋

『什么意外把你遗忘了？替天下人向你道歉，我们两个人到老到死也不会忘记你。你再不会日晒雨淋了。原谅我们不能陪你，我们还要赶路，我们向你告别，向你敬礼。』

李桦来信。

序子先生：

　　收到你的信十分高兴，犹如看到年轻的本人一样，使我生活增添了许多色彩。

　　首先，请不要介意，我要对你提出一点批评。鲁迅先生不单是我们中国新兴木刻的创导者，更重要的，他是我们中国现代伟大的革命思想家。你在给我的来信中居然称呼他为"老头儿"，未免太不知轻重了。我向你慎重地提醒，改正这种轻浮、玩世不恭的态度。尽量找机会，认真地读他的书。

　　木刻既然你自己也说是仓促之作，那我就用不着再说什么了。不过，我也从中看出你的乐观天赋，在艺术中这是很重要的。中国眼前老百姓的日子创痕渊深，木刻创作情感的注意力要多投射到这一方面去才好。你的装饰手法使用得多了一些，表现现实生活难免产生距离。你应加强人体素描写实的锻炼，以便增强你表现现实生活的能力。

　　你的故乡原来是朱雀城。我没有去过朱雀城，也没有打算以后去一次的意思。我是个公务员，责任在身，每天都忙。下班之后还要利用工余时间读书和考虑木刻艺术问题。

你的装饰手法使用得多了一些，表现现实生活难免产生距离。你应加强人体素描写实的锻炼，以便增强你表现现实生活的能力。

你可能有你出身于朱雀城的源流，我不清楚你是不是那里的少数民族。你怎么一个小小年纪的人会有两把枪呢？你要枪干什么？你又不在战场，一天到晚挂着枪岂不累赘？你觉得好吗？哪里好？

我从来没想过枪的问题。虽然周围来来去去的同事腰间都挂着枪，那是因为他们的工作性质和我不同，他们来回于火线和后方之间，随时会遇到敌情，随时会碰到交火的机会。

没有人问过我要不要一支枪挂在身上。我自己也没想过竟然会去领一支枪挂在身上。我和枪从未发生过任何关系，更谈不上我会有兴趣去摸一摸它。我那么忙，我摸枪干什么呢？

我喜欢和你通信，我一点也不讨厌，因为你给我单调枯燥的生活带来特别的想象力。当然，我更希望以后的通信中探讨木刻艺术方面的问题多一些；不过，回头来说，你兴之所至写的信仍然会给我带来开心，你就随意地写吧！

薛岳是九战区司令长官，和我没有私人关系。

我是中校，不是上校。

我不喜欢辣椒，一点也不喜欢。我也不相信以后会喜欢……

我曾经有位知心的妻子，早年去世了。留下一个女儿在广东由亲人照顾。

好，公事忙了，下次再谈。祝你

进步

李桦

年　月　日

底下是嘉禾先生的信。

序子：

　　看见了吧？李桦就是这么一位诚恳的人。他几乎像一个小孩子那样的纯洁，有一句说一句。

　　你的世界和他是不一样的，你有他没有的；所以看得出他喜欢你，他把他所知道的都诚恳地对你倾囊，他将会是你一辈子的可信赖的老师。

　　我也非常地想念你。见到清河了，都说希望能再见到你，我看那是不可能了，眼看你逐渐离我们远去……

　　祝好！

嘉禾

年 月 日

序子把信给王淮看。

　"李桦真回信给你了，看他这人多好！好像是你多年的熟人，真挚得少见，没一句客套的话。唉！我若是上帝就把你派到他身边去做勤务兵。天底下，先生和画家到处都是；这样的先生和画家倒是少见。替你高兴。还有这位蔡先生，都是这么通达有见识的人。你怎么运气这么好？得这么多老人家喜欢。——你和渊深走的这几天，这边出了点变化，对我们来福清的这几个人不太精彩。想让你们赶紧回来又犯不着急成那样子，现在回来了，好。

　"你们绝对想不到，陈重马上又要调到泉州去。"

　"这算什么？'席不暇暖'嘛！我们的屁股底下的板凳也没有

坐热嘛！这么跟着陈重屁股后面跑来跑去岂不让人笑话？"颜渊深说。

"所以呀，所以呀！前天陈重告诉我这件事，问我怎么办，是不是跟他一起走，我只好辞谢了。"王淮说。

序子说："这决定是对的。"

"底下的问题也不大，永春军管区正筹备演剧队，希望我去，不正好？"王淮说。

"要早问，省得我们白来福清一趟，直接去不更好？"颜渊深说。

"你这话是多余的。"序子说。

"陈重这人心肠好，他倒是希望我暂时留下来整顿好这两个团才走。其实这是不可能的。底下派谁来还不知道，何况他又走了。这两个团眼看谁也不服谁……"王淮说。

"那是。"序子说。

"你看到那边'一团'怎么样？"王淮问。

"挺好的，庄叔、张白玲、导演陈津汉，还有个小生刘罗亭，人马都算是挺齐整的，（轻声）看起来比这边紧凑。"序子说。

"够不够上一出戏？"王淮问。

"戏排得差不多了，正准备进福清城。"渊深说。

"什么戏？"

"《野玫瑰》！"

"哎？怎么排这种戏呢？他们导演这水平！"王淮说。

"戏是他们副主任易衡定的。导演做不得主。"渊深说，"易衡这几天在福清咧！"

"我在仙游就见过他。有他在，两个团谈不上合并了。"王淮说。

"这是谁吃掉谁的问题。凭什么我们要跟他们一齐陷在这泥坑里？早走早好！"渊深说。

崇淦说："又要走，哪年哪月才有个家？"

"像个耍把戏跑江湖的。老板娘！你就别想个家了。"渊深说。

"跑江湖？你有行头家伙吗？有猴子绵羊吗？有锣鼓吗？"序子说。

陈重邀请四个人去见面，大概是告别，果然是告别。副官处送来崇淦、王淮一百块钱；序子、渊深每人二十块钱，说是"请笑纳，不成敬意"。

想到邀请他们去泉州这码子事，陈重心里自己也笑了。送出大门的时候只能挑出毫无疼痒的六个字说："后会有期，再见！后会有期！再见！"

四个人回到团里，没想到易衡坐在椅子上等他们。

跟王淮熟，也听说他们要走，特别来的。

"一团要进城演出《野玫瑰》，借张序子画张剧院墙上的大广告，晚半个月走行不行？"

王淮说："问张序子，他说行就行。"

张序子说："无所谓。"

就这么定了。

团里多加了几个菜算是送行，第二天三个人走了。序子留下来在团部打《野玫瑰》稿子。这好办，找张张白玲肖像相片放大，旁边加朵鲜红的野玫瑰，三个大字《野玫瑰》底下一群其他人的名字。易衡和团里各人看了都满意，于是就预备买硬壳磅纸、图案色和防水亮漆，动起手来。

画画的时候，序子的派头显出来了。那管钱的副官从东张打电话来问要多少钱，序子翻起眼白说："先送三十块钱过来，不够以后再讲！还要派两个人来帮忙。"

第二天来了寿福、寿高两兄弟加了个勤务兵魏喜。跟序子在街上买完东西，还在菜馆里点菜吃了一顿饭。听说画一面广告画花三十块钱，伸出的舌头差点缩不回去，说村子里买一幢屋还有钱剩。

序子说："这是材料费，我画画的工钱还没算在里头。"

"发你薪水，给你饭吃，分你衣穿，买这么多瓶颜料、这么多支毛笔让你一个人玩，你还敢要工钱？"两兄弟说。

"'抗战时期，一切从简'，所以我不计较了。"序子说。

序子带三个人到戏院门口量墙上的尺寸，回团部排演厅把纸摊在地上用牛皮胶按尺寸紧紧粘连起来。纸壳底面一白一灰，灰的那面纹理粗糙，适合落墨上色，刷上白粉底子。序子开始在小画稿和大纸壳上用铅笔各画上数目相同的准确方格子，标出纵横号码，分了工，教三个人依照画稿小格子上的纵横笔道在大格子里照样描出来。原先三个人见了害怕，说不会画，仔细画下来也觉得不怎么难，挺简单顺手。张序子说："照格子描，不管它这个那个。"

果然，四个人不到半天，大稿子就画出来了。三个外行一看，却不信自己有这个本事。张白玲那张微笑风骚大脸居然是由自己糊里糊涂画出来的。又心跳又开心，好像某天有人敲门，进来的是你从未见过面的私生子。

世界上也的确只有生孩子的快乐行动前后过程可以跟打格子放大画稿相比：随意性产生无与伦比的精密绝顶的哇哇叫的活物。

序子开始在小画稿和大纸壳上用铅笔各画上数目相同的准确方格子，标出纵横号码，分了工，教三个人依照画稿小格子上的纵横笔道在大格子里照样描出来。

四个人写大画

三位准画家靠在大画稿旁边的墙角休息，喝茶，聊天，像医院产房门口那几张长椅子上坐着的准备上任的快乐父亲一样。

　　序子用了两天时间在张白玲脸上和玫瑰花上画上颜色，写满了该写的大大小小美术字，半天时间钉上墙头，刷上防水无光漆。搬开两张梯子，四个人肩搭肩在画底下照了一张相。

　　这张大广告引来好多人看，说张白玲那张笑脸像真人一样，晚上过路都让人害怕。

　　所有一团演出队伍的人都从东张赶来了，看到广告，尤其是张白玲本人都说好，还说可惜画得太大，要不然一辈子留下来做纪念。

　　"哎！张序子，我买盒水彩颜料，你帮我照这样子画张小一点的行不行？我装个框子挂在墙上。"

　　庄敬贤叔帮序子答应了："行，行，怎么不行？我帮你把张序子阉了给你做太监，一辈子天天给你画衣服、画像……"

　　"过几天序子就要走了，你总是想到自己。"刘罗亭说。

　　白玲脸红了，"对不住呀序子，老姐姐冒失了。"

　　"庄叔常常开玩笑的，不要在意。"序子说。白玲抚了抚序子的头发。

　　演出很热闹，没想这个破戏好多人看。

　　陈津汉导演也没想到这戏有人看。戏归戏，看法归看法；不仅陈津汉和序子的看法一致，团里不少人都有这个意思，只是说不出口，惹不起这个"厉辣王"。

　　"你讲的'厉辣王'是什么意思？"津汉问序子。

　　"喔！我家乡恶人的称呼。其实，易衡在仙游司令部政训处的时候，轮不到他是个人物的。"序子说。

"哈！下到地方。"津汉说，"话就不好那么讲了。"

戏有人看，票就一捆捆地卖，易衡处处笑脸对人，见到序子就说："序子、序子，广告画得好，你有一功。"

"唉！碰的。"序子仗着是老熟人，顺口回应一句。

"怎么能说是'碰'？劳力劳心宣传抗战的工作。要不然哪来这么高的票房价值？看这阵势，风起云涌，好不壮观！"

"老百姓好久没有戏看会是这个样子。"序子说。

"你看，周围县城，连江、永泰、长乐，连福州、闽清那头都有人来，你自己想想……戏不好，他们舍得花那么多钱，走这么远？"易衡说。

"你这话一点都不假。听我老人家说，梅兰芳民国廿六年在长沙唱戏，汉口、襄阳一带有钱戏迷坐着火车追。看戏看上瘾，会有这毛病的。"序子说。

易衡觉得序子说话走了味："你扯到哪里去了？"开步走了。

序子街上遇见长乐的教育局长魏文熙，很是惊喜，说："老师嘉禾先生早有信来说你可能在福清。"问他一个人怎么在福清，在干什么，序子便把半年来的情形告诉了他。没想到魏文熙是嘉禾先生的学生。

"好吗？"魏文熙问。

"谈不上好，不稳定，暂时待待还可以。迟早还是走好。"序子说。

"那，到长乐来怎么样？"魏文熙问。

"没想过。"序子说，"真多谢你。"

"什么时候想来都可以，我随时等你。"魏文熙说。

"你也是来看戏的吧？"序子问。

"昨晚上看过了，怎么会是这样的戏？汉奸特务的活动，曲曲折折，利用老百姓的好奇心吧？"

"是那么回事。军队政训处叫演的，大家心里都不自在。"序子说。

"你看，笑着干不情愿的事，那就苦了。"魏文熙说，"福清是块文化宝地，老百姓大多出口成章，很有雅趣，乘机会你该多处走走。去过叶向高花园了？"

"去过，的确是个非常别致的地方，我还写了篇小文章……"

"真的呀？寄我看看如何？"魏文熙说。

"好。"序子回答，"见到各位，请代为问好。"

顺口说出便后悔，长乐其实没有多少"各位"好问好的，印象深刻的只有那位培青校长钱信彰先生。装世故不好。回到住处，抄了一份《叶向高花园记》寄去长乐。

一连演了八场。卸了妆，个个累得像假人，易衡在后台说："好啰！好啰！再演两场就凯旋回东张了。"

他有面子得很，成天带着不会演戏的胖脸周玉蟾到商会、银号各处应酬，吃吃喝喝。他没有对人讲有没有讨过老婆，或是早已讨过杵在家里也说不定。或是正静悄悄找当地熟人帮办离婚手续、打发黄脸婆卷铺盖自己滚蛋也说不定，总之让人看不出痕迹，装着让人看不出痕迹就"犯罪侦查手册"上说，那就是痕迹！周玉蟾这个小胖脸说是说分不出角色让她演，她的演技全用在易衡那头。两个人根本犯不上眉来眼去。吃早饭留着肚子到易衡房里去吃炸馒头，哼、哼、哼嚷着还要泡一杯"阿华田"。

大家看惯了根本不当回事。有朝一日出了点什么事，即使还没有发结婚喜帖也没啥了不起。

她也有几个长处：

一、脸胖，身段却是不错。

二、认得字。

三、人对她酸话微言，装着听不懂，不搬弄、不惹人。

四、街上带吃货回来，都是请大家吃。

五、爱干净，喜欢做的衣服样式还算规矩，不刺激。

所以陈津汉拉长了嗓子感叹说："可以了！可以了，年轻轻的女子，你要人家怎么办呢！"

序子认为这话公道。

演出结束，大队人马回到东张。

易衡问序子："王淮那边有信来吗？"

"还真奇怪，好多天了。"序子说。

"留在这里，不上永春了，行不行？要不然，你在这里白做事，我发不了薪水给你。"易衡说，"你看，大家都亲近你，舍不得你走。"

"其实，我在哪里都一样。不过，我跟王淮惯了，他要有信来我还是要走的。"序子说。

易衡说："我看也是，那就暂时留在我们这里帮忙吧！"

没两天，王淮来信了，说："你情绪好，留下来亦无妨……"

"你看！"易衡说。

工作定下来了。坐在桌子边先给安海醒斋刻字铺的赵福祥报告了行止，给啸高和吴先生，准备给妈妈、爸爸、王淮、渊深、清河叔、嘉禾先生、李桦先生、人希兄都各写一封满满的信。第一封先写给妈妈。

妈妈：

这几个月没写信给你，我们几年来的战地服务团解散了。理由是上头的事情，倒霉落在我们头上。"平分、平分！尔将焉赴？"不晓得怎么办，几十个兄弟姐妹从此分别，肠子都断了。

我们跟陈啸高、吴淑琼两位先生和孩子和他们的家告别之后，就和同事颜渊深随王淮先生夫妇来到福清地方，是个有文化的县城，在省城福州隔壁。这地方的军队司令跟王先生是老熟人，原打算留下来帮他整顿剧团，不巧这个司令又接到命令调往泉州，没想我们四个人脚步刚落稳又要跟着走，觉得好笑，就不跟了。他们三个人到永春军管区还是师管区熟人那边去了，我被借留在这里画演出海报，画完该走的时候还不见王先生来信，心里有点慌神，这边负责人劝我留下来，我正在摇摆不定的时候，王先生那头来信了，说"留下来亦无妨"，我就留下来了。

这里同事眼前相处还客客气气，倒是还没遇见恶言相向的强梁。过日子和工作可爱之处甚多。儿常记住妈你老人家以前的告诉："人应强大在心。"也时时想到小时王伯引导我的那段日子，使儿受益不小。遇事能从容对待，也多为别人设想。

儿前些日子读书，忘记了是哪本书上说的话："见苦难不救，即属欺凌之列。"

这话好厉害，让儿增加不少做人的志气。

儿工作处在福清的一个乡下名叫"东张"的地方，即是"东张西望"的"东张"，属于闽海指挥部一团的一个剧团。刚从福清县演了半个月戏回来。

"东张"是个四面环山的大盆地，靠海，水产和稻粮都很丰富，加上华侨寄来的侨汇，老百姓日子过得相当相当可以。我们驻所是一座像大祠堂那么大的华侨屋，整剧团的几十个人和房主们都装在里头有余。屋外面有近三亩大的石板晒谷场。

以后的日子大致如此，他们排练新剧本，我就读书和刻木刻，排练完毕到时候演出，我才一连几天画海报和招贴画忙起来。

全国很多失学青年都是在演剧队里像我一样熏陶长大的。

世界有的是各种学堂，只看人肯不肯学。

刚到福清的时候，和队里的同伴来过东张一次，探访以前战地服务团的同事音乐老大哥庄敬贤。住了几天回福清县城的时候，我跟同伴说，听说这条沿海南北向的山脉，前两年跟日本兵有过一场激烈的仗火，把进攻的日本鬼杀得"落落大败"，我们上去循山头回福清好不好？他说好。

上了山，两个人一直在山脊山窝上上下下。战争也的确让自然风景弄出了变化，轰掉上半身的老榆树群居然长出新芽，炮弹坑里长平的青草是一个个要命的陷阱，还会突然蹦出只狐狸或鹧鸪。（东张这一头的山叫石竹山，福清那头是不是也叫石竹山？一条山脉嘛！不清楚。）

上了山，两个人一直在山脊山窝上上下下。战争也的确让自然风景弄出了变化，轰掉上半身的老榆树群居然长出新芽，炮弹坑里长平的青草是一个个要命的陷阱，还会突然蹦出只狐狸或鹧鸪。

西十五山脊山窝上下

334

这片景有点怪，齐齐整整的创伤。不单有生命，还见到意志。

我俩坐在山脊上歇累，看得到右首边远远的海，风把衣服、眉毛和眼睫毛上浸透的汗水晾成白盐，我们都笑，以为是自己做出的成绩。我们喝水壶里的浓茶，一边四览风景，心情跟拍马屁的宋玉一样："此独大王之雄风耳，庶人安得共之？"又跟头脑还算清楚的楚襄王一样："夫风者，天地之气，溥畅而至，不择贵贱高下而加焉。"就在这时，同伴指着前头山窝浅草处那颗白点子问我："那是什么？"

下坡一看，两人都傻了。

是一颗雪白的人骷髅，睁起一对大眼眶望着天空。是日日夜夜啊！是风霜雨露啊！就他一个人被晾在山巅，打扫战场的人把他遗漏了。

世上最大的哀伤莫过于人间的遗漏。

他的父母、他的妻儿哪晓得他一个人被留在这里？盼望过去了，失望过去了，他们不知道白骨哪能有归期啊？

我跪下来，双手捧起白骷髅放进风雨侵蚀不到的大石头缝隙里，心里默祷：

安歇吧！只能做到这个地步了，我们活得有限，也不能留下来陪你。我们是你心灵的家人，我们永远想你、纪念你、传播你一直到自己老死。永别了！

我俩垂着双手，站起来，号啕大哭了大约半里路，继续在山岭上往福清方向走。周围一带的好景致都没什么意义了。

回到福清，把这点珍秘的哀伤深藏心里不让人知。

过了好些日子的今天我才有勇气写出来，像一篇作文交给
妈妈。祝

全家好！

儿序子上

年　月　日

（这个遭遇，我换着方式不记得写过多少次，也和好朋友几十
年来讲述过多少遍，七十四年过去了，大石缝隙里的白骨应该已还
原消融于宇宙母体中了吧？中年时代也曾有过浪漫心情重去东张探
望他一次，都不能如愿……）

（家母当年回信，说：看了这封信，几天睡不着觉，说，天下
做母亲的谁都认为那颗山上白骨是自己的儿子。

接着准备写信给爸爸。是不是还写石竹山上的事？重复的次数
太多了。爸爸不知道发生过这件事哟！最近，没有比这件事更感人
的了，不写这个还有什么好写？

反过来想，又觉得我不停地重复同样的内容是不是一种毛病？
《精神病学原理》称它作"回旋式思维活动"。不单我有这个毛病
倾向；我好多亲密朋友都有这个毛病，犯同一句话在同一时间连续
重复两三次：

"嘿嘿嘿！我是很喜欢吃炖牛肉这类东西的。"

"嘿嘿嘿！我是很喜欢吃炖牛肉这类东西的。"

"嘿嘿嘿！我是很喜欢吃炖牛肉这类东西的。"

让人听了不知如何是好。

我自己的这个毛病其实早在七十岁以前就发现了，把自己以前

写过的文章写了又写。所以决定把眼前自己的这部大书写到七十岁为止，也即是说写到一九八九年为止不再继续。这毛病继续下去不好！

我还可以举个以前的例子给诸位见识。

我住在意大利佛罗伦萨（徐志摩翻成"翡冷翠"，好听！）旁边一个小城名叫芬奇，两城相距四十多分钟车程。星期天我们的车才准进佛罗伦萨城里。

城里大教堂后头有条几百年专卖画画颜料的小胡同，名叫 Via Dello Studio，中世纪任何时代的颜料它们都可以为你配制。我用的颜料都从这里买，他们认得我。我喜欢这条胡同历史悠久，又觉得它实在小得好玩，早就想画它一次。

一个星期天，我真的坐在小胡同人行道上的这一头对它写生了。是女儿开车送我来的。她留下我和我的画摊子买东西去了。

对着小胡同的街叫作 Via Della Condotta，连人行道顶多两丈宽，都是商店，左首不远街对面还有座教堂，正是星期天，不少人来做礼拜。

当我画得正带劲的时候，那边教堂门口出事了。有位老太太仰天跌在台阶上，一群人把她围起来。看装扮该是一齐从乡下进城做礼拜来的。大家慌成一团。

我放下家伙过去看了一看，走进人丛。量着在干校当过医药小组长的分，懂得一点急救知识，认为是教堂里缺氧给闷坏的。弯身给她揉揉脑后根、太阳穴，捏捏"虎口"，按摩十几下肩胛骨，杵杵人中，老太太眼睛骨碌碌睁开，坐起在台阶上，众人一起欢呼。

恰好女儿回来见到我给众人拥起的神圣场面，不知发生何事，那帮乡人就抢着对她说这说那。救护车这时也响着赶来，众人忙对

城里大教堂后头有条几百年专卖画颜料的

小胡同，名叫 Via Dello Studio，中世纪任何时

代的颜料它们都可以为你配制。我用的颜料都从

这里买，他们认得我。我喜欢这条胡同历史悠久，

又觉得它实在小得好玩，早就想画它一次。

大教堂俗头的小胡同

救护人员说:"不用了,不用了,中国大夫把她老人家医好了!"

我女儿当场翻译给我听。

女儿赶紧对救护人员说:"不是医生!不是医生!他是个画家,看,画架子还在那边!"又转身对我说:"好险!好险!我不解释,你就是无牌行医!"话没说完,里头一个神父捏还是提了个装水东西,手指头在里头蘸了蘸,往我脸弹了几弹,念了几句咒表示多谢。

女儿陪我回到画架这边坐定,那群乡人陪着老太太跟了过来,各人都打开提包要给我点什么东西,女儿帮忙多谢拒绝了。接着又呱啦呱啦一番话,女儿告诉我大家要请我到餐馆吃点东西。她也都给多谢了。就这么易水之寒地分手了。

没想到上天降这么一个不算大的"大任"给我,无须劳筋骨,弗乱心智,居然顺利、轻松地完成了救人一命的好事,尤其在遥远的异国,好不乐以有也!

诸君读者请注意,问题就出在这里——

我做了这么一件好事,并且明白清楚对建立国际友谊事业方面算不上任何贡献,我就是忍不住得意给国内朋友报告这个消息,在意大利也是见熟人就说,完全忘记了做人的基本态度。当我事后冷静下来才想到学雷锋的时候,已经"木已成舟",该说该吹的已经做完,迟了。真是追悔莫及。

做了好事不声不响真难。

事情已经过去三十多年,你看我又一次把它写出来搅和大家。本性难改!

我当时已写信给家母,请她把信转家父看,不另写了。)

序子和渊深分手之后，真像把一只手分掉了，处处不自在。开始认真想他了⋯⋯

这里有个陈咏白，管道具的，字写得好，宗米芾的，看不出他比序子小还是大，满满一脑壳又鬈又黑的头发，喜欢跟序子一起。序子有天劝他："你最好是不要动不动每天都讲'我妈我妈'，我们都长大了。"

"嗯。"他答应，微笑。总记不住。

序子到林子里打了两只斑鸠回来，他很佩服，说要跟序子"学"。序子说，其实没什么好学的，三两句就明白了。下一趟进林子，让他背那支火枪跟在后头，告诉他："最起码一件要紧事，枪口不要对人。

"上坡下坡，走前走后，背枪都有讲究。走前下坡，背枪枪口不朝上；走后下坡，枪口不朝下。

"走前上坡，背枪枪口不朝下；走后上坡枪口不朝上。

"走平路，枪口一律朝上。"

咏白要序子再讲一遍。序子说："犯不上背的。出来走一两次全记住了！"

两个人进林子或上山都只打得野鸽子和斑鸠，就是没有鹧鸪。白玲说："行了！行了！要这么全干什么？好上加好，苦了自己！"

序子日子里增加出猎的内容，心情稍微舒缓了点。继续地为女孩子们画衣服，也只是好了手边宽裕的几位，为美丽怨尤的低薪女孩们终究占多，眼看颜料逐渐消失⋯⋯

找了块小木头板为陈津汉刻《爝火》封面。"汤得伊尹，祓之于庙，爝以爟火，衅以牺豭"，《辞海》上引《吕氏春秋·本味》

的这么一段，没前没后不知什么意思。《庄子》上头讲的"日月出矣，而爝火不息"，年深月久，居然弄出两种感悟。"老子来了，你还不滚！""你来归你来，干老子屁事？"不知道陈津汉意思是哪种？

有天下午，序子在厅堂中方桌上弄明通枪的子弹，咏白一个人在旁边看热闹。装底火的时候敲重了一点（根本应该先装底火后装火药，工序错了），弹壳爆炸，手掌、指头都是碎弹片和小子弹，桌面炸了个大圆洞，左手流血，吓得大家奔出来叫救命。

咏白吓呆之外什么事也没有。罗林拿大手巾捆住序子左手腕，叫序子自己举起来别下垂，和敬贤叔、白玲、咏白、寿福、寿高大队人马陪序子走到东张，找到位土洋结合的内外科兼顾的本地猎户医生，坐在长板凳上解开手巾让他看了一下。

医生对自己说："子弹炸的。"转身问序子："是吗？"

"嗯！"序子回答。

"不怎么痛，是吗？"医生说。

"嗯！"序子说。

医生用钳子拔出几片铜弹壳碎片，再用镊子把手掌里大点的铁砂子取出来，"咣咣"十几声放进搪瓷盘里，告诉罗林："你眼睛好，帮我把其余剩下的小铁砂子夹出来。"自己拿脸盆肥皂洗手去了。带回一个像杀猪的徒弟："大拇指伤重一点，上完碘酒拿纱布胶布好好绑一绑，手掌消完毒上碘酒一齐用纱布胶布绑过大的；再弄个绷带让他自己把左手挂起来。"

"有药吗？"罗林问。

"哎呀！吃什么药呀？不吃'药物'不沾水就行了。嗯！嗯！算一块五吧！下礼拜记住再来一次。"

医生用钳子拔出几片铜弹壳碎片，再用镊子把手掌里大点的铁砂子取出来，『嗒嗒』十几声放进搪瓷盘里，告诉罗林：『你眼睛好，帮我把其余剩下的小铁砂子夹出来。』

回到团里，见到序子都有些害怕。寿福几个人动手脚赶紧把桌子上那口大圆洞补了，加了点油漆混成个老样子。

女的们发了感想："流那么多血好怕人呀！"

白玲嚷起来："你们忍住点吓！我们女人见血还少呀！大惊小怪！张序子自己不嚷，你们嚷什么？"

"幸好这回意外只伤皮肉，没伤到骨头，张序子呀张序子，你可真算是命大！"庄敬贤叔叔说，"讲老实话，可把我吓住了，你要是失掉双手，下半辈子你怎么活？"

易衡见序子回来，反而冷冷之；其实不应该冷冷之的。这次出的事情既不是纪律问题，更不是道德问题，你他妈就舍不得来两句问好的话！什么意思！！！

陈津汉、敬贤叔、张白玲、刘罗亭似乎也感觉到了。问序子，他说他不记得有没有，都二十多天了。

二十多天了，手也完全好了，只大拇指第一节和第二节之间留下重重的青痕。另外四个手指头跟手掌相接的部位还挤出四颗小小的铁砂子，于是就和从来没出过事的手掌完全一样了。

人们开始议论下个戏排什么好。

易衡在会上说："……你看，张序子这次出的事真是很耽误我们全团的工作情绪。我们这次《野玫瑰》的演出收获这么大，很出我的意料。现在要讲究的是要大家想办法找一个跟《野玫瑰》一样受欢迎、出成绩的剧本，甚至超过《野玫瑰》的剧本。最近大家看过什么好剧本都请提出来。"

"大家等剧本等了那么多天，跟张序子炸不炸手有什么关系？陈铨的这个《野玫瑰》有两个招人的地方：一是汉奸特务戏，二是情节曲折想入非非，引人好奇心。其实对宣传抗战的意义是不大的。我有时想，很可能有宣传上的反效果。不应该把卖不卖钱当作一个剧本好不好的标准。"敬贤叔这番话说得非常不高兴。

津汉同意敬贤叔的看法。跟着几个人都同意敬贤叔的看法。

易衡叫苦了："哎呀！哎呀！这不是在开会吗？我是个负责人，总不免要前前后后说一说嘛！大家对党国、对抗战都有一份责任之心嘛！集思广益嘛！众志成城嘛！……"

陈津汉说："眼前顺手找得到的剧目有：

"（一）果戈理的《钦差大臣》，外国戏，让人看了新鲜，是个喜剧，人看了从头笑到尾，也很有教育意义。

"（二）《风雪夜归人》，作者是年轻鬼才戏剧家吴祖光，暴露旧社会艺人悲欢离合故事，很是感人，在重庆西南一带非常卖座。

"（三）《结婚进行曲》，一个现代热热闹闹年轻人恋爱结婚的喜剧，中国现代重要剧作家陈白尘的作品，在各地演出都受到热烈的欢迎。眼前就是赶紧托人找剧本让大家分头看看，确定哪本在这里演出最合时宜。"

易衡说："这样讲是对的，我看就按津汉说的办法办吧！大家多费心快点找找。"

敬贤叔在院子散步见到序子，"你什么事得罪他了？"

"没有呀！这几天面都没见过。"序子说，"你想嘛！我怎么会没事撩他。"

"小心点，看看什么事。"敬贤叔说，"像是有事的样子。"

"多谢，庄叔。"序子笑笑，"有事？'嗬！嗬！嗬！天地宽阔！'……"

庄叔叹口气，"我们只是舍不得你，别惹事啊，小祢衡！"

有天坐在门槛上帮咏白剪影，他人长得好看，又是卷头发，剪出来大家说可爱。玉蟾问，照原样蒙着再剪一张行不行。人问："你要咏白的像做什么？"玉蟾说："好看，我喜欢。"序子告诉她："没做过蒙着剪第二张的事。对着他再剪一张是可以的，怕都不一定有第一张好了。神气可能会差些。"玉蟾听了点头，觉得序子说得对。

萧剑青过来也要剪一张，刚坐下，有人就叫序子把两张纸叠起来，一剪二、可以送给玉蟾。

玉蟾忙说："我要的是咏白的。"

人就说："剑青也是卷头发，跟咏白一样子的。"

"不一样，不一样，剑青是鹰钩鼻，我不喜欢鹰钩鼻！"

剑青刚坐定，听到这话蹦起来，"鹰钩鼻怎么了呀？老子要你喜欢吗？老子对你还没有别个人那样的胃口咧！"

玉蟾晓得说错了话，不是有意的，连说"对不起，对不起"，哭着跑了。

序子劝剑青："你快坐好莫动，我给你剪影了。你晓得玉蟾这人水平，讲话不打稿，有口无心，终究还是个老实人。原谅她吧！你看我给你剪的这张影，这神气，这头发，这皮夹克大领子。我还想问你，你这皮夹克哪里买的？我一直就想找这么一件皮夹克找不到……"

"福州、南台、云章公司。"剑青说。

"我去过几次云章，怎么没碰见？"序子边剪边问。

"衣物货品这类东西，总是一时候有，一时候没有，卖完了当然买不到；也可能下次还来。我这是捷克货，两年前买的，太平洋仗一打，外国生意受到影响……以后怕是难来了。"剑青说。

"唉！是你讲的这么回事。"序子说。

"你喜欢哪？"剑青问。

"早两年看见，不就好？"序子说。

影剪完了，比通常给别人剪得大，大家都说不单是像，气派和脾气都显出来了。那自来鬈的头发特别地飞扬带劲，还有鼻子，要没有那鼻子，就好比冲锋号声中少了杆旗帜，后果就不堪设想了。

萧剑青高兴地捏着剪影走了。序子特别跟上剑青，低声关照："忘记玉蟾的事，想想，她处境好可怜……"

有一天吃过早饭没好久，勤务兵魏喜通知序子，说易主任叫他。

进了易衡办公室，易衡装着看公文不理他。序子说："易主任，你叫我？"

易衡缓缓抬起头，"唔"了一声，又低头看着公文说："这段时间，你都弄了些什么啊？"

序子说："你说什么呀？"

"你看你，炸手呀！炸完手之后，一天到晚跟大家嘻嘻哈哈，剪影啦，画衣服呀！尽是些不正不经事情。听福清那边人说，前些日子你和颜渊深到东张我这里来，是逃避福清那边隆重的集体入党会，这事情就大了。你们把我这里当成什么地方了？"易衡说。

"他们入党，干我们什么事？我们根本不是他们属下，入什么党？你听这些卵话做什么？"序子来劲了。

"你自己听听，你这口气是什么口气？怎么这么讲话？那我问你，你入过什么党没有？"易衡问。

"你想问哪种党？拆白党？黄牛党？国民党？共产党？"序

子说。

"对，共产党！"易衡说。

序子笑了，"你想你多好笑！我若是共产党会告诉你吗？你不一下子把我扣了？你仔细看看，我这派头，这款式，要找得到一种专照是不是共产党的'X光机'就好了，省得你一天到晚费这么大心思，疑神疑鬼。眼前有这么一种风气，不喜欢某个人，就赖他是共产党，扣一顶帽子害他，吓他。幸好我和你以前熟，没有隔阂，所以我不在乎你。我看得出这几天你对我好像有了点变化。也不晓得什么原因，老子不干了，老子走了算了。"

"序子，随便聊聊你这么认真干什么？刚来就走，让外头人晓得了影响不好，要理智一点，你听我讲，你坐下，你听我讲……"

序子从墙上取下那个剪影框子，拆下后头底板，把剪影撕了，框架扔在桌上，夺门而出。

好多躲在门外窃听的人也都散了。

吃中饭的时候，全场鸦雀无声。

隔两天，咏白被易衡叫去骂了一顿。

又隔两天萧剑青被叫去大骂了一顿。

罗林晃着手指对大家说："从哲学上讲，这叫作'有机联系'。"

晚上，萧剑青悄悄找序子，"你喜欢我的皮夹克，把你的小左轮换给我。行不行？"

"行！"序子说。

"不过有个条件，我请了一礼拜假回福州，你先把左轮给我，让我带福州玩一个礼拜回来，再把皮夹克给你。"剑青说。

"无所谓！"序子说，"依你吧！"

其实剑青是易衡叫"滚"的，从此没有回来。

序子丢了小左轮，也丢了那件可爱的捷克麂皮夹克。

人上当吃亏，老人家总爱归纳成一种教训，其实是一种瘾。瘾一上来，哪里顾得上什么教训不教训。

易衡不信序子真会走，以为吓两句就老实了。没想到其实序子没有什么不老实的；也没有做过对不起人的事，所以有点不在乎这个那个。若真要走，留怎么留得住？这盘，是真要走了。

走，还不见动身，还没有写报告辞职。只风闻他要到长乐民众教育馆去当艺术主任。几时联络上的？也没有告诉过人，怎么大家都知道了？不清楚。让人偷拆过信？难讲……

剧本决定用果戈理的《钦差大臣》。易衡对序子说："好啦！好啦！听说你要去长乐，我也不拦你了。不过看大家面子把《钦差大臣》的招贴画设计一下再走行不行？"

序子想了一想，答应了。

马上动起手来，画了一张连自己都笑个不停的《钦差大臣》稿子。既然是个闹剧，不妨大家就闹一场吧！所以完全是一张漫画式的招贴画。序子把团内可能担当剧中某个角色的熟人，估计他化装以后的效果漫画一番，大家见了哄堂大笑，都说光见到这张招贴画，不买票看一看是不行了。

序子还临时收了一个徒弟陈咏白，教会他从打小格子起的一套放大本事直到彩色定稿技巧，陈咏白这事聪慧绝顶，教一懂二、一下子都学会了。连同寿高、寿福和魏喜，简直结成一股没有张序子的张序子的美术势力。

张序子双眼齐闭，做出老头子临终告别人间的那副神气说："唉！这下子我可放心了！"

（跟庄叔、咏白、津汉、罗林一直有通信，抗战胜利之后，各自找到新的兴奋点之后这才逐渐疏落下来。只是命运把张白玲大姐跟序子的关系延续得长一些，长到有点奇迹的感觉，容后慢慢细说。）

易衡居然大方批了两个月薪水。

离开东张，咏白、寿高、寿福和魏喜一直把序子送到福清这才真正地挥泪惜别。

在福清团里住了四天，明通枪退还给房副官。把做子弹装底火炸手掌的故事讲给大家听，吓得胆小的男女哇哇叫。

房副官见序子身边又是箱子又是书，问序子："去长乐准备怎么走法？"序子懂这个意思，便说："由你决定吧！"房副官做主叫了一顶滑竿，一个挑夫。并由他打电话通知长乐教育局长魏文熙。

一路上印象不深，也可能是睡觉错过了好风景，比莆田到福清的路短得多。进了城问民众教育馆在哪里，路人手指大街上右首边祠堂。祠堂几位先生一人坐一张桌子办公，问教育局长魏文熙，他们都说不知道怎么回事。序子定了定神，打发了滑竿和挑夫钱。一位和气的中年人过来搭讪，眼睛对眼睛，"啊！我们见过，你是战地服务团的张……"

"张序子。"序子答应。

"敝姓何，何倬生。你们的演出我看过，你会——"右手食指和中指一夹一夹，"简直神了。——这次你张先生来长乐？"

"我是魏文熙局长的朋友……"序子话说到这里，外头进来个办公事的年轻人，一看就明白："啊！序子先生，我们魏局长在家里等你，他晓得你这时候应该到了，要我来民众教育馆看看，果然在这里。哪，我姓彭，叫彭先德，是魏局长的秘书，我们走吧！嗯，这行李我们可以搬到馆门口去，等过路挑东西的挑一挑就行。"

没多会就找到了。一角、两角地讲完价。序子跟何倬生道了谢，走没多远拐进一个弄子，到了。

魏文熙说："没想到你真的能来。我好开心！"

引进客厅，嫂夫人端来茶和点心，魏文熙介绍："谢学敏，贱内，在建设科工作——这位是张序子，画家……"夫人笑说："知道知道，上次远远见到，真是久闻大名！请用点点心和茶，晚饭还要一些时候。"说完进后屋厨房那边去了，秘书也跟着去了。

文熙取出一封信捏在手上一晃一晃，"猜，谁写的信？"

"猜不出！"序子说。

"你们贵团政训处副主任易衡的大札。"老魏笑眯眯说。

"你怎么跟他通信？"序子问。

"从不来往！"老魏把信交给序子，"你自己过目。无巧不成书，你一动身，信就跟上了。"

文熙局长勋鉴：

近闻贵局属下之民众教育馆有聘请敝团团员张序子为艺术主任消息，闻之吓然。按此君平素作风一贯不正，品行杂芜、技艺粗陋、学识浅薄，实不堪担此重任。故不揣冒昧忠告于阁下，以避鼠糟之灾也。

我部守土闽海，关防有责，事无大小，在所关注，亦即见微知著之义也。特此奉闻。

并请

大安

闽海指挥部一团政训处副主任

易衡于福清

年　月　日

"这样子的'小器作'，看样子升不到上校了。"序子说。

魏文熙有另外的看法，"正当途径，你这个看法是对的。保定、黄埔、陆大，一级一级，再经过火线上下来的，大多人脸上都不带惭愧；你们这位老兄地方上混久了，来路就有点问题，不信以后有机会你认真查查，出身一定不正不经，五颜六色。"

序子指着信的末一段说："'事无大小，在所关注，亦即见微知著之义也'，哈哈！你上次给我的信准是让他偷看了。"序子放下信说。

"你还有什么得罪他的事没有？"老魏问。

"我没有，他认为有。我在仙游就认识他了，还是个少校。当年在政训处不怎么起眼。他在剧团和一个女孩比较接近。事情做得很公开又怕别人发现，惹了不少是非。那女孩憨厚老实，没有太多文化，团里人人都看在眼里迟早要为易衡所累，厌恶易衡，倒是对她真正是太多太多的怜悯。

"我们团有个了不起的女演员张白玲——你见过演《野玫瑰》女主角的那位。她有盒日本军队在福州留下画衣服的颜料，既然是画衣服的，大家就忙着做衣服让我画，可能她也做了一件，顾前顾后只静静地放着没敢送来，这时候颜料画完了。你知道，一个女孩和一件衣服的关系……这女孩可爱的地方在这里，她只是自己难过遗憾，毫不仗势撒娇放肆，这事让易衡知道了，要给她出气，找了我一些麻烦，他自己也明明清楚我是不怕他的，所以把担子撂到你这里来了。"序子说。

"撂到我这里来怎么样呢？我欢迎你这一挑担子。他用的信封是闽海指挥部，要祭大帽子吓我，我是教育局，不归他闽海指挥部管。他的枪打的是日本人，到不了我这里；也没敢说你是异党，不三不四的形容词汇只暴露出他个人对你的怨毒，以至于忘掉自己的身份。他不想想，怎么相信我不会把他的信交给你看？又不是国防机密。这蠢蛋鬼迷心窍！"文熙说。

"这人没出息，弄这些小动作，给你局长大人写信，让我吃不成这碗饭而已。"序子说。

"我们谈另一些事情吧！住处已经选好，街不远小坡三青团刚盖好的那座两层新楼。今晚我陪你一起去，明早再陪你去民众教育馆走马上任。"

"你带我到三青团住干什么？"序子问。

"哈！你以为我带你去参加三青团呀？去住那里的新楼、免费新房，搭他们的伙食，一日三餐，伙食精美，收费公道。新楼坐南朝北，空气新鲜，阳光充足，要不是我拖家带口，我都想住到那里去养老送终。

"我要马上写信报告嘉禾先生，你到长乐来了。他一定会有很快乐的回信。你知不知道王清河也是我的同班？他们对你都有十分的好感，说你是个奇人。"文熙说。

"我常常泡在倒霉里头，那还不奇？"序子说。

彭秘书过来说，饭好了，请上东屋。

谈话便移到东屋了。

魏文熙说到《叶向高花园记》那篇文章："我让几个朋友看了，都觉得特别，也说不出一个所以然。给嘉禾先生看看吧！看他怎么说？"

"不！不！别！别！让我再认真想想，改改，清醒一下好不好？定下心来之后，自己向他老人家交代经过。"序子说，"你先别说。"

吃完饭，喝完茶，彭先德秘书找来一个挑夫，序子多谢了学敏大嫂，三个人就出发了。

那楼说不远，其实也不近。出城大略还有里把路好走。在一个像是被剥了皮露出红肉的土坡上，房子用材简单：砖头、石灰、木头、沙土、石头。明明一座具体的楼房变成一座楼房的概念。"喂！哪位设计这么一座一点想象力也没有，不让人梦想，不让人回忆，板着脸孔的楼房？说！哪位？哪位设计的？"

"我，我设计的，怎么样？给你们一座楼，一间房，两扇窗，一个门，让你放桌子，放椅子，放床，怎么'概念'你了？怎么'抽象'你了？让你有房子住，还什么想象力、什么梦想、什么回忆？'顶俚个肺！'（房东粗话）给我老实点！"

序子一路走，一路幻想自己跟自己干架。

走进楼房，"麻雀虽小，五脏俱全"，会议厅，大小餐厅，大、中、小办公室，茶炉房，公用盥洗室，大小二便男女厕所，传达室，楼上二十间带门锁的卧室，有一间钉着十三号门牌的，便是序子的起卧之室。现成一张椅子，一张床，一张写字台，一个痰盂。三个人一起马上把行李安顿好了。魏局长前、后头跟着一串全是笑容的

「喂！哪位设计这么一座一点想象力也没有，不让人梦想，不让人回忆，板着脸孔的楼房？说！哪位？哪位设计的？」

354

男女。问一句答一句，下楼拥进了会议室。

"哈哈哈！我介绍画家张序子先生和大家认识。

"这位张股长。

"这位是刘股长。

"这位是吴股长。

"这位是殷股长。

"这位是传达室老刘、老董、老钱、老杨。

"这四位是大厨房老董、老许、老陈、老张。

"这位是总务科长老郑，庶务老陈、小陈。

"这里一大帮人是我教育局调过来的老同事，像一家人一样。我这位朋友张序子原在战地服务团服务，现在我们长乐民众教育馆担负主要的美术工作。刚到，住在楼上，望大家多多照顾。黄干事长福州开会去了，回来再介绍。多谢各位，再见，再见！各位回房休息去吧，打扰了。"

老魏跟序子说好明早来这里接他一起上民众教育馆，说完带着小彭走了。

庶务员小陈点燃一盏美孚灯交给序子，仔细教他这灯的使用法，序子安静礼貌地听完说声"多谢"，掌着灯一步一步上得楼来，走进十三号自己的房间，灯放在靠窗桌子上。

序子打开行李，把卧单、被窝、枕头，在离美孚灯稍远的地方抖了几抖。让彼此之间都松动松动，再妥妥地铺在床上。

床是新床，没睡过人，不怕有臭虫。蚊子少，不是少，是根本没有；要有，铁纱窗是挡不住的。也没见跳蚤，新房子，勤加打扫，老虎豹子都不来的。

没有澡洗了，明天再打听怎么办。上床安息也罢。"为什么说三青团的房子不好？哈哈哈，正符合家乡老话："吃狗日的，住狗日的，还骂狗日的！'

"墙材料薄了一点，隔壁的呼噜产生振波。

"明天上民教馆，谨记介绍过的同事名字，这是起码礼貌。

"跟老魏骂了半天易衡狗东西。老魏一味子站在我这边跟易衡硬顶，对他的威吓置之不理，一味之让我做美术主任，易衡晓得了，会善罢甘休吗？真替他担心！

"老魏是棵栽在故乡为百姓庇荫的大树，我是朵偶然路过的白云，没想两个互相欣赏成了朋友。我是白云，我出事能够飘然远隐；他是树，一步也走不了。会受到我的连累，这公道吗？合理吗？老魏好冤，太对不住了。

"乘板凳还没坐热，乘易衡害人之梦未醒，智者有云："惹不起，躲得起。'我上永春找王淮去算了。

"天亮再说。"序子睁着眼想。

天亮了，漱洗完毕，食堂早餐的确不俗，有稀饭和馒头，四碟小咸菜，清爽实际，食客脸上显出自然的喜悦。出了餐厅，远远看见老魏和小彭坐在会客厅，序子上去道了早安，坐下来对老魏说："老魏，请你原谅，我想了一夜，决定离开长乐到永春找我的老熟人、以前的团长王淮去。易衡这家伙不是息事宁人的人。他来信，你不给他面子，肯定连你都不饶。因为我的原因给你增加一个从天而降的敌人，我心里不安得很。失掉与你在一起工作的快乐机会，让我难过，请原谅。"

老魏听了序子一番话站起来说："这什么话？你怕到这份田地

完全没有必要。昨晚上我也想了一想，根据你讲的那些材料，这个人本身实际上正背着两个大包袱脱不了身：一、他那个剧团和指挥部的剧团谁吞谁的问题正在紧锣密鼓地厮杀。二、他跟那位你说的憨厚女士正玩得失魂落魄、心乱神移之际，看形势，他没有时间照顾你了。"

"多谢你总是为我着想。我是个单身自由人，你犯不上受我拖累。形势变化万端，运气常常把宝押在坏人那一头的。"序子说。

"一起先上民教馆跟大家照会一下，"老魏说，"有问题慢慢解决商量你看好不好？"

"那'走'呢？怎么办？"序子问。

"'走'什么？你不是来找我的吗？"老魏说。

三个人来到民众教育馆。

一座大祠堂，若两头装上篮球架，可以打篮球。现在当中一大圈木制假沙发，各有茶几。左东边一排矮栏杆隔着的八张办公桌分两行排列。馆长的办公桌摆在最后中间位置，显出统率的架势。右西边是图书馆，靠墙一排大玻璃柜放满今古书籍。眼前主、客都分坐在中间假沙发上。有茶、有烟灰缸、有痰盂，人坐满了。两位勤杂工人也各找了张靠背椅子坐在人圈外围。

魏局长首先开口，介绍本馆正点头微笑的负责人：

"馆长谢何求先生。

"体育主任：尤健民先生。

"音乐主任：于春升先生。

"文艺主任：田垅先生。

"文史主任：顾了然先生。

左东边一排矮栏杆隔着的八张办公桌分两行排列。馆长的办公桌摆在最后中间位置，显出统率的架势。

"宣教主任：高逢先生。

"美术主任：李绍华先生。

"图书馆长：赵敏珍女士。

"总务主任：何倬先生。"又侧着手掌介绍站在后面的几位老人家和后生：

"哪！传达室的老人家：宋何公、陈土木。"

"总务处的刘兵、李短裤……"老魏转身对何倬说，"我早叫你替他改个名字，你总是不记得，你看，多难听。"

何倬赶紧解释："改了！改了！前回跟你讲过了，叫李自明，李自明。自己的自，明白的明。"老魏白他一眼之后转脸过来微笑介绍序子：

"这位是张序子先生，湖南朱雀城人，家学渊源，自小游历各地，曾治学于厦门集美学校、德化师范学校，擅长木刻与绘画，是中华东南木刻协会会员。数年前投身闽南战地服务团，从事美术重要工作直至该团调整结束。我们很荣幸地欢迎张序子先生这位有生力量来长乐充实我们民众文化教育工作。"又轻轻关照序子要他讲几句。

序子深深鞠躬："各位学长和前辈先生，长乐是文化名邦，近代的大作家冰心先生、郑振铎先生都是长乐人，我读过他们两位的著作，受过他们两位思想的影响和教育，今天又有幸来到他们两位的故乡，深深感觉自己是个运气好、有福气的人。谢谢各位。"又鞠了两三个躬多谢。

大家都拥过来跟序子攀谈，问些东西，大概是想探探口气，这年轻人来长乐究竟打算做什么。

世界上就常有这类人，对他讲真话的不掺点假话，他是不容易相信的。于是序子在未和他们深交之前，就很认真、很诚恳地对他们讲了些胡话。什么听说长乐水好，可医胃病；有个姨妈嫁到长乐城，姨父住哪里、姓什么都不知道……

看起来美术主任李绍华是个老实人，宽身宽脸，紧紧拉住序子的手说："这下好了，你来，等于救我出火坑。我是学建筑的，省里一毕业，把我分配到长乐民众教育馆来，见我画过几张水彩工程房屋设计图，硬要我负责美术组，这是从哪里说起呀？正愁得我……你来了，太好了……"

被捏住双手的张序子，见此光景，也不知从何说起，只好"呵、呵、呵"答应。

离开了民众教育馆，"中饭上我们家去吧？有话回那里说。"

吃饭的时候，老魏问序子："听李绍华说明白了吧？这下不走了吧？"

"什么话？有了美术主任还要扣我？"

"看起来你不是讨厌易衡而是讨厌我。"老魏说，"唉，或者是，你不是怕易衡而是怕我？"

序子认真起来，"好、好！我不走！你给我个什么官？"

"美术主任。"老魏说。

"唉！李绍华这么老实的人，你忍心？"序子说。

"别的官，我没有了；你也不会；你也不干。比如总务，比如宣教，比如图书馆……你想干，何况别人不一定让。我又不是混世魔王，要谁走就谁走？民教馆又不是我家的。"老魏说。

序子笑了，"看意思，你以为我想谋你的教育局长？你在李绍华美术主任底下给我安排个差事不行吗？"

"……"老魏，"当真呀？"

"易衡那边，你这边，李绍华这边，我这边都交代了。你可以对易衡大着嗓子说，长乐是中国地方！不准日本人进长乐，中国人张序子在长乐过日子也不行吗？"序子说。

"哎呀！序子老弟，你这人真可以啊！剩下的事我就好办了！"老魏说。

张序子是主任李绍华领导下的美术干事。办公桌摆在李绍华后头。李绍华有事，转身就跟序子商量，很方便的。

"你看，我们怎么做我们的事情？"李绍华问，"这类事，我从来没摸过。"

序子也拿不出什么主意，"你看，我们两个人用三两天时间在县城大街小巷走走行不行？"

"好、好、好！我是福州人，以前没来过长乐，这边也没有熟人，一个人也懒得上街，每天拿本书看到下班，公私都很对不住，有负罪感。"

"没有负罪感你就完了！而实际上你究竟负什么罪？犯不着！我们去找点事做吧！"

上了街。

"你来这里好久了？"序子问。

"三个多月。不多，有的人难得见到，都在别地方定点做辅导，或是在家做研究。馆长少来上班；文史顾了然先生家里小，没有落脚地方，倒是天天来，是个有学问的老实人；高逢先生管宣教，每半个月出一期黑板新闻，大家笑他办隔夜伙食，他不当一回事，报章杂志由他订，天天来；于春升在县中兼音乐课，少来，来也没有话说；何倬管总务，不来不行，也幸好有他，沟通天下新闻，活泼民教馆的生气；田垅先生是文艺主任，据说是个作家，认为民教馆沾他的光，所以来得很不自然；图书馆长赵敏珍也天天来，光微笑，少说话，有话只跟看报借书的人说。其他杂役人员倒是天天来。——咦？你怎么会来长乐？"李绍华问。

"让零零碎碎的事勾搭来的。也多谢魏文熙的一番好意。"序子说。

长乐城以一条长街和一条横街为中心组成。这是前次来长乐小演出时得到的简单印象。大小巷子穿梭一番，一个上午也就差不多了。

两个人在直街尽头左边一家老面馆各吃了一碗鱼肉馄饨。

序子问绍华累不累。

"你呢？"绍华反问序子。

"累是晚上的事。——这里有一间'培青中学'，是美国教会方面办的，很有点历史了，我跟战地服务团来过，校舍非常讲究，设备也很完美，校长钱信彰先生，是位留学外国学识渊博的学者，在我心里头像个圣人，你愿不愿等下和我一起去拜会他？"

"当然当然！"绍华答应。

培青中学在横街右首的尽头。坐北朝南，校舍建在北山之麓，房子大的卵石垒成高山流水景致，真是符合"引人入胜"四个字的意思。只办初中，跟有女洋人管理的小学和幼稚园。

传达室的人说："钱校长一点半上班。"

两个人坐在校门口石坎子等候。大钟时针指到一点二十分的时候，序子告诉李绍华："你看，钱先生来了。"

两人走上前去问好，钱先生微笑带点惊讶，温和地询问："二位是……"

"钱先生，我是张序子。"序子说，"这位是我的同事李绍华。"

钱先生睁大眼睛说："喔！是张序子，你看，真是对不起，没几个月我就把你的面容忘记了，而人，是常常念叨的。——请进吧。"

二人跟钱先生来到办公室坐下，校工送上茶来。

钱先生问："这次来，是不是又有什么演出？"

序子告诉钱先生，战地服务团已经解散，经魏文熙先生介绍已在长乐民众教育馆工作。

"喔！那就太好了。你讲的魏文熙是不是县里的那位教育局长？"钱先生问。

"就是他！"序子答。

"这人有意思，是个有教养的正派之人，我跟他父亲也是很熟的。他和以前好多届的教育局长都不一样，是对教育有情义的人。喔！没想到你会到长乐来工作，感谢上帝，我的同事听到消息也会高兴，太好了！"钱先生那对长眉毛一耸一耸……

两个人留下了地址，站起来向钱先生深深一鞠躬告辞。

钱先生送到校门口，关照两位一定要再来跟大家见面。序子答应"一定"。

两个人在大街小巷足足画了半个多月，完成了五幅墙头画，彩色的。不单给县城增长了抗日的光鲜生气，连动手开画的时候也引来上百上千看热闹的老百姓，也算是很好的宣传鼓动成绩。老魏来回看了高兴，把县长陈灿和建设局长董进也拉到现场来，乘热闹照了个相，暗示这里也有他们领导的心血。问序子、绍华两个：

"没见过这么生动鲜艳的宣传画！"

序子指着绍华说："他是学建筑的，打画底的工程费了不少心思，这种专门学问别处哪里会有？日晒雨淋，十年二十年都经得起。"

"哎，有时间你写本做壁画底子的专论，我们长乐县建设局可以出版。这对全国抗日画宣传壁画的都有用处。你觉得怎么样？"董进问李绍华。

绍华说："我还真没有想过，可以试试。"

老魏说："你看，三个臭皮匠，凑成一个诸葛亮；文人聚在一起，容易出好主意！"

民众教育馆发薪水很特别。

是不是县政府所属底下的机关发薪水都是这样？

都是这样，岂不是全县公务人员临到发薪都"金风萧瑟走千官"起来？

如不是这样为什么单单民众教育馆这样？

稀奇古怪之极。

所云民众教育馆职员领薪地点月月不同只是一个简单的说法。讲明白点，各人所持的还只是一个薪水数目的小证明单子，到地之后上乡粮局去把单子上的钱数变成粮食若干的"粮单"，再就地按时价把粮单变成现钱。

粮单、粮食和现钱这样的交替关系还的确解决了小公务员和老百姓的不少危难，国币的贬值老百姓受不了啊！

年轻人偶尔乘兴走这么一回两回当作游览倒也无妨，老年人就根本办不到；何况年轻人弄多了也认为是件难耐的腻事。于是乎总务主任何倬发明一个为众人服务有力的方法。众人把单子交给他，由他单枪匹马下乡不计辛劳把钱带回来。（要知道，这个就地按时价把粮单变成现钱是一件让人心力交瘁的活动。）

顶天立地，除他之外，没有第二人做得到。

底下的话是："每人给我二十分之一的茶水钱。"

这的确是一项不见血的公平交易，他从来没有强迫过谁。到发薪日子，上班的，不上班的，摆架子的，小到勤务传达，没有一个不心甘情愿地、乖乖答应让他扣下茶水钱。

幸好这位何倬先生只是民教馆的总务，若是官大点，不晓得他会做出多少惊天动地的事。

序子想，这位何倬先生若在朱雀，至少、至少、至少会让那里的热心同乡免费把他改造成一位太监活化石的。这种贪小便宜心眼，把被剥削的同事调教得眉开眼笑，你几时领教过这种本事？纯男人圈没有，纯女人圈没有，兽和昆虫界也没有。这事只产生在人类阴阳交界之处。

醒目的是，他还是我们天天办公室见面的、眉开眼笑的公务员。

"何先生，何先生，下盘下乡，我跟你一起去好不好？二十分之一的老规矩照旧。我只是想跟你去长见识开眼界。"序子说。

"还不晓得哪个乡，到时候通知你。"何倬说。

没想月底很快就到，何倬告诉序子："梅花。"

序子听到是梅花，赶紧查地图，在海角的尖尖上，大概往渡桥、东郑、湖南、金峰、文岭那边走吧！"好远？"

"去，三十多一点，来回七十多。行不行？"何倬问。

顶天立地，除他之外，没有第二人做得到。

底下的话是：「每人给我二十分之一的茶水钱。」

序子听到是梅花，赶紧查地图，在海角的尖尖上，大概往渡桥、东郑、湖南、金峰、文岭那边走吧！

梅龙摄

绍华赶紧说："我参加一份，老规矩也二十分之一，行不行？"

何倬说："多一个热闹，多两个保镖！"

一路上，见不到什么好风景，总是南北向的一道一道坡横着，杂树长在坡上下。平平常常，引不出感怀。何先生体质远看魁梧，其实宽扁，走在路上不停喘气，稍一停歇连腰也弯了。问他一家几口人，他说："七、七、七个，老娘，老婆，孩子三、三个，我、我，七、七个。"

看这状况，两人不忍心跟他讲话了。纳闷在办公室一切都很活佻的！

中午时候，横在山坡底下好像出了什么大事，有人喊叫，还放着鞭炮。

不是鞭炮，是开枪。步枪和轻机关枪。两边有人打仗。

何倬举手叫"趴下！"，三个人躺下观战。李绍华听说是真打仗，发起抖来。

序子轻轻告诉他，不像日本兵登陆。要不是剿匪便是两姓族人仇杀，他们华侨有钱，动不动就会打起来。

在旷野，双方不到一百人，枪声不怎么震耳。

"要打到几时才完？"绍华问。

"看！不要说话！"何倬说。

南北战场相距不到百米，双方用喇叭筒相骂，远远听不清内容，只感觉敌意。

三个人都没有表，估计这场战役用了两个钟头。双方都有人受伤（或死），见救护队来来往往。两头的人渐渐走完，剩下空寂场面。

这不太像打仗，也庆幸得到这个看热闹的机会。

"可惜短了一点！"序子说。

"你忘记来干什么的！"绍华说。

三个人站起来拍灰。何倬究竟老成些，"再仔细等等才走。"

这才想起来吃午饭，口干；各人掏出挎包的东西吃喝起来。

后头又来了三四个人，都说是回梅花去的，兴致很高地问："你们看到打仗了？"

三个人点头。

"幸好，幸好，你们没走在他们中间。"他们说。

何倬问："是怎么回事？"

一个人回答："还不是那林家和许家，三五个月来这么一次。饭吃饱了！酒喝足了，是是非非。——咦？你们上梅花干什么？"

何倬告诉他："我们是县民众教育馆的，到镇公所办点事。"

"喔！那好，一起走。"

精神来了，何倬聊天的本事全用上了。

太阳快落的时候到了梅花。三个人找了家小栈房住下，吃了满肚子鱼饭。何倬关照他俩外头随便走走，自己找镇长去了。

两个人出栈房往右一拐，吓了一大跳。收了摊子的渔市场小街起伏在窄窄的石坡路上，左首边不远脚底下就是垂直五十层楼高的展延不尽的悬崖。海就在那里，手掌大小的渔船就在眼皮底下荡漾。

悬崖壁上，有之字形的石阶坎便利渔民上下起落。

序子想："半身几几乎悬在空中，又无铁栏杆扶手，有人出五块钱下一坎我也不干！"

太高，几乎听不到海声。以为海不在这里……

第二天清早大太阳，两个人往右拐不进去了，伸脖子看看的机会都没有，只听到沸腾的人声，两个人在鱼腥里游泳：不！自己就是鱼。

何倬办妥事，三个人吃完早饭。

"回家吧！"

三个人就回长乐了。

（我几几乎是用一生最短、最一刹那、最钻石的时刻认识了"梅花"。成年不久，在香港写了一部以梅花镇为背景的《海边故事》电影剧本。费穆先生把它改编为导演剧本时，一个不幸的晚间，先生头侧在那部稿子上逝世，上面流有先生的血迹。

最近有幸看到电视上介绍梅花镇，原来在我走过的那块有限地面渔市场背后有许多唐、宋、元、明、清的历史遗迹。

可惜没看见久违了的奇特的悬崖海岸。

尊敬的摄影家哪能料到七十多年前一个青年人的心事涟漪呢？）

李绍华和序子商量："剩两块墙咱们把它画完吧！你先画我弄好的这块；画完这块，那块也弄好了。"说完，提着石灰桶和材料上另条巷子去了。

"好！"序子退一、二、三、四、五步看墙。

真正是"目空一切"。"看"这个东西真有点怪，它能从"无"看出"有"来。其实，"看"的静默之处是"想"，是回忆。经书上说的"看方便"，也就是教人认真集中注意力去归纳的意思，让过往的水陆道场一幕幕显现出来。

"侵略者要么回去，要么死在这里！"序子得意地想出这两句题目。

画，就容易了。

一个胖日本鬼朝天躺在地上，肚子上插着一根带刺刀的步枪。

过路人见了墙上的草稿都觉得想得好，也画得好。

序子心中得意："想不好怎么能画得好呢？"

有人向他敬烟，他就说："谢谢！我今天还不会抽。"那意思是说："不等于以后我不抽，说不定哪年哪月，你见到我嘴巴上咬着烟斗。"

草稿画完开始涂颜色，看热闹的人笑着来，笑着去，议论纷纷。序子站在长板凳上，自己对自己说："小心莫摔下来。"这时候，警报响了。这是"预警"，表示敌机要来。

序子来长乐第一次听到手摇警报喇叭，撕心裂肺。大家都走光了，最后那个人着急叫他："快！快！"也走了。

偌大一个弄子剩下序子一个人。

想想，怎么走得了？这一大堆东西。

"者边走，那边走，都是寻花柳。"

"我怎么走？往哪里走？"干脆坐在小板凳上，靠画墙根坐着。

飞机三架临头打了个大圈，紧急警报才响，机关枪"啰啰"扫射，跟着天崩地裂"咣！咣！"十几下。序子从小板凳上弹起来又跌在地上，让尘土埋了。

听到人声，序子像从熟睡的被窝里爬了出来，画墙不见了，人说向落弹的那面倒掉了，序子仍随手坐在小板凳上。听见人嚷："这里！这里！活的！活的！"

几个人抱起序子直往地上顿灰。（神经病！）脱下衣服给他掸土，叫救护车。

飞机三架临头打了个大圈，紧急警报才响，机关枪「咯咯」扫射，跟着天崩地裂「咣！咣！」十九下。序子从小板凳上弹起来又跌在地上，让尘土埋了。

372

"唉！算了算了，让我捡捡画画的东西吧！"自己也就动手四面八方地捡起来。除了压扁的水桶打洒的墨汁和颜料之外，一样不少。

李绍华赶过来，看到序子紧紧抱住号啕大哭说："好多人炸死了，好多人炸死了！"

救护人员见序子没事，都赶到别的灾场去了。

两个人站在还没完成的作品废墟上。绍华说："真想不到，做梦也想不到。"

"我送你回去休息吧！有事明天再说。好好洗个澡，吃顿饭，睡个好觉，吓！吓！吓！"绍华安慰序子。

两个人从慌乱人丛中走出大街，远远见到又一群人围在坡上，那座三青团大楼不见了，几处还冒着浓烟。

"序子，你看，怎么回事？"绍华在发抖。

"很简单，那楼也给炸了。"序子坐在路边石头上说。

"那回去怎么办？"绍华说。

"没地方回去了！"序子说。

"你那些东西呢？"绍华说。

"是呀！我那些东西。"序子说。

来来往往好多人，没想老魏看见序子："你怎么在这里？大楼好多人牺牲了。我正要找你，听说你也捡回条命；这些事以后再说。今晚你先在民教馆搭个铺，我叫秘书拿卧具去。绍华你暂时陪着他。我还有好多事急着办。晚饭一齐在我家吃……"话没说完匆匆走了。

绍华说："回民教馆吧！"

序子说："好。"

这一晚谈不上睡得好坏。靠馆长桌子角搭了张铺，旁边还放了座开水炉子，微微地"吱、吱"叫了一夜。

　　做的梦也包含点抗战"性质"。说是"性质"，也不见得有多少纯粹的"性质"。

　　蒋委员长和土肥原在帮序子洗澡。（醒过来觉得不伦不类，做梦时认为从容正常。）好大一口洋铁皮澡盆。两人都穿着澡堂子工作人员白褂子，服侍张序子在澡盆子当中坐好，水温合适，一瓢一瓢轻轻往肩膀上浇。

　　张序子从来没想过怎么会让这两个人服侍。梦里头对这件事倒不觉得奇怪，不觉得有什么了不起。

　　两个人温和地浇水，轻轻拿毛巾帮序子擦背胛骨、胳肢窝所有让人舒服的地方……然后叫序子直躺下来，开始在盆里撒盐，撒"味の素"，撒胡椒粉，撒切好的青大蒜叶和几片生姜，再弯着身子拿火铲把盆底的炉火拨旺。

　　序子弯身看了一下，原来澡盆子是口炖肉的大汤锅子。

　　序子提醒他们别忘记放花椒和辣子。

　　"我们不是湖南人，不吃辣子的！"他们说。

　　序子好笑，"《西游记》妖怪吃起唐僧肉是有很多讲究的，清蒸、香煎、盐渍、酥煎、药膳、油炸……眼前这两位由于家教和学两个人温和地浇水，轻轻拿毛巾帮序子擦背胛骨、胳肢窝所有让人舒服的地方……然后叫序子直躺下来，开始在盆里撒盐，撒『味の素』，撒胡椒粉，撒切好的青大蒜叶和几片生姜，再弯着身子拿火铲把盆底的炉火拨旺。

375

养的限制，只懂得清炖一法。好，那你们慢慢炖吧！我走了。"序子起身擦干身子，穿上衣服，径自走了。

两个人站在炖锅旁边，也没表示挽留的意思。

序子往前走，坐在一棵龙舌兰旁边休息，醒了。

醒了，天还没亮。序子想：那个土肥原和我有什么关系？我梦他做什么？我在《世界名人漫画集》里画过他；战地服务团王淮开玩笑说我的脸长得扁扁的像土肥原，大家笑。就讲过那么一回，凭什么粘在脑子里那么多年？脑子原是放有用东西的，它不是茅房。

平白无故，炸死我们长乐十一个苦老百姓，再多加一个就是我。不到十二个月，挨两次炸，都没死，操！

找王伯，眼前王伯也没什么好讲的！

一个飘零身世，十分卵蛋心肠！操！

牙刷、牙膏、洗脸帕都没有！

李绍华搭铺在图书室那头也醒了，"你睡得好吗？"

"卵！"序子一出口就觉得过分，不该对绍华这个好人任性发脾气。

没跟绍华讲梦的事。

序子进厕所小便回来，索性穿好衣服等天亮。绍华也不睡了。

"我有铁观音，干脆来一壶吧！"

绍华开大炉门，泡好茶，两个人喝起来。

"我把你当我，想了一晚，老远赶来长乐挨炸……真不值！"绍华说，"还差点把命丢了！"

"要不来长乐，我怎么认得你？"序子说。

"我算什么？"绍华说。

"你不算什么谁算什么？"序子笑了。

两个人街上买烧麦回来。

"我挨过日本飞机三次炸。一次在安溪，一次在泉州，一次在这个长乐。后两次的命还真算是捡回来的。"序子说。

"你命好！"绍华说。

"眼前我还不太信命，到五十岁、九十岁那时候我或许信。命这个东西要有好多东西挂着一起谈，我们都不够格。"序子说。

"你看过相书？"绍华问。

"你以为日本炸弹不炸算命的？"序子想了一想又说，"你看，还弄不弄得出几面画画的墙？"

"要求不高，不太讲究的话，随时都弄得出。"绍华说。

"趁热打铁，赶它几张墙画出来！哪，你听：" '长乐老百姓炸不垮！'

" '勿忘血海深仇！'

" '打倒日本帝国主义！'

"怎么样？"

"操他祖宗！准备材料，走！"

这时候，有人上班了，都听说昨天绍华和序子的事，想搭讪两句，见他们又在忙些什么。明白之后，大家都忘记年纪地跟着热闹起来，哄然地帮忙扛家伙一齐上街。

半天一张，不到两天，三面墙都画好了。

街上满是人，好像开会一样，还有喊口号、唱歌、流眼泪的。

馆长谢何求先生站在一堵矮墙上笑脸迎人，谦虚地默认今天的热闹是他一手领导出来的。

县长陈灿带一帮县府人员前来过了一下眼，跟随来的魏文熙说了几句话又一齐走了。这当口都忙，谁也没找谁。眼前主要使命是救人。

回到文化馆，大家都有一份刚从火线下来的同仇敌忾之气，一时还缓不过神。

大堂茶桌子上放了一大一小俩包袱。小包是两套新汗衣裤，大包是一套旧衣改成的中山装和两双袜子。

一根火枪是从三青团大楼土堆里刨出来的，像个唐朝出土文物满身泥。

一封信：

序子仁弟：

　　汗衣裤是临时街上买的；中山装是我的旧衣让你嫂学敏通宵改的，请将就包涵用用。挖出的火枪有你刻的名字，奉上。我为救灾忙，余事容后面谈。

文熙　月　日

同事们还舍不得丢下原来街上轰烈气氛。

顾了然说："这种现场实际抗战宣传，我一辈子头回见识，怕以后也难再碰到。感人之至。真汤真水，难以效法。"

管宣教的高逢说："你怎么效法？要有血肉悲痛的现实前提，还要有张序子画作的配合。"

于春升说："说老实话，我是非常感动的，恨不得马上谱出一首歌来，我激动得——激动得歌到了嘴边……"

"你激动有什么用，晚了！等你歌写出来，人吃晚饭去了。我不是说你不行，我是说文艺各有各的形式，都有时空的限制。"尤健民说。

绍华对于春升说："你当时写出了歌让大家唱出来，会是什么场面？你自己想想！"

说到这里，总务主任何倬进来了。他高高举起一个信封包对序子说："序子兄，猜猜，这是什么？"

"唉！这时候了，有什么好猜的呢？"序子摇摇脑袋。

"该你请客了！县里发给你特别补助金二十元。"何倬说。

"这时候县里发补助金，张序子画墙画差点死于非命！财物被炸得片甲不留，你要他请客？这个'客'你吃得下？"尤健民不高兴了，"大家在街上帮忙，你到哪里去了？"

"我这不是在为馆里办事嘛！"何倬举起纸包说，"序子，这补助金要不要随你！"

尤健民一把抢过来交给序子，"该拿的就拿！怎么？还要来个二十分之一是不是？"

何倬惹不起尤健民这个搞体育的，上衣口袋取出张单子，温声对序子说："这里你签个收。"

序子说声"谢谢"，签了。大家停止说话，各归原位办公。

其实是还有好多话要说的，给这一弄耽误了。小小民众教育馆嘛！哪百年蹭得上这么巧事？馆长，馆长又到哪里去了？不是正兜着好风吗？乘这个好机会大家论论，写个什么东西往省里投报，你看，你看……

"起码弄篇特写，拍几张照片送《福建日报》登登。"

"喂！喂！喂！我们长乐县你见过几部照相机？"

"你们看，我们不动手，县当局会不会下文要我们动手？"

"我希望你这话不要弄假成真，俗话说'福无双至、祸不单行'，我们张序子先生虽然保全了性命，倒是让日本鬼炸掉了全部家当……"

"张序子有部照相机毁在那山坡上……"

以上写的都是各人心里所想，现场此刻正鸦雀无声。

这时候，魏文熙的秘书小彭进来了，"张序子先生，魏局长请你去一趟。"

序子跟彭先德走在街上，序子问先德："老魏叫我什么事？"

"到了就知道。"小彭说。

是县政府局长办公室。钱信彰先生也坐在椅子上，见序子进屋，连忙站起来在自己胸脯上画个十字，"感谢主给了我们恩宠。"紧紧地抱着序子。

老魏说："钱先生这几天早晚一直在打听你的消息。"

"多谢钱先生。"序子说。

"今天找你，是想请你给敝校一个帮助。大胆征询一下，愿不愿到敝校来兼一点课？比如说，美术……"

"尊敬的先生，你不了解，我没有学历，我修养很差，我不够格，我哪里敢当？我不值得你那么看重的。"序子听钱先生说话吓了一大跳，心差点麻痹了。

"序子兄（以前，老年人跟年轻人来往常称'某某兄'，是一种亲近的意思，有的年轻人狂悖轻浮，真以为是那么回事了，也称老人家作'兄'，甚至众人面前干脆直呼其名）——我和魏兄不那么看，跟你的自谦完全相反；请相信我这个老人的诚实，有学历的先生我一生见过不少，我不太稀罕。"钱先生说完笑起来。

"钱老跟我一直在探讨你的问题。尽管这几天你行动得很光彩，为民教馆争回很多面子，我仍然认为你去钱老培青中学教书是上策。可能有人听了不高兴，骂我，放走你这个能人，我不管，你看你自己怎么决定？"老魏说。

"新鲜！我有什么地方值得两位那么推敲？不就是让我老着脸皮、斗胆去当先生嘛！有两位硬后台撑腰我怕什么？我可以试试，先说定，钱先生发现我不相当、不称职的时候，可以随时让我走，适如其分，我绝不会有怨言，绝对不放刁耍赖。"序子说。

"这哪里说起啊！"钱先生高兴得舒了口气。

大事就那么决定了。回民教馆告诉了李绍华，他哭了，"我晓得在这里你待不长。"

和绍华在街上买了全套卧具和生活用品，还添了只正式装衣服的藤箱。

"拿点钱出来，办两桌告别酒，不枉相聚一场。"绍华建议。

归根到底序子还是拿出四块钱麻烦了何倬，说定明天晚上就近在馆里大堂设席两桌。何倬扬起那四块钱，"怎么样？二十分之四，到底还是办了。"

好不容易来了个帮忙的，没想到这么快就分手。绍华心里很不好过。

"唉！不过只隔一条街，十分钟就可见面，又不是生离死别。馆里有事，叫一声就来，犯不上难过。"听序子一说，绍华想想也是。

老魏说，学校在为他腾房，过两天就搬。

序子睡在床上，想想也觉得有意思："嗯哼！本'留级大王'要当初中美术先生了。会不会让人窃窃私语、当笑话讲呢？会的。对付这种人很简单，告诉他们，老子凭的是真本事，不服？你过来画两笔试试！"

耶稣可能托梦给钱先生，要他帮序子一把，别再让他漂泊。耶稣他老人家晓得序子爱面子，所以调动他跟老魏搞这么多名堂。

序子跟老魏说："民教馆的职务还是全辞了好，要不然人家以为我拿两份薪水不好听，影响你。"

"那是兼职，才半薪。"老魏还说，"教会学校，不归政府管。"

"半薪好多？"序子问。

"五块。"老魏说。

"五块就五块，够了，我一个人开销不多。"序子说。

何倬这类老兄，哪个机关都有，像只无处不在的老蟑螂。

他有无穷的想象力和伸张力。他无孔不入，仗着本地纯种子遗的身份，托他办事有意想不到的方便。这次序子辞职告别宴，他欣然答应主厨。

传达室的宋何公、陈土木，总务室的刘兵、李短裤在他的调动之下都变成天兵天将。那些锅、盆、炉、灶等大厨用具和油、盐、酱、醋等调味诸品都像长了腿脚自己走了拢来。

两张大圆桌以及上头的杯、盘、碗、筷也早已罗列妥当。

只见何倬一人在锅炉云烟上空舞蹈，使尽浑身解数。周围的闲杂人等接应得也恰到好处。

整座民众教育馆半天不到，变成了热火朝天的御膳房。

只见何倬一人在锅炉云烟上空舞蹈，使尽浑身解数。周围的闲杂人等接应得也恰到好处。

整座民众教育馆半天不到，变成了热火朝天的御膳房。

过路的老街坊突然闻到阵阵扑鼻异味，不免弯腰撩起裙裾和裤脚，甚至抬起鞋底看看是不是踩到什么不该踩的东西。

过后又会微笑地醒悟过来，"哦！哦！哦！原来是他啊！"

"他是谁啊？"

类乎永春县的臭酸笋、湖南长沙火宫殿的臭豆腐、宁波那边的臭苋菜梗、广东的曹白卤鱼和臭虾酱、湘西凤凰的小瘟猪肉、北京前门外的灌肠、法国和意大利的"臭气死"……这些牵系几百年祖宗血脉情感、说不出道理的老家乡口味而已。

（何倬为人的聪明就在这里，他有本事把长乐古老饮食即现今流行的称谓"有形文化财富"一件件都调动起来了。他让所有入席的男女老少坠入饮食历史的情网之中。）

素荤兼备，海陆空俱全，酒醉饭饱，谁还会理睬四块钱办的两桌酒席值不值得？

（几十年过去了，这位满肚子珠玑的才人何倬没留下那餐告别宴的文字记录还真有点可惜，细细想来，就他的水平，追封他为"金蟑螂"也不为过。）

序子在长乐民众教育馆只是一个匆忙过客。何况年纪轻轻，何况没结怨尤，何况临行又花了四块钱请了一次告别宴的客，总算落个好合好散的结局。可以了！

撤了床铺捆成行李，得绍华和老魏秘书彭先德的帮忙，一口气把序子送到培青中学。负责接应的名叫刘平均，是个年轻的国文先生，把三个人带到一座洋楼的三层楼上，开了一间房门，顺手把钥匙交给序子，"上回你来长乐，我们见过的。那时人多，你没注意。"

"是的，是的，一定是这样。"序子介绍彭先德和绍华，握了手。

四个人很快把行李张罗开了。刘平均还指点了三楼的盥洗间、厕所、开水房和楼下食堂所在，说声"明早见"便告辞走了。

万年牢的铁架床，写字台，坐椅，小衣柜，小书架（书让日本鬼炸得一本不剩，空余一书架的仇恨），小茶几。靠椅两把，茶壶一把，茶盘一个，茶杯四个，热水壶一把。

序子马上打来开水，泡上茶，三个人喝将起来。

这房有两扇朝东的八格子的大玻璃窗。

三楼底下绿琉璃瓦边墙外是一道堆叠牛大马大的浑厚麻石山涧，长满矮金盏花、野堇、曼陀罗、狗尾草和缠绵的藤萝顺势曲折而下。很难想象睡在床上半夜三更下起雨来会听出什么味道……

送走了绍华和彭先德。

给嘉禾、李桦、清河、王淮、陈啸高、吴淑琼先生写信。

给安海赵福祥兄、张人希、陈清汉兄写信。

给妈妈爸爸写信，不说挨炸弹的事。

在食堂吃早饭，刘平均把序子介绍给大家，胖的、瘦的、高的、矮的、老的、少的、女的，叫了一番名字，匆匆忙忙，客气地各笑了一笑。一下子记不住，迟早会记得住。

外国洋婆子在自己食堂吃饭。她们管小学和幼稚园。管中学的在这里吃。

这时候，钱信彰先生到了，又重新对大家详细地介绍了序子一番，轻声对序子说："两件事，你用完早餐，我们到教务科去讨论一下课程。今晚，舍下家人欢迎你去晚餐，五点时候有人会来带路。我现在先走，在教务科等你。"

中学所有办公室在另一座楼上，教务科长是个女的，名叫邓思懿。钱先生坐在旁边听她跟序子说话。

"我们初中有六个班。三年级上下学期两个班，二年级上下学期也两个班。一年级上下学期两个班，不设美术课。孩子们都很听话，张先生可以放心。

"美术课的安排，校长和我们大家研究放在二、三年级四个班上，时间排在星期五、六下午一、二节课。不晓得张先生认为合不合适？挤不挤了一点？明天我把课程表交张先生。今天星期四，下星期开始上课好不好？"

"我想问问，星期一到星期四，留那么长的空白，我做什么？"序子问。

邓思懿望望钱先生。

"请听我说，"钱先生笑着回答，"留下时间做你自己的事。我知道你有许多事情要做，请不要客气，这跟你的家一样……"

晚上，一位中年人轻轻叩门进来，"是序子先生吧？家父请移驾舍下晚餐。我叫钱轩城。"

这房子跟泉州请大家吃圣诞餐的余致力先生家差不多。

记不得了？你看你这个记性！那个缠人小孩"余喝喝"的家嘛！

不过庄重素雅得多。通房爽朗干净，没有特别的陈设，四壁是郁沉厚重玻璃橱，全是书。

钱先生介绍师母何洁芷；带路的钱公子介绍夫人陈央怡、妹妹安波。

师母指着沙发说："请坐请坐！对序子先生我们可是如雷贯耳呀！我们一家都久仰大名了。"

序子听了这话，满脸绯红，连忙鞠躬说："钱伯母，不敢当，不敢当！"

"我们还有两位没放学的小学生，张先生你简直是他们心中的大卫王，见到你不晓得会怎么高兴！"央怡夫人说。

安波胸前画了个十字，"真主保佑，我们祝贺你捡回生命。"

大家坐下，女工送上茶来。

"看，我们培青多幸运，请得到那么年轻能干的艺术家。"

"不敢当，是我运气好！"序子说。

师母说："上回我在学校见过你的，你好能干！什么都会！"

序子简直像被逼到墙根了，"师母是善心看人，其实我很浮浅。"

"讲自己浮浅也不简单！"师母说。

序子想笑。

"别着急，你的喽啰来了！"钱先生挡住冲过来的孩子，"叫张叔叔！叫张叔叔！"

男女孩子一齐指着张序子，"就是他，就是他！"

"我怎么啦？"张序子解放了。

"你画画骂日本鬼，日本派飞机炸你炸不死！"孩子们说。

"不是炸不死，是日本鬼炸不准，没本事！"序子说。

"你怎么不躲？"孩子问。

"来不及！"序子回答。

"以后要记住躲。"孩子交代。

"好！我记住了！"序子看看餐厅有人活动便对孩子说，"快吃晚饭了，你两位刚从学校回来，是不是该去洗洗？"

"嗯！是的！"孩子卸下书包很快走了。

晚饭开始，座位是这样安排的：

钱先生和师母坐桌子两头。

客人序子坐左一、安波坐右一。

轩城坐左二、央怡坐右二。

男孩耶鲁坐左三、女孩琪儿坐右三。

汤和米饭都已盛好。菜有红烧肉、炒牛肉片、韭菜炒蛋、焖鲤鱼、炒芥菜。

坐定之后，序子估计会有名堂，果然，老小开始低头念念有词（大约意思）：

> 仁慈的天父，求你降福我们，和我们所享用的食物。我们为你所赏赐的一切感谢你。阿门。

像是各人都从梦中醒来，轻轻吐了一口气。师母笑眯眯地招呼大家动手吃饭。喝汤、夹菜动静都很轻，只有互递菜盘时候发点声音。

耶鲁忽然问序子："张叔叔，你是哪里人？"

"湖南省朱雀县人。"序子答。

"你们怎么吃饭的？"耶鲁问。

"哎？怎么这么问？你以为用鼻子吃？用耳朵吃？这孩子！"轩城说。

大家笑。

序子说："我家乡是少数民族地方，有土家族、苗族和汉族，大家住在城里和城外，各吃各的饭。有时吃热闹的饭，有时吃安静的饭。各有各的特色，有时在屋里吃，有时在野外吃！过年过节舞龙灯狮子，打锣打鼓，吹长号，穿好看的衣服。"

琪儿说："我要是能去看看多好！"

"会的。抗战胜利了，我请你去我家乡做客。"序子说。

"我呢？"耶鲁问。

"也请！"序子说。

"你们那边应该不止有土家族和苗族吧？"安波问。

"是的，是的，记得小时同学有姓慕容、尉迟的，他们都是技艺高超雕刻佛教菩萨的师傅，听说都是古时候从西域那头过来的，长着黄头发、黄眼珠子。还有姓'羝'的听说也是西域那边过来的，只是《辞海》《辞源》也查不出来头，头发、眼珠、皮肤也是跟西域人一样。"序子说。

"我从前念书的时候选过人文学、人类学、社会学，有兴趣注意这些知识。'苗'和黄河有点关系，'土家族'和长江有点关系，我们中国也有跟美索不达米亚'两河文明'一样重要的'两河文化'正等着人去研究咧！可惜让日本这小魔鬼耽误了。历史不只是书，他更像音乐篇章。书，让人长经验，长知识；音乐，让人长聪明，长勇气，长节奏。"安波说。

"讲得多好！精彩！"序子好久没听这般说话了。

"嗬！嗬！'不尽长江滚滚流'。我这位老妹正愁讲话没人听，难得来了你这位喜欢听她讲话的贵宾，于是就把一脑子的见识，像收徒弟一样满盆满碗地倾倒给你。我在家听她讲多了，几十年不以为怪了。"轩城说。

"哈哈！我当真希望安波大姐收我做徒弟！"序子说。

钱先生也笑着嚷起来："什么话？把我学校好不容易请来的先生收作徒弟？"

安波认真对序子说："序子老弟你别理他，他英文修养高，看我来考考他。"

"阿兄！你刚才念的这句诗'不尽长江滚滚流'把它翻成英文试试！"

"这个呀！"轩城迟疑了一下，"乔·韦尔斯《世界史纲》说过：'从中文译成英文是不可能的。思考方法本身就不同。'[1]"

信彰先生跟着笑起来，"要翻也翻得出，只是翻出来不够尽兴，不达诂，不知所云，也难适众意。我年轻时在国外也斗胆翻译过，后来带回国时都成为自己的笑话材料。"

轩城和安波两兄妹互眤了一下眼睛。

"序子老弟，我想问问你，教那些小小中学生美术，你怎么备课？"安波问。

"这问题我不是现在才想，是早就在想，是一直不停地想。一个人学美术做什么？怎么教？什么是画？什么是美感？它们有什么关系？所以当美术先生好难。真怕自己修养不够，误人子弟。"

"要是你上课，我来旁听一次行不行？"安波问。

"我心会跳到口里。"序子说，"最、最好不要！"

耶鲁大声地说："日本飞机丢炸弹你都不怕，你还怕姑姑听课？"

"两样都怕！"序子说。

吃过晚餐，大家又坐回茶桌这边。

---

1 《世界史纲》十二章·六，中国语，汉语。

工人端来咖啡放在各人面前。

序子喝着咖啡，尽量把节奏保持得跟大家一致。明白头回走进生分人家做客必遭的"咖啡行为"考验，有如同类动物互闻尾巴的善良探奇，不存恶意。

"我给大家讲个故事。一位远地方的人来到上海，朋友请他吃西餐，事后问他感觉。他说：'前头的东西都还挨得起，就是最后那杯洋药受不了！'"

序子讲完，大家好笑。

"我虽然不至于说咖啡是洋药，不过至今仍然习惯于茶，跟喜欢吃饭一样；西餐偶然玩玩还是可以的。"

钱先生说："我欣赏你这样说话。"

安波告诉序子，培青中学图书馆有不少书，有空可到那里翻翻。

"是的是的，我上次来长乐就晓得了。这真是我的福气。可惜在集美读书时不注意用功，英文水平很差，失掉亲近英文藏书的机会。"

轩城说："知识也有因缘际会，人生并不总是平湖一汪。阁下如果专一于英文，培青中学就未必请得到高明的美术先生了。"

告辞了钱家的款待，回培青路上遇见刘平均。

"序子，听说你全职半薪就过来了，这怎么行？校长不好当面问你。"

"是我自己决定的。一个人生活简单，来去自由。"序子说。

"钱校长在想办法！"平均说。

"不好！"序子说。

"天未晚，到你那儿坐坐，行吗？"平均问。

"我正想说。请吧！"序子步子走快了。

进了房，序子泡茶，两个人喝起来。

"钱家吃得怎么样？"平均问。

"正常，规矩，很长学问。那一对孙儿孙女也可爱，都是教养问题。"序子说。

"一家七口都见到了？"平均问。

"是的！"序子答。

"五口都是留学生，在我们县算是难得。将来孙儿孙女怕不也走这条路。"平均说。

"那是。"序子说。

"你注意到女儿安波了吗？"平均说。

"哪方面？"

"老姑娘，三十几了，一个没有恋爱史的人。"平均说，"在钱家可是位重要人物，培青的副董事长，也即是校长的副手，当然的继承人。你想想，哈佛博士，维纳斯般的相貌，谁端得起她？就那么一年一年耽误了。"

"那轩城两口子呢？"序子问。

"专门来回照顾纽约教会和学校这方面的关系，一打仗，叫停了。分量也重得很。——晚饭席上你们谈了些什么？"平均问。

"一些学术趣味，我不大跟得上。"序子说。

"明天做什么？"平均问。

"看看民教馆的同事李绍华，世上难找的好人。我走了他心情不好过。"序子说，"请你不要再跟老校长谈我薪水的事，让我安心认真备课。我若是贪钱，会去抢，去偷，再找你帮忙不迟！"

县政府右首边过去三两家店有间茶屋。序子和绍华坐在那头小茶桌边喝茶吃东西。

序子把眼前遇到的事稍微加了点味精都和他讲了。绍华就说："你看你运气！交往的都是好事好人。你看我这辈子！"

"你这辈子根本还没开始，叫什么？"序子说。

"你走了，我对哪个叫？"绍华问。

"对着镜子叫嘛！你不会自己找点事情做吗？"序子说。

"像你就好了，不做这样做那样。我能做什么？一个学建筑的，顶多画一张水彩风景，你讲笑话不笑话？还艺术主任……"绍华说。

序子忽然盯住绍华额头，"对！对！你可以刻木刻，你完全可以刻木刻，你为什么不刻木刻？我问你！"序子看到希望，"对呀！有空的时候我们可以一齐刻木刻。我的木刻家伙都给炸了。我正要写信。多买一套不就行了吗？《前线日报》上登得有消息，老木刻家郑野夫在崇安赤石办了个木刻刀工厂，我们可以写信去打听如何买法。寄钱去，刀子来了我们一起搞木刻，你看如何？"

"你认得野夫？"绍华问。

"不认得。我在集美读书的时候，他在浙江金华跟金逢孙办东南木刻协会，我入过会。那时我比现在还穷，他们协会免费送过我一盒刀子，回过我信。不晓得他和金逢孙谁写的。一直带在身边，跟好多信这回一齐炸了。"

"天灾人祸都是逃不脱的。咦？我们为什么不上福州走走？"绍华问。

有间茶屋

县政府右首边过去三两家店有
间茶屋。序子和绍华坐在那头小茶
桌边喝茶吃东西。

"我去过福州，那时剧团好多人，现在想起他们心里不好过。不过，可以走走的。我下礼拜才开始上课。你看，我们去做什么好？"序子问。

绍华说："去就去，不一定做什么才去。可以在州内走走，南台走走，仓前山走走，吃吃茶，看看新鲜光景。"

"你看，明早动身好不好？我现在回去写信到崇安赤石野夫那边问木刻刀的事。你回去请一天假，打听一下长乐到福州有几班船，几点钟开，多少钱一张票。我们两个人各管各的，明早上见。"序子说。

"不如我两个现在就去码头看看，省得一晚心慌慌。"绍华说。

"对！"两个人很快就到了码头。

明天早上六点半开船，两个钟头多一点到福州，票价三角。第二天早上回长乐，也是六点半开船，两个多钟头上岸，票价照旧。好！知道了，谢谢！

这码头很普通，跟汽车站差不多。小火轮是烧柴油的，有几排散座，装得下三二十人，还兼运些粮食、芦席、鸡鸭各种农产品。上有厚帆布船篷遮雨遮太阳，中间一个顽皮大烟囱淘气地冒着黑烟，四周铁栏杆保护安全且便利浏览风景。小火轮开动起来啵啵作响，乘风破浪，让人产生壮怀激烈感想。熟悉这种可爱亲切小火轮在中国老百姓心里是个温暖常识。

外头来的旅行人喜欢宣传这种小火轮的拥挤，不卫生，售票员态度不好的坏话，小火轮上的人是不理那些狗讲究的。小火轮是甜蜜的家，是温暖的窝。

船上的伙计和搭客都熟，天天见面，连亲切问候和微笑打招呼都省了。口干有水，抽烟有火，各人自理可也。

按规矩火轮开动才卖票，买完票各人自找座位坐下。走也可以，不过货物太杂不好走，走两步就坐回来了。序子、绍华两人坐一排看新鲜活泼的水，看倒退的岸上风景。序子那个可爱的美国军用水壶也让炸弹埋了，现在只好喝绍华那个国民党军用水壶里的水了。喝一口水看一眼风景，好像夹一筷子菜扒一口饭。好笑。

河面越开越宽，岸远了。从小河开到大闽江了。有时江中还顺着一道长沙丘。有人说：曾经有五架日本双翼飞机轮流尾朝天栽在那里，他们以为是飞机场，后来都被我军俘虏了。还有人补充说，两个活着的日本驾驶员从飞机上拆下机关枪架在沙丘上要做抵抗，都被俘虏了……讲到这里，一艘小快艇从小火轮身后轰的一声过去。眼睛尖的人说那是闽江海军司令李士甲。李士甲，李士甲这名字好雄。听说人个子不高，长得英俊漂亮。"是我们长乐人！"船上人说。

江面上从蒙蒙的抽象变成具体的影子，福州到了。两岸那么多大船小船。小火轮从夹缝中找到自己的码头。绍华和序子没带东西，方便抢先上了岸。两人得意地拍拍灰尘，整理了一下衣冠，笑一笑。

序子说："我想我们先上楼喝茶吃点东西，再研究今天往哪里走。"

绍华说："可以的，是这样的。"

两人看也不看上了一家茶楼，泡了茶，感觉到嘈杂的振奋和快乐，叫住端托盘大声唱点心名字的伙计，要了四碟点心。

绍华说："衣服我认为下午买好，一整天带着它走游不方便。"

"你不说我还真没想到。"序子说，"一件事兴奋起来不免忘记先后。你们弄建筑科学的人先天就讲究工序，算不算是研究过'运筹学'？"

"那怎么办？上书店看书也会有这种麻烦。书更重。"绍华说，"不理它吧，这么远来，买就买吧，管什么重不重？背不动还有我嘛！"

"那你最后的意思是……"序子问。

"你买东西怎么问我？其实大不了一套衣服几本书，重也有限。刚才我这么想完全多余。"绍华说。

"老实说吧！要紧的是买套衣裤、买双鞋子好上课。别的早点迟点都无所谓。这回我算是大伤了元气，一时半时不容易缓得过来。我看，先上南台吧，云章那边看看。"序子说。

绍华吓一跳，"云章？你有好多钱上云章？"

"看看总可以吧？它旁边开着好多小铺子，卖什么的都有，任人随意挑选。衣服样式很多，手工也还可以。"序子说完两人进了云章，序子轻轻关照绍华，"摆玻璃器皿地方走快点。"

绍华好笑，"你忘记我是哪里人了。最近新开的几家比云章豪华得多的百货店，'舒美侬''粤广盛——新记''谢乐斯公司'怕你还没听过……"

"哦！哦！"在云章不多远的小铺子买齐了想要的东西。制服特别满意，黑白相间挺拔的料子织出来的，素雅大方，市面上非常少见。

新书店就在河边一带，老古典的在州里五里街一带，以前提到过。新书分重庆版、桂林版。大多土纸印刷。上海新版书运来要费点手脚，所以贵。大部头的新书和典籍都放在架子上，要踮起脚或站在小台梯上才取得到。店员很注意穿着，褴褛人最好不取架子上的书翻动，店里也刚才到了一两部，翻脏了卖不出。比如德莱塞的、罗曼·罗兰的、雷马克的、托尔斯泰的、密西尔的……尤其是不小心，一胡噜让整沓新书掉下地来……你可能没见过这类善良遭罪者的脸孔……等待天雷劈下而紧缩身子……

长部头的书，《静静的顿河》《战争与和平》《罪与罚》，序子都看过；他此刻正瞩目罗曼·罗兰的《约翰·克利斯多夫》。没看过，听人讲过……

序子对自己眼下穿的衣服不太自信。他有一股浩然之气降得住老板和伙计，喜欢哪本就取哪本，随手就来，露出庄严法相，没遇过阻扰和干涉。他翻到第一卷《黎明》：

"江声浩荡，在屋后奔腾。整天，雨水打在窗上……"一眼就看出了这书的苗头，气势非凡，非同小可，值得往下看。

"克拉夫脱老人在热情的叙述中……"

"这是什么啊，舅舅？告诉我，你唱的是什么东西？……"

"但她对于音乐家比对音乐尤感兴趣。"

绍华从背后探过头来说："喂！看了一七〇页了，有个完没有？"

序子抱歉让绍华等在旁边，看看这三大本书的价格，伸伸舌头，庄重地把书放回架上，记住页数。（自此后，每个星期日上午他都来书店，直到全书看完。书店主人和伙计原先对他很戒备警惕，后来产生尊敬，还给他倒过一杯茶。）

序子说不出理由喜欢仓前山，一生并没有留下与它的前世因缘。每走上一座小坡，每从人行道树下经过，屋顶的夕阳、路边的人影、红砖竖着砌成的道路、那些多情小房子的拐弯抹角，像小时候什么地方淋的那场雨，跟你没留下任何情感涟漪的那盏幽暗老路灯，竟

绍华从背后探过头来
说：「喂！看了一七〇页了，
有个完没有？」

然为你长年亮着，都会像诗人得句那么感动。

经过一家古董店，柜子里放了一把"康乃特"[1]，上头还有一个夹乐谱的夹子，看得出是把独奏小号。试了试，音色不错。交给老板，告诉他："我希望它是我的。"那老板好意笑笑。（多少年后在意大利的圣奇美立亚罗小山城玩，城的尽头小坡也是用竖着的小红砖砌成的，跟仓前山一样，哈！仓前山呀仓前山，世上没有一次离别是相似的。没想到万里之外见到你……）

"啊呀！绍华，你看我们忘记订客栈了，今晚上我们住哪里？"

"不用费钱住客栈，火轮帆布顶上有的是地方。"绍华说。

"让吗？"序子担心。

"多年老习惯，无商无量的事。"绍华说。

下得山来，在一家小饭馆各人吃了碗"鼎边糊"。（称见人就套交情的人作"鼎边糊"。

"鼎边糊"做法：锅底放两三勺鲜汤，环锅边淋米浆若干，见熟铲入鲜汤内共煮片刻即成。北方也有类似叫面片汤的，原料是面片而不是米浆，更没有"见人熟"的寓意。）

序子告诉绍华，当年剧团是个什么面貌，在这里演出受了多少欢迎。后来有个剧宣三队也来福州演出，碰上了，他们队长名叫吴英年，国立剧校毕业的，演技也特别好。两队的人成了好朋友，常常开联欢会。可惜的是有一年吴英年陪母亲搭船从南平下来，半路翻船，为了救母亲，母子俩都牺牲了，也都算是为抗战牺牲的，后来追封他个什么什么……

―

1 法国制小号。

还有个队员甘培芳，名字像女的其实是男的。他比我进战地服务团早，他亲口给我讲的经历："日本鬼打福州，我们在鼓山演出，一听炮响，什么东西也来不及收，撒腿就跑，身边没一个熟人，口袋没一分钱，哪里人多跟哪里走，后头是日本队伍追。也不清楚他追我们干什么。后来不追了。老百姓觉得不追也怕。不怕不好。往永泰跑的也有，往闽清跑的也有。横跑直跑没有个目的。也没有政府的人带个主意。我见到一个年轻大肚子女人，撑着根棍子在路上走一步，哼一声。我问她，她说她丈夫是教育部的，走散了。还告诉'我随时要生产'，要我帮她的忙。生孩子的事我怎么帮得了忙？她只要求我给她找一个僻静地方，取下她背袋里的面盆，叫我帮她去买盆热水。我找到一间只放柴灰不放水的干厕所，她多谢我，还谢天谢地。我帮她在棚子里铺上几块老旧木板，她给了我两块钱去给她买盆热水。她哼哼叫，马上等着生孩子。

　　"我拿了两块钱走到人多的地方。原来乡下人都趁人多时候赚钱，已经聚成一个小墟场。我两天多没吃一点东西，卖汤丸、卖面卖云吞的都有。哎呀！对不起你这位要生孩子的女士，我用了你三角钱吃了一碗云吞，两角钱吃了一碗汤丸，再找到一位卖茶水的老头商量买一盆热水。他不卖，他说他卖了喝茶的人喝什么？我眼看只有这一家卖茶的，把剩下的一块五都塞给他。卖了。我捧着热水回来。

　　"'水来了！水来了！'

　　"没有回声。

　　"'怎么啦？人活着吗？'

　　"'嗯！嗯！你把水端进来吧！——谢谢，你出去等着！'女

她只要求我给她找一个僻静地方，取下她背袋里的面盆，叫我帮她去买盆热水。

大肚子女人

402

人说。

"'是，当然我不能远走，两条命的大事。我为你母子俩守街。'

"这时，有孩子哇哇叫起来。

"啊！嗬嗬！

"'耶和华啊，诸天要称赞你的奇事。

"'在圣者的会中，要称赞你的信实。

"'在天空谁能比耶和华呢？

"'神的众子中，谁能像耶和华呢？'（《诗篇·八十九》）

"第二天一大早，小女婴平安温暖地安放在我胸前，我陪着她妈妈拄着拐杖从容迈步。我不好意思往吃东西那方面想，我觉得天下母亲都伟大，会原谅我吃汤丸、吃云吞的事。

"好不容易走到永泰，遇见了她所有的熟人，热烈地把她和孩子接走了。接走了，她怎么会忘记向我说声'再见'呢！陪她两母女走了一百多里路。

"我的人也全在这里。笑一笑！"

甘培芳，战地服务团解散后他应该回到福州的。若哪一天在街上碰见他，会多开心！还有好多兄弟姐妹是福州人。他不会讲故事，把长故事讲短了，可惜。

黄昏来临，两岸亮起热闹灯火，好多人开始一丛丛聚集起来。他们很多玩意儿这时开始露头，小曲、评话、弦子调，也还有拉西洋乐器唱时代曲的。光是鼓，也有打的。

序子建议吃点东西，两个人在街边摊子坐定，叫了蛎饼、葱肉饼、芋泥吃了。

绍华事先在摊子上买了一大包带壳花生，两人上了小火轮，见几个船上人正围着喝酒，便也不声不响挤进去，扔下那大包花生。这帮人捡起花生剥着就吃，把话说得海阔天空，顺手倒酒给序子、绍华。两人不喝，众人也不奇怪。

绍华从旁边拿了两只厚杯子，倒他们的茶喝，一杯给序子，半口没喝完就说："这茶不纯，掺了酒。"

两个人顶不住他们的熬劲，爬布篷上去了，一个酒徒扔了两条毯子给他们："小心！半夜月亮湿。"

两个人坐下了，月亮还没出来，满天密密麻麻的星。

"有人画得出这满天星就好了，这多经看！要什么风景写生？"绍华说。

"你这外行话有它的道理。星空不只是一张蓝底子和许多大小白点点。你还要往别处想，想感觉，想空间，想冷热，对着它画一年或是两年，蓝不是蓝，白不是白了。不知达·芬奇这样想过没有？"序子说。

"看那边岸上一派万家灯火楼台。简单地说，是光在闪烁变化，认真想想，每一光点子里头都有人在过日子。你看多有意思！你非承认他的存在不可。你在人家眼底也是个光点子，逃脱不掉。你钻到光那边去想……"

"你几时有这些怪想法的？你信上帝？"绍华问。

"人一辈子烟熏火燎之间给你来点抽象空灵不好吗？这不叫'信'。我跟耶稣、穆罕默德、释迦牟尼都熟，有时还拜托他们替朋友办点小事。'信'这个字庸俗了，要人'信'一样东西其本身就存在不少问题。"序子滔滔不绝。

"你是不是眼前感觉睡觉比讲话好？"绍华问。

"不为星空和月亮，我们上来干吗？"没多久，序子就睡着了。

船开好久两人才醒，不清楚是吵醒的还是太阳晒醒的，顺顶篷铁架下来，洗脸刷牙完毕，选了张长椅坐定。周围有熟脸孔和生脸孔。

绍华问序子："几时开的船？"

序子哪里清楚。一个军人伸出左手亮出手表，"六点半，现在是七点十分。"

"快到马尾了吧？"绍华问。

"还早。"那人说。

绍华看了这人一眼，序子也看了这人一眼。

从他趴在栏杆上的腰身望过去，一个三十左右的女人在给孩子喂奶。喂着喂着，母子俩都睡着了。

这大兵无聊，他尖着嘴巴指着那女人说："郭营长太太，长乐人，派我送她回长乐娘家。营长有事，不能亲自陪来，又不放心，点名要我送。"他掏出香烟自己取出一根放在嘴角，顺便把烟包递给绍华、序子，看到两人摇头道谢，收回放口袋，这才自己把烟点燃。点烟时那张脸、眼睛，以及呼吸似乎突然停顿，固定在一个绝望的深渊之中，像拉奥孔正被众蛇咬啮全身那么痛苦。

序子看了好笑。抽烟那么不幸，为何还要如此舍身奔命？

这人是个马弁或勤务兵，腰间一圈牛皮子弹带，带了只十分不方便的头号驳壳。（不过行家还是非常喜欢它，它打得远。老汉阳造的准星上有个小讲究，缺口、准星跟目标连成一线时，准星会出现一粒光闪黄点子，这时你扣动扳机就少有不中的的。头号驳壳我只试过一回，太重，后坐力太大，虎口给震得痛了一夜。）

"你们两位是干什么的？"那人问。

"教书的。"序子说。

"教书的？那你们一定会写信了？"那人说。

"写封信算啥鸡巴大事？信都不会写，还称得上先生？"序子故意撒野话讲，"你是哪里人？要给哪位写信？"

"我自小让人卖来卖去，哪晓得给自己留一个名字？更不晓得自己是哪里人！"那人说。

"你父母呢？"绍华问。

"让水给他妈淹掉了。"那人说。

"那你要我们给谁写信？"序子问。

"一个女人！"那人回答。

"叫什么名字？哪里人？"

"不知道！"那人说。

"她认识你吗？"绍华问。

"不认识，只街上遇见三次。"那人说。

"人都不认识，你他妈这封信往哪里寄呀？"序子问。

"邮局呀！邮局是专管送信的，自然有本事找到她。"那人说。

"你为什么要写信给她？"绍华问。

"人太漂亮了，我这辈子只认她一个人做老婆……"

话说到这里，大约六七十米远的芦苇荡边上出了点事。小火轮也抛了锚。舵手和船长都对河那边高声大叫："停手！停手！你他妈再打我们就过来搋死你。"

原来芦花荡里有艘小破船，有个老头拿棍子在打一个三岁小女孩，打完提起来放进水里淹，淹完又提回船上打。

小火轮上所有人都看不下去，骂他，求他。他都不听。几个人商量游水过去教训老家伙一顿揍时，那小女孩早已断气、没有了哭声。

完全想象不到的是那个护送郭营长太太回长乐的勤务兵挺身出来了。

"你妈个狗日老头！

"你妈个豺狼虎豹！

"你他妈给我停手！

"听见没有？

"要不然老子枪毙你！

"听见没有？

"听见没有？"

接着"砰！砰"两声。

枪声响处老头跌入河中，那女孩原先就没上来。老小都浮在河面打转。

马弁回过身来，退出子弹夹，开始讲话："兄弟这手功夫，还是当年在三元补训处跟陈参谋长练的。"

码头风景如常，形势严峻起来。

长乐到了。

太太给吵醒了，娃娃也哭起来，马弁好不容易侍候太太上了轿，忽然太太骂起话来："阿秦，在船上你又作了什么恶？你等着，让营长来收拾你。"

"太太，你是亲眼看见亲耳听见的，我这是为民除害呀！不信你随便抓几个人来问问。"马弁说。

出之舟船

接着「砰！砰」两声。

枪声响处老头跌入河中，那女孩原先就没上来。老小都浮在河面打转。

地方最怕的就是跟军队合作或不合作办案子或跟军队打官司。

船上除了船长、司舵和四名水手，当时负责这只小火轮的运行和保护这二三十位搭客跟货物的安全之外，一无所知。司炉管锅炉，各人完全放不了手。

"另外那些搭客呢？"

"我们长星火轮票价一律三角。市民大家心里明白，安排得不妥当，坐无好座，由于同是一乡人公司都得到大家包涵，所以多少年来，船上从未发生意外大事。"

"发生了，怎么办？"

"全船搭客变成一个人，揍那强盗。"

"有过吗？"

"有才讲，没有就不讲！"

"有挨过军队欺侮吗？"

"有。"

"为什么不讲？"

"不准讲。"

"挨当官的欺侮过吗？"

"绝对没有！"

"怎么可能没有？"

"他们嫌脏，请都请不来！"

……

报案的水手第一个跳上码头跑了，接着搭客携了东西各人都跑散了，太太走了，马弁走了，只剩那一对爷孙还浮（沉）在远远的河面上等人来办案子。以后呢？我哪晓得？

绍华、序子二人一声不吭，各回住处。

收吴淑琼先生和啸高先生信，他们希望我回仙游过年，说腊梅花开了，除夕那晚，他们说准备放下筷子等我。回信答允除夕赶到，没提挨炸的事。

回嘉禾先生信，信写得好，很得意——

"……炸弹响处画画那墙往右边重重倒下，而我却让左边泥尘轻轻埋了……"

半天时间把所有回信写完。

开始考虑三、二年级美术课，想了这么多天，把头绪理出来了。

想到马尾港那边事，纠缠不可开交，乱了心志，不想了。不想又想，谁找谁打官司？这官司有无输赢？输赢判给谁？人都没了！说不想又想。我序子是个见证。你见证什么呀？那缥缈的苦主，三岁不到的女孩，如果活着，我们抱抱她吧，她好凉……有一天，有了家有了女儿，我再也不离开她，不让她在水上荡漾。世界上有多少流浪儿需要拥抱的灵魂……眼见那苦难你束手无策，你能救谁？

语无伦次了，你看你！

"叩！叩！叩！"

序子开门，是钱先生和轩城兄、央怡嫂和安波大姐四位。

"没想到！让我想想怎么款待客人。"序子抓了抓下巴，"有茶，茶杯不够，壶太小。"

钱先生说："有多少，用多少，谁要谁喝。"

"我绝对没想到客人会来这么多位。"序子高兴地说。

"我们要赶紧来看看你这位风暴里来回的怪人。"钱先生说,"你去福州的消息我们今早才听到,就赶忙来了。这是怎么回事,怎么都让你碰上了?"

"钱先生请放心,我这回离危险远远的,跟伤心近近的。

"所有的经历都是误会和遗憾、无知和浅薄。可怜的三岁女和七十多的残暴老人家。老人家不清楚自己是恶啊!下层生活圈子圄圈了他的眼界,一棵葱、一头蒜在他来讲就是命,就是世界。——到现在我以为自己还没离开停在马尾港的小火轮,还听到小女孩水面遥远呛水挣扎的声音……"

安波大姐说:"这就是张序子,这所以是张序子的理由,你永远不是旁观者而是参与者。你把心留在女孩那里了。我们一家今天上午全是说的那件事,就决定来看你,喝你的茶。"

钱先生换了一个话题:"我想问问,你去福州干什么啊?"

"我没事先想好去福州干什么,去准备一套稍微整齐点的衣服上课好用。若吃东西算不上节目的话,那在书店看书的时间未免多了一点。同行好友提醒我,'一七〇页了啊!'"序子说。

"什么叫'一七〇页'?"老先生问。

"《约翰·克利斯多夫》,罗曼·罗兰小说。"序子答。

"吓!罗曼有中文翻译了!太好了!什么版?"老先生问。

"商务版。"序子答。

"一七〇页,你怎么静得下心看这么多书啊?你的同伴急坏了!"钱先生说。

大好时光浪费在书店!

"不!这才是我一生的大好时光。"序子说。

"现在不多看点，下次岂不又增加负担？"序子说。

"下次何在？你准备在书店一口气把它看完？它多厚？"轩城问。

"这部书我看起码有四寸厚，一百口气怕也看不完。"序子说，"站着看一本新书，有特别的口感。罗曼的书，要我跪着看都行。"

"书店老板喜欢你这种方式看他的书？"轩城微笑。

"未必。我很仔细地洗干净手，手绢拭干，搬梯子从珍本新书架上轻轻取下上册。我也衷心地不相信书店主人天生会疼爱常常翻他新书的人，也不相信他的眼睛现在不在关注我。"

（这是按常理推论的。书珍贵，看得少，自然就增加警惕感和心理保护责任。不过无论关系弄得如何紧张，都不至于为看书而大动肝火掀翻书架桌椅，弄出血溅鸳鸯楼的热闹局面来的吧？不过在读书楼中找这类型号的人眼前还真有点不容易了。

你知道穷孩子上书店看书跟在街边捡食是一样艰难的。你起码要告诉别人你有正经读书人样子。我是第一乖人！

我一到书店，看到许多孩子一人搁一本书在膝头坐于台阶梯级上深读，心头真是感谢得想哭，看到我往年乖的影子。）

"安波大姐，我的美术课有点眉目了，正想找你闲聊一次。"

安波大姐对"闲聊"这两个字有兴趣！"为什么叫'闲聊'？"她问。

"我上课的方式也是'闲聊'。"序子说。

"头一堂课请一定允许我参加。"安波说。

"也请允许我参加。"轩城说。

"前几天安波大姐提出要参加听我的美术第一课，我有点害怕，我拒绝她来。我其实是害怕自己。头脑还不太清楚，条理还不太顺当，现在把握大了一点。两位来听课，只要同学们不反对，我举双手欢迎。那么刚才和安波大姐的'闲聊'会可以取消了。"

钱老先生板起面孔说："改为到钱府晚宴，仍然本日下午六时半。序子先生，序子先生，请一定赏光，不要客气。"

大家欢呼说好。序子谢谢钱先生，觉得自己打扰太多。送走钱家先生女士们，轻轻关上门，自己把自己笔直地扔到床上，做了个大大的深呼吸。

三年级甲乙二班，二年级甲乙二班，班上的布告板上都贴了一张小纸条，上写："上美术课请各同学准备一张纸和一支软铅笔。"

三年级上学期有四十多个学生，坐得笔直，欢迎张序子先生上课。张序子向同学点头微笑，看见靠后墙坐着的轩城两兄妹，也把他俩当学生用眼光横扫了。

"同学们好，今天我来上美术课，我名叫——"转身在黑板写上"张、序、子"三个大字，"张开翅膀的'张'、守秩序的'序'、孔夫子的'子'。"写完三个字马上抹掉。

"学美术有两个好处：会画画，懂得美。所以学校为同学安排了美术课。

"喜欢画画是天生的，爱美是天生的。

"我们班上，有几位喜欢画画的？请举手。啊！三位。

"有几位喜欢看画的？请举手。全举手！

"唔！动手的少，动眼睛的多；画画的少，看画的多。"
大家笑。

问一位喜欢画画的学生："你为什么喜欢画画？"

"喜欢不就是喜欢！什么玩意儿都没有画画有意思。"

问一位喜欢看画的学生，他的回答是："看画特别有意思。有的人像画得跟真的一样。有的风景画用色特别鲜，真想走进去。有的讽刺画想得好，我就想不到，好气人。他脑子鬼！"

序子说："现在请让我来读一段有趣的文章。'弹指又过了三四年，王冕看书，心里也着实明白了。那日，正是黄梅时节，天气烦躁。王冕放牛倦了，在绿草地上坐着。须臾，浓云密布，一阵大雨过了。那黑云边上镶着白云，渐渐散去，透出一派日光来，照耀得满湖通红。湖边山上，青一块，紫一块，绿一块。树枝上都像水洗过一番的，尤其绿得可爱。湖里有十来枝荷花，苞子上清水滴滴，荷叶上水珠滚来滚去。王冕看了一回，心里想道：古人说，'人在画图中'，其实不错。可惜我这里没有一个画工，把这荷花画他几枝，也觉有趣。又心里想道，天下哪有个学不会的事，我何不自画他几枝？'

"文章是清代吴敬梓[1]先生写的大书《儒林外史》中的一小段。说的是元朝大画家王冕[2]先生的故事。

"事隔那么多年，王冕先生历史的后半段也没有确切的下落。王冕先生的画作照片，我在画报和画册上见过的都只是单色梅花。没见过的荷花其实也应该有，要不然王先生的荷花怎会尽绕着故事转。

---

1 吴敬梓（1701—1754），《儒林外史》的作者。
2 王冕（1287—1359），元朝画家。

那日，正是黄梅时节，天气烦躁。王冕放牛倦了，在绿草地上坐着。须臾，浓云密布，一阵大雨过了。那黑云边上镶着白云，渐渐散去，透出一派日光来，照耀得满湖通红。

"奇怪的是，我们古代中国画从未有过阳光色彩的试探，而要等到十九世纪末的一八七五年，才让法国印象派哥们抬着吴敬梓先生说起的阳光观念走进世界。（学者认为吴敬梓先生写这部书应在他四十至四十五岁左右，那么，是一七四〇年以后的五六年了。他的色彩主张早印象派一百多年了。）好！故事停止。

"现在要请大家把纸和铅笔拿出来放在课桌上，检查检查桌面平不平。有垫子的放张在纸背后衬着，免得画画时画破纸。

"现在我要大家画的是一个圆圈，使尽自己的本事能画多圆就画多圆，不可以用圆规，更不可拿碗拿茶缸子顺着描，就凭眼睛和手，慢慢地画出来。不准拿橡皮擦修改。"

这时候，四十几个学生都安静下来，只听到专注的鼻息声，时间延长得比预算还久。好不容易大家交了卷。这一沓费尽了心力的大作可惜当时没有留下来，近二十分钟使了吃奶力气画出的这四十多张单纯的圆圈简直可以流芳百世，线条遒劲，造型浑厚……一个孩子喘着气说："这么慢，这么使劲，又怕画破纸，力气都悬在手腕上，手都酸了，一个圈圈还真有意思——嗯！可惜太不圆了，像个方圈圈，不晓得怎样，我还是觉得好看。"

好！现在听我讲下一个故事。

"意大利中部翡冷翠二十八公里的维奇奥村，大画家契马布埃骑马经过，看见一个放羊娃蹲在桥头画羊，问他叫什么名字，多大了。

"'乔托[1]，十岁！'

"'愿不愿到翡冷翠跟我学画？'

---

1 乔托（1267—1337），意大利画家。

意大利中部翡冷翠二十八公里的维奇奥村，大画家契马布埃骑马经过，看见一个放羊娃蹲在桥头画羊，问他叫什么名字，多大了。

『乔托，十岁！』

"'愿是愿，你要先问我爸爸。'

"爸爸马上就答应了。大画家从此哺育小乔托长大，成为意大利非常重要的画家。

"名气大了，教皇贝拿地卡特九世想请他为圣彼得教堂画画，派了个专使到翡冷翠一带了解乔托的人品和本事。见到乔托，讲了教皇的意思，问他能不能让他带幅作品回去让教皇看看。乔托随手撕下一张纸，提笔蘸红颜料画了一个圆圈，画得跟圆规画的一样圆交给专使。

"专使认为被侮弄，教皇倒马上把乔托接到梵蒂冈去。

"乔托跟大诗人但丁和文学家彼得拉克是好朋友。薄伽丘称乔托是'卓越的天才''翡冷翠光荣的灯塔'。

"画家里怎么有这么多牧童啊！

"不过我一直怀疑这个故事的真实性。

"乔托是个有教养的人，画个圆圈交给专使不单对专使失礼，也失掉自己的庄重。我不信画个圆圈能向教皇充分介绍自己什么，除了侮慢。

"圆圈。我要大家认识即使是一个圆圈也不能随便。

"今天我要大家认识自己画的这个圆圈，跟传说中乔托的那个圆圈很不一样。它是一个意志和艺术力量的圆圈，是一种只要是人，只要不苟且，不轻狂，都有可能达到的一种美术境界。你看，个个都画得那么好！"

序子把圆圈发还给每个同学，"保存好，下一堂课有用。"

下课了，"下礼拜五见！"

钱家两兄妹在教室台阶下等他。序子不好意思开口。

安波说："好！你脑速真快！"

"我是想，角没出场先打打闹台。画画是行动，把感觉细心铺开，争取得到孩子们的一致认可。"

轩城说："听你那些口气、看法，我真情愿回到少年时代去，让我变回小孩重新开始我疏忽了的童年。听你讲话，对，美术可教，感觉不可教，一个学校要创造一些美感条件还办得到。我不妨往这方面多试试——让我们重新开辟一个天真童稚的环境……用英国道尔顿制……"

安波说："好，好！我完全拥护阿兄的创见，不过请先把骚扰、阻碍我们建设的日本鬼子赶跑再说。"

序子自从礼拜五给三年级上完第一堂课之后，整个情绪给兜了起来。从图书馆抱回大堆参考书，只为找某一处根据，又剔爬出另外几样更有趣的东西，低了脑壳来来去去，在操场撞着了钱先生，书掉了一地，觉得很对不起，钱先生赶紧说：

"你莫动，我帮你捡，我帮你捡。你起码要留一只眼睛看前头才行啦，孩子！"

序子第一次听钱先生叫他作孩子。

"两兄妹听了你的课，都下决心从此变小孩了。唉！你看我还顾着和你谈话，你快走，捧那么多书！……我还听到你讲的'学校美感'，找时间谈……"走远了。

也没想到培青有那么多好书，线装书那边还没有碰。英文书柜那头是我一种尊敬的忌惧的角落……

每个礼拜天仍上福州，只是一个人去，到那书店去拜会约翰·克利斯多夫。跟伙计和老板都熟了，还点头。那书店名"启智"，对不起，看了人家那么多回书，招牌都不记。这招牌其实第一次进店前瞟过的。瞟而不记，更是无良。伙计还端茶来，太过意不去了。

上仓前山，一个人，走那些暖色竖砖砌成的小街，双手插在裤袋里，背着戴望舒的诗，让自己的影子贴在红墙上慢慢陪着：

烦　忧

说是寂寞的秋的悒郁，
说是辽远的海的怀念。
假如有人问我烦忧的缘故，
我不敢说出你的名字。

我不敢说出你的名字，
假如有人问我烦忧的缘故；
说是辽远的海的怀念，
说是寂寞的秋的悒郁。

诗一句一句地背完了，真好，仿佛自己心里头真有一个什么似的。呵！呵！呵！……"煞有介事"指的就是这味。

走着走着，到了古董店门口，十二块五，把"康乃特"小号买下了。心态简直跟杀人一样，一刀下去，眼都不眨。"这胖老头几个月前就看死我会买，一分钱都不让。我总算饶他一命，放过了他。"序子抱着包小号的绒口袋出门了。

序子这回来福州是不是计划好买小号的？他自己也没看出来，只是底衣口袋塞满了钱。他做梦也没想过自己会有把小号。

上仓前山，一个人，走那些暖色竖砖砌成的小街，双手插在裤袋里，背着戴望舒的诗，让自己的影子贴在红墙上慢慢陪着。

船上带这把号很耀眼，人家想摸也让人摸，想问点什么也耐烦回答，总之是因为心情好。

回到长乐。

绍华看到很惊讶，"你真买了？"

"亲眼看到还有假？"序子说。

"崇安、赤石那边木刻合作工厂回信来了，两块八一盒六把的我看可以买。"绍华把单子和信交序子看。

"跟当年金华、丽水时的一样。两块八就两块八，我这里三块钱，你写封信我们一齐寄了吧。"序子把钱交给绍华。

学校的人听到号音也很奇怪，嬷嬷那边小号声音没这么大，都顺着声音过来参观。头一个来的当然是刘平均，"没想到我们美丽的培青中学也有美丽的声音。"

序子吹的都是自己熟悉的抗战歌曲。当然也夹带一些外国民间流传多年的乡谣，美国嬷嬷也过来打听是怎么回事，一看原来是上回见过的熟人，还为她们剪过影。可惜语言不通，要不然序子还可以向她请教吹小号的基本功。机会错过了。

序子吸收家乡经验，绝对不把嘴巴鼓得像两个大球似的吹唢呐，这不只表演时形象不佳，听说还真有吹唢呐炸掉嘴巴的。

（究竟怎么吹，直到以后在江西大逃亡时丢掉小号为止，我始终没有找到正确方法。歌曲倒是可以吹得随兴，只是"运气"还存在大问题，所以没有力气一口气吹好几个歌。）

美术课进行顺利，也合乎实际。可惜没有人可认真聊聊。

三年级很快毕业，认识一些美术概念很有必要：点、线、面、立体、色彩、距离、比例、明暗、结构、质感、空间、纵深，边讲、边看、序子这回来福州是不是计划好买小号的？他自己也没看出来，只是底衣口袋塞满了钱。他做梦也没想过自己会有把小号。

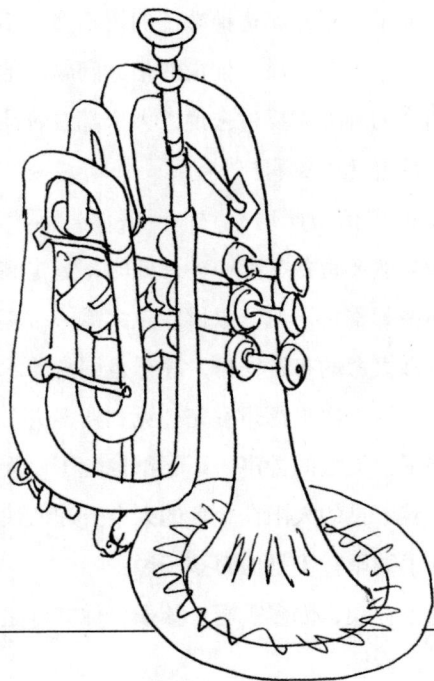

小号

边动手，像第一堂上课的方式，学生会很受益，不管他们以后干什么。

二年级写生课安排多一些，不要求准不准确，只管像与不像，减轻美术的负担，提高美术的兴趣，加强眼力和思考力。

假如一班五十个学生，三个是未来的美术专家，四十七个是未来各行各业的工作人员和专家，而又是未来美术作品的欣赏者。你别担心三位未来艺术家的培养问题，他们有各种妙法培养成长为未来的齐红石、齐花石、刘悲鸿、李悲鸿；我只想请教，有没有考虑过对那四十七位张三、李四的培养？他们的欣赏力？鉴别力？要知道，从大道理讲，所有一切的艺术活动都是做给那四十七个学生看的。

眼看天气凉了，福建海边掉叶子的树不多，不过每个人都预感到季候的变化。序子有点慌，他慌的是大问题。他当然要离开这个非常舍不得离开的地方，反过来说，大家都看着他刚刚开辟的这块小土地还没有挖上几锄头啊！

嘉禾先生的来信很严厉，"……请你告诉我在长乐待下去的用意何在？我当然要责备文熙……你此时不远走高飞更待何时？快！要不迟了！……邮寄二十元，以供应急之需……嘉禾。×月×日"

教务处正做大考的布置安排，序子也同意美术课不在考试之列而另行打分。最后一次去福州看完"克利斯多夫"最后一页：早祷的钟声突然响了，无数的钟声一下子都惊醒了，天又黎明！黑沉沉的危崖后面，看不见的太阳在金色的天空升起。快要倒下来的克利斯多夫终于到了彼岸。于是他对孩子说：

"咱们到了！唉，你多重啊！孩子，你究竟是谁呢？"

"我是即将来到的日子。"

找到书店老板任先生道谢，告诉他自己是长乐培青的美术先生，日本飞机轰炸长乐故事里那个人就是"我"，所有有限藏书行李财物都被炸光，最近重新整顿勉强恢复元气。半年来多有打扰，有幸看完罗曼·罗兰这部巨著，得到你们的宽容照顾，万分多谢。一部书翻看半年难免耗损，原打算购回收藏，因为远行单身一人背负不堪，加上经济条件限制，难能如愿……

老板任先生说："我早就发现你，我不打扰你，我欣赏你的良行。我偷偷把你指给我孩子看。"

……

序子躺在帆布船篷上。在长乐快半年了，看了福州夜景也快半年了。除了我谁会有那么心领神会地来看夜景的？船上的水手、大班、两岸的本地人，他们根本就不看夜景，他们是成年累月泡在这里的主人。一般说来，主人对风景比较"木"。

拥有这张毛毯很合适，再过几礼拜篷上冷得待不住人了。唉！再见了，船！

哪年哪月再见到你，你还是现在的你吗？你还认得我吗？我已经习惯于闽江这种夜声。如不是在夜晚的船篷上，哪里听得到？

这一回，我要远远地走了，走定了。

不管走到哪里，老成什么样子，我都会想你，都会想到睡在你篷子里银子一样颜色的这个晚上。

走廊栏杆外边有两棵叫不出名字的阔叶大树，序子坐在树下长椅上翻书。刘平均过来了，"看样子留不住你了！"

"你了解我舍不得这里。"序子说。

"有没有跟别处约定了什么？"平均问。

"去别处，干吗不留这里？"序子说。

"问题是你还没设定走的目的地。"平均说。

"'走'就是目的地。"序子说。

"我实在弄不清你这个人，好不容易来了，弄得有声有色——哎！是不是薪水问题？"平均问。

序子听了这话，偏起脑壳看他，"你说呢？"

"我看也不是。这我是知道的，这我可以证明，你不是这种人。钱校长一直在谈，下学期一定要正常化。"平均说。

说到这里，传达把李绍华带进来了。

"木刻刀到了！"

三个人一齐来到序子房间，兴奋地打开邮包，赫然两盒木刻刀。

绍华沮丧说："你看，刀子来了，你又要走了。我怎么学？"

"还有些日子嘛，足够了。不过你先去找两块三十二开大小的木刻板。到刻字铺问问。"

刘平均说："既然是学木刻，让我也报个名好不好？"

"你刀子都没有，学什么？"绍华说。

"我把我的让他吧。你和他算清刀钱邮费就是。"序子说。平均道谢得真像捣蒜一样，"我马上去找梨木板，你说一声，往哪里找好？"

"大概刻字铺可以问得到吧！那里有现成的直接弄过来最好。可能会敲竹杠，那就只好让他敲了。你斟酌点就是。"

平均还真的找来了三块规规矩矩的三十二开的梨木板，于是序子就在自己房间开起木刻课来。打开窗子，对着那如梦的山涧画了一张写生稿子开始，又讲又动手地教了一个礼拜，自己也完成了一幅木刻作品。平均和绍华各人也完成了一幅作品之外左手各加缠了一条纱布。

"你二位是成人，我讲的问题你们理解得快，加上两位都受过不同程度的美术训练，动起手来容易得多。"后来三人又探讨过磨刀的问题、木板的问题、油墨拓印的问题。

长乐培青第一期木刻训练班全体师生还在照相馆摄影留过念。听说绍华跟平均后来在民众教育馆开办过几期木刻训练班，弄得很有个样子。

序子最舍不得的是钱信彰先生的一家。他们为善的端正态度给序子留下难以磨灭的影响。

我忘记提那只画眉鸟了。它每天飞来我窗口唱支歌才走，就那么天天来（我礼拜六去福州，不知它来了没有？也可能见我不在家晃一下翅膀飞走也说不定）。要不是前面文章写到两扇大窗子几乎把它忘了。不该忘了！

那只画眉是几时知道我离开长乐才不到窗口唱歌的？天知道。

长乐是冰心、郑振铎的黎明之城。

魏文熙这个官真累。

"你这几个月忙完了啊？"序子问他。

"幸好你那天没出意外，要不然我这一辈子就不只是忙的问题了。我招了你来挨炸弹。我怎么想你也不应该是第十二个……"文熙说，"我打战了两天两夜没告诉家人，我一直都躲着你！"

别忘记那些金眉

我忘记提那只画眉鸟
了。它每天飞来我窗口唱
支歌才走，就那么天天来。

"不要往这里讲了！我是猫，我有九条命，炸不死的。"序子说。

"嘉禾先生来信狠狠骂我一顿，扯你后腿。"文熙说。

"他不清楚你在帮我的忙。你是个书上讲的'劳人'，单单救死一项，几个月连影也找不到。"序子说。

"别，别这样讲，好多好多人在辛苦流着眼泪在救死扶伤，用良心挖坑掘坟，身硬得和死人差不多，脸都哭僵了，自己的乡亲啊！想起做的这个官今天才有个官样。"

"听说钱校长邀我们去过圣诞。"序子说。

"你帮我说说，我就免了吧！眼前我身体里这些骨头，怕是要一块一块拣出来分开睡才睡得透，让我睡觉和过圣诞，天渊之别啊！"文熙请求序子帮忙。

钱先生家的圣诞节，魏文熙还是去了。有几位面熟的同事先生，还有邓思懿和刘平均。

厅头一棵真的枞树圣诞树，挂满圣诞节琳琅东西，树底也围满了东西。

餐桌给拉长了，摆满餐具食品。主客坐定，开始祈祷谢主的恩赐，齐唱圣诞歌，然后举杯祝这祝那，正餐开始，女主人、女儿、儿媳帮忙切火鸡，来回倒酒。

大家知道序子要走，很是舍不得，也没有办法。

又是耶鲁先问序子，"你们过不过圣诞节？"

"不过。"序子回答得干脆。

"那过什么节？"问。

"分新、旧两种。旧节过春节、清明节、端午节、中秋节、重阳节。新节过新年，过五四劳动节，过四月四日儿童节，'十月十日国庆节'。"

"好玩吗？"

"当然好玩，屋里玩，房外玩，水上玩，山上玩。"

钱先生问："'双十节国庆日'，你们怎么玩？"

"我这人有一点奇怪，最小时候的事也能记得住。比如我不到一岁的时候，我妈妈在一间女子小学教书。她领导提灯会，在一个叫作常德的地方，带着全校女生在街上游行，还过河来回，一人一盏灯。很多很多的灯，都是女孩子提着。记得一位阿姨抱住我来来去去，黑夜之中看见船影、树影、桥影，一盏一盏红灯绿灯。"

大家听了都觉得张序子奇怪，别人一岁是没有这份感觉的。

钱老先生说："二十多年前，那时候的县太爷忽然心血来潮要我到县政府去开会，说'双十节'快到了，要我办个提灯会，晚上在全城游行。因为全县只有我们培青中学生、小学生人最多，好哄起热闹。要学校自己出钱买纸买竹子做灯笼。小小中学生、小学生哪里做过呀？我也没有做过呀，两三百盏灯笼谈何容易？一个小学校对付一个县衙门，怎么挡得住？当官的个个盯住我，我那时年轻，我蹦起来说：'太好了，庆祝国庆，晚上举行提灯游行，一两百个灯笼，我回去马上叫大家去做，容易！可以把长乐城弄得轰轰烈烈，热闹非凡。

"'你们都晓得我们学校最大的孩子才十二三岁，小的才五六岁，晚上走在大街上完全可以。野外环城马路很久没有走了，那十几座木桥需要好好检查检查。要不然孩子们走起来就不习惯，对政府来讲这些小事当然是轻而易举的事，小孩子们的安全问题我们完

全可以放心。我走了。我马上就去做灯笼，再见，再见！'

　　"县长站起来叫住我："钱校长，你慢点走，让我查一查，问一问，是哪个出主意弄晚上提灯会的？你先请回，我们另外考虑考虑更好的庆祝方案。'"

　　大家听了钱先生讲的故事，都觉得十分好笑，十分受益。

　　接着是吃蛋糕，听留声机的跳舞音乐，唱片。会跳舞的跳舞，喝茶聊天的聊天，到十点钟才散。

钱校长把大家送走了，留下序子。

"你慢点走，我想和你多说说话。你请里边坐，咖啡还是茶？铁观音还是龙井？"又做了个跟安波、轩城兄妹再见的手势。

"怎么？连我们也不让参加？"两兄妹只好笑着走了。

洁芷师母端来铁观音，指指茶桌上的热水壶，"干了，那里添。"

钱校长自己坐下，温暖的美孚灯把声音照得一片慈祥。

"孩子，你这一走，海阔天空，我们不可能再见面了。请原谅我说一句心里话，我真愿你是我们家的孩子，我又好笑怎么可能我们家会有你这样的孩子呢？上次贵团来长乐，我眼睛里就只看见你；这次你来长乐，我反而吓了一跳。孩子孩子！你飞回长乐来干什么？这不是你歇翅的所在啊！心里又暗自高兴能见到你。多少人羡慕我一家蒙主的恩宠赐予的平安幸福，你给我们带来另一种自由意象，开阔我们没有的眼界。你跟追赶季节的大雁群体不一样，独自展开善的翅膀四海为家，像一只伊甸园逃脱出来的乐园鸟。你满身对人对世界的好意和信任。我们一家终生奉献给主，我尊重和欣赏你自己心向往之的奉献……"

"先生，你过奖了！我什么打算都没有，也没往这方面想过。儿童时候一齐吹牛：'老子长大做孙中山，做蔡松坡，做黄兴。'那是好玩，很不当真的事。难以想象一个小孩子下决心长大做大人

钱校长和灯笼

洁芷师母端来铁观音，指指茶桌
上的热水壶，「干了，那里添。」
钱校长自己坐下，温暖的美孚灯
把声音照得一片慈祥。

物，长大以后他就是大人物。要真这样，这世界怎么装得下？

"我并不怎么觉得自己有出息。我只是喜欢读书。书深了，不一定读得懂，就停在那里了。看翻译小说，读不明白的时候，总怪自己水平低。后来看到别的翻译家翻译同样的这本小说，比一比，才明白是前一位的外文和中文水平不高明，信口胡来的缘故。求学问，自己做自己的先生很难，除翻辞典之外，跟着提到的线索一本一本搜寻，像爬树一样，颤巍巍地……先生说我自由快乐，我这么忙哪有时间？我只是拿出点点子勇气和胆子在扩大观感而已。

"我喜欢和诚实的人、勇敢的人、善心的人、有学问的人在一起。我也不怕狡猾和恶。不怕危险，当然也不做无聊的冒险。

"我一辈子不会忘记先生双十节提灯会这个宝贵的故事经验，给被欺凌、被压迫、无可奈何的人多大的益智的启发！"

钱先生哈哈大笑，"小游戏，小游戏，我'拥护'到他们几乎没了顶！"

"先生先生！你简直可以写一本类乎《孙子兵法》水平的人生大书！"序子说。

"你可不要小看《孙子兵法》，原来它是本厚到几十万字的大书，让曹操精选成薄薄一本的十三篇。它可是本惊天地泣鬼神的宝贝。你要我写本'钱氏'什么'法'呢？我这一生倒还真没想过要写本什么书。这倒不是个什么坏主意。你看，培根、伏尔泰、狄德罗、孟德斯鸠、布封、爱默生他们不都写过这类有趣的书吗？是啊是啊，我为什么不写呢？我又不是不会写字，你说对不对？这都怪你不早提醒我……你看，我老了，来不及了……"

"当时我还没生。先生！"序子也笑。

"所以'相见恨晚'四个字是个惊世遗憾！我们宗教界千百年来不少人躲在教堂、修道院里写过许许多多聪明有趣的想法都深深埋藏在那里的地窖和仓库里发霉。那些写书的修士一定都是笑着死的。世界上许多珍秘都只让一代代的老鼠、书虱去长聪明智慧了。"钱先生说。

　　"人总是常常被放错地方的。当然，不光是人，历史、命运、时间、情感，常常也颠三倒四。"序子说。

　　"讲讲看，你读文章喜欢哪些人的？"钱先生说。

　　"我哪里谈得上？我才多大年纪？不过，我小学的胄先生、我的姑公和集美的先生都是些读过不少书的人，教数学物理的先生都能代文学课。"序子说。

　　钱先生说："我只是问你。"

　　"每个朝代的残末，都出些好文章的！大概跟地球变化、高热、高压出钻石的原理一样吧！汉魏六朝、隋唐五代、宋元明清都找得到这份例子。佩服跟喜欢是不一样的。比如曹子建的《洛神赋》里的美女，写得都不怎么美，说来说去都只是一些'打扮'。及至于说到自己仰慕的心情：'……恨人神之道殊兮，怨盛年之莫当。抗罗袂以掩涕兮，泪流襟之浪浪。悼良会之永绝兮，哀一逝而异乡……'冤枉了那一番单相思的眼泪，这算得哪回事呢？要是按我故乡人一句话就解决了：'你这下可把老子想死了！'

　　"我甚至怀疑他那点点子局促环境到底有没有见过真正漂亮女人。起码我比他就见得多得多！

　　"论情感我比较喜欢鲍照的《芜城赋》、向秀的《思旧赋》、江淹的《别赋》，原因说不清楚。

"我喜欢晚明一些先生的潇洒文风，不管见解如何，事情总是说得明晰有趣和通透。那位清朝的袁枚先生文章也是写得十分自在，我只是厌恶他生活观念的歪扭污糟，对女性毫不尊重的混账理论应该踢他裤裆三脚（小仓山房尺牍之五《答相国劝独宿》）。

"同样对女性的态度，听听《圣经》里大卫王故事：'大卫王年纪老迈，虽用被遮盖，仍不觉暖，所以臣仆对他说：不如为我主我王寻找一个处女，使她伺候王，奉养王，睡在王的怀中，好叫我主我王得暖。于是，在以色列全境寻找美貌的童女，寻得书念的一个童女亚比煞，就带到王那里。这童女极其美貌，她奉养王，伺候王，王却没有与她亲近（《列王纪》四三〇页）。'"

钱先生咕咕地笑，"啊！我想起了，我应该送你这本袖珍《圣经》做纪念吧！高兴你熟悉《圣经》！这本真皮《圣经》还是我四十年前在伦敦红岩方场买的。让你永远得它的护佑。你见过这么小的《圣经》吗？你眼睛怎么样？多少度？看得清上头的字吗？"

序子接过《圣经》，放在手掌中认真地读：

"我不清楚眼睛多少度。上头的字都还看得清楚：'创世记，神的创造。起初，神创造天地，地是空虚混沌，渊面黑暗；神的灵运行在水面上。神说：'要有光。'就有了光……

"耶和华神用地上的尘土造人，将生气吹在他鼻孔里，他就成了有灵的活人，名叫亚当……耶和华神说：'那人独居不好，我要为他造一个配偶帮助他。'……耶和华神使他沉睡，他就睡了；于是取下他的一条肋骨，又把肉合起来。耶和华神就用那人身上所取的肋骨造成一个女人，领她到那人跟前。那人说：'这是我骨中的骨，肉中的肉，可以称她为女人，因为她是从男人身上取出来的。'"

序子读到这里说："这一段我比较熟。底下的故事也清楚明白，既然世界第一对男女是耶和华神亲手做出来的，以后的亚当和夏娃接手自己做起人来就跟耶和华神做人的方式大不一样了，一代比一代多彩多姿，甚至几乎达到难以领导的局面。我认为造人这番本事太了不起了。等于从未学过算术的人突然演算出微积分来。结构那么复杂细致的东西（比手表严密万倍不止）快快乐乐就做出来了。问他，居然说不出缘由。像爱因斯坦的爹说不清生出爱因斯坦的道理一样。"序子说。

"赞美我们万能的神，耶和华！爱因斯坦也是基督教徒。"钱先生说。

"了不起的是，世上大小动物，他老人家都能给他们配备生理上必需的所有零件，一视同仁，一样不缺。比如大鲸鱼，比如小跳蚤。"序子说。

"那是。"钱先生说，"耶和华宽容博大无比。"

"不过，我认为耶和华做第二个人之后，也有重要疏忽的地方……"序子说。

"唔？"钱先生出声。

"疏忽了他们的良心。你想吧！以后的那些狂妄的子孙居然想做上帝，代替'神'的位置，小看了他们的野心！"

"那些坏坏是永远办不到的！一定会受到狠狠的惩处！"钱先生说。

"惩处归惩处，脚底下那些可怜的老百姓就遭了殃……当然，问题还不止这些……钱先生，我想问你，耶和华在创造万物的时候，有没有不小心、走神的地方？就像一位精熟的老画家在明明不应该画画的时候偏偏地在纸上来那么毫无缘由的三两笔。"序子说。

"你指什么？"钱先生问。

"比如河马，一个会走路的枕头。太不精密，太缺乏想象力了。"序子说。

"哎！哎！话不好这么讲。你是个弄美术的。精密在创造上并不是终极。我年轻时候也欢喜欣赏美术，拜阅《女史箴图》，赞叹八大、金农。庄重、活泼、简练、丰富、各见其妙，从艺人最怕'忌口'，这个不吃，那个不喝；成见当前，耽误多少好口味。

"你不感觉河马像八大作品吗？笨、拙、简、慢，里头蕴藏无限生机！要是我称赞河马'内秀'，称赞他'妩媚'，你反对吗？别忘了，耶和华神还创造了长颈鹿和鸭嘴兽、刺猬、蜗牛……"

……

"告诉我，这次离开长乐，准备往哪里走？"钱先生问。

"我想，先回老家朱雀看看父母兄弟再说。"序子说。

"哎！序子呀序子！'未老莫还乡，还乡须断肠。'年轻人走得远远的才好！"钱先生说，"千万别让亲情耽搁久了啊！"

"不会的，先生！"序子说。

就这一刻间，跟钱先生永别了。

（他那么轻言细语。一句劝我入"教"的口气都没有。他把我看透了。老人站在门口微笑，招手，转身，轻轻关上大门。

七十八年过去了，那两扇亮着温暖门灯的门，里头的子孙繁衍得好吗？有学识吗？快乐吗？我有空时候就会想它。想呀想，也没什么着落。没着落也不要紧。一点也不陌生。没见过面的那些子子孙孙我也一点不陌生。即使老房子没有了，很可能、很可能新房子

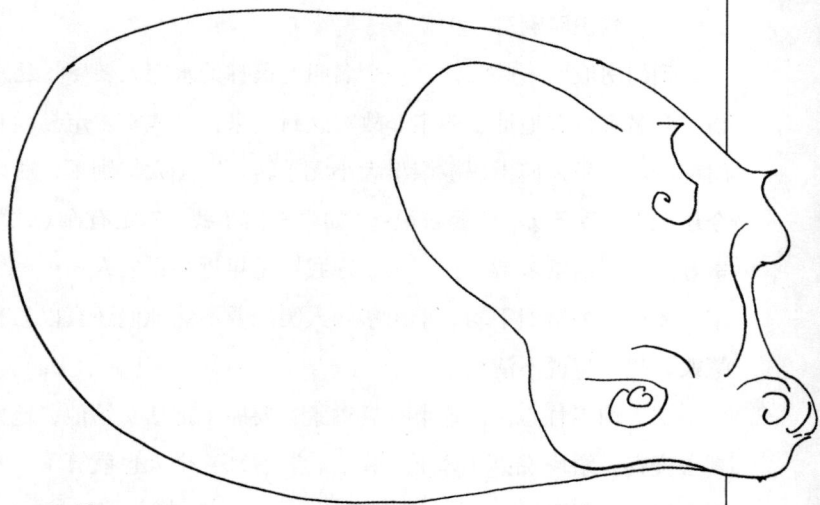

河马像一个枕头

「你不感觉河马像八大作品吗？笨、拙、简、慢，里头蕴藏无限生机！要是我称赞河马「内秀」，称赞他「妩媚」，你反对吗？别忘了，耶和华神还创造了长颈鹿和鸭嘴兽、刺猬、蜗牛……」

代替了老房子，我仍然找得到以前的门。

"归梦识路啊！"）

到门房取回一些邮件。一个名叫尤蔼林的永定人要序子还六块钱。有名有姓有地址、非亲非故写这封信来："钱寄永定县尚和街门牌七十六号，何干妈敬亲事大小无恙转。"（太特别了，所以至今还记得一字不差。）警告说："如果失信于我，尔定有血盆之灾。"幸好第二页信纸末端有："……你我皆系年近半百之人……"十个字，才敢拿去给刘平均、李绍华两人笑。要不然他们还真以为有这笔账，越弄越说不清。

刘平均不甘心，说这事有趣得紧，要序子把信交给他，他要认真去查查。绍华说："算了，算了。"后来三个人也就算了。不过，现在想想也属怪异。

安海赵福祥来信。

赣州耳氏寄来《宋秉恒风景》小木刻十二幅一套。这太十分十分之了不得了！三个人惊喜成一团。

汤丸大小尺寸（汤丸有大有小，南北各异，说是元宵比较准确），刻出了又有太阳又有山、水、树木、云朵，幅幅口味不同。不是天人怎么能有这种手艺？还要眼力，还要设想，还要决心和胆量，还要沉着拿得下静心来……

序子指导说："刻这木刻不是我们眼前用的梨木木板，梨木木板不够细，要用黄杨木板。板子也不一样，是黄杨木的横断面。纹路是竖的，就跟大厨房树墩子那种砧板一样没有纵横纹路，不阻刀锋来去，耐得住砍，不伤刀刃。

"这种木刻叫作'木口木刻'，《辞源》《辞海》里的小插图用的就是这类专门木刻。刀子也不同，听说一套好几十把，贵得很，我至今还没有见过。为什么叫作'木口木刻'？不清楚，这叫法看不出含义，很可能是以前从日本那边硬搬过来的。

"这套《宋秉恒风景》你两位留着看吧！我在外头有机会找得到的。"

序子在长乐这半年，好多事都没提。事小，笔墨麻烦。比如好多朋友似的学生和他们乡下可爱的家。比如不单教美术，还热火朝天地教音乐，满满一胸脯的开心。

凭什么啊？你！

不为钱，不为爱情，不为报恩，不为荣誉，不为家业，不为吃好东西，不为骄傲（刻木刻、画画还不成气候），连看书都只为贪图快乐而非想变学问家。

（讲老实话，骄傲是有一点的，不敢公开，藏在心里头最隐秘的地方。

明知不好为什么不戒掉？

又不违反社会治安，这么大的世界都容不下我，想让我陪崔健唱歌吗？）

"该过年了，该回仙游了，陈先生吴先生一家在等我。"序子想。

一九四三年，民国三十二年农历年三十下午五六点钟，序子回到迎薰路。

吴先生淑琼说："你看，两棵老红梅开了，我们放着红筷子等你咧！"

（行文至此，刚才得摩得逝世噩耗，一九三二年生，属猴，活了八十六岁。一九四二、四三年他才十岁、十一岁。二〇一八年二月廿七日午后作者附笔。）

序子行李仍在老地方，像没出过门一样，所有东西都没动过。

剧团的人都回家了。关先生前头可能还不知道序子回来。

说是放炮，两兄弟买来鞭炮却是不敢放，躲在门背后听序子放，放完又在火屑中大胆用脚踩。

满桌好吃的菜。当中放了一盆大水仙花。我不记得淑琼会做菜。记忆中没她做菜的影子。或许记错了，或许她很会做菜而序子记反了。眼前是位四十来岁叫不出称呼的阿姨笑哈哈地来来去去。或许是她做的？细细感觉又不太像；很多作家的脸孔完全不配是一本书的作者，这现象在文化界很常识，装不出的。没有人怀疑鲁迅和巴金的作品跟他两位的长相不一致。"吾友废名，长相奇古，貌若螳螂。"这是知堂老人渲染作者相貌的话，有人怀疑《莫须有先生坐飞机以后》一文不是冯文炳先生作的吗？

陈先生跟淑琼问了些长乐的事情。

序子讲，民国三十年（一九四一年）四月间，日本军侵占过福州、福清和长乐，九月间就撤了。说是国军的胜利，明显的吹牛！大概是自己有事撤的，不像个打败撤兵的样子。

长乐人说，日本人事先派间谍来城里画了地图，街上前几天做醮搭台演戏没来得及撤，让间谍画进去了，事后日兵按地图进城不见了戏台，以为走错了地方，连忙退出城外。后来进进出出怕也觉得长乐小小一座城意思不大，干脆就把军队驻扎城外去了。所以长乐城没什么大的毁损。

城外老百姓养的猪让他们吃了不少。他们只吃猪身躯主要部分。

猪头、四蹄和内脏都扔了不要。老百姓恨恨地捡他们扔掉的。

讲到魏文熙。

讲到易衡。

最后讲到钱信彰先生跟县太爷"双十节"提灯会议那一仗。

啸高先生问："日本飞机炸长乐你在哪里？"

序子说："我不想讲。"

淑琼说："讲讲有什么关系？"

摩得、理得都要序子讲。

"我讲了你别当真！"序子对淑琼说。

"都过去了，我当什么真？"淑琼说。

序子说："那我讲啦！"

……

"……听到飞机声的时候"理得紧紧挤到序子身边，"飞机炸完走了。"

淑琼说："不到一年，你怎么挨两回……"话没说完，头一下子趴在桌子上。啸高先生赶紧扶起她灌了一口荔枝酒，"她最怕酒！是个见酒醒的人，一会就没事。"

序子第一次听说有这种急救法。

淑琼咳了两声，说要喝汤，喝完汤，好了。

摩得、理得还要序子讲，序子说没有了。两个孩子嚷起来："没有'没有'，你故事很多。"

序子只好讲梅花海岸。两个孩子听了不出声。序子只好再讲："从前有两只脚，一只叫左脚，一只叫右脚……"

孩子大嚷起来："听过的，听过的！完全不好听的东西。"

序子认真站起来宣布："现在，请张序子先生表演吹小号。"

序子回书房拿来小号，这举动完全出乎大家意外。

吹了一首《阳关三叠》，又吹了一首《义勇军进行曲》。真是好听。关先生那边人也过来了，见到序子吹号，高兴得张大嘴巴不敢出声。

号吹完，大家啊呀啊呀大叫、握手、团团转。重新坐定，给关先生、关师母搬来凳子，他是喝酒的，于是重新热闹起来，才想起应该继续吃饭、吃菜。

理得从序子手里接过小号，吹来吹去，把鼻涕都吹出来了。摩得懂事，叫他轻轻放回柜桌上，告诉他："是贵东西，碰得坏的。"

饭饱之后撤了席，各位散在周围喝茶聊天。序子叫摩得把小号拿过来，脱下号嘴，口水掸干，绒布细细擦干净号上的手印，再捏了捏小号管底边的一个小弹簧，眼看流出一小股水滴。理得问："那是什么？"

"号尿！"序子慢慢把小号放回口袋。

年初一原本大家应该起来得晚，序子让理得吵醒了。要他吹号。

序子说："哪天早上都好吹，就是年初一不能吹。吵醒了大家要挨咒！"

"那怎么办？"理得问。

"吃完面我们出去逛街！"序子说。

"带号吗？"理得问。

"你说呢？你是不是想我们带号出去一路走一路吹？"序子问。

理得满意地微笑点头。

"你不怕街上那么多人把我们三个人踩死？"

"那你为什么要带号上街？"理得说。

"那我们讲定不带了！"序子说。

吃面、吃年糕当早饭，大家见面贺喜。

陈先生说："时间过得快，今天是老春节年初一、公元一九四四年，民国三十三年一月二十五日。祝大家文化进步，身体健康。"

吃面吃得虎虎发声。没人批评。

那位阿姨接过淑琼给的一个大红包。

两个孩子没有。他们家从不给孩子红包。别家亲戚朋友前来拜年给两个孩子红包，陈、吴两位也不制止。

序子不大不小，既不给人红包，别人也没想过给他红包。

喝茶的时候淑琼对序子说："你们以前那个老司令部，眼前好像还有个演剧队，规模不大，派头不足，街上有时碰到他们，三三两两的，没听演出什么。养在那里。"

"头头是哪个？"序子问。

"没问，也没听哪个讲。"

"既然回来了，就不要忙着走，这一走，不晓得哪年哪月见到你了，多住些日子吧！——找个闲事情做做，点缀点缀这春天的日子。我有个老同学张醒众在民众教育馆当馆长，杂文家舒镝是个妙人也在那里，其他都是些不让人讨厌的老文人雅士。还有个你特别特别熟的人也在图书馆主事，她名叫吴淑琼……馆址就在我们屋后体育场荷花池那头，阅览室很大，图书也多，有各人单独的卧室……要不要试试？"

指着摩得、理得，"他们也想跟你多亲近一段时候。"

"试什么？又不是赴汤蹈火！"序子说。

"那我办去了？"陈先生说。

过完正月十五，序子就搬过去了。

图书阅览室最是招引人。好大的面积，空气流通，光线充足，尤其可爱的是那八张大厚木桌子，让人一坐下就想潜心修炼，凡心顿失。

还有乒乓室、游艺室。

可惜游艺室缺乏专家料理，乐器玻璃柜里只搁了几把断弦缺把的琵琶和二胡三弦，令人爱莫能助。

办公室的桌子有的实，有的空。忠厚的张馆长天天准时在孙总理遗像之下桌上办公。陈凡鸶老先生在自己的桌旁弄他的文史，可能偷偷吟诗。这先生、那先生都准时上班，除上班没有别的去处。舒镝和序子是艺术行动人员，在自己房里上班。淑琼带两位女胖子小姐在几乎是深宫的图书室。借书双方都很肃穆庄重。

说不出什么原因，那时候爱国爱民的士农工商还颇为爱好文化。舒镝自己或请朋友专家主持的文艺讲座，人总是坐得满满的，会前会后用不着向蒋委员长肖像打招呼。很多的"基"，卢那卡尔斯基、高尔基、杜思退也夫斯基、别林斯基，懂不懂也不要紧，心里明白是有益处的东西，起码是好生活的倾向和方式，像庙里听和尚们念经发嗡咙嗡咙善的声音一样。

人的向善之心是无论抽象和具体的。善，总是从具体开始。

序子的住处在全楼的东北角，一棵棵大柳树排在周围，所以两边各有四扇拐角窗户。缺点是窗子多了，早晚心里发虚，总觉有人窥探。淑琼做了两组花布窗帘，上头有活动的铁丝圆圈，要关就关，要开就开。看得到坐北朝南的补讯处、警察局、县党部、文庙以及通向大街的头一座房子。这房子住着一个不知在哪里当团长的团长，他婆娘喜欢打麻将，还生了一对六个指头的双胞胎。

南边那口几道曲桥加亭子的荷塘，萧条不改，绝望依然，仍然一点点有意思的响动都没有。谁出主意挖这口东西的？令人难忍！

要是刮北风，当团长人家红砖房夹竹桃树丛那边就会刮来一阵阵浓浓粪臊气。民教馆阿旺说，怪不得他们，他们家厕所就在墙里。体育场这头人来往得多，屎尿急了不知往哪里跑，循着气味来到夹竹桃丛底下，晓得错了也顾不上了。

序子听这话好像有一种跟那混蛋团长共患难的感觉。

认识人慢慢多起来。仙游《闽中日报》副刊编辑林景煌，又名单复，又名"梦白骷"！

剧团那一帮人，人不多，像是正在筹备。导演叫刘佳之，带着一个小小的娃娃妻，名叫林尔林。男团员有林畏、周任群、张男（你以为人看不出你是男的吗）、赵进取（军队里当过班长）；女团员有薛起凤、何巧花、郑敏儿、吴娥、林淑温。（文章写到这里，把林淑温的名字忘了，吃早饭前想起来了，对不起。忘不忘记也好笑，算来算去，大家都九十上下了。）

民教馆，美术上做不出什么来。帮座谈会、演讲会画点招贴。自己刻了两张木刻，小小的一张叫作《春天的树》，一个人站在大树杈子上。这时候仙游没有"电版"，要把木刻原板直接上机器的。那时有木刻常识的人个个都懂。

没有事的时候，带六岁的理得坐在大操场边收完稻子的田坎上吹号。

没有事的时候，带六岁的理得坐在大操场边收完稻子的田坎上吹号。

孩子吹号

（他现在就坐在我旁边，仍然沙着嗓子。一个跑前跑后紧拉我衣袂的六岁儿童如今是个胡子拉碴的八十二岁老头。我们难得一见不是前来交流历史垃圾的。）

我们越老年龄差异观念越近。他那时六岁，我十七岁。我虽然永远大他十一岁，到老来，八十二跟九十三慢慢算不上什么了。我一直是"叔叔"。

那时候我和他算是大狗和小狗的关系。大狗体贴，小狗依附；他哥哥摩得像去年下地不大不小的中狗，年龄差异不大，知识来源接近，窝里推推搡搡，很少体贴、依附。

摩得有少年游伴，开始小社会活动。理得没有。

两兄弟有个特点：不贪吃，不买零嘴。

有次和理得上街，问他："吃不吃花生糖、芝麻糖？"

"为什么你们大人吃过饭还吃东西？"

世界上少听孩子说这番话。

"你要我吹什么歌？"我问。

"吹你的，随便你！"他说。

"你以前唱得也好？"我问。

"记不得了！"他说。

"我愿再回到我的故乡……"我吹了。吹完他点头说："唔……唔……唔……"

（"你看，你八十二了！"我说。

"你的'号'呢？"他问。

"江西逃难时丢了！"）

淑琼叫序子客串参加演出陈白尘的话剧《结婚进行曲》，她演妈妈，县教育局的一位女科员周艳琴演女主角黄瑛，刘佳之导演……序子演男主角刘天野……序子一听吓一跳说不演，淑琼一定要他演，序子一定说不演。记不住台词，不会表情，上台卡喉咙，动弹不了手脚……仍然不信。

在陈先生自己的剧场，观众蜂拥，行家也到了不少。戏演到一半，序子卡壳了，傻了，关幕。原先没有陈先生的事，他是主持人，现在要他站出来道歉，说演员"心脏病"犯了，对不起。幸好没有卖票，是"招待演出"，要不然底下的曲巧可就难料！

林景煌在《闽中日报》写了一篇整版的剧评，叫作《一个仓促的果实》。其中居然能举出几点好处来。稀罕！

淑琼跟序子绝了交，三四天不说话。其实她是在自谴，甚至让序子认为她很可能会上吊。序子早就再三拒绝，规劝，提醒，并且举出当年的历史教训，忠言逆耳，就是不信，有什么办法？

（这还是说幸好在解放前，大家没有斗争经验，事懂得少。要是在今天，说说看，在场的哪一个逃得了干系？太放肆了！）

剧团里台前台后帮忙的，也都过来安慰序子，民教馆的文艺主任舒镝和写文章的林景煌因为这场失败演出也都变成序子的好朋友。舒镝安慰序子："你在台上的那个'卖相'，如果不动的话，还是可取的。"熟朋友间为这句话笑了好多年。

刘佳之还真与序子谈过心，希望他"回"到剧团里来。亲眼看到序子的演剧命运垮在台上的人居然还有这种独到眼光和胆略真不容易。

序子写信到永春告诉王淮这次的演出，王淮回信上也大写了三个"哈! 哈! 哈! "。

中学有个音乐教员名叫张荫之,两口子约序子去玩。原来他也在玩小号,他的不是"康乃"而是长一点的"团派";见了都很高兴,喝茶吃饼,还交换着吹了吹。张荫之见小号上有个夹歌谱的夹子,舍不得放手,旋螺丝取下来说借做样子,请铜匠做一个,过几天还序子。这没什么不可以的,高高兴兴答应了。

跟剧团几个人到咖啡馆坐,谈来谈去谈到张荫子,有认得他两口子的说在社会上不太好听。老婆恶,身强力壮,连校长都打过。序子跟着就说歌谱夹子的事。大家说开了:

"完了,完了,要不回来了! "张男说。

"不至于吧? 好言好语的事。"林淑温说。

"借东西,开先都是好言好语,要不然怎么借得着? 东西到手,还不还由他做主了。"

赵进取说: "你去要了,他怎么说? "

序子说: "要过几次了,说还没做完,再等几天。"

"你再去要要,要不到回来告诉我。"赵进取说。

"你有什么法宝? "林畏问。

"法不法宝先不说,特务营借个手榴弹挂在身上让他看看。"赵进取说。

"嗬! 嗬! 大家共存亡呀? "周任群说。

"哎哎! 现在大家反正没事,陪张序子再去要一次。"郑敏儿说完大家都挺赞成,各自付了茶钱,跟序子去县中。

传达室问找谁。

"找张荫之! "

"走了！"

"什么'走了'？"

"搬家去建瓯了，下学期这里不聘他了。"

"几时走的？"林畏问。

"今早晨。"

"哈哈哈！诸葛亮啦诸葛亮，你的脸皮未免太厚了！……"周任群学着司马懿的腔调哼起来，大伙跟在后面。

林淑温问序子："没有歌谱夹子，还能记得住歌吗？"

"可惜了，很好看的原配夹子。平时我只吹熟歌，没用这夹子的。"序子说。

"我到民教馆借书，只听见有人吹号，真好听，不知道是你。"林淑温说。

"不知道你常来借书，你最近看什么书？"序子问。

"我看书没系统，有什么看什么，今天《南亭四话》，明天巴尔扎克。"林淑温说。

"你看鲁迅吗？"序子问。

"鲁迅？世上有非看不可的书吗？"林淑温也问。

序子睁大眼睛注意林淑温。她有一个翘翘的小鼻子（多少年后看到一个美国电影女演员某某某有这鼻子），突脑门，很浓的睫毛（那时这小环境里头还没听说人安假睫毛这回事），长长的卷头发，穿一件黑羊卷毛皮领子的紫色毛织短大衣。她走得又快又随便。（那美国女的叫"苏珊·海娃"。）

"你是福州人吧？"序子问。

"嗯！"林淑温答。

"令尊做什么的？"序子问。

"在州里开个小小旧书铺。"林淑温说。

序子把在长乐大半年来，每星期六到福州看《约翰·克利斯多夫》的故事告诉了她。

跟陈先生吃早饭的时候，报告歌谱夹子让姓张的拐跑了的前后经过。

吴淑琼大笑说："你那支小手枪不也是让人拐跑了吗？你总是不停地相信人又相信人。你想想什么原因？你一点也不蠢，脾气也不能说是好，为什么人究竟是不怕你，有胆子骗你？你想！"

"这没什么好想的。我有点对不住那些东西，没有警卫之心，没有照拂好它们……"序子说。

"说得不准确！"淑琼说。

"我们家乡没听说对自己亲朋戚友做这种说谎讹骗丑事的；要是洞穿了，轻的砍手指割耳朵，重的让人房顶上泼粪，羞耻得全家远走他乡不再回来；这跟杀人放火、拦路抢劫生死拼搏不一样，算是黑暗跟光明磊落的区别。比如小左轮、歌谱夹子小小这回事，要是照家乡老规矩，我会上福州找萧剑青，上建瓯找张荫之的。现在不敢了，又这么忙。"序子说。

淑琼说："这道理听起来好像不太像个什么道理。"

"这种判断事情方式，我怕序子这一辈子也改不了了。"啸高先生说，"我差点忘记一件要紧事，今天是星期天，等下大家一齐上照相馆照张合影留作纪念。"

淑琼说:"我去换件衣服。"

"算了,算了,旧衣服才有时代感。"陈先生说。

序子高兴,照相回来,一个人站在田坎边费力吹了段长之又长的贝多芬的《G大调小步舞曲》,喘了几口气,心想:"做贝多芬真不容易,随便那么一段小步舞能把我累成这个样子,没有本事还真办不到。上句接下句,那个想象之外的对位和变调完全跟对'对子'一样,既要提防'合掌',也不可搞出'顺边',文词上好选择讲究,音乐上就只靠妙悟了。熟练灵活地掌握规律才有资格称作天分者,贝多芬是也。"

回到馆里,摸出块梨木板子,端详一番,又放回抽屉。回忆长乐房间窗外那条山涧,累卵而下的大石头爬满藤萝,这辈子几时能刻得出来?板子太小。有块如意的大板子再加上控制全局的本领。

序子坐下写信给妈妈,告诉她眼前处境和马上成行的打算。长乐挨炸遇险的事没提,知道老人家平生勇敢,顶得住苦难,除非我当时死了,绝不让老人家再增加新的伤痛。

妈:

我从长乐回仙游过年了。讲起来陈、吴二先生像书上讲的"古",除夕这天真的摊筷子在桌上等我回来,真的我当晚赶到。长乐那边钱校长一家,他们都是信基督教的,也十分对我好,奇怪的是居然从未开口劝我入教。先生全家都在外国留过学,办起事来十分通达有条理分寸。福建这地方,认识一家难忘一家,认识一人难忘一人。倒是这几天遇到一位学堂音乐先生不

照相馆照张相

「我差点忘记一件要紧事，今天是星期天，等下大家一齐上照相馆照张合影留作纪念。」

照相馆照张相

怎么样，把我小号上原装的铜歌谱夹子借做样子私吞了，搬家到别处做事情去，也不打招呼。你老人家想想看，要是在朱雀被抓到了会是什么下场？幸好这类人究竟还是少，起码在小数点几位数之后，算不得什么了。这方面的规矩没我们朱雀讲究，君子一言不是随便讲的。

福建我已住了六七年，十七晋十八，算是长大成人了。这里有学养的老人总劝我远远地走，好笑的是我不是远远地从朱雀到这里来的吗？好心的老人家，他以为这里还不够理想。

春天时候，我真该远远地走了，起码像拱卒子那样，一步一步爬行吧！

先到永春去问问王淮大哥再说。

前信妈提到的事我不知从哪里说起。一讲，连起来的话就长了。

眼前我谈不上"讨嫁娘"，等于口袋没有一分钱，社会上没有一点人缘想做生意一样；又不是菜市场买鸡买鸭，喜欢哪只提哪只那么简单。

我们战地服务团当然出漂亮女孩，为的是演戏不是为培养嫁娘。社会上把我们看得花花绿绿是错的。

战地服务团解散的时候，有个好看的女孩哭着要我跟她回泉州。她家境富裕，一个独女，父母疼爱她。我怎么会是她的理想丈夫？我还没有成形，会耽误这个好姑娘一辈子的。突如其来一个吃白食的男人，也会破坏她家庭的完整安定。她喜欢我并不了解我。我若是只为将来的儿女找"妈"，是可以跟她走的，快快活活做个上门姑爷；她若是只为将来的儿女找爸就不应找我，我不会是个好爸。不安定，不顾家，只想自己画画刻木刻，辜负她的好意。

　　一个理想的"家"不只看前十年，还要看后十年。"情"是这样，"命"是这样，"美"也是这样；世界上不是任何美女都有资格做妈，而是天下任何妈都是孩子心中的美女。所以人在痛的时候，流血的时候，临死的时候都叫："妈啊！"
　　……

写到这里，有人敲窗。

拉开窗帘，原来是林淑温。连忙到屋外把她接进来。

"怎么你一个人来？"序子问。

"我来借书。"她说。

"借这么多，怎么拿回去？我这里有个挎包……嗯？法朗士、雨果、马拉美……都是法国的。"序子边翻边包。

"不都是法国的，还有华兹华斯、海涅……"林淑温说。

"你哪有空看这么多书？"序子问。

"我不会唱歌，不会演戏，只做场记。"林淑温说。

"你等着，我去打点开水泡茶，你随便坐坐。"序子提热水壶出去了。回来，她果然规矩地坐着，一动不动。

"你喝茶，这茶不错。"序子说。

"你每天干什么？"林淑温举着杯问。

"本来想刻木刻，眼看时间来不及了。"序子说。

"你预备做什么？"林淑温问。

"要走了。"序子说。

"'走了'？到哪里去？"林淑温问。

"先上永春，到师管区找一个老朋友，以后想办法再远远地走。"序子说。

"好好的，为什么要走？"淑温说，"不走不好吗？"

"你看，这么不巧！"序子说。

"……"

喝完茶，序子送林淑温回去，绕操场经过一个大滑梯旁，序子匆忙从上衣荷包掏出张米票交给林淑温："一百斤米票，送你。"

林淑温慌得差点把书包掉在地上："不，不，不要，你，你自己留着。"

序子看她远远走了。

带着满胸脯的心跳刚回到房里，又有人敲窗子。

"谁？谁？"

一看是赵进取。把他带进房请坐。

"林淑温刚才来过？"他问。

"是呀！"序子答。

"她找你干什么？"赵进取问。

"她来借书，顺便看看我吧！"序子说。

"几次了？"进取问。

"咦？有事吗？"序子问。

"我不喜欢她来找你！"进取说。

"那你自己和她讲不好吗？"序子问。

"她不理我。"进取说。

"喔！我明白了。你爱上她了。"序子说。

"你呢？"进取问。

序子点头，"她实在很可爱，是不是？可惜我要走了，没机会了……"

"真的？你去哪里？"进取问。

序子把茶壶的水加满，给进取倒了一杯，自己一杯，打手势叫他喝，"赵进取，你听我说，你要宽心想一想，林淑温不会睬你的。她凭什么睬你？你书读得多？家底子厚？相貌长得好？谈吐有文采风趣？二十五六的年纪，又是个当兵的，排长出身。周围那么多有才有貌的年轻人，怎么会轮到你？这叫作不自量力；要是让更多的人晓得了传出去，会变成大笑话。我两个不是情敌，你晓得我对你讲这番话是好意，是让你早点清醒，从容沉着下来过自己的日子。你坐好，你不要生气，我对你一点恶意都没有。我是站在你这边为你打算的。是不是？菩萨保佑你将来有一个美满的家庭。"

赵进取趴在桌边轻轻哭起来，点点头，擦干眼睛走了（听说不几天赵进取就离团回军队去了）。

序子心想："我怎么这么了得？我哪来的这番劝世本领？我不是神仙下凡是什么？"

几天之后序子还跟剧团那几位朋友喝过一次咖啡，没有提赵进取的事。也有人问序子为什么要走，走多远。"过长江吧？""过黄河吧！"淑温跟大家坐在一起听没说话。

王淮来信，叫序子先到永春他那里再说。

序子从此告别了仙游和所有亲知留恋之人；真正是谢朓所说的"浩荡别亲知"那么让人想不开，难以排解；像出嫁新娘坐在花轿里，跟亲人难舍的心思和未来不可知的号啕。

序子呀序子，哪一位上苍叫你那么走的呢？

哪一位上苍叫你认为这才是人生的开始呢？

（我记得仙游到永春那时是不通汽车的，永春到德化才开始有汽车。所以当然是请挑夫挑行李自己走路或是自己坐轿子，挑夫后头跟着到永春的。我已经不记得是走路还是坐轿子，一路上经过哪些地方……）

到永春见到王淮兄嫂，他把序子安排在五里街自己开的面馆二楼小房间里。奇怪的是他在师管区剧团当头头，怎么神经兮兮地会想到在街上开间面馆？

这房间比双人床稍微大些，一张桌子比骨牌凳稍微大些，单人床靠木板壁放着，板壁上一口脸盆大的窗口，远眺一片无垠烟囱景致。面铺生意好时，楼下升腾的浓烟便自这个窗口外冒，此情此景之际，序子便学着可怜的天才儿童查泰顿哀号："我要死了，我要死了！"

一天三餐，铺子剩什么吃什么，看相不好却是滋味十分。

王淮带序子到师管区司令部去玩过几次，见到几个老熟人，许墉、任天明、陈勉勤、李惠云（她已经做了一个姓什么的参谋的太太，也打起麻将来），当然还有颜渊深，当然还有秘书长、参谋长……原来司令部不单有话剧团，还有京剧团，是秘书长特别嘱意成立的。他是个老余派戏迷，有次晚餐余兴，家伙一响，京胡一拉，序子居然来了段《白虎大堂》，使得秘书长跳起来，嚷着要序子参加京剧团……

序子大部时间在面馆楼上看书，有时到店门，左右看看，认识店门右首边一个摆修理钟表摊子的高中毕业生郭守礼。这还真是个

重泰欣说：我吾死了，我吾死
死了．

这房间比双人床稍微大些，一张桌子比骨
牌凳稍微大些，单人床靠木板壁放着，板壁上
一口脸盆大的窗口，远眺一片无垠烟囱景致。面
铺生意好时，楼下升腾的浓烟便自这个窗口外冒，
此情此景之际，序子便学着可怜的天才儿童查
泰顿哀号：「我要死了，我要死了！」

人物。

大晴天来，下雨天不来。不来的时候，玻璃罩和柜台借隔壁给人纳鞋底、补袜子的老寡妇家锁着，"她家清吉，没人来往，我满抽屉都是要紧东西。"

认识序子之后他很开心，认为："都是读书人，有话讲。"

序子问他哪里读书的。

"就这里'永中'，二十八班毕业的，我跟同班女同学林翠莲谈恋爱，她是福州人……"

"咦？"序子跳起来。

"你'咦'什么？"

"不，我常有这个毛病。"序子说。

"……她是福州人，她父亲是个修表匠。我每学期都跟她回福州，像一家人，就差结婚。我从小对拆东西有兴趣，慢慢懂得表肚子里的原理。她家里有很多和表有关系的英文书，她爸不懂英文，都送给我，我又反过来翻译给他听。这原是很好的事情，没想到这个林翠莲认识了一个市政府秘书，长得比我雄壮，她跟他，当然就不要我了。她爹舍不得我，送了整套修表的工具给我做纪念。英文书也送了给我。我上福州办事都去看他老人家。他有新的英文书也寄给我，或者是留下等见面时送。——你看，我像不像打了败仗又给部下冯玉祥出卖住进租界的吴佩孚？"郭守礼说。

"这之间，一点关系都没有，谈不上像不像。你不亏欠谁，你有你独立的人格，你靠自己的本事吃饭。"序子说。

"那倒是。我这里地盘稳稳的，哪个也不敢过来骚扰。老实告诉你，别看我这个摊子小，全永春就我这个小摊子拿得下贵表。你去看看，'美最时'那位老钟表师傅，顶多只有胆子修修墙上挂钟。没见过世面，不懂英文，新知识一点都没运气接触，神仙也救不了他。

"全永春有几块好表，我心里都一清二楚。县长、秘书长、法院院长、财政科长、税务局长、警察局长、张老板、李老板、王老板各位的太太小姐。挂表、手表、首饰表，连戒指表我都过过手。还有些路过的师长、旅长、团长和太太、奶奶、小姐……

"我告诉你，修表这行手艺跟看病医生把脉差不多，一切都由他说了算，逼得你换不过气。不高兴动一点手脚，留点尾巴，要他两三个月之后再来求我。这事也是有的。

"你自己留意留意。满街打卖菜的，骂杀猪的，踢挑担的，他敢来我这里哼一声吗？为什么？局长的挂表在我手底。

"每一个人送来好表我都卸它一个零件换了。齿轮、发条、游丝、蓝、绿、红两三种小宝石……集腋成裘，到时候配个名牌表壳，凑成个好表。他们晓得个屁？世界上我不做这断子绝孙的事有人做，你要信。这是个知识。活在世上，你要特别小心别人换你的零件。

"你看你这个人年纪不大，手掌皮这么粗，手筋暴得那么厉害，你是做什么的？"

"画画的，刻木刻的。"序子回答。

"怪不得！那你在哪里做事？"

"以前在剧团，剧团解散了。中学教书，民众教育馆都做过。"序子说。

"眼前呢？"郭守礼问。

"眼前不就是你看到的这个样子？住朋友这里，等机会上别处去。"序子说。

"看样子你是这行的老把式。喂，我怎么觉得认识你很有意思？像个老相识，有点怪啊！我问你，要是我出张纸，你给我画点什么、写点什么行不行？"郭守礼说。

"没有什么行不行的，看你有什么纸。"序子说。

"什么什么纸？"郭守礼问。

"比如图画纸、宣纸……"序子说。

"啊！不是宣纸，我哪里有宣纸？一种以前我们写生的那种图画纸吧！"郭守礼说，"那种纸好画什么呢？喔！你会不会按相片画一张像？"

"画谁啊？"

"差一点是我贤妻林翠莲的爸爸的像，他是我终生难忘的衣食父母，我的启蒙师父。"

"你自己的父母呢？"

"早没有了，我靠我舅妈长大的。"

"你舅舅呢？"

"也没有了。你不要这么问下去吧！我只有一张跟我师父照的相，明天和纸一起拿来给你看。"

第二天，纸和相片都拿来了。

"相片很清楚，可以画；怎么相片里你比你梦幻老丈人还老？"序子笑他。

"这都怪那个王八蛋照相馆。你仔细了，别画错就行。"

序子打格子放大，淡墨定稿，橡皮擦掉铅笔线和格子线，一层层画上深浅冷暖颜色，蝇头小楷题上作者名字，盖上张人希刻的小图章。两天时间下楼交给郭守礼。面馆的闲人也跟上看热闹。

郭守礼打开卷子"啊呀！"一声差点昏过去，"跟真人一样！"众人也嚷"跟真人一样"。

"明天我上福州！明天我上福州！"郭守礼要把这张画像送去给他梦幻中的老丈人。唉！世上的孝心真是多种多样。

王淮到楼上来告诉序子："有消息了。一个团，开到湖南株洲去，团长叫姚衍，我已经跟他打好招呼了。一团三营，你跟第一营的第一连走，连长是傅芳丽的丈夫，一路上可以照料。

"他们的计划是，第一营先走三天，到一个大地方休息三天，等第二营赶到见面之后出发再走。第二营休息三天等第三营赶到见面之后再走，就那么一边联络一边走。

"眼前，行期还没定下来，反正就那么十天半月。辎重马匹有限，舍得丢的东西杂物丢下来算了，累人累己都不好。我会写封信交你带给住在赣州教育部剧教二队的徐洗繁，路途不顺心遇到麻烦，就要他帮你留在二队，那里都是我的情感熟人，耳氏也在那里，可以放心。

"是我走过的老路，永春、德化、大田、永安、连城、长汀，出福建到江西瑞金、于都、赣州……这么一直到湖南株洲。到沅陵你父母那里还有好长一段路，靠你自己闯了，我相信你的意志和毅力加上运气。你身边钱够吗？"序子点头。

"幸好一路上吃饭不花钱，安全也有保障，我就是为你图这点便宜。到湖南有困难赶快写信给我，电报也行。千万记住。世事难料。"

说完一步步下楼，噔、噔的声音。他不大留在面馆，面都少吃……

那就是说，我真要走了。

唉！闽南呀！闽南，用你特殊的奶水把我养大，惯适我，让我活得这么放肆。我怎么说呢？大恩不言谢，就这样了。

序子想：东西分两类，带走的和留下的。留给渊深这臭小子，我每一样东西他熟悉得像他自己的一样。书、火枪、衣服、裤子、鞋……我们分开的这大半年所添的新东西，小号、新钢笔、衬衫、水彩颜料、水彩纸、呢绒拉链上衣、皮革鞋，也一定列入他心底的那个账本里。他一点也不阴谋。我的东西干你什么事呢？他就是要记住。这又不是父子遗产关系；何况即使是父亲的物事以后也不一定留给自己亲儿子，何况你！这家伙根本做梦也做不到我会把东西留给他。他从不会有这妄想，他只是欣赏我拥有大小一切东西，佩服我买这东西的眼光，从眼光到气派，到美感……事实上，带不走的所有一切当然是留给他。不留他留给谁呢？书特别好特别多，大小陶瓷茶具，瓷碗三个，帽子两顶，指甲钳两个（我有三把指甲钳）。大铝梳子一把，听说是掉下来的美国飞机外壳做的。两罐凡士林，半斤多上等红辣椒粉，两块力士香皂（转崇淦），杂类大小衣扣一小盒。裤子旧拉链五条，新两条。刻过的木刻板他不懂，也给他了。

带走的简单，衣物、被窝行头、木刻刀、水彩盒、画笔、鞋、帽、自来水钢笔、墨水、信封信纸邮票、笔记本、火枪、小号、漱口缸、牙刷、牙膏、梳子、凡士林。重要文件随时用的放背囊里自己背；其余的交马队。钱包在腰袋上。

郭守礼回来了。

"……我师父，我师父，他女儿林翠莲跟丈夫走了。剩他一个人过日子，一只眼睛白内障，修表这碗饭怕吃不长了，一个无亲无故的男孩有时候来照顾他。看到你那幅像，我两个抱着哭了一场。到镜子铺配了个镜框挂在墙上，嘱咐我向你多谢。看样子，过段日子我怕是会到福州去了，我不去，哪个管他？

"你要走了。我们交情不深，讲不出肉麻废话，短短时间，我敬重你就是了。一辈子有机会多认识几个你这样的人，好快乐。"

"你不清楚自己，沉沦江湖而道德天然真不容易。好愿意和你一起在一个城里待他几十年啊！"序子说。

"几时动身？"郭守礼问。

"就这几天吧！"序子说。

天没亮，下着微雨，颜渊深几个人帮序子扛上行李。没想到郭守礼等在门口给序子一个小布包：

"小意思。信在里头，没人再打开。"说完走了。序子把小布包紧紧放进挂包里。

来到师管区门外大操场。站着好多人。

说好多人还不行，应说冷飕飕微雨底下站着好多"壮丁"和站在对面、隔得好远好多嘤嘤啼哭的老少家属。

中间隔着相当数目子弹上膛随时扣扳机的好多警戒兵和后头七八位穿雨衣的长官。

杜诗《兵车行》有句："牵衣顿足拦道哭，哭声直上干云霄。"这状况是不准许的。听长官在打招呼："告别情绪嘛！握手言欢一下就可以了。抗战胜利马上就要来到，有的是你们团聚开心的机会的！"

声音小，大家都听不见。今天就是找这个场合让他们彼此见见面，"好了好了！行了行了！整队出发吧！"

一大排警卫持枪分列拦在家属那边。这边大队伍押解着"壮丁"群慢慢移动到一个地方去。

渊深告诉序子，"没这么快走，其实是送到'后格'那头去'收心'的。看样子怕要一个星期才走得成。你当然留在这里，我们一起玩几天，床给你预备好了。"

"什么'收心'？"序子问。

"养狗养鸡还要抱着它们在堂屋方桌脚底下绕几个圈嘛！"渊深说。

"我问你怎么叫'收心'？"序子说。

"哪！告诉大家半路上溜号做逃兵的下场。然后发军装，从'壮丁'的名号改称'新兵'，列入军队番号编制。"渊深说。

"你见过逃兵的下场？"序子问。

"没见过，听过。哎！有什么好问的？这一两个月有你好看的。"渊深说，"先讲，没意思。"

"送这些人到前线，怎么打仗？"序子说。

"瞪眼做什么？你以为是我送的？"渊深说。

序子一个人在房里，打开郭守礼送的小布包，吓了一大跳。一个金挂表，带链子的。

序子仁弟：

　　送你个金挂表做纪念。不是偷的，不是坏心思弄的，是意外捡的。找不到、等不到原主，没有办法。留我这里已两年多，心里不安，为它找到个可靠主人。

　　一个过路的团长拿来要我洗洗，加点油，从此没有音信，大概是为国牺牲了。

　　祝一路顺风。

郭守礼敬上　月　日

　　"我要这表做什么？我不像拿这表的人。送王淮是个办法。不过他会问我来源，好好一件事会引起不安，引起怀疑，引起为我担忧的万端心事。狠狠留下吧！这么贵重东西平白无故增加道德责任，有点见鬼。"序子烧了信，上街买了个翻皮口袋装了，再拿原来这块旧绒布包上藏好。心跳不止。

　　待在师管区也不怎么安心。许墉老哥叫他下象棋。动棋子是会的，心思天真，总是只想吃子；一步一步落在陷阱里。深思能力太差，跟钓鱼兴趣一样，耐不得烦。

　　"张序子、张序子，难以想象你这个人不会喝酒！"

　　"张序子、张序子，难以想象你这个人不打牌！"

　　"张序子、张序子，难以想象你这个人没有女朋友。"

　　说到这里，王淮说话了："张序子是我见过的第一调皮、第一会玩的小孩；也是我见过的第一守规矩的小孩！"

　　（这句话，是我一生最得意的毕业证书。

　　感谢他的在天之灵！）

接到通知，队伍后天出发。

"后格"离永春大约十来里，有一圈大营盘。前几天看到的那些"壮丁"都已经换了正式军装成为"新兵"，几十几十地锁在一间间木头班房里。出来的时候已经懂得排队低头往前走，被囚犯似的押着。

天气冷，各人有条双红杠灰军毯搭在肩上。

穿的这套军装像是用疏眼蚊帐材料做的，老远就看得见肉。

序子跟旁边人说："你看，衣服那么薄。"

"不要紧，走一走就热乎了。"那声音回答。

团长、副团长、营长、连长太太们都要坐轿，抬轿的是新兵里头挑选的精壮汉子。

有座盐仓库，堆满一包包食盐，每包二十斤，一担四十斤。全团一千五百人，除担任押解任务的老兵和轿夫、马夫、伙夫、杂务人员跟当官的之外，每个新兵肩膀上都要为姚团长挑一担盐到湖南去。算它一团一千新兵吧，一人四十斤，十人四百斤，百人四千斤，千人四万斤，想想看，湖南株洲市场上突然出现四万斤食盐是什么光景，什么阵候？

师管区运新兵由这里出发自有他的道理。

因为有太太们的轿子，有姚衍团长的盐，考虑这壮丁们的体力消耗，每天行程不超过六十华里。

到大地方休息三天，也只是为了前后接应。

当然，这真枪实弹地押解新兵，并不是今天谁谁谁的新发明。

你不要心存听笑话的打算。我跟这个队伍走在一起只是在锻炼不哭。

这一千多刚从各处抓来的壮丁，还不太分得清前后左右的军事口令，就要他们肩挑着四十斤姚衍团长的私盐，抬着各位太太们的轿子，跨越闽、赣、湘三省去参加伟大的抗日战争。若全国都是这类性质力量的组合，你相信这场抗战会赢吗？

好！队伍开拔了。

太太们的轿子和金银细软走在最前头，冲锋枪队前后护卫照顾。

走第二的是主角挑盐大队。盐重要，壮丁更重要，所以这队伍排列形式特别像送葬队伍。中间的灵柩是挑盐大队，前后左右围绕的孝子贤孙是荷枪实弹的警卫队伍，根据行走的地形随时调整射击目标。

就那么亦步亦趋地走尽三省。

沿着"壮丁"这个名号生发许多行业。

"卖壮丁"，顶替名字冒充本人，收钱进壮丁队，半路乘机逃脱。以前战地服务社那个老勤务兵黄金潭就是其中老手，卖过五六次壮丁。

"逃壮丁"交联保主任或保甲长一笔钱，由他们帮忙在外地买个小职员，买个学生证。

听过一位厉害的保长帮一家人开过五张独子证。也有军队里吃空额，点名的时候每个人应两声三声"有"；更荒唐的生下男孩子就叩求医生填个"女"字。

眼前兵源奇缺，盯住这些漏洞很是要紧。

福建的地势是越往西北越高。

永春到德化半路，队伍行走在一道密林的陡坡上，一个壮丁斜喇一倒滚到山坡底下去了。押队的士兵顺势一排连发摅倒了他。抓回来时，那壮丁左手提着血淋淋被打断的右手。营长叫大队伍原地坐下，指着那人叫大家看，"不要怪我，是大家给他害的，从现在起，各人用绳子锁起来，老老实实地走，不要妄想！"转身对部下指着那人说："走在路上太难看！拉到那边挖个坑毙了！动作快！大家还要赶路。"

不久，听到两声枪响，几个人跑步回来，大队伍重新上路。

营长这类东西我不记他的名和姓，只忘不了他的样子、他的声音。世界有的是这种人。你有枪也杀不了他。他眼前比你狠毒，比你厉害。你无可奈何！你比他有价值，你不值得跟他拼。你想象得到总有一天，他躺在地上让众人践踏睁着流血的眼睛看天的样子……

传说某一营、某一连也发生类似的事情。有几个人手掌上的虎口被铁丝圈穿了，是里头有人告密，啊！告密，自己也受苦的人？……

挑盐队伍有人唱戏。不止一个人，这个唱了另一个接着唱；还有仿锣鼓、仿唢呐、仿丝弦的伴奏。押解士兵没有禁止。就那么一边走一边轻轻地发出音乐声音。序子问自己："他们干什么了？"

一个年轻副排长轻轻告诉序子："泉州开元寺抓来差不多整整一个戏班子……"

序子打了一个冷战，这队伍是一座滚动的地狱啊？什么力量让你们唱戏？开元寺佛交代了你们什么？肩上挑着的盐告诉了你们什么？未来的路指引了你们什么？无声的痛苦启发了你们什么？不像是希望，不像是绝望，不像是忍受，不像是反抗……你们让天听见了，让天看见了，让浑身雨水做证了，让冷得发抖的全身做证了。佛啊！

『走在路上太难看！拉到那边挖个坑毙了！动作快！大家还要赶路。』

走在路上太难看

473

我们是你自豪的弟子啊！

序子心底点亮了一支蜡烛。

队伍到德化没事，大家住在个大祠堂里。

大田也没事，大家仍然住在个祠堂里。

永安是个战时省会，大家住在一个空小学里，有三天好休息，序子跟谁（怎么回事，忘记了）住在附近小客栈里。第二天早晨听团里人说，二连刘连长用脚拇指扣步枪扳机，枪口对着心口自杀了。出发以前、到地以后怎么不死，偏偏挑个永安来死？听说吃空额被上级发觉了想不开。人黑黑瘦的，序子记得跟他说过话，轻言细语，挺和气的。

到连城，没有事，住一晚（住处记不得了），从连城一大早出发，高坡上下来，遇到个穿正式军装的士兵，脸上黑连鬓胡子没剃。见营长们带着这一大队人马，赶忙站在路边向大家敬了个礼，笑眯眯的。

营长亲热地问他："哪个部队的呀？"

那士兵回答："三十七军九师的。"

营长问："哪里来，哪里去呀？"

"河南来，走了二十多天。我是连城人，今天好不容易到家了。真是……"止不住的高兴。

营长温和地问："跟我们当兵去，好不好呀？"

那兵看到来势不对，连忙说："天老爷在上，我老母在家等我，我马上就到家了，求你饶了我，菩萨保佑，求你放了我。"

说到这里，几个人已经上去，枪托、扁担一顿好打。所带的东西被抢劫一空。

那老士兵哭呀，叫呀，最后当然是捆绑带走。

（我平生过眼过无数残暴行为，认为其水平比日军侵略者的残暴更令人心碎。因为是自己人对自己人。）

到长汀，队伍借一个军队营房休息一天。街上走走，河边走走。吃过一种据说很有名的糕点和面食。（可惜忘记了写不出来。对不起。）

下一站是江西省的瑞金了。

听说半路上军队和壮丁一起顺手抓了上百只老百姓喂的鸭子，还听说派专人一路上赶了好几天，路远，鸭子脚板走坏了，还给擦红药水和碘酒。以后怎么处理这些鸭子就不清楚了。

长汀到瑞金这段路印象里好像不太远。到地之后住在哪里也想不起来。营长召集几个头目到身边来打招呼，这里以前是共产党的南京，大家外出多多注意安全，尤其要小心身边携带的枪支。当天下午又特别来找序子，口气非常温和。序子照老习惯对他有些提防。

"序子老弟，有件重要事情我代表姚衍团长请你帮忙，也只有你老弟帮得了这个忙。一个多月来，我们朝夕相处，就像一家人一样，有些家务事，不怕你见笑，你也都一清二楚。有一件这样的事，就是一路上由于气候、意外事故、疾病的原因，全团新兵人员的耗损很大……"

序子听到这里，毛骨悚然。

"按军政部严格规定，新兵人员调动运送过程中耗损，不得私自就地掩埋处理，须按章经'团管''师管''军管'派专业人员检验证明确认批准，按死亡人员正式规定处理程序，方可报销就地掩埋……我们这一路上死亡新兵十二名，要送赣州军管区去接受检验。（那个永春逃兵例外。）怎么办？幸好这二月天气帮了忙，尸体没有变味。我们计划用民船装运赣州。民船运送方面手续已经办妥，只是缺个妥当可靠的押运人员。你清楚，团里所有人都忙得要死分不开身，大家都想到你老弟胆略和身手都有过人之处，一切当然不在话下。老弟你看如何？时间大约四至五天，瑞金、于都、赣州，一路饭食茶水都担保合乎理想……"

"那个，那个，他们，他们你怎么安排？"序子问。

"完全放在舱底，绝对不影响正经日子。只要你一声同意，老弟的所有大小行李都会妥当安排。"营长说。

"好大的船？"序子问。

"至少两根桅杆的，小不了。你想嘛，舱底装得下十二个人，小不了。"营长说。

"几个活人？"序子问。

营长笑了，"起码四个人才扯得起帆，划得动桨吧，还有做饭管茶水的呢！啊！忘记告诉你，所有的太太们都和你一起坐船到赣州。"

"和我？"序子问。

"另外的船。"营长说。

"欢迎她们来参观！"序子说。

序子上了船，果然很宽敞，行李都妥妥当当运来了。

打了个十二的手势，问了问船上的人。

船上的大师傅指了指舱底。序子斜眼顺着瞄了一下，遗憾舱面板子疏松了些，看得到一些鼻子和脚指头。

没关系的，一点气味都没有。大家以前原都是活人。

吃过饭，做饭的收拾干净盘盏之后，和船老板跟伙计都到船头船尾去了。

序子完全没想到他们这么忌讳死人。点燃灯盏，铺开被窝，独自看起书来。最后吹灯睡觉。

睡到半夜，伸伸懒腰，翻个身，抻抻手臂，摸到点东西，"喔！鼻子。"

"喔！下巴。"

"喔！脚指头。"

好笑！

序子第二天清早醒来，将就船边洗脸刷牙漱口。有的是水，要漱多久就多久……开始考虑下一步船停赣州的后事。跟不跟这个滚动的地狱和这群牛头马面们继续混下去？我够不够资格算它们嘴边的肥肉？一旦决定留在赣州，它们舍不舍得放手？舍不得放手又怎么样？会不会像那个长胡子的连城老兵的下场？那时候王淮还来不来得及救我？我用什么办法通知王淮？

我也有父母在沅陵等我啊！

这一样吗？这不一样。那河南回家的连城老兵身不由己，毫无选择余地。我眼前还是自由的，没有第二个人在身边，我可以赶快溜走。要快！

第四天一大早船泊赣州码头，序子和任何人不打招呼，叫了辆三轮车，带上所有行头，穿过赣州的大街小巷，到了东溪寺教育部演剧第二队，找到了徐洗繁老大哥、徐大嫂赵南、久别的耳氏老

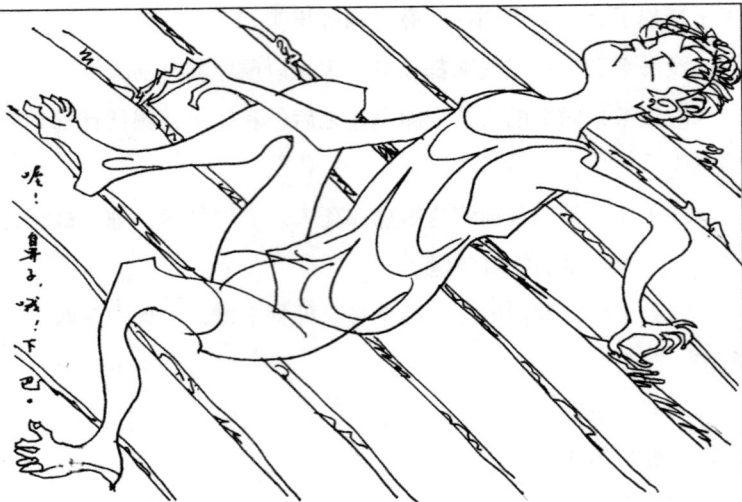

睡到半夜，伸伸懒腰，翻个身，抻抻手臂，摸到点东西，「喔！鼻子。」

「喔！下巴。」

「喔！脚指头。」

第四天一大早船泊赣州码头，序子和任何人不打招呼，叫了辆三轮车，带上所有行头，穿过赣州的大街小巷，到了东溪寺教育部演剧第二队。

东溪新剧教队

东溪寺

抗战必胜建

兄，没想到最尊敬的陆志庠也在这里。队长曾也鲁和许多老大哥老大嫂也都在。交上了王淮的信，坐下来喝茶，又慢慢地把一路上遇到的事情讲给大家听，讲决心到东溪寺来而不跟壮丁队回湖南的原因。大家听了都"喔喔"说："对。"

洗繁在队长曾也鲁房里说了一些话，出来静静对序子说："你年纪轻，队里都是老资格，做个'见习队员'怎么样？"序子说："好，行，谢谢！"

床铺在音乐干事唐守仁那里。就两个人，很好。

和耳氏隔壁。耳氏跟刘会计住一房（刘什么记不清了，想到了再补）。那房间因为要管钱，来往人多，比较大。洗繁和赵南住在对面，隔一个天井。里头一个大堂，西边队长曾也鲁住，再往西一个拱门通厨房，再南是厕所，男女不分（以后听到的笑话不少）。厨房北一片不小空地，择菜，倒水，洗碗，讲是非都在那里。一个胖女工叫"秀兰"，脾气好的好人。大家开玩笑叫她"秀兰·邓波儿"，她不清楚怎么一回事，也不生气。一个年纪近五十的瘦女人叫徐妈，专门侍候队长茶水衣服换洗的人，大概是队长亲戚或同乡，老老实实，话少。

耳氏在一张废纸上写字给序子看："明早我带你去看张乐平，他就住在附近伊斯兰小学楼上。"

洗繁问序子这杆火枪怎么来的，序子就一五一十地告诉他仙游的故事，那个了不起的铁匠要做火箭冲天炮飞到月亮上去，忘记设计回来怎么办才罢手。

"你也莫笑他，世界上好多发明都是异想天开起头的。"洗繁捏着枪说，"几时我们到山上走走。"

女群们看序子的小号，"你真的会吹吗？"

"会是会，总吹不好。"序子回答。

"声音大不大？"问。

序子回答："不小！"

"要这么曲曲折折做什么？"

"可能是为了变调吧！"序子说。

"是铜做的还是什么做的？"

"可能是合金。"序子回答。

"它能吹什么歌？"

"张序子！"一个叫侯明的粗汉说，"告诉她们是金子做的。它不会别的歌，只会吹'党歌'。你说你们问这些问题无聊不无聊？脑子都不过一过！"

"问你吗？死鬼！问你吗？跟张序子聊天都不行吗？"

一个长得像干猴子的殷振家对序子说："来一个什么试试。"

序子吹《我们都是神枪手》。楼上的人都引下来了。大家叫："再来一个！"接着吹美国电影歌曲《河上虹彩》。

大家默默点头说："真不错！真不错！"

"你弄音乐的吗？"有人问。

"我画广告招贴画，在学木刻。"序子说。

第二天早饭都不吃，耳氏带序子去拜望张乐平。出门左首沿土墙下斜坡拐两三个弯就到了。

不清楚算不算学校，进门没有人。上一个窄窄的木板墙夹着的长楼梯就到了。

张乐平和他的太太冯雏音和一个抱在手上的小婴儿。

两口子非常和气。耳氏跟他们打手势介绍序子。

序子和两口子直说话。

张乐平说："我们上街喝'米粿茶'去吧！"

雏音要照拂小孩，"你们去吧！我不去了。"

三个人下楼上街，没走多久到了茶店。

茶是用饭碗泡的，一人一碗，大盏子，味道香浓。茶房提着大铜壶为周围的茶客续水。

点心有蒸，有炸，有煮，序子从没吃过一种拳头大的油炸东西叫"孔明"的，里头包着荤素山珍海味好吃东西。

耳氏早就准备好一个小本子。两人拿钢笔写字代替讲话。张乐平不时地点头会意。序子有时候也参与写两笔，眼看没他们两人顺手。

序子说完自己生平再多谢他作品对自己的影响和教育。一个人的真诚是很容易看得出来的。张乐平对这个年轻人也发生不简单的好感。

喝完茶各自回家。

耳氏和序子刚跨进大门，只见王松年站在大堂做了一个紧张的眼神，嘴角一歪，序子和耳氏马上闪进房里。

原来是那位杀人魔王营长找上门来了。幸好他们站在大堂左边耳厅。

"……我们团长原是体谅这个年轻文人，减少他行军的劳累，安排他自瑞金上船顺便押送一些重要文件到赣州来，万万想不到他辜负上级一番好意，把一箱机要文件和两根捷克式步枪加一百发子茶是用饭碗泡的，一人一碗，大盏子，味道香浓。茶房提着大铜壶为周围的茶客续水。

点心有蒸，有炸，有煮，序子从没吃过一种拳头大的油炸东西叫「孔明」的，里头包着荤素山珍海味好吃东西。

米糕荣

弹拐带潜逃了。我们对他也没什么要求，只希望原物当面归还就行，点收完毕也不会为难他的！"

"啊嚯嚯！这么大的事可了不得！这人昨天还是前天好像还真是来过这里，年纪轻轻的是？我有这个印象。听说他到专员公署去了。他跟蒋经国专员好像有点亲戚关系。你可以上专员公署那边问问，一定会找得到下落。这小子胆子未免太大了，部队的枪支和文件都敢打主意？要不然，你们可以派人到专员公署门口放几个暗哨，说不定到时候能逮得住。这可不是件小事情，要赶紧办才行。"唐守仁说。

"来不及了，我们明天就要开拔——算他妈的这狗日的运气！"说完，两个人招呼不打地走了。

好一阵子大家面面相觑。王松年三步走出门外，闲闲左右看了一看，转身说："走远了！"

有人叹了口大气说："我的亲妈！我们这个剧团怎么尽出新戏？"

也有人问唐守仁："你那一大段台词记下了没有？"

大家商量，让张序子到张乐平家里住几天，以防万一。于是王松年帮序子拿了铺盖走了。

殷振家取了一沓纸，坐在会议桌边，招来耳氏和陆志庠，当场写下这一段险情给两位过目，弄得他们目瞪口呆。

洗繁马上写了封长信给王淮。

序子这才想起遗忘在船上的那支古箫，是长乐的一位学生送的。好可惜！好可惜！

雏音说："幸好出去喝了这一场茶。不早，又不晚，时间、地

484

点扣得准准的。序子呀！序子，你哪位祖宗一定积过德，上天保佑你。"

雏音问乐平："信不信报应这回事？"

乐平说："我没有说没有呀！"

东溪寺这地方，怕很久很久以前的确是个寺。眼前，寺的影痕一点也找不到了。它到底是怎么个"寺"法？什么菩萨？神龛落脚点何在？你最好别往这方面想下去，越想越没有意思。

这块地方办什么都不可能：小学太小；客栈房间不够；商店前后没有格局，没有门面，加上面对矮土墙以及矮土墙另一面的荒郊；酒家更谈不上，大不了招待兴致好的孤魂野鬼。

蒋经国专员就把它分配给中央下来的教育部演剧第二队做队址，简直天衣无缝，再合适也没有的了。

进大门就是序厅，两边正好堆放布景材料。一口小天井，左右各两间夹板隔成的卧室。右边住唐守仁和序子，另一间刘会计。左边较大，住徐洗繁和赵南一家两口子。往里是排戏的大堂，平常日子铺蓝布长桌子开会，过节时撤开桌布聚餐。大堂左边是队长曾也鲁卧室兼办公室，小；右边大，是七八个人住的大房。大堂后墙挂中山先生像及"国旗""党旗"。右首上楼住陈力群、董新民、殷振家三家夫妇和一间住七八九十个单身汉的大房。另一小单间住秘书"侯则儿"老头，这名字大家叫惯了，正经名字反而不清楚，他这间小房子少人进，脏，有味。不过人脾气好，有学问，书读得多，喜欢象棋，用鼻子瓮声说话，是队长曾也鲁的亲戚。逢滑稽场合，人跟他动动手脚，拍拍脑袋，甚至捅捅屁股，他也不气，是个好脾气人。

　　蒋专员十天半月总会来这里坐坐。随身跟着个年轻人，和大家都熟，两个人都穿着旧蓝布制服，坐下来，喝口茶，讲讲白话。排戏的时候静静地欣赏。全队的人都叫得出名字。

　　老队员说，过年过节他总没忘记派人给二队送猪、牛、羊、鸡、鸭、鱼、虾、蔬菜进厨房，到时候前来跟大家闹酒唱歌。

　　在二队，大概他找到了青少年时期在苏联失去的天真烂漫，那么忘我的开心，浑身的松弛。

　　第一次见到序子，"嗯？你刻木刻？画画？你知不知道列宾？克拉甫兼诃和法复尔斯基？"

　　有人讲序子和壮丁队的事，他说："看看！看看！这世界，无知加大胆！……"

　　忽然他好像发现了个什么新鲜事："哎！怎么你们二队画画的都是'小朋友'？那个赵聪[1]、那个，哪里去了？"（忘记了名字，抱歉！）

　　不知是"三八节"还是蒋方良的生日，蒋经国邀请二队全体人员到专员公署他家里包饺子。除两个秘书之外不见杂应，就他们四口人，一男一女两个七八岁或八九岁的孩子。

　　两口子在厨房剁馅、和面，煞有介事地捋起袖手，穿着围裙，脸上沾着肉末和面粉。另一个中年偏老的江浙妇女叫作阿王的跟着料理，队上的女队员连忙迎上去帮忙，热闹闹之嚷在一起。

　　长桌子上摆满酱醋辣油和蒜瓣洋葱。蒋专员在厨房喊着："随

1　赵延年，中国很重要的木刻家。

蒋专员十天半月总会来这里坐坐。随身跟着个年轻人，和大家都熟，两个人都穿着旧蓝布制服，坐下来，喝口茶，讲讲白话。排戏的时候静静地欣赏。全队的人都叫得出名字。

十文第月果一次

488

捞随吃，不要客气！"于是人们就轮流端来煮好的饺子放在大桌子上，各人端正席位座次吃将起来。

两个孩子夹在人堆里快乐地来去，完全忘记了爷爷是蒋委员长。

刹那间，序子想起了谁的三句诗：

忘记尊严的间歇，

那珍贵的凡间快乐。

各人心中七仙女意识啊！

赣州城有几条大街，相当相当地热闹，路面很宽，来往汽车算不得多。

街两边都是商店，卖各种各样想得到和想不到的货色，口红、乳罩、假发、三角底裤……让序子不好意思停步参观的这些东西之外，还有一种稀奇的大现象。街上所有的商店公然都安了一层假二楼，木板子画的，让人走在底下顿生惭愧之感。大街小巷有的是"建设新赣南"标语，如果一半是这种假布景，那新赣南的政治就趣怪得很了。蒋专员是个爱游走的人，每天经过这些地方怎么就一点不心动呢？就不生出一点好奇心猜猜老百姓是怎么想的？

序子把这种感想告诉王松年。他睁大眼睛，"这，这有什么稀奇？凡是政治一掺了神话，就都是合理的。他手下有个当县长的沈传藩，专为他吹牛皮，写过不少本拍马屁的书，把他讲得好像神仙下凡。"

"我是他，就把沈传藩抓来打一餐屁股！"序子说。

"吓！屁股不打，官也不升，甩在那里，不加任何按语。"王松年说，"他另外有一些信得过、谈得来的办事人，曹聚仁、杨明、街两边都是商店，卖各种各样想得到和想不到的货色，口红、乳罩、假发、三角底裤……让序子不好意思停步参观的这些东西之外，还有一种稀奇的大现象。街上所有的商店公然都安了一层假二楼，木板子画的，让人走在底下顿生惭愧之感。

赣州城有几条大街

490

周伯阶、漆高儒、高礼文这些人。来往人的层次他分得很清楚。——这类东西很不简单，你小小年纪犯不上理这些事。刻你的木刻，读你的书好了。——唉！分心得很，一揽上这类事，有时候一辈子栽在里头不能自拔，枉称什么社会学家，鸡毛蒜皮是是非非，人家的夫妻私密装了满肚子、满脑壳，空头名声，很不上算的。"

"你还不老，怎么懂这些事？"序子问。

"我爸爸，就这么恨恨一辈子……"松年说，"人脑壳容量有限，要善于扬弃。装有用的东西，别装粪。"

"哪个装粪？扯淡！"序子说。

"嘿！岂止装，世上还有玩粪专家咧！我和朋友称这类人作'粪客'。"

嘉禾先生来信了。

……十二个生肖上没有猫，你却是属猫的，猫有九条命啊！孩子，本老人都哭了。

危险过去了，我不免责备你，你怎么可以事先不慎重考虑跟那么凶险腐败的部队行军呢？我看你除了对日本帝国主义之外，其他一切人都不设防，这怎么行？仿佛在浪费命运对你的宽待。

赣州眼前的文化活动算是跟得上热闹，当然没有桂林精粹；文化重点人物都在那边，"嘤其鸣矣，求其友声"，当然响动就大了。你留意一下就明白，这不是无缘无故的。

看到你这封信，我怎么感觉你忽然长大了呢？

福建并非出生你的母体而只是一架摇篮。老人们喜欢你，因为你承受过他们没承受过的东西。对你的经验陌生、好奇，背着书流浪，对欺骗上当的宽容，冷峻地看待强权和凌辱……

你必须认真做点什么了。

眼前，你怎么能算是画家呢？刻几张木刻，画几幅剧场招贴，何况是一天打鱼，一年晒网！

时间对你越来越不客气；老大哥、老人家对你情感上的哺育，该自觉断奶了。

莫等闲白了少年头啊！

人，有时候管不好自己的。

你不妨读一些新诗，给新诗作一些木刻插图，和他们交交朋友。诗人大多和你一样单纯、简练、诚实。即使狂妄不羁，也只是一种天真表现——我有很多诗人朋友。

实实在在地干，积少成多，既收获成果，也得到经验。

严防忌诟。它腐烂世界，腐烂自己，腐烂关系。

……

为诗作插图，大概是培养思维的精髓。

为什么要严防忌诟？比谋财害命还重要吗？

"五四"节快到，赣州文化界轰隆轰隆，连地皮都在震动。

殷振家弄来一张明信片套色木刻给序子，《春风又绿江南岸》，真是新鲜可爱，几个木刻家，荒烟、梁永泰、杨隆生、吴忠翰合作的。大概是一人刻主版，其余的刻套色版吧！尤其题目起得好。常见《春光》《春水》之类，没往诗那边想。不是因为学问而是角度。

梁永泰是广东人，刻过一套《铁的动脉》和铁路、火车系统的木刻，伟大之极。

一个人来找董新民还是陈力群，上楼又下楼，见序子在饭桌上刻木刻，笑眯眯走过来看，问："你几岁了？"

"你问我几岁干什么？"序子问。

"他是马凡陀先生。"旁边人介绍。

"啊！《马凡陀的山歌》，一下马凡陀，一下袁水拍，到底哪一个是你？"序子指长凳，"坐这边吧，不挡光。"序子很开心。

"你刻什么？"他问。

"《浪子》，黎焚薰的诗插图。"序子说。

"你认得黎焚薰？"他问。

"不认得。刻着玩。"序子说。

跟来的一个长得不难看的年轻女子帮腔："《马凡陀的山歌》是小丁作的插图，你认得小丁？"

"早就认识，没见过。"序子说。

"我有几首诗，你给我作木刻插图好吗？"袁水拍问。

"先拿来看看！"序子说。

"嗬！"那女娃笑了。

"这婆娘不善！以为我不堪抬举。"序子想。

诗没送来，插图也没作。

"五四"好热闹，满街人。

开会，文艺表演，美术展览，义卖。

序子先跟大伙参加开大会，听无聊演讲，再看文艺表演。

队里的杨敏唱了一首《如果》。没想到那么好！作曲家熊志诚为他钢琴伴奏：

如果你是花朵，
我愿成为树木。
如果你是阳光，
我愿化为朝露。
我们在一起融合。

如果你是青空，
我愿化为星宿。
如果你是地狱，
我愿在那儿安住。
我们在一起融合。

听说这首诗是外国人作的，当然是外国人作的；中国人有自己的譬喻和想法，不一样的。节奏撩人，唱完听众给予雷阵雨的掌声。

一位白发老头上台，男高音。唱《里戈莱托》，嗓门年轻得吓人，名叫程懋筠。更吓人的他居然是国民党党歌《三民主义歌》的作曲者。千山万水，在这里碰上他。看样子是江西本地人，西服穿得家常，没有流落他乡知识分子装模作样的那股寒酸劲。唱完，听众的掌声还带着欢呼。

接着是陪袁水拍来队上的那位女士朗诵何其芳的《我为少男少

女们歌唱》，名叫高芬。名字起得不错，人漂亮，音声甜脆，诗挑选得合时，观众给她的掌声也响得大方。听说她是路过的记者，倒是这名字好几天挂在人们嘴角上。人一漂亮，总占好多便宜。

张乐平在公园社会服务处花枝茂密处安坐在一张椅子上为人画像义卖。人头汹涌，画谁像谁，三两笔就勾出一阵笑声。他的画没有废笔，躬立旁边的序子默默记着招数。有人不画像只要他画个"三毛"，他画完三毛又给他画像；让人多谢得不知如何是好，几几乎想在地上打个滚。

序子跟殷振家、王松年几个人到茶座那边去。

原来茶座那么大，周围是花。一大圈殷振家认得的熟人都坐在那里。他们也找了张桌子坐下。殷振家轻轻对序子介绍，那边——

哦！鲁迅的朋友曹聚仁。

哦！跟王亚南一齐翻译《资本论》的郭大力。

哦！木刻家荒烟。（哦！梁永泰回广东了。）

（不会讲话的大漫画家陆志庠，木刻家陈庭诗。自己人，不用介绍。）

哦！诗人李白凤。

哦！《正气日报》《新地》副刊编辑洛汀。

哦！这个；哦！那个！

哦！设计飞机场的工程师兼文物考古专家顾铁符，正大着嗓门跟人讲浙江话。

……

哦！画家、木刻家张序子。——殷振家轻轻地说。

序子跳起来，"不是，绝对不是！"

"现在不是，以后是不行吗？"殷振家说。

"做什么你？"序子不太高兴。

"过去见见他们吧！"殷振家带几个人就过去了。

——打了招呼。介绍序子时殷振家顺口那么说："……也是刻木刻的，张序子。"这样说好过多了。曹聚仁拉着序子手说："哦！你好年轻啊！"

郭大力先生穿一双草鞋，和气之极的人，也讲了几句话。

认识另一帮，大部分是文化人和报馆记者跟编辑，正在谈桂林的西南剧展。知道得多的就谈得多，大家都喜欢听，欧阳予倩如何，田汉如何，夏衍如何，于伶如何，宋之的如何，顺带挂上点自己如何如何沾点光。

上百人的圈圈慢慢地散了，各走各路。曹聚仁先生对他们几个人说："我们聚餐去吧！"众人跟着站起来。

序子问殷振家："我们五六个人……"

殷振家拍拍上衣口袋，"这里有餐票。"

"哪里来的？"

"领的。"

到了另一片花园，曹聚仁指着一张大圆桌，"我们坐这里吧！"服务生端来茶壶茶杯和碗筷餐具，收走了餐票。

"你哪来的？"序子问。

"大会总务处领的。"殷振家答。

"你认得他们？"序子问。

"哎！……"殷振家嫌烦了。

"你是湖北还是湖南人？"曹先生问序子。

"湖南朱雀人。"序子答。

"曹先生怎么知道他是两湖人？"王松年问。

"他把'我'读成'饿'。"曹先生说。

"孙茂林也是朱雀人。"作家姚公骞说。

"他是我二表叔。"序子说。

"哦！"李白凤嚷起来，"孙先生是我青岛大学的老师！你看！你看！他最近好吗？"

"我不清楚，我小时候见过他，我们不熟。"序子说。

殷振家凑兴说："你看，你看，连我都不清楚孙茂林是你亲戚！"

序子笑了，"你要这么清楚做什么？不是讲我也不清楚吗？"

记者马龄说："你应该写封信给他，他在西南联大。"

序子搭不上腔。

饭菜来了。有人轻轻嘀咕："要有点酒就好了。"

有人也轻轻嘀咕："批准你放个屁行了，还想喊口号？"

大家笑起来，连曹聚仁、郭大力也笑得仰天。

有酸辣汤、韭菜炒鸡蛋、红烧蹄筋、煎赣江鲫鱼、辣子鸡丁、包子、馒头、葱油饼、白米饭。

饭吃完，撤了席，曹聚仁先生在墙角竹扫把底下摘下几根细枝子，自己一边当牙签剔牙，一边好意问人家："要？"

有人放肆地大打饱嗝。曹、郭年纪大点的先生走了。留下年轻的一批文化人还坐着喝茶，延等晚上的晚会。

张乐平跟陆志庠是几十年的老朋友，都是上海附近人，他们交谈只用张开不同的口形，不须发声。口形能表达方言的全部内容。

对陈庭诗不行，陈是福州人，口形相距十万八千里，表达不出方言的万分之一内容，要用手写，不用纸笔，手指头在空中点画就行。碰见敌机轰炸警报响起来，口形不行，对空写字也不行，只有用拳头在他们身上一捅，往门口做样子跑，手指指天，两个聋哑人马上跟在后头，跑哪里跟哪里，分毫不差。

张乐平怕警报，警报一响，连老婆孩子都不顾的。凡是熟人们都清楚谅解，是吓怕的，怪不得他。

前些年在桂林发生的事。他跟画家周令钊同在好友音乐家张曙院子里吃饭。敌机轰炸的警报响了，他们不单不进防空洞，连筷子也不放，结果炸死了张曙，周令钊和他张乐平各捡回一条命。刹那间，好友血肉横飞。

不过，张乐平解决"怕"的问题和别人不一样。不仅仅"怕"，而且是非常非常地"怕"；"怕"到难以想象的地步。

只要警报一响，他就往城外跑，家中客人来多少也跟他跑多少。越过赣州两江之一的章江浮桥，对岸一带陡斜的山坡，上坡是一大片坟山，有一座他熟悉的没有棺材的古坟穴，只要他一闪进洞穴之后不能容许一个人站在洞外。谁往外走，他必大怒！

像订下常住的酒店房号那么熟悉这个洞穴。幸好那个洞穴确实容得下五六个人。他什么时候在离城五六里外的荒坡上找到这个防身之处的？

什么根据日本飞机是专来对付他的？犯得上这么跑吗？

他带领张序子和两位聋哑画家白天晚上这么跑过不止两三回。还有数不清的朋友如颜式、小高、王松年……都跟他这么跑过。

他是个爱面子的人，倒并不认为自己这行动是个短处，所以不只要警报一响，他就往城外跑，家中客人来多少也跟他跑多少。越过赣州两江之一的章江浮桥，对岸一带陡斜的山坡，上坡是一大片坟山，有一座他熟悉的没有棺材的古坟穴，只要他一闪进洞穴之后不能容许一个人站在洞外。谁往外走，他必大怒！

宋平之怕

怕人取笑。洞穴不保密，还鼓励别人不妨也往那边跑。他清楚那边还有多少空穴可用。

计算来回一趟起码四个钟头。跑警报两次，一天也就完了。雏音大嫂见怪不怪，也少作怨言。

他还要画《三毛》，还要为中茶公司设计广告招贴。

画《三毛》的时候，其中人物任何一点有毛病，结构上、衣物上、相互关系上、眼神上的差池，都要重画一次。那时没有复印设备，常常把两张稿子蒙在玻璃窗上描绘，真是烦躁辛苦。

他们有两个孩子。"咪咪"大概两三岁，"小小"大概半岁或一岁。小小放在身边，咪咪放在离城七八里地，每个星期六雏音要过河去一个名叫"虎岗"的儿童新村的托儿所里（那里的照顾料理算得上一流），把咪咪接回来，星期一一早上送回去。

乐平每天忙得可以，不可能陪去。幸好演剧二队有人可以帮忙，这个没空那个有，还有颜式，还有高士骧、小张，有时聋子陆志庠，有时聋子陈庭诗，有时王松年和殷振家。这下张序子来了，又多了个帮手。

城里过河上虎岗并不有趣，路上干树林荒坡高高低低，让人十分乏味。雏音有个人陪着一起走稍微好些，如果陪雏音的是陆志庠和陈庭诗两个聋子哑巴，又变得意思不大。小高、颜式他们不一定回回有空，所以这个劳务就常落在殷振家身上。殷振家善谈，也耐烦，陪雏音走这么来回十几里长路最解无聊。可惜殷振家身体难见地瘦弱，咪咪驮在肩上来往走这么一大段长路，令雏音大嫂常生不忍之心。

序子跟雏音大嫂去虎岗儿童新村接送过咪咪两三回。

序子头一回跟雏音大嫂来到虎岗儿童新村，真是十分惊讶。有望不到边的广场，有跳降落伞的高塔，几架滑翔机停在广场上，拐来拐去的走廊通到传来朗朗读书声的树木荫郁远处。那一千三百多没爹妈的小学生和全赣南的学龄前小流氓们全在这里过日子。有朝一日长大了，这些孩子不变圣贤你找我！

还真有这样的好世界亮在面前。我要是把这些亲眼见到的事情告诉朱雀人，不晓得他们有几成人信？

管理处的什么、什么人，知道序子是演剧二队的，便有点客气地过来告诉他："你要是早半年来就好了，管跳伞塔的、管滑翔机的都回重庆去了。听说滑翔机很快就会派人来拆了运回重庆。"

序子问："当时你见过滑翔机上天？"

"怎么没见，我还差点上去了！"那人说。

"怎么上去的？"序子问。

"橡皮筋弹簧弹上去的。"

"不是飞机拉上去再松绑的吗？"序子问。

"那可能是别处。你看这地方哪里飞得起飞机？"

序子感叹："那时候大概是很热闹吧！"

"人山人海，这一大片地人都塞满了。"那人说。

"你看，这地方将来会怎么样？"序子问。

"蒋专员在，不会怎么样。就怕他老。新赣南是靠他撑着的。换半个人都不行！"那人说。

雏音带序子去看咪咪。正在教室上课。教室没有桌椅，好看的地毡垫着，孩子在堆积木。一位好身材文雅的阿姨照拂着，轻言细语。序子跟自己开玩笑，愿意做一盘那里的孩子。

孩子们吃中饭，有八宝粥，有鸡蛋，有肉饼，有西红柿，有凉白开。咪咪看见妈妈，低头笑一笑，不好意思。小湿毛巾擦干净脸和手，阿姨说："咪咪不在所里午睡了，跟妈妈回家。"

到办公室簿子上雏音签了名，咪咪跟阿姨说再见。雏音跟序子和阿姨两人介绍，告辞出门上路。

咪咪抬头看序子，序子问：

"咪咪，我不会讲上海话，怎么办？"

"弗关事嘅！阿拉和你讲国语。"咪咪说。

"侬上海小妮子，怎么会讲国语？"序子问。

"噢，章阿姨教嘅！"咪咪说。

序子说："我咪咪好了不得。你让张叔叔驮着你走好不好？"

"妈妈说，殷叔叔最辛苦。"咪咪说。

"以后都由张叔叔驮你了，好不好？"

"好嘅！"咪咪说。

一路上，雏音转弯抹角地告诉序子，那个章阿姨是谁。这时代，两三岁孩子耳朵都了不起，千万别小看。

没多久，湘桂战线热闹起来，交通也就断了。

桂林那头所有的文化精英都往重庆、昆明那头跑，赣州这边也就重要起来。

殷振家的老爸生盲肠炎，住在医院，炮火一响，一个人从衡阳逃了出来。衡阳到赣州不论多远，老人家皱着眉头进了演剧二队大门。一手手掌不停地摇着，一手按着肚子，轻轻叫了一声："振家！"

大家正吃早饭，放下筷子一齐迎上去。

接咪咪

序子说：「我咪咪好了不得。你让张叔叔驮着你走好不好？」

「妈妈说，殷叔叔最辛苦。」咪咪说。

「以后都由张叔叔驮你了，好不好？」

「好嘅！」咪咪说。

不信耶稣也要信观音了。

看看，我们伟大的中华民族这种活法。

这类事情好像大家没感动多久。

际遇接近，命运相同，七八天过去，情绪就融合成原来样子了；何况家家各有自己料理的事。

殷振家祖上很有钱，汉口几条街都是他们家的。听他本人讲，小时候还享受过几年尾巴福。那个家不是子孙品行败掉的，是懂洋务的假里手堂房子孙漏掉的。那批人顺势到外国安家去了，剩下殷振家他爹这一房人守着空架子和剩下的一点点 DNA。

殷振家自小聪明，功课好，爱读书，对人讲情义。抗战开始，马上激情地参加了演剧队，可说是走南闯北，历尽艰辛。由于性子好，精于研究，很受同行们的尊重宝贵，每逢担当一个角色，无不引起台下观众、台上和幕后的同行赞美叫好。可惜！可惜他的长相限制了戏路的发挥。别说金山、赵丹、孙道临、刘琼，哪怕跟石挥稍微接近一点的长相都达不到。张乐平对他那副尊容不免产生了深刻的哀叹和惋惜："倷爷娘哪能奈侬桑了格副样子，一眼勿是三两天呃工夫哦！"

振家的妻子罗衫也瘦，瘦得简直天衣无缝一对，三岁大的儿子也瘦，头大，带着哭声让人抱来抱去。

想想看，这一家加上个老人家，日子怎么过？

幸好二队那么宽怀把老人家安顿在楼上侯则儿老头那里。这也是抗战时期演剧队的老传统。张乐平在二队待过。眼前的老陆志庠、陈庭诗、张序子和殷家老人不也是这样的吗！抗战抗战，逃难逃难，张乐平对他那副尊容不免产生了深刻的哀叹和惋惜：『倷爷娘哪能奈侬桑了格副样子，一眼勿是三两天呃工夫哦！』

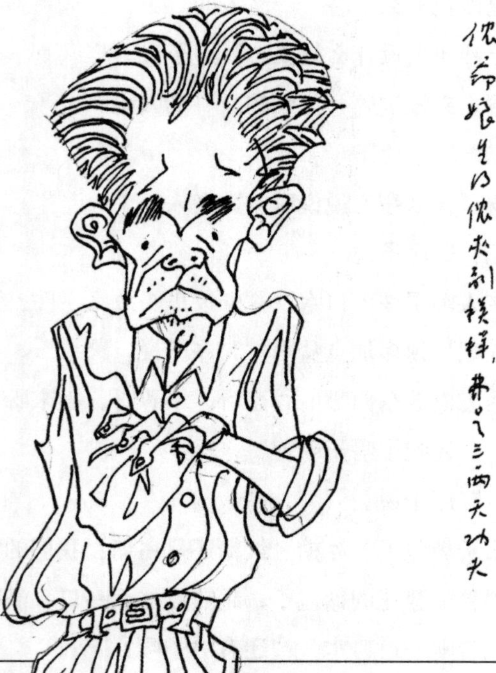

没人议论过权利和义务的。

殷家老人每天端一小缸茶下楼来选一张桌子角落坐着，自知别人都忙，眼神和顺地敛着不去惹人，只等序子有空时聊聊。

序子有时候上街跟人喝早茶回来，他就会问："伙计！今天喝什么茶啊？"

"大概是六安吧！"序子答。

"有没有喝铁观音啊？"老人咽了一下口水问。

"有时有。"序子答。

"啥子点心啰？"老人问。

"豆沙包。"序子说。

"豆沙包。豆沙包夹么子啰？"老人问。

"豆沙包就豆沙包，没什么好夹。"序子说。

"我们叫细沙，夹核桃碎和猪油的。"老人说。

"那可没有。"序子说。

"伙计，还吃了什么啰？说说看。"老人问。

"嗯，虾饺吧！"序子说。

"虾饺？"老人咽了一下口水，"虾饺里头放么子啰？"

"没什么好放吧！顶多加点盐吧？"序子说。

"虾饺这东西怎没放东西哟？香菇呀，小葱呀，姜末呀，麻油呀……"老人说，"还吃了啥子啰？"

"糖包子吧！"序子说。

"糖包子？么子糖包子？冰糖、红糖还是白糖？我们的糖包子是冰糖用猪网油罩着加葱花的糖包子，趁热咬这么一口，满嘴满鼻子香。"老头又忙着咽一口口水，"还有啥子啰？"

"烧卖。"序子说。

"嗯！还有——"老人问。

"孔明。"序子说。

"啥子孔明？"老人一愕。

"鸡呀，鱼呀，香菇呀，猪肝呀，竹笋呀，想到什么放什么。腐竹皮一裹，小拳头大，油里炸出来的东西，像诸葛孔明肚子里头好多名堂的意思……"序子说。

"这不太庄重吧？"老人说。

"本地人的东西上取个谐谑名字，当不得真。"序子说。

老人喝一口茶，不问了。

队里刚演出过阳翰笙的《天国春秋》。

正在考虑下面排什么戏好，于伶的《长夜行》？夏衍的《法西斯细菌》？还是郭沫若的《屈原》？

二队排戏原来有个大地方，中山纪念堂，演出也在这地方。看苏联电影片，旁白是一个俄国人用山东腔讲中国话："打倒德寇，法西斯蒂！"也在这里。欢迎上海大闻人虞洽卿路过去重庆的文艺晚会也在这里，序子亲眼见蒋经国为他开汽车门。

原来队上的人都想排《戏剧春秋》，后来转折地传来了"那边"对这出戏有点看法。"那边"和"有点看法"为什么"这边"就认为那么了不起呢？序子不太懂。只觉得有点"要紧"就是。要不然《戏剧春秋》不早动手排了？

《戏剧春秋》里头有许多好歌，戏没排，杨敏却天天唱，唱得大家听出瘾来了。

《戏剧春秋》里头有许多好歌，戏没排，杨敏却天天唱，唱得大家听出瘾来了。

花儿凋零了会再开！

花儿飘零了会再开，

燕子飞去了会再来，

我心上的人儿哟！

你这流浪的人儿呀！

为何一去不回来？

归来，

归来哟！

我的心爱。

印在纸上，读起来有点肉麻；嘴巴唱出来，变成歌就自自然然。

歌的作用就在这里。它能把肉麻的东西变得不肉麻，该脸红而不脸红。

（几十年过去了，杨敏那些歌和嗓门一直响在耳边。杨敏呀杨敏，你在哪里？）

曾也鲁队长找序子，"你画过招贴画吗？"

"画过。"序子答。

"多大？"队长问。

"好大好大。"序子答。

"好大是多大？"队长问。

"门口一面墙那么大。"序子答。

"画过几回？"队长问。

"那哪记得？我在演剧队就干这个的。"序子说。

"几个人？"队长问。

"一个人！"序子答。

"真的？"队长问。

"那你当我骗你算了！"序子说。

张乐平曾也替鲁画了张小速写，妙透了，装在镜框里靠茶几墙上挂着。序子动不动就去细细看一下。

队长又问："你一个人画招贴是真的？"

序子转过身来，"队长，告诉你，靠骗人吹牛皮老子长不了这么大的！"

"咦？咦？"队长睁大眼睛看序子走出房门。

序子从此没有再进队长室。

戏没定下来，叫序子怎么画招贴？

洗繁叫了一个名叫游振国的摄影朋友来，说好下午一齐去郊外打猎。

水壶、干粮、点心、急救医药、胶布绷带、紫红药水、阿司匹林、咳嗽药水、零用纸币……他俩的装备比序子齐全。

序子腰皮带上，左挂牛角火药筒，右挂牛角铁砂子筒，底火放上衣口袋，水壶钩在后头。顺手捏着常用的那根老棍子。

洗繁气势隆重，让他背枪。游振国和序子跟班。

过赣江，上坡进树林，经过几个小村子。坐在小树林里喝水。

"我给你把火药、砂子装上吧！"

序子一边装一边讲："就按这火药盖子的容量倒进去，揉一个小纸团用这根铁通条轻轻捅下去，免得火药倒出来；再按这砂子盖的容量把铁砂子倒进去，再揉一个纸团用铁通条轻轻捅紧，务必仔细周密，铁砂子重，不小心容易倒出来。平时，撞机不拉起来，有东西要打的时候，才拉上撞机，底火扣在'猪母奶'上，再瞄准开火。装了火药和砂子，枪口就要朝上了，免得砂子火药倒出来。不管提着背着，枪口都要随时照应前后同伴安全。收兵回朝，无论如何要把砂子火药空出来，不能带着进屋。"

游振国说："你背完一本《步兵操典》了！"

洗繁没玩过火枪，听得很认真。

来到一个村背后的疏林底下，右首边栎树顶上飞来一只斑鸠。序子连忙递一颗底火给洗繁，"快！快！"

洗繁笑笑把枪交给序子，"我没开过枪，头一盘你来，我看！"

序子举枪，"轰"一声没打中，斑鸠飞了。

序子笑了笑，"你看。白瞄了。也可能火药不够！"

序子拿通条擦了擦枪管，装上火药和砂子交回洗繁。

"下盘你来吧！"

大概是听到枪响，赶来了几个村娃，见石头上坐着三个大人，还有根枪，便远远站着。

"小孩！过来！"游振国向他们招手。

小孩不敢。

"我们是打雀儿的，没打中，看！让它飞了。"序子说。

小孩们睁大眼睛。

序子问："你们村子里头有打雀儿的吗？"

孩子们点头。

"他比我们厉害，是不是？"序子问。

孩子们笑，点头。

洗繁、游振国开始喝水，序子边喝水边问他们："我们有枪，要不要看？"

孩子们便过来绕着洗繁看枪。

"你们大人的枪有这个枪好吗？"

孩子们摇头。

"你们大人拿枪打什么呢？"洗繁问。

"野鸡、野鸭、兔子、山猫。"孩子说。

"我们三个人不行，怎么也打不到。"游振国说。

孩子们笑。一个大点的孩子说："不是回回都打得到的。这要有东西才打得到，没东西你怎么打？有时候有东西也打不到！"

"你看这孩子讲得多有道理！"洗繁叫起来，取出糖果饼干要分给大家吃。

大家一哄而散，不好意思。只有一个七八岁的胖娃娃舍不得走，站在那里吃洗繁给的东西。吃完了走回孩子那边，大家就骂他，弹他脑壳，说他不要脸。

胖娃娃开始还一声不响，后来终于忍不住委屈地仰天号啕起来，声震林莽，十分惊人。说时迟那时快！突然他停住哭声，手指着前头树尖："嘀！一个屎子！"[1]

序子马上取出一颗底火交给洗繁："快！"

洗繁机灵地瞄准树尖，轰的一声，一只实实在在的公斑鸠从上头掉了下来。

真是天晓得！胖娃娃闪电般跑去捡回斑鸠；所有孩子吃光洗繁

---

1 赣州话："注意！一只鸟！"

胖娃娃开始还一声不响，后来终于忍

不住委屈地仰天号啕起来，声震林莽，十

分惊人。说时迟那时快！突然他停住哭声，

手指着前头树尖：「嘀！一个屌子！」

嘀！一个屌子！」

513

分送的糖果糕饼；洗繁一辈子头一次打中了猎物，想象回到二队将会引起的轰动！

这件事，即使打个五折八扣还是开心。

游振国跟二队厨房大师傅熟，吩咐切碎的斑鸠肉跟三斤细猪肉丁混炒，多加干辣子、葱、姜、大蒜。

没见过世面的女队员都称赞："洗繁了不得，打的斑鸠比鸭子还大，尽是肉！"

王松年有天和序子上街，问他："前两天你跟曾也鲁吵什么？"

"没吵！"序子说。

"怎么没吵，大家都听见响动。"松年说。

"我怎么会跟他吵？看样子他在怀疑我的能力。怀疑我，我也没有和他吵。他只是不太相信我画过招贴画。我只想告诉他画招贴画算不了什么大事，就这样一直往下追，追得有点莫名其妙。你想想看，我就算个什么都不会的白痴，你曾也鲁也收容我了，犯不上事后再来问会不会这个那个。木已成舟，不是一切都来不及了吗？"序子说。

"我也听见你最后嚷了什么！"王松年说。

"是的，我嚷了声'老子'。我讲了靠吹牛皮骗人长不到今天这么大的。唔！这句话嗓门可能高了点。怎么？有事？"

"大家在谈你这个人！洗繁把王淮写的信上头说到你的话给大家看，说你'守正'，说你为人可以。"王松年说。

"这事闹大了？"序子问。

"能大到哪里去？"王松年说。

"我有时候感觉自己在对不住'饭'。"序子说。

王松年懒洋洋地说："你是不是拉我和你一起这么想？你还有空去想这些东西？我看，你这类人吃饱饭有时候有点无聊。"

吃过晚饭，序子出门到伊斯兰小学张乐平家里去。

他有时叫张乐平作"张先生"，有时跟大家一起叫"乐平"；至于雏音，有人叫"张太太"，有人叫"张大嫂"，有人叫"张阿姨"，序子一直叫她"雏音"。

"怎么好久不见？你到哪里去了？"乐平问。

"哪里都没去，一直在刻木刻。"序子答。

"刻木刻？刻什么木刻？"问。

"刻一些诗的插图。"序子答。

"刻诗的插图好，锻炼脑筋。"乐平说。

"真是锻炼脑筋，好费想！"序子说。

"一个人懂了画画，就要练习'想'，光画画，没有想，看的人就不受益，就乏味！"乐平说，"眼前，没有事，我们上街喝老酒去吧！"

序子赶快说："我不会喝酒，一点也不能喝，我去叫陆志庠陪你上街吧！"

张乐平猛摇手，"我就是怕他跟我一起喝酒，我没有钱请他喝酒，我就是怕他才找你。他会喝得我倾家荡产。现在不要，以后也不要，你要给我记住。"

序子就跟乐平上了街。

街上有一家专卖炖牛杂碎的小铺子，两张贴墙的小桌子带两张凳子。酒，要到隔壁小酒铺去打。

乐平叫了一小碟喷香的牛杂碎，又到隔壁打来二两"绿豆烧"，就两人喝将起来。乐平说："你面前摆个酒杯是装样子的，我不想让人看见我一个人喝独酒。"

"我懂。"于是序子就小心翼翼地配合着乐平喝酒的节奏动起筷子来，心想："吃牛杂碎，不喝酒，也不是什么困难的事。"

撩起话头的是顾祝同三战区漫画宣传队的事，叶浅予是队长，他是副队长，漫画家在里头来来去去，早一点的有张仃、张谔、特伟、梁白波、胡考、宣文杰、叶冈、麦非、叶苗、陆志庠、廖冰兄……对这些人高一句、低一句也没个准头；这个、哪个到延安去了，哪个留在重庆东南让杯子里的"绿豆烧"也弄混了。关系不大的。序子听来都是有益学问，再往更老的讲，黄文龙、张光宇、张正宇、曹涵美、高龙生、汪子美、张英超、黄尧……

他手指头一个一个掏着数这些老朋友，喝到三两差不多的时候，手指头放到桌子底下数去了。序子不清楚他到底数了多少。

喝完四两再到隔壁打。序子顺势多夹了几筷子杂碎，乐平回来见碟子空了，温馨地打着官话说："侬要慢慢较，要不然我喝酒就跟不上了！"

转身又去要了一碟杂碎。

序子扶他回家已经快十点了。上那条楼梯很费劲。雏音说："不担心他喝酒，只害怕他半夜上楼。有时候没人帮忙的……"

端午节前，蒋专员叫人送来好多粽子和肉菜原料。意思就是说，他那天要来。

乐平回来见碟子空了，温馨地打着官话说：「侬要慢慢较，要不然我喝酒就跟不上了！」

侬要慢慢较

517

荒烟刻了一幅《雷电颂》，屈原站在悬崖上，天上闪着雷电。平白无故让屈原站在那里，手舞足蹈，干吗你？犯得着吗？《楚辞》里头好多段落可以入画的……序子把这意见告诉殷振家；原来是他出的主意；他也说这题材的确很难照顾周到……

端午节中午大家吃了送来的粽子，晚上才摆酒筵。蒋专员真的来了，先坐下来喝茶，说说笑笑，很少谈正经话。正经话就是政治话，就是打官腔。政治搞多的人，一天到晚泡在政府里头，难免要爬上岸来找个地方好好喘几口气，找几个熟人讲点人话。这种场合反倒是最忌讳讲正经话了。此时此刻你好奇去向他打听时局，打听官场上人事调动，为自己或为朋友求助，岂不是自讨无趣，居心叵测之极了吗？

你千万不要以为他平常日子也是如此不在乎，用柳子厚讲的那匹不懂事的贵州驴子态度去对付他，那可就倒大霉了。

蒋专员来过节，大家都是开心的。喝酒吃饭也间夹一些节目，某人讲个笑话，或揭发彼此的趣事洋相之类。他朗诵了一段奥斯特洛夫斯基的《大雷雨》的台词："……在伏尔加河畔，传来一阵鸟语花香……"很投入地动了感情。

唉！人嘛，难免有时还露出人的本性。

听说他也抓共产党，抓到共产党不杀而用一些特别方式处理。经特别方式处理过的人不等于跟杀掉一样？有何区别呢？

你让犯人自己挑选死的方式、让犯人自己挑选刽子手算个什么事呢？

聚餐九点多散了。听说跟来的两个人在厨房和大师傅吃得如胶似漆地开心。

第二天大清早天刚亮的时候，有人放声惊叫。

众人起身赶到礼堂一看，孙国父在上，"国旗""党旗"分列左右之下，长桌子正中，哪位半夜三更在上头出了一个大恭。大伙捏着鼻子环绕研究！什么用意？什么居心？赵、钱、孙、李，周、吴、郑、王何在？

倒是老头"侯则儿"说了几句中肯的话："没什么阴谋行动。东西吃多了，酒喝多了，找不到茅房而已。对不对，请各位多加指教！"说完上楼去了。

恐怕就只能这样定案了。

谁？谁？谁？不见人投案自首，当然更没人胆敢公然指摘某某。此时此刻冤枉了人，剑拔弩张之际，很容易动刀子流血的。

曾也鲁叫工人撮了一大畚箕炉灰来把东西扫了，再挑来几桶清水刷干净桌子，冲洗了地面，又喷洒了几大洋铁喷壶的石碳酸消毒药水。躲开的人重新聚拢起来，非常客气冷静地清点人数，心中明白了一大半。

几天之后，张乐平来队上告诉：老漫画家陆志庠有信来，已在《南康日报》工作了，身体健康，情绪饱满，请大家放心。

大家"哦"了一声。

赵德润后来说："这没什么奇怪，又不是故意扰乱治安。去年中秋节晚上，闹完酒宴，他跟张乐平不是一齐不见了嘛！大家分头去找，闹到半夜，月到中天，他两位躺在中山路马路当中指手画脚赏月咧！不要少见多怪！抗战时期，什么事都会发生。说不定几十年后，你想看这类风景，买票都看不到。"

（眼下当今，七十五年后，你见到哪几个人半夜三更躺在马路当中看月亮的？事实如此，要有这种人，还要有这种马路。）

（这件事就算过去了，不是二队当年有点关系的人，听起来也不会觉得有什么意思。以后跟陆志庠来往了几十年，也和他一字不提。这人"机架"，容易生各种疑惑，其实又是位非常单纯的人。生理缺陷令他在这个社会中活得比别人安全。）

尤曼倩风风火火走进来。（她是演剧二队特别女队员，没嫁人，住自己家里。三天两天高兴来队上一趟。不来，队长也不见外。声音清亮，形体丰满，举止轩昂，为人豪爽，月底钱用枯的人都向她借；不还的话她有办法认真追讨。）

有件事让眼尖的人看到了。她每来到先进队长室，队长便叫徐妈泡茶，一边往小便所跑。其中没有邪行，只是生理反应。

尤曼倩看见序子，"张序子，你过来，我问你，最近上街了没有？"

"我天天上街。"序子说。

"看见什么？"她问。

"天啦！云啦！汽车啦！房子啦！我什么都见到！"序子说。

"讲怪话干吗？我是好意问你。"她说。

"说吧！"序子开声。

"国华公司来了几种新东西，美国进口的，你有空去看看！"

"什么东西？"

"重庆空运来的，'原子笔'，美国发明家雷诺发明，比派克钢笔还贵，一辈子不用装墨水。样子像火箭一样，很漂亮。还有一种'原子玻璃皮腰带'，比普通牛皮裤带还软，玻璃一样透明。还有原子玻璃丝袜……"尤曼倩说。

"有没有玻璃底裤？"王松年问。

"你个死鬼！有，有，可以给你姐买一件！"尤曼倩骂他。

"这还真有点意思。"洗繁说，"一辈子不用上墨水，那墨水厂还开不开？玻璃能那么软，以后用处怕就大了！发明家真了不起。"

"一般地讲，我对新发明都不大有信心。"唐守仁说。

"又不买，有机会看看无妨。"赵德润说。

"国华还来了什么？"松年问。

"女用玻璃皮包、手提袋，红的、黄的、蓝的、花的都有，好看极了。"

"啊？贵不贵？"胡刚问。

"看样子便宜不了。"尤曼倩说，"序子！序子！我们看看去！"

"哈！我买不起！"序子说。

"嗬！这怪！平时不找序子，一下子热火起来，有问题！序子，小心！"王松年说。

"用不着关照！我有事找序子帮忙。序子，走！"曼倩说。

"要走大家一齐走。帮忙可以！绕这么大个弯，什么原子笔、玻璃皮带，咱们得跟着保护张序子别上当。"赵德润说，"先讲帮什么忙？"

"看你们这帮靠敲诈过日子的狗流氓！张白玲有信给我，说序子会画人像，我要他给我祖婆画张遗像。"曼倩说。

王松年叫起来："太好了！这大事万万不可等闲视之，我看这样，大家上街，看原子笔、原子玻璃皮带、原子手提袋，再上赣江大茶楼去研究画祖婆像的酬劳问题。"

"做梦！我跟张序子的事怎么一下子变成你们这群流氓大家的事了？走，张序子，别理他们，让他们敢跟着来试试！"尤曼倩生气了。

序子说："曼倩你听我说，画你祖婆的遗像的确是件隆重大事，我会画得好的。高高兴兴，我还要靠他们帮我费神出主意，一齐出去看完原子笔那些东西之后，你请我们大伙上赣江大茶楼喝一次茶算是稿费了，行吗？"

曼倩皱着的怒眉慢慢变成笑脸转身就走，后头跟着几个懒洋洋的胜利者。

国华的伙计愁眉苦脸拉开玻璃橱懒洋洋取出原子笔给人参观大概几万次了，一点营业热情都没有。

原子笔旋开之后，笔头、笔盖居然溢出好多蓝汁，有人想在纸上写几个字，手也搞脏了，说这哪里有钢笔方便，又重，这么贵！几几乎等于五钱金戒子的价钱。不好！不好！原子玻璃腰带缠在腰上，仅仅是告诉人身上一种时新欢喜，好多钱？也要三两个月薪水，开玩笑，玩钱嘛！饭别吃了！

你也别说，有人会买的。军长师长太太，洋行老板婆娘，电影明星，自己懂不懂先别说，哪样贵买哪样，好在人堆里显阔。

少说两句吧！既然前头挂上"原子"两个字，都应该算是当今科学上的系列成就互通关系的。对自己眼前没弄清的新现象乱发议论，就好像当年地方草台班子议论梅兰芳一样，徒惹笑柄。

众说纷纭，上了赣江大茶楼。

吃喝得太专注，几乎没有人再提到为老祖婆画像的事，不像是故意忘记不提而是根本不把它当回事。散伙时序子才说："你去买张图画纸，两块橡皮，一盒水彩颜料。"

"我哪晓得买？五块拿去，你自己买。多退少补。"曼倩说。

花了四天工夫像画完了，都说好，说像。一张三寸大照片，画得脑壳跟真人一样大，真不简单。二婶还叫曼倩把序子带到家里狠狠请了一顿。那帮人没胆子跟上。

画画期间，乐平来看过，教了两个调皮肤颜色的诀窍。蒋经国两个孩子来过，说画得跟真人一样。行了，行了，到此为止，莫往下想，我最怕画蒋委员长。荒烟来过，看看我的木刻，又看了一下木刻板，说："你这个板子不好，太泡，西门上有家专做印刷机上木头活字粒的木匠坊，老人名叫'管德和'，几时有空我带你去找他。他做的木刻板原料是枣木，木纹又细又硬。他刨出的木刻板，比镜子还平，根本就不用细砂纸再磨，少见之至，但脾气怪，爱理不理，时常把人气走。看你的运气吧！"

序子没想到世上还有这种专料、这种奇人，便跟荒烟虔诚地去拜会过两次，毕恭毕敬，一点不敢造次，果然不负苦心人，卖了两块三十二开枣木板子给序子。

序子有了这两块板子反而不知如何是好，供在那里一动也不敢动。

总算把祖婆的像交给曼倩之后，凭良心讲，大家茶也吃了，家里饭也请了，曼倩还不甘心，还要找序子上街。

人讲闲话："曼倩她家有没有到时候的外甥女和侄女？好大了？"

"看样子，曼倩下决心买原子笔或是原子玻璃腰带了？"

序子闷声不响，穿了双新黄皮鞋还带半打短袜子回来。大家嗬了一声。

"嗬什么？谁有本事站出来画一张！这鞋是我二叔补请的客，没完没了地称赞序子。"曼倩说。

世界就是这么怪里怪诞！光注意了尤曼倩，把胡刚打脱了！"他居然在国华买了个原子玻璃皮包！"

"不会吧？他买原子玻璃皮包干吗？"赵德润说。

"我背后亲眼看见的还有错？鲜红的。七十二块五！"杨敏说。

"我的天！七十二块五，两个月的薪水还不止，他哪来那么多钱？"

"他们上海人，有条有理，从容不迫，最会存钱。你看他还给《正气日报》写稿。你又不是不知道，队上就司徒和他两个人给《正气日报》写稿拿稿费。"

"看他，是不是有点变态？演小生的都喜欢搜集点异性东西。"胡刚进门。

"刚才讲你，听见了？"

"听见了，怎么样？"胡刚问。

"讲你买原子玻璃皮包。"

"是呀！买了！怎么样？"胡刚问。

"不怎么样。只是好奇！让不让看看？"

"不让！要看自己到国华去看！"胡刚说。

"我们没有恶意，只是好奇！"

"好奇就是恶意。是是非非！"胡刚说完，进屋去了。

照平常看，胡刚是个可亲有礼的人，静静地读书，相貌文雅，身材标准，在演剧队很有人望。

序子想："刚才那些闲话冒犯了我，我也不答应！"

天气热起来，有天下午两点多的时候，侯萍问："天气热，有没有人愿意下河洗澡？"

杨敏说："我！"

唐守仁说："我！"

赵德润说："我！"

张序子说："我！"

胡刚说："我！"

徐洗繁年纪大些，跟着也说："我也算一个！"

杨敏扛了条粗绳子说："好救人。"

大家一骂放回去了。

一共是七个人。各人带了自己的换洗衣服、肥皂、毛巾。

出门拐左，一路往下走。

不知怎么回事，有人发问："侯则儿洗不洗澡？"

"嘿！你不说我还没想过！"

"我见过，我见过！在楼上，穿一条底裤，舀一杯水放在桌子上，小刀在杯子里蘸一点水在身上刮；先刮左右手，再刮左右腿，然后胳肢窝再全身上下；刮出的东西再刮在一张报纸上承着；一边刮一边跟殷振家他爹说话。"

"殷振家他爹呢？"

"殷振家他爹好，规规矩矩用毛巾细擦全身，洗完之后，很文雅地把脸盆水轻轻端到楼下倒进沟里……"

说着说着到了江边草地上，四顾无人，换了泳裤，做了些预备动作，各人往水里跳。

有人说："胡刚不见了！"

洗繁和侯萍的水游得好，远远绕游了一圈，没见胡刚影子，爬回岸上跟大家坐着茫然傻望。

蒋经国带着一个人从这里经过，问什么事。

"胡刚跳下水不见了！"

"呀！"他大叫一声脱下衣裤往下就跳，四围游了起码十五分钟，爬上岸来指着大家说："你看，你看，你们，你们！"穿上衣服，"告诉曾队长，叫他晚上七点给我电话。你看，你看！这怎么办？"

走远了。

好好一个活人就这么不见了。

蒋专员来电话，三天后开追悼会。

赣江是章、贡二水汇合的大江，暗藏很多杀人的漩涡激流，太轻率了，唉！太轻率了。

有人说，胡刚根本就不会水；他有个女朋友问他会不会，他说会，约定下礼拜天去游泳池游泳。他想乘今天学会了下礼拜好用，没思想就完了。

谁能料得到呢？事先跟人商量一下就好了。俗语说："欺山莫欺水"嘛！你看你。

队上人胆子小，传说淹死的人当晚要回来拿行李，纷纷找朋友家或住旅馆去了。

序子想到胡刚平素生活规矩讲究，蚊帐、枕头、席子等卧具一应俱全，跟唐守仁住的那房间蚊子实在太多，今晚上趁胡刚肯定回不来的机会去睡上一晚再说。

有人说：「胡刚不见了！」

洗繁和侯萍的水游得好，远远绕游了一圈，

没见胡刚影子，爬回岸上跟大家坐着茫然傻望。

胡刚跳下水，不见了。

大房间空无一人，放下帐子，下有凉席果然十分舒服。没想睡到半夜，一双冷手伸了进来摸在序子身上。

序子蹦了起来，那双冷手也吓得大叫。

原来那位殷老伯也打了今晚睡胡刚这张床的主意。

惊吓了殷老伯，他完全没想到胡刚床上会躺着一个人，序子有点抱歉，殷老伯事后也反问序子："吓着你什么地方没有？"事情就那么过去了。

三天后果然在中山纪念堂外头广场上开了个追悼会，蒋经国、曹聚仁和文化界名人都写了挽联表达哀思。蒋经国当场作了演讲，人们记着其中的一句话是："该死的人不死，不该死的人反而死了，天何不公！"

王松年偷偷看了序子一眼，序子没有空笑。

胡刚不在了，演剧二队没有演小生的了。

杨敏修养不错，嗓子亮，皮肤白，个子差一截，蚕豆脸型，演正派小生伸展不起来。

司徒羊修养个子都行，可惜皮粗，毛孔大，鼻子也大，长一头卷毛，演外国剧本一流，中国剧本轮不上号了。

所以队长曾也鲁烦，吃不下饭，连嗓门也提不起来。

胡刚是个孤儿，无亲无故，他遗留下的东西由队上保存，有时当作演出道具。女朋友算不得遗孀，没有继承权。胡刚好不容易费尽心机为她买下的原子玻璃红皮包眼看一年年在众人记忆中老去……（我不写这本书，连胡刚这名字也没人提起了。）

听说蒋专员不打招呼一家回重庆去了。

不至于吧？当然，他爹伟大，像"来"一样，"走"也当然可以随便走。这么多年了，向老百姓打声招呼总应该的吧？你不想想万一老百姓挂牵你了怎么办？经营赣南那么多年，并非叔雅先生所云"蜗角相触、蚊虻过前"那么简单。唉！唉！唉！难怪《玉堂春》那出戏里崇公道会说："你想他，他不想你也是枉然！"何况，老百姓根本就谈不上想你。

爱老百姓、爱新赣南这口号一直挂在你的嘴巴上，余音袅袅，睡在重庆床上，你好过吗？

想这么多没有必要。眼前人也都慢慢散了。听说荒烟也走了，振家居然说不知道。乐平去了梅县，一家四口人那么奔波，好辛苦。问洗繁大哥怎么办，他说除了演戏，别的什么都荒疏，两口子不跟演剧队跟谁？反问序子，你年轻，你怎么办？序子说："想都不想，看变化。"

司徒羊告诉序子说："我要走了！"

"你到哪里去？"序子问。

"你跟我走吧！就在附近一个信丰县。我当民众教育馆馆长，你当美术主任。"

"听起来挺可怕的！你还约了哪个？"序子问。

"看看赵德润去不去。这人在摇摆。"司徒羊说。

"我也有点摇摆。你不搞戏啦？"序子问。

"你明白，这局面……"司徒羊说。

"到那边，你有什么把握？"序子问。

"县长杨明，是蒋经国专员公署的秘书长，现在在信丰当县长，有一天可能要代替蒋经国当专员。是我同乡，他要我去的。"司徒羊说。

"那以后怎么办？"序子问。

"去了再说嘛！哪个知道以后？又不是神仙。"司徒羊说。

问洗繁，他说还是走好！打个报告给曾也鲁队长，好好说说，不枉一齐生活这几个月。

托殷振家把挂表卖了，得三十二块钱。

尤曼情听说序子要走，舍不得，质问曾也鲁——

"干什么你放张序子走？"

曾也鲁在序子辞职书上批了几个字："来，欢迎！去，欢送！"

司徒羊看了这批示说："毒！"

序子想想说："别！别！别这样说，是我欠演剧队的情，真是要多谢他的关顾，我永远永远忘不了，我心里明白。"

火枪留给洗繁大哥了。

（这一别，与洗繁、赵南兄嫂相隔十年，一九五三年在北京重见；与殷振家兄相隔五十四年，一九九七年在上海重见。）

到了信丰，想不到这么好！

顺着信丰城门口外一座大桥。桥那头右首便是信丰县民众教育馆，嫣然坐落在长满花树的桃江岸边，一字顺延几里长的树林和青草浅坡。

民众教育馆是座两层砖木楼房。看起来简单，其实小费了些心思。二亩长宽。楼下大堂用来开会、演讲唱歌，有好多坐椅。后头小部分是开会研究讨论所在，临街面有几扇玻璃高窗。右首一排是办公室，最后一间是馆长室。

到了信丰，恐怕刻这座庙好。

顺着信丰城门口外一座大桥。桥那头右首便是信丰县民众教育馆，嫣然坐落在长满花树的桃江岸边，一字顺延几里长的树林和青草浅坡。

临江方向拐两个大弯上楼，进大堂之前有块凭栏眺望风景的小阁楼，这角落可爱得让人不知如何是好。右边的大桥和过往行人，各式变化的江面和天云，江那边看得到或看不到的城郭。（七十四年来，晚上睡觉，一有空便到这里转悠，嘴巴哼着当年的歌。）

进大堂，几排长桌子和长凳子供人阅览书报。南北两边排满朝气蓬勃系列各地时报的架子。

东边敞开的矮木栏杆面对远去的树林。西边中间是图书馆，两头各有一小房。东房是序子住，西房住着摇摆后跟着来的赵德润。

序子这房间不大，一个人住要这么大干什么？北面一口大窗子，没窗框当然没玻璃，就这么又长又方的大洞。窗口望出去，右边就是大街尾，远远可见到郊外的小路和杂树林。无止无休的汽车吼叫。（奇怪的是白天和晚上，既没进过蚊子苍蝇，也没飞来鸽子麻雀。）窗口摆了张小办公桌，兼带一张靠背椅。对着窗子的另一头是架木床。上头垂下一根曾经挂蚊帐的绳子。一个老职员颤巍巍地问序子要不要把绳子取下来。

"取下来干什么？"序子问。

"这麻绳是前任张馆长在那里上吊用的，你看那圈圈……"

序子哈哈笑起来，"怎么老子碰到尽是这些事？就让它挂着吧！人来讲了有趣！"

赵德润那边房间没进去过，他年纪大，走路是个外八字。在民教馆，司徒羊给他安过什么职务？记不起了。

司徒羊召集全馆人马开了个会，介绍自己和跟来的这两个人，张序子（美术主任），赵德润（宣教主任？），又介绍原有老职员，

那根绳，后工来干古瓜？

『这麻绳是前任
张馆长在那里上吊用的，
你看那圈圈……』

总务主任黄槐秋，音乐主任冼志钊，副主任何畏（女），宣纪达（忘了职务），程进之（忘了职务），陆河（秘书），陈芝兰（图书馆主任），傅求（厨房大师傅），其他杂工名字都忘记了，对不起。

接着是大家交汇了一下下一阶段的文化活动和进程。

每天早上八点钟起，楼上桌子边就坐满了人，很多熟面孔，静静地翻阅报纸。不光年轻人，还有中年人和老人。见面都互相微笑点头。

大凡这类文化场所，报章杂志的流通、新鲜交替非常重要。有专职工人细心料理，把看过的报章杂志放回原处。这些初浅的活动做得十分钟情，让天天上楼的老读者得到如归的信任和安逸心境。

司徒羊上任以来还真弄些闹些耍胆子的活动。开头第一炮是自己颇为吓人的演讲会："斯坦尼斯拉夫斯基演剧体系在中国"。

序子根本不清楚到底这说的是怎么一回事，海报上只画出斯坦尼的头像和写上这条长长的演讲题目、日期和地点。没想到了晚上居然来了上百听众。

好稀奇，小小信丰县，斯坦尼这牌子居然会引来百多人，其中一些穿着打扮恐怕连俄罗斯这名字都没听过；当然，主要来的是正经文化人行家。只有少数贪热闹和好奇的，这也难得。

冼志钊跟何畏人缘根底本来就好，三十几人的歌咏队经常聚会练习新歌。队员中有两把吉他和一架手风琴，隔十天半月，天气好时，点了煤气灯举行露天歌咏晚会。五六百人的场合。

老冼举止温和文雅，何畏热情大方，都是广东人，音乐专科毕业高才生。他们不是情人，是从沦陷区逃出来的患难朋友。

开音乐晚会，大家警惕性很高，警报一响，灯一熄，众人都从容分散到几里长的河岸树林里，找块草地坐下来，听广播大声地报告：

"敌机，五架，已过南康……"

"敌机，不明架，已过安远……"

然后听解除警报，各人慢慢回家。

宣纪达、陆河、程进之编写《十日新闻》。晚上收听外国广播电台新闻，马上翻译成中文稿，做些编排，直直横横书写在白报纸上，安放在街上玻璃新闻窗内，有时好多看报、字写得好的老先生都前来帮忙，序子跟着趁热闹画了题图和有趣的漫画凑兴。

听说杨县长每期都上街看，说："好！"

人交朋友有时候靠耳朵，有时候靠眼睛，也有靠嘴巴的。有听说靠鼻子的吗？当然有，要不然怎么说"气味相投"？

来民教馆看杂志看报的人逐渐多起来。难得有这么宽敞安静所在。

信丰县四通八达。军队的汽车兵团司机，来往运货的司机没地方去，都来楼上消停。平常这类人少见不撒泼的，除手脚尺寸无限开张之外，嗓门的洪阔也难得收敛，不想来到这里，晓得是个文雅地方，都学着别人取个报夹子捏在手上，老老实实桌子边上坐着休息。

《干报》报社在郊外，编辑和记者们进城，民教馆是个必经之道，也都要上来坐坐。

城里头的办公文员，有不少爱好文艺的，下班之后，除了民教馆，还有哪里好去呢？

众人既然常常到楼上来，不免就会注意到序子这个住在小房间里的年轻人。听过他早晚吹的号，偷偷看他俯在桌子边刻木刻。有时候下楼，有时候上楼，有时候跟大伙一起在大厅看杂志看报。有过浅浅的交谈，知道他也是远道而来的异乡人。

慢慢地，《干报》的一些编辑开始和序子亲近了。野曼是诗人，蔡资奋是散文家，两人是同乡攸县人，谷斯范是小说家，余白墅是木刻家，雷石榆是老诗人，杨奎章、叶奇思是社评委员。

序子和他们用什么方式来往呢？

进城喝"米粿茶"。有时候这几个人来，有时候那几个人来；来得最多的是野曼和他的女朋友林紫跟同乡蔡资奋。序子带了个速写本，给这个画张速写，给那个画张速写。

慢慢地、慢慢地，野曼派给序子好多给诗人作插图的快乐工作，他认识这些人。雷石榆是个老诗人，日本留过学，也画点画，会谈好多文坛掌故，奇怪的是跟野曼谈不到一块；一起喝茶，却不是一路。杨奎章在《干报》是写社论的人物，话少，和蔼委婉。热闹场合，他坐在其中仿佛自己在默念一本书，很少插嘴。谷斯范正在《干报》发表一个长长的历史小说《桃花扇底送南朝》。序子很喜欢谷斯范这个文雅幽默派头，讲话带点江浙口音，谈吐像一本微笑的字典。叶奇思是个华侨子弟，华侨子弟永远是个华侨子弟，用华侨头脑思想，用华侨情感待人，连那张扁扁的华侨脸都永远给人一个典型印象。他的工作是颠倒日夜的国际新闻稿收听和翻译，所以又加上一个华侨为国熬夜的朦胧神气。他永远是跟野曼在一起。还有诗人徐曦，一个戴眼镜清秀的文人。

喝米粿茶，讲文坛新老故事，画速写，脾气爱好尽管差异颇大却能相互容忍，相互欣赏，浓浓地混在一起。奇怪的是，对于序子，都心存一种体惜的情感跟他亲近。

城里头街上还有一个在"中国农民银行合作金库"做职员、爱好文艺的朋友萍乡人李笠农，没想到这人精熟唐宋诗词。他跟《干报》那些人绝少来往，米粿茶一次也没喝过，也不通现代木刻艺术，倒成为序子摇头摆尾的诗词朋友（几十年直到逝世）。序子鼓动他到民教馆讲一次唐宋诗词，他狠狠打了个战，仿佛要他去死！

还有谁？开大卡车的运货司机。一个，十个，八个，来往最多的是刘兆龙。巨型身段，大概一米九。他不只是司机，还是老板。他有四把车钥匙，也就是四部大运货卡车的主人。手下雇了三个司机和一些人跟着，一出发就是四部车一齐开动，气派得了不得，来回长短公路上为人运货，赚不少钱。

他没读过什么书，除胆子大之外还精通江湖道路规矩，不欺侮人，也不受人欺侮。他风尘仆仆，十天半月来楼上大长板凳上坐坐。他可能没有家，要不然怎么不回家去坐？

有天晚饭后，序子在屋里看书，外头叫了一声"老张"。

开门一看是刘兆龙。提了两瓶酒、两条烟进屋，"我们不熟。看你一个人在楼上刻刻写写，年轻人，也不出外走走？有点怪，你这个人让我一直想，开车几千几百里也想，过渡也想，少见。回车带两瓶酒让你喝喝，两条烟随便抽抽，做个朋友。你想出去，打个招呼，我有的是车……"

"老刘老刘！我不会喝酒，平时一滴酒就醉，烟也不抽。你应该注意到，我几时抽烟了？"序子转身让刘兆龙看房间，"看，看，这房间像抽烟喝酒的地方吗？你拿去送别的朋友吧！你请坐！"

"唔！好！你不抽烟喝酒。"老刘坐床铺上，"我一辈子没读过书，跑生意记账都在本本上画符号。我最佩服你们读书人，总没运气一起走动走动。没知识，没家小，赚这么辛苦钱干什么？没意思的这辈子！"

序子建议晚上开个文化茶座。司徒羊不懂："这算弄个什么？哪里有钱添茶壶茶杯？还有茶叶，还有这个那个……"

"你讲的这个那个是不是文艺节目？好办，我们正愁没机会表演节目。"何畏说，"我还找得到江西三弦清唱。"

"还有那些瓜子点心哪里找？"司徒发愁。

黄槐秋说："我喜欢搅这个文化茶座，茶杯茶壶有地方租。至于瓜子点心……"

"不要那些什么繁华瓜子点心，明天买升黄豆让我试试！"序子说。

黄槐秋连忙跟上，"讲细点，让我办。"

"上菜市场买几毛钱八角五香大料，一升黄豆，两粒糖精，我做给大家吃吃看，通过了，取个好听名字，刻块漂亮木刻招牌做个纸袋装了，到时候看家伙！哪里找这么好饮茶佳品？"

第二天大清早，黄豆、八角五香大料和糖精都买来了。早饭过后，序子通融了厨房大师傅求烧半锅开水，把清拣干净的黄豆、八角五香大料、盐和糖精一齐放进锅子，眼看这翻腾的一升黄豆变成喷香的"桃江茶品"，用铁丝笊篱细细捞了上来，放在大瓦缸上滴干净水，凉了，序子号令各位用小碗盛起尝尝，没料到大家竟然怪声叫好得这么热烈。

序子下令黄豆二十斤、八角五香大料二两、糖精五粒、盐二两，按老方照做之后，关起房门一个通宵细心刻出那幅"桃江茶品"的包封装饰木刻交给黄槐秋："赶紧做成纸袋五百候用。"

序子乘兴写出十张民众教育馆文化茶座某日晚六时开张的广告，满城四门街上一贴，其余诸事，让时光自行推移了。

形势大好，不是小好。序子茶座各项设计已经深入人心，智慧正在运行，大规模熬制"桃江茶品"的工程芳香已成为天然广告，漫溢到桥头四处的行人鼻子里。

印了"桃江茶品"的小纸口袋已经送到。

每口袋装五调羹豆子。

每包定价三角。

密封！

民教馆所有职工，有空，洗干净手，都来包装豆子。

文化茶座开始，天天满座。有蛾眉月，有弦月，有圆月，有满天星星，有三弦，有鼓词，有清唱，有独唱，有合唱，有诗朗诵……

"桃江茶品"大受欢迎。十包八包买回家的有的是。都笑着打听："怎么弄得这么好吃？"

（文章写到这里，事隔七十五年，不妨老实交代。"桃江茶品"无牢靠容器存放，工人汇报发现老鼠屎，指示曰："仔细检查，清除老鼠屎。晚上赶紧找大缸子放，赶紧！"而今吃豆子的、做豆子的除我一人之外，管食品卫生检查的、管法律的都已做了古人，请后人各位读者原谅这个。

这行当一直进行到赣南遭日寇进攻各人星散为止。所赚的钱听黄槐秋说，添了几十把开会椅子，上百部图书，很成个气候。）

（底下继续的内容、吃"桃江茶品"还未停止。）

有天，司徒羊向大家打招呼，本馆要新添一位音乐干事。广东人，梅溪女士，她爸是个军人，还在前线打仗。

大家想多听点介绍，没有了。

她爸在前线打仗跟这位音乐干事来民众教育馆有什么关系？是个兵？是个排长？连长？军长？总司令？没有说。她爸和司徒羊是老朋友？老同事？老部下？老长官？也没说。

来了。

一个广东姑娘，皮肤黑黑的，讲国语带浓重广东腔，人和和气气，穿着打扮按平常标准来说，稍微洋了一点。

大家看得出司徒羊在对她讨好献媚，套近乎得相当夸张；也感觉赵德润在帮着扇扇子。

当时大家都穷。司徒羊就算当馆长也亮不出多少要阔气本钱。民教馆砌花围墙外边有一炉烤红薯买卖，还有一炉烤烧饼买卖。司徒羊大清早好不容易守在那里等她上班。一次是突然塞给她两个滚烫的热烧饼，一次是突然塞给她一大块滚烫的烤红薯，吓得她都没有接住掉在地上……哭笑不得。

一次何畏、阿冼在领导歌咏班全体唱歌，梅溪也跟阿冼、何畏站在一起。这位馆长司徒羊突然走过来向大家介绍："她是新来的音乐干事，对音乐造诣很深……"正想搂她的腰身表示热络，她生气了，一闪："为什么这样？"

那么多唱歌的队员都哑了场。

其实开始，阿冼已经向大家介绍过了。听说这位广东女士只是爱好音乐，不像何畏跟阿冼是科班出身。"造诣"深浅，谁也没有领教过。

我们这位馆长自讨没趣几天之后，他忽然发现宣纪达跟梅溪姑娘讲起广东话来，带着笑容，摇头摆尾十分开心，便让赵德润去找宣纪达个别谈话。宣纪达哈哈大笑问赵德润："你懂广东话吗？"

"不懂。"赵德润答。

"不懂？不懂太可惜！那我学这口广东话还真不算白费。你去报告馆长，这广东姑娘很风趣，很幽默，劝他赶紧去学会广东话，要不然……吓！我问你，追求女朋友，有没有请人当翻译的？你可以报告馆长，有需要可以请我，我觉得这女士还真不错。唉！可惜，我觉得我们馆长年龄方面是不是有点过了一些？"

赵德润闷声不响，回头走了。

程进之告诉宣纪达和张序子："这位馆长很可能脑子出了问题。广东叫这毛病作：'发花癫'。那个姓赵的老太监也来找过我，叫我不要向那个广东女士梅溪打主意，疑神疑鬼就是发病的先兆。我叫那个姓赵的转告馆长，我是武馆出身，脾气修养很差。我女十一岁，儿子九岁，有一个美满家庭。哪个在外造谣，破坏我名誉，传到我老婆耳朵里，我要他尸骨无存。"

赵德润听了这话，据说也是回头就走。

过不几天，司徒羊找序子来到操场旗杆子那边谈话："……我三十四了，再不结婚就来不及了。我一直是器重你的，你不能对我不起！"

"怎么回事？出什么事了。"序子装傻。

"你老实告诉我，你对新来的那个广东女梅溪有没有意思？"司徒问。

"到现在为止，她跟我一句话也没有讲过，有屁意思？你要小心，大家都在谈你举止不正常的笑话，我还真没想到你居然一肚子的龌龊劲。你喜欢一个人，拿本事去追嘛！今天防这个，明天防那个，这叫谈恋爱吗？你也不自己冷静想想多好笑！我跟你来信丰真丢人！真后悔！"

后来大家凑在一块的时候，也谈馆长失态的点滴。

冼志钊就取笑序子："你是三国时代的陈宫跟错了曹操。"

"不至于！不至于！我们的馆长还没胆子杀尽民众教育馆我们这吕伯奢全家啊！"宣纪达说。

司徒没来吃晚饭，房里也不见人，不晓得上哪里去了。发生的事，馆内老小全知道了。

文化茶座照常进行。买"桃江茶品"带回家的茶客特别多，还称赞越做越好。

序子知道，豆子这东西做什么都好，放久自有放久的妙处，只是不能脏，脏了对不起人。中华民族是靠豆子增加蛋白质营养的。黄槐秋曾建议加些酱油，序子认为不必，告诉黄槐秋，酱油就是豆子变的，加上酱油，影响了豆子氨基酸鲜味原有的稳定，效果难以掌握控制。黄槐秋点头同意了。

梅溪姑娘今晚上特别把她的三位姐姐，大姐、二姐和三姐和孩子都带来了，还介绍了民教馆的全体同仁跟她们认识，特别介绍张序子是"桃江茶品"的发明人。黄槐秋用小竹箩端来五包"桃江茶品"免费招待，几位姐姐坚持付钱，说不要损害了公私关系。话说到这个份儿上，就依了她们的意思。她们又乘兴多买了二十包说带回家去给老人欣赏。

馆内人员都暗暗称赞这些姐妹风度和家庭教养，也庆幸司徒馆长今晚外出，不然不晓得会闹出什么丢人笑话。

　　好！音乐开始。天上月光明亮。

民教馆有不少杂工，一个十五六岁男孩名叫"凸子"。

"凸"这个字，信丰本地念"蹦"，跟朱雀城念法完全一样。朱雀念"凹、凸"为"补（平声）、蹦"，和正确的读法不同。否则把作家贾平凹先生念成"贾平补（平声）"先生就好笑了。

为什么叫"凸子"，大概是脑额非常之凸的缘故。

他是本地很山的山里人。进城之后见一切事情都新鲜，都有幸福亲切感。轻重劳务，他身体强壮矫健，好些事都担承得起。他爱跟序子一道，看他刻木刻、读书，说读书那"用神"好看。

有天黄昏，一个乡下人挑了担小鸡扁笼子来找凸子。

凸子告诉序子："是我爹，扁笼里百多只小鸡，一只也卖不掉，白费神了。"当晚在民教馆住下。凸子帮他爹给小鸡喂食喂水，两大扁笼小鸡安顿在楼梯底下。吃过饭，见来了许多茶客坐在草坪上点起灯喝茶，十分新鲜，序子也挑了张小桌子请他坐下。几个人喝起茶来。

凸子他爹给序子讲述乡里生活。几代没进过城的人有的是。孵小鸡的难处。害病的难处。喝了一口茶说："这茶没喝过。"

序子见凸子爹的脑门并不怎么凸，跟常人一样，怎么儿子的脑门会凸成这副样子？问题虽然是个问题，总不好意思提出来向本人请教。拐个弯想了一想："或许答案在他妈那边。""或许他妈那有天黄昏，一个乡下人挑了担小鸡扁笼子来找凸子。

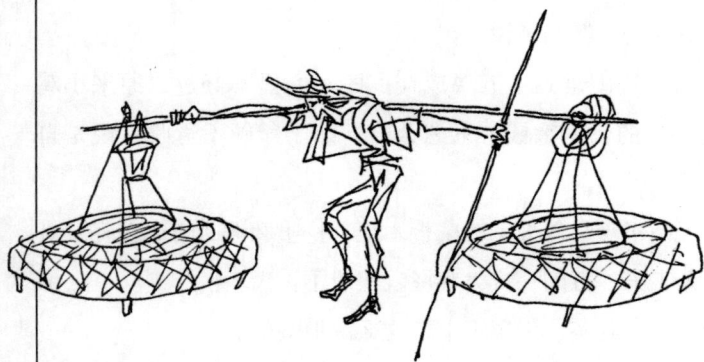

乡下人挑了一担小鸡来

脑门会吓你一跳！"好！不往这边想了……

"明天再进城卖一天。"凸子爹说。

"要是卖不完呢？"序子问。

"那就挑回去呗！"凸子爹说。

"唉！五六十斤啊！"序子说。

"不在重。我那山坳不好养，窄，野物多，要有你这么宽地方，五百我也孵了！"凸子爹说。

"你讲我这里好养？"序子问。

"当然！"凸子爹说。

"喂什么？"序子问。

"酒糟呀！早放，喂一次；晚收，喂一次。你这里离酒厂近，每天早上凸子跑一趟就是。"凸子爹说。

"关哪里？"序子问。

"那边墙根。河边那么多废木头条，半天工夫鸡窝就搭出来了。"凸子爹说。

"真就那么简单？"序子问。

"还有我咧！"凸子说。

价钱从十块硬讲到十五块成交。序子心里不好过，原来小鸡起码两毛一只的，一毛钱一只怎么行？凸子爹硬不肯收，说是自己人……

第二天凸子爹带着大家捡柴棍木板，挖土和泥，钉梁盖瓦，真的不到半天工夫，五间一排大鸡屋就盖成了。

序子说："其实，你犯不上挖这么深地基的。"

"黄鼠狼和狐狸会打洞，到时候，人弄不过它们。"凸子爹说，

「酒糟呀！早放，喂一次，晚收，喂一次。

你这里离酒厂近，每天早上凸子跑一趟就是。」

凸子爹说。

凸子银鸡

"敞开门通气，过五六天用得上了。"

这几天用矮竹席子围着，晚上关回鸡笼。

凸子爹走了，他说："这鸡笼你先用着，下个墟场我来拿回去。"

民教馆长长的树林里增添些活景致。

没听说司徒羊这家伙几时回来。他走了之后民教馆不觉得损失了什么，增加了什么，也不见上头派新馆长来。

序子过的日子好像越来越丰富。到乡下《干报》报馆走了一趟，一个房间一个人的是写稿子的，十几个人一个房间的是管印刷机的，各人都忙，不怎么有表情。怪不得，怪不得，大家来到城里米粿茶馆才那么生动活泼。讲新闻，传怪话，朗诵自己的新诗，剪影，画速写。

城里中国农民银行合作金库的李笠农是一个人，没有跟《干报》那帮人喝一次茶的打算，有空只找序子一个人上米粿茶馆。（后来增加了一个税务局局长秘书周徽选，也是个读书好奇的人。）序子海阔天空瞎扯，讲什么笑什么，都喜欢听。

同乡攸县人蔡资奋一个人来，娓娓地谈论家乡老前辈们的文化轶事。

诗人野曼和女朋友林紫两个人来，有时余曦跟着来。野曼贴墙坐着，指手画脚大声宣讲文学和诗的世界，大口喝茶，吃东西时那一筷子下去不管大小就那么一口。隔着眼镜看到他闭起眼睛欣然享受，那种生理吮吸咬嚼法则的充分运用，让序子佩服得不得了，也有点想笑。

序子没跟民教馆的同事吃过茶。吃茶是一种自自然然的会合，不知道真要约这些同事来会说些什么，该说的在馆里已经说完了。

（不对！跟阿洗和何畏来过，也带他们跟《干报》，甚至跟李笠农一起喝茶谈现代流行音乐、古典音乐，都挺好！）

序子一见冷场就给各位画速写像甚至剪影。

进城门洞左首边有一家《干报》开的"大地书店"，卖一些桂林出版的文学书籍期刊和报社自己出的文学小册子。冲门横着一张桌子，桌边贴着一块广告布，上书："邓屁翁治印"。

一位戴眼镜的中年人趴在桌边不停地刻图章。广告上写明了朱文、白文图章大小字数价格。人看到"屁"字想笑而又笑不出来，疑问放在心里，奇怪他为什么要用这种方式对待自己。

中国有一位治印的邓散木，邓粪翁先生已经够了。有了"粪"还来个"屁"，何必呢？后来认识这位屁翁也姓邓，是江浙人，一个人住在公园的小木屋里，图章功夫了得。想想，大家同是拖着几口袋故事流落他乡的远游人，彼此也就肃然起来。

在这块小县城里，没听说有什么国画家或书法家。间或有几位文人穿插，求他治一两颗图章也是有的，至于起的这个跟鼎鼎大名的粪翁遥相呼应的屁翁雅号，冀图得到一点金石的雅谑，效果也十分微弱。欣赏这种源流趣味的本地人究竟不多，每天刻刀只在几颗木头公用图章上周旋，孤寒是难免的。

"屁翁"住的那个公园序子没有去过。问人，也没人说得清楚，大概是块荒芜的地方吧？又有人说在公园里见过他，亚当似的光着屁股。一见有人就闪了。

是的。一见有人就闪了。他没有见人不闪。他一个人闪而没有和夏娃同闪。所以毫不伤风化。所谓"风化"是一种"人为环境"，没人发觉当然就不存在伤不伤的问题。

进城门洞左首边有一家《千报》开的「大地书店」，卖一些桂林出版的文学书籍期刊和报社自己出的文学小册子。

冲门横着一张桌子，桌边贴着一块广告布，上书：「邓屁翁治印」。

「屁翁」住的那个公园序子没有去过。问人，也没人说得清楚，大概是块荒芜的地方吧？又有人说在公园里见过他，亚当似的光着屁股。一见有人就闪了。

铃屁翁住在荒芜的公园，见有人来便闪了。

大庭广众如此这般就是个问题，精神病学中起码算是种"露阳症"，中国外国一样。特别的是裸体雕塑在外国非但不受限制反而得到赞美欣赏，公然罗列大街之上。

在一个地方这样，另一个地方又不这样。哪位能说得清这种头绪的道理吗？

（这里顺便提一笔，抗战胜利后听说"屁翁"已平安地回故乡去了。祝福他晚年一切平安顺遂！）

民教馆晚上难得地清静。序子索性睡在房外阅报大桌子上来。月亮天，彼岸小船上传来"板胡"或"大筒"拉出的缠绵深情的调子（解放后才想起它就是《十送红军》。那时候不清楚来历，要不然会是另一种感动。），这声音贴在枕边，一阵阵带雾的倾诉和叮咛……

有天上午，楼下大堂后厅有女高音在唱"巴哈"的《圣母颂》，风琴伴奏。这时刻风琴代替了管风琴，管风琴如龙吟缭绕。五彩云雾氤氲中神圣的玛利亚啊……

序子放下木刻刀站立起来。

民教馆没这么辉煌的收音机。

序子赶紧下楼来到后厅，见到拉风琴的阿冼和那位广东女梅溪的背影。他们接着演奏舒伯特的《圣母颂》。

前奏曲开始，序子贼似的站着一动不动。他完全想不到这个广东妹崽还有这一手，居然唱得那么讲究。

……老冼奏完那几下尾声，站起来，回头看见序子。序子吓了一跳。

梅溪也转过身来。

序子说："真好！这么好！这么好！"

阿冼问："你站多久了？"

"我在刻木刻，听到'巴哈'的《圣母颂》，才赶下楼来，正好'舒伯特'开始。我怕打扰你们，一直不敢出声。蜜司张，你唱得真好！"序子边说边退，紧紧扣住神经的余韵，"起初我还以为是收音机！"

梅溪问："我听你吹小号，你也学音乐的？贵姓？"

序子说："张。我刻木刻，喜欢一点音乐而已！"

"木刻？"梅溪说。

"是的，木刻。"序子说。

"什么是木刻？"

"用木板子刻出的画。"

"为什么要用木板子刻画？"

"……"

"喔！对不起，我不是有意的。"梅溪说。

"不，不是这个意思，我楼上小火炉子坐了一壶水，我怕干了，我上去了，谢谢！谢谢！"

序子进房，水正翻滚，序子摩拳擦掌端正了一壶好茶。有人敲门，一看，是阿冼把蜜司张带上来了。来了就来了，加两个茶杯，坐高矮椅子和墩子上，喝起茶来。

"你们广东人都爱喝茶。"序子说。

"我只喝开水。"蜜司张说。

阿冼说："是的是的，你讲得对，我们广东人一天到晚泡在茶里。她唱歌，她保护嗓子，只喝白开水。"

序子对蜜司张说："你不一定对。梅兰芳嗓子那么好，从来是喝茶滋润的，人都说茶保护嗓子。谁告诉唱歌不能喝茶？你试试！"

蜜司张抿了一口："还真的这么好喝！"

"我一辈子，哪样好我就偏哪样，不太信'道理'。"

"那是'经验主义'！"阿冼笑。

"经验还有主义？有没有'主义主义'？"序子问。

"你有那么多书！"蜜司张说。

"这哪算多？一路上都丢了！"序子说。

"你从哪里来的'一路上'？"蜜司张问。

"福建。"序子说。

"福建！我差点到福建去了。"蜜司张说。

"去那里干什么？"序子问。

"上永安国立音专。"蜜司张说。

"为什么不去了？"序子问。

"半路上不想去，就回来了！"蜜司张说。

序子说："一个人，去一个地方，半路不想去，做另一个决定，我觉得这个意思很好。'半路不想去'，未始不是一个好决定。"

"那可不见得，蜜司张半路回来，她唱歌的天赋这么好，我终究还是替她可惜。"阿冼说。

"可惜不可惜是你的自由，去不去是她的自由。一个刹那的决定对于自己的一生起着很重要的作用。她甚至不清楚半路上为什么要做这个不去的决定。

"有的人对自己一辈子做的决定说：'幸好！幸好！'有的

人对这个决定咒骂自己被毁了一生。一个人再科学，再伟大到不堪，临死都会找机会检点一生的大小决定，这个得意，那个后悔，诅咒自己，称赞自己。我离死还远得很，我就常常得意自己做过的决定。也可能是上天体恤和帮忙……我总是决定得对。

"比如音乐，我就是做了坚决不学的决定。我爸爸是学音乐的，音乐老师曾雨音先生对我很亲，我远房叔叔的舅舅蔡继昆就是你要去投考的福建永安国立音专的校长，我完全有机会去做一个名正言顺的音乐家。我就不！我就明目张胆地自暴自弃，我就承认自己毫无出息，看到五线谱就打战，等于面对数学微积分一样，达到势不两立的程度。反过来我又那么喜欢音乐，自信直通音乐的灵魂奥堂。口味刁钻，看不起这个，看不起那个。一窍不通而又硬把臭脚丫子伸进音乐天庭。

"天下只有外行才有指手画脚放肆的快乐。"

何畏也上楼来了，"你们在说什么？"

梅溪蜜司张说："听张序子说话！"

"他平时少跟人说话的嘛！"何畏说。

"不，不，看跟谁！看跟谁！"阿冼说。

序子给何畏斟了一杯茶。

何畏有一张大嘴。人说大嘴婆娘肚肠宽，的确，常在民教馆见她扶老携幼，有时还给人开中药方子。唱歌先生开什么方子？开错死了人怎么办？不怕，她爹是个名医，她开的只是小方子，管些小病痛。

看她接过杯子一杯一杯往自己嘴巴里倒的神气，小心！迟早会把杯子掉进嘴巴喉咙里头去的。

人说大嘴婆娘肚肠宽，的确，常在民教馆见她扶老携幼，有时还给人开中药方子。唱歌先生开什么方子？开错死了人怎么办？不怕，她爹是个名医，她开的只是小方子，管些小病痛。

任畏·永之·永之的任畏！

何畏小眼睛，分距宽；鼻子还行，嘴巴大了点。冼志钊面目姣好，性情温柔，广额，可惜过早地秃顶，只剩后脑及耳东南两侧的头发，令人着急。这两人的长相谈不上哪年哪月有出人头地的机会。奇怪的是，序子一跟他们见面就从心底喜欢，仿佛早就熟识，颤颤然，生怕失掉他们，常常在心里预演有朝一日跟他们分离的痛苦……

平常日子只见他们两个人忙，桌子边低头翻着歌谱讨论下午群众要唱的歌的和声，混声二部、三部的问题，有时序子在旁边听听或是笑笑。比如一首类乎情歌的东西，他们看了直摇头，不知如何是好：

　　……这样才能我拥着你，你抱着我，像牛郎织女相会在银河；可是不要忘了，在同一的月光下，有多少妈妈哭着孩子，妹妹哭着哥哥。

另一首：

　　草木无情，为什么辞了丹枫？像飘零的儿女们，悄悄地随着秋风。相思河畔，为什么又有漓江？青春常在，为什么厌褪了唇红？乘着眉青，乘着唇红，别了丽水，走向湘东？（来了！）从大众中生长的，应回到大众之中，他们在等待着我啊！那广大没有妈妈的儿童！（所记因年代太久，可能前后颠倒、缺失，请原谅！）

写歌词的先生前辈们眼前顶多才到中年，内分泌旺盛之期，旧学根底扎实，抗战热情激昂慷慨，心血来潮，不免儿女情长一番，又怕舆论批评落后，只好在过瘾之余加上条抗战尾巴。

四个人一边顿脚，一边好笑这无可奈何的文风。还记得重庆报纸上登的新闻笑话口号：

偷盗不忘抗战！

贪污不忘抗战！

囤积粮食不忘抗战！

嫖赌不忘抗战！

走私不忘抗战！

大家又笑了一阵。

接着讨论到下午要教大家唱的那首歌词最后的那些呼喊怎么调度处理。前四句歌词精彩：

九宫幕府发战歌，洞庭鄱阳掀大波，

前军已渡新墙（地名）去，后军纷纷渡汨罗。

战友们！杀呀！……

"接下来这五个字的喊杀声，照歌谱上是写 | 5 5 5 — | 5 5 0 — |。这一喊，肯定吓人一跳，后头还有唱词接着。唉！太难安排了！"阿冼说。

"我也没有办法！"何畏说。

"战场上真有这么喊的吗？"梅溪问。

"战场上打仗也不唱歌。"序子说。

"进城喝米粿茶，我请客。"序子说。

何畏、阿洗叫好！梅溪说不去。

"没有必要不去嘛！都是同事。"阿洗说。

"你没喝过米粿茶吗？"何畏问。

"喝过！跟我姐姐和孩子。"梅溪说。

"那今天为什么不去？"阿洗问。

"我今天没带钱。"梅溪说。

"他不是说过请客了？"何畏说。

"我们习惯 AA 制。"梅溪说。

"啊！啊！啊！"序子说，"好，不去就不去吧！"

梅溪觉得扫兴了，赶紧说："好！我去吧！"

出门，大家走到桥上。

梅溪轻轻问序子："你生我气了？"

"唔！普通！"序子说。

三个人笑起来。

走进城门左拐弯的时候，碰见合作金库的李笠农从右首街上走来，"哪里去，张序子？"

"喝茶。"序子说。

"我也去，好吗？"李笠农很兴奋跟上，"我请客！"

"不要再说了，去就是。"序子说。

进茶馆坐下，上了茶和点心。

李笠农问："你们那位斯坦尼斯拉夫斯基下台了？"

大家初初一愕，一下都会意过来，笑了。

"说是请假，快一个月还没有回来！"序子说。

"我看，不回来好！此人阴阳怪气！"李笠农说。

"阴阳怪气不够，讨厌有余！"何畏说。

"这位你还没介绍！"李笠农问序子。

"我也才刚认识，她叫梅溪，歌唱得——嗯！非常好！"序子说，"我们民教馆谁也动不得的宝！"

阿冼跟何畏微笑。何畏指着序子说："他把她动员到这里来了！"

梅溪今天穿一件深灰色的连衣裙，罩一件极短的彩虹背心。

"张女士，你怎么会来信丰的？"李笠农问。

"逃难。家父托这里的熟人照顾。"梅溪说。

"令尊没一起来？"李笠农问。

"在前线，他很忙！"梅溪答。

"她母亲、姐姐、妹妹和外甥都在信丰……"序子说。

"咦？你怎么说刚认识？"李笠农问。

"她一家常到民教馆来赏月喝茶。"序子说。

"你们广东茶馆比我们茶馆讲究，你习惯吗？"李笠农没话找话问梅溪。

"我不懂。我们家里难得有机会上茶馆。"梅溪说。

"茶馆和茶馆不好比较的。四川茶馆、苏州茶馆、福州茶馆、江西茶馆、广东茶馆，山高水阔，二元之极无从相比。我们家乡没有专一的茶馆，有时依山傍水搭座台、卖壶野山茶方便家乡文人清谈、冥想也是有的。一路上，三里五里设个茶棚让人歇脚解渴也是

『有时依山傍水搭座台、卖壶野山茶方便家乡文人清谈、冥想也是有的。一路上，三里五里设个茶棚让人歇脚解渴也是有的。』

有时依山傍水搭座茶台

有的，在在都是一个道理，规一的正常生活之外的另一种正常生活。林林总总，都由水作归纳，由水照管。

"我家乡朱雀城里城外，大街小巷都有清凉的水井，影响着百姓的品行和仪态。"序子说。

"你家乡在哪里？"梅溪问。

"湖南西部，挨贵州的地方。"序子答。

"那地方一定很美！"梅溪说。

"是的。美是美，生活方式和伦理观念外省人不一定习惯。"序子说。

"不都是中国吗？"梅溪问。

"是的，太中国了！"序子说。

"你们那里有地方戏吗？"阿洗问。

"有。"序子答。

"唱两句试试。"何畏说。

"我还真唱得很好，在这里我不敢唱。唱一种东西要畅怀，要忘我，那面目是很难看的。地方戏在一个人回忆里很容易变酒，我又是个滴酒不沾的人……"序子说。

"你这话我信。见一些人独唱个什么东西，龇牙咧嘴，痛苦挣扎，的确还不如当初不让他唱好。"李笠农说。

"唉！……五十年后，不晓得我们在座的几个人在哪里，以后还能不能再有机会见面？……"温和的阿洗有感想了。

"民教馆的茶座，那草坪，那灯，那茶，歌咏队的歌，还有可爱的'桃江茶品'，都在我们的记忆里了。"何畏说。

序子说："哪一天，民教馆没有了，大家走散了，天涯海角，各奔各的前程。以后的苦难伤心压着你，幸福的子孙满堂压着你，趾高气扬的得意压着你，危机压着你，这点可怜美丽印象在你以后的日子里还能占多少分量呢？恋恋不舍，或是跟衰老一齐埋入荒郊？……"

这么一说，像是个歇声引子，大家都不说话了。

"吓！吓！张序子，还能弄点什么？"

序子说："你到对门文具铺问问，看有什么硬点的纸头？买张来，借把小剪刀，我为大家剪影。"

李笠农过去又回来，

"只有图画纸，行不行？"

"就是它，赶快！"序子说。

纸来了，剪刀也来了。

序子裁纸，先叫何畏坐下不动，不到五分钟大家就欢呼起好来。剪谁像谁。梅溪捏起自己的剪影问自己："这怎么可能呢？这么像！"

文具铺主人也赶过来凑热闹，见到剪影，哀求序子给他也来一张。剪完之后序子顺势向他借墨汁把大家的剪影染了。他说没有，没有怎么办？回民教馆再说吧！文具铺老板着急了，"那我呢？"

"你准备好墨汁，下回我们喝茶给你涂。"阿洗说。

吃完米粿茶，大家就这里散了。各人小心包好剪影放在书包里。

回到民教馆，见黄槐秋正张罗晚上茶桌子、茶具的事，见到序子，"'桃江茶品'差不多了。没想销得这么快。劳驾你再准备一些。"

"你看多少？"序子问。

"两斗吧！"黄槐秋说。

"前天不是刚做了两斗？这生意还真做得下去！"序子说。

"我看你脑子这么讲究，在信丰城找间大门面，你当老板，我给你跑腿打下手算了。我这个总务主任，你这个艺术主任，值不了五斗黄豆子'桃江茶品'钱。我和你打赌，只要半年，保险你赚得进两部卡车。你就在信丰安家，下半辈子的事我来张罗。讨老婆，讨老婆这头等大事我来管，讨三个五个都行，哪家有漂亮妹崽我都清楚，只要你说一声！你是什么人你自己还不知道？别人不信我信。我跟定你了！"黄槐秋说。

"好，好，我当老板这件事，我们下辈子再谈；明天五斗豆子叫人簸干净沙子，洗干净泡半天，晚上下锅你看好不好？"序子说完黄槐秋听进去了。他是个好人，样子也长得漂亮，上赣州办关系都靠他。要是有身好衣服，我看上重庆都行。

何畏、阿冼和歌咏队那帮人又在忙起来，"成事在人"这句话谁说的？不管谁说的我都向他致敬。"成事在天"我也尊重。不过我不太拿得准。

"天"并不常常保佑人的。他老人家有时还"玩"人。比方足球赛，双方球员都祈求他保佑，那怎么行呢？他老人家若偏爱一方，让他们赢了，那这场足球还有什么看头呢？所以他老人家在体育竞赛立了个规矩，不偏袒某一边。

体育是一种可爱、甜蜜、不死人、让人开心的战争，是上帝亲自发动、亲自过问、亲自领导而绝不插手胜负决定的人神共乐的游戏。

其他方面是插手的。惩罚恶人、称赞诚恳、鼓励勤奋之类。我不是任何教徒，只要这方面显现圣迹，我就在心里磕头致敬。

体育是一种可爱、甜蜜、不死人、让人开心的战争，是上帝亲自发动、亲自过问、亲自领导而绝不插手胜负决定的人神共乐的游戏。

体育是一种不战的战争。

何畏跟阿冼总是一心想到歌咏队。回到民教馆，马上投入会堂练歌。那种急迫感只有奶娘扑向摇篮里的婴儿差可比拟。一个音符，一段节拍，那么严格较真。务必务必出现最完美的效果，否则绝不罢休，像守卫疆场不失一寸土地一样。序子心里头赞美他俩，想到墙上的"抗战必胜""祖国万岁"，原来是为他们写的。是的，是的，他们当得起。唉！唉！这世界上居然会有这么一对根本不是情侣的人物紧紧凑在一起。众望无所依归啊！

晚上茶会照样热闹，不赘叙。

序子半夜醒来，想到昨天那场米粿茶。

那几张剪影，上午该送来涂墨了。照道理讲，被剪影的人把这张剪影是很当回事的，可能比照相馆的相片还要紧。那位文具铺老板的，只好等下一盘的米粿茶再说了。

梅溪这女孩好像不怎么在乎别人对她拐弯抹角地探讨。她有自己的操持源流，能对眼前事物变化作出温婉调整。原来不参加喝米粿茶的，序子两句话，说喝也就喝了。

歌唱得好，不显矜持，真不容易。

都说她这个广东女好看，序子没跟她说过几句话，眼前还看不出来。

吃过早饭，楼上看报的人来得多了。

第一个为剪影上来的是李笠农。

进了房，看到木刻，"你刻什么呀！"

"彭燕郊的诗插图，《妈妈，我和我唱的歌》。"

"你认得彭燕郊？"

"没见过。知道他是莆田人。这诗写得满身乳气，可爱极了。"

"'儒'？"李笠农问。

"不！'乳'。"序子说。

李笠农举着带来的讲义夹子，"哪！剪影。我带回去人看了都讲比相片还像。"

"好，好，你等我磨完墨再说。"序子认真磨起墨来，"你清不清楚，丰子恺先生现在在你们萍乡？"

"啊？啊？我怎么不知道？你怎么晓得的？哪一个告诉你的？"笠农问。

"唉！哪一个先知道后知道有什么关系？又不是偷了你东西，这么着急？我二队的同事早告诉我的，现在想起来。"序子说。

"那不行，我马上写信回去。"李笠农说。

讲到这里，何畏、阿冼，连文具铺的老板也进了屋。

序子就说："这房间小，我们到外头去吧！"

毛笔、砚台、墨、水壶都带到靠栏杆大桌子那头。大伙把剪影都小心拿出来。仔细地把墨涂上，"要紧的是剪影边沿那一线白容易疏忽。"序子说。梅溪也上楼来了，取出剪影交给序子。序子也小心地涂上墨色。

这几张剪影涂墨之后都卷缩起来，序子说不要紧，干透之后抚平就是。

没想到文具铺老板多了个心眼，从包里取出一瓶糨糊："我一晚上为这剪影睡不着，想到它，或许用得着。"

剪影干了，各自抚平剪影交给序子，端正地贴在衬纸上，签上"张序子"三个字和年月日。各人都说马上配个镜框。

好多看报闲人都围了拢来，看到剪影都发出惊奇之声，不知是怎么弄出来的。

没想到运货汽车老板刘兆龙带着部下人马也夹在人里头："张序子，你可了不得，没想到你还有这一手，你简直是随手带着照相机嘛！来，来，来，你帮咱这团伙一人弄这么一张，配个镜框挂在驾驶间长点威风……没有纸？没有纸什么意思？买就是了嘛！"

文具铺老板正要回去，"跟我走，我那里卖纸。"

趁等纸的时候，兆龙问序子："你去广东南雄吗？"

"没去过。有好远？"序子问。

"哪有好远，就在这江西省隔壁。明天我拉货过去，三天回来，跟我去玩一趟怎么样？"兆龙说。

"那里有什么好玩的？"序子问。

"名胜古迹我不懂，我也不清楚你们读书人喜欢玩什么。不该带你们去的我也不敢带你去。南雄有茶楼、戏园子，还有卖书的书局，比这里大多了，喔！还有南雄肥婆，如果你胆子大不怕危险的话，我们可以去看看！"

"看一个人还要胆子？"序子问。

"那是个世界奇景，不去后悔一辈子！"兆龙老板说。

说到这里，取纸的回来了，捧着一捆，起码十几张。

"拿回来这么多纸做什么？"序子问。

"老板说'反正你们用得着，都卖给你们了'。"取纸的伙计说。

"不愧是老板，见缝插针，行！"序子笑。

兆龙说："没事，没事，算我给张序子先生买的，多买点留着画画好用。"

剪影开始，兆龙带来的几个人全剪上了。算兆龙一共四个司机，四个跟事的加一个会计，涂了墨，贴上衬纸，签上序子大名年月日，"马上做镜框，挂在各人驾驶间。"再认真问序子，"后天出发，跟我们车队一齐南雄玩玩，怎样？"

"去就去！只是我那些鸡，要关照凸子定时买酒糟，其他事情他都清楚……"序子说。

"你放心，我会帮凸子的。"冼志钊说。

（在信丰这段时间里，记得跟刘兆龙的汽车去过南雄两三趟，还去过比南雄远一倍的韶关，本地习惯叫它"曲江"，唉！提起"曲江"好浓的往事……

记得去南雄大概是一天路程，韶关是两天。

那时人提起南雄、韶关就像人今天提杭州、上海一样，境界只能到此为止。好多高层次的年事、政治、经济、文化在那里。实际上是被日本人挤在那里。说是"偏安"，最能传神。

从信丰开车到南雄、到韶关来回，一路上怎么走法？山山坡坡，七十多年前的事，大多模糊了，只留下一些比较特别的小段落，小特写。）

兆龙车队的车子，都是崭新的"福特"。问车子的来历，他就哈哈地指指鼻子，指指胸脯，又拍拍肩膀说："聪明、良心、汗水，攒积来的。我最大要害是赌，要不赌，十部车也有了。我不敢有家，怕坑害老婆孩子。我晓得我，不是个好丈夫、好爸爸。"

"上天会怜悯你，保佑你的。"序子说。

"世上人多，上天顾不上我。"兆龙说。

兆龙嗓门沙沙的，个子高大，平头。胡子刮得勤，腮帮只留下蓝蓝的影子。两眼诚实看人，一出语就让人相信。

"老张，我问你，你讲'赌'算不算昧良心？"兆龙问。

序子说："我不太懂这些事。我想，小小的赌一赌应该算是一种玩法吧！不过这玩法不正经就是。"

"大赌呢？"兆龙问。

"一种不要命的、倾家荡产的玩法吧！"序子说。

"'设局'骗人呢？"兆龙问。

"那算不得'赌'了。"序子。

"算什么？"兆龙问。

"谋财害命嘛！"序子说。

"对！天理难容，我饶不了这类东西！"兆龙说。

"老刘，你听我说，别赌了。离那些东西远一点，你知不知道眼前缺什么？"序子问他。

"'赌'这个东西，你怎么劝得住我？没这些，我还拿什么过日子？我身边这些钱留给哪个？我活着，我什么都不缺！你要我怎么办？"兆龙说。

"你怎么有资格讲什么都有？什么都不缺？最起码眼前你缺一样最重要的东西，缺觉。看你眼皮耷拉成这个样子，讲话前句不接后句，睡不好觉，车子开到半路撞到对面来车，掉进山沟，街上碾死交通警，怎么办？我跟你坐在一起，你是我的好朋友，你带我上南雄，上韶关，半路上跟你一起让人撞得稀烂，你讲我冤不冤？你白天开车，夜晚赌博，拉我陪你一起死在赌桌子上……我家里还有父母兄弟，我还要做好多事情，都让你耽误了……"

这四部漂亮大车，其他三个老吴、老钟、老尹开，一车跟一个"跟车的"。等于大学里的助教、公馆里的杂差、营长连长的马弁。什么都管，身体矫健，头脑机灵。到地卸完车，兆龙叫散就散，不叫散就跟着到一些去处去。算是老板刘兆龙包揽的生活福利。

赌是各人自己的事，正所谓："公鸡叫老娘，各管各、各顾各。"

兆龙请序子的客，自然是一路地谨慎小心。上车下车都一路地陪着。住客栈挑上等房。吃喝都尽自己经验范围最好的。序子住定之后，这帮人有个短时间失踪，也不告诉序子他们哪里去了。这只是自认为文化差异上的礼貌安排。序子不问，他们不说。而序子真的也没问过。

他们也挑时间去看南雄肥婆。南雄肥婆是南雄一家既大且好的客栈，实质也是它的招牌。

没听说南雄肥婆做过老板娘。可能她从未给自己办过这类喜事；也没听说过天底下有胆子大到如此地步的男人敢当她的老板。

"南雄肥婆"在一家讲究的独巷子里，没有其他门面。门额上五个"福"字砖雕，取"五福临门"的意思。三四十年就这么过去了。

百分之百的传统木房，花木扶疏之间，石头砖瓦陪衬得十分讲究，东北西三十间曲折有致的"品"字住所，只有老熟人才懂得它的妙处。不记得以前有没有提起？一个清朝文人说过："亭园宜半老风姿"。的确是难得的老辣见解。

里外走动的勤杂人员看起来都接受过严苛的接待训练，层次分明，进退有度，很让人感觉到平安惬适。

特别的是这里从来不设丝竹管弦饮宴活动，也严防招妓吸毒行为，一有动静，立马报告警察局查办，所以这里变成一个正儿八经的地方。花样多的不正经男人没机会在这里发挥；宣传到社会上，都站在"南雄肥婆"这边。

也有人传说"南雄肥婆"背后一定有很硬的后台；另外又有一说，硬后台要有雄厚本钱招引得来，就凭她那一身肥肉吗？还有一说：后不后台不是你们俗人三两句话弄得清楚的……"南雄肥婆"的商业牌照写的是"五福坊客栈"，住客嘴巴上流通的是"南雄肥婆"加一点稔熟的微笑。

五福坊进门有段很具气派的"玄关"，迎门近后墙竖着一扇其大无匹的潮州雕花金丝楠木屏风。屏风前横陈一张九尺"黄金律"比例的紫檀木桥拱结构托架，由三块五寸厚洁白大理石铺成宽阔的坐席，垫着一张南洋群岛精制的"妈薤藤席"。座下有尺寸相当的紫檀踏凳。左右设茶具和香炉，一对阳江牛皮大漆枕，席上两个汉式搁手架，左右两箩筐鹅卵石。

写到"南雄肥婆"周围那么长的介绍，应该轮到她本人上场了。可惜一张当年好不容易收集到的"南雄肥婆"玉照，"文革"让人抄家抄走了（人的面貌跟好景致一样，只有当面见过才好，文字只能得其微末），这些恶徒见物就抄，也不问个究理，所以抄走的东西等于白抄，失掉原有意义；对收藏主人来说，的确是个不小损失，写起考据来失掉见证，让读者跟着一道茫然无可依归。

那时代，所有人都要自我培养出习惯于这种不正常遭受，可真不易。它妙就妙在你无处申诉。你不要希望抄家恶徒脸上还能看到一点人间幽默感，你更别想以当年的"南雄肥婆"猎奇好玩照片在抄与被抄之间情感上产生一点缓冲余地。好啦！闲话休赘，底下一大段有关"南雄肥婆"介绍文章剪贴于下，供读者诸公参考：

　　抗战时期，广东南雄有一家出名大客栈的老板即是个大肥
婆。客栈当门设置一座六尺见方紫檀木大炕床，上头铺垫着一
块相当尺寸的青石板。清晨暮昏，肥婆坐在青石板上，如将军
坐帐，调度一切。她年纪五十开外，重量毛估在四分之一吨上
下。（一吨合两千市斤，四分之一吨即五百市斤。）

　　大热天，她只穿着一种很不明确的、蒙昧的、疏透的薄衣。
在她面前，男人们少有正眼一瞥的胆量。得来的穿着印象不免
模糊。胳肢窝两边分置一具西汉石刻画上常见的搁手，方便丫
环为她擦汗、扑粉，借以疏朗粘连。

　　她的全身结构以及其中流动着的肌肉和油膏，简直是解剖
学之谜。

　　她仇视任人观赏。无诚意住宿的人一经发觉，身旁一箩鹅
卵石便会雨点般投向敌人，骂出的粗话，连妓院的老鸨们听来
都会脸红。

　　这说的是五十多年前的事了。"佳人难再得，嗟叹已无益"，
当年的盛景，年轻人想必已不知道。

　　（以上剪贴文章亦系本人数十年前所写，对照起来，所有数据
用典当以今文为准。）

　　现在来说说刘兆龙汽车队人员陪同序子参观"南雄肥婆"的冒
险经过。其实最简单不过。五福客栈对面那堵好砖墙，已被肥婆那
手劲掷出的鹅卵石砸得不成样子；连客栈自己大门左右门柱也遭到

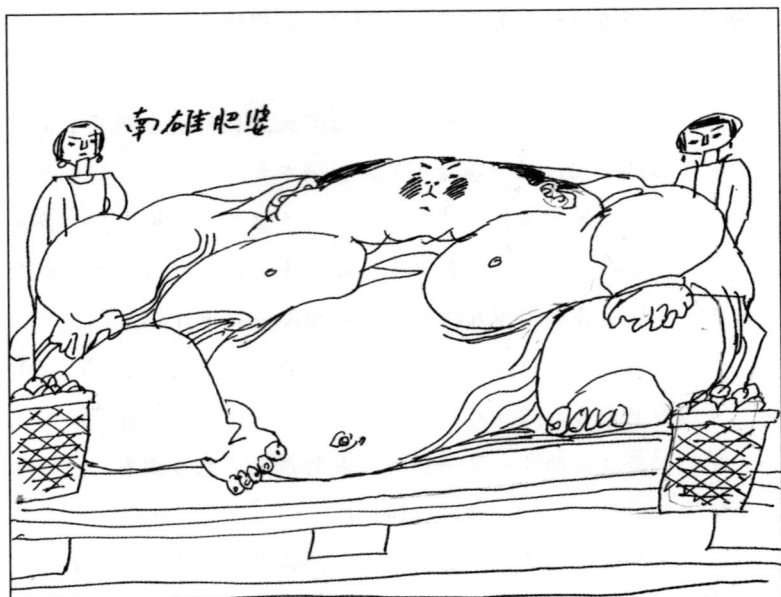

南雄肥婆

客栈当门设置一座六尺见方紫檀木大炕床，上头铺垫着一块相当尺寸的青石板。清晨暮昏，肥婆坐在青石板上，如将军坐帐，调度一切。她年纪五十开外，重量毛估在四分之一吨上下。

严重的连累，日积月累，真有名诗"弹洞前村壁，装点此关山，今朝更好看"那种意境。

胆子大的年轻人说："让我先来试试！"他贴着墙根一路匍匐到大门右首边沿，刚伸出半张脸，一阵鹅卵石飞了过来。跟着是一连串浓缩的下流话，恭维这青年的慈母用下半身在进行社交活动的近况。于是语乏的青年便大声地笑着回应："你个南雄肥婆！你个南雄肥婆！久闻大名，我从老远地方来看看你，我一点害你的意思都没有……"话没说完，又引来一阵石头暴雨。

另一个卷起袖子也想上阵，序子劝住："算了！算了！何必呢？"

大伙哄笑一阵，这种原始性的单调娱乐耐不得久，也提不起更高的兴致。周旋来回逐渐乏味，有人觉得无聊想走，便有人跟在后头叫了几声口号，招呼着走出了弄子："南雄肥婆，我有空会再来看你！"

门里头也有大声回应，叫他们回家转告十八代老祖宗，小心照拂自己的生殖器别长烂疮！

"南雄肥婆"年轻时变成胖子以后从未出过弄子。闹到今天这个局面也不是三两年的事。开始也只是款待一些带着怜悯慈善之心前来问候的三姑六婆，讲一些安慰温暖的话，也忍着性子大方地让她们欣赏两个丫头慢慢揭开一层层奔拉的肚皮扑爽身粉的私房活动。女人和女人之间能有什么讲不清楚的事情呢？你说是吗？接着是多谢她们对自己不幸的慰藉的好言语和流下的同情之泪。

跟着是几个地痞流氓，居然在弄子口搭了彩色牌坊，小锣小鼓地卖起票来。

"参观世界第一千斤大肥婆，购票入场，不分男女老幼，每人

看南雄肥婆

他贴着墙根一路匍匐到大门右首边沿，刚伸出半张脸，一阵鹅卵石飞了过来。跟着是一连串浓缩的下流话，恭维这青年的慈母用下半身在进行社交活动的近况。

二角，不肥不要钱！晴雨无阻，欢迎参观。"

开始，肥婆眼看情景忽然热闹起来，人越来越多，以为是个生意好兆头，后来发觉势头不对，清楚了原因很是生气，便预备了两箩鹅卵石在身边，随时迎击来犯者。

当地文化界人士看不下去，便在报上发表文章，讲些公道话引起政府的注意，把几个流氓抓了。恢复原有局面。

肥婆老板还特别在"五福客栈"右首，也就是前面提起过正对街头那堵死墙上，请当地书法大家写了廿八个红底大字。

凡有住店，恭请止步扬声，以便接待。
恶徒窥探，石头相迎，勿谓言之不逊。

抗战爆发，南雄变作军旅商团运输必经要道。"五福坊客栈"生意更加兴隆起来，激励了肥婆老板的发展雄心。想了几天几夜，决定从增加设备、赶上时代精神做起。每房加设痰盂一口，热水瓶一把。木洗脸盆今后改用搪瓷印花洗脸盆。各房窗子加一层铁纱窗。茶杯四个，茶壶一把，茶盘一盏，外带景德镇六角烟灰缸一个。改冲水排厕为单人厕，专人打理清水流沟，石碳酸水随时消毒。住房今后以阿拉伯数字编号，人随号住房，行李货物随号跟人。

客栈里客人有时候聚在一起闲聊喝茶，免不了会提到胖婆老板这样那样的事情，比如，她如何休息？如何进食？如何沐浴？甚至如何解大、小手的问题。恰好栈坊小管事经过，便向他打听。他们便会礼貌地向客人回答："客人请用茶。这些事在下哪里晓得呢？"

客人们有时会聪明地联想，那几个随身使唤丫头一定会清楚这些事，可惜没有丝毫机会跟她们接近请教。

传说有一个小偷曾经误匿于那座紫檀木大炕床下一昼夜，可能受到混沌初开、天地玄黄、山呼海啸的影响，抓出来的时候已给亲身体验的规模吓成傻子，再也说不出人话。

序子经历这些见识，不免联想起不少问题。人这种狗东西为什么常常对于同类生理的不幸产生那么大的兴趣？朱雀城嘲笑矮子、驼子、跛子、麻子，甚至近视眼，给他们起外号，编歌谣，狠毒残忍有如报杀父之仇：

"麻子麻厉厉，烧香拜土地，土地有发财，抓到麻子倒转埋；一层土，一层岩，免得麻子蹦出来。"

他们招惹了你什么呢？

所以序子心灵深处很赞赏南雄肥婆用鹅卵石还击的那种气慨。不只是对庸俗残忍趣味的回敬，也代表受欺凌的残废"哀骀它"[1]辈弱者出一口怨气。

南雄回信丰，车子要走好久好久的路。那些路哪有以后的路那么好？只是用压路机压得比平常路稍微结实、宽阔一些而已，宽到对面过来的车子不碰撞而已，已经算是不容易了。全国都在打仗，都在忙，路上少出点事，菩萨保佑四处流离的四万万同胞，靠这些车子运东西过日子。

一路上高高低低掀起尘土，还要过桥，还要过渡。什么叫作过

1　见《庄子·德充符》。哀骀它貌恶，且跛脚驼背，但"才全而德不形者也"。鲁哀公不以貌恶而嫌弃他，反而授以国政。

渡？往东的车子前后排队等着，往西的车子前后排队等着，中间隔着一条有宽有窄的河。河上面浮着一只大木船，这船具备承载一二架大卡车上下的能力。搁上大厚木头跳板，汽车顺此上船，到达彼岸，车子顺此上岸。

渡船上落汽车要稳当安全，所以不能嫌动作慢。两岸运气好各等着三四十辆车子，运气差两岸汽车可以排到一两里，所以司机的脾气在这里耍不出"大王"。等半天或是一整天，都算不得要命事。就怕涨水，就怕来飞机，那世界就变成另外一个样子。幸好这类倒霉事不多。车子停到夜晚，各人都下车寻欢作乐，当官的在这里也下不了命令，上不了党课，摆不出架子，除与民同乐外没有别的出路。

其间有一种名叫"屎弗车"的大货车上就会有人搬桌、椅、台柜下来，点起"电石灯"，腊鸭、叉烧、时新鲜菜、烧酒及各式饮料、香烟、雪茄、糖果、点心……充分供应。吃完喝完，台布一铺，桥牌、麻将，一伙人陪你玩到天亮。说它是趁火打劫未为不可，说它为社会服务也说得过去。它外号已经申明性质，跟在你屁股后头，就等你汽车过河排队做生意的，买卖完全随性，不抢不偷，没什么见不得人的地方。

序子车子上问兆龙："你不下去玩玩？"

"有'局'，去不得的。一不小心，你的车钥匙就归他们了，就得搭'他们的车子'回家。你喜欢的话，我们可以下去喝点东西，沙士水、橘子水都有。"兆龙说。

"你认得他们？"序子问。

"不，没打招呼。他们见我脸熟，不惹我的。我的人都不准近那些地方。"兆龙说。

两人席地坐近一块权当桌子的硬纸板，要了两杯橘子水，人问："还吃点什么？"

"算了，刚吃过。"兆龙拍拍肚子，"韶关可以去看看的，比南雄热闹得多。这些日子日本飞机来得少。南雄有美国飞机场，鲨鱼式，陈纳德。你晓不晓得十三航空队？"

"晓得。"序子答，"他老婆名叫陈香梅，昆明西南联大学生。"

"这狗日美国佬怎么也姓陈？"兆龙问。

"老婆帮他起的。美国名字长，中国不好念。"序子说。

"傻蛋，改姓陈，上了老婆当还不晓得！咦？你认得他们？"兆龙问。

"画报上看到的。人不认得。"序子说。

"你原可以说认得他们，我就更佩服你。"

"犯得着吗？"序子说。

两人都不说话，过了好一阵，序子说："你看灯，天这么黑，一样的灯，河这边，河那边，渡船上，水里都不一样。慢慢在动，在晃，跟着轰轰的声音，让人眼睛看着它，心里想起好多另外的事情。"

"我和你不一样，用不着看到东西才想。我想想什么就想什么。你比如说，我看到这阵候，晓得再过一个多时辰就轮到我们过河了，管它娘屄灯不灯！"兆龙说。

"你对！你简单。"序子说。

"不是简单，我自小没爹妈教。"兆龙说。

两个人又回到车上。

"等下过完河，你通宵没睡，明天你招呼得了这部车吗？"序子问。

"后头的小四，你问他。——那年拉药材，从筠门岭我开始打瞌睡，一路开，到梅州交货才醒。"他扯着嗓子问睡在后头车上的小四，"有这个事没有？"

"有，有，吓死我了！"小四答应。

"你另外那三部车，你也准他们这么做？"序子问。

"当然不。我那时只有一部老'道奇'。——我骂过自己是狗日的。今后再也不敢了。"兆龙说。

"那，这回呢？"序子问。

"吓！这算个小鸡巴事！"兆龙说。

回到信丰，第一个是黄槐秋上前报喜，茶座生意空前地好。

坐下来，问在南雄看到些什么。

"空来空去。和一些司机朋友吃吃喝喝。"

"看到南雄肥婆了？"

"没看到，听到些肥婆七零八碎的事，心里不好过。人和人有时找快乐很残忍。"序子说。

阿洗问序子："有没有去看广东戏？"

"怎么可能呢？那帮司机到晚上各玩各的去了。我连哪里有戏院、怎么买票都不懂。平常你们广佬讲话'哦哦拱拱，呷呷'我都受不了，还花钱听你们唱？"

"你不是讲过喜欢广东音乐吗？"何畏问。

"对！我一直喜欢广东音乐。"序子说。

"这些音乐都是广东戏的基调；你们京戏的音乐唱腔跟现代音乐一点关系都没有！"何畏说，"我们广东戏的音乐一直敞开着大门，胆子大，不怕新东西，来什么学什么。学了，用了，没有人敢怀疑它不是广东戏剧音乐。"何畏说。

"你们广东人是一种特别的种类。你想吧！你们有自己的广东话，这种话跟哪个地方的话都不一样；你们有自己高傲的饮食讲究；你们三个广东人聚在一起就变成一座带'帮气'的堡垒；你们有自己装备精良的军队；你们隔一段时候就蹦出一个名人（孙中山了不起）；你们广东人最拿手的本事是看得准时机，下得了狠手（办黄埔军校）；你们用广东话办报纸，我一句话也看不懂；你们广东人想干什么就干什么，即使失败的人站在人前也挺着胸脯；你们广东人只有一个永远的致命伤，永远现眼在大庭广众面前伸不直腰的毛病：讲不好国语（普通话）。"序子说。

梅溪说："我也不喜欢广东戏。"

"那是你根本没有好好听过。"阿冼说。

"我连'好好听过'都不喜欢。"梅溪说。

"你在广东过日子的机会少。"阿冼说。

"那是。"梅溪说。

"这没什么好说的！"序子说，"留在母土的根基少，难得喜欢母土。"

阿冼问序子："你在广东住过多久？"

"三天。刚从南雄回来！"序子答。

"你哪里弄来那么多广东闲话？"阿冼问。

"书和好兴致。"序子用拇指和食指比了个好大尺寸，又指指耳朵，指指眼睛和胸膛。

"今晚上星期六，我们把音乐会弄得浓一点好不好？"阿冼说，"你参加个节目。"

"我？你看我这个样子能参加什么节目？你比如说这个？说那个？"序子说。

"你跟何畏合作，跟梅溪合作不行吗？替她们吹两个伴奏。你也可以独奏，你忘记了自己吹得多好！"阿冼说。

"让我想想看，唔，这样，歌咏队唱《满江红》《牺牲已到最后关头》，我伴奏。何畏唱《八百壮士》，唉，曲子高亢雄壮，歌词就听了泄气，什么'中国不会亡'。就只仅仅是不会亡的问题吗？挨了人家打说'死不了，死不了！'，这算哪回事？谁作的词啊！真难忍。不过曲作得实在好，何畏唱最合适，伴奏就伴奏；梅溪你来什么？你说。"序子问。

"我，我怕不行，抗战歌我嗓子跟不上。"梅溪说。

"那你来别的也行。"序子说。

"舒伯特的《菩提树》你熟吗？"梅溪问。

"可以，试试看。还有什么？"序子说。

"《我的皇位为了一个吻》呢？"梅溪问。

"你有歌谱吗？"序子问。

"等下我写给你。"梅溪说，"施特劳斯的《春天的森林》？"

"是不是三步那首？几时有中国歌的？我会。"序子说。

于是整个下午，何畏、阿冼、梅溪跟序子在小角楼配歌。

大桥栏杆那边居然趴着不少人听。

序子泡了茶，四人喝着聊。

"《我的皇位为了一个吻》这首歌是不是影射英国那个风流国王温莎公爵的？"阿冼问。

"我看有点。"序子说。

"很可能就是。"何畏说。

"是一出电影插曲。"梅溪说。

"电影也可以借题发挥。"阿冼说。

阿冼、何畏有事先下楼了，剩下梅溪、序子两人。

"我姐姐大家都在说：'你们民教馆，就你张序子一个人有人样。'"

"哎！这么讲不好！"序子说，"好伤人！"

晚上，风琴抬出来了，歌咏队不晓得哪里弄来整齐的衣服，显得十分精神。加上序子的小号，把《八百壮士》和《牺牲已到最后关头》唱得满场沸腾，激昂慷慨。

何畏唱《八百壮士》，序子小号跟得紧，好多茶客听得站起来跟着唱。有人抽泣，很久才坐下来喝茶。

梅溪先唱《菩提树》，阿冼风琴伴奏，和弦在月光下荡漾，茶众听得像一群驯服的羔羊。

《我的皇位为了一个吻》，何畏把英文翻译成中文。序子吹了一段前奏，梅溪的歌声轻轻在众人耳边环绕，仿佛各人的爱情从未远离……

最后一首曲子是施特劳斯的《春天的森林》。阿冼的风琴跟序子的小号联合伴奏，梅溪的歌声活泼起来，一对对茶客男女欣然起舞，忘记自己在什么地方，从哪里来，渡过什么危险和痛苦，忘记了所有昨天的经历，大家回旋在春天的森林里……

节奏太快，别说阿冼的手指头几乎变成石头，序子的牙床也几乎挤歪。满场的欢呼和鼓掌。梅溪几乎找不着嘴巴。

这离乱时代的音乐是连着命运的，只要人活着，没有人舍得忘记它。

序子得意地问自己："喂！喂！我几时变得这样懂音乐了？"

序子吃完早餐回到楼上，眼看到两只小鹿奔跑的诗插图还剩几刀没刻完，摸过一把三角刀在手上，忽然看见梅溪从老远走过来了，昨晚她实在太辛苦，让全场的男女老少卷在音乐旋涡里。她来了。

序子取出小号对着过来的小影子，吹一首在集美学来的印尼民歌《早晨好，莎浪莎！》。听到小号，老远的影子向这边招手。

梅溪直接来到楼上。

"是首什么歌啊？"她问，"这么好听。"

"《早晨好，莎浪莎！》，印尼民歌。"序子说。

"有词吗？"梅溪问。

"啊！喂阿里朗，耶乌其诺——幽博阿其诺……"序子唱。

"什么意思？"梅溪问。

"不知道。我只会这两句。没有用的，又不是英文。我也不一定唱得准……好多年过去了。"序子说，"你坐，我们烧茶喝。"

"你几时来信丰的？"她问。

"比你稍微早一些，我原在教育部的演剧二队，司徒邀我来，他自己倒走了！"序子说。

"你说他走了？"梅溪问。

"看样子像。"序子说。

"你会演戏？"

"不，一点也不会。只在队里做点美术打杂工作。也是刚到江西，我原在福建集美读书。"序子说。

"为什么不读了？"问。

"这事长，等我以后写一本说明书送你，现在懒得说。"序子说。

"那你以后怎么打算？"问。

"这年月怎么打算？日本人做主，蒋委员长都不好打算。街上人都说，日本人响一枪，蒋委员长跑一步；日本人响三枪，蒋委员长跑三步。你跟着跑就是。"序子说。

"我也不知道以后怎么办。"梅溪说。

"振作一点就是。别的做得了什么？"序子说。

"你们家做什么的？"她问。

"听说祖上就是教书的，家就在孔夫子文庙旁边。父母师范学校毕业，也是教书的，各人当各人的男女小学校长，几十年，抗战了，带着孩子流亡他乡。算是书香世家，书不多，香不起来。"序子说。

"你怎么不问我？"她说。

"我不好奇。不好奇已经好多东西自动灌进耳朵里来。我读一段书给你听：'我认为一个人的大脑，原来就像一个空着的小储藏室，你往里面装东西时，非得有所选择不可。一个蠢人会把随手捞到的破烂东西，一股脑儿地往里塞，结果就把那些可能对他有用的东西挤了出去，或者至少跟其他东西乱堆在了一起，要取的时候就难了。而一个训练有素的人，往这个大脑储藏室装东西的时候，确实是要非常仔细的。他往里装的都是能帮助他工作的工具，这些工具要品种齐全，而且要放得有条不紊，整整齐齐。有人以为这个小房间的墙壁有弹性，是可以任意扩展的，这是一种误解。既然如此，总有那么一天，你往里面添加一点知识，就会忘掉一些以前知道的东西。所以，别让没用的东西挤掉有用的东西，这才是至关重要的。'"

"怎么讲得这么好？是本什么书？让我看看。"梅溪接过来，"喔！《福尔摩斯探案选》（周克希译本）。怎么你也看侦探小说？"

"柯南·道尔的侦探小说可不是普通侦探小说，当然还包括翻译水平。我看翻译东西时常上当，看不懂总是怪自己水平不高。其实有的是翻译中文水平的事，有的是翻译外文水平的事，长大以后才明白了一点，好像吃了江湖郎中假药。"

梅溪就笑他读书的方式和态度。其实是欣赏。

"我问你，你平常玩什么？总是见你一个人来来去去。"

"说我不会玩也不见得。我以前打猎、养狗的经历很多，现在不是也吹号吗？'玩'这个东西其实很难归类；我小时候学过拳术，我家乡的子弟把打架也当成'玩'，似乎是不太好，到现在有时候忍不住还会来一下。是一种古老积习，一下不容易改。

"不喝酒，不抽烟，不赌博。

"喜欢聊天，不喜欢打听别人家里是非。

"不喜欢下棋，觉得白花时间，可惜。学校体育项目，赛跑、跳高、跳远、篮球、足球，都没参加过。乒乓球好。丙组推铅球得过第一。赛跑一百米十一秒；后来更正为五十米。

"会游泳，狗爬式。

"喜欢吃饭。喜欢猪肉牛肉和杂碎。喜欢辣椒、青菜、豆腐……"

窗子边扒着个人影，推门一看，是赵德润。

"谁？"梅溪问。

"赵德润。"序子说。

"他做什么？"梅溪问。

"好奇！"序子说。

"请他进来喝茶。"梅溪说。

"走了！"序子说。

"我看你刻木刻不打搅吗？"梅溪说。

"你看吧！"序子说，"一个人工作都没什么看头的，刻木刻、画画、写文章、做雕塑都不怎么好看，只有看成品。胡适、鲁迅，写文章，林黛玉写文章就是写文章，写，没什么看头的，要紧是他们的作品！"序子说。

"要是让我有机会亲眼看看林黛玉写文章，胡适、鲁迅写文章那也不坏，我还是愿意看的。"梅溪说，"要看写的是谁。我说看你刻木刻，是别人，我会这么说吗？"

何畏和阿冼进屋来，序子告诉他们赵德润刚才偷看的事，何畏大笑说："没想到这个司徒还安插了探子。无耻！"转身看了看窗户说："那窗户纸上的小洞是他戳的吧？"

"朵！"序子一看，"好好的窗子，这老贼！"

四个人坐下喝茶。提到昨晚上那一番贡献，心里各有高兴但却只往累里说。

"我的脖子！"

"我的腿！"

"我的喉咙！"

"我的嘴！"

何畏、阿冼也问序子在刻什么。序子说是《干报》的野曼委托他给国内一些诗人刻的诗插图，还差几刀，等会来拿。说是有稿费的。还跟他们一起去吃米粿茶。

阿冼、何畏说："那你刻吧！我们先下去了。"

梅溪没走，说好要看刻木刻的。

草地上长着车前子，两只小鹿后腿都已经跃过地面了。把空间挖出来就行了。

"你的眼睛真好，那么细都刻得出来。你看你不用戴眼镜。"梅溪说。

"有的事情是习惯。刻了几天木刻，觉得要变近视了，到郊外去看看远远的田亩，看看山，看看云，感觉就恢复过来了。不用吃药，也不打针。"序子说。

"我看是，我有时早上起来站在门外看老远的山、雾、水田，也觉得有益处。"梅溪说。

"你们广东女孩天生眼睛大（马上想到何畏小眼睛，自我解释说'我讲的是广东大多数女孩'），犯不上早晨起来看这个那个。"

梅溪看着序子，"你这人讲话真好笑！"

"福建女孩子眼睛也好看，不光是大，也有另外好看的样子。"

"你在福建认识很多好看的女孩子？"梅溪问。

"不少。"序子说。

"怎么有那么多机会？"梅溪问。

"在剧团嘛！"序子说。

"爱过？"梅溪问。

序子摇头。

"为什么？"梅溪问。

"各奔前程啊！"序子说。

哎！刻完了。序子取出油墨滚子、油墨、玻璃板。裁下几张小宣纸拓印出来。

"啊！木刻是这样子的。给我一张可以吗？"梅溪问。

序子在木刻上写诗题，写上"梅溪指正"，签上自己名字和年月日，盖上章。

野曼和几个人上楼来了。序子介绍梅溪认识。

一共刻了五首诗插图，都垫了纸，折好，放在大信套里交给野曼。野曼哈哈笑着：

"这里是三块二毛，上次诗插图的稿费。这次你请客吧？米粿茶怎么样？"

那还有什么话说，序子轻轻告诉梅溪："你先下楼邀何畏、阿冼，说我拿到稿费请喝米粿茶，一齐去。"梅溪问："我去合适吗？"序子说："别说了！"

大伙就那么一阵风进了茶店。

多了个叶奇思往年南洋中华中学的同学曹国显，做生意的，韶关人，特别来信丰看他。

一张方桌子全坐下了。野曼、林紫、阿冼、何畏、张序子、梅溪、曹国显、叶奇思、徐曦、蔡资奋。

野曼拿上头有序子木刻诗插图的报纸给大家看！"哪哪！桂林出版的，下个月就是这几张木刻插图发表！哪！哪！"他讲话之前、之后总发个哪哪之声。

"哪哪，三块二、你的稿费，给你，这是稿费单，哪哪！今天你请客，哪哪！"

大家起哄，接着是对昨晚音乐会的赞美。

"难得！"

"高质量的！"

叶奇思说："我们报馆除社长以外几几乎全都到场了，没想到一个民众教育馆弄得出这么感动人的音乐晚会，搬到赣州、搬到哪里也撑得起场面！"

"报馆怕是去了一半人！"徐曦说。

"哪哪，什么撑不撑得起场面？所有重要角色都在这里，哪哪哪！"野曼顺手指着这四个人。

"万万没想到你还会吹号！平常在报馆清早起来，总听到远远的号音，原来是你老兄的杰作。"徐曦说。

冼志钊问："你们报馆离城好远？"

"哪哪，起码三里。"野曼说。

"那是你们一览平川，容易听见。要是隔一两重山就不行了。"序子说。

"大白天，市声一起，也不容易听见。"蔡资奋说。

"你们快给杨县长写个报告，请他把报馆移近点，要不然你看，进城喝米粿茶来回要走六七里路。"何畏说。

"简单一点，请县长每人发一部自行车。我是做这个买卖的，这生意我包了。"曹国显说。

"你没讲你在韶关卖自行车？"叶奇思问。

"兼做一点这类小生意。"曹国显说。

"有什么牌子的？"序子问。

"你要什么牌子？'凤头'？'三枪'？'路易'？'亨斯'？"

"二十六寸三枪多少钱？"序子问。

"真要？"曹国显问。

"嗯！"序子说。

"市价十七块九，你要的话，连税十块如何？"曹国显问。

"几天到我这里？"序子问。

"今天星期二，星期六怎么样？"国显问。

"行！"序子掏出十块现钱给他。

看热闹的都睁大眼睛……

第一个星期六、第二个星期六、第三个星期六过去了。问叶奇思，他说曹国显是他十几年前老同学，只见过喝米粿茶这一次。再问："在桂林。"再问："在重庆。"再问："在昆明。"再问："大概在某个地方吧！真对不起。"

阿冼和序子每提到那次米粿茶，脸色都变一次。好心痛。哈哈哈！

张序子只要天气好，早上对着大窗子吹他的小号欢迎那点慢慢走来的影子。

嘉禾先生来信说：……你既然觉得那女孩是女朋友了，无论怎样我都说好！

序子自从买了小鸡和自行车，手边的巨额现款已经化为乌有。幸好眼前这一天天长大的百只小鸡变成大鸡，让序子有如五世同堂的百岁老头得享儿孙绕膝的天伦之乐，得到一点安慰。

听说最近的战局不妙，江西这一头有点紧张，怪不得跑警报的次数又多了起来。桃江岸边这么一长列浓密树林保佑了老百姓的心体平安。当年植树者积了大德自己怕都预料不到。

民教馆同仁躲警报就比较顺手，连鸡都懂，跟着匿在林中草丛里一动不动。不亲眼见都难信。

原先大家是招呼在一起的，还有说有笑，后来经常少了序子和梅溪也逐渐习惯。听到城里喇叭大声广播："敌机三架，东西方向飞行，已到南康，盘旋二周，向安远方向遁去……"警报解除。

此时此刻，两个在哪堆草丛里的人就该归队了。也没有引起什么惊讶。

不过，连番的警报，序子和梅溪在林子里都早已选定了一个落脚点，绿得很，细细长长的软草罩着阳光。叫作"窝"也未尝不可。"可惜、可惜，要是买个泡着铁观音的小热水壶，顺带一对小茶杯多好！我们就可以把话讲得长些。"序子说。

梅溪说："你忘记了，我还要上下班，还要回家。"

两人并排地朝天躺着。

"我只是说'如果'的话。"序子说。

"要讲'如果'，我真希望有个窝。像这样子的，没有人打扰的。"梅溪两手直直地往头上伸着。

"问你个问题，假如有人爱你了，你怎么办？"序子问。

"这要看是谁。"梅溪懒洋洋地说。

"如果是'我'呢？"序子说。

"你为什么现在才问？你问，我早答应了。"梅溪翻过身来看着序子的脸。

序子说："这是一种宇宙默会，问不问其实关系不大。你说是不是？"

我真希望有个窝，像这样
子的。

『要讲「如果」，我真希望有个窝。

像这样子的，没有人打扰的。』梅溪

两手直直地往头上伸着。

『问你个问题，假如有人爱你了，

你怎么办？』序子问。

"怎么关系不大？你爱我，我怎么晓得？"梅溪说。

"我有点害怕，这方面我没有经验。"序子说。

梅溪笑："你怎么好说'经验'呢？"她用鼻子擦序子下巴、脸和耳背后。

一个又高又大的漂亮年轻人，两道浓眉，时常骑一匹咖啡色块的白马来民教馆看杂志。马拴在林子那头吃草。很和气，名叫王朝雄。他说自己是信丰飞机场的人。信丰几时有个飞机场的？没有人提过信丰有飞机场。王朝雄不像个说谎的人，飞机场也不会假。可能信丰飞机场像个还未曾装白米饭的饭碗，空在那里。

他有时也来看序子刻木刻，有时听序子吹号，也邀梅溪骑他的大花马。他牵马，让梅溪骑着在林子四处慢慢打转。

管图书室的陈芝兰素来不苟言笑。一天对序子说："序子先生，我每天看你刻木刻、读书，你是正派人，要小心水性杨花女人，她跟你不是一路的。"

"芝兰大姐，你的话我听到了。谢谢你。"

序子向她的背影鞠躬，虽然看出她不喜欢梅溪。

序子跟兆龙去了一趟韶关，的确比南雄热闹好多。用船架起来的浮桥，桥两边都是让人住的小船，像客栈一样，也可以喝酒、吃好菜、划拳。序子夹在醉人里吃饱饭之后，回到自己一个人住的船上。点起蜡烛自己看《六祖坛经》，女船老板送上一壶好茶。她讲话序子不懂，序子向她点点头笑笑，会意了彼此好意。到天亮也不再进舱。

这浮桥两边船上只有女老板和年轻丫头，不见一个男人。序子第二天早上醒来，漱洗完毕，出舱一站，满眼清亮的雾气，脚底下萧萧落落，像是世上只剩他一人。明知道六祖肉身在南华寺，南华寺在曲江韶关，身边这一大帮又俗又好的凡夫们，哪能有心思帮序子去一趟南华寺了却心愿呢？公元七百多年玄宗时候的人，活了七十六岁的肉身而能留在今天，多不简单，那么有声有色的人……

昨晚在别的船上放肆哄闹、刘兆龙带头的那帮人醒过来了，邀序子进城喝早茶。早茶过后，刘兆龙对序子说："听说你闹了个女朋友，不带点礼物回去怎么行？"又一齐去了饼食、板鸭、火腿铺子给序子买了大堆讨欢喜的礼物。

回信丰，兆龙叫序子换部车坐，"你坐老吴那部车去。我这里塞满你的东西。"

序子到老吴那里，是部新道奇，驾驶间可以坐三个人。跟车的是个壮小孩，顶多十七八岁，不晓得吃什么，弄得一身劲鼓鼓的。

"叫他'补疤'！"老吴交代序子。

"怎么起这个名字？"序子问。

"他们家带来的。"老吴说。

车子开了，老吴说"补疤"："他以前没念过书，一字不识。所有汽车零件名字都认得，连英文名字都懂。我教的。眼前他英文比中文好。跟我四年了，还去过滇缅路。就是傻蛋一个，全世界最没出息的就数他。不会开车，再怎么教也不会，马达一响就出事，不撞树就下坑，不死鸡就死鸭，还差点闹人命……"

"那你硬要我学开车干什么？"补疤笑。

"我死了，看你吃什么？"老吴讲。

"讨饭总可以吧？"补疤说。

序子说："干吗讨饭？你还可以到汽车学校去当教授。专讲汽车零件的学问，英文叫什么？中文叫什么？它们在汽车里头有什么用处？起什么作用？……"

"那这方面我倒是不客气地说一声还真懂。到时候我去当教授算了！你要先教我穿什么衣服。"补疤说。

河边排队，老吴估计起码两个钟头好等，叫序子跟他下车玩玩。所谓"玩玩"就是打桥牌，喝啤酒，几个人黏在一起就难起身。

这趣味序子插不进身，便上兆龙那头看看，也是一堆人围着。

都是人，干同样的事情。

回到车上。补疤一个人坐在车里挤脸上的粉刺，放在手掌上轻轻吹着玩，看它们打架分输赢。

"你不下去走走？"序子问他。

"不！我在岗上。走不得。出了事，哪个管？"补疤说。

回到信丰，带回的东西分了一份给有家的黄槐秋，一份交大厨房，另一份有模样的板鸭火腿让凸子帮梅溪带回家去。剩下的糖食、饼干等上楼喝茶的阿冼、何畏、梅溪来一起吃。

阿冼说："听说司徒回来了。"

"回来了怎么不见回来？"序子问。

"说住在县社会服务处。"阿冼说。

"你怎么晓得的？"序子问到这里，凸子上楼通知："馆长回来了，要大家下去见见。"

人瘦了一点，跟大家握了握手，有的点了点头。

"我还要回赣州，忙！杨县长找我有事才回来的。我不在馆的时候，听说大家工作很出色，办的茶馆音乐会，冼志钊、何畏、张序子、梅溪的成绩显然。时事壁报老宣、老程都表现出功力。杨县长每周都来壁报处过目……"

午饭后，序子找司徒，"你究竟是回不回来？把我甩在信丰算个什么事，让我们前后都顾不上。让我们民教馆开成个大茶馆……"

"你怎么能讲我一去不回呢？我不是正筹备为信丰演出《杏花春雨江南》这出戏忙得要死吗？正在向各处申援演出开办费吗？愁得我头发都白了。赵德润昨天告诉我，你那一百只鸡一只都不少地长大了，能不能借给我解一小部分的急？让我把这个戏安安稳稳带到信丰来痛痛快快演出一番？那时候，你还怕一百只鸡不变两百只鸡还你这笔账？"司徒问。

"听你这话弄得我手脚都麻了。除这一百只鸡之外，我已经一贫如洗。你要是耍我，我以后找鬼？"序子说，"摆在眼前我是一百只放心落场的实鸡；几天之后你一走，变成两百只空荡荡的虚鸡。你讲句公道话，我信你好还是信自己好？"

序子头脑清楚，出语明快，立场坚定。

请再听司徒羊说什么：

"你自己听听这些话合不合符道德？你赣州有那么多同事和老大哥、朋友，你让我有胆在他们面前背信弃义？当个骗子手？赣州离信丰十万八千里，算账找不到我？我要不是为了抗战、为了终生从事的戏剧事业，堂堂一个老大哥，会低声下气请求你借我那一百只鸡？"

结果，司徒羊赢了。

序子眼睁睁看他带走卖了一百只鸡的钱。

大家眼睁睁地等待他在信丰做一次从未发生的《杏花春雨江南》的演出。

　　信丰所有的人渐渐把他忘记了。

　　古人有诗赞曰：

　　　　黄鹤一去不复返，
　　　　白云千载空悠悠。

司徒羊这一走，时间稍微长了一点。

吃晚饭的时候人们常把眼睛瞥过去，免得引起误会，让张序子不好过，以为大家都在揣摩这件事。

"我可没想那一百只鸡的事。"

"我可没想打听《杏花春雨江南》来不来信丰演出的消息。"

序子明白，那几十块鸡钱不是个小数目；司徒羊当众讲的那番话的确有点飘。他只是替司徒羊往好处想，光天化日之下犯得上为几十块鸡钱谋个不要脸的名声吗？不至于吧？

他当然也悬着心。

睡在床上半夜自己问自己："你说世界上好人多还是坏人多？"

"纯粹的好人和纯粹的坏人都难找，我认为。"

"要看是谁在判断。坏还有程度之分。"

"司徒羊呢？"

"鸡钱送回来，是好人；鸡钱黄了，当然是坏人。——也不尽然是很坏的坏人。朋友和朋友、同事跟同事搞了点小手脚，萧剑青拐走了那把小左轮，曹国显闷了自行车钱，你不高兴，你恨，你要找他们算账，按朱雀老规矩？这些人能比汉奸卖国贼汪精卫坏？比日本人坏？

"我假若是个专员或者是一个县长，认定司徒羊骗了我的鸡钱，召集了一个露天三千人大会声讨，又演讲又叫口号，会开到一半，万一司徒羊把鸡钱送回来了，一口气送到声讨大会主席台跟前，你怎么办？所以说，凡事要多喘几口气，多想一想，想想自己，也想想人家，免得有时候下不了台，冤枉了好人。不要事事先从倒霉算起，别人若是也从这种角度打算你，你好过吗？……"

就这么一直翻来覆去想到对门河那边鸡叫。伸了三个懒腰，打了个哈欠，坐起来，两脚在床底下探鞋穿上，拿起洗漱口袋下楼洗脸刷牙，挺起胸脯一点不让人看出昨晚的困倦来由。

吃完早饭，走出餐厅，迎面见到梅溪："站好让我看看，怎么眼睛肿肿的，没睡好是不是？"

"是的。"

"想事情了？"梅溪问。

两个人走到操场。

"有些并不怎么了不起的事，也让人想个不休。"序子说。

"你是说那些鸡？"梅溪问。

序子点头。

"算了，别去想了。有些事'想'不回来的。——你头发很长了，该去理理。"

"我认识桥头理发铺那个刘师傅，他常来这里看报。熟虽熟，理发赊账是没听说过的。我不好开口，等下个月发薪水再说。"序子说。

"你怎么会身上一个钱都没有了？"梅溪问。

"见李笠农有部新出版线装的《绝妙好词》，他说'竹山书店'刚买来的，我去'竹山书店'一看，果然还剩一部，太好了，两块二，我就一贫如洗了。也不完全一贫如洗，还剩——大概一块多钱，也想过理发，理发之外，还有一件要紧事情，城内刻字铺有块好梨木板，说愿意让给我。理发还是梨木板？我正在想这件事。你讲，这算不算贪心呢？有个人名叫泰伦提乌斯的外国人说过：'喜欢东西胜过喜欢自己。'[1]我总是为这类事发愁和难为情。——我想刻一幅木刻，《春天，大地的母亲》。好多人在前线打仗，保卫疆场，好多人在醉生梦死，都是在春天发生的事情。野曼说我想得好，只是要看怎么表现……"

"这么多事情放在一幅里？"梅溪不解也有点佩服。

"都还只是一些空话，边都摸不着，木板子都没有。"

梅溪说："你去理发吧，木板子我送你好不好？"

序子怔了一下，觉得好，不过不太好意思。

"那我去理发了。"

序子坐在理发椅子上仍然觉得不好意思。

理完发，序子走出理发铺，梅溪在桥头等他。

"好，我们去买木刻板吧！"梅溪和序子进城去刻字铺，"你看你，好爽朗干净！"梅溪一眼又一眼地瞧他。

"我平常最不喜欢刚理过发的样子，假！不太像原来的自己。我也最不喜欢看结婚的新娘子的照片，那种千篇一律的白纱绸子打扮，眉毛吊得高高的，面目呆板，一脸粉，明明是一种加在身上的精神镣铐，再有学问再有修养的女性也跨不过这浅薄的美学关卡。这是对崇高的爱情仪式的误解。她非来一张这样可笑的照片挂在洞

1　《蒙田随笔·三十九》。

房不足以显示爱情的神圣。听说这类相片特别贵，像把钱捐给教堂一样甘心情愿地让照相馆大敲竹杠而觉得理所当然，好好一个圣洁的女士受这样的糟蹋而毫不自觉。"序子宣讲到别的题目上去了。

"你大篇演讲把新郎忘了。"梅溪说。

"他活该陪着受累！"序子说。

到了刻字铺，梅溪把钱交给老板，序子接过木板，刚要出城，碰见李笠农，邀他们去喝米粿茶。

三个人进了茶馆坐下，李笠农告诉序子："丰子恺先生真在萍乡。——吓！你理了发像换了个人。"

梅溪笑说："他刚才还说自己难看。"

"难看倒不难看，朋友不习惯而已。"笠农说。

"我理不理发跟别人有什么关系？"序子说。

"哎！'汝为悦己者容'嘛！"笠农说。

"'女'！"序子说。

"一样的。各人的整妆都是为了对社会的贡献。"笠农说，"听说你们两个'好'了，我提前向你们贺喜。"他举起茶碗。

"你自己呢？"梅溪问他。

"'空山不见人，但闻人语响'，看起来'白头吟'局面的希望比较大。"笠农说。

"你信'命'吗？"序子问他。

"顺心就信，不顺心就不信。"笠农说。

"你那个叫作'迷信'。"

"'命'这个东西，跟门德列夫找出构成世界的化学元素一样，配方都复杂之极。'命'没有一个相同，都论不出真的原因。老人家喜欢讲'碰运气'，这'碰'字用得最好，命舛、命好全靠'碰'。

"说小孩子乖，长大有前途，你信吗？

"说学生学校读书用功，守规矩，将来能成大事。你信吗？

"你摇头，你为什么不信？

"道理是，人的'化学元素'的运转也很复杂。

"'命'这个东西，双胞胎都难估。人一生下来就开始在环境中起变化；健康、病痛、坚强、懦弱、聪明、愚鲁、勤奋、懒惰、大方、自私、宽容、忌妒、合群、孤陋、热情、冷僻、信任、怀疑……各种行为之间的合拢和错位，善端和恶念，生死悲欢结果。你只能得之于仿佛。

"科学实验的成功才是真家伙，那个不可知、难以估计的人事叫作'命'。有时'成功'的人写的书，他自己也不信。"

序子信口瞎吹了这番道理，李笠农拿不准信好还是不信好："刚才你这些高论，大概不是书上看来的吧？"

"当然，书上怎么写得出？"序子说。

"你误会我在称赞你了！"李笠农说，"我回金库去了，再见！"

梅溪跟序子走在大桥上。一队挑粪的迎面而过。

"不要捂鼻子，失礼！"序子轻轻关照。

梅溪问："你不嫌臭？"

"我只是停住呼吸。大家天天吃的萝卜、白菜都是这些粪浇大的。"序子说，"在朱雀城，你这么做他们会骂得很难听。"

"我不是有意嫌弃他们。"梅溪说。

"一下子怎么说得清？"序子说，"对他们没有尊敬心不好。"

进了围墙，王朝雄在操场牵着花马。

"你去骑马吧！我上楼想木刻稿子。"序子对梅溪说。

"有什么好想的？"梅溪问，"我陪你一起上楼不好？"

"唉！想比刻难多了。"序子说，"骑完马回来不迟，你看人家'招凶'等你老半天。"

野曼上楼来了。

见到这么大一块木刻板很开心，问刻什么。

"题目是《春天，大地的母亲》。"序子讲了一番其中的意思。

"这工程很大，可能你来不及刻了。赣州那边有仗要打，日本放言'扫荡三南'，信丰也逃不了了。"野曼说。

"三南是什么？"序子问。

"虔南、定南、龙南。你怎么办？"野曼问。

"我哪晓得怎么办？我没地方去。"序子说。

"你认不认得张石流？他在上犹县《凯报》当总编，你到他那里去怎么样？"野曼说。

"不认得！"序子说。

"不认得不要紧，我给你先写个信去打招呼，万一需要你就去。"野曼说。

"你呢？"

"我很快会走，回梅县那头去。大家不要断线，你记住了。这是我的地址。"

序子眼前还没感觉到有什么大变动。茶座萧条了是个事实，明明白白是天凉关系，和打仗远了点。

没想到梅溪一大早来讲了件事，这比战况严峻多了。她说她姐姐不晓得哪里听来消息："张序子跟梅溪谈恋爱打得火热。"全家十分震动，已报告在什么前线打仗的父亲和重庆读医大的大弟弟，如何如何……

"你说，这有什么了不起？干她们什么事？她们不是还夸奖过我，全民教馆只有我还长得有个人样吗？怎么现在不认账了？"序子说。

梅溪说："我二姐已把我许给她丈夫的同学了，他们都在美国麻省理工学院上学，她要死要活要跟我算账，说已经答应人家了。没脸见人！"

"你跟她丈夫的同学见过面？"序子问。

梅溪摇头。

"那算什么呢？'指腹为婚'也要看指谁的腹。你姐姐的那个肚皮作不得准的。你想想看，这跟你有什么关系？"序子说。

"好烦！我每天都要回家，听她们吵！"梅溪说。

"这好！你就对她们说，再吵，我就不回家了，我就跟张序子走了。看她们还敢不敢吵？——你们家眼前有几个男人？我要做点准备。"序子说。

"一个十二岁的小弟弟阿川，一个十六岁的勤务兵阿梁仔，二姐的一岁多的儿子阿晔。"梅溪说。

"你爸爸就那么放心把全家放到信丰来？"序子问。

"我爸爸的一个好朋友张县长，退休在家，在本地很有威望。都是他在关心照顾。"梅溪说。

"听说日本兵要来，你们怎么办？"序子问。

"没关系，张县长跟我们讲了，到时候会安排妥当的，放心。"

「这好！你就对她们说，再吵，我就不回家了，我就跟张序子走了。看她们还敢不敢吵？——你们家眼前有几个男人？我要做点准备。」序子说。

「一个十二岁的小弟弟阿川，一个十六岁的勤务兵阿梁仔，二姐的一岁多的儿子阿晔。」梅溪说。

张家育这三个男人

一岁半

十六岁

十二岁

607

梅溪说完问序子，"你怎么办？"

"我还真不知道怎么办。你说我该怎么办？我想，我眼前还算是民教馆的人，就这么一口气好依靠。人这个东西还真是奇怪，有时候，饭不饭倒不要紧，只要抓得住那一口气。幸好我只是一个人，一个人怎么都活得下去。"序子说。

"万一我们分开了，怎么办？"梅溪问。

"这一辈子，我不信会分开！"序子说。

"别人让我们分开呢？"梅溪问。

"别人算什么东西？我们是我们！"序子说。

"真分开了，我会死。"梅溪说。

"死面前，好多活路。"序子说。

吃完晚饭，序子对梅溪说："我送你回去。我这辈子还没送过你。"

从公路左首下一个小坡，经过人家的小路就是不停不断的灌木丛和池塘，还有一长排毛竹林子，"看起来这算得上是个特别的风景，还真没见别人画过。不过远了一点。好看，真好看。房舍像鱼，让家家烟囱冒出的白烟钓着。"

梅溪住的是一组泥墙大农屋，远远就晓得它来头不小。

"我不走近了，就在这里看你回家。"序子拉拉梅溪的手。

梅溪进门之前回头看一看序子。

序子一个人慢慢往回走。这条路活了，好像有好多玩笑话要跟序子说。太阳也乘黄昏把这条小路弄得五颜六色，地面像安装了软软的弹簧。这一切都是真的，序子开始还不太相信，"你说说看，世界上，人自从有了一个未来的妻子之后，还有什么做不到的？有

房子像鱼，让
炊烟钓着

从公路左首下一个小坡，经过人家的小路就是不停不断的灌木丛和池塘，还有一长排毛竹林子，「看起来这算得上是个特别的风景，还真没见别人画过。不过远了一点。好看，真好看。房舍像鱼，让家家烟囱冒出的白烟钓着。」

什么好怕的？想起卡夫卡那个故事。

"当时流行的做法是，未婚夫妇要通过侦探机构调查对方的情况，在劝说下，卡夫卡同意父母找人在柏林调查菲利斯的情况。侦探机构提交的报告最后结论是：她是一个好厨子。菲利斯的父母（可想而知他们更有理由焦虑）也找人对卡夫卡进行了调查，结论是：卡夫卡不是知名人物。[1]

"明目张胆地说，我当然不是'知名人物'，我有我的未婚妻，跟知名人物有屁关系？

"你派戴笠去调查好了，初中三年，留了五次级念到二年级，打架，把同学脑壳打了三个洞，自己离开学校的。做过小学教员、中学教员、演剧队员、民教馆职员、瓷器小工，刻木刻为生，喜欢吹小号。

"还想知道什么？我尽量提供材料，保证诚实可靠！"

序子第二天清早去接梅溪。坐在路边小土墩子上看翠鸟捉鱼。翠鸟扇着翅膀悬在池塘上空。"吃！"的一声插入水底，咬住一条鱼从水面冒出来，停在树枝上休息，想了一想，咬着鱼回窝见孩子去了。

有时候，咬着的鱼跟它自己一样大。

瞄得那么准，咬着鱼还能夺水而出，太科学了。造飞机的、造潜水艇的为什么不学一学？

梅溪来了，序子告诉她卡夫卡父母派侦探的故事，她大笑起来：

—

1 英·尼古拉斯·默里《卡夫卡》，郑海娟译，一三六页。

"太巧了，卡夫卡那个未婚妻菲利斯是个好厨子，我也是。我八岁的时候爸爸请客，我就当厨子炒过很多菜，至今家里有客人还是我主厨。啊哈！刚才二姐和三姐还讽刺我说：'好呀！有朝一日你俩在街上，一个唱歌，一个吹号，不怕吃不到饭饿肚子了。'你看多恶毒！"

"你也别这么恨她。我不是也跟当年的卡夫卡一样'不是知名人士'吗？这话根本没有说错。她们没有说你不会唱歌，没有说我不会吹号嘛！是不是？"序子说，"你两位姐姐都是闺秀辈，知识见闻就只能在小小范围里打转了，要多谅解她们。"

"嗬！可不能那么说，我要说出三姐的经历来，你可能还会吓一跳！"梅溪说。

"不至于吧？我只认为你三姐风度好；你二姐长得接近黑人系统。"序子说。

"你信不信，三姐民国二十六年偷了妈妈的金银细软，带了三个男朋友去了延安，这些人后来都成了人物……一个姓霍，一个姓古，一个是大姐夫的弟弟姓赵……"

"听起来真有点传奇味。再怎么想也想不到这位漂亮女士会带着三个男人远远去了延安，几年之后又轻轻松松带着两个女娃娃在我们信丰民教馆茶座喝茶……从脸上看，毫无痕迹。她怎么回家的？"序子问。

"病。"梅溪说。

"病就让回来？"序子问。

"当然也有不愿回来的。"梅溪说。

"喔！她是自己要求回来的。"序子说。

"是了！"梅溪说。

序子问："她以后嫁的这个人是种什么人？"

梅溪说："这也是怪我的。我在昆明左脚害了'脓毒症'，住在医院，那时没有盘尼西林，左脚后跟骨头打了一个洞，横穿一根铁棍吊在病床架子上大半年，三姐就那么日日夜夜守着我，认识了这个姓卢的华侨青年。这人不通什么专业，说是在昆明一个华侨学校读过书。要我脚不坏，三姐不会嫁给他的。都是我害了三姐，人生真是个想不到的人生。"

到馆里，见宣纪达在操场晒衣服，不简单，抗战时期还有这么多装备，怎么走动啊？够起码十个人穿的。

"你像在摆摊子卖衣服！"序子说。

"我正愁你讲的。你随便挑，我不会贵。"纪达说。

"你晓得我手边没钱，开玩笑！"序子说。

"你若是没钱大家都要讨饭了。司徒馆长拿走你那笔鸡钱，你自己掐手指算一算，本利回头会是多少？"纪达说。

"你不说我都忘了，这倒霉账你还帮我记得那么清。"序子说，"哈，哈，我还有一部十块钱的脚踏车没到手。"

"车的事我不清楚，不敢说。鸡钱是我亲眼见到的。不过你也要为人着想，演一部戏不是开留声机，叫响就响，花时间，花脑子，花力气，怎能够马上兑现？你还是剧团出来的……"宣纪达说。

"你真这么想，光这一点我就多谢你。"说完和梅溪上楼。

"怎么走了？衣服不挑了？"宣纪达问。序子停住脚步笑说："你想把我翻过来变成你。先说定了，我一下可拿不出现钱来。"

"欠就欠着吧！我还怕你跑？"

序子选了套新灰布棉制服："这尺寸像为我定做的。说吧，多少钱？"序子说。

"三块二角五！"宣纪达说。

"哈，哈！哪里来个二角五？"序子问。

"哎，哎！原来两年前的价钱，现在布料涨了好多你晓不晓得？你街上看看价钱去！我只收成本费，没算你工钱。要不她杭州住得远，不信你问我妈去。她亲自经手的。"

当然信他的妈。要不怎么养得出这精明儿子。

序子和梅溪卷好新棉布制服上了楼，在房里撑了一看，梅溪笑弯了腰，"太不像你了。要是有镜子，你也认不出自己。"

"我清楚，我清楚，我只是担心身边带的衣服可能熬不过冬天，选了这身实际的。不要说买衣服，找狗也要找脾气合适的。"

梅溪指着序子大笑，"你听你自己说了什么？"

形势似乎是真有点不对头了。

县长杨明召集所有县政府管得着的人员到县政府去听他训话。

大略二百多人。

杨明认得序子。序子第一次到信丰跟司徒羊去过他家。他和司徒羊是同乡，有点特别关系。所以老远看到序子还跟他点头。

匆匆忙忙，大礼堂长条椅子人坐满了。好多人挤在一起站着。事情急，顾不上礼数了。

一个秘书似的人物发话，县长有重要事情宣布。

县长杨明就讲日本军队在赣南地区有新动静，政府要"转进"到交通线以外的偏僻地方去进一步抗日。政府各机关办公地点在几

「我清楚，我清楚，我只是担心身边带的衣服可能熬不过冬天，选了这身实际的。不要说买衣服，找狗也要找脾气合适的。」

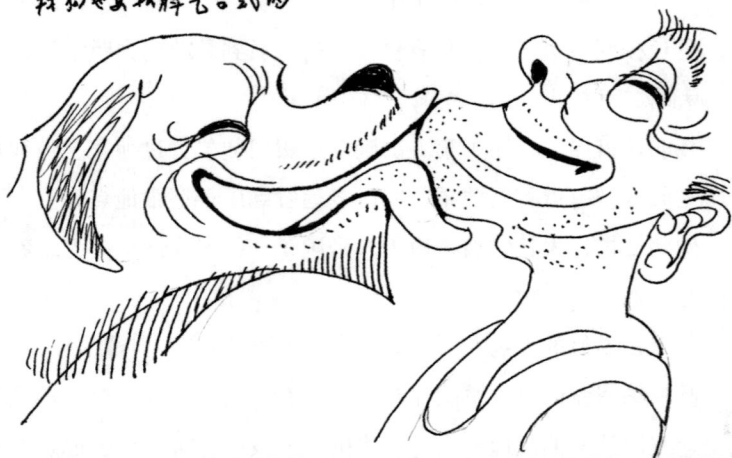

找狗也要找脾气合式的

十里外的"安息乡"。各机关都已经接到通知，大家要从容镇定，把家属在安息乡的日子安排好，那边农产丰富，粮食充足，无须担心恐慌……

完了。

这边完了，那边却是刚刚开始。人心惶惶，隆隆起伏。不平安了，都要跟政府一齐"安息"去了。

怎么起的这名字？世上有的是好名字不取，就起的"安息"两个字？说是几百年前的老名字。管它老名字、新名字，哪能这么巧？送大家往人生最后归宿之处……

碰见李笠农，招呼不打就说："……舍'安宁''安定''安静''安康'而不用，呜呼'安息'，此为命数，余慨然而往之矣！"

回到民教馆，宣纪达找序子，"我马上回浙江，看样子眼前你凑不齐衣服钱，怎么办？"

"哈！幸好没穿上身，要不然我张序子就凄凉了。"上楼取了衣服还给宣纪达，"你说怪也不怪？我总觉得这套衣服不该是我的。像养了几天的狗一直总不肯跟我。不过，我多谢你的好意。"

梅溪听了这话转过身笑。

梅溪也坐不住了，家里、馆里来回地跑。

她说张县长也一直在为家里操心。这么多女眷和小孩，一直在找个生活方便、地方平安清吉的地方。

"我们怎么办？"梅溪问序子。

序子说："我想过，既然要在一起，按野曼的建议，我们到上犹张石流的《凯报》去。他先前已经打过招呼，也收到石流欢迎的回信，没问题。"

"我不清楚那几个姐姐会怎么说。"梅溪说。

"你还姐姐、姐姐！"序子叫起来。

"我还有妈妈、祖母和伯母……"梅溪说。

"去上犹又不是上前线，只有好没有坏。如果放心的话，还可以把你那个小弟也带走，方便在那边上中学。这是为她们减轻负担的好办法。至于你自己，你长大了，恋爱自由，她们没有权力不让你走。勇敢点吧！做一个爱情决定，不能胆小。"序子对梅溪在做战场告诫。

梅溪去了，一下又来。

"她们说，不让阿川和我跟你去上犹，说死也死在一起。问你愿不愿跟我们一起下乡？——你看，她们让步了。"

序子说："哪里是让步？明显是个'缓兵之计'。照眼前看，她们紧张了。那边日本人要来，这边你准备跟我走，能有胆子作出这样的邀请，你家里头一定有个'才女'。"

"那肯定是我二姐，她跟我爸在前线待过。"梅溪说。

"看样子这种招降方式有点毒辣，招赘方式有点尴尬。"序子说。

"一下子的事情，日子久了大家就习惯了。迟早总有一天变成亲人，还分什么毒不毒，尴不尴尬。"梅溪说。

"要真像你讲的那样风和日丽就好了。"序子说。

"不这样还能怎样？"梅溪说。

"唉，唉！记得龚定庵那首《小游仙词》吗？

"'丹房不是漫相容，百劫修成忍辱功，几辈凡胎无觅处，仙姨初挲可怜虫。'好像指着鼻子为我写的。岂有此理之至！好！不理它，进城喝米粿茶去。"

两人就往桥头那边走。

忽然炸雷一声，好像有人埋了一颗炸弹在脑壳中炸了，这么贴近，这么突然，两个人吓呆了，站着不动，周围人也站着不动，一下子醒过来，都往刚才响处跑。就在桥那头，城门洞附近——

两个抬东西的老百姓死在城门洞进去一点的街上，大地书店门口前面是个女的，下半身炸得没有了，上半身还在微微爬动；后头男的胸膛炸空了，仰天躺着。大地书店街对门是间油盐铺，门口有两三级石头台阶，炸弹响时老板恰好站在门口。这时他正端着自己流血的下巴对大家说："……两个人抬了一颗炮弹，炸了！"

（后来知道弹药库就在附近。无论哪个在弹药库抬走一颗炮弹，一个长木箱装一颗，到一个什么站上去，就可以上盐站去领走一包六十斤的盐。死的是两夫妻。那时好像没有急救站，人躺在那里很久，血流一地，漫着血腥味。）

梅溪和序子站了几分钟回民教馆，没去喝茶。

黄槐秋给大家领来这个月的薪水。

局势真的紧张了。

民教馆楼上楼下住满了先生带着的、很守规矩的路过学生。这一群年轻人怎么连一点歌声都没有呢？

一阵风样地来，一阵风样地走。

序子跟梅溪在小房里，与学生伟大流徙的坚贞气势只隔一层墙板；窗外一派金黄的秋光，好不协调啊！

序子跟梅溪在楼上来来去去，有教养的学生在地铺上给他俩留下一条窄窄的通道。

序子、梅溪轻声多谢。

忽然炸雷一声，好像有人埋了一颗炸弹在脑壳中炸了，这么贴近，这么突然，两个人吓呆了，站着不动，周围人也站着不动，一下子醒过来，都往刚才响处跑。就在桥那头，城门洞附近——

两人捡一颗炮弹，炸了！

618

相濡以沫之情，此生能忘得了吗？

我们家一共这么多人：

我阿婆，

我伯母，

我妈妈，

我三妈顺喜。（三妈是个收房丫头，最可怜的是她）

（我大姐不在身边）

我二姐，

我三姐，

我，

我五妹明东（二妈的女）十六岁，（二妈跟爸在前线）

三妈的女儿亦可（一岁），

三姐的女儿阿比、阿丝（两岁、一岁），

二姐的儿子阿曦（一岁半），

二弟阿川（十二岁），

阿梁仔（勤务兵，十六岁）。

这么大一个女人队伍，只由一个十六岁的勤务兵阿梁仔压阵。除了那身破旧的军装之外，哪有一点显示军威的迹象？他原来也只负责远行时肩挑厨房用具、平时照管厨房油盐柴火进出杂务而已，没受过任何性质的军事训练，这让大家在紧急关头，就想到有一个真正男人的重要了。

"所以你家二姐这时候赏脸，想到我了！"序子说。

"好，好，看我们能在一起的面上，别计较了吧！暂时忍一忍，多谢你帮我们做一些撑腰的事……答应了？"梅溪问。

序子点头。梅溪高兴地回家报信去了。

这边序子也花时间整理一下东西，不要的留给黄槐秋。

逃难的学生一拨一拨已经走空。

楼上面带忧容空朗朗的。别了，给过我无限遐思的楼，给过我恋爱好运的楼……江上的渔帆，隔岸的弦音……

人都走了，都匆匆散了，来不及握手、告别了。残酷的战争摧毁了世间的理性和情分。

微雨，序子背负熟悉的重量下楼。

梅溪穿着雨衣来到楼下，"我妈妈叫我多谢你，张县长帮忙代请了五台轿子，六名挑夫。轿钱每台三块，挑夫一块二、把我们送到一个五十里外的偏僻村子'油糟坑'去。张县长陪我们走，他跟那边的人招呼打好了。——先经过张县长家，在那里吃午饭。这里是二十五块钱，交给你，到时候请你分算给他们。

"——他们的饭食自己负责，我们不用照料。你二十五块钱收好，莫在半路上丢了。"梅溪帮忙序子把钱放在内衣口袋里，再扣上扣子。

序子也穿上自己的雨衣，一齐走出信丰民众教育馆。序子背上的背包重，出围墙时拐不过头，便全身转回来向大楼告别，深深注视自己在里头住过的房间和吹过号的大窗口。

不一会，人、轿子和行李都来了，大队伍起步北行。

山不高，雨时大时小，人算不得什么辛苦。

序子这才细数起来。

阿婆坐一台轿子。

伯母坐一台，带着阿丝。

妈妈坐一台。

二姐和阿曦坐一台。

三姐和阿比坐一台。

顺喜打伞背着亦可跟在轿子后头步行。

阿明、阿川打伞跟在后头步行，然后是六位行李挑夫，然后是挑着厨房杂件的阿梁仔。梅溪和序子走最后，跟张县长、挑夫聊着闲天。

"少爷，你是当什么官的？"

"你问我？我是学堂教画画的老师。"序子说。

"那你走在这些大官太太、小姐轿子后头是什么意思？"

"她们不是大官太太官小姐，是我以前学堂老师的老母亲、师母、伯娘和出嫁的师姐师妹……"序子说。

"那他跟这位张县长是个什么关系？"

"张县长以前也是我学校的老师，老师跟老师又有很深的老交情，我那个张老师拜托他照顾这些家属……"序子说。

"那你那个落难的老师现在在哪里？"

"听说是在成都或者是昆明那一边哪间大学堂里，这些事我还没问张县长。是吧！张县长！"序子对张县长眨眨眼。

张县长说："我那朋友书可读得好！"

序子加一把火，"张县长，听说你年轻时候书也读得好，文章写得很出名。"

张县长听人家把他往文化方面称赞，几乎忘记自己是谁了，开心得了不得。"嗯！哪里？哪里？几十年前的事了。"张县长说。

二十多里来到张县长家，原来就在大路边上。（序子觉得不太安全，不好讲。）叫人出来，搜了轿夫、挑夫的伙食进厨房热了一下发还给他们。客人则坐进堂屋吃热面汤。那个十二岁的阿川老弟告诉他妈："那个张序子对挑夫乱噙爸爸系教书先生……"

二姐连忙捂住阿川的嘴说："唔好出声，佢係有意嘅，等阵我先话俾你听点解。"

休息了一会，队伍又重新出发，这才发现地势越来越高，不好对付了。还下雨，坡上泥滑得很，大家都很小心。序子把那些老棍子交给三妈顺喜。她身体强健可惜眼睛不好，近视之极，背上还压了个亦可女。

哎，油糟坑到了。几十户人家的村子，紧紧贴着山，山上是大森林，很绿的大森林。

村人早做好准备，安排得妥妥当当。

序子分别打点了轿夫、挑夫工钱，他们到前村住去了。序子把余下的钱还给了梅溪。

阿婆住在前屋左首小地板楼里。里头连着一条拱形小巷，阿梁仔南头打了地铺，序子北头打了地铺，等于陪阿婆住。平时三妈照料她老人家日常琐碎，梳头、打水、倒水之类。她老人家眼睛明亮，条理清晰，出语爽朗，不像个九十的人。听梅溪说，老人家只讲新会话。

另一大批住在后屋的老小，序子从未照面，就没什么说头了。

（人过日子会遇到很多妙事。你吃到一种稀罕的好味道东西，回来对朋友介绍，无论怎么描写，发誓赌咒，颠倒了眉毛嘴巴，讲得口沫横飞，朋友还是木木的。食物要亲自吃过才能领会精彩，口说无凭。

我对你回忆油糟坑也一样，风物不容易说得清楚，等画张画给你看看再说。房屋为什么那么盖？为什么那么弄巧？序子不懂建筑，他觉得油糟坑盖房子的工程师是一种快乐的、成天微笑无烦恼的点心师傅！他脑子里想的根本不是盖房子而是做好吃的生日点心。只是想告诉你，如果太平年月，我愿一辈子住在这里，哪儿都不去。什么瑞士、巴黎……）

油糟坑离县城五十里，离安息乡二十里。

阿梁做好饭，分在几处吃。阿婆一个人算一份，梅溪、序子、阿川和阿梁仔，有时三妈、亦可也参加，算一份。另一份送到前头大房，序子和他们从未照面。想到她们，心里就出现一种"特别"。

"怎么算饭钱？一天一天吃。"序子问。

"是呀！怎么算饭钱？问谁？"梅溪问。

"谁管钱的？"

"三妈。"

"和她说说！"

"她管钱，没有权。"

《春天，大地的母亲》没有动手刻。时局的变化，那点"春天"和"大地"出不来。

另外想刻点小东西，一套组画，暂时起了个名字，《山民曲》，不错。如果是刻出一套，来他个八张或者十张，那可就不愧跟油糟坑患难一场了。他们收玉米、割草、赶牛、雨中放羊、挤羊奶、种

油糟坑盖房子的
工程师是一种快乐的、
成天微笑无烦恼的点
心师傅！他脑子里想
的根本不是盖房子而
是做好吃的生日点心。

只是想告诉你，如果
太平年月，我愿一辈
子住在这里，哪儿都
不去。什么瑞士、巴
黎……

油糟坑

白薯、挑水、妈妈喂奶、猫喂奶、淋雨、灶房……场面样样跟山外不同。序子看一样记一样，画了好多速写。一肚子的气壮山河……

乡长赵安祥对张序子另眼相看，喜欢跟他聊天。觉得他跟这家姓张的不是一路："怎么你也姓张？"

"碰巧！"序子说，"跟这家的姑娘交了朋友。"

"哦！明白了，没上门的女婿。"老赵说。

"还差一大段火候！"序子补充，老赵点头。

老赵又问："你干哪一行的？"

序子说："我这个事比较特别，在木板子上刻画的，印出来送到报上去登。"

"你干吗做这种事？"老赵问。

"抗战期间，时兴这种事的。"序子说。

"你这事混得到饭吃吗？"老赵问。

"算是难。"序子答。

"看你这谱相，在大城混口饭吃不难的。"老赵说。

"会了一样，改起行来不易。"序子说。

"也是。"老赵说，"这时机你成天闲着，不刻点什么看看？"

"想是想，难找到好木板子。"序子说。

"什么样的木板子？"老赵问。

"纹路细，印出画来才好看讲究，你找不找得到？"

"身边没有，要上山现找现锯。"老赵说。

"生木头不行，等不及了。"序子叹口气。

"烤呀！烤他几天几夜再锯再刨呀！"老赵说。

"我没做过。"序子说。

"有我呀！"老赵说。"我问你，你除了刻你的木头还能画画吗？"老赵问。

"刻木头当然先要画画。"序子说。

"那么说，我给办这些木板子，你帮我画张观音行不行？送子的，不要好大，你说行不行？你说。"

"大小不关事的。我手边没有纸。"序子说。

"我明天去安息买。"老赵说。

"你怎么会买？我和你一起去吧！你带我走。"序子说。

梅溪跟序子，他们三个人上了路。

梅溪要办的事多。万金油、碘酒、酒精、红药水、紫药水、花露水、胶布、纱布、药棉、牙签、蚊香、固本药皂。

廿里路上，序子一步一里把二十年的经历吹得差不多了，然后是一问一答。海水什么味道？除了中国，全世界为什么都是外国人？外国人蓝眼睛能看得见东西吗？人骗你袋鼠肚子上有口袋，你上过当吗？非洲女人用脑壳挑担子，你见过吗？蒋委员长婆娘洗过澡的牛奶，真倒掉了吗？外国婆娘头发一个月自己变一种颜色？

安息这个镇好大，怪不得县政府往这里搬。中间有条约莫三十米的浅水河，一架小桥横在上头。四五根小杉木柱拼成的桥板，拐来拐去到了那头，六七尺高，各用杉木架子撑着，来往行人只觉得有趣，桥对面行人斜着肩膀礼让，没人担心危险。

这时人们都在准备过年，市面上烘托着红红绿绿年货。也有卖喜笺门神、蜡烛香火的。只是不见炮仗摊子。想一想就会明白，炮仗一响，把日本兵引来了怎么办？

《干报》少数人在这里，木刻家余白墅、洪隼一家老小四口和安息这个镇好大，怪不得县政府往往这里搬。

中间有条约莫三十米的浅水河，一架小桥横在上头。四五根小杉木柱拼成的桥板，拐来拐去到了那头，六七尺高，各用杉木架子撑着，来往行人只觉得有趣，桥对面行人斜着肩膀礼让，没人担心危险。

安息御さん，好大

其他几个人。

一个民教馆的人都没有。

没想到街上碰见最应该碰见的李笠农，他俨而然之地在街上有间办公室。土地堂不管大小总算个衙门吧。

梅溪最是高兴，像个油糟坑姑娘初到上海滩，买齐了所有东西。欲望有个对比，才能得到亏盈的快乐。

回到油糟坑，序子画送子观音，老赵在山上伐木丁丁，不久听见远远高处轰然倒下一棵树，三天，老赵送来厚厚十来块四分之一张报纸大小的朴木板。他说："找不到刨子，你自己在石头上用水磨磨，我烤过两天，大概不动了。"不动就是不变形的意思。

观音像画好了，整张纸的，手上抱个胖娃娃，俗称"送子观音"。真诚对真诚，老赵很感动，说受到这张画的鼓舞，决心中年再努把力，生个儿子出来。

序子不忍心扫他的兴。生男或生女，是两口子生理上的事，和男人单方面的操守、信念、努力之类，一点关系都拉不上。

序子以前在画报上看过几张外国图片，忘了是鳄鱼还是海龟，它们从水里爬到岸上挖开沙土生蛋。据生物学家说，温度三十度的话，孵化出来的小鳄小龟大多是公的；二十度的话，大多是母的。序子没有把这些知识和老赵当时想生男孩的愿望联系起来。（现在想来真有点对不住他。）

序子只抓住了一个契机，温度可以改变性别。

困难和障碍恰好就在这里。鳄鱼和海龟生的是蛋，而人生的是人。鳄鱼、海龟生完蛋之后一走了之，温度由大自然照料调节，它们根本不为重男轻女心烦。

忘了是鳄鱼还是海龟，它们从水里爬到岸上挖开沙土生蛋。据生物学家说，温度三十度的话，孵化出来的小鳄小龟大多是公的；二十度的话，大多是母的。

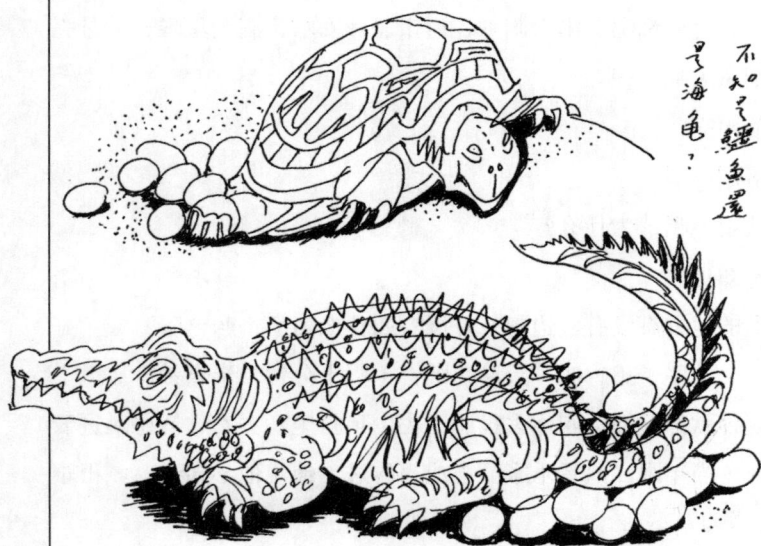

不知是鳄鱼还是海龟？

（唉，老赵有了那张送子观音，若当年真的生了儿女，不管男或女，至今也该七十四五了吧？）

油糟坑有个奇怪的唱歌方式。清早晨一个女孩子站在楼梯口、房顶、高墙角打头唱一句歌，这歌单独听起来嗯嗯呦呦逆耳之至，第二个人顺歌尾插进来，第三个人顺第二人歌尾插进来，第五、第六、第七……第十、第十一……第一、第二、第三又跟着插上……像轮子打转。

于是你听见太阳出来了，村子的树在动、在闪光，山上的树在动，雀儿就来了……远远近近都跟着唱起来。有腔调没字句，好怪。

谁叫你们这样唱的？

古时候就有的。

什么时辰唱？

什么时辰都唱。出太阳啦，讨亲、嫁女啦，满天星啦，大月亮啦，刮风天啦……

落雨呢？

落雨不唱！

落雨不唱，为什么？

不知道。

别的地方有没有？边疆？外国？叫什么名字？叫"嚎"或"好（音）"。序子想，叫"天籁"吧：一唱十分钟，半点钟，比世上随便哪种歌都缠绵。叫你去投胎，去山顶打坐，去心甘情愿跳进云里头。（当年跟江西音乐家熊志成报告过，他说他早知道，"很难下手！"）

在一块大石砧上磨了两天朴木板，细得像皮肤一样，借阿婆的小矮方桌起稿第一幅山民图。老太太抱住小孙子坐在灶门口，脸上反映出火光。稿子打得不错，用墨笔定了稿，有点得意。梅溪告诉序子："阿婆见你用心在台阶底下磨了两天木板，又见你在她桌子上画了整天的稿子，说你有出息，有毅力。"序子要梅溪代他多谢老人家夸奖。嗬，嗬！张家最老的长者夸奖，知我者阿婆也。我们两个日夕相处而无法交谈，有点遗憾。梅溪告诉序子，阿婆早年死了丈夫带着几个儿子在印尼过苦日子，后来又把几个儿子带回来，除了佛经，她和其他中国文字没有任何关系。她讲的不完全是新会现代本地话，根本和广州话无关，是新会老语言加上印尼孟加锡腔调的混合语言。张家子女习惯了能理解五六成，别人都只能意会。

梅溪说："二姐不知哪里听来的，这里女孩子洗澡都在半夜的路上，一字排开木澡盆，嘻嘻哈哈的，算是一种好玩活动……"

"未必吧？家里没地方，权宜的办法而已，城里人总爱把乡下的局限将就说成是社会奇景。浅薄无聊！"序子不高兴，"你二姐是不是有兴趣想参加？"

"别这样说，让她听见了。"梅溪说。

"好呀！听见了，讨论讨论！"序子说。

张县长也让梅溪一家离开油糟坑搬到安息去。

安息有条比较像样子的长街。梅溪家那一大伙人住在另一条小街的大屋里，给阿明和梅溪另找一间石头小楼。

序子当然算是离开张家了，根本用不着打招呼再见。

（怎么样也想不起安息这段时间我住在哪里，没留下住处的任何形象记忆，也算怪，我记性不差，竟然失掉了当年的住处，而又明明白白在安息住了一个多月。李笠农那里没有住过，更谈不上能跟梅溪那间有她妹妹在场的石头小屋同住。进一步想，我孤家寡人一个，更谈不上自己找一个住处，要是真找到了一个住处，岂不是等于我和梅溪简直算是有半个非法或无法无天的家了？

没有。确切地说梅溪和我当时都没有自主之处。）

县长杨明叫人找序子，问愿不愿做他两个乖孩子的家庭教师。去了，实际上是带两个孩子一起玩，意思不大。后来赣州虎岗儿童新村的两百多孩子来了，主任叶斌听说序子原是剧教二队的，邀他做老师，教手工和美术。答应了，在一个很大的新修小学堂里又当起先生来。那帮孩子个个培养得振作奋发，跟普通学校的学生很不一样。

课不算多。美术课讲一点画画基本原理，让学生自己画自己想画的事情和东西，再挑几张他们自己的画作下堂课大家来分析讨论。手工课是练习剖新鲜竹子，编织小竹箩之类的家常用具，也做扇子，糊上纸，画些装饰图案。同事们说这教法实际可以。

课不算多，吃过晚饭有很多时间去找梅溪。星期日整天在一起。

有一次，序子借了一部自行车。安息体育场外有一道通往另一个小村子的斜坡。序子建议梅溪斜坐在车前杠，两个人从一里多长的斜坡溜下来，这一条道没有人，会很有意思。

梅溪说这部老车没有刹车，序子说："用脚刹刹后轮就行。"

两个人慢慢把车推上这近一里多长的缓坡。梅溪坐好了，序子也上了车，车子风驰电掣，没想到远远斜刺里闪出一位挑草的老太太来。她做梦也没想到坡头上会冲来部双人脚踏车，从容地、慢慢地走着，扎扎实实地挡住了去路。序子急忙用脚去磨后轮子，眼看已不济事。

"那老太太！那老太太！"梅溪叫。

"真对不起！真对不起梅溪！我要摔车子了！"说完，序子让车子冲往左首泥坡上。梅溪摔得老远，车子断了架。序子站起来见梅溪脸上有血，"让我看看，还摔了什么地方？"

梅溪一声不响地走了。是吓的，是气的……

那老太太还在前头走，什么都不知道。只序子一个人站在路边。

第二天梅溪左脸、鼻子、耳朵都贴了胶布，左手拐缠了绷带，对序子说："你要不摔车子，看我们和老太太这辈子怎么过！"

车主吓得很，对序子说："那车我看算了！哈哈！"

序子指住他鼻子："还笑？"

安息赶集叫作趁墟，人们对趁墟这件事是认真的。

序子不太记得安息有没有茶馆了，对于米粿茶更没有印象。要真有，留在那儿的文化人就不会没有去处，就会有经常交谈碰面的机会。没有"有"的印象。

趁墟印象最深的是特大特甜的枇杷。鲜艳浓黄的颜色老远就看得见。毛茸茸、肥肥的粗枝托起那一大把黄灯笼，真让人嫉妒。

朱雀城也有卖枇杷的，粒子小小的，也讨人喜欢，不过总是怜惜它那么残缺凋零，要不是自己溃烂，便是让虫子骚扰，没有完整齐全的。怪不得儿歌唱"……枇杷屙，吹牛角……"，说吃了它，拉屙屙像吹牛角那么响。朱雀城的时鲜水果总是跟不景气联在一起。好端端的水果，一进口就让人难过，酸、咸、苦，涩得了不得。小孩子佩服成人吃这些东西面不改色，再怎么学也学不会。

车子风驰电掣，没想到远远斜刺里闪出一位挑草的老太太来。她做梦也没想到坡头上会冲来部双人脚踏车，从容地、慢慢地走着，扎扎实实地挡住了去路。

借了一部自行车

朱雀城水果知识范围，甜的只是甘蔗。

长大之后在外头混久了才晓得原来梨、桃、李、杏无一不甜，连普通的枣子都甜得像蜜，鸭蛋那么大。

大街上也沾了趁墟的光，逃难路过的人也摊张床板卖些随身东西，金银首饰之外兼带些床褥之物。特别是梅溪家的三妈顺喜也在卖这类东西，阿明、阿川跟在旁边凑热闹。照眼前形势看，她们家经济还不至于窘到这种要卖东西的地步吧？可能为了减轻旅行的累赘，也可能干脆为了赶时兴好玩。序子到摊子前站定，看准一袭质量特高的双人床用的珠罗纱大圆顶蚊帐。五元。卖主很惊讶买主是序子。有卖就有买，不抢不偷，钱货两讫。梅溪告诉序子，可能是她二妈和爸用的。抱去李笠农那边让他看了，也说序子眼光狠。

（抗战胜利，余与梅溪婚后，有缘随老人同住广州桂香街书院数日。老人得悉珠罗蚊帐为我所收，怒极，斥为"趁火打劫"。余随即双手奉还，以博雅赏。老人为区区日常用物动情，必系彼时手边窘迫、境界困顿所致，不足怪也。）

粗略回想起来，在安息住了一个多月的时候，梅溪家里得到大姐夫的通知，要他们马上搬到寻邬县那边去。七战区余汉谋长官司令部在那里。大姐夫在司令部通讯兵团当副团长。梅溪说希望序子一路上送一送。好！序子请了假，跟着轿子挑夫们，好远好远到了龙南。

不再送了，到寻邬那边安顿之后写信再说。不晓得序子此时此刻心底为什么这么踏实，一点都不伤心难过。

现在说说抗战时候的邮政局。

不管什么朝代，什么政府，什么时候的人，都不该忘记邮政局的百多年的辛劳。它实实在在，排除万难地保证全民讯息的脉搏畅通。把那么艰辛的担子处理得那么细致，那么从容，那么不分贫富，那么一牛不吹地默默奉献。抗战胜利了，它一声不出，不抢功劳，继续为解放战争拼命。

以后听人说邮政局的人：他们忙，他们傻，他们一点也不懂贪污！

他们那部机器结构简明清爽，没有贪污的夹缝和螺丝钉。

（我讲讲自己那场苦恋爱，要没有五分钱贴一张邮票的邮政局帮忙，两个断肠人不晓得死在哪里了。好！写完多谢邮政局几句话之后，请继续看我在龙南的故事。）

完全料不到在龙南会遇到那么多事。

按地址找到年龄差不多的龙南人好朋友。（记不清在哪个地方、什么时候成为好朋友的，连名字都想不起来，而的的确确有过真诚的友谊。）他带序子在古老的、包浆十足的龙南大街小巷走了一圈，路上还讨论一首小爱情曲子到底是不是巴赫的。两个人不停地哼着、琢磨着……分手了，一辈子再也没有联系，只留下那一段扎扎实实的年轻影子……

在民众教育馆有一个漫画展览会，全是陆志庠画的。陆志庠的漫画怎么会在龙南呢？那么多，谁把陆志庠的漫画弄来的？周围不见一个值勤人员，门口一张小办公桌趴着一个人，穿一身国民党兵的帐子布军装。他抬头一看是序子，序子低头一看是陆志庠，都吓了一跳，互相扑过去抱得紧紧的。

两个人混混沌沌嚷了一会。序子听明白了，他是在混乱中让国民党军队捡拾的，他失群了，要得幸好！还有人认得他是出名漫画家。一个聋哑人离开熟人的确是一筹莫展。

扑在那裏原来是
陆志庠

在民众教育馆有一个漫画展览会，全是陆志庠画的。陆志庠的漫画怎么会在龙南呢？那么多，谁把陆志庠的漫画弄来的？周围不见一个值勤人员，门口一张小办公桌趴着一个人，穿一身国民党兵的帐子布军装。

他告诉序子，乐平一家也在龙南，准备逃到广东梅县去。马上带序子到一条小街上小客栈里见到乐平全家，两口子和两个女儿，咪咪和小小。还有个广东青年名叫颜式的和他们住在一起，大概在照拂他们。

乐平为庆幸陆志庠遇见序子，高兴地说："这下好了，找到个靠山了，我放心了！"

那意思很清楚，从此以后，陆志庠的一切就由张序子负责了。首先是离开那个曾经好意收留他的国民党部队，收起那一大批本地草纸画出的漫画送给部队作纪念。

乐平这么决定，序子听来有什么好想的呢？没有。序子还是个自由之身，没有负担，他不管陆志庠还有谁管？他带陆志庠回安息虎岗儿童新村子弟学校，跟叶斌说一声，找个不需说话、听话的工作给他做做，不然，他那点薪水哪够伙食钱，在子弟学校搭个铺，他又聋又哑，不扰人的。

那时候日子紧张，几个人商量一件事，很容易通。

陆志庠说，他行李还放在南康朋友家里，到了安息，他还要去南康一趟。

要是没碰见序子，很可能驮在乐平身上到梅县去了。他受不了跟在军队里。

乐平眼看卖光了一家所有的东西，除两口子和孩子身上衣服之外，只剩下孩子尿布。半夜睡不着，想出一个主意，眼前街上逃难人多，为什么不卖"蛋花藕粉汤"呢？

一个鸡蛋打成蛋花，二两白薯粉，两毛钱糖精。煮一锅开水，东西往里头一放，一搅。

借了块门板，四张板凳，几副调羹饭碗，一家四口加上颜式、陆志庠、张序子大清早站立于摊子之后，如大会主席团列席，正准备烘托出一派喜气洋洋的开张典礼之际，忽然一场瓢泼大雨自天而降。于是，所有精神与物质顷刻毁于一旦。各人赶紧抢收完摊子之后仔细想想，也没有伤多少元气，缓过神来乐平说：

"好哉！好哉！物事卖弗脱，阿拉自家享受。来！来！来！"

各人懒洋洋舀了一碗喝了，没有表情。

听颜式说，上梅县的路费全是托乐平自己脚上那双英国文皮鞋的福，居然让有眼光的同胞看上了。

你猜街上还碰见谁？张白玲。

原来她也在逃难，丈夫是一位戴金丝边眼镜的漂亮小开。（序子当然不会不知趣地问她为何不跟陈津汉一起。）跟他们到一个比较高级的客栈里去，住房很大，放满一匹匹布料。坐下来喝着一口口的好茶叶茶，环顾周围值钱的布，心里暗暗想着："好家伙，张白玲呀，张白玲！你可是我的逃难朋友中最阔气的一个了。你晓不晓得我眼下裤子荷包里，连五尺布的钱都没有？你大概忘记我是个穷人了，你怎么没想到问问我：'你要钱不要？'你假若问我我马上就会答应：'要，要，要，要得很，眼前我有好多事正让钱困扰……'"想是这么想，一句话也开不出口。

白玲抱着刚生的女儿，说一句亲一口，忘记了旁边的客人。

"好，再见，后会有期，祝你一家平安幸福！"（下次见面当在三十九年之后的福州）……

乐平全家和颜式去了梅县。

序子带陆志庠回到安息，见到子弟学校诸同事和叶斌主任，还

特级英国上等皮鞋，直森、旺牌

英國上等皮
鞋五圓！！！

听颜式说，上梅县的路费全是
托乐平自己脚上那双英国文皮鞋的
福，居然让有眼光的同胞看上了。

给龚伯装备充足的干粮和食水让他回南康去取行李。

当天半夜，这位龚伯陆志庠就空着双手逃回来，说是那边过不去，开火了。

大家听了很紧张，建议序子和陆志庠商量，与其跟着序子他们逃难，不如回到他那个国民党部队去更有安全保障。他想一想同意了。大家都捐了草帽、水壶、毛巾给他，序子塞了两块钱在他口袋里，给他一把手工课做的竹扇子，上头手印了希腊跳舞的图案。他就这样扇着扇子走了（这是一九四五年。一九四七年在上海他亲自告诉我安息分手之后的故事）。

（"我到龙南去找原来的那个部队。不晓得怎样走到一个名叫'坪石'的地方，那地方正在打仗，我走到火线当中去了，幸好靠国民党火线这边。他们叫我站住！我哪里听得见？我被他们擒在地上，枪托子打完五花大绑送到营部前线。他们看我留这撮小胡子，鼓眼睛，又不会讲话，就以为我是日本人，便报告营长'抓了个日本间谍'。营长问有什么证据，他们说有，手上一把扇子很怪，上头画一个人手指着什么地方。营长说：'有，就崩了算了。'幸好当年赣州专员公署的文化局长魏晋跟营长在一起喝茶，他跟我熟，听到讲的这些特点，心想有没有可能是陆志庠？赶紧叫慢点动手，拉来看看再说。拉来一看，果然是我，松绑休息、吃饭，派两个兵和一个少尉副官，把我送回龙南原来部队。后来我跟着这个部队开到东北，要求脱队回到上海。有些事也是后来听魏晋和别人补充的。好热闹！"）

回到安息，过日子心里开始慌慌张张，上了半个多月顶多二十多天的课，有时候到李笠农那边坐坐，好像世界已经停止动弹了。

李笠农问："你看这个世界在等什么？"

序子说："等挨揍！七战区司令长官余汉谋被追到无路可逃的寻邬去了。你呢？"

"我？只要一点点响动就跑。不过昨夜上楼不小心扭了脚踝。日本鬼这时最好不要来或是晚点来。你想没想过，'抗'了八年'战'，老百姓对付的不止一个强盗。日本强盗来了我跑得掉，活在蒋委员长裤裆里，我往哪里跑？"李笠农说。

"你才认为活在人家裤裆里。老子挺着胸脯跟国家民族一齐受苦受难，顶天立地的大丈夫。"序子说。

"你这位大丈夫跟我上街吃晚饭如何？"笠农问。

"没看到街上有米粿茶和馆子。"序子说。

"广东两口子开的茶点铺。"笠农说。

这两口子是中年人，点心口味很正。他们广东人就是有做点心的天分，可惜普通话八成靠打手势，难得深谈。

"你让广东人讲好普通话，比骆驼穿针还难。五十年、百年以后怕也难学得到……"序子说。

"未必吧！"

"你说吧！康有为、梁启超、孙中山、汪精卫……"

中午，县政府人来报信："快！快！日本骑兵，白绑腿，到椿树桥，十几里，快，快，快走！"

叶斌马上吹哨子集合孩子们。午饭不吃了。走！

十四个五六岁的，剩下七个没人背，让他们留在天花板上，一桶饭，两桶水，两个空桶拉屎拉尿："再有人也不要出声，不哭，不叫，不说话。晚上来接你们！"

两百多个十五岁以下的男女孩子，九个老师带着背着向南进发，目的地是安远那头。三十多里路的时候天黑了。这地方名叫"热水"，有没有温泉热水？鬼才注意。七个老师重新出发往回走，没让叶斌参加，去把留在天花板上的七个孩子背回来。天亮之前真的背回来了，毫发无损。

乡长接到消息，日本兵进入信丰城。

大队人马三天到了安远，叶斌带了学校两个行政人员找县长谈问题，看来学校要往广东那头移动。序子向叶斌告辞，我不跟着去了，后会有期！把小号送给一个爱不释手赵姓孩子，一个人往寻邬去找梅溪。

仍然一口行囊，一支棍杖，记不得走了多少路，总算来到这个古老的寻邬县。

寻邬就这么一条街，左右带挈着大小商店跟长短弄子和院子。

说来你不信，序子口袋里一分钱也没有了。他不太怕。穷急关头他可以坐在街边为人剪影，每张二角或五角，不像不收钱。

正准备找个住处，碰见信丰《干报》认识的同乡攸县蔡资奋。

"你怎么在这里？"他问。

"来找梅溪，你呢？"序子说。

"跟报馆到长汀去，路过。你住哪里？"老蔡问。

"看我不背着背囊？正找住处。"序子说。

"那好，跟我来，我有个浙江老朋友徐力在县《天声报》当主笔，报馆停办了，人散光了，一座大屋空朗朗，就剩他们一家人，正无聊，你快去陪陪他们，说不定能赶上一顿饭。"老蔡说。

"老实告诉你，我口袋一分钱都没有了。说到吃饭，良心上过不去。"序子说。

没几步来到一座祠堂，进门，徐力一家正在吃饭，还没听完介绍，赶忙进厨房取来两副碗筷让两个坐下。

"是啦！是啦！问题不大，爱住多久就住多久。伙食嘛，不嫌单薄的话多一副碗筷的事，犯不上考虑！"徐力说。

"他说'良心上过不去'。"老蔡说。

"天涯，邂逅，相濡以沫，此时此刻不讲良心的。"徐力说完自己哈哈大笑。他自由自在，看起来夫人孩子早已习惯，不当一回事了。

吃完饭，徐力把左首一排房间指给序子："随便住。小门那头有茅房和洗涮处。大小事随时找我，叫一声就来。"

老蔡帮序子房里安顿好，铺被之后，两个人来到街上。

"梅溪在公平墟，那是七战区长官司令部所在，她姐夫是通讯兵团副团长，她全家都在那里。"序子说，"明天我动身找她去。"

"事情像你说的那么准确就好。我就怕你扑空，要是出意外，你回徐力这里马上写信给我，我给徐力留下联络点。后天我就跟大队上长汀了，这里有两块多钱，你留下用。"老蔡说。

"钱，不用。长汀路上远，钱比较要紧。我已经到寻邬了，不着急。孔夫子说过：'吾生也贱，故多能鄙事。'我混饭本事多多，饿不死的。"序子说。

"那好，我明天送你。"

序子所有行头都留《天声报》徐力处，挎包装了写生簿、墨水、洗漱用具和简单换洗衣服上路。

老蔡一路送到十里长亭，紧紧握手祝福分别。塞了一条新毛巾在序子挎包里："路上擦擦汗！"

穿林莽，过山岗，踏草甸，沿途经过军哨仔细盘查路检，找个阴凉地方休息，毛巾里掉出老蔡那两块二角钱。

"唉！唉！老蔡你！"

四十里到了公平墟，正逢趁墟，热闹之极，买了块大面饼就凉水吃到饱，天啦！你瞧序子看到谁？阿梁仔背着阿丝在人堆里，叫他，他一路嚷过来，我们共过患难，我们之间不存怨尤，"我带你回家！我带你回家！"

也有三里四里远，一堆大房子，她们张家七八张带帐子的板床聚在一起。序子跟三姐、二姐打了招呼，她们的沉着真让人佩服，没有笑容，连丝毫反感也没流露，只眼皮奋了一下，"哦"了半声。

序子被三妈安排在挨边的小空屋里。她心地好，总是那么默默地体贴人。

序子光临，使她们姐妹觉得好不容易摆脱的噩梦又回来了。梅溪带序子向瞎眼妈妈问好，又去拜见住在另一排房子里的阿婆、伯母。（听说通讯兵团团长是孙中山先生的孙子。孙中山先生第一位夫人是一位近八十的老太太，鄙人在这里见过。）

梅溪对序子说："怎么我今天早上一直心跳就觉得你会来？"

"有这种事的。特别的人，特别的时刻，特别的想念，特别的兑现。解释不出道理的。"序子说，"我到寻邬来了，东西行李放在寻邬《天声报》徐力那里，是街上碰到《干报》的同乡蔡资奋介绍的。他到长汀去了。我要是找不到你也会到长汀去的，你看，我的命多好！"

"要是今天公平镇不趁墟，阿梁仔不背阿丝去玩，你没遇到阿梁仔，你到处去打听通讯兵团，让大姐先晓得你到了公平墟，她们会怎么对付你？"梅溪问。

"嘻！还真多谢菩萨、上帝、真主保佑。"序子说。

"这下光天化日之下，大家见了面，她们不好弄了。她们现在只能怪鬼使神差的阿梁仔了。"梅溪说。

"你要想办法对他好点，多谢他。"序子说。

"这孩子命苦，我若走了，不晓得底下的日子上帝怎么打发他？"梅溪说。

公平墟像个盆底，周围是重叠的青山。张家住的宅子范围算是不小了，其他幢幢连着的瓦屋都安安静静住着司令部属下的百十户人家。周围还有不少类似的宅院。要不然，一个战区司令部怎么会挑选这么奇巧的好地方。

人生也怪。怎么你个张序子会掉进这么个奇异的情感陷阱里？会跟居心两异、天天见面而不交一言的这家人，无可奈何地同舍同住生活了大半年有多？广东有句老谚"不是冤家不聚头"，真应了这幅景致。

序子终于取得跟梅溪厮守一天算一天的胜利，也清楚不是长远的办法，更谈不上找到突破的口子。

忽然动了个写长篇小说的念头，书名是《无愁河的浪荡汉子》。趴在窗口写了几次开头，接不下去。满肚子素材故事，就是定不下文体。文体怎么会突然变得那么重要起来？当然不是文言文，怎么样的白话文？鲁迅的？俞平伯的？李劼人的？周作人的？沈从文的？废名的？老舍的？徐志摩的？契诃夫的？高尔基的？屠格涅夫的？

耿济之翻译的屠格涅夫？丰子恺翻译的屠格涅夫？黄裳翻译的屠格涅夫？……

头脑一挤，麻烦困扰越多，散文体，自传体，列传体，说部体，故事体……以前人家笑李义山亮学问是"獭祭"。其实世人亮什么都有"獭祭"倾向，不过"獭祭"达到李义山水平，做个"獭祭"者也无妨。

暂停，不写小说了。

公平墟有间广东茶馆名叫"捞住先"。斗大的字挂在门楣上。

是几个顺势跟着军队来的年轻人开办的。弄得有声有色，热闹非凡。茶好，点心材料地道美味，招待热情，很受同乡们喜欢。

这几个年轻人仗的就是年轻，敢于公开亮明态度："捞住先"的意思就是，我们并不打算久待，形势不对马上就跑，眼前赚到一个是一个！

在广东，"捞住先"三个字过日子常常听得到。在外省会有点奇怪，想一想又觉得可爱，它包含一种年轻的开拓奋发精神。你会在你的广东朋友交往之中体会得到，奋勇，真诚，幽默，友善，终身怀念。

序子有天对梅溪说："这样子待下去我看不是办法，我还是回城里去吧，起码把经济问题调整一下，光花你的钱，花完了怎么办？"

"我没有所谓。（序子第一次听到把'无所谓'说成'没有所谓'，错了吗？哪里错？）我没有机会花钱。不要谈钱。你城里、这里来回走动好。"梅溪说。

回到寻邬《天声报》，徐力大叫："爷叔，爷叔，侬到底转来哉！"序子奉上公平墟上买的一包茶叶。

徐力打回官腔说："太好了，太好了，这是大叶秋茶，了不起的东西，暖胃珍宝，三片，只要三片，你看它马上竖起塞满杯子。你看，玻璃杯，玻璃杯，不可沸水，八十度，三片，你看，你看，竖起来了吧？"

序子告诉了自己和梅溪的缘由，他说："好！慢慢对付，慢慢对付！"

序子开始在城里城外风景写生，街头巷尾做活计的都描下了，认识一个身后的观众谢天韵，说是县中的美术教员。说时迟，那时快，你想序子这时候又见到谁？颜式。"颜式呀，颜式！你怎么像太阳一样无处不在？你来寻邬干什么？"

"运米。"

"运米？你怎么运起米来了？"

"帮朋友。"

"你吊儿郎当哪像个运米的？"

"押运员还要样子？问你，怎么在这里画画？"

"准备开画展。"

"画展？谁看？现在别画了，走，我请你喝咖啡。"

"我有没有荣幸请这个客？"

"你是谁？"

"他是县中美术教员，他姓谢。叫什么？喔，谢天韵。他叫颜式。"

喝完咖啡，谈妥一件大事。张序子谢天韵双人画展在寻邬民众教育馆展出（画家张序子当场剪影）。主办者，寻邬县《天声报》主笔徐力先生，寻邬民众教育馆馆长舒庆来先生，鸿运运输公司颜式先生。颜式出了三块钱买广告纸、糨糊、图画钉。谢天韵负责联络民教馆馆长舒庆来先生借展览场地。

颜式轻轻问序子，这个谢天韵画什么的？序子说，应该是画静物写生和国画小写意的吧！

画展开幕，看热闹的真多，教育局长和寻邬中学校长都来了。局长致了开幕词。序子还给他们剪影道谢为念。徐力咧开他那张大嘴不停地笑。他做梦也没想到会当画展主办人。画展开了一个星期。剪影很受欢迎，每张五角，剪了六十多个人。

谢天韵是位很文雅潇洒的朋友。序子和他有过几年通信。国事变化，联系断了。

梅溪回信说看到来信画展的描写，笑到肚子疼，真开心。

序子心情好，买了四五斤糖果饼干挂在棍子上，天没亮就出发，打算中午赶到公平墟给梅溪一个高兴。兴奋匆忙中忘记带水壶，走到十里左右就觉得口渴，就近一个茶棚坐下。老人说："不卖茶，酒醴喝不喝？"

"什么叫酒醴？"

"淡酒，很淡很淡，跟糖水差不多。"

果然，淡肉色的米浆，序子要一碗喝了，觉得顺口，再来一碗，两碗下肚，一股豪然之气直冲牛斗，志高气扬之心横扫五脏，掷下二角酒钱，带妥随身果食上路。过了树丛进了森林，脚步渐感飘忽，然后人事不知。

酒度不高，幸好给太阳晒醒了，石板路上，差点变成烫面饺子。序子站起一览周身，除贴身底裤和随手木棍之外，没留下任何东西。庆幸自己这个没出息、刚启蒙的醉鬼，遇到的是些细心、人情味十足的可爱剥衣党，而非不讲道理嗜吃人肉的老虎群，要不然它们连遮羞短裤都不会给人留下。只可惜那支派克笔和随身多年老同学林振成相赠的那双万年牢车胎底凉鞋。

序子就这么赤身露体挂着拐棍光着脚板回到《天声报》。徐力一家正吃午饭，见他进屋，吓得差点一碗饭泼在地上。

给梅溪写了信，她回信叮嘱："千万别让大姐、二姐、三姐知道。要不然起码有半个月要埋怨山里老虎没有口福，白白丢掉吃你新鲜肉的机会。"

颜式给序子找来两个刻香烟纸卷图案的生意，每颗十二元，用了一礼拜时间。这时候，忽然发现两根靠脚掌的脚杆内侧上，各长了一颗很疼的疱，不到几天变成半厘米的洞，连脖子两边的淋巴腺都肿了，起不来床。颜式找了部板车把他推到街尾靠左的一间潘作琴医生医务室那里。

潘作琴医生平时在一个不公开的美军飞机场工作，礼拜六才自己开吉普车回来，恰好碰上了。看了序子的脚，他说："是一种内发症。"小纸口袋装了四粒小药片，"回去马上开水吞服两粒，明早晨开水吞服两粒。这是种新药。"

当晚退了烧，消了肿；第二天，脚两边的洞长了新肉；第三天，没事人一样。

神药！

颜式在潘医生那边打听到神药的名字："消炎片"。

酒度不高，幸好给太阳晒醒了，石板路上，差点变成烫面饺子。序子站起一览周身，除贴身底裤和随手木棍之外，没留下任何东西。

忽然发现两根靠脚掌的脚杆内侧上，各长了一颗很疼的疮，不到几天变成半厘米的洞，连脖子两边的淋巴腺都肿了，起不来床。颜式找了部板车把他推到街尾靠左的一间潘作琴医生医务室那里。

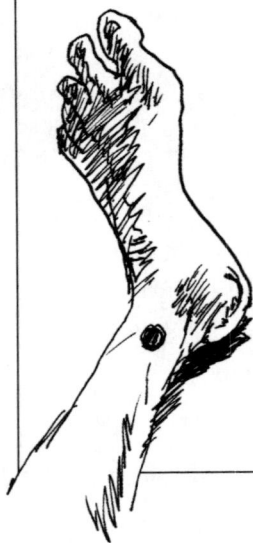

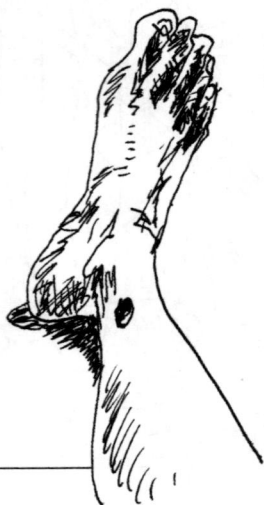

脚上两个洞

（潘作琴医生在英国留的学，抗战胜利后在香港九龙青山道那头开了间诊所，我每次路过都对大招牌敬仰一眼。）

重新买了糖果饼干，装满解渴的茶，穿上新的装备，再往四十里外的公平墟进发。

到公平墟三里外张家住处已近黄昏，分送了糖果饼食给各位，梅溪进厨房为序子炒一碗蛋炒饭。序子一边陪着闲话，忽然听一声广东话："唔好摇！"[1]接着拉枪栓的声音。

"我哋严格审查，知你係日本间谍，而家将你驱逐出境，唔准你再返来，若再睇到你，就对你唔客气！"

"今天晚了，我到公平墟客栈去等天亮。"序子说。

"得！"[2]

"我同你一齐行！陪你去公平墟！"梅溪说。

有人急了，连忙说："让顺喜跟住！"

于是三个军人押着一男二女到公平墟客栈住下。小军官再警告一次。走了。

通宵三个人坐着讨论他们安排的这出戏，漏洞一个：既然是日本间谍，怎么随便放跑了？

三妈对普通话如序子对广东话一样似懂非懂。她只能不断地同情地哭。（永远感念这位受苦的善良妇女。）

梅溪说："不怕，看他们底下怎么做。我会见机行事。"

1　不准动！
2　可以！

第二天分别,序子往回走,老远老远还看见她两个人站在山头上。

　　回到寻邬,讲了经过给颜式听。

　　"丢那妈!我把所有经过真名真姓写出来交给《梅县日报》,揭发他们的卑鄙!——当然,这样就害了梅溪,也增你们的困难。我混蛋,别信我这个主意!"颜式气得神魂颠倒,又说,"我带着三四个朋友来寻邬玩,你想不想见见他们?"

　　序子问:"干什么的?"颜式说:"写诗的、摄影的,《梅县日报》的编辑,就是没有画画的。"

　　"来寻邬有什么好玩?"序子问。

　　"搭我的方便车。"颜式说。

　　"我到现在为止,一直看不透你到底是干什么的?有时候穷到肚皮贴背脊,有时候带帮朋友四处逛。"序子说。

　　"你以为我是干什么的?"颜式问。

　　"我'以为'不了才问你。"序子说。

　　"做朋友就做朋友,不要一天到晚'以为'。"颜式笑出声来,"一起吃晚饭好不好?"

　　来到一个格局很小的单层饭馆,五六张桌子,取名叫"寻邬大酒楼"。颜式把朋友都带来了。姓刘的,姓费的,姓吴的,姓武的,都能笑能谈。除序子外,个个喝酒。

　　序子喜欢跟酒人一起。大家忙,他欣赏。

　　开始,大家为日本兵打到贵州独山的时候发愁,好多有学问的人困在那里,还有重要古董文物。宋美龄到美国要钱,不晓得美国打发多少?等到炖牛肉钵子,最后大鲤鱼盘子端上来的时候,就有人想唱歌了……

街上忽然热闹起来，满街响着炮仗。说是美国在日本丢了两颗炸弹。蒋委员长还在中央广播电台讲了话。

喝酒的人说，丢两颗炸弹有什么了不起，我就挨过好多炸弹。蒋委员长当然天天讲话，做蒋委员长哪能不天天讲话的？不讲话还算个什么蒋委员长？

序子站在酒店门口看热闹，像是真的发生了什么大事，赶紧回到《天声报》。

《天声报》徐力一家四口正趴在桌子边听收音机，见序子进来，抱着序子哭着大叫："日本投降了，日本投降了，两颗原子弹！日本投降了！"

序子回到房里站在房中间。

日本真的投降了，我怎么办？我和梅溪怎么办？

满街都是人，好像通宵没睡。只听见人嚷回上海，回南京，回杭州，回广州，就没有人回朱雀的。序子问自己，我回朱雀做什么？

蒋委员长怎么能算是赢了呢？都让日本人追到贵州了。这场赢明明是白捡的。你怎么跟老百姓交代得清呢？明摆的事，美国人都不太把你当回事了。你简直在强颜为欢嘛！

县政府斜对面有块遮得到雨的走廊大墙。收听广播的热心人士毛笔大字写成新闻贴在墙上，川流不息，非常醒目醒脑。老百姓看到这些喜事，简直都不太敢相信自己的眼睛。谎话听多了，真事情有时都怀疑是谎话，怀疑那些讲真话的人。

最早讲的是八月六号广岛投的那颗原子弹，九号长崎投的原子弹，十五号广播了日本天皇无条件投降。

再详细介绍原子弹是个什么东西，有多厉害。

接着讲二十一号冈村宁次在芷江的投降。

然后是讲中国地面上，日本军队在哪里哪里的投降。

接下去热闹来了。蒋介石下命令给八路军。

八路军朱总司令又如何驳斥蒋介石。不理这些命令。

一来一往，蒋介石好像说不出什么道理了。也管不住八路军朱总司令的行动。老百姓看这些新闻兴趣越来越大。

这就是日本投降那几天寻邬城老百姓闹热的原因。

序子忙着到处写信。野曼建议他先别忙作回湖南的打算，暂时到赣州熟朋友那边待待。梅溪信中也赞成。他便写信给那边的胡鲁沙、洪隼、马龄、姚公骞、李白凤这些朋友。回信都欢迎他。他便搭便车经安远在金鸡墟停了半天。住在一间顶好的小客栈里，出门走走，从一个水泥坡上下来，迎头遇见当年豪侠慷慨的刘兆龙，瞎了一只眼，衣着萧瑟飘摇，叫了他一声："老刘！"不理，旁若无人，只顾自己走路。序子拉住他一只衣袖："老刘！你出了什么事？你站住我问你，你的车呢？你现在怎么过日子？别管这些鸡巴事，我们一起上赣州再说。你和我说一句话呀！你他妈怎么能够忘记我？"

老刘只顾往前走。序子掏出十块钱追上去塞在他手里，被扔在地上。序子捡起钱再追，走远了。

老刘这种人不应该垮成这个样子的，像出家和尚那么坚定……

赣州一到，先找洪隼，在他家住下，再找姚公骞他们。

从一个水泥坡上下来，迎头遇见当年豪侠慷慨的刘兆龙，瞎了一只眼，衣着萧瑟飘摇，叫了他一声：『老刘!』不理，旁若无人，只顾自己走路。

老刘

图书在版编目（CIP）数据

无愁河的浪荡汉子. 八年 / 黄永玉著. -- 北京：

作家出版社，2025.4 -- ISBN　978-7-5212-3305-6

Ⅰ. I247.5

中国国家版本馆CIP数据核字第2025BE8013号

无愁河的浪荡汉子·八年

作　　者：黄永玉
责任编辑：姬小琴
装帧设计：瞿中华
责任印制：金志宏
出版发行：作家出版社有限公司
社　　址：北京农展馆南里 10 号　　邮　　编：100125
电话传真：86-10-65067186（发行中心）
　　　　　86-10-65004079（总编室）
E-mail: zuojia@zuojia.net.cn
http://www.zuojiachubanshe.com
印　　刷：北京盛通印刷股份有限公司
成品尺寸：140×203
字　　数：1367 千
印　　张：61.375
版　　次：2025 年 4 月第 1 版
印　　次：2025 年 4 月第 1 次印刷
ISBN　978-7-5212-3305-6
定　　价：262.00 元（全三册）